The
Plum
in The
Golden
Vase

沒有神的所在

侯文詠帶你閱讀金瓶梅

侯文詠

看不見的世界更真實。

人物關係表

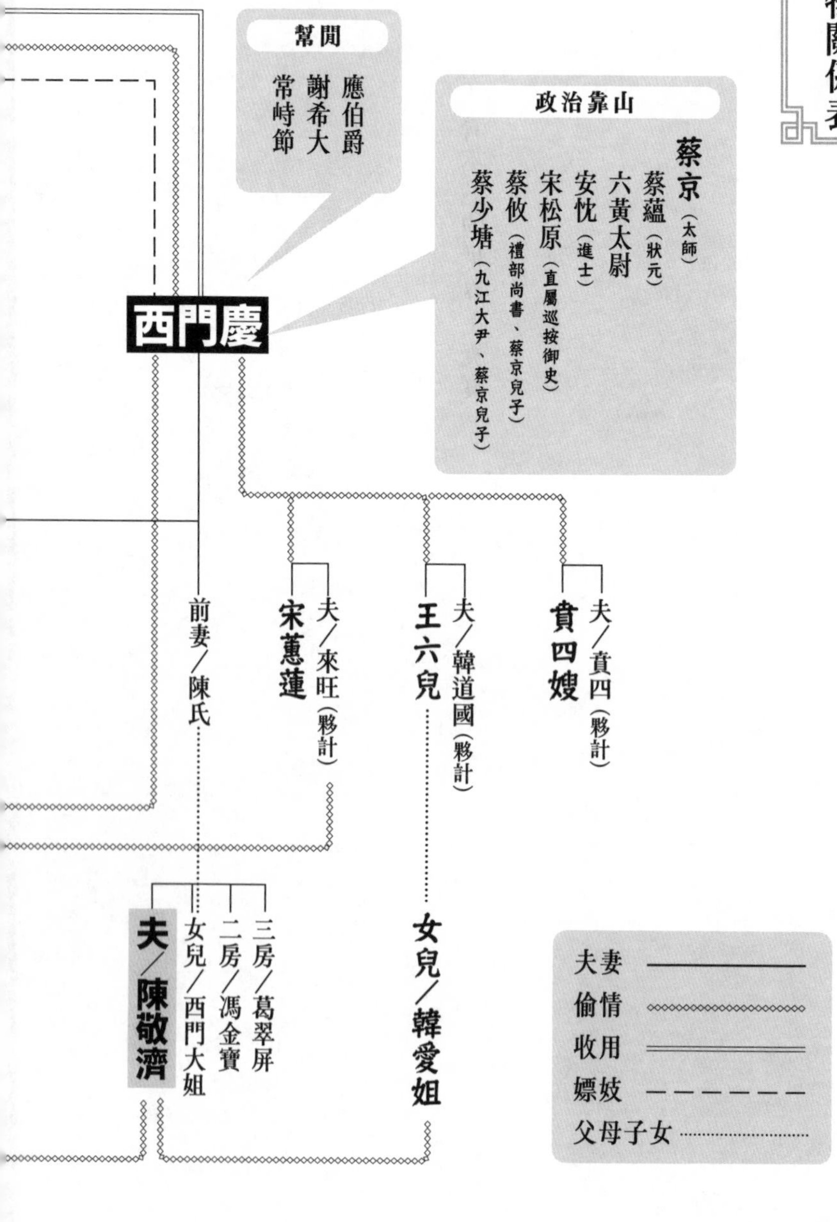
幫閒
應伯爵
謝希大
常峙節
政治靠山
蔡京（太師）
蔡蘊（狀元）
六黃太尉
安忱（進士）
宋松原（直屬巡按御史）
蔡攸（禮部尚書、蔡京兒子）
蔡少塘（九江大尹、蔡京兒子）
西門慶
前妻／陳氏
宋蕙蓮
夫／來旺（夥計）
王六兒
夫／韓道國（夥計）
賁四嫂
夫／賁四（夥計）
夫／陳敬濟
女兒／西門大姐
二房／馮金寶
三房／葛翠屏
女兒／韓愛姐
夫妻
偷情
收用
嫖妓
父母子女

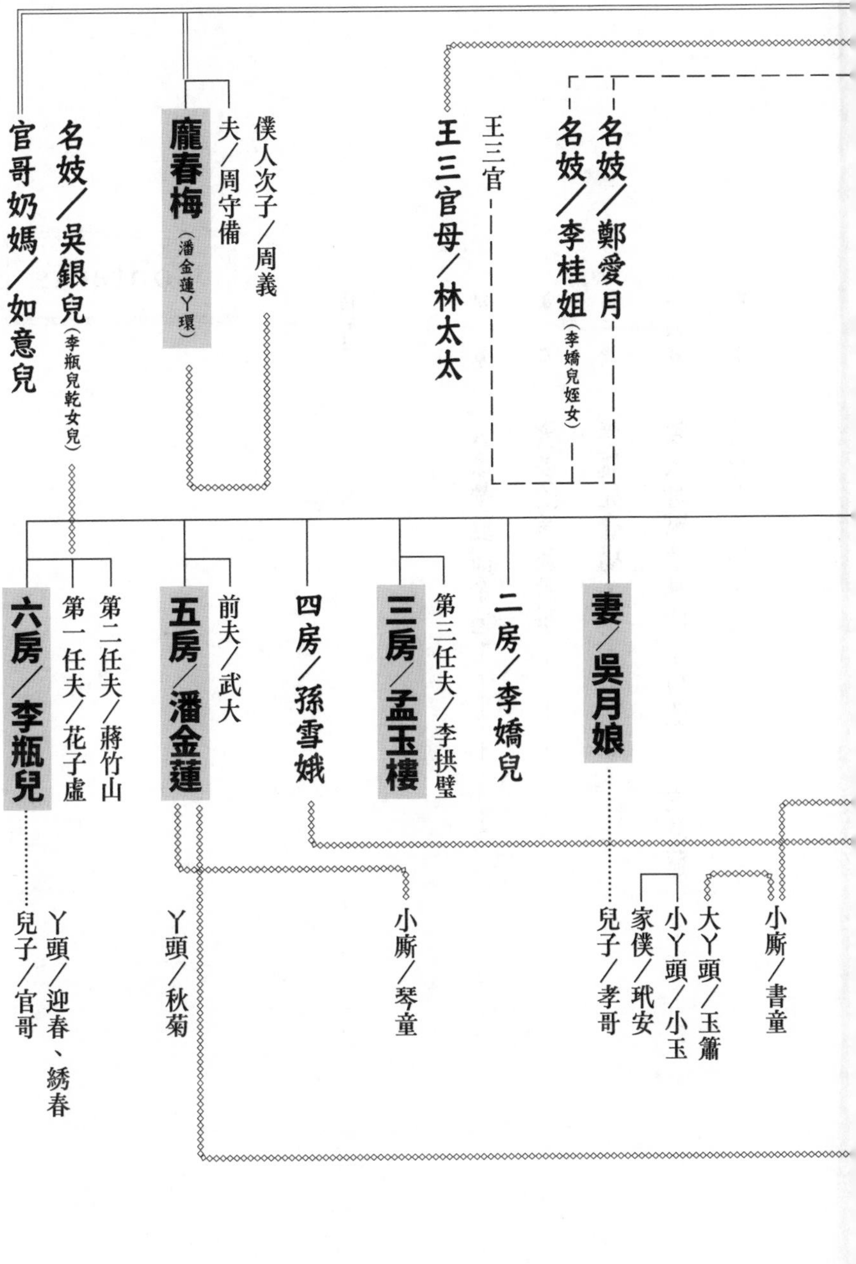
名妓／鄭愛月
名妓／李桂姐（李嬌兒姪女）
王三官
王三官母／林太太
僕人次子／周義
夫／周守備
龐春梅（潘金蓮丫環）
名妓／吳銀兒（李瓶兒乾女兒）
官哥奶媽／如意兒
妻／吳月娘
二房／李嬌兒
第三任夫／李拱璧
三房／孟玉樓
四房／孫雪娥
前夫／武大
五房／潘金蓮
第二任夫／蔣竹山
第一任夫／花子虛
六房／李瓶兒
小廝／書童
大丫頭／玉簫
小丫頭／小玉
家僕／玳安
兒子／孝哥
小廝／琴童
丫頭／秋菊
丫頭／迎春、綉春
兒子／官哥

Contents

前言

我很難形容閱讀《金瓶梅》時那種被撼動的感覺。似乎隨著年紀、眼界增長，內心撼動這種感覺愈來愈難。但在閱讀《金瓶梅》的過程中，我卻重新經歷了一次年少初次讀好小說時的震撼——著迷、讚歎、眩惑與不可自拔。一本存在了四百多年的古書，竟帶我重溫青春年少的閱讀悸動——甚至是更加劇烈的衝擊，這種神奇的魔力連我自己都覺得不可思議。

事實上，我在高中時代早就讀過這本書了。那時班上有位同學帶來了未刪節版的《金瓶梅》，被同學當成香艷刺激的禁書私下傳閱。可以想見，以當時十六、七歲血氣方剛的年紀，我的《金瓶梅》閱讀除了性愛與背德這些聳動情節外，大部分的其他細節幾乎是在囫圇吞棗的情況下消化完的，以至於在那以後的二、三十年間，我對於《金瓶梅》的印象一直是帶著情色意味的浮光掠影。

想起來，如果不是因緣際會，我可能會一直停留在年少時膚淺的印象裡吧。這個刻板印象，一直要到四十多歲重新細讀《金瓶梅》，多出了一些閱歷與新的平和之後，才有能力把閱讀的注意力從性愛、背德這些情節中解脫出來，發現其間隱晦卻又綿密的連結，於是才有了更多的發現，以及一波又一波隨之而來的震撼。

不像中文世界裡面其他的經典小說對「價值」的嚮往——諸如《水滸傳》之於俠義情誼，《西遊記》之於佛國的理想世界，《三國演義》之於天下一統，即使憤世嫉俗的《紅樓夢》都追求至情至愛——《金瓶梅》描述的是一個不相信任何價值的世界。在這個位於運河旁商業鼎盛的清河縣裡，從主角西門慶到他的朋友、親戚、妻妾、傭人……每一個人活著沒有什麼形而上的理想，也沒有人在乎什麼生命的意義，大家追求的無非只是吃吃喝喝、性愛玩樂、發財賺錢、爭寵鬥妍這些世俗慾望。《金瓶梅》提出了一個很簡單、根本，但卻又不容易回答的問題：

當價值不再，一切只剩下慾望時，生命會變成什麼？

從傳統的文化觀點來看，那樣的人生或許沉淪、墮落，可是在《金瓶梅》的世界裡，邏輯恰好相反。蘭陵笑笑生先帶我們進入一個理性熱鬧的表象世界，再用人心深處的錢慾、權慾以及性慾，把那個看似秩序井然世界裡的所有意義與價值——不管是倫理、道德、義氣、友情、愛情，都一一解體，讓我們看穿：原來「價值」只是表層的假象，慾望才是底層的真實。正因為在乎真實，過去那些被視為粗鄙、貪婪、淫穢的一切於是有了值得被凝視的理由。《金瓶梅》是作者刻意創造出來的一個世俗世界，在那個世界裡，他用「粗俗」來顛覆「價值」的虛偽。

或許正是這樣的嘲諷觸痛了傳統文化最無法忍受的那根神經，以至於四百年來，我們看到《金瓶梅》的命運不是被禁、被刪，就是被排斥在主流閱讀書單之外。《金瓶梅》本身自有其精采之處，但是這種忽略、扭曲、誤讀、甚至是誤解，更加強化了它獨特而又迷人的性格——一方面它擁有最華麗熱鬧的外表，另一方面卻又有最叛逆孤獨的內裡。它憤世但不嘶聲吶喊，寂寞卻又不求被人瞭解。它不只要顛覆別人創造出的價值世界，甚至還用自己的內在顛覆自己的外表。

固然明朝中葉之後那個看似繁榮，卻走向傾頹的時代氛圍提供了作品成長的養分，但無論如何，在四百年後重看《金瓶梅》，我們能感受到的視野與顛覆還是遠遠超出那個時代的。即使在這個高度資本主義發展，慾望消費邏輯當道的時代，聽見新一代的孩子挑釁地說著：「我們活著不需要理想，也不需要意義。」時，我們都還驚覺到，這個四百年以前《金瓶梅》提過的問題，不但不因整個主流社會的避諱、壓抑而消失，它反而隨著時代，變得更加危險、尖銳，甚至充滿迫切。

當價值不再，一切只剩下慾望時，生命會變成什麼？

想想，孩子的話或許並不值得太過大驚小怪。畢竟他們眼中看到的價值與意義，更多時候是政治人物口中廉價的希望、商人巨賈標榜的未來、學者名嘴堅持的理想，乃至偶像明星的臺上一套臺下另一套……過了四百多年，《金瓶梅》所譏諷的那個時代——那些虛偽的理想與價值，在我們這個時代一樣活靈活現。閱讀著《金瓶梅》，走在那一大片看似繁華的荒涼廢墟裡，除了表象那些語言、服裝、官階、唱曲……讓我們覺著些許陌生外，最讓人驚心動魄的竟然是：我們發現自己存在的這個世界的內裡和《金瓶梅》的內裡，幾乎是一模一樣的。

誰想得到呢？那時就是現在。現在或許還是明天呢。

或許這種能夠跨越時空的心情與叛逆，正是《金瓶梅》能一直擁有不同時代、世代的讀者最重要的理由了。

因此，擔心讀了《金瓶梅》會變得墮落、邪惡的人或許真的是多慮了。現實生活本身能給我們的教導，實在遠比書本多太多了。過去那些有名的大奸大惡，哪一個不是讀聖賢書出身的呢？因此，讓人變壞的絕對不是像《金瓶梅》這麼一本堅持真實、顛覆虛偽的書。就像蔣勳在《孤獨六講》裡提到的：

對人性的無知才是使人變壞的肇因，因為他不懂得悲憫。

閱讀《金瓶梅》與其說讓我們看到世間的醜惡，還不如說讓我們明白了人在面對慾望時的貪婪與軟弱。似乎唯有明白了這些——而不是更多的道德教訓，我們才有可能稍稍遠離對人性的無知，懂得一點點的悲憫。

至於期待《金瓶梅》提供特別感官刺激的讀者，在這麼一個聲色犬馬充斥的時代裡，恐怕是要失望了。《金瓶梅》讀到最後其實是個深沉的悲劇——作者顯然不認同筆下這些人物的慾望追逐會是生命的終極出路。但在撕開了價值的假面具，又否定了世俗慾望之後，人將何去何從？《金瓶梅》顯然是沒有告訴我們答案。我們甚至可以說《金瓶梅》是一本愈讀愈虛無、蒼涼的一本書。但每每讀著作者在冷靜凝練的淡寫白描中，透露出來對於貧窮、卑劣、貪婪、無知、受苦、找不到出路的人的悲憐與同情，總是讓我為之屏氣凝神。

那構成了我的閱讀經驗中很珍貴的時刻。我記得曾有一次讀著《金瓶梅》的片段，腦海忽然閃過王國維的詞句：「偶開天眼覷紅塵，可憐身是眼中人。」才想著，就發現視線已經被自己的淚水模糊了。

類似那樣毫無預警的震撼幾乎是一次又一次，巨大、持續並且餘波蕩漾。至今我仍然無法形容那種心情。我是在那之後，開始有了想和別人分享這個私房閱讀經驗的念頭。

政和二年

・才藝美少女潘金蓮命運坎坷，九歲被賣到王招宣府上當樂妓，十五歲被轉賣給張大戶，接著又被強迫嫁給賣炊餅的矮冬瓜武大。

政和四年

・芳心寂寞的潘金蓮使出渾身解數，挑逗打虎英雄武松（武大的弟弟）。
・商人西門慶被潘金蓮用叉竿打中頭，兩人一見鍾情。王婆獻計「十分光」，拉皮條順利成功，茶坊變成汽車旅館。
・武大去茶坊抓姦，被西門慶踹到吐血。
・潘金蓮、西門慶和王婆共謀，決定鴆殺武大。
・武松錯殺和西門慶在酒樓喝酒的衙役李外傳，被發派孟州監牢。

第一章

大家都愛潘金蓮

1

《金瓶梅》的私房閱讀，我打算從潘金蓮開始讀起。少了潘金蓮這個最重要頭號女主角，《金瓶梅》幾乎就完全是另外一回事了。

必須先說的是，或許因為明朝著作權不像現在這麼被強調，《金瓶梅》頭幾回，從西門慶與潘金蓮偷情，到與武大郎、武松之間的恩怨情仇，幾乎是從《水滸傳》原原本本照抄過來的。因此，當大家第一章讀得快意淋漓時，最好記得：大部分的掌聲應該給的是《水滸傳》的作者施耐庵，而不是給《金瓶梅》的蘭陵笑笑生。

潘金蓮在《水滸傳》中的狠毒惡劣的淫婦形象家喻戶曉，真要排行算起來的話，絕對擔當得起淫婦排行榜的第一名。不過為了讓《金瓶梅》將來有自己更深刻的生命，蘭陵笑笑生替第一女主角潘金蓮加入了更多的材料。這些如同星際大戰「首部曲」的出身背景，使得我們對於潘金蓮這個女人，有了完全不一樣的理解。先來看看好了。

《金瓶梅》一開始是這樣介紹潘金蓮的：

> 這潘金蓮卻是南門外潘裁的女兒，排行六姐。因他自幼生得有些姿色，纏得一雙好小腳兒，所以就叫金蓮。他父親死了，做娘的度日不過，從九歲賣在王招宣[1]府裡，習學彈唱，閑常又教他讀書寫字。他本性機變伶俐，不過十二三，就會描眉畫眼，傅粉施朱，品竹彈絲，女工針指，知

書識字，梳一個纏髻兒，著一件扣身衫子（緊身衣服），做張做致，喬模喬樣（裝模作樣）。到十五歲的時節，王招宣死了，潘媽媽爭將出來，三十兩銀子轉賣與張大戶家，與玉蓮同時進門。

（第一回）

在這段敘述裡，潘金蓮自幼纏得一雙好小腳，說明她小時的家境起碼是過得去的。可以想像，如果不是父親早死，或許潘金蓮會順利地長大，嫁給一個門當戶對的物件，生了許多小孩，過著平凡而缺乏故事，幸福快樂的一生。可惜命運對她是殘酷的。

潘金蓮九歲父親死了，被賣到王招宣府上當樂妓。在王招宣府裡，我們看到潘金潘努力地學習，不斷地在提高她自己的「身價」。古代的女人十五歲梳髻，以示成年，可以聘嫁。潘金蓮十二、三歲就梳髻，這表示她早熟。穿暴露身體曲線的緊身衣、裝模作樣地做出嫵媚的身段，都是刻意惹人注目的舉動。這些形容儘管有些負面，但對一個必須自食其力的孤女來說，她的用心還是值得疼惜。可惜十五歲時潘金蓮的老闆王招宣又死了，這些努力到頭來只讓她在十五歲被轉賣給張大戶時，換得了好一點的價碼，三十兩銀兩。

潘金蓮被賣到張大戶家時，大老婆余氏本來很疼她。麻煩的是潘金蓮長得太漂亮了，張大戶趁著老婆不在家時，把潘金蓮叫到房間裡「收用」（主人和奴婢上床）了。在當代，老闆和女傭上床是會被告上法院的。但在明朝這種情況並不少見。奴婢既然是用銀兩買來，主人要怎麼樣

1 招宣是一種高級的武官——招宣史的簡稱。這個名稱應是作者發明出來的，因為宋、明兩代只有招討史，招撫史，宣諭史，宣撫史的名稱。

使用官府當然也管不著。被收用的奴婢地位其實很曖昧，儘管她們的身分是婢，可是地位卻高於其他婢女。表面上，她們的權力不如妻妾，但是對主人的影響力卻又往往高於妻妾。因此，隨著恩寵際遇以及威脅大老婆程度的不同，婢女和大老婆之間，少不了有許多微妙的恩怨情仇。

在這樣的情況下，大老婆對潘金蓮的態度也慢慢開始轉變了。

書上說張大戶收用了潘金蓮之後，添了五種病症：第一腰便添疼，第二眼便添淚，第三耳便添聾，第四鼻便添涕，第五尿便添滴。儘管沒有什麼醫學根據，但在傳統觀念裡，性愛影響身體健康這個看法卻根深蒂固。讀讀《金瓶梅》第一回開頭的詩就是最好的明證：

> 二八佳人體似酥，腰間仗劍斬愚夫。
> 雖然不見人頭落，暗裡教君骨髓枯。

張大戶添出來的這些症狀，真要推論的話，只能說張大戶六十多歲年紀不小了，才會有腰添疼（應是泌尿道感染或結石）、尿添滴（攝護腺肥大）這些老人病。照說這些症狀和潘金蓮的關係不大。但對於原本就有成見的大老婆，正好找到藉口修理潘金蓮，逼張大戶非把潘金蓮趕走不可。

張大戶捨不得潘金蓮，可是又迫於情勢。他想出來的變態辦法是免費把潘金蓮嫁給沒有出息的武大。張大戶把一個三十兩買來的美少女送給武大，不但不收武大郎房租，還會主動給錢幫助武大做生意。這麼好心的目的無非就是想趁著武大出門時，繼續「收用」潘金蓮。武大得了張大戶的好處，一方面是自己沒出息向人家伸手，另一方面潘金蓮本來就是張大戶的女人，因此，就算不小心回家撞見了張大戶和潘金蓮在家裡幽會也不敢大聲嚷嚷。

必須提醒大家的是，《金瓶梅》固然借用《水滸傳》，但在細節上仍還是有些差別。比如說：在《水滸傳》裡，當張大戶糾纏潘金蓮時，是潘金蓮主動向大老婆告發的。因此張大戶記恨在心，才會把她嫁給武大做為報復。但在《金瓶梅》裡，情況卻不是這樣。換句話，在原來《水滸傳》的故事裡，潘金蓮和武大郎的婚姻關係至少是完整的——**潘金蓮出嫁前，不但沒有和張大戶發生關係，出嫁後，張大戶也沒再回來和潘金蓮糾纏。**

《金瓶梅》這個小小改動——潘金蓮被張大戶收用在先、又被侵占在後，雖然讓潘金蓮的身世變得更加不堪，但卻讓我們看見了不同的人性深度。

《水滸傳》中潘金蓮對武大的背叛，根深蒂固地創造出了潘金蓮的淫婦形象。於是當故事從《金瓶梅》讀起時，我們對潘金蓮的理解完全不同了。要知道，一個女人「背叛」婚姻最起碼的前提，至少得是這樁婚姻是在自由意志下進行的。然而，以潘金蓮奴婢的身分，在潘金蓮和武大這樁婚姻上，她甚至是連說不的選擇也沒有的。再說得更明白一點，從潘金蓮二次被賣，到被張大戶「收用」，進而成為大老婆的眼中釘，甚至被強迫嫁給武大郎時，她的人生就從來不曾有過選擇。沒有自由意志選擇的權利，當然也就沒有「忠貞」的義務可言。更何況，在張大戶的安排之下，潘金蓮從和武大結婚起，就被逼得無法對武大「忠貞」了。一樁從開始就沒有貞操的婚姻，如何要求潘金蓮為它「守貞」呢？

再來看看武大好了。維護婚姻男女雙方當然都有責任的。武大撞見張大戶和潘金蓮幽會之後，如果真的夠有擔當的話，大可自行了斷張大戶的資助，要求潘金蓮和他一起搬到別的地方，重新開始人生的。相信以潘金蓮的聰慧加上武大的忠厚勤奮，兩個人的新生活並非沒有成功的機會。可是懦弱的武大卻選擇了不敢出聲，甚至還繼續接受張大戶的資助。武大可以沒錢，沒勢，沒出息，甚至沒身高，可是起碼他得有情有義，如果連這些都沒有，他實在沒有什麼資格去要求別人為他這樁假婚姻守貞的。

因此，在「忽一日大戶得患陰寒病症，嗚呼死了。主家婆察知其事，怒令家僮將金蓮、武大即時趕出。」，連最起碼的「經濟條件」都消失之後，這樁婚姻就真的一點存在的意義都沒有了。從父親的死亡、王招宣的死亡到這次張大戶的死亡，潘金蓮突然發現，她所有的努力，到頭來竟只換得一個武大郎——她甚至連被再轉賣的機會都沒有了。這樣看不到出路的人生，對於才二十出頭歲的潘金蓮來說，當然是再悲慘不過了。

相對於《水滸傳》，《金瓶梅》所做的更動，雖然字數不多，可是我們卻從這小小的更動看到更多不得已，以及對潘金蓮的同情。這當然正是《金瓶梅》從一開始就企圖要營造的深刻。話又說回來，像潘金蓮這樣的女人當然是不願意被憐憫與同情的。不甘受到命運箝制的她，當然要想盡辦法靠自己尚存的本錢——青春與美麗，突圍。

這時，武大的弟弟——武松，大家心目中的打虎英雄出現了。

大家都認為潘金蓮看上了武松的魁梧的身體，但我覺得更深沉的意義，其實是武松的「英雄」形象。武松一開始就是以「打虎英雄」登場。「英雄」的意象對於生命沒有出口，迫切等待著被「拯救」的女人而言，吸引力可以說是無窮無盡的。潘金蓮要嚥認了命和武大郎好好地過日子，否則，她就需要一個敢排除世俗成見，把她從命運中拯救出來的「英雄」。有人或許覺得勾引自己的小叔不道德，但潘金蓮想對自己的命運突圍，這一層一層包圍著她的就是道德。除了以「不道德」對抗「道德」外，潘金蓮幾乎沒有什麼別的選擇了。

❖

這場潘金蓮勾引武松所使出的渾身解數，在我的閱讀經驗裡，算得上是古典小說裡的經典場面了。這個場面開始於一個下雪天，武大出門賣炊餅不在家，武松去縣府裡點名完畢，提早回到家裡，一進門發現潘金蓮早生起了火，準備了酒菜在等他了：

那婦人早令迎兒把前門上了閂，後門也關了。卻搬些煮熟菜蔬入房裡來，擺在桌子上。武松問道：「哥哥那裡去了？」

婦人道：「你哥哥出去買賣未回，我和叔叔自吃三杯。」

武松道：「一發等哥來家吃也不遲。」

婦人道：「那裡等的他！」（第二回）

嫂嫂給小叔準備酒菜尚稱合理，但邀他一起單獨喝酒又是另一回事了。不過，基於禮貌，武松還是坐下來了。

說猶未了，只見迎兒小女早暖了一注酒來。

武松道：「又教嫂嫂費心。」

婦人也掇一條凳子，近火邊坐了。桌上擺著杯盤，婦人拿盞酒擎在手裡，看著武松道：「叔叔滿飲此杯。」武松接過酒去，一飲而盡。

那婦人又篩一杯酒來，說道：「天氣寒冷，叔叔飲過成雙的盞兒。」

武松道：「嫂嫂自請。」接來又一飲而盡。

武松卻篩一杯酒，遞與婦人。婦人接過酒來呷了，卻拿注子再斟酒放在武松面前。（第二回）

潘金蓮倒完一杯酒之後又是一杯，還要武松「飲過成雙的盞兒」，這話感覺有點奇怪。礙著是自家嫂嫂，武松禮貌地回應：「嫂嫂自請。」還客氣地替她倒了一杯酒。情勢暫時僵在那裡。

從潘金蓮的觀點來看的話，她顯然有點搞不清楚武松的回應算是聽懂了，還是沒聽懂？也分辨不出武松給她回倒的酒算是「禮貌」還是回應她的「勾引」？然而調情有趣的部分正在這些曖昧的機鋒裡，它們一邊通向禮教的客廳，另一邊則是情慾的臥房。於是，在喝完武松倒的酒之後，球又重回潘金蓮手上了。她於是再給武松倒一杯酒，她知道她得說些什麼，不能只是這樣相互灌酒。

那婦人一徑將酥胸微露，雲鬟半嚲，臉上堆下笑來，說道：「我聽得人說，叔叔在縣前街上養著個唱的，有這話麼？」

武松道：「嫂嫂休聽別人胡說，我武二從來不是這等人。」
婦人道：「我不信！只怕叔叔口頭不似心頭。」
武松道：「嫂嫂不信時，只問哥哥就是了。」
婦人道：「啊呀，你休說他，那裡曉得什麼？如在醉生夢死一般！他若知道時，不賣炊餅了。叔叔且請杯。」（第二回）

在這裡，我們可以看到潘金蓮出手的謹慎與精確。儘管「酥胸微露，雲鬟半嚲」什麼都沒說，可是卻是比語言更強而有力的勾引。她問武松是不是在外面養了女人？這話說來雲淡風輕，但卻擺明了要剝去武松的「道德」假面。武松爭辯了半天，還要她不信去問武大，正好給了潘金蓮機會數落武大一番，表明她看不起武大的意思。我覺得常常英文的striptease比中文的脫衣舞更傳神。strip是剝奪，tease則有挑逗的味道。顧名思義，脫衣舞就是從外面往裡面一層一層把衣服剝掉的挑逗過程。潘金蓮對武松的挑逗也接近這個意思。她企圖先把武松最外面那層道德禮教的衣服剝開，再剝掉自己早已厭倦的那件叫做「婚姻」的衣裳，一步一步往內剝，一步一步挑逗，直到兩個人都一絲不掛地露出赤裸裸的情慾肉體為止。

連篩了三四杯飲過。那婦人也有三杯酒落肚，哄動春心，那裡按納得住。慾心如火，只把閒話來說。武松也知了八九分，自己只把頭來低了，卻不來兜攬。婦人起身去燙酒。武松自在房內卻拿火筯簇火。

婦人良久暖了一注子酒來，到房裡，一隻手拿著注子，一隻手便去武松肩上只一捏，說道：

「叔叔只穿這些衣裳，不寒冷麼？」

武松已有五七分不自在，也不理他。

婦人見他不應，匹手就來奪火筯，口裡道：「叔叔你不會簇火（撥攏炭火使火勢變旺），我與你撥火。只要一似火盆來熱便好。」（第二回）

當潘金蓮用手去碰觸武松肩膀，挑逗的層次再度被拉高——這回從身外之事跳到身體本身了。潘金蓮的肢體碰觸絕對是個逾越，但她卻用：「叔叔只穿這些衣裳，不寒冷麼？」來合理化她的行為。你可以看到，當潘金蓮順手奪過火筯，對武松說著：「我與你撥火，只要一似火盆來熱便好。」那個聽來合理，卻又直接撩撥武松內在「慾火」的雙關語，多麼生動、自然。潘金蓮絕對是聰明而有天分的，她善用隱喻的功力一點也不下於當代最優秀的文學家。相對的，和潘金蓮的優雅相較，武松其實是有點不知所措的。有趣的是，從「禮貌地斟酒回應」，「獨自拿火筯簇火」，到「變得五七分不自在」，武松不斷地在升高他拒絕的力道。潘金蓮當然看到了，然而或許因為覺著自己擁有主場優勢，因此潘金蓮不肯就此罷手。於是故事的張力繼續拉升。

武松有八九分焦躁，只不做聲。這婦人也不看武松焦躁，便丟下火筯，卻篩一杯酒來，自呷了一口，剩下半盞酒，看著武松道：「你若有心，吃我這半盞兒殘酒。」（第二回）

所謂「食色性也」。接吻和吸吮很多性愛的行為，追根究柢來自童年發展中的口慾期。因此食慾和色慾幾乎是人性中最根本，也是最接近的兩種慾望。兩人各自喝自己杯內的酒，與共喝一杯酒之間，最大的差別在於那種「口水交融」的性暗示。潘金蓮把話說得如此明目張膽，等於是向武松攤牌。

局勢至此，再也沒有任何可以轉圜的餘地了。這場層次分明的經典大戲，情慾的流動從武松身外的關係，身內的慾火，到兩人之間的性慾，情緒一路逼升到達最高潮，急轉直下，逼得武松狗急跳牆地說出：

「嫂嫂休要這般不識羞恥，為此等的勾當，倘有風吹草動，我武二眼裡認的是嫂嫂，拳頭卻不認的是嫂嫂！」

在水滸傳版本裡的武松，當然也說了同樣的話。但是武松整個人在《水滸傳》的形象，其實是沒有在《金瓶梅》中這麼正氣凜然的。水滸傳描寫他的個性是：

吃醉了酒性氣剛，莊客有些顧不到處，他便要下拳打他們。因此，滿莊裡莊客沒有一個道他好。

他明知景陽崗有虎，偏向虎山行，也是因為懷疑酒家留宿他是為了想對他謀財害命，甚至在看見崗上廟門處的告示，知道有老虎時，還想著：

「我回去時，須吃他恥笑不是好漢，難以轉去。」

我們看到的武松形象在《水滸傳》裡完全是一派不自知的蠻橫與虛浮。不過在《金瓶梅》裡這些描寫全不見了。這些省略，使得武松在《金瓶梅》裡變得更加正經八百，甚至到了有點單薄的地步了。

（當然，武松在《金瓶梅》畢竟只是配角，分量沒有那麼重要，因此這樣省略或許是一種不得不然。）

不過，武松如果能見廣識多一些的話，要拒絕潘金蓮的勾引，大可不用弄得這麼難看的。可惜我們的打虎英雄心中的「道德」遇見了「情慾」，立刻變得一派驚慌失措，只會撂狠話，鬧出走。可見對於英雄來說，「背德」的情慾是比吃人的「老虎」還要可怕許多的。

至此，潘金蓮只好落得了個自討無趣的下場。

總結起來，潘金蓮這次的努力可說是失敗的。她不但沒有得到她想要的，她一番「做賊的喊抓賊」的誣衊以及逼走武松的作為，還讓她失去了讀者對她原有的同情。

但從另外一個角度來看，做為一個風情萬千的挑逗者，我覺得潘金蓮的表現絕對是無懈可擊的。在我們的文化遺產裡，很少有一個像潘金蓮這樣的角色，能夠用對人性如此精準的拿捏與豐富的層次，向我們示範出如此動人的風情萬種。我們似乎有太多的忠孝節義的故事了，但卻有太少像潘金蓮這樣的千嬌百媚。我不忍心苛責潘金蓮這次的失敗，一切只能怪她選錯了對象。武松的道德堅持自有他的道理，但就做為一個偷情對象而言，他實在是太正義凜然，又太不解風情了。

2

小說把潘金蓮和西門慶的相遇安排在她勾引武松失敗之後，可說再高明不過了。這樣的安排，使得接下來潘金蓮一見到西門慶這個有錢有閒的色鬼時，根本不需多廢話，讀者立刻明白：這下可有好戲看了！

不同於《白蛇傳》裡，許仙和白素貞落雨的紙傘下動人的邂逅，小說在這裡刻意安排了潘金蓮手拿叉竿放簾子，被一陣風颳倒叉竿，正好打在路過的西門慶頭上。說起來，這樣的初遇顯然是狼狽的。如果紙傘讓人聯想到近乎愛情的浪漫與美感，那麼叉竿的意象顯然就和勾引、陽具息息相關。這種刻意安排的畫面，當然是作者刻意的嘲諷。一場應該是風流倜儻的邂逅，就這樣在「叉竿」式的淫誨暗示中展開。小說先寫潘金蓮，再寫西門慶的色慾薰心，全篇充滿了一種流暢、誇張的喜感：

> 這個人被叉竿打在頭上，便立住了腳，待要發作時，回過臉來看，卻不想是個美貌妖嬈的婦人。
>
> 但見他黑鬒鬒賽鴉鴒的鬢兒，翠彎彎的新月的眉兒，清冷冷杏子眼兒，香噴噴櫻桃口兒，直隆隆瓊瑤鼻兒，粉濃濃紅艷腮兒，嬌滴滴銀盆臉兒，輕嫋嫋花朵身兒，玉纖纖蔥枝手兒，一捻捻楊柳腰兒，軟濃濃粉白肚兒，窄星星尖翹腳兒，肉奶奶胸兒，白生生腿兒，更有一件緊揪揪、白鮮鮮、黑裀裀，正不知是什麼東西。觀不盡這婦人容貌……（第二回）

照說潘金蓮長什麼樣子，在前文早已描述過，不需再向讀者交代。不耐煩的讀者沒讀到其中玄機，一不小心整段形容就錯過了。

事實上這段厲害的文字並不是重複。它形容的與其說是潘金蓮，還不如說是西門慶看到潘金蓮時的心情。用這樣的理解閱讀故事，我們才能夠感受到這一大串甚至是有點粗鄙的形容詞背後的精采的趣味，什麼黑鬒鬒、翠彎彎、香噴噴、直隆隆、粉濃濃、嬌滴滴、輕嬝嬝……在這些重疊句裡，我們彷彿可以看見西門慶語無倫次的慌亂，聽見他胸中怦怦怦的心跳節奏。更可笑的是當西門慶從頭髮、臉蛋把潘金蓮一路往下看，到最後什麼柳腰兒、白肚兒、尖翹腳兒、肉奶奶胸兒、白生生腿兒……時，潘金蓮在西門慶的想像底，竟已被剝得一絲不掛，甚至是不打馬賽克的解碼畫面了。

西門慶當然看不到什麼肉奶奶胸兒、白生生腿兒，但在他心裡，意淫的想像卻比什麼都還真實。這種意識流的小說敘述方式，在西方要到了近代出現了佛洛依德的潛意識理論之後，才算漸漸成熟。《金瓶梅》的這種技巧筆法，讓我們簡直像看到了直升機在四百多年前的空中盤旋似的。

理解了這樣色迷迷的想像之後，再來看西門慶的反應。

> 那人一見，先自酥了半邊，那怒氣早已鑽入爪窪國去了，變做笑吟吟臉兒。這婦人情知不是，叉手望他深深拜了一拜，說道：「奴家一時被風失手，誤中官人，休怪！」
>
> 那人一面把手整頭巾，一面把腰曲著地還喏道：「不妨，娘子請方便。」
>
> 卻被這間壁住的賣茶王婆子看見。那婆子笑道：「兀的（句首強調詞，無意義，有點類似口語「我說」）誰家大官人打這屋簷下過？打的正好！」（第二回）

西門慶會從潘金蓮門前經過，實在是因為生病的三姨太死了，剛出完殯回來。這時的西門慶不但沒有任何哀戚之情，他被潘金蓮的叉竿打到，從「待要發作」到變成「笑吟吟的臉」，也不過是幾秒鐘的工夫。光是這個嘴臉已夠可笑了，偏偏小說還要再安排個王婆子，跳出來說俏皮話，提醒大家：潘金蓮也一樣半斤八兩——平白跑出一個標致的大官人從屋簷底下經過，饑渴的潘金蓮這一竿打得當然正好。

接下來，色慾飽脹的西門慶見到潘金蓮之後，滿心都是「好一個雌兒，怎能夠得手？」的心思，一天之內來來回回就光顧了王婆子的茶坊三次。在此，我們感受到的固然是西門慶的神魂顛倒，但作者描寫王婆子貪婪又愛促狹的個性更是精采絕倫。

（《金瓶梅》裡所有的惡行敗德幾乎都少不了這些掮客。他們初看只是小奸小壞，可是最深沉的陰邪奸毒也正藏在這些人的內心世界裡。少了這些人，《金瓶梅》的精采有趣恐怕少掉一半以上。）

見到西門慶踅回茶坊，王婆立刻笑著說：「大官人卻才唱得好個大肥喏（剛剛的鞠躬問候真是殷勤啊）！」這話當然譏諷，不過西門慶此時沒有心情和王婆周旋，他急著出言打聽隔壁這個雌兒的消息。

儘管西門慶心急，深諳世故的王婆卻一點也不急。她先和西門慶插科打諢，甚至還吊他胃口，和他大玩猜謎遊戲。西門慶猜了半天，終於猜出原來她就是賣炊餅武大郎的老婆。本來名花有主，這件事西門慶知難而退也就算了。不想西門慶歎息了一聲：

「好一塊羊肉，怎生落在狗口裡！」

王婆當然不會聽不懂這層意思，於是立刻也亦步亦趨地跟著歎息，說道：

「自古駿馬卻馱癡漢走，美妻常伴拙夫眠。月下老偏這等配合。」

潘金蓮這塊羊肉落到誰口裡本來一點也不干西門慶的事，可是王婆子故意把潘金蓮嫁給武大說成了人間的不公義。這樣說法，把色慾飽脹的西門慶吹得鼓鼓的，彷彿剷除世間的不義真是自己責無旁貸的義務似的。

勾引別人老婆當然不是什麼可以大聲嚷嚷的事。西門慶的生意人本能浮現，決定從小恩小惠的人情開始打點起。他問王婆：「乾娘，我少你多少茶果錢？」王婆卻說不急。他又許諾要給王婆的兒子差事。王婆也只是不冷不熱地回應：「若得大官人擡舉他時，十分之好。」

讀到這裡，看官若誤以為王婆是個不在乎錢脈與人脈的老糊塗，那可就大錯特錯了。王婆並非不貪婪，相反的，她是看到了這件事背後還有更大的甜頭，算準了要放長線釣大魚。

果然西門慶走了之後兩個時辰不到，就又再度踅[2]（繞）回了茶坊。這次西門慶叫了一碗酸梅湯。邊吃酸梅湯邊稱讚說：

「乾娘，你這梅湯做得好，有多少在屋裡？」

王婆笑道：「老身做了一世媒，那討得不在屋裡！」

西門慶笑道：「我問你這梅湯，你卻說做媒，差了多少！」

王婆道：「老身只聽得大官人問這媒做得好。」

西門慶道：「乾娘，你既是撮合山，也與我做頭媒，說頭好親事，我自重重謝你。」（第二回）

王婆沒有耳背的問題，任何人都看得出來，從做「梅」到做「媒」，她根本就是裝糊塗故意挑逗。等西門慶入局後，她又正經八百地說：

「看這大官人作戲！你宅上大娘子得知，老婆子這臉上怎吃得那耳刮子（巴掌）！」西門慶道：「我家大娘子最好性格。見今也有幾個身邊人在家，只是沒一個中得我意的。你有這般好的，與我主張一個，便來說也不妨。若是回頭人兒（再嫁的）也好，只是要中得我意。」（第二回）

至此，西門慶總算開口顯露意圖，還說嫁過人的也沒有關係，意有所指已經相當明顯。好玩的是王婆子明明心知肚明，卻還要繼續裝糊塗。

王婆道：「前日有一個倒好，只怕大官人不要。」
西門慶道：「若是好時，與我說成了，我自重謝你。」
王婆道：「生的十二分人才，只是年紀大些。」
西門慶道：「自古半老佳人可共，便差一兩歲也不打緊。真個多少年紀？」
王婆道：「那娘子是丁亥生，屬豬的，交新年卻九十三歲了。」

2 踅讀音「學」，辭海裡的解釋為：往來盤旋。「踅」這個字連樣子都長得鬼鬼祟祟，我覺得實在是傳神透了。沿承自古漢語的閩南話說逛街的「逛」時，發音很接近這個「踅」（學），我懷疑應該就是「踅街」。

西門慶笑道：「你看這瘋婆子，只是扯著瘋臉取笑。」說畢，西門慶笑著起身去。（第二回）

這實在是王婆這個角色讀來最讓人拍案叫絕之處。她一面刺挑一面還要揶揄，非得讓西門慶清楚明白地承認自己下流的慾望，才肯出手。畢竟王婆只是個仲介者，太過一廂情願地貿然行動，萬一將來有個風吹草動，落了個「萬惡皆歸之」的下場豈不自討苦吃？這是在談笑怒罵之間，不可忽略的這個婆子心思曲折蜿蜒之處。她算準了西門慶還會再回來，還會把話再說得更露骨。因此她繼續吊著西門慶的胃口。

我初讀西門慶在這個節骨眼三番二回跑茶坊時，總覺得小說有點煩絮。後來看懂了時反而覺得佩服。原來這個寫法不直寫西門慶如何失張失致，反而另闢蹊徑，借著王婆的戲謔，不動聲色地突顯西門慶內心的急色。作者這種技巧高明之處在於雖然手不血刃，但卻刃刃見血。

總之，西門慶就這樣一天跑了三回茶坊，煎熬一個晚上之後，隔天一大早果然又「踅」來了。

西門慶叫道：「乾娘，點兩杯茶來我吃。」
王婆應道：「大官人來了？連日少見，且請坐。」不多時，便濃濃點兩盞稠茶，放在桌子上。
西門慶道：「乾娘，相陪我吃了茶。」
王婆哈哈笑道：「我又不是你影射（心中屬意）的，如何陪你吃茶？」（第二回）

明明昨天連來三次，今天故意要諷刺「連日少見」，明明知道邀請陪喝茶是有事相求，卻刻意要說：「我又不是你心中屬意的對象，如何陪你吃茶？」王婆子兩面刃法愈來愈俐落，對西門慶的刺挑也愈來愈不留情。

西門慶也笑了，一會便問：「乾娘，間壁賣的是什麼？」

王婆道：「他家賣的拖煎河漏子，乾巴子肉翻包著菜肉餛飩，餃窩窩，蛤蜊麵，熱燙溫和大辣酥。」

西門慶笑道：「你看這瘋婆子，只是瘋。」

王婆笑道：「我不瘋，他家自有親老公。」（第二回）

這段對話有解說的必要。

河漏子是蕎麥磨成的湯餅，沒有拖煎的作法。乾臘肉不可能反過來包著餛飩。餃是兩頭尖中間飽滿的食物，窩窩卻是圓形底部凹形的食物，想也知道沒有餃窩窩這種東西。大辣酥則指燒酒，北方喝燒酒卻不暖酒，因此熱燙溫和大辣酥亦是不存在的……總之，王婆說的這一大串食物，全挑明了西門慶癡心妄想的根本是不存在的事。

（另外一種解釋則認為「軟」巴子肉是乾肉薄片，辣酥則是蘇北方言中的長茄子——落穌，另外，包括河漏子、餃窩窩、蛤蜊……都是男女性器的代稱。顯然後者的說法更加讓人有更大的想像空間。）

總之，王婆藉著打屁說笑挑出了西門慶心中的慾望。特別當西門慶還要打哈哈輕易帶過時，她更無保留地點出，誰不知道讓西門慶「慾在心裡口難開」最重要的理由，只是潘金蓮家裡還有個親老公罷了。王婆一點不瘋。

話說到這個地步，能用的暗喻與戲謔都已經用盡，開不開竅全在西門慶了。借著「隱喻」的勾搭與「戲謔」的潤滑，這個隱約進展的過程寫來又大氣又俐落，小說清一色白描，雖然沒交代西門慶心裡怎麼煎熬，可是他心中的天人交戰讀者一點也不覺得隔閡。

西門慶出去轉了圈，又在門口踅來踅去七八回，終於下定了決心，走進王婆子茶坊裡，把心底所有不堪的慾望全部向王婆子吐露無遺。

西門慶的告白換來了王婆子的坦誠。她大方地表明自己這家茶坊只是個幌子。像她這樣三十六歲就死了丈夫，還得帶著孩子的寡婦，為了生存，賣過成衣，當過產婆，針灸看病等種種工作，更重要的，她還「拉皮條」——顯然生存是比道德還要高的道德標準。

西門慶大喜過望，知道這回找對人了——對西門慶這樣的人而言，再沒有比用錢可以解決更容易的事了。現在他發現，拋掉那些彆彆扭扭的倫理道德之後，原來只要找到門路，他的色慾與王婆的貪慾原來也可以像生意那樣，單純只是買賣與交換。

王婆子給西門慶獻了一個「十分光」之計。這裡的光指的是挨光——偷情（晴）。王婆要西門慶去買一匹藍綢、一匹白綢、一匹白絹，再拿十兩好綿來——王婆決定請潘金蓮為她裁製入斂的喪服。這個文學史上最有名氣的偷情劇本雖然出自不曾讀過書的王婆，但天才的程度也足以拿到最佳編劇獎了。

「十分光」翻譯成白話大概是這樣的：

老身我先去向她借日曆，拜託她選個好日，請裁縫來做。她如果選了日期，沒開口要幫我，那就算了，要是她歡天喜地說：「我替妳做。」省得我叫裁縫，就有一分光了。我如果請得她過來做，替我縫，這光便有二分了。她來做時，中午我安排些酒食點心請她，如果她說不方便，一定要回家，那就算了。要是她願意吃，這光就有三分了。

你（西門慶）中午打扮整齊過來，先咳嗽，在門前叫喊：「怎麼好幾天沒看到王乾娘？給我一盞茶。」到時候我會出來請你進房裡喝茶。她看見你如果立刻起身回家，事情就算了。如果她不動身，這光就有四分了。

你坐下時，我對她說：「這位是送我衣服的先生，真是難為他了。」我會開始替你吹捧，你就乘機誇讚她的手工。她若不接腔，這事就算了；要是她願意跟你說話，這光就有五分了。

於是我說：「難為兩位施主了，一個出錢，一個出力。正好小姐在這裡，先生是不是做個主人，代我請客謝謝她？」聽我這麼說，你立刻拿出銀子要我出去買酒菜。如果她立刻轉身走人，這事情就算了，要是她還坐在那裡不動，這光就有六分了。

我拿了銀子，臨出門時對她說：「麻煩小姐陪先生坐一會兒。」她如果站起來走人，這事也算了，如果她不起身，那好，這光就有七分了。

等我買來東西放在桌子上，說：「小姐把針線收一收，暫且喝杯酒吧，難得這位先生請客。」如果她不肯和你同桌吃飯，走了，這事就算了，要是她不起身，那又好了，這光就有了八分。

等她喝得有些酒意，你們話說得投機時，我就藉口沒酒了，要再買去。你拿出銀子，又讓我出門去買酒菜。我拽上門，把你們關在屋裡。這時如果她焦躁地跑掉，事情就算了。要是她任我拽上門，還坐在那裡，這光就有九分，只欠一分了。

最後這一分最難。你在房裡，淨挑好聽話說，先別急著毛手毛腳，否則壞了事我也幫不上忙。你先故意用袖子把桌上的筷子拂落到地面去，然後蹲到地上去，裝出撿筷子，順手捏她的腳。如果她鬧起來，我立刻趕來救你，這事到這裡就算了。要是她不出聲，事情就十分光了。

這個挨光劇本一步一步陷人入彀，在漸漸裡有一種無法言語的驚心動魄。王溢嘉先生曾歸納過「陷阱」構成的共同要素有三：一是必須有個誘餌。二是必須只能前進不能後退。三是路愈走愈窄，愈不舒服，直到最後動彈不得為止。我不確定潘金蓮到最後是不是覺得不舒服，不過這個劇本顯然具備了三大要素，是個道地的陷阱。

劇本正式演出之後，順利得有點令人難以置信。唯一的擦槍走火是武大的善意。他在聽到潘金蓮中午吃了人家王婆一頓之後，當下立即告訴潘金蓮說：

「你明日再去做時，帶些錢在身邊，也買些酒食與他回禮。常言道：遠親不如近鄰，休要失了人情。他若不肯交你還禮時，你便拿了生活（女紅）來家，做還與他便了。」（第三回）

被偷了老婆還忙著請客道謝的武大令人有種很深的喟歎。這樣的諷刺讓我們感覺到，在一個到處充滿著十分光劇本的世界裡，忠厚、善良這些德行不但顯現不出它們的美好，更多時候，反而只是愈發彰顯出它的脆弱與無知罷了。

這齣十分光大戲從第一天開始，直至第三天西門慶和潘金蓮脫衣解帶為止，高潮迭起，全無半點冷場。我們驚訝地在王婆子把西門慶介紹給潘金蓮認識時，聽到她說：

「他家大娘子，也是我說的媒，是吳千戶家小姐，生得百伶百俐。」

這種替大老婆說了親之後，還來做「牽頭」的媒人，實在是絕無僅有了。可見所謂的婚姻，在王婆眼中無非不過是「拉皮條」的生意一樁罷了。

一如原先預謀的，王婆算準了時間，在床事結束，兩人各整衣衫時推開門進來。

只見王婆推開房門入來，大驚小怪，拍手打掌，低低說道：「你兩個做得好事！」西門慶和那婦人都吃了一驚。那婆子便向婦人道：「好呀，好呀！我請你來做衣裳，不曾交你偷漢子！你家武大郎知，須連累我。不若我先去對武大說去。」回身便走……（第四回）

和大部分的掮客沒有什麼兩樣，王婆不但在買賣成交之後對潘金蓮與西門慶兩頭抽成。更諷刺的，她竟還站上道德的制高點，威脅潘金蓮：

「早叫你早來，晚叫你晚來，我便罷休，若是一日不來，我便就對你武大說。」又指使西門慶說：「這十分好事已都完了，所許之物，不可失信，你若負心，我也要對武大說。」

王婆這話說得理直氣壯，彷彿她是唯一不曾泯滅了良知的好人似的。西門慶拔下一根金頭簪插在潘金蓮頭上做信物，潘金蓮本來還不肯，被王婆扯著袖子，掏出了一條杭州白縐紗汗巾（手帕）送給西門慶做信物。最可憐的是武大，在毫不知情的情況之下，變成了老婆和別人偷情時「姦情永固」的保證人。本來買物賣物，掮客利用的就是別人的資源。但王婆把鄰家的乾女兒以及乾女兒老公善加利用到這個程度，未免也太誇張了些。

3

潘金蓮把王婆的茶坊當成汽車旅館，一天到晚上茶坊和西門慶偷情。小說裡說這個秘密「不到半月之間，街坊鄰舍都曉的了，只瞞著武大一個不知。」唯一去給武大打小報告只有鄆哥一個人。鄆哥會這樣做，和友情或道德感一點關係也沒有，他的這番作為，完全基於分不到王婆的好處眼紅。

鄆哥知道了西門慶和潘金蓮的事之後，曾經威脅過王婆說：

「乾娘不要獨自吃，也把些汁水與我呷一呷。我有什麼不理會得。」

王婆想獨吞好處，一拳把鄆哥和他的雪梨籃子全打出街上去。《金瓶梅》的敘述風格有種很豐富的畫面感。小說是這樣描寫這段過場的：

那婆子揪住鄆哥鑿上兩個栗暴（用手指骨敲頭）。鄆哥道：「你做什麼便打我？」

婆子罵道：「賊合娘的小猢猻！你敢高做聲，大耳刮子打出你去。」

鄆哥道：「賊老咬蟲，沒事便打我！」

這婆子一頭叉，一頭大栗暴，直打出街上去，把雪梨籃兒也丟出去。那籃雪梨四分五落滾了開去。

這小猴子打那虔婆不過，一頭罵，一頭走，一頭街上拾梨兒，指著王婆的茶坊罵：「我不與他不做出來不信！定然遭塌了你這場門面，交你撰（賺）不成錢！」（第四回）

除了字面上的意義之外，這段像電影的畫面裡，四分五落在地上滾開的雪梨，隱隱約約讓人感到一種失控的不安，彷彿那些雪梨正是秘密本身，原本在籃子裡好好的，現在被這麼一打，全在大街上散開來了。

鄆哥懷恨在心，跑去向武大透露西門慶和潘金蓮的姦情。明明是想分一杯羹的惡棍，變成了揭發八卦的英雄，末了還要誆武大一頓酒。可歎的是，這種小奸小壞的寄生蟲之所以能存在，還在於背後裡有一整個腐敗的社會用冷漠不斷地提供他們養分。

武大聽了鄆哥的通風報訊當然很不高興，決定要抓姦。依照鄆哥擬定的計畫，由鄆哥躲在茶坊門外負責監視，一旦西門慶來了，立刻通知在附近賣炊餅的武大來到現場。行動一開始，由鄆哥先搶入茶坊和王婆理論，等王婆要動手打他時，他立刻一頭頂住她，武大再利用這個時候，趕緊衝進屋子裡面抓姦，並且開始大叫，來個人贓俱獲。

這段抓姦的場面，寫來不但畫面生動，並且喜感十足，我們且看看原文：

那婆子大怒，揪住鄆哥便打。鄆哥叫一聲：「你打我！」把那籃兒丟出當街上來。那婆子卻待揪他，被這小猴子叫一聲「你打」時，就打王婆腰裡帶個住，看著婆子小肚上，只一頭撞將去，險些兒不跌倒，卻得壁子礙住不倒。那猴子死命頂在壁上。

只見武大從外裸起衣裳，大踏步直搶入茶坊裡來。

那婆子見是武大，來得甚急，待要走去阻擋，卻被這小猴子死力頂住，那裡肯放！婆子只叫得「武大來也！」那婦人正和西門慶在房裡，做手腳不迭，先奔來頂住了門。這西門慶便鑽入床下躲了。

武大搶到房門首，用手推那房門時，那裡推得開！口裡只叫：「做得好事！」那婦人頂著門，慌做一團，口裡便說道：「你閒常時只好鳥嘴，賣弄殺好拳棒，臨時便沒些用兒！見了紙虎兒也嚇一交！」（第五回）

這段令人噴飯的情節背後其實是耐人尋味的。有人覺得西門慶之所以躲到床下是因為他「惡人無膽」，但我卻覺得會有這樣的反應是因為直覺偷人老婆理虧——這起碼還有道德考量。可是頂著門的潘金蓮卻提醒他：武大郎又矮又弱又窮，你到底在怕什麼呢？這可就完全是現實的生存考量了。讀到這裡，所有的喜感頓時全化成了一陣心涼，原來生存考量只消不到一秒鐘，就可以輕易戰勝道德考量的。

西門慶在床底下聽了婦人這些話，提醒他這個念頭，便鑽出來說道：「不是我沒這本事，一時間沒這智量。」便來拔開門，叫聲：「不要來！」武大卻待揪他，被西門慶早飛起腳來。武大矮小，正踢中心窩，撲地望後便倒了。西門慶打鬧裡一直走了。鄆哥見勢頭不好，也撇了王婆，撒開跑了。街坊鄰舍，都知道西門慶了得，誰敢來管事？

王婆當時就地下扶起武大來，見他口裡吐血，面皮蠟渣也似黃了，便叫那婦人出來，舀碗水來救得甦醒，兩個上下肩攙著，便從後門歸到家中樓上去，安排他床上睡了。當夜無話。

次日，西門慶打聽得沒事，依前自來王婆家，和這婦人頑耍，只指望武大自死。（第五回）

這裡最令人心寒的是踢完之後，王婆和潘金蓮竟然還合力把他肩攙著擡回家去，彷彿什麼事情也沒發生過似的。

被安置到樓上去的武大，得不到藥，得不到水，甚至連他的小女兒迎兒都被潘金蓮隔離不敢上樓來了。

躺在床上的武大一定很認真地想過了，才會鄭重地把潘金蓮找來，告訴她：

「（我）至今求生不生，求死不死，你們卻自去快活。我死自不妨，和你們爭執不得了。我兄弟武二，你須知他性格，倘或早晚歸來，他肯干休？你若肯可憐我，早早扶得我好了，他歸來時，我都不題起。你若不看顧我時，待他歸來，卻和你們說話。」

如果尊嚴對窮人是太奢侈的奢侈品的話，那麼就不要尊嚴了吧。武大想說的應該是：現在我只想活下來了。

照說，這番誠意十足的告白應該也夠退讓，夠屈服了，可惜落到了西門慶和王婆耳裡，他們考慮與算計的完全不是這麼一回事。

四百年前並沒有所謂的賽局理論。不過武大的這番說法，卻是個標準的賽局提議。在他的提議裡，雙方最大利益應是彼此都應對方的期望作出合作的選擇。因此，這個理想中的合作選擇應該是：

潘金蓮依照武大的期望**照顧**他，武大也依照潘金蓮的期望**隱瞞**武松姦情。

不過，這個看似合理的賽局遊戲操作起來，可能比武大想像的還要複雜。我們看看在這樣的賽局下，雙方之間可能的組合。

首先，潘金蓮如果選擇照顧武大的話，武大也有和潘金蓮「合作」與「不合作」的選擇。在這樣的情況下，可能出現兩種結果：

潘金蓮（合作）——武大隱瞞武松姦情（合作）：兩人繼續利用武松不在時偷情。

潘金蓮（合作）——武大洩漏武松姦情（不合作）：惹禍上身。

在這樣的考慮下，潘金蓮如果選擇了合作，那麼，她最好的情況只能是利用武松不在時繼續和西門慶偷情。但誰知道武大將來會不會後悔呢？萬一武大將來後悔了，選擇了不合作，把姦情洩漏給武松的話，麻煩就大了。

我們再看看假如潘金蓮選擇不照顧武大（不合作），可能發生的情況。

潘金蓮（不合作）——武大沒有機會告訴武松姦情（合作）：結婚，做長夫妻。

潘金蓮（不合作）——武大告訴武松姦情（不合作）：不可能發生。

我們發現，潘金蓮一旦選擇不合作，武大死掉，自然根本不可能有機會告訴武松姦情。如此一來，潘金蓮就能改嫁西門慶，並且長長久久做夫妻了。

從以上的沙盤推演看來，對潘金蓮最有利的選擇反而應該是「不合作」才對。否則，潘金蓮一旦選擇合作，她反而必須面臨種種不確定的變數，甚至導致自己惹禍上身的下場。

顯然武大如果沒有武松這個打虎英雄的捕頭兄弟，或許還有活下來的機會。但是他自己提出武松這個變數以及這個賽局，反而逼得潘金蓮與西門慶必須選擇殺害他。我們當然可以說最後是王婆、潘金蓮和西門慶共同害死了武大。但在他們還沒害死他之前，武大其實已經先替自己提出一個幾乎是必死的賽局遊戲。

武大長得那麼矮已經很可憐了，可是更可憐的是愚蠢——是他的愚蠢逼得壞人們幾乎別無選擇的只能置他於死地。

這個王婆想出來的鴆殺計畫是這樣的：

他若問你討藥吃時，便把這砒霜調在心疼藥裡。待他一覺身動，你便把藥灌將下去。他若毒氣發時，必然腸胃迸斷，大叫一聲。你卻把被一蓋，不要使人聽見，緊緊的按住被角……他那藥發之時，必然七竅內流血，口唇上有牙齒咬的痕跡。他若放了命，你便揭起被來，卻將煮的抹布只一揩，都揩沒了血跡，便入在材裡，扛出去燒了，有什麼不了事！（第五回）

在這場必死的賽局遊戲裡面，如果要計較心狠手辣的話，依序排下來應該是王婆——潘金蓮——西門慶。西門慶一開始還躲到床底下去，表示他內心的道德倫理並不是完全泯滅的。潘金蓮比西門慶壞，因為去頂著門的人是她，叫西門慶踢武大是她，當王婆要她下毒手時，欣然同意的也是她。最壞的是王婆，因為所有的壞點子都是她出的，潘金蓮猶豫自己下毒之後不敢處理屍體時，王婆一點問題也沒有，她說：「這個易得。你那邊只敲壁子，我自過來幫扶你。」

儘管手軟不敢處理屍體算不得什麼善良，但這恐怕是潘金蓮良知最後的底線了——代表她對於未知的死亡，天地鬼神，還有一種起碼的敬畏與恐懼的心情。王婆卻甚至連這一點畏懼也沒有了。對王婆來說，屬於人的世界應有的良知、道德，甚至是高貴在她看來根本是不屑一顧的。這個王婆最早提出賽局最後的優勢策略（dominant strategy），也預測到賽局最後的平衡（equilibrium of the game）。她那不帶任何情感的計算，簡直像是地獄來的夜叉那般地令人不寒而慄。

這場鴆殺武大的段落無論讀多少次都還覺得背脊發涼。

（潘金蓮）左手扶起武大，右手把藥便灌。

武大呷了一口，說道：「大嫂，這藥好難吃！」

那婦人道：「只要他醫得病好，管什麼難吃！」

武大再呷第二口時，被這婆娘就勢只一灌，一盞藥都灌下喉嚨去了。那婦人便放倒武大，慌忙跳下床來。武大哎了一聲，說道：「大嫂，吃下這藥去，肚裡倒疼起來。苦呀，苦呀！倒當不得了。」

這婦人便去腳後扯過兩床被來，沒頭沒臉只顧蓋。

武大叫道：「我也氣悶！」

那婦人道：「太醫吩咐，教我與你發些汗，便好的快。」武大再要說時，這婦人怕他掙扎，便

跳上床來，騎在武大身上，把手緊緊的按住被角，那裡肯放些鬆寬！（第五回）

武大就這樣哀號了兩聲，喘息了一回，慢慢身體不動了。小說裡形容潘金蓮翻開被子，看到的是武大「咬牙切齒，七竅流血」。她很害怕，於是敲了敲牆壁。王婆立刻過來，替她處理了屍體。兩個女人就這樣從樓上合力把武大扛將下來，找出一扇舊門來，把屍體放在上面，替屍體戴上頭巾，換上乾淨衣裳、鞋襪，蓋了一方白手帕在臉上，一床被子在屍體上，兩個人還一起上樓清理了現場，王婆才悄悄回家。

相對於剛剛的粗暴，現在這種冷靜反而更有種令人不寒而慄的殘酷。現世的壞，從可憐到可惡、極惡也許只是一線之間。但無論如何，只要還有一點點尚未泯滅的良知、對天地神鬼的敬畏，一切還有救贖的希望。潘金蓮讓我們看見，人甚至還可以繼續沉淪，變得更壞，直到連最後一點救贖的希望統統都消失為止。小說裡說：

但凡世上婦人哭有三樣：有淚有聲謂之哭，有淚無聲謂之泣，無淚有聲謂之號。當下那婦人（潘金蓮）乾號了半夜。（第五回）

經過了這個晚上，潘金蓮失去了她最後那道防線，變成了另外一個王婆。

4

在《水滸傳》裡，武松出差回來發現了武大的冤屈。他決定向官府提出申訴，但腐敗的官府卻退回他的狀子。武松一怒之下決定私了。他找來三位鄰居做見證，關起門來公審潘金蓮、王婆，不但殺了潘金蓮，還給她開膛破腹。武松餘恨未消，進一步拎著潘金蓮的人頭到酒樓找西門慶，盛怒之下把他從樓上推下來。趁西門慶還未斷氣，活生生地割下了他的人頭，用頭髮綁住，提著兩個人頭直奔家中，在靈前祭拜武大。

就在這種暴力血腥的氛圍中，《水滸傳》迅速又猛烈地實現了讀者心中的正義。可是在《金瓶梅》裡，這些正義暫時沒有發生。

蘭陵笑笑生讓這一片密不透風的黑暗繼續持續下去。在《金瓶梅》裡，武松回來了，發現了武大的冤屈。憤怒卻讓他錯殺了和西門慶在酒樓一起喝酒的衙役李外傳（這個外傳的名字取得格外意味深遠），因而被發派孟州監牢。合謀害死武大的潘金蓮和西門慶不但沒有死，反而繼續過著既富貴又淫慾無度的放浪人生，直到第七十二回武松回來報仇為止。

或許，藉著從《水滸傳》暫時借來的一口氣息，借屍還魂出來的一場夢幻雲煙，正是《金瓶梅》最深刻的寓意了。

大家喜歡說《金瓶梅》是潘**金**蓮，李**瓶**兒，龐春**梅**的名字組合。但就字義來看，這個名字更是插在「金瓶」上熱熱鬧鬧的「梅」花盛開。離根離土的梅花插在金瓶上看著固然鮮艷，但從盛開到枯萎，一切的美麗無非也就是轉眼韶華。當我們用這樣的目光閱讀《金瓶梅》時，一種完全不同的感覺慢慢地浮現了出來。那些從我們眼前流動而過，不管是時尚女子。風流男人。醇酒。美食。音樂。財富。愛慾。貪婪。嫉妒。仇恨。癡癲……一切的一切，全都變成了轉眼凋零的一場浮生若夢。所有最熱鬧的正是最令我們歎息的，而所有最令人眷戀的也正是最教我們感到空虛的。

是的，《金瓶梅》，一片盛開在金瓶裡卻失去靈魂的美麗璀璨。一場走在地獄邊緣的夢境。一個失去神明的所在。

政和四年

- 薛嫂說媒，身價不貲的寡婦孟玉樓嫁給西門慶做三房小妾。
- 八月初八，武大百日將至，西門慶迎娶潘金蓮進門，排行老五。將前妻陳氏陪嫁丫頭孫雪娥升級成為四房小妾。
- 西門慶調派吳月娘的丫頭春梅去服侍潘金蓮，潘金蓮答應讓西門慶收用春梅。
- 春梅槓上孫雪娥，潘金蓮刻意引起紛爭，西門慶一天內打孫雪娥三次。
- 西門慶梳籠名妓李桂姐（二房李嬌兒的姪女），流連妓院，潘金蓮寫情書、吳月娘派小廝迎接，全都敗給新寵。
- 潘金蓮勾搭上孟玉樓的小廝琴童，西門慶怒鞭潘金蓮，在春梅、孟玉樓袒護下才作罷。

第二章 妻妾的爭寵戰爭

我們說過，《金瓶梅》一開始的情節是從水滸傳截取的。相同的故事在兩本書裡面敘述的方式不盡相同。以武松為武大復仇來說，在水滸傳一個回合就寫完了的故事，到了《金瓶梅》則是斷斷續續地從第六回一直延續到第十回。會有這些不同，最主要的原因就是《金瓶梅》作者另外加入了新的情節，讓前段的故事在一邊收尾的同時也展開新的情節。細心一點的讀者，不難發現《金瓶梅》和《水滸傳》說故事的節奏其實是不太一樣的。像《水滸傳》這類的傳統章回小說，說故事的方式是：

11111，22222，33333，44444……

通常在一個情節結束之後，再接續說下一個情節。但是在《金瓶梅》裡，故事是多線同時進行的。通常一條情節還沒消失，另外一條情節又起來了。這種更像是刺繡的說故事方式，結構應該是這樣的：

11122，11222，12223，22333，22334……

魏子雲先生曾經形容這個方式叫做「搓草繩」，他說：

「《金瓶梅》詞話的情節發展，採用搓草繩的方式，新情節加入，是一邊搓一邊續進去的，而且不時續了些不同的顏色進來，是以它的情節演進，與其他章回小說大異其趣。」

《金瓶梅》讀完了前五、六回，故事內容仍然還只是水滸傳，到了第七回才開始慢慢轉換，夾雜著一點點水滸傳、一點點《金瓶梅》自己的故事，一直要到「第十回 義士充配孟州道 妻妾翫賞芙蓉亭」之後，才真正脫胎換骨，說起完全屬於自己的故事來。

對於讀慣「勾引武松——西門慶遇見潘金蓮——十分光——鴆殺武大」這種單線情節的讀者，從這裡的情節開始，必須由單線到多線做閱讀轉換時，常會有一種失去重心的恍惚感，不知道新揉進來的情節，到底目的何在。

被我稱為第一個閱讀迷魂陣的第七回到第十回，是進入、理解《金瓶梅》很重要的一個轉折。這個轉折一方面引導讀者從《水滸傳》慢慢進入《金瓶梅》的節奏，另一方面也讓潘金蓮在辦完武大的喪事之後，驚訝地認識到自己所處的情勢險惡。正是這樣的認知與態度的轉變，掀起了潘金蓮進到西門慶家之後，一波又一波的驚濤駭浪。

1

第七回一開頭，就寫了薛嫂跑到西門慶家，要給西門慶介紹孟玉樓的故事。對於熟悉了潘金蓮這條主線的讀者來說，對於這個突然冒出來的孟玉樓是有點突兀的，許多人甚至要納悶：潘金蓮和西門慶不是正打得火熱嗎，怎麼沒頭沒腦跑來一個媒人要給西門慶介紹姨太太呢？

大家要知道，薛嫂正是把西門慶女兒西門大姐介紹給陳敬濟的媒人。陳家是八十萬禁軍教頭楊戩的親家，西門慶能攀上這門富貴親家，薛嫂功不可沒。不難想像，說成了這門親事，西門慶答謝薛嫂的紅包應該不少。現在西門慶的三老婆卓丟兒死掉了，食髓知味的薛嫂當然不可能放過這個繼續撈一筆的機會。

薛嫂道：「我有一件親事，來對大官人說，管情中你老人家意，就頂死了的三娘窩兒，何如？」

我們看到，薛嫂說「管情中你老人家意」時，口氣完全是一派胸有成竹的模樣。她憑什麼？我們繼續看下去：

薛嫂道：「這位娘子，說起來你老人家也知道，就是南門外販布楊家的正頭娘子。手裡有一分好錢。南京拔步床[3]也有兩張。四季衣服，插不下手去，也有四五隻箱子。金鐲銀釧不消說，手裡現銀子也有上千兩，好三梭布[4]也有三二百筩。不料他男子漢去販布，死在外邊，他守寡了一年多，身邊又沒子女，只有一個小叔兒，才十歲。青春年少，守它什麼！……」（第七回）

幾千兩現金，再加上布匹、衣物、首飾、家具，孟玉樓的身價少說也有上萬兩銀子。在明朝萬曆年間，萬兩銀子全換了白米，拿到當代來賣，約可賣得三至四千萬左右的新臺幣[5]。孟玉樓這樣的身價不能說不迷人，難怪薛嫂胸有成竹。

（必須提醒大家的是，《金瓶梅》雖然年代假托宋朝，可是小說裡的習俗、俚語、官制、飲食、運河碼頭、甚至是人名，全部是明代嘉靖、萬曆年間的翻版。這些《金瓶梅》留下來鉅細靡遺的生活細節，雖然故事裡說是宋朝的故事，很多學者倒把它當成明朝食貨志的重要材料在研究。）

三至四千萬元臺幣的遺產不能算少。但話又說回來，孟玉樓的長相還是要問一問的，否則萬一娶進門之後才發現是「恐龍妹」，西門慶也未免太吃虧了。

先來看看孟玉樓的長相吧。根據薛嫂的形容，她的模樣是這樣的：

這娘子今年不上二十五六歲（孟玉樓其實已經三十歲了），生的長挑身材，一表人物，打扮起來就是個燈人兒。風流俊俏，百伶百俐，當家立紀、針指女工、雙陸棋子不消說……又會彈一手好月琴。大官人若見了，管情一箭就上垛。（第七回）

我們看到，西門慶光是聽到那麼多財產——哪怕缺手缺腳都肯了，怎想得孟玉樓還有長挑身材、一表人物，打扮起來就是個燈人兒，還會針指女工，雙陸棋子，彈一手好月琴……對西門慶

3 拔步床是一種結構高大的木床，下有承托全床的木板平臺，床沿有小廊、立柱，柱間有雕花欄杆。床邊附有小櫃、抽屜。

4 三梭布是當時松江著名的棉紡織品，布密縷勻，緊細若綢。

5 明朝萬曆年間，一石米的價格約在七錢至一兩之間浮動，換算起來，一兩銀子可以購買一至一點四三石白米。一石相當於今日一百四十一點六市斤，七十點八公斤。我查了一下二〇〇九年三月分價格，約為每公斤四十元左右。換句話，明代一兩銀子買到的白米，拿到當代來賣，大約價值二千八百三十二至四千零五十二元左右。

來說，簡直勝過天上掉下來的禮物了。難怪他一聽完，想都不想，立刻就問薛嫂：

「既是這等，幾時相會去？」

也許有人忍不住要問：西門慶不是很有錢嗎？怎麼還在乎孟玉樓的錢？

事實上，《金瓶梅》一開始提到西門慶的財產時，雖然說他繼承了父親的生藥舖，豪宅，家中呼奴使婢，但最後的結論卻是：「雖算不得十分富貴，卻也是清河縣中一個殷實的人家。」以這樣的格局看來，西門慶充其量只能算比普通人家稍好的小富而已。過去西門慶娶的小妾，包括二房的李嬌兒，三房的卓丟兒（已過世），全來自妓院——這些女人雖然有姿色，對西門慶的事業卻一點幫助沒有。不過經過西門大姐和陳敬濟的婚事之後，西門慶開竅了，他發現：原來結婚也可以當成事業來經營的。這是薛嫂看準了西門慶會歡喜樂意的理由。

我們再看看孟玉樓的心態。談到孟玉樓再嫁的對象，事實上，她是有兩個選擇的：一個是薛嫂介紹的商人西門慶，另一個則是前夫楊宗錫母舅張四介紹的尚舉人。

如果用過去「士農工商」的職業等級來看，尚舉人顯然是比西門慶好的選擇。不過，我們很訝異地看到了孟玉樓竟跌破眼鏡地放棄了嫁給尚舉人的機會，而選擇了小商人西門慶。

這樣的選擇當然讓介紹尚舉人的母舅張四臉上無光。他勸孟玉樓說：

「娘子不該接西門慶插定（訂婚），還依我嫁尚舉人的是。他是詩禮人家，又有莊田地土，頗過得日子，強如嫁西門慶。那廝（西門慶）積年把持官府，刁徒潑皮。他家見有正頭娘子，乃是吳千戶家女兒，你過去做大是，做小是？況他房裡又有三四個老婆，除沒上頭的丫頭不算。你到他家，人多口多，還有的惹氣哩！」

但孟玉樓卻自有主張。她說：

「自古船多不礙路。若他家有大娘子，我情願讓他做姐姐。雖然房裡人多，只要丈夫作主，若是丈夫歡喜，多亦何妨。丈夫若不歡喜，便只奴一個也難過日子。況且富貴人家，那家沒有四五個？你老人家不消多慮，奴過去自有道理，料不妨事。」

從這段對話，我們理解到孟玉樓是非常務實、有想法的女人。對於嫁給西門慶這件事——不管是西門慶的優點、缺點，她是仔細盤算過的。儘管當時士大夫觀念根深蒂固，但是孟玉樓的選擇讓我們看到這樣的觀念已經發生動搖。在那個資本主義剛開始萌芽的時代裡，原來很多女人早已經理解到：男人有「錢」是比有「學問」更重要的。

前夫楊宗錫的母舅張四會出面阻止，說穿了，還是出於貪圖楊宗錫留下來的財產。但薛嫂和西門慶早有防備。薛嫂一開始就算計到了張四的阻力，因此在見到孟玉樓之前，早就讓西門慶去拜會楊宗錫另外一個更重量級長輩——姑媽楊姑娘。西門慶送了楊姑娘三十兩銀兩的饋贈，並且許諾完婚後再送七十兩銀子以及兩匹緞子做為後謝（一百兩銀子在當時足夠買一棟房子了）。西門慶的大方出手，贏得了楊姑娘的全力支持。

果然在迎娶孟玉樓當天，薛嫂引著小廝伴當正進來搬擡婦人床帳、嫁粧箱籠時，母舅張四找來左鄰右舍，拿楊宗錫的弟弟楊宗保當藉口，不許孟玉樓把財產搬走，還要她打開箱籠檢查，喧嚷得沸沸揚揚。這時，楊姑娘拄著枴杖出現，全力捍衛孟玉樓。當著眾人面前，楊姑娘和張四唇槍舌劍，你來我往，雙方火氣愈來愈大，到最後，連髒話都說出來了。

當下兩個差些兒不曾打起來，多虧眾鄰舍勸住，說道：「老舅，你讓姑娘一句兒罷。」薛嫂兒見他二人嚷做一團，率領西門慶家小廝伴當，並發來眾軍牢，趕（趁著）人鬧裡，七手八腳將婦人

床帳、裝奩、箱籠，扛的扛，擡的擡，一陣風都搬去了。那張四氣的眼大睜著，半晌說不出話來。（第七回）

這個婚禮寫到最後不像婚禮，反而像是一場難看的遺產爭奪。不過，話又說回來，如果孟玉樓沒有那麼多遺產，西門慶恐怕也沒有那麼大的興致，大費周章地把她娶回家來。同樣的，孟玉樓會選擇西門慶，恐怕也是因為唯有嫁一個更有錢有勢的男人，她手上的財產才不會被張四、楊宗保這樣的窮親戚花費殆盡。

換句話，在這場看似熱鬧的婚禮背後，「錢」恐怕才是真正的主題。

如果說潘金蓮與西門慶的關係始於「性愛」的冒險追逐，那麼孟玉樓和西門慶的婚姻就更像是「財務」的策略聯盟。不同的出發點，當然也決定她們將來在西門慶家的生存策略和格局。這是孟玉樓的出場。

小說裡寫西門慶娶孟玉樓，辦女兒西門大姐的婚禮時，一副把潘金蓮完全拋到九霄雲外似的。

當然，這時武大的百日忌辰還沒過，真要娶潘金蓮似乎也還不可行。潘金蓮不像孟玉樓這麼有錢，在毒死武大後，除了指望西門慶娶她外，似乎沒別的出路了。以西門慶這種情場老鳥的心態，故意把潘金蓮晾在一旁，讓她等等等，應該也是理所當然之事。

不過這樣的等待對潘金蓮來說，可就沒有這麼愜意了。在被冷落了一個月之後，她原先的自信開始崩潰。

潘金蓮不但「每日把門兒倚遍，眼兒望穿」，還不時派王婆、迎兒去打探消息。心情不好時，還要打迎兒出氣。好不容易潘金蓮終於在門口逮到西門慶的跟班小廝玳安，對他哭訴，沒想到連玳安都回答她：

「六姨，你何苦如此？家中俺娘（吳月娘）也不管著他。」

玳安是西門慶跟前的小廝，向他抱怨，本來就是指望他能把話傳到西門慶耳裡。可是現在他反過來安撫潘金蓮，當然讓潘金蓮嚇一跳。

是啊，連吳月娘都管不著西門慶愛娶多少老婆了，妳潘金蓮又能怎麼樣呢？現實就是這樣。要嘛，妳告官威脅西門慶，再不然，妳就得適應遊戲規則。

聽完玳安的話，潘金蓮忽然覺悟到，這是一場嚴苛的生存競爭，她沒時間再哭哭啼啼了。現在她面臨的情況顯然和之前在張大戶、或者武大那裡可以恃寵而驕的規模不同。如果她不趕快拋掉那個怨婦形象，變得更加嬌媚、懂事，她是很可能被淘汰出局的。

我們看到潘金蓮在這裡的轉變相當明顯。她依照玳安的建議寫情書給西門慶，邀請他來家裡過生日慶生。潘金蓮甚至還巴結玳安，請他吃東西，給他小費，還請他代遞情書。在好不容易把西門慶請來之後，又送禮巴結、對他百依百順，無所不用其極地施展媚功，博取西門慶歡心。

在潘金蓮嫁進西門慶家之前，再也沒有比這更重要的心理轉折了。潘金蓮再明白不過，在這個殘酷而無情的競技場裡，她得成為西門慶最寵愛的人，否則她就無法逃離過去那些被賣來賣去的命運。

書上並沒交代玳安把潘金蓮的情書交給西門慶了沒，或者西門慶收了情書之後有什麼反應。總之，西門慶忙得不亦樂乎，根本沒有來找潘金蓮的打算。

西門慶生日當天，潘金蓮等不到人。她再接再厲，又請王婆吃飯喝酒，還從自己頭上拔下金頭銀簪子給王婆當禮物，要王婆一定得把西門慶請來。

從頭上拔下金頭銀簪子這個動作耐人尋味。一方面，潘金蓮明白在這樣的局勢之下使喚王婆非錢不行，但另一方面，她從自己頭上拔下髮飾，表示潘金蓮能動用的資源相當有限了。

王婆費盡千辛萬苦，終於在清晨妓院巷口攔到喝得醉眼酩酊的西門慶，死拖活拖硬是把他帶到潘金蓮住處來。潘金蓮看到西門慶時，儘管嬌嗔作勢，但我們注意到這時潘金蓮收斂起過去那麼恃寵而驕的態度，分寸的拿捏其實是心機十足的。我們且來看看這個場面：

婦人（潘金蓮）還了萬福，說道：「大官人，貴人稀見面！怎的把奴丟了，一向不來傍個影兒？家中新娘子陪伴，如膠似漆，那裡想起奴家來！」

西門慶道：「你休聽人胡說，那討什麼新娘子來（明明就是娶了新娘）！因小女出嫁，忙了幾日，不曾得閒工夫來看你。」

婦人道：「你還哄我哩！你若不是憐新棄舊，另有別人，你指著旺跳身子說個誓，我方信你。」

西門慶道：「我若負了你，生碗來大疔瘡，害三五年黃病，扁担大蛆叮口袋。」

婦人道：「負心的賊！匾担大蛆叮口袋，管你甚事？」一手向他頭上把一頂新纓子瓦楞帽兒撮下來，望地上只一丟。（第八回）

這裡把西門慶的痞子性格描寫得淋漓盡致。潘金蓮要西門慶發誓，西門慶一陣亂發誓，什麼大蛆叮口袋這種空誓都發得出來，搞得潘金蓮只好繼續裝生氣。

最緊張的莫過王婆了。

慌的王婆地下拾起來，替他放在桌上，說道：「大娘子，只怪老身不去請大官人，來就是這般的。」

婦人又向他頭上拔下一根簪兒，拿在手裡觀看，卻是一點油金簪兒，上面鈒著兩溜字兒：「金勒馬嘶芳草地，玉樓人醉杏花天。」卻是孟玉樓帶來的。

婦人猜做那個唱的（歌妓）送他的，奪了放在袖子裡，說道：「你還不變心哩！奴與你的簪兒那裡去了？」

西門慶道：「你那根簪子，前日因酒醉跌下馬來，把帽子落了，頭髮散開，尋時就不見了。」

（還繼續死賴。）

婦人將手在向西門慶臉邊彈個响榧子，道：「哥哥兒，你醉的眼忶花了，哄三歲孩兒也不信！」（第八回）

事實上，潘金蓮並非不惱西門慶，只是真要卯起來數落，西門慶怕五分鐘不到就拂袖而去了。這種表面哀怨、奚落的調侃事實上正是打情罵俏的一部分，愈是走在懸崖邊緣當然愈有危險的樂趣，但愈是如此，分寸的拿捏就愈是重要。

這場打情罵俏的氣氛最後在潘金蓮擺出精心預備的酒菜，並且送給西門慶「一雙玄色緞子鞋；一雙挑線**香草邊闌、松竹梅花歲寒三友**醬色緞子護膝[6]；一條紗綠潞紬、水光絹裡兒紫線帶兒，裡面裝著排草玫瑰花兜肚（兜裹胸腹的菱形布片，用帶子繫在頸背後）」時，被推到了最高潮。

鞋子、膝褲、內衣是最貼身物品，這樣的出手暗喻的當然是兩人之間關係的親密。更進一步，隱藏在細工刺繡中的深情款款更是細膩動人——潘金蓮把西門慶比喻為香草般的君子，自己則願意如松竹梅歲寒三友一般，堅貞、不變地追隨在他周圍。

此外，潘金蓮還送了西門慶一支「並頭蓮瓣」頭簪。或許對古代的女人來說，頭簪的功能如國旗都某種程度具有宣示領土的作用。因此，頭簪上甚至還刻著字：

「奴有並頭蓮，贈與君關髻。凡事同頭上，切勿輕相棄。」

這樣的場面現在看起來固然有點肉麻兮兮，可是我們要知道，明代男人多半是在媒妁之言父母之命就成了親。因此，很多人儘管擁有三妻四妾，儘管兒孫滿堂，一輩子卻是從來不曾談過這樣肉麻兮兮的戀愛的。

聰明的潘金蓮充分運用的正是男人對「談戀愛」的渴望，把談戀愛過程中這些思念、哀怨、關心、奉獻……的情趣，玩弄得出神入化。這是唯一能夠吸引西門慶，最後的全力一搏了。

無疑的，潘金蓮這次的出擊是圓滿而成功的。書上說西門慶的反應是：

西門慶一見滿心歡喜，把婦人一手摟過，親了個嘴，說道：「怎知你有如此聰慧！」（第八回）

這裡的「聰慧」實在耐人尋味。我們分不清楚西門慶到底是稱讚她這些女紅做得精巧，還是稱讚她實在太懂事了，用這麼驚人的速度，就學會了他期望中的一切。一個懂得柔順、謙卑與感恩的貴婦、情婦，一個懂得談情說愛的可人兒，一個風情萬種的淫婦、蕩婦。

慶生會的成果完全合乎預期。王婆喝了幾杯酒之後很知趣地走人，留下西門慶與潘金蓮。一切就如同潘金蓮所希望的：

當下西門慶吩咐小廝回馬家去，就在婦人家歇了。（按：別忘了，西門慶玩了一個通宵，才從妓院出來。但是睡了一覺之後……）到晚夕，二人儘力盤桓，淫慾無度。（第八回）

一場讓西門慶另眼相待慶生會，改變了西門慶的命運，更改變了潘金蓮往後的命運。如同過去，潘金蓮再度用性愛贏得了西門慶對她的寵愛。在淫慾無度的歡愛裡，或許沒有人看得出來這次和上一次性愛，有什麼太大的差別。但潘金蓮卻再明白不過，在這個殘酷而無情的競技場裡，如果西門慶不愛她，她也就失去一切了。

熱鬧仍持續著，但不安卻一點也沒有減少。是她自己選擇了這個競技場，選擇了繼續和西

6 護膝，指的是膝褲，是一種套褲，形制有如圓筒，有表有裡，套劄於腿上。

門慶肉搏的。或許在一片淫蕩的交歡聲中，只有潘金蓮心裡有數，面對這個喜新厭舊、見異思遷的西門慶，她是如何地必須使出渾身解數，才能像現在這樣繼續得分，繼續存活。

在《金瓶梅》那麼厚的一大本書裡，提到潘金蓮嫁入西門慶家這麼重要的場面，竟然用二行不到的文字就寫完了。

到次日初八，一頂轎子，四個燈籠，婦人換了一身艷色衣服，王婆送親，玳安跟轎，把婦人擡到家中來。（第九回）

會搞得這麼難堪，當然因為出差的武松要回來了。沒有人知道武松得知哥哥的死訊後會有什麼反應？王婆建議，趁著武大百日將至，不如請些和尚來唸經誦懺，幫武大做完百日燒了靈牌，一頂轎子把潘金蓮娶回家算了。所謂的「幼嫁從親，後嫁由身」，潘金蓮再嫁這事說來沒什麼不對，但因為毒死了武大，心裡有鬼，怕街坊鄰居說話，因此不宜太張揚。所以一樁原本應當熱熱鬧鬧的喜事才會落到這種下場。

故事發展至此，小說原先那條「勾引武松——西門慶遇見潘金蓮——十分光——鴆殺武大」的情節線，又和現在這個情節交會在一起。

在《水滸傳》裡，武松回來發現武大被害，展開了他的報復行動，冷血地殺死了西門慶和潘金蓮。但在《金瓶梅》裡，武松卻在酒樓誤殺了和西門慶一起喝酒的衙役，被發派孟州監牢。

西門慶和潘金蓮繼續過著他們奢華淫慾的生活。這些情節，我們上一章已經說過了。

在這場不起眼的婚禮之後，《金瓶梅》正式告別了《水滸傳》。從這裡開始，《金瓶梅》終於漸漸脫離了《水滸傳》的敘事，慢慢進入了西門慶家裡的妻妾爭寵之戰，展開屬於自己的情節和新的格局了。

2

西門慶娶潘金蓮進門時，順手把過世的前妻陳氏陪嫁的丫頭孫雪娥升級成為第四房妾。小說裡面沒有交代孫雪娥被升等的理由，只說她「約二十年紀，生的五短身材，有姿色。西門慶與他戴了鬏髻，排行第四。」但我們應不難想像孫雪娥在前妻陳氏在時，應該也是被西門慶「收用」過的丫頭。

這種「收用」過的婢女身分儘管是丫頭，但地位畢竟不同。擺在前妻房裡本來沒什麼問題，可是前妻過世了，把她擺到任何一房繼續當丫頭好像又不太對勁，乾脆趁這個機會讓她升等當了小老婆，讓她負責管理廚房。

值得一提的是，潘金蓮嫁進門之後，居住環境有點特別：

西門慶娶婦人到家，收拾花園內樓下三間與他做房。一個獨獨小角（側）門兒進去，院內設放花草盆景。白日間人跡罕到，極是一個幽僻去處。一邊是外房，一邊是臥房。西門慶旋用十六兩銀子買了一張黑漆歡門描金床，大紅羅圈金帳幔，寶象花揀粧，桌椅錦杌，擺設整齊。（第九回）

因為後邊的房間太擠了，西門慶並沒有安排她和其他的妻妾們住一起，而是另在前面花園找了一棟屋子，清出了樓下三間房間給她住。從西門慶重金買的黑漆歡門描金床以及種種家具來看，西門慶對潘金蓮算是寵愛的，但從房屋的位置來看，這個獨立在外花園裡的房屋又太過與世隔絕了，彷彿住在裡面的女人不是妻妾，而是偷養在外頭的情婦似的——或許這正是西門慶的潛意識也說不定。

算起來，潘金蓮一嫁進來西門慶家就已經在妻妾群裡排行老五了。西門慶這幾位妻妾的出身背景，簡單列出來是這樣的：

吳月娘——正室。左衛千戶之女出身。二十六歲。

李嬌兒——二房妾，妓院出身。

孟玉樓——三房妾。前賣布商人的有錢寡婦出身。三十歲。

孫雪娥——四房妾。已故前妻陳氏的丫頭出身。二十歲。

潘金蓮——五房妾。前武大之妻。二十六歲。

三妾孟玉樓、四妾孫雪娥我們已經說過，至於吳月娘、李嬌兒在西門慶心目中的地位，我們從潘金蓮嫁入西門慶家前，西門慶和王婆的一段對話可以窺知一二：

婆子嘈道：「連我也忘了，沒有大娘子得幾年了？」

西門慶道：「說不得，小人先妻陳氏（過世的大老婆），雖是微末出身，卻倒百伶百俐，是件都替的我（樣樣都可以幫我）。如今不幸他沒了，已過三年來。今繼娶這個賤累（吳月娘），又常有疾病，不管事，家裡的勾當都七顛八倒。為何小人只是走了出來？在家裡時，便要嘔氣。」

……

婆子又道：「官人你和勾欄（妓院）中李嬌兒卻長久。」

西門慶道：「這個人現今已娶在家裡。若得他會當家時，自冊正了他。」（第三回）

從這段對白我們知道，吳月娘雖然是正室，但並不得西門慶歡心。二房妾李嬌兒雖出身妓院，但顯然有後來居上之勢。不過如今西門慶一口氣又娶了孟玉樓、孫雪娥、潘金蓮，情勢顯然只會變得更加複雜。

如果仿照電腦遊戲程式，把各種因素簡化成受到寵愛的戰鬥力（或生命值）的話，下面這個簡單表格，或許更能接近妻妾們目前實力的評估：

	資歷	出身	姿色	生命值
妻 吳月娘	2	3	1	6
2 李嬌兒	2	1	2	5
3 孟玉樓	1	2	2	5
4 孫雪娥	1	1	2	4
5 潘金蓮	1	1	3	5

從這張簡單的生命值總分看來，儘管潘金蓮是西門慶的新歡，但在嫁入西門慶家時，她的優勢其實是相當有限的。比出身，她不如吳月娘，比錢她不如孟玉樓有錢，論資歷，她更是比不過李嬌兒。無疑的，以潘金蓮爭強的個性，她心裡肯定是忐忑不安的。

我們看到，或許因為曾在張大戶家吃過大老婆的虧，因此，一開始潘金蓮就積極地拉攏吳月娘。她整天陪著吳月娘做女紅，口口聲聲大娘，弄得吳月娘喜歡得不得了。

從西門慶對王婆說過的話「若得他（李嬌兒）會當家時，自冊正了他。」不難理解，過去，李嬌兒的存在對吳月娘是充滿威脅感的。因此，吳月娘願意接納潘金蓮的討好，藉此壯大自己的聲勢，這樣的心態不難理解。

不過潘金蓮這樣的大動作在李嬌兒看來就不是這麼一回事了。她不滿地到處放話說：

「俺們是舊人，到不理論。他來了多少時，便這等慣了他。大姐姐好沒分曉！」（第九回）

這話批評的固然是吳月娘，但李嬌兒說俺們是舊人，針對的當然是新人。「舊人」的說法把孫雪娥也歸入一國，大有成黨結派的嫌疑。新人雖然還有孟玉樓，但所有的箭頭目前全指向潘金蓮一個人。

這樣小小的動作所引起的騷動以及對生態的破壞完全超乎潘金蓮的預期，情勢顯然比她想像的還要複雜許多。

同一時間，三大女主角之一的「春梅」也出場了。照傳統小說的路數，這麼重要的角色出場，應該有很大的排場或者是正式的亮相，可是春梅的出場簡直像是怕被人發現似的。那麼隱約、低調。

我們先來看看《金瓶梅》裡春梅首次出現的身影：

> 大娘子吳月娘房裡使著兩個丫頭，一名春梅，一名玉簫。西門慶把春梅叫到金蓮房內，令他伏侍金蓮，趕著叫娘。卻用五兩銀子另買一個小丫頭，名叫小玉，伏侍月娘。
>
> 又替金蓮六兩銀子買了一個上灶丫頭，名喚秋菊。（第九回）

春梅就這樣用一種再平常不過的方式出場了。

我們甚至不曉得潘金蓮喜不喜歡春梅，不曉得她和另一個丫頭秋菊，或者月娘房裡的丫頭玉簫、小玉有什麼不同。

作者先讓讀者習慣春梅無聲無息的存在，漸漸讓她進入事件的中心，等漫天風雲捲起時，才驀然意識到她的重要。這是當代讀者未必能習慣《金瓶梅》的特別之處——它不在事件發生之前暗示你誰重要誰不重要，或者有什麼事件就要發生，也從來不故布懸疑吊讀者胃口。讀者必須自己從看著似乎不怎麼相關的事件，自己組織、咀嚼，並且從中連結，才能享受到隱藏在《金瓶梅》中的意義以及發現的樂趣。

就以春梅的事為例好了。讀者讀到西門慶安排春梅進潘金蓮房這段時，心中也許會有小小的疑惑，不明白西門慶既然買了小玉、秋菊兩個丫頭，為什麼不直接送到潘金蓮房裡去，反而大費周章地把春梅叫到潘金蓮房裡，再把新買的小玉補到吳月娘房裡呢？

這樣的疑惑稍不留神也許很快就被接下來的情節淹沒。但如果讀者稍細心一點的話，等讀到西門慶和潘金蓮在房間雲雨後，撞見送茶進來的春梅時，不難體會到，原來西門慶這樣做是別有企圖的。先來看看這個床笫之間的場面：

（西門慶）因呼春梅進來遞茶，婦人恐怕丫頭（春梅）看見，連忙放下帳子來。西門慶道：「怕怎麼的？」因說起：「隔壁花二哥（花子虛）房裡到有兩個好丫頭，今日送花來的是小丫頭。還有一個（迎春）也有春梅年紀，也是花二哥收用過了……誰知這花二哥年紀小小的，房裡恁（這）般用人！」

婦人聽了，瞅了他一眼，說道：「怪行貨子，我不好罵你，你心裡要收這個丫頭，收他便了，如何遠打周折，指山說磨（虛假不實），拿人家來比奴……既然如此，明日我往後邊坐一回，騰個空兒，你自在房中叫他來，收他便了。」

西門慶聽了，歡喜道：「我的兒，你會這般解趣，怎教我不愛你！」（第十回）

相對於上次武大抓姦，西門慶嚇得躲到床下去的反應，這次西門慶叫喚春梅進來顯然是胸有成竹的。換句話說，**西門慶早就「垂涎」春梅了**。春梅被擺在吳月娘房裡，礙著吳月娘的端莊賢淑，當然有許多的不方便——這恐怕是西門慶要大費周章，把春梅調到潘金蓮房裡最重要的理由了。

不只讀者對於這件事情不知不覺，春梅撞進房間時，從潘金蓮慌忙把帳子放下來的反應看來，潘金蓮應該也和大部分的讀者最初一樣，是完全沒意識到西門慶的盤算的。不過如同西門慶所說，潘金蓮是個非常「解趣」的女人，到了隔天，「果然婦人往孟玉樓房中坐了。西門慶叫春梅到房中，收用了這妮子。」

潘金蓮初聽西門慶要收用春梅時，還說：「奴不是那樣人，他又不是我的丫頭！」可是在西門慶真的收用了春梅之後，她不再這樣想了。

環境是這麼爾虞我詐，除了放話對她表達不滿的李嬌兒之外，還不曉得有多少其他妻妾也正討厭著她，欲置她於死地呢？在這樣的情況下，多一個自己人（特別是被西門慶收用過的自己人）總是好的。

於是我們看到潘金蓮開始拉攏春梅，從此不讓她上鍋抹灶，只叫她在房中鋪床疊被，遞茶水，做些輕鬆的工作，還送衣服首飾給她。

潘金蓮當然想獨佔西門慶，然而激烈的競爭卻讓她只能退而求其次。在這個小小的世界一觸即發的不安氣氛裡，嫉妒的感覺忽然變得微不足道了。潘金蓮再明白不過，如果她必須鞏固自己的力量，聯合春梅當然是再好不過的一步棋了。

3

聞到煙硝氣味的讀者不免猜想：潘金蓮與李嬌兒的開戰恐怕只在旦夕之間了，一點也沒想到，這場大規模戰局竟起因於春梅與孫雪娥的擦槍走火。

一日，金蓮為些零碎事情不湊巧，罵了春梅幾句。春梅沒處出氣，走往後邊廚房下去，槌臺拍發鬧狠狠的模樣。那孫雪娥看不過，假意戲他道：「怪行貨子！想漢子便別處去想，怎的在這裡硬氣（耍狠）？」

春梅正在悶時，聽了這句，不一時暴跳起來：「那個歪廝（不正經的傢伙）纏（誣賴）我哄漢子？」（第十一回）

春梅會槓上孫雪娥，初看之下有些莫名其妙，可是仔細體會一下兩個人同為被西門慶「收用」過的丫頭微妙的相同處境，再回頭看這段爭吵時，意思就完全不同了。同為西門慶收用過的人，眼看著孫雪娥晉升到妻妾階級，仍是奴婢的春梅不免有點眼紅。反過來，在明代上大灶煮大鍋飯被認為是最低賤的工作，一般家庭主婦只要請得起僕人，是不願意做這些的。孫雪娥當了正式的妾還管大灶，自然也不是什麼光宗耀祖的事。但由於本來就是丫頭出身，孫雪娥對於自己地位不如吳月娘、李嬌兒這些舊主子也沒什麼好說，但春梅想爬到她頭上去，那又是另外一回事了。正是因為這樣，當春梅跑到廚房（雪娥的勢力範圍）發飆時，孫雪娥才會忍不住出言譏諷。

孫雪娥罵春梅說：「怪行貨子！想漢子便別處去想，怎的在這裡硬氣？」這話表面上雖是半開玩笑地說春梅發春、想男人，但更深一層的意思卻是譏諷春梅和西門慶偷情。這也是為什麼這句玩笑話會惹來春梅全面反擊最主要的理由。

春梅反問孫雪娥：「那個歪廝纏我哄漢子？」聽起來口氣像極了黑道或流氓反問：是妳說我偷男人嗎？有種妳再說一次！

一般人聽到孫雪娥這般半開玩笑的嘲諷，多少會有點心虛，甚至隱忍，偏偏春梅天生是不服輸的個性，直接升高衝突的情勢，打算訴諸對決。

（有種承認。大家來拚個你死我活啊！）

> 雪娥見他性不順，只做不聽得。
>
> 春梅便使性做幾步走到前邊來，一五一十，又添些話頭，道：「他還說娘教爹收了我，俏（湊）一幫兒哄漢子。」挑撥與金蓮知道。
>
> 金蓮滿肚子不快活。因送吳月娘出去送殯，起身早些，有些身子倦，睡了一覺。（第十一回）

我們看見，孫雪娥讓步了，裝出一副不和春梅計較的模樣。事實上，真要一對一單挑的話，孫雪娥（資深、出身廚房）應該是不怕春梅的。她顧忌的只是春梅背後還有潘金蓮。不但如此，指控春梅、潘金蓮哄男人，等於間接指控了西門慶不要臉，這對孫雪娥也未必有利。

總之，這是一場沒有勝算的衝突，不如放棄算了。

儘管孫雪娥退避三舍，但春梅卻不放過她，直接走來前邊花園向潘金蓮告狀，故意把孫雪娥的話加油添醋。說起來，「俏一幫兒」這話是春梅自己生出來的。春梅這樣說，用意當然想把潘金蓮也拉進戰局裡來。

書上說潘金蓮聽了之後，滿肚子不快活，卻沒有採取任何行動。只是說她睏了，然後就睡了一覺。

讀者不免要問，既然潘金蓮生氣了，為什麼不採取行動呢？

事實上，潘金蓮感受到的情勢比春梅單純的意氣複雜得多了。

特別是繼李嬌兒放話表達對潘金蓮的不滿後，又有孫雪娥公開指責潘金蓮。李嬌兒口中的

「舊人」似乎有集結起來，形成一股對付她的勢力。

這樣的趨勢當然足以令潘金蓮坐立難安的。

但此刻潘金蓮還不能像春梅一樣暴跳起來，迫不及待地展開報復行動。之所以必須隱忍，最重要理由，恐怕還在於忌諱孟玉樓——這個目前唯一尚未表態的妻妾，不知她的立場到底傾向哪邊。

孟玉樓是新人，漂亮又有錢，她在西門慶心中的地位絕對不容小覷。如果能拉攏孟玉樓，形成一股「新人黨」勢力抗衡「舊人黨」，那麼這場無可避免的衝突或許就有了那麼一點勝算。

在沒有把握之前，潘金蓮還不打算輕啟戰端。

潘金蓮睡醒了之後，走進花園涼亭，遇見了搖搖擺擺走了過來的孟玉樓。

山雨欲來風滿樓的戰爭氣氛正醞釀。潘金蓮得知孟玉樓從廚房過來，立刻小心翼翼地打探孫雪娥有沒有對孟玉樓說什麼？孟玉樓回答沒聽到什麼。這話雖然回答得乾脆俐落，但真正的事實可能是孫雪娥真沒說什麼，但也很有可能是孫雪娥說了什麼，孟玉樓卻不願在中間傳話，介入這場戰爭。

對潘金蓮來說，除了吳月娘之外，妻妾之中只剩下孟玉樓沒有公開反對她了。孟玉樓對潘金蓮的態度，絕對是她將來在西門慶家生存下去很重要的關鍵。

書上說「金蓮心雖懷恨（孫雪娥），口裡卻不說出。」潘金蓮現在得先周旋、試探。於是兩個人像一起寫功課的女學生一樣，一起在涼亭裡刺繡、喝茶、下棋。儘管潘金蓮想籠絡孟玉樓，可是她得有耐性，目前還不能輕舉妄動。

兩個人下了一會兒棋，一早去參加葬禮的西門慶受不了悶熱提前溜回來了。他走進花園，看到兩個粧扮美麗的新歡在花園裡下棋，心情大好，不覺說了一句：

「好似一對兒粉頭（娼妓），也值百十兩銀子！」

一般女人被說成粉頭應該是很不高興的。但這句話從西門慶口裡出來，反而充滿了一種顛倒的濃情蜜意。我們注意到當初潘金蓮轉賣給張大戶也不過三十兩，小玉、秋菊這樣的丫頭更是只有五、六兩的身價。錢和女人都是西門慶的最愛，因此當他說她們也值百十兩銀子，算得上是一種恭維了。潘金蓮顯然得了便宜還賣乖，撒嬌地說：

「俺們倒不是粉頭，你家正有粉頭在後邊哩！」

這話值得思量。潘金蓮撒嬌，她說我們才不是娼妓呢。如果你喜歡娼妓的話，後邊（相對於前邊花園）就有妓院出身的二房妾李嬌兒，你幹嘛不去找她？

（看得出來，爭寵戰爭都還沒開打，潘金蓮的假想敵人都已經設定好了！）

小說裡接著形容孟玉樓的反應，轉身就要走，卻被西門慶拉住。

孟玉樓的反應透露了幾個很重要的訊息。首先，西門慶既然說了「好似一對兒粉頭，也值百十兩銀子！」，以他色迷迷的習性，搞不好就動念頭在花園裡玩起三P來了。孟玉樓在這些方面其實是相當潔身自愛的。三P顯然超出尺度太多，她非走不行。

何況，孟玉樓這麼一走，把西門慶禮讓給潘金蓮，等於也表明了不和她爭男人的態度。更重要的是，在粉頭與不是粉頭之間，孟玉樓已經嗅出了火藥味。她顯然是非走不可了，否則，萬一真的被西門慶逼得和潘金蓮一起在花園搞三P，事情傳開來，她豈能遠離戰火？

於是，我們看到孟玉樓被西門慶拉住，一邊還連連地問：「他大娘怎的還不來？」這當然是暗示和西門慶一起去參加葬禮的吳月娘隨時可能回來，他最好不要在花園裡輕舉妄動。西門慶大概也聽懂了孟玉樓的話，回答：「他的轎子也待進城，我先回，使兩個小廝接去了。」說完了，三個人坐下來開始下棋、賭錢。

一心想和西門慶調情、風流的潘金蓮心裡期望的當然遠超出下棋、賭錢。

於是擺下棋子，三人下了一盤。潘金蓮輸了。西門慶才數子兒，被婦人把棋子撲撒亂了。一直走到瑞香花下，倚著湖山，推掐花兒。

西門慶尋到那裡，說道：「好小油嘴兒！你輸了棋子，卻躲在這裡。」

那婦人見西門慶來，晛笑不止，說道：「怪行貨子！孟三兒（孟玉樓）輸了，你不敢禁他，卻來纏我！」將手中花撮成瓣兒，灑西門慶一身。被西門慶走向前，雙關抱住，按在湖山畔，就口吐丁香，舌融甜唾，戲謔做一處。

就在故事快要變成限制級時，劇情被孟玉樓的出現打斷了。

不防玉樓走到跟前，叫道：「六姐，他大娘來（回）家了。咱後邊去來。」

這婦人撇了西門慶，說道：「哥兒，我回來和你答話。」遂同玉樓到後邊，與月娘道了萬福。

月娘問：「你們笑什麼？」

玉樓道：「六姐今日和他爹下棋，輸了一兩銀子，到明日整治東道（準備待客），請姐姐耍子。」月娘笑了。

金蓮只在月娘面前打了個照面兒，就走來前邊陪伴西門慶。吩咐春梅房中薰香，預備澡盆浴湯，準備晚間效魚水之歡。（第十一回）

小說中沒寫兩個人笑，卻讓月娘問她們：「你們笑什麼？」讀來教人拍案叫絕。這兩個在吳月娘面前笑的女人，像極了背著老師做了壞事的頑皮學生。孟玉樓的笑還比潘金蓮更多了一層意思，笑潘金蓮這個大色鬼。她早提醒過他們的，結果兩個色慾熏心的傢伙還肆無忌憚地在花園裡玩親親，差點被吳月娘逮個正著。孟玉樓並沒有揭發真相，只說潘金蓮賭輸了要請客。

孟玉樓的回答是慧黠。吳月娘的笑則是單純。全然的機心與城府的則是潘金蓮的笑。簡單的幾行字，《金瓶梅》作者出招之高明俐落，令人欽歎。

對潘金蓮來說，她和孟玉樓會不會成為朋友目前還不敢說，但她們現在至少擁有了共同的默契，可以確定的是：至少孟玉樓不會因為她和春梅「湊一幫兒哄漢子」而變成了敵人了。有了孟玉樓這麼微妙的表態之後，潘金蓮心中的一顆大石頭終於放下。房裡春梅正熏著香，為她準備澡盆浴湯。接下來的事對潘金蓮可說是駕輕就熟的。越戰期間，美國反戰分子曾經喊出：

「Make love, not war.」的口號。

但這個口號現在也許應該改成：

「Make love for war.」才對。

因為對潘金蓮而言，做愛就是為了作戰做準備。

緊接著西門慶在潘金蓮房間一夜恩愛之後，潘金蓮和孫雪娥的戰爭在隔天一早就開打了。

這次開戰的事由是：西門慶早上起床要吃荷花餅、銀絲鮓湯，吩咐春梅去廚房要，但是管著廚房的是孫雪娥，春梅故意耍性子不肯去。

> 金蓮道：「你休使他。有人說我縱容他，教你收了，俏成一幫兒哄漢子，百般指豬罵狗，欺負俺娘兒們。你又使他後邊（指廚房）做什麼去？」
>
> 西門慶便問：「是誰說的，你對我說。」
>
> 婦人道：「說怎的！盆罐都有耳朵，你只不叫他後邊去，另使秋菊去便了。」（第十一回）

潘金蓮說的「有人」雖然故意不明說是誰，但光是看春梅不肯去廚房，不用猜也知道所謂的「有人」指的正是孫雪娥。西門慶聽潘金蓮這樣說有點半信半疑，但春梅叫不動，他也只好讓秋菊（潘金蓮的小丫鬟）去。

等了半天，潘金蓮餐桌都準備好了，秋菊還沒回來。西門慶急著要出門，見早餐沒來當然跳腳。於是又支使了春梅去廚房。

春梅走到廚房——這回可是領了西門慶的命令代天巡狩來了。她看見秋菊被冷落在那裡等著，便故意提高聲音罵：

「賊奴才，娘要卸你那腿哩！說你怎的就不去了。爹等著吃了餅，要往廟上去。急得爹在前邊暴跳，叫我採（揪）了你去哩！」

誰都聽得出來，春梅雖然罵秋菊——卻意在孫雪娥。

孫雪娥昨天才和春梅口角，現在聽了當然不高興，忍不住又破口回罵：

「馬回子拜節——來到的就是[7]？」她大發牢騷，還說什麼：「預備下熬的粥兒又不吃，忽剌八（突然）新興出來要烙餅做湯。那個是肚裡蛔蟲！」

春梅當然不客氣，回口罵說：

「沒的扯毬淡！主子不使了來，那個好來問你要。有與沒，俺們到前邊只說的一聲兒，有那些聲氣（議論）的？」

說著拉秋菊的耳朵，就要往前邊潘金蓮房裡走。

沒想到孫雪娥還繼續罵個不停：我就看妳們主子奴才能囂張多久？春梅當然不甘示弱，也毫不客氣地回罵。

讀到這裡，我們恍然大悟為什麼從昨天春梅和孫雪娥發生口角之後，作者還要大費周章，繞那麼大一圈從孟玉樓、西門慶寫到這裡來的道理。

以昨天春梅和孫雪娥口角時的佈局，潘金蓮和春梅如果主動出擊，兩個人幾乎是沒勝算

7 回人姓馬者居多，因此馬回子拜節是指伊斯蘭教到清真寺做禮拜——來了馬上要拜，拜完了立刻走人。

的。不過，潘金蓮和西門慶才一夜纏綿結束，在西門慶要吃早餐孫雪娥卻置之不理的情況下，局勢很明顯地逆轉了。孫雪娥卻只顧著發洩對春梅的不滿，一點也沒發現到她自己於情、於理都已經站不住腳了。

春梅回到潘金蓮房裡，故意說孫雪娥怎麼慢吞吞找麻煩，春梅怎麼提醒她「爹在前邊等著」，孫雪娥又怎麼發飆罵人。春梅把她的話學了一遍，還加油添醋地形容她如何耍脾氣，說她：「只顧在廚房裡罵人，不肯做哩。」

少不了的，當然還有潘金蓮的一搭一唱，說什麼：「我說別要使他去，人自恁（本來就）和他合氣（鬧意氣），說俺娘兒兩個霸攔你在這屋裡，只當吃人罵將來。」

這樣的挑撥正中要害。妻妾吵架西門慶可以不管，但連他的早餐都可以置之不理，這顯然怠忽職守得太離譜了。於是西門慶走到後邊廚房，不由分說，踢了孫雪娥好幾腳，大罵：

「賊搱刺骨！我使他（春梅）來要餅，你如何罵他？你罵他奴才，你如何不溺泡尿把自己照照！」

孫雪娥本來只是和春梅鬧意氣，現在這個對象已經被神不知鬼不覺地轉換成了西門慶。顯然戰爭的規模已經不同了，可憐的孫雪娥一點也不開竅，還一股腦地糾結在她與春梅的紛爭裡。好不容易西門慶轉身要走了，孫雪娥還跟身旁的女傭抱怨：

「你看，我今日晦氣！早是你在旁聽，我又沒曾說什麼。他走將來凶神也一般，大吆小喝，把丫頭採的去了……我洗著眼兒，看著主子奴才（金蓮與春梅）長遠恁硬氣（這麼囂張）著，只休要錯了腳兒（出了差錯）！」

孫雪娥這麼一抱怨，等於指控西門慶錯怪她了。氣得西門慶又走回來補上幾拳，把孫雪娥打得疼痛難忍。（作者在這裡寫西門慶再走回來打孫雪娥，實在很傳神。）

唉，連狀況都搞不清楚的孫雪娥，怎麼會是潘金蓮的對手？

大老婆吳月娘聽見廚房的爭端，連忙派了她的小ㄚ頭小玉來勸促雪娥趕造湯水，打發西門慶吃了早餐，這場紛爭才算收場。

愚蠢的孫雪娥以為月娘會同情她，不甘心，又走到吳月娘房來發牢騷。她對吳月娘、李嬌兒說：

「娘，你還不知淫婦，說起來比養漢老婆還浪，一夜沒漢子也不成的。背地幹的那繭兒（秘密情事），人幹不出，他幹出來。當初在家，把親漢子用毒藥擺死了，跟了來。如今把俺們也吃（被）他活埋了。弄的漢子烏眼雞（鬥雞）一般，見了俺們便不待見（不屑看）。」

不但如此，孫雪娥還逞當年勇，說什麼春梅還是月娘房裡的ㄚ頭時，她都曾用刀背教訓過呢。當時吳月娘都沒說話，現在她到潘金蓮房裡，可嬌貴起來了，叭啦叭啦……

這話正好被走過來的潘金蓮聽到了。是可忍，孰不可忍，話還沒說完，潘金蓮已經衝進吳月娘房間裡，對著孫雪娥火力全開。

（潘金蓮）望著雪娥說道：「比對（既然）我當初擺死親夫，你就不消（莫）叫漢子娶我來家，省得我霸攔著他，撐了你的窩兒（位置）。論起春梅，又不是我的ㄚ頭，你氣不憤（氣不平），還教他伏侍大娘（吳月娘）就是了。省得你和他合氣（鬥氣），把我扯在裡頭。那個好意（喜歡）死了漢子嫁人？如今也不難的勾當，等他（西門慶）來家，與我一紙休書，我去就是了。」

月娘道：「我也不曉的你們底事。你們大家省言一句兒便了。」

這場互相看不慣、放話的緊張，本來只是暗潮洶湧。現在既然吵開了，潘金蓮和孫雪娥算是正式宣戰了。

孫雪娥道：「娘，你看他嘴似淮洪[8]也一般，隨問誰也辯他不過。明在漢子根前截舌兒（搬弄是非），轉過眼就不認了。依你說起來，除了娘，把俺們都攆，只留著你罷！」

那吳月娘坐著，由著他兩個你一句我一句，只不言語。後來見罵起來，雪娥道：「你罵我奴才！你便是真奴才！」險些兒不曾打起來。月娘看不上，使小玉把雪娥拉往後邊去。（第十一回）

照說孫雪娥在一天之內，挨了西門慶一回踢，又挨了一回揍，這場戰爭，潘金蓮的面子也算是掙足了。不過對潘金蓮來說，春梅報復孫雪娥那是春梅的事。現在孫雪娥在月娘房裡說她「擺死親夫」，還罵她「真奴才」，那又是另外一件事。一碼歸一碼，一報還一報。

於是她利用床笫之間，噼哩啪啦開始向西門慶訴諸苦情，又哭又鬧地要西門慶休了她算了。她說：

「我當初又不曾圖你錢財，自恁（就那樣）跟了你來。如何今日教人這等欺負？千也說我擺殺漢子，萬也說我擺殺漢子！沒丫頭便罷了，如何要人房裡丫頭伏侍？吃人指罵！」

說起來「擺殺漢子（武大）」、「收用春梅」這兩件事，西門慶都是共犯。他當然不希望有人到處張揚。潘金蓮聲淚俱下的演出正中紅心，掀起西門慶百分之百的同仇敵愾。

果然，同一天內，可憐的孫雪娥又被西門慶打了第三次。至此，憑藉冷靜與算計，潘金蓮的初次遭遇戰可算大獲全勝。書上說：

當下西門慶打了雪娥，走到前邊，窩盤住了金蓮，袖中取出廟上買的四兩珠子，遞與他。婦人見漢子與他做主，出了氣，如何不喜。由是要一奉十，寵愛愈深。（第十一回）

出了氣，潘金蓮當然值得高興。只是，這個得意來得似乎太早了。潘金蓮很快會發現，在無止無境的衝突裡，這才只是第一回合。

4

在《金瓶梅》一開始不長的篇幅裡，我們看見西門慶用一種驚人的熱情連娶了孟玉樓、孫

8 淮洪又稱徐州洪，是徐州城外的一段急流。

雪娥、潘金蓮三個小妾，「收用」了龐春梅。不過在煙硝味十足的氣氛裡，西門慶又「梳籠」[9]了麗春院的妓女李桂姐。西門慶在這方面的精力顯然異於常人。

李桂姐是李嬌兒的姪女。在這個西門慶妻妾中，舊人黨和新人黨之間緊張氣氛正在拉高時，李桂姐成了西門慶的新歡這個消息，無疑給李嬌兒、孫雪娥帶來千軍萬馬的氣勢。

【題外話】

很多人讀《金瓶梅》時，不免覺得納悶，心裡想：一個小小的清河縣裡，真有那麼多妓院？西門慶娶了兩個妓女，又梳籠了一個。他和朋友喝酒玩樂在妓院、過生日在妓院、談生意也在妓院。喜慶時妓女也被請到家裡來彈唱助興，感覺上，妓女像那卡西走唱樂團那麼公開，妓院像星巴克、麥當勞到了三步一家，五步一戶的公開場合。這是《金瓶梅》的作者刻意誇張，還是當時的情況果真如此？我找了一下資料，好像事實就是如此。

謝肇淛在《五雜俎》裡，曾經描述過明朝中葉之後，娼妓普遍的情況：

今時娼妓滿布天下，其大都會之地，動以千百計。其他並州僻邑往往有之。終日倚門賣笑，賣淫為活。生計至此，亦可憐矣。而京師教坊官收其稅錢，訂立脂粉錢……

除了女紅、廚藝外，中國古代良家婦女在識字、寫字、詩詞、繪畫、音樂上的文化涵養普遍有限，然而出身妓院的女孩，必須在出道前接受這方面的專業訓練，因此，文化水平大不相同。她們之中，有許多是才貌雙全，文武兼備的。這和我們對於現在妓女的想像有很大的落差。

在《甲乙剩言》就提到一個叫薛素素的娼妓。說她：

姿態艷雅，言動可愛，能書作黃庭小楷，尤工蘭竹，下筆迅掃，各具意態。又善馳馬挾彈，能以兩彈丸先後發，使後彈擊前彈，碎於空中……

這種文武兼備的才華難怪連讀書人見了都要心存仰望。不管容貌、風韻甚至文化、才藝，在這種外面的女人比家裡的女人都還要質優的情況下，妓院其實是帶著時尚與流行感的。嘉靖到崇禎年間，甚至有人舉辦各種「蓮臺仙會」之類的妓女選美大會，品評名妓，訂定「花榜」，分列次第：女狀元、榜眼、探花、解元及女學士、太史之稱。

把科舉套到名妓身上，文人意淫的想像可見一斑。更誇張的是，在那樣的時代裡，不只公娼要有才情色藝，連私娼都得吟詩頌詞。《梅圃余談》裡說：

皇城外娼肆林立，笙歌雜遝，外城小民度日難者，往往勾引丐女數人，私設娼窩，謂之窯子。室中天窗洞開，擇向路邊屋壁作小洞二、三，丐女修容貌，裸體居其中，口吟小詞，並作種種淫穢之態。屋外浮梁子弟，過其處，就小洞窺，情不自禁，則叩門入。

9 從前雛妓未接客之前都結髮為辮，第一次接客時，也像民間婚嫁一樣，頭上梳髻，因此稱「梳籠」。雖然不是正式的嫁娶，但梳籠雛妓的恩客也得給銀兩，做衣服，定桌席，煞有介事地接受道賀，隆重地吃幾日喜酒，還要在妓院裡住個幾天。

連私娼都要扭捏作態地口吟小詞，可見當時到妓院是帶著怎麼樣文化雅致的想像。在這樣的情況下，我們大概很難想像得到：明朝很多男人上妓院，與其說是去找女人上床，還不如說是去談戀愛的。

我們曾說過，明代的男人娶老婆憑的是媒妁之言，許多富人就算擁有三妻四妾了，儘管「性」經驗一點也不缺乏，但自由戀愛的經驗卻不曾有過。

這是妓院所以迷人的地方了。妓女不管在容貌、才藝，或時尚流行各方面都擁有比家裡老婆更多的優勢。此外，她們還見廣識多，接待過各行各業優秀的男人，並且還提供了男人最渴望的「談戀愛」經驗，難怪明代的男人對妓院趨之若鶩了。

從某個角度來看，明代妓女的定義和今日妓女的定義是不完全相同。定要換算的話，明代的妓女更接近當代許多行業的混合體。公式大概是這樣的：

（明）妓女＝（今）性工作者＋名模＋流行歌手＋選美佳麗……

我們看到，娼妓文化在明末可說是公開，並且與庶民的日常生活打成一片的。流風所及，不只一般老百姓、文人雅士，甚至連官員狎妓也見怪不怪。儘管明朝禁止官員狎妓，但是這似乎變成了一件大家心知肚明卻又說不出來的秘密。《堯山堂外紀》裡就透露過一段有趣的故事：

三楊（楊榮，楊士奇，楊溥）當國時有一名妓名齊雅秀，性極巧慧。一日令侑（勸）酒，眾謂曰：「汝能使三閣老笑乎？」對曰：「我一入便令笑也。」

及進見，問來何遲，對曰：「看書。」問何書，曰：「列女傳。」三閣老大笑曰：「母狗無禮。」即答曰：「我是母狗，各位是公猴。」一時京中大傳其妙。

三個閣老可以一同上妓院。可見狎妓雖不是什麼高貴的行為，在當時的社會認知，似乎也沒覺得下流到哪裡去。這和現在的妓院被當成是純粹為了「解決性慾」的低俗形象不完全相同。這是閱讀《金瓶梅》時，必須先有的理解。

李桂姐是李桂卿的妹妹，姐妹花同是二房妾李嬌兒（出身妓院）的侄女。西門慶第一次見到李桂姐是在花子虛家，初次見面就被迷住了。看看這個場面：

西門慶因問：「你三媽（母親）與姐姐桂卿，在家做什麼？怎的不來我家看看你姑娘（李嬌兒。李桂姐的姑媽）？」

桂姐道：「俺媽從去歲不好了一場，至今腿腳半邊通動不的，只扶著人走。俺姐姐桂卿被淮上一個客人包了半年……家中好不無人，只靠著我逐日出來供唱，好不辛苦！……」（第十一回）

這段對話聽來儘管普通又家常，但除了提醒讀者西門慶和李桂姐的親戚關係外，其實還隱藏了一個很值得細思的訊息。對話中提到李桂姐母親去年中風，需人照顧的事實，因此不難推想，新來的李桂姐會淪落煙花應是情勢所逼。

照說，李桂姐是這場妻妾戰爭裡的新寵，作者在她正式出場時不介紹她如何嬌媚、如何勾魂攝魄，卻先寫她的出身，刻意提醒我們在西門慶聲色犬馬的浮華世界背後，存在一個更大、卻又看不見的貧窮世界，無聲無息地對我們指出背後更大的可悲與更值得憐憫的地方。難怪張竹坡（清，一六七〇——一六九八）要形容《金瓶梅》是「菩薩學問」而不只是「聖賢學問」。

西門慶梳籠李桂姐，出手大方的程度在風月界堪稱是「大腕」了。他先給五兩前聘，之後又送了五十兩銀子，以及四件衣裳。五十五兩銀子可以買到像月娘房裡小玉這樣的丫頭十一個了（也足以買一棟幾百坪大的房子），難怪姑媽李嬌兒聽到消息，不但不擔心姑媽和侄女同睡一個男人有什麼倫理問題，反而高興得「連忙拏了一錠大元寶付與玳安，拏到院中打頭面（首飾），做衣服，定桌席，吹彈歌舞，花攢錦簇，飲三日喜酒。」

這麼多的聘金當然是一筆大生意，難怪「聖賢」的倫理道德一點也不重要了，因為在那之上還有更高的「菩薩」的倫理道德——生存。

梳籠了李桂姐，西門慶成天住在麗春院不回來，吳月娘的不安與焦慮不難想像。過去李嬌兒對吳月娘這個正室的存在已經隱隱約約威脅不小了，現在有了李桂姐加入，「俏一幫哄男人」的氛圍更是比潘金蓮、春梅還要誇張。

看得出來，大老婆和麗春院的妓女在搶男人這事情上，完全是劍拔弩張的。月娘接二連三派小廝牽著馬來接西門慶好幾次，但是麗春院這邊則把西門慶的衣服帽子全部藏起來，不讓他回家。情勢一直僵持下去，過了半個月之後，眼看西門慶的生日快到了，吳月娘再度派小廝玳安來請西門慶回家慶生。

吳月娘的意思很明白，麗春院再誇張，也不至於連生日都不放人回家吧？

擦槍走火的是潘金蓮讓玳安夾帶的情書。這封情書，西門慶才一接過手就被李桂姐搶了去，叫酒友祝實念唸出來。這唸完了情詩，李桂姐不高興了。

> 那桂姐聽畢，撇了酒席，走入房中，倒在床上，面朝裡邊睡了。西門慶見桂姐惱了，把帖子扯的稀爛，眾人前把玳安踢了兩腳。

這裡西門慶的表演性質十分濃厚。

> 請桂姐兩遍不來，慌的西門慶親自進房，抱出他來，說道：「吩咐帶馬回去，家中那個淫婦使你（玳安）來，我這一到家，都打個臭死。」玳安只得含淚回家。（第十二回）

玳安含淚回家，吳月娘一五一十聽了他的回報，可不高興了。

> 月娘便道：「你看恁不合理，不來便了，如何又罵小廝？」
>
> 孟玉樓道：「你踢將小廝便罷了，如何連俺們都罵將來？」
>
> 潘金蓮道：「十個九個院中淫婦，和你有甚情實！常言說的好：船載的金銀，填不滿烟花寨。」

金蓮只知說出來，不防李嬌兒見玳安自院中來家，便走來窗下潛聽。見金蓮罵他家千淫婦萬淫婦，暗暗懷恨在心。從此二人結仇，不在話下。（第十二回）

我們看到，吳月娘和李嬌兒之間爭正室的矛盾，不斷擴大的結果，很快衍生出來立場截然分明兩個派系。一個支持吳月娘的「新人黨」，成員包括了孟玉樓、潘金蓮。另一個派系則是以李嬌兒為共主的「舊人黨」，除了李嬌兒外，孫雪娥、李桂姐都是其中的成員。

如果只把《金瓶梅》的爭寵當成女人間鬧意氣、扯頭髮的紛爭來閱讀，其實是非常可惜的。《金瓶梅》至今雖然作者何人未有定論，但其中好幾個可能性很高的候選人，都是曾在明嘉靖、隆慶到萬曆年間當過京官的。

翻開同時間的歷史，我們發現明朝中葉之後的黨爭，到最後幾乎是和《金瓶梅》中的女人爭寵有幾乎完全相同的結構。不管是大臣、太監們的成群結黨，相互之間的黨爭、政爭，勝利者賺到榮耀與寵愛，失敗者動輒被廷杖、或貶官撤職，這和《金瓶梅》裡失寵的妻妾被體罰，冷落，幾乎是可以平行參照閱讀的。

想像西門慶是組織、團體中擁有分配資源權力的領導，妻妾們是立場不同的下屬，這種以爭寵為手段，明爭暗鬥的生存之戰，就完全不只局限在女人和女人之間的爭寵了。這是我們在看待這些女人和女人爭寵惡鬥的惡行惡狀，不可忽略的、背後更大的格局。

西門慶成天在李桂姐那裡過夜不回家，春心難耐的潘金蓮上行下效，也跟著有樣學樣，私下和孟玉樓的小廝琴童奸宿。

從兩性平權的角度來說，既然西門慶可以在外面養雛妓，潘金蓮也在家裡包養小廝，事情只能算一比一平手。可惜在明朝這個以男性為主的社會，並不是所有男人做的事情，女人都可以有樣學樣。

很快的，這個潘金蓮和琴童的姦情風聲走漏了。

風聲之所以會走漏，管道有二：一個是琴童自己喝了酒在外面招搖，風聲傳到孫雪娥和李嬌兒耳裡，跑去向吳月娘告狀。另一個管道則是潘金蓮半夜行房忘了關門，被起來上廁所的小丫頭秋菊偷窺到了。秋菊把消息洩漏給小玉，小玉對孫雪娥耳語，孫雪娥再告訴李嬌兒，兩個人再向月娘投訴。由於吳月娘的不作為（這樣的不作為當然是對支持她的新人黨的包庇），事情終於鬧到了西門慶那裡去。

暴跳如雷的西門慶抓了琴童來審問，從他身上搜出潘金蓮送的香囊葫蘆。儘管琴童極力辯稱香囊是打掃花園撿到的，但西門慶還是硬把他綁起來打了三十大棍，打得皮開肉綻。打完了還沒氣消，西門慶又直奔潘金蓮房內。

不一時，西門慶進房來，嚇的戰戰兢兢，渾身無了脈息，小心在旁伏侍接衣服，被西門慶兜臉一個耳刮子，把婦人打了一交。吩咐春梅：「把前後角門（側門）頂了，不放一個人進來！」拏張小椅兒，坐在院內花架兒底下，取了一根馬鞭子，拏在手裡，喝令：「淫婦，脫了衣裳跪著！」那婦人自知理虧，不敢不跪，真個脫去了上下衣服，跪在面前，低垂粉面，不敢出一聲兒。

（第十二回）

西門慶問潘金蓮，琴童小廝身上怎麼會有妳的東西？邊說邊往潘金蓮身上，颼的一馬鞭子就打下來。潘金蓮被打得疼痛難忍，哭哭啼啼地說東西是她在花園和孟玉樓做女紅時，不小心掉了，哪知道被琴童撿走了，嗚嗚嗚……

這一頓話說得西門慶半信半疑，才漸漸氣消。書上又說「（西門慶）又見婦人脫的光赤條條，花朵兒般身子，嬌啼嫩語，跪在地下，那怒氣早已鑽入爪窪國去了，把心已回動了八九分。（這裡頗有SM意味）」

西門慶把春梅叫來，摟在懷中，問她：

「淫婦果然與小廝有首尾（關係、牽扯）沒有？你說饒了淫婦，我就饒了罷。」

春梅看出了西門慶要找臺階下，身為潘金蓮的人馬，可想而知她的說辭當然是一面倒地袒護潘金蓮。

那春梅撒嬌撒痴，坐在西門慶懷裡，說道：「這個，爹你好沒的說！我和娘成日唇不離腮，娘肯與那奴才？這個都是人氣不憤（不平）俺娘兒們，做作出這樣事來。爹，你也要個主張，好把醜名兒頂在頭上，傳出外邊去好聽？」

幾句話把西門慶說的一聲兒沒言語，丟了馬鞭子，一面叫金蓮起來，穿上衣服，吩咐秋菊看菜兒，放桌兒吃酒。（第十二回）

至此，我們看到了潘金蓮拉寵春梅的用處，也理解到結黨成派的必要與必然。

派系戰爭規模的擴張是主動，同時也是被動。即使是最遠離戰局的孟玉樓，這時也被牽連入了戰局。「私僕事件」既然牽涉到孟玉樓陪嫁過來的小廝琴童，孟玉樓也無法不表態選邊站。私底下，她明確地選擇加入新人黨，並且發揮了枕邊細語的功能。孟玉樓對西門慶說：

「你休枉了六姐心，六姐（潘金蓮）並無此事，都是日前和李嬌兒、孫雪娥兩個有言語，平白把我的小廝扎罰了。你不問個青紅皂白，就把他屈了，卻不難為他了！我就替他賭個大誓，若果有此事，大姐姐（月娘）有個不先說的？」

孟玉樓一旦動作起來，聰明犀利的程度一點也不下於潘金蓮。她說「若果有此事，大姐姐有個不先說的？」表示，連吳月娘都站在我們這邊了，你還相信李嬌兒、孫雪娥的話嗎？

真要說起來，孟玉樓這句話大有問題。以吳月娘息事寧人的個性，她正好就是個「知道此事也不會說的人」，不過孟玉樓知道，以潘金蓮、龐春梅和她加總起來，形象和公信力都還稍嫌不足，因此有必要把吳月娘也一起拉進來。吳月娘一直是個沒有擔當的大老婆，可是她卻擁有這種能在關鍵時刻發揮「神主牌」功效的正室特質。這或許是長久以來，吳月娘能夠持盈保泰最重要的理由吧。

對付像西門慶這種耳根子軟，好色，愛面子卻又意志容易搖擺的男人，身旁得寵的女人，輕易的一句耳語絕對是威力無窮的。這是一個非常殘酷的事實，也是為什麼，妻妾的爭寵戰爭裡（甚至是堂廟的派系戰爭），人與人不得不結黨成派，相互奧援、傾軋的理由吧。

5

小說接下來說到：「到第二日，西門慶正生日。有周守備、夏提刑、張團練、吳大舅許多官客飲酒，拏轎子接了李桂姐並兩個唱的，唱了一日。」這敘述看來稀鬆平常，可是明眼人一見到西門慶竟然明目張膽地把李桂姐弄到家裡來唱歌了，立刻知道，接下來少不了又是暗潮洶湧了。我們且看：

李嬌兒見他姪女兒來，引著拜見月娘眾人，在上房裡坐吃茶。請潘金蓮見，連使丫頭請了兩遍，金蓮不出來，只說心中不好。到晚夕，桂姐臨家去，拜辭月娘。月娘與他一件雲絹比甲兒（無袖長背心，下襬及膝）、汗巾花翠之類，同李嬌兒送出門首。

桂姐又親自到金蓮花園角門首：「好歹見見五娘。」那金蓮聽見他來，使春梅把角門關得鐵桶相似，說道：「娘吩咐，我不敢開。」這花娘遂羞訕滿面而回，不題。（第十二回）

看著這熱熱鬧鬧上演的這些，不知怎地，虛偽的感覺忽然鋪天蓋地而來。這個李桂姐，不正是幾天前玳安被從麗春院踢回來時，新人黨還站在吳月娘這邊，一起咒罵的那個妓女？怎麼現在礙著西門慶和李嬌兒，吳月娘和和氣氣地把她當成只是親戚，還送她禮物？

有個性的反倒是潘金蓮，在前有撕帖之仇，後有挨鞭之恨的情況下，潘金蓮說不開門就是不開門。李桂姐要去拜見諸位妻妾，無非也就是打個招呼，意思是：「我只是混口飯吃，沒有和諸位搶老公的企圖，請大家多多包涵。」可是潘金蓮就是不買她的帳。搞成這樣，李桂姐當然只好「羞訕滿面」而回──「羞訕滿面」說得一點不精確，表面上看起來是「羞訕」，可是內心卻充滿了「憤怒」。潘金蓮一定要把局面弄得這麼難看，對李桂姐而言，就是：「大家槓上了」的意思。

這場一對一的單挑，不久，就由李桂姐開始發動了。

趁著西門慶在李桂姐那裡過夜時，她開始向西門慶撒嬌，抱怨起潘金蓮不給她面子。西門慶本來只是安慰安慰她，不想，最後竟然吹起牛來了。

西門慶道：「你到休怪他。他那日本等心中不自在，他若好時，有個不出來見你的？這個淫婦，我幾次因他咬群兒（與周圍的人鬧糾紛），口嘴傷人，也要打他哩！」

桂姐反手向西門慶臉上一掃，說道：「沒羞（不要臉）的哥兒，你就打他？」

西門慶道：「你還不知我手段，除了俺家房下，家中這幾個老婆丫頭，但打起來也不善，著緊二三十馬鞭子還打不下來。好不好（如果不行）還把頭髮都剪了。」

桂姐道：「……你若有本事，到家裡只剪下一柳子頭髮，拏來我瞧，我方信你是本司三院（妓院泛稱）有名的子弟。」

西門慶道：「你敢與我排手（拍掌約定）？」

那桂姐道：「我和你排一百個手。」（第十二回）

李桂姐要潘金蓮頭髮，說穿了無非只想把頭髮放在鞋底，每天踹踏，好出這一口氣罷了。

我初讀這段時覺得很不解：這麼大費周章，把頭髮放在腳底下踩算什麼報復？後來我在黃仁宇的

《萬曆十五年》讀到「一五八〇年時，萬曆因為兩個宮女不會唱新曲，氣得說她們違抗聖旨，理應斬首，後來被左右勸諫了半天，才同意只截去兩名宮女的長髮，象徵斬首。」之後，才開始對頭髮這件事情有了不同的理解。

原來頭髮是腦袋的替代品，也是最重要的性命的象徵——換句話，就意義上而言，李桂姐要的是潘金蓮的命。

緊接下來，西門慶要潘金蓮頭髮的過程像極了一齣二流的喜劇。在李桂姐面前誇下海口的西門慶一回到家裡，一進潘金蓮房裡就命令潘金蓮脫衣服，一副又要開始打人的模樣，但潘金蓮豈是可以如此任人隨意擺佈的軟柿子。

（潘金蓮）柔聲痛哭道：「我的爹爹！你透與奴個伶俐說話，奴死也甘心。饒奴終日恁（這麼）提心吊胆，陪著一千個小心，還投不著你的機會，只拿鈍刀子鋸處我，教奴怎生吃受？」（第十二回）

眼看潘金蓮不依，西門慶又叫春梅拿馬鞭來，春梅看到這情況，不但沒有動作，反而還罵西門慶。

春梅道：「爹，你怎的恁沒羞！娘幹壞了你什麼事兒？你信淫婦言語，平地裡起風波，要便搜尋娘？還教人和你一心一計哩！你教人有那眼兒看得上你！倒是我不依你。」拽上房門，走到前邊去了。（第十二回）

一定有讀者覺得納悶，為什麼春梅一個小小丫頭，敢對主人如此潑辣？

事實上，像春梅這樣被收用過的丫頭，由於未被升成正式的小妾，主人心中有份虧欠，很多時候影響力反而更大。在《紅樓夢》裡賈寶玉收用了襲人，王熙鳳建議寶玉的母親王夫人乾脆讓襲人當寶玉的小妾，王夫人不贊成時就把這種心情說得非常傳神。王夫人說：

「那就不好了。一則都年輕，二則老爺也不許，三則那寶玉見襲人是個丫頭，縱有放縱的事，倒能聽他的勸，如今作了跟前人（妾），那襲人該勸的也不敢十分勸了。如今且渾著，等再過二三年再說。」（《紅樓夢》第三十六回）

愛逞勇鬥狠的西門慶到了床笫之間，竟拿這兩個女人一點辦法也沒有。最後只好硬擠笑臉，問潘金蓮可不可以剪一綹頭髮給他。還哄騙潘金蓮說要做編網巾[10]。潘金蓮不好違拗西門慶，但有言在先：要做網巾可以，頭髮絕不可以給李桂姐那個妓女，免得她拿去作法用。儘管西門慶滿口答應，最後還是把剪下來的頭髮拿去向李桂姐炫耀自已在家裡的「雄風」。這一整大段，把西門慶好色沒膽，愛逞英雄又孬種、無賴的嘴臉，寫得栩栩如生。這個公子哥兒虛榮浮誇的糜爛的個性更是讓我們一眼就完全看透了。

可笑的是，西門慶把頭髮交給桂姐時，竟還從實招來，他說：

「你看了還與我，他昨日為剪這頭髮，好不煩難，吃我變了臉惱了，他才容我剪下這一柳子來。我哄他，只說要做網巾頂線兒，逕拏進來與你瞧。可見我不失信。」

我們說過，頭髮的意義不只是頭髮，更是一種象徵性的斬首、懲罰與復仇，西門慶這種用

10 用絲線或馬尾結成的小網，用來攏住頭髮。

哄騙才到手的頭髮李桂姐不要也罷。難怪她生氣地說：

「什麼稀罕貨，慌的恁個腔兒！等你家去，我還與你。比是你恁（既然你這麼）怕他，就不消剪他的來了。」

西門慶顯然完全搞不清楚重點，還無知地說：「我哪是怕她？我只是說不過她而已。」

讀到這裡，我們不免搖頭歎息。唉。

大家提到西門慶時幾乎都傾向一個中年男子的負面印象，淫蕩猥褻、專橫霸道。許多讀者也許納悶：這樣的一個西門慶——儘管有錢，有權，那麼多自願跟他在一起的女人，難道她們眼睛都瞎了嗎？

事實上，我們心目中那個西門慶的印象可能是刻板而不正確的。

西門慶這時二十八歲，年輕、有錢、喜歡音樂、追逐流行、風流愛玩，不但懂得吃穿的品味，並且出手大方。書上說他的長相是「頭圓項短，體健觔強，天庭高聳，地閣方圓」，以他這樣的性情和條件，別說是明朝，到了當代，很多女人見了他恐怕也是趨之若鶩的。女人喜歡的若只是西門慶的錢，事情或許會變得單純許多。麻煩的是，西門慶自有他的迷人之處。

如果說錢財人脈是西門慶蠻橫霸道的憑恃，那麼浮浪性情就是「有趣」與「無賴」兼具的兩面刃了——我相信正是這些迷人條件，創造出了西門慶不斷的風流艷遇，以及妻妾們無止境的爭寵與傾軋。

所謂當局者迷，旁觀者清。真要想起來，古人和今人並沒有太大的差別。換成了我們自己在局裡面，恐怕情況也好不到哪裡去。

6

潘金蓮把剪下來的頭髮交給西門慶時，曾嬌聲地哭著說：「奴凡事依你，只願你休忘了心腸，隨你前邊和人好，只休抛閃了奴家。」

這句話說的正是她內心最大的恐懼，也是她最不願見到發生的事。一連串的妻妾戰爭下來，小說雖然不言明什麼，但從占上風輕易可以傾軋孫雪娥、落到挨打，甚至被剪去一綹頭髮，壓力層層聚攏過來。充滿危機意識的潘金蓮當然不可能甘心失寵，她得替自己再另覓出路。

緊接下來，《金瓶梅》另一個最重要的角色——李瓶兒，就要上場了。讀到這裡，我們很難不讚歎作者是用了多麼細膩的文筆與篇幅，為李瓶兒的出場鋪陳好了最華麗的氛圍與舞臺。

政和四年

・西門慶爬牆密會李瓶兒（西門慶鄰居好友花子虛之妻），被潘金蓮逮個正著，潘金蓮提出三個條件才肯替兩人保密。

・十一月上旬花子虛得傷寒，年底病死。

政和五年

・元月初九潘金蓮生日，服孝中的李瓶兒登門拜壽，急著與各妻妾聯誼示好。

・元月十五日元宵，吳月娘、李嬌兒、孟玉樓、潘金蓮連袂到獅子街李瓶兒新買的房子看燈、為李瓶兒賀壽。

・五月，陳敬濟來投奔西門慶家。西門慶因政治事件開始冷落李瓶兒。

・李瓶兒見異思遷，招贅醫生蔣竹山進門。

・西門慶遷怒妻妾，因「淫婦事件」與吳月娘開始冷戰。

・李瓶兒趕走蔣竹山，八月二十日嫁入西門慶家中成為第六房小妾。

・李桂姐私下接客，西門慶大鬧麗春院，正好給吳月娘示愛意的機會。

第三章

李瓶兒登場

1

李瓶兒正式的出場亮相在花子虛家。一開始是花子虛和西門慶打算一起去為妓女吳銀兒過生日，西門慶冒冒失失走進花子虛家，準備先和花子虛會合，不過花子虛不在家。

> 他渾家（老婆）李瓶兒，夏月間戴著銀絲鬏髻，金鑲紫瑛墜子，藕絲對衿衫，白紗挑線鑲邊裙，裙邊露一對紅鴛鳳嘴尖尖趫趫小腳，立在二門裡臺基上。（第十三回）

要知道，李瓶兒這樣露小腳對男人所能引發的「性」聯想，到了當代，大概只有穿低胸、露乳溝可以比擬了。這個現在看似端莊的描寫，還原到明代的標準，李瓶兒絕對算得上是「豔光四射」。我們繼續往下看：

> 那西門慶三不知走進門，兩下撞了個滿懷。這西門慶留心已久，雖故莊上見了一面，不曾細玩。今日對面見了，見他生的甚是白淨，五短身材，瓜子面兒，細彎彎兩道眉兒，不覺魂飛天外。（第十三回）

過去，做為花子虛太太的鄰居，李瓶兒和西門慶家一直是有所往來的。真要認真尋找的話，我們會發現李瓶兒的身影雖然還沒正式出現，但她卻在書中被提起了好幾次：

小說第一回，西門慶的吃喝玩樂十兄弟要結拜時，派了玳安去邀請花子虛參加，玳安來回話時就說花子虛不在家，但他的夫人李瓶兒同意了，還送了禮物讓玳安帶回來。那時李瓶兒還沒有出現，但是西門慶想起她，說了一句：「自這花二哥，倒好個伶俐標緻娘子兒。」就沒再說什麼了。在第一回看這句話時不覺得特別，但是現在回頭想，那句話裡還真是充滿了意淫的氣味。

此外，小說第十回，解決了武松，西門慶在芙蓉亭宴請妻妾時，李瓶兒也派人送了花兒來給妻妾們助興。有趣的是，在小說記述當時妻妾們翫賞芙蓉亭的情況才只用了一段文字，但描寫李瓶兒送花來以及眾人對她的談論就費了兩大段，可見在這次的歷史鏡頭裡，她也沒有缺席。

西門慶和李瓶兒撞個正著，書上的敘述說西門慶「留心已久」，真是一點也不誇張。和潘金蓮失手叉竿打到西門慶的邂逅情節比較起來，這裡的情節顯然有些平淡，李瓶兒站在角門首（側門口），半露嬌容告訴西門慶要他稍坐，花子虛有事出去，一會兒就回來。她讓丫頭端茶出來待客，接下來說的話可就有意思了。

婦人（李瓶兒）隔門說道：「今日他請大官人往那邊吃酒去，好歹看奴之面，勸他早些回家。兩個小廝又都跟去了，止是這兩個丫鬟和奴，家中無人。」（第十三回）

這段乍聽之下合情合理的話，如果用西門慶的觀點來分析，會發現不少弦外之音。首先，西門慶許多淫蕩荒唐的行為，做為鄰居的李瓶兒不可能沒有耳聞，請西門慶勸花子虛早點回家，實在有點「請鬼拿藥單」的意味。不但如此，李瓶兒在提出請求之後，還要表明家中無人，這多出來的細節就顯得非常沒有必要。

照說，李瓶兒如果真顧慮安全問題，大可留下一個小廝幫忙看家也就是了，捨此不為，卻強調家中無人，還把小廝、丫鬟的去處全交代得清清楚楚，這未免有些蹊蹺了。

最近在報紙上看到一則報導，調查讀者心目中「最強烈的性暗示是什麼」，高居調查排行榜的第一、二名就是「告訴對方家中無人」及「穿著暴露」。李瓶兒自曝家中無人，這話在有心人如西門慶聽起來當然充滿了暗示。

當天晚上喝完酒，西門慶果然依約把花子虛醉醺醺地送回家來。照說，人送到家了也該告辭離開了。沒想到西門慶不但不走人，大剌剌地坐下來和李瓶兒聊天，甚至還十足逾越地為李瓶兒抱不平。

（西門慶）說道：「……嫂子在上，不該我說，哥也糊塗，嫂子又青年，偌大家室，如何就丟了，成夜不在家？是何道理？」

大家別忘了，西門慶家室更大，不在家的時間更多。

婦人道：「正是如此，奴為他這等在外胡行，不聽人說，奴也氣了一身病痛在這裡。往後大官人但遇他在院中，好歹看奴薄面，勸他早早回家，奴恩有重報，不敢有忘。」

這西門慶是頭上打一下腳底板响的人，積年風月中走，什麼事兒不知道？今日婦人到明明開了一條大路，叫他入港（機緣投合），豈不省腔？（第十三回）

這一段對話深處的挑逗其實是藏得很隱晦的，不特別留心的話，看起來、聽起來完全發乎情、止乎禮。但我們要知道，過去那個男女授受不親的時代，男人和女人沒有正當理由，是不能見面的。李瓶兒不但留西門慶吃茶，對別的男人抱怨自己的老公，還要西門慶下次再送花子虛回家，無疑的，就是要製造機會和西門慶再見面。至於李瓶兒說的「奴恩有重報，不敢有忘」到底怎麼報恩，想像空間可就不小了。

李瓶兒讓丫鬟端出果仁泡茶來，請西門慶喝茶。

李瓶兒一再感謝西門慶，西門慶也拍胸膛對李瓶兒保證，只要有機會，一定勸花子虛早點回家。喝完茶，西門慶告辭，還說：「我回去罷，嫂子仔細門戶。」

我們不明白西門慶和李瓶兒到底是怎麼辨識彼此的慾望，但他們都是過來人，彼此就是心有靈犀一點通。書上說：「自此，西門慶就安心設計，圖謀這婦人。」

從此，西門慶讓應伯爵與謝希大這夥人把花子虛纏在妓院裡面喝酒過夜。他自己則跑來和李瓶兒眉來眼去。李瓶兒常帶著兩個丫鬟站在門口，西門慶一來就大聲咳嗽，來回徘徊，或者乾脆站在對門賊溜溜地往內看。李瓶兒一見西門慶就躲到門後，見西門慶走過，又探頭出來看。兩個人的目光就這樣你來我閃，你走我追。所謂「妻不如妾，妾不如偷，偷還不如偷不到」。撇開性的吸引力不說，偷情的樂趣恐怕還在於那種背德，卻又必須瞞過社會的挑釁與刺激。對某些不安於現狀的人，恐怕再沒有比這樣的驚險更令人銷魂的強力春藥了。

接下來是禮尚往來的饋贈。

李瓶兒要花子虛送禮物給西門慶，感謝他送花子虛回家。收了禮物的西門慶當然也得回請花子虛。請完客之後，又輪到花子虛作東。

由於花子虛席設家裡，因此李瓶兒也在。打得火熱的西門慶與李瓶兒當然不可能輕易放過這個難得的機會。

當日，眾人飲酒到掌燈之後，西門慶忽下席來外邊解手。不防李瓶兒正在遮槅子邊站立偷覷，兩個撞了個滿懷，西門慶迴避不及。

婦人走到西角門首，暗暗使綉春黑影裡走到西門慶跟前，低聲說道：「俺娘使我對西門爹說，少吃酒，早早回家。晚夕，娘如此這般要和西門爹說話哩。」西門慶聽了，歡喜不盡。小解回來，到席上連酒也不吃，唱的左右彈唱遞酒，只是裝醉不吃。（第十三回）

接下來，西門慶故意裝醉，「東倒西歪，教兩個扶歸家去了」。西門慶走了之後，應伯爵、謝希大還賴著不走，李瓶兒看他們還要繼續喝，髒話都罵出來了。她叫小廝來轉告花子虛：

「你既要與這夥人吃，趁早與我院（妓院）裡吃去。休要在家裡聒噪。我半夜三更，熬油費火，我那裡耐煩！」

向來有門禁管制的花子虛一聽到李瓶兒這樣說還有點不敢相信，告訴她：

「這咱晚我就和他們院裡去，也是來家（回家）不成，你休再麻犯（囉嗦）我。」

李瓶兒說：「你去，我不麻犯便了。」

花子虛拿到了「今天不回家」許可，才高高興興地帶著應伯爵、謝希大以及兩個小廝、還有兩個唱的（樂妓）一起往妓院裡去了。

沒多久，人去樓空。屋子裡只剩下李瓶兒和兩個丫鬟和看門的馮媽媽了。

隔著牆，是西門慶家前頭的花園。

西門慶推醉到家，走到金蓮房裡，剛脫了衣裳，就往前邊花園裡去坐，單等李瓶兒那邊請他。良久，只聽得那邊趕狗關門。少頃，只見丫鬟迎春黑影裡扒著牆，推叫貓，看見西門慶坐在亭子上，遞了話。這西門慶就掇過一張桌凳來踏著，暗暗扒過牆來，這邊已安下梯子。李瓶兒打發子虛去了，已是摘了冠兒，亂挽烏雲，素體濃粧，立在穿廊下。看見西門慶過來，歡喜無盡，忙迎接進房中……（第十三回）

西門慶問清楚花子虛今晚不會回來，又知道兩個丫頭和看門的馮媽媽都是李瓶兒的心腹，不免心中大喜。於是開始飲酒作樂，關門交歡。

有趣的是，在雲雨之後，李瓶兒開始仔細地打聽起西門慶家裡其他的老婆，並且急著表現親善。吳月娘是大老婆，禮貌上當然得打個招呼。至於李瓶兒住處翻牆而過就是潘金蓮樓房所在的花園，情勢上她也得和潘金蓮打好關係。

於是，李瓶兒表示要做鞋子送給吳月娘和潘金蓮，還把頭上的兩根金簪撥下來，戴在西門慶頭上，還交代將來千萬別讓花子虛看見。

整本《金瓶梅》裡，大概找不出比李瓶兒更愛送禮物的人了。李瓶兒這些考慮當然周到合理。只是，在初次雲雨之後，她不急著向男人要求海誓山盟的保證，或者沉浸在卿卿我我的陶醉中，反而忙著計算必須下手打點的人。這種未雨綢繆的思慮以及禮貌周到的教養，未免也太過驚人了。

西門慶混到清晨才又爬牆過來，走回潘金蓮房間。他對潘金蓮的說詞是：「花二哥又使小廝邀我往院裡去，吃了半夜酒，才脫身走來家。」潘金蓮雖然半信半疑，但實在也不能說什麼。

漸漸，蹊蹺的事愈來愈多。

不但潘金蓮在花園做女紅時忽然飛過來一片瓦片，她還發現隔壁丫頭從牆那頭探頭過來張望（這是花子虛不在家的暗號）。另外，西門慶過來潘金蓮這裡的次數也變頻繁了，而且老是偷偷摸摸往花園走。潘金蓮耐不住一肚子的好奇心，神不知鬼不覺地跟著西門慶到花園裡去，這才發現：「先頭那丫頭在牆頭上打了個照面，這西門慶就蹬著梯凳過牆去了。」

這個天大的秘密，使得潘金蓮一個人在床上輾轉反側了一夜，直到天亮了，西門慶回來……

【情境題】

這裡有個有趣的情境題，大家可以思考一下。如果你是潘金蓮，在後有李桂姐，前有李瓶兒的夾殺下，西門慶回來之後你會怎麼做，才能確保自己最大的利益？

（A）保守秘密，安靜地接受李瓶兒的存在？

（B）大聲嚷嚷，和西門慶翻臉？

（C）或者乾脆裝作什麼都沒有發生，大家繼續相安無事？

（D）以上皆非

在繼續閱讀下去之前，我建議大家可以想一想，你可以先想好你的做法，邊讀下去邊比較，你和潘金蓮的做法有什麼差別，ＩＱ與ＥＱ孰優孰劣。

我們來看看潘金蓮的做法。

婦人（潘金蓮）見他（西門慶）來，跳起來坐著，一手撮著他耳朵，罵道：「好負心的賊！你昨日端的那裡去來？把老娘氣了一夜！你原來幹的那繭兒（不可告人的秘密），我已是曉得不耐煩（很久）了！……嗔道（怪不得）昨日大白日裡，我和孟三姐在花園裡做生活（女紅），只見他家那大丫頭在牆那邊探頭舒腦的，原來是那淫婦使的勾使鬼來勾你來了。你還哄我老娘！前日他家那忘八（王八，指花子虛），半夜叫了你往院裡去，原來他家就是院裡！」

西門慶嚇得連忙「裝矮子，只跌腳跪在地下」，笑嘻嘻地討好潘金蓮，還說李瓶兒要做鞋子送她，情願認潘金蓮和吳月娘當姐姐。

金蓮道：「我是不要那淫婦認甚哥哥姐姐的。他要了人家漢子，又來獻小殷勤兒，我老娘眼裡是放不下砂子的人，肯叫你在我跟前弄了鬼兒去！」說著一隻手把他褲子扯開，只見那話軟仃儅，銀托子[11]（淫具）還帶在上面，問道：「你實說，與淫婦弄了幾遭？」

11 銀托子，是個半弧形托，使用的時候用帶子束綁在性器上。把性器給托起來，便於戳搗。

西門慶道：「弄到有數兒的（數得出來的），只一遭。」

婦人道：「你賭個誓，一遭就弄的他恁軟如鼻涕濃如醬，卻如風癱了一般的！……」說著把托子一揪，掛下來，罵道：「沒羞的強盜，嗔道（怪不得）教我那裡沒尋，原來把這行貨子悄地帶出，和那淫婦合搗去了。」（第十三回）

這段文字形容潘金蓮凌厲潑辣的氣勢栩栩如生，教人不禁拍案叫絕。

西門慶說不過潘金蓮，最後只好把李瓶兒送的頭簪拔下來，借花獻佛，說是李瓶兒要送給她的。潘金蓮看這兩根頭簪「是兩根番石青填地、金玲瓏壽字簪兒，乃御前所製，宮裡出來的，甚是奇巧。」這才轉嗔為喜。她提出三個條件，要西門慶答應了，才願意替他保密。這三個條件分別是：

一、不許再去院裡找李桂姐。

二、要聽潘金蓮的話。

三、和李瓶兒床笫之間的事一概不准隱瞞。

從潘金蓮的角度來看這三個條件，我們會發現她的出手實在是又準又狠的。

首先，潘金蓮很清楚自己目前主要的威脅來自李桂姐，以及舊人黨。這時如果再和李瓶兒為敵的話，她立刻就陷入腹背受敵的窘境了。潘金蓮很明白，生氣歸生氣，西門慶願意「裝矮子」討好她已經是極限了。她如果真和西門慶翻臉了，到處嚷嚷這件事，可以想見，西門慶和李瓶兒未必有事，但她一定立刻成為全民公敵，絕無活路。

換句話，以潘金蓮目前的處境，她根本沒有「不」守密的可能。

更何況，李瓶兒這個新歡如果能夠讓李桂姐失寵的話，對潘金蓮實在也不是什麼壞事。畢竟只要李桂姐失去了威力，舊人黨也就發揮不了什麼作用了。

不准再去院裡找李桂姐。西門慶只要同意這件事，舊人黨等於全繳了械。光是這一條潘金蓮就不吃虧了。

當然，趕走李桂姐，來了李瓶兒。李瓶兒會不會是另一個更可怕的敵人呢？

這樣的顧慮潘金蓮當然也有。但潘金蓮看到李瓶兒的頭簪之後，她立刻轉嗔為喜了。很多人以為潘金蓮會轉嗔為喜是因為貪圖皇宮珍貴的頭簪，但我覺得更重要的卻是李瓶兒這個禮物化解了潘金蓮的疑慮，表示：李瓶兒是願意跟潘金蓮和平共處的。因此，潘金蓮的第二個條件「要西門慶聽她的話」，說得明白一點，就是西門慶和李瓶兒的交往，她要下指導棋。這樣一來，潘金蓮不但可以確保李瓶兒不會變成她的敵人，更進一步的，她們也許還可以當朋友。

事實上，潘金蓮本來打算效忠吳月娘，幫她全力對抗舊人黨的。可是在經過接二連三和孫雪娥、李桂姐的衝突之後，潘金蓮對吳月娘故作中立，不挺自己派系人馬的「不沾鍋」態度開始有所警覺了。特別是李桂姐來西門慶家，吳月娘竟然擺出一副親戚往來的熱絡模樣，還送李桂姐禮物——這些都顯示：吳月娘是不管自己派系人馬死活的。這個女人在乎的只是自己大老婆的地位是否穩固罷了。

一切都讓人心寒透了。潘金蓮想在這個詭譎的局勢裡生存下去，她不能不預作打算，想辦法和西門慶的新寵結盟。

至於第三個條件「不准隱瞞和李瓶兒床第之間的事」，更是像潘金蓮這樣的過來人才會提出來的條件——潘金蓮太明白了，對付靠下半身思考的西門慶，掌握了他「性」的動態，也就掌握了妻妾之間寵愛與權力平衡的核心。

總之，這些全都是為了站在制高點掌控，並且在妻妾爭寵戰爭中贏得勝利所提出來的條件。我們看到，在達成協議之後，潘金蓮和李瓶兒之間聯盟的雛形漸漸成形，西門慶家妻妾間的權力版圖也在悄悄改變。

> 自此為始，西門慶過去睡了來，就告婦人說：「李瓶兒怎的生得白淨，身軟如綿花，好風月，又善飲。俺兩個帳子裡放著果盒，看牌飲酒，常頑耍半夜不睡。」又向袖中取出一個物件兒來，遞與金蓮瞧，道：「此是他老公公（太監）內府畫出來的（春宮圖），俺兩個點著燈，看著上面行事。」……（第十三回）

「包容」和「守密」也為潘金蓮帶來超乎想像的額外好處。除了「偷窺」以及「監控」的樂趣外，潘金蓮更發現，原來她和李瓶兒可以說是「性趣」相近的同類——有了這樣的共同嗜好，兩人攜手聯盟的可能性又更增高了。

把潘金蓮只當成一個風騷的淫婦實在是誤會。在這裡，潘金蓮展現的政治嗅覺與智慧，是這個角色愈來愈教我們感興趣的地方。我們發現，潘金蓮最大的滿足與其說來自床事，還不如說是藉由李瓶兒，得到了翻身的能量以及重新掌權的快感。因為，對她來說，權力恐怕才是讓她無法戒除的最愛。

值得一提的是，《金瓶梅》裡的地理空間安排似乎也呼應著故事裡的「外在禮教世界」與「內在慾望世界」的高度反差。

我們如果把兩座相鄰宅院當成人與人之間的關係，那麼，從大門看過去的安靜與井然有序，是西門慶與花子虛之間表面的「朋友」情誼，從內部的圍牆看到狼狽的偷情，則是人的內在真實赤裸的「情慾」關係。用這個地理空間來看潘金蓮與李瓶兒的關係也幾乎是平行的。住在前面花園裡的潘金蓮，和住在後面的其他妻妾是有點隔絕的。這個空間安排使潘金蓮更接近李瓶兒，也因此，她成了最先發現秘密，甚至也是第一個和李瓶兒結盟的人。

兩個女人所在的地方，既是家裡卻又在房屋之外，這樣既是內室又像外室的空間位置，和她們所處的道德位置、人際位置，也都有一種巧妙的呼應，《金瓶梅》這樣的佈局還真是讓我們大開了眼界。

在潘金蓮刻意掩護下，李瓶兒和西門慶的秘密本來或許有機會無聲無息地繼續維持下去。不過接下來發生的意外事件，卻破壞了這個平靜，牽扯出更多不可告人的秘密。

2

這個意外的事件是：李瓶兒的老公花子虛忽然被官府抓走了。

根據李瓶兒的說法，這個意外事件的來龍去脈是這樣的：

「俺過世老公公有四個姪兒，大姪兒喚做花子由，第三個喚花子光，第四個叫花子華，俺這個名花子虛，都是老公公嫡親的。雖然老公公掙下這一分錢財，見我這個兒不成器，從廣南回來，把東西只交付與我手裡收著。著緊還打攛棍兒（橫棍掃過去，冷不防一棍。有變臉的意思），那三個越發打的不敢上前。去年老公公死了，這花大、花三、花四，也分了些床帳傢伙去了，只現一分銀子兒沒曾分得。我常說，多少與他些也罷了，他通不理一理兒。今日手暗不通風（一手遮掩），卻教人弄下來了（被告到官府去）。」（第十四回）

花子虛被抓到官府去，李瓶兒請西門慶到家裡商量（有趣的是，這回西門慶談的是公事，又變成了走前門了）。聽李瓶兒哭哭啼啼說完之後，西門慶拍胸膛說這事情好辦。就他所知，承辦這案子的開封府尹是蔡太師門生，蔡太師和楊提督是好朋友，而西門慶女兒所嫁的陳家正是楊提督的姻親。有了這層關係，只要稍加關說，事情應該沒有問題才對。

李瓶兒是個明白人，立刻大方地拿了六十錠大元寶——三千兩（用同等值米價換算約九百至一千二百萬元新臺幣），給西門慶打點花用。

一千多萬元新臺幣當然不是一筆小數字。西門慶說用不著那麼多錢，可是李瓶兒卻急著把錢給他，還說：

「多的大官人收了去。奴床後還有四箱櫃蟒衣玉帶、帽頂絛環（帽子、腰帶上的飾物），都是值錢珍寶之物，亦發大官人替我收去，放在大官人那裡，奴用時來取。趁這時，奴不思個防身之計，信著他（花子虛），往後過不出好日子來。」

【題外話】

明朝皇家倉庫由宦官掌管，這一直是他們主要的生財之道。通常各省上繳給皇室專用的實物，必須經過檢驗才能入庫。這些上繳的貢物在品質並無一定的規格，因此由宦官及其仲介人可以隨心所欲地決定——這當然讓宦官和仲介人多出了很多生財的空間。

在這樣的情況下，明代的高級宦官不但在皇城內築有精美的住宅，根據當時的習慣，他們也有相好的宮女，同居如夫婦。他們雖沒有子女，但卻不乏大批乾兒子、姪子、外甥的趨奉，因而也頗不寂寞。難怪李瓶兒會擁有那麼多宮內的奇珍異寶以及數量龐大的財產。

西門慶找吳月娘商量。吳月娘覺得銀子如果從大門擡進來太惹人注目了，她的主意是：「必須夜晚打牆上過來方隱密些。」

在《金瓶梅》中，吳月娘出身算是大家閨秀了。一般人對她的印象也不脫賢良端莊這種正室的印象。但我們在這裡看到即使像她這樣的教養陶冶出來的善良，一旦遇見了錢，也只剩了一個體面的空殼了。於是，

到晚夕月上時分，李瓶兒那邊同迎春、綉春放桌凳，把箱櫃挨到牆上。西門慶這邊，止是月娘、金蓮、春梅，用梯子接著。牆頭上鋪襯毡條，一個個打發過來，都送到月娘房中去了。（第十四回）

這樣的畫面諷刺意味十足。從牆這頭偷偷爬過去的是西門慶，那頭擡過來的是珍寶箱櫃。

就像兩座相鄰宅院有裡有外一樣，所有看得見的人事物，在它的內裡全都有不可告人的另一面。吳月娘的計畫不能讓別人知道，李瓶兒的隱情更是不能讓吳月娘明白，在這個人人有心機的世界裡，所謂的倫理與道德的尺度全像這一座牆——只是個形式上的象徵，只要不被發現，誰都可以偷偷摸摸地翻過來又越過去。

關說的結果，開封府尹楊時採納了花子虛的供詞，做了對他最有利的判決——現金、財物部分不再追究，只要求變賣不動產與其他三兄弟平分。財產處分結束之後，就放人結案。

花子虛名下的三座房地產，分別是：

一、大街安慶坊大宅一所，值七百兩。

二、南門外莊田一處，值六百五十兩。

三、西門慶隔壁現居住宅，值五百四十兩。

前兩者賣給王皇親、周守備，但是後者一時之間卻脫不了手。李瓶兒請人央求西門慶拿錢出來買，但是吳月娘反對，她說：「你若要他這房子，恐怕他漢子一時生起疑心來，怎了？」

吳月娘是個在乎體面的人，她這話說得有理，西門慶只好暫時作罷。不過屋子賣不出去，官司就無法了結。於是李瓶兒又找了馮媽媽來傳話，要西門慶從她寄放的三千兩銀子中，拿出五百四十兩，以西門慶的名義買了花子虛的房子。

李瓶兒之前拿出三千兩銀兩給西門慶是為了關說救人，寄放珍寶箱櫃則是為了防範官府前來抄家。這些本是保全之計。現在三千兩銀兩沒有花完，從其中拿出五百四十兩買回自己的房子，照說也無可厚非。

依照這個局勢走下去，官司了結，花子虛被釋放，西門慶再把房子以及保管的財物還給李瓶兒之後——白天該走前門的繼續走前門，晚上該爬牆的繼續爬牆，一切就應恢復原狀了。但李瓶兒卻對西門慶說：

「到明日，奴不久也是你的人了。」

這句脫口而出的話，可耐人尋味了。李瓶兒這個女人顯然比我們想像的還要不單純，她的心思到底是什麼？

在第十回西門慶和妻妾翫賞芙蓉亭時，曾經提到李瓶兒的過去，書上寫著：

（李瓶兒）先與大名府梁中書為妾。梁中書乃東京蔡太師女婿，夫人性甚嫉妒，婢妾打死者多埋在後花園中……只因政和三年正月上元之夜，梁中書同夫人在翠雲樓上，李逵殺了全家老小，梁中書與夫人各自逃生。這李氏帶了一百顆西洋大珠，二兩重一對鴉青寶石，與養娘走上東京投親。

那時花太監由御前班直升廣南鎮守，因姪男花子虛沒妻室，就使媒婆說親，娶為正室。太監到廣南去，也帶他到廣南，住了半年有餘。不幸花太監有病，告老在家。（第十回）

在那次意外中，李瓶兒固然逃離了「性甚嫉妒，婢妾打死者多埋在後花園中」的梁夫人，但我們發現「一百顆西洋大珠，一對重達二兩的鴉青寶石」成了她命運轉折最重要的關鍵。

那次轉折讓她明白——不是男人，也不是美色，而是「錢」才能讓她擁有真正的自主與幸福。就像當初李瓶兒對西門慶說的一樣：「趁這時，奴不思個防身之計，信著他，往後過不出好日子來。」這個富裕的女人相信「錢」的力量，對她來說，錢代表了生存最關鍵的力量，因此我們才會看到李瓶兒愛送禮物籠絡人心的客氣，以及出事時急著把「財物」藏到西門慶家的驚慌失措。這樣的女人表面上高雅多禮，謙抑周圓，但在她們的內心世界裡，「錢」才是真正的價值核心。

因此，當李瓶兒說出：「到明日，奴不久也是你的人了。」這樣的話之後，其實情勢已經再明白不過了。偵探小說中有句名言說：「Follow the money。（跟著錢走）」這句話用在李瓶兒身上也完全說得通。錢的去向似乎也預測了李瓶兒內心深處情感的走向。

在花子虛出事時，表面上我們看到李瓶兒為他到處奔走，暗地裡她卻五鬼搬運地把花子虛的資財完全掏空。在花子虛被官府釋放出來之後，我們看到，李瓶兒更是以「為了營救他，錢已經花光」為藉口，把三千兩的現金一筆勾銷。

連房子都沒得住的花子虛慌忙安排了酒菜，要請西門慶喝酒，順便跟他算帳。西門慶本來還想把三千兩用剩的錢湊些給花子虛買新房子，可是李瓶兒卻讓人交代西門慶說：「休要來吃酒，只開送一篇花帳與他，說銀子上下打點都使沒了。」

很多人相信，老友、老婆和老本是人生最後少數可以依靠的三件事。可是花子虛的人生卻是老友帶著老婆和老本一起背叛了他。難怪他勉強湊了二百五十兩買下獅子街的一棟房屋之後，沒多久就氣得患了傷寒病倒了。花子虛開始生病是十一月上旬，書上說李瓶兒「初時還請太醫來看，後來**怕使錢**，只挨著。一日兩，兩日三，挨到二十頭，嗚呼哀哉，斷氣身亡。」這樣的下場顯然是再淒涼不過了。

花子虛會落得這樣的下場，最重要的理由大家早看出來了——李瓶兒並不愛他。現在這個謎底顯然已經水落石出的故事，對我而言，唯一的懸疑只剩下一個了，那就是：李瓶兒到底從什麼時候開始不愛花子虛的？

我試著回頭尋找各種可能的線索不得其解，最後反而在稍後的章節讀到西門慶和李瓶兒房事之後的一段關鍵對話，這才恍然大悟。

> 西門慶醉中戲問婦人：「當初花子虛在時，也和他幹此事（房事）不幹？」婦人道：「他逐日睡生夢死，奴那裡耐煩和他幹這營生！他每日只在外邊胡撞，就來家，奴等閒也不和他沾身。況且老公公在時，（李瓶兒）和他（花子虛）另在一間房睡著（分房睡）。我還把他（花子虛）罵的狗血噴了頭，好不好對老公公說了，要打攛棍（翻臉）兒。奴與他這般頑耍，可不砢殺（肉麻羞恥）奴罷了！誰似冤家（西門慶）這般可奴之意，就是醫奴的藥一般。白日黑夜，教奴只是想你。」（第十七回）

這些資訊透露出非常令人不解的訊息，包括了：

為什麼老太監到廣南去住了半年，把新婚的李瓶兒也單獨帶去？

為什麼老太監回來清河和花子虛同住時，李瓶兒和花子虛是分開房間睡的？

還有，為什麼老太監會把皇宮裡的「春宮圖」拿回來給姪媳婦看？

一切的線索似乎都指向一個驚人的秘密，那就是：原來從當初嫁給花子虛開始，花太監就霸佔著李瓶兒，而做為李瓶兒名義上丈夫的花子虛卻一點反抗的勇氣也沒有，只會一天到晚往外跑，在妓院、酒樓鬼混。

這個又是表面一套，裡面還有另一套的秘密，讓我們對很多事情有了完全不同的理解。我們總算明白了：

為什麼李瓶兒那麼看不起花子虛，甚至一毛錢都不願和他分享。為什麼花太監身後留下了那麼多珍異寶物給李瓶兒，而不是給花子虛。還有，更重要的，我們也明白了，這看來端莊有禮的李瓶兒為什麼一見到西門慶會變得如此慾火焚身、不可自制。畢竟在和花子虛有名無實地過了這麼久的夫妻生活，任何一個正常的年輕女人恐怕都會變成這樣吧。

回到我原來的問題：李瓶兒到底從什麼時候開始不愛花子虛的，為什麼呢？

答案很簡單：李瓶兒從來沒有愛過花子虛。為什麼呢？因為這段婚姻，從一開始，就已經是「子虛」烏有的了。我們說瓶兒本來是用來插花的，但是現在這花和瓶的合體卻子虛烏有，這或許正是花「子虛」這個名字最重要的寓意吧。

迷迷糊糊讀《金瓶梅》時，其實是很容易忽略這些的。金瓶梅厲害的地方在於看起來理所當然的表象裡面永遠藏著更赤裸裸、血淋淋的真相。只要讀者夠仔細，在你覺得差不多已經掌握了全部的真相時，似乎永遠還有更底層、更駭人的真相，精采懸疑程度，一點也不輸給最好看的偵探小說。因此，張竹坡才會說：

「讀《金瓶梅》小說，若連片念去，便味如嚼蠟，止見滿篇老婆舌頭而已，安能知其為妙文也……才不高，由於心粗，心粗由於氣浮，心粗則氣浮，氣愈浮則心愈粗，豈但做不出好文，並亦看不出好文，遇此等人，切不可將《金瓶梅》與他讀。」

我初讀金瓶梅時不覺得，但讀了幾次之後，覺得這句話實在是再真切不過了。

3

關於花子虛的喪禮，小說是這樣描述的：

西門慶那日也叫月娘辦了一張桌席，與他（花子虛）山頭祭奠。當日婦人（李瓶兒）轎子歸家，也設了一個靈位，供養在房中。雖是守靈，一心只想著西門慶。從子虛在日，就把兩個丫頭（綉春、迎春）教西門慶耍了，子虛死後，越發通家往還。（第十四回）

不但通家往還，李瓶兒還對妻妾們大做公共關係。畢竟在花子虛過世之後，「道德」阻礙不再存在，剩下的只剩人情世故了。上次李瓶兒和西門慶初上床後，就急著給吳月娘、潘金蓮送禮物，做關係。現在花子虛過世了，她的動作當然更大更積極。於是我們看到了元月初九潘金蓮生日，李瓶兒顧不得自己還在服孝，急著登門給潘金蓮慶生拜壽的精采場面。

進門先與月娘磕了四個頭，說道：「前日山頭多勞動大娘受餓，又多謝重禮。」拜了月娘，又請李嬌兒、孟玉樓拜見了。然後潘金蓮來到，說道：「這位就是五娘？」又要磕下頭去，一口一聲稱呼：「姐姐，請受奴一禮兒。」金蓮那裡肯受，相讓了半日，兩個還平磕了頭。金蓮又謝了他壽禮。又有吳大妗子、潘姥姥一同見了。（第十四回）

這次的拜訪，李瓶兒對眾妻妾的說詞是：

「蒙眾娘擡舉，奴心裡也要來，一者熱孝在身，二者家下沒人。昨日才過了他（花子虛）五七，不是怕五娘怪，還不敢來。」

儘管李瓶兒說得好像是不得已才來，但讀者一眼就看出了她這麼做的目的無非是想和妻妾們經營好關係，免得將來嫁入西門慶家時，落到和潘金蓮一樣的窘境。

正月九日是玉皇大帝生日，由於西門慶參加玉皇廟打醮去了，就由西門慶的妻妾們出面接待李瓶兒。於是我們看到了，妻妾們和李瓶兒行禮如儀、相敬如賓，請她吃飯，敬酒，與她聊天，還熱情地留她過夜。

基於妻妾們和西門慶各自不同的關係，這種「女人」和「女人」之間的看似熱絡的友好氣氛，其實是非常表淺的。從書中的敘述來看，對於西門慶與李瓶兒的偷情關係，完全在狀況外的是孟玉樓、李嬌兒、孫雪娥，完全掌握的則是潘金蓮。最耐人尋味的是大老婆吳月娘了——她當然知道西門慶與李瓶兒的「財物」關係，至於兩人的「床笫」關係，吳月娘到底知道了多少，或猜到了多少，我們就無法確定了。

因此，這次的餐會，在一片熱鬧的吃吃喝喝與家常友好的對白裡，我們仍然還是感覺出了一些刺探與閃躲。

月娘因看見金蓮鬢上撇著一根金壽字簪兒，便問：「二娘（李瓶兒），你與六姐（潘金蓮）這對壽字簪兒，是那裡打造的？倒好樣兒。到明日俺每人照樣也配恁一對兒戴。」

李瓶兒道：「大娘既要，奴還有幾對，到明日每位娘都補奉上一對兒。此是過世老公公御前帶出來的，外邊那裡有這樣範！」

月娘道：「奴取笑鬥二娘耍子。俺姐妹們人多，那裡有這些相送！」眾女眷飲酒歡笑。（第十四回）

我第一次讀這段時並沒有看出什麼問題。但讀到後來吳月娘的態度轉變，再回頭來看，才慢慢看出這幾句簡單的對話，背後驚人的力道。李瓶兒說溜嘴的部分是：剛剛拜見潘金蓮時，李瓶兒明明還問：「這位就是五娘？」表示李瓶兒從沒見過潘金蓮。既然如此，潘金蓮怎麼會有李瓶兒送她的御前頭簪呢？更何況，從李瓶兒進門到現在吳月娘一直都陪著，李瓶兒根本不可能有機會送潘金蓮頭簪。換句話說：在更早之前，潘金蓮就擁有李瓶兒送她的頭簪了。

憑藉女人的直覺，做為西門慶這種好色之徒老婆的吳月娘不可能想不到答案——李瓶兒和潘金蓮顯然共同擁有什麼吳月娘不知道的秘密。認真想想，除了西門慶的事之外，還會有什麼是李瓶兒必須巴結潘金蓮，但是卻不能讓吳月娘知道的呢？又有什麼事能夠讓李瓶兒在花子虛死了之後，不急著拿回自己的財產，反而來這裡大做公共關係呢？想清楚了這些，這個女人的來意其實是不言可喻的。

李瓶兒忙著說要補送大家一對，吳月娘也不揭穿，客氣地表示她只是開玩笑。這些對話虛來虛往，但大家多少都心裡有數。於是眾女眷們就在這種「飲酒歡笑」的氣氛下，繼續進行她們「女人」對「女人」的聯誼。

如果我的猜想沒錯的話，吳月娘應該就是在這個關鍵點上恍然大悟整個事情的來龍去脈。礙於她大老婆的身分，以及對西門慶的顧忌，吳月娘並沒有當場發作。但這樣的情緒，在西門慶

得到。晚上回家後，加入吳月娘、孟玉樓、潘金蓮、李瓶兒的酒局時，我們完全可以從吳月娘身上感受

五人坐定，把酒來斟，也不用小鍾兒，都是大銀衢花鍾子，你一杯，我一盞。常言：風流茶說合，酒是色媒人。吃來吃去，吃的婦人眉黛低橫，秋波斜視……

月娘見他二人吃得餳（黏）成一塊，言頗涉邪，看不上，往那邊房裡陪吳大妗子（吳月娘的兄嫂）坐去了，由著他四個吃到三更時分。（第十四回）

和剛見到李瓶兒時的熱絡相比，吳月娘這時態度的轉變其實是很明顯的。特別是在散會之後，西門慶來問吳月娘打發李瓶兒到哪裡睡時，她更是沒什麼好氣。

月娘道：「他來與那個作生日，就在那個房兒裡歇。」

西門慶道：「我在那裡歇？」

月娘道：「隨你那裡歇，再不你也跟了他（李瓶兒）一處去歇吧！」

西門慶忍不住笑道：「豈有此理！」因叫小玉來脫衣：「我在這房裡睡了。」月娘道：「就別要汗邪（得了汗病中了邪，罵人胡言亂語），休要惹我那沒好口的罵出來！你在這裡，他大妗子那裡歇？」

西門慶道：「罷，罷！我往孟三兒房裡歇去罷。」於是往玉樓房中歇了。（第十四回）

當吳月娘說出西門慶去和潘金蓮、李瓶兒一起睡時，其實很多事即使不說穿也心照不宣了。我真是服了西門慶能厚臉皮地說出「豈有此理！」，並且把它當個笑話的隨機應變。不但如此，他還故意示好，表示要在吳月娘房間睡。在吳月娘不滿情緒高漲的情況之下，西門慶果然落了個自討無趣。

當然，這些對白李瓶兒是沒有機會聽到的。她在潘金蓮的房間裡歇了一夜，隔天起床，讓春梅服侍梳粧時，李瓶兒直覺春梅也是西門慶「收用」過的丫頭，特別還送了她一副金三事兒[12]。李瓶兒的細膩周到可見一斑。

李瓶兒被潘金蓮領著去花園走走逛逛。對她來說，好消息是發現兩家的圍牆已經被打開了一個便門。潘金蓮告訴她，西門慶請了風水師父來看，準備三月動工，還說：「要把二娘那房子打開，通做一處，前面蓋山子捲棚，展一個大花園；後面還蓋三間翫花樓，與奴這三間樓做一條邊。」

官司之後，這間曾經是花子虛與李瓶兒的住宅，名義上已經被西門慶買下了。李瓶兒目前搬出了這棟宅院，住在獅子街花子虛後來湊錢買的房子。獅子街那棟價值二百五十兩的房屋，和原來這棟五百四十兩的住宅當然不能相提並論。我相信看著牆外舊宅的李瓶兒這時心裡一定有許多感觸。

和潘金蓮不同的是，李瓶兒並沒有厭惡花子虛到了必須毒死他的地步——花子虛是自己得了傷寒死掉的。花子虛還活著時，她把錢財、房屋寄放到西門慶門下，多少有點把「私房錢」寄放

12 當時人們帶在身邊的一種小件飾物，多以金、銀等貴金屬製作，具有挖耳、挑牙等實用價值的物件。

在情人處的樂趣。萬一後悔了，只要和花子虛聯手，說是出事時寄放，未嘗沒有要回來的可能。但現在花子虛死了，想要回這些財產恐怕是有理也說不清了。

不安的感覺隱隱約約。李瓶兒想搬回這棟原本屬於她自己，後來又花了她自己的錢買下來的房子，只剩下嫁給西門慶一途了。

或許戀愛真的會讓女人變笨吧——可是話又說回來，不能讓人變傻變笨的戀愛，還有什麼滋味呢？

昨夜回獅子街住宅看家的馮媽媽這時進來了，依著李瓶兒的吩咐從家裡帶來了一方舊汗巾，悄悄地遞給李瓶兒。方巾裡面是四對金壽字簪兒，這是李瓶兒昨天席間應允的禮物。看得出來任何可以用心排除的障礙，或是可以努力把握的機會，李瓶兒都不願輕易錯失。她先小心翼翼地奉上一對頭簪給吳月娘。隨後不久，李嬌兒、孟玉樓、孫雪娥也統統都收到了一對。

❖

元月十五日是李瓶兒的生日，也是元宵燈節。禮尚往來的，李瓶兒也回請了妻妾們來到她用二百五十兩銀子新買，位於獅子街燈市旁，臨街二樓，門面四間，一共三進的房子（「日」字形）。

在妻妾們回家之後，西門慶悄悄來到了獅子街李瓶兒住處和她幽會。那個晚上，李瓶兒第一次開口對西門慶提出了娶她過門的要求。

照說，這種人財兩得的事情西門慶當然沒有反對的道理。不過依當時的情勢來看，在李瓶兒想嫁入西門慶家，有兩件事情是非等待不可的：

一、服孝滿百日。

二、蓋好新房子。

除此之外，李瓶兒也得應付好與吳月娘及其他妻妾之間的人際關係，事情才能水到渠成。

至於和妻妾們的相處，幾次往來之後，李瓶兒是這樣告訴西門慶的：

「既有實心娶奴家去，到明日好歹把奴的房蓋的與他五娘（潘金蓮）在一處，奴捨不的他好個人兒，與後邊孟家三娘，見了奴且親熱。兩個天生的打扮，也不像兩個姐妹，只像一個娘兒生的一般。惟有他大娘性兒不是好的，快眉眼裡掃人。」（第十六回）

所謂的「快眉眼裡掃人」指的是用眉梢眼角掃視，雖未正眼看，但眼神卻犀利無比。李瓶兒之所以覺得犀利，恐怕還是心中有鬼，覺得她和西門慶的姦情被看穿。因此，儘管吳月娘表面上溫和善良，但李瓶兒仍然感受到了她的敵意。

那時是三月上旬，花園裡的工程才進行到了一半。李瓶兒有點急了，她甚至主動表示願意在西門慶娶她進門後，暫時住在潘金蓮那裡，直到工程完成——反正只要能嫁過來，別的事也暫時顧不得了。

事情牽涉到潘金蓮，西門慶當然先去找潘金蓮商量。

對於潘金蓮來說，搬進來住沒有問題，可是複雜的局勢考驗潘金蓮的政治智慧。在既得顧慮李瓶兒，又不能得罪吳月娘的情況下，潘金蓮故意裝出天真無邪的模樣說：

「可知好哩，奴巴不的騰兩間房與他住。你還問聲大姐姐去。我落得河水不洗船（做順水人情）。」

（這招高明，反對的可是吳月娘噢，不是我。）

西門慶不疑有他，跑去問吳月娘。如同我們（還有潘金蓮）所預料的，西門慶果然踢到了鐵板。吳月娘說：

「你不好娶他的。他頭一件，孝服不滿；第二件，你當初和他男子漢相交；第三件，你又和他老婆有連手，買了他房子，收著他寄放的許多東西……我聞得人說，他家房族中花大是個刁徒潑皮。倘一時有些聲口，倒沒的惹蝨子頭上搔！」

吳月娘搬出一堆大道理，就是不說自己的嫉妒。她說的頭一件、第二件、第三件西門慶都不在乎，倒是額外的這一件——花大是個刁徒潑皮這件正中要害，把西門慶說得「閉口無言，走出前廳來，坐在椅子上沈吟。」

所謂一朝被蛇咬，終生怕草繩。當初為了娶潘金蓮，好不容易才擺平了武松，現在西門慶當然不肯平白再惹出一個花大來。所謂的「打蛇打在七寸上」，吳月娘輕盈地一出手，就給李瓶兒的希望賞了個一槍斃命。這麼深沉的城府，如此伶俐的身手、高瞻遠矚的政治智慧，顯然過去大家都低估她了。

最可笑的是西門慶，踢到鐵板之後，還回來找潘金蓮，問她該怎麼給李瓶兒一個交代。潘金蓮給西門慶出主意，要他說謊。他讓西門慶告訴李瓶兒：

「我到家對五娘說來，他的樓上堆著許多藥料，你這傢伙去到那裡沒處堆放，亦發再寬待些時，……你這裡孝服也將滿。那時娶你過去，卻不齊備些。強似搬在五娘樓上，葷不葷，素不素，擠在一處什麼樣子！」

潘金蓮這個被李瓶兒視「捨不得她好個人兒」的好朋友，在知道勢不可為之後，立刻決定見風轉舵，不但暫時背棄她對朋友的支持，並且還捏造了一套說法，好繼續維持她與李瓶兒之間的和諧。畢竟要不得罪吳月娘，又同時維持和李瓶兒的友誼，說謊是唯一的辦法了。

有趣的是，這種對於潘金蓮式「姐妹情誼」的譏諷，在《金瓶梅》中幾乎通篇可見。《金瓶梅》固然肇始於《水滸傳》——不同於《水滸傳》中兄弟情誼的陽剛俠義、生死相許，《金瓶梅》著墨更多的反而是姐妹情誼的陰柔綿密、貌合神離。兩相交叉互讀，實在是再有趣不過了的對映。

除了《水滸傳》外，另一本和《金瓶梅》關係密切的作品是《紅樓夢》。曹雪芹的好朋友脂硯齋在評點《石頭記》時，就曾指出：「（紅樓夢）深得《金瓶》之壺奧。」毛澤東也說過：「《金瓶梅》是《紅樓夢》的祖宗，沒有《金瓶梅》就寫不出《紅樓夢》。」於是從《水滸傳》、《金瓶梅》到《紅樓夢》，構成了中國古典文學裡最燦爛，最有出息的一支家族系譜了。

進一步要賦予年紀和性別的想像的話，我認為《水滸傳》是父親，《金瓶梅》是母親，父親和母親因為「潘金蓮和西門慶」的關係（性的關係）結合在一起，而《紅樓夢》就應該是他們的女兒——而且還是一個長得還像媽媽的大美女。

❖

這樁婚事於是從三月上旬又被耽擱到了五月中。

出乎意料的是，花大並沒有想像中的難搞，李瓶兒擇期在五月十五日請了僧人在寺廟裡唸經燒靈，他不但乖乖地帶老婆來參加儀式，吃了齋飯，李瓶兒還把花大的老婆叫到房間，給她十兩銀子，兩套衣服。末了，花大的老婆還給李瓶兒磕頭，謝了又謝。

這時西門慶的花園豪宅也差不多落成了，在燒掉了花子虛牌位、扔掉孝服兼解除花大這個隱憂後，吳月娘似乎也找不到可以反對李瓶兒進門的藉口了。於是雙方擇期五月二十四日行禮，並定於六月四日娶李瓶兒進門。

就在李瓶兒忙著打造婚禮首飾，準備嫁進西門慶家時，西門慶才出嫁沒多久的女兒西門大姐和女婿陳敬濟忽然帶著箱籠床帳傢伙，連夜從東京逃了回來。他們帶著陳敬濟父親陳洪的一封書信，還有五百兩銀子給西門慶。這封書信透露的消息宛如青天霹靂：原來西門慶在京城的政治靠山，八十萬禁軍提督楊戩因為北方的戰事不利，被言官彈劾了！皇帝現在正生氣地追查楊戩所有的親朋黨羽。

雖然這個事件表面看起來和西門慶關係不大，但楊戩是陳洪的兒女親家，而陳洪的兒子陳敬濟——正是西門慶的女婿。在明朝這個以廷杖著稱的朝代，激烈的惡鬥使得它有一種大起大落的政治氛圍。表面上看來再普通尋常的就事論事，背後都有血肉飛濺的派系傾軋。在這樣的氛圍裡，鬥爭失敗者往往下場淒慘，刑罰甚至動輒株連九族。

這個消息當然使西門慶家頓時陷入一片愁雲慘霧中。吳月娘安慰西門慶說：

「他陳親家那邊為事，各人冤有頭，債有主，你也不需焦愁如此。」

這時西門慶回應了一句很有意思的話，他說：

「你婦人都知道些什麼？陳親家是我的親家，女兒、女婿兩個孽障搬來咱家住著，平昔街坊鄰居惱咱的極多……倘有小人指搠，拔樹尋根，你我身家不保。」

儘管他平時凌霸鄉民，原來內心是很有自覺的。這麼一句話當場就把西門慶平日囂張狂妄，但遇事驚慌怯弱的小人嘴臉揭露得一覽無遺，真是再傳神不過了。

西門慶連忙準備金銀珍寶，讓家中的夥計來保、來旺連夜趕到東京去探聽兼打點。這麼一折騰下來，花園豪宅的工程當然做不下去了，自然，李瓶兒的婚禮也被西門慶拋到九霄雲外去了。

4

故事接下來的情節大有讓人跌破眼鏡的味道。

小說裡說李瓶兒不見西門慶來，又問不出個所以然，每日茶飯頓減，精神恍惚，最後終於病了，只好請了個醫生來看她。這個才死了太太沒多久的年輕醫生蔣竹山愛上了李瓶兒，向她求婚。

故事情節乍看之下很簡單，但是李瓶兒的病卻大有學問。我們先來看看蔣醫師望聞問切之後怎麼說的：

娘子肝脈弦出寸口而洪大，厥陰脈出寸口久上魚際，主六慾七情所致。陰陽交爭，乍寒乍熱，似有鬱結於中而不遂之意也。似瘧非瘧，似寒非寒，白日則倦怠嗜臥，精神短少；夜晚神不守舍，夢與鬼交。若不早治，久而變為骨蒸（潮熱、盜汗）之疾，必有屬纊（重病將死）之憂矣。（第十七回）

蔣醫生的形容，包括「似有鬱結於中而不遂之意」，「夜晚神不守舍，夢與鬼交」，以及「潮熱、盜汗」，用現代西方醫學的觀點來看，應該是「焦慮症」的急性發作。

進一步如果要追究李瓶兒到底在焦慮什麼，我相信十之八九的人應該都會說：當然是為了西門慶的愛情。

這種看法，仔細想想，其實是大有問題的。

假如李瓶兒真愛著西門慶的話，當她從蔣竹山口中聽到西門慶家中遭到政治株連的消息時，起碼要為西門慶擔心或者起碼心酸一下的。可是我們發現李瓶兒不但沒有這些擔心，反而在蔣醫師勸她另覓親事時，態度上立刻有了一百八十度的大轉彎。

一篇話把婦人（李瓶兒）說的閉口無言。況且許多東西丟在他家，尋思半晌，暗中跌腳：「嗔怪道（難怪說）一替兩替（一回兩回）請著他不來，他家中為事哩！」……因說道：「既蒙先生指教，奴家感戴不淺，倘有甚相知人家，舉保（媒人）來說，奴無有個不依之理。」（第十七回）

如果這時的李瓶兒真心愛著西門慶的話，哪會是這樣的反應呢？小說裡面有段近乎「魔幻寫實」的描寫，或許最能呈現李瓶兒此時此刻的心態。

到晚夕，孤眠枕上展轉躊躇。忽聽外邊打門，彷彿見西門慶來到。婦人迎門笑接，攜手進房，問其爽約之情，各訴衷腸之話。綢繆繾綣，徹夜歡娛。雞鳴天曉，便抽身回去。婦人恍然驚覺，大呼一聲，精魂已失。

……婦人自此夢境隨邪，夜夜有狐狸假名抵姓，攝其精髓。漸漸形容黃瘦，飲食不進，臥床不起。（第十七回）

我們曾說過，對於像李瓶兒這樣的女人，「錢」代表了生命最重要的力量。把這個夢境對映現實，如果西門慶是個騙人的狐狸，那麼狐狸所吸走的「生命精髓」，應該就是現實世界中李瓶兒的「財產」了。這樣一想，我們就不難明白李瓶兒會「形容黃瘦，飲食不進，臥床不起。」的理由了。

無疑的，經歷過梁中書大名府的恐怖經驗後，李瓶兒對於這樣的鉅變是非常敏感的。從那些災難中，李瓶兒體會最深的，無非就是「錢」的重要了。當初是李瓶兒想嫁給西門慶，一手設計出這麼完美的掏空計畫，現在她可真是自作自受。

以李瓶兒過去的經歷以及眼界，根本不可能看上這個「三十歲不到，生得五短身材，人物飄逸，極是輕浮狂詐」的太醫院畢業生。但是她實在太迫切想逃離西門慶這個名字所能聯想到的厄運了。於是，上一刻還一心一意想著嫁給西門慶的李瓶兒，就在這一刻慌慌張張地答應了蔣竹山的求婚，把他招贅進門。

婚後，李瓶兒湊了三百兩給蔣竹山開了兩間藥舖店面，還買了一頭驢兒，讓出門看病都靠走路的蔣醫師騎著去應診，顯然婚後蔣醫師的生活水準提升了。

我們不知道李瓶兒是否甘心於這種「小鎮醫生」的平實生活，但和上次的豪賭相比，這次李瓶兒在蔣太醫身上的投資顯得小得很多——畢竟她在西門慶身上的虧損實在太大了。

另一方面，被西門慶派到東京去打點的來保、來旺進行得相當順利。他們靠著楊提督的關係，以及各種打點，找到了太師蔡京的兒子——祥和殿學士兼禮部尚書蔡攸。又攀著蔡攸的關係，見到了負責這件案子的資政殿大學士兼禮部尚書李邦彥。在呈上五百兩銀兩的見面禮之後，李邦彥令堂官取來昨日言官送來的名單。來保一見到這張或將被「投之荒裔以禦魍魎」，或「置之典刑，以正國法」的名單上，西門慶的名字赫然在列，慌得跪下來只顧磕頭。

> 邦彥見五百兩金銀，只買一個名字，如何不做分上？即令左右擡書案過來，取筆將文卷上西門慶名字改作賈廉，一面收上禮物去。（第十八回）

儘管我們不知道這個倒楣的賈廉是誰。但無論如何，在親切而家常的氣氛裡，那輕輕提筆一揮所能造成的血肉飛濺與家破人亡還是讓人感到驚心動魄的。在優雅、禮貌、現實、無情、冷酷的氛圍下，令人不寒而慄的這一切，顯然又是《金瓶梅》裡另一則無法言喻的「暴力美學」示範。

警報解除之後的西門慶並沒有快樂很久，他很快就聽說李瓶兒在獅子街開了生藥舖——不但如此，還搭了一個夥計。這不打緊，沒多久，他還發現李瓶兒竟然嫁給了那個傢伙。

照理說，這件婚事是西門慶不理李瓶兒在先，搞成這樣他實在也沒什麼好抱怨。可是明明到口的肉被蔣竹山活生生地搶走，西門慶當然有氣。搶女人也就算了，偏偏西門慶家開生藥舖，蔣竹山也照樣開了一家。這麼明目張膽地別苗頭，不是挑釁是什麼呢？難怪西門慶會氣得破口大罵：

「你嫁別人，我也不惱，如何嫁那矮王八！他有什麼起解（出息）？」

這句一模一樣的話，到了四百年後的今天，我們都還常聽見有人說著。好比說，發現了先生外遇的太太，生氣地大罵：「你去外遇也就算了，你找一個比我還醜、還老的情婦，這算什麼？」再不然，男生指著移情別戀的前女友質疑：「妳不想跟我在一起我認了，可是我不服氣，他到底哪裡比我強？」

可見情人移情別戀固然令人惆悵，但愛上不如自己的別人，那就是傷害了。在人類諸多愛比較的習性中，這種比法可說是最沒有建設性的了。偏偏這樣的情緒普遍而真實，不但超越性別、族群的藩籬，甚至還跨越了歷史與地理。

李瓶兒事件在西門慶家也引起了不小的風波。

聽到李瓶兒琵琶別抱消息的西門慶憋著一肚子氣，喝醉了酒回到家。正好吳月娘、孟玉樓、西門大姐和潘金蓮在前庭快樂地玩跳繩。妻妾們看見西門慶怒氣沖沖走來的模樣，全都識相地閃開，只有潘金蓮仗勢和西門慶最近打得火熱，還扶著門庭柱子在那裡兜鞋子穿，耍性感。

看什麼都不順眼的西門慶根本沒有心情理會潘金蓮那一套，破口大罵：「淫婦們閒的聲喚（呻吟），平白（無緣無故）跳什麼百索兒（跳繩）？」說完了，還過來踢了潘金蓮兩腳。踢完之後，一個人生氣地走到後邊，也不到吳月娘的房間脫衣裳，向奴婢要了棉被就在西廂房的書房裡單獨過夜。

西門慶這樣的舉止耐人尋味。首先，李瓶兒嫁別人西門慶不高興，老婆們卻快樂地跳繩玩耍，雖然無心，但看在西門慶眼裡卻像在慶祝什麼似的，這當然挑釁。潘金蓮故意在那裡耍性感，多少有點要表示自己和西門慶的交情與眾不同的味道。不過西門慶顯然氣過頭了，才會把所有的氣都遷怒到潘金蓮身上。

接下來可精采了，「遷怒」像顆丟進湖水裡的石頭，漾出一波又一波的漣漪。

吳月娘埋怨金蓮：「你見他進門有酒了，兩三步扠開一邊便了。還只顧在跟前笑成一塊，且提鞋兒，卻教他蝗蟲螞蚱一例（良莠不分）都罵著。」

玉樓道：「罵我們也罷，如何連大姐姐也罵起淫婦來了？沒槽道（不分青紅皂白）的行貨子！」

金蓮接過來道：「這一家子只是我好欺負的！一般三個人在這裡，只踢我一個兒。那個偏受用（得了特別好處）著什麼也怎的？」

月娘就惱了，說道：「你頭裡（一開始）何不叫他連我踢不是？你沒偏受用，誰偏受用？恁的（這麼）賊不識高低貨！我到不言語，你只顧嘴頭子嘩哩嘞喇的！」（第十八回）

吳月娘抱怨潘金蓮害大家「蝗蟲螞蚱一例」都被罵成「淫婦」。這話說得很清楚，那就是：我們三個人之中，有人是淫婦，有人不是，可是潘金蓮害大家都被當成「淫婦」罵。

吳月娘這句話，說得更明白一點，意思是：潘金蓮是淫婦，我不是，但潘金蓮卻連累了大家。

自從上次發現潘金蓮頭上有李瓶兒的頭簪之後，吳月娘其實已經懷疑潘金蓮內神通外鬼，和李瓶兒兩人沆瀣一氣。隨著形勢愈來愈明朗，吳月娘的臆測更是得到確認。難怪潘金蓮一抱怨自己沒得什麼特別好處，吳月娘的新仇舊恨立刻被挑起，大罵：「你沒偏受用，誰偏受用？」

孟玉樓把玳安找來打聽，一問之下弄清楚了原來西門慶是為了李瓶兒的事生氣。於是吳月娘一股氣又轉移到了李瓶兒身上。

月娘道：「信（相信）那沒廉恥的歪淫婦，浪（風騷）著嫁了漢子，來（回）家拿人煞氣。」……

孟玉樓道：「論起來，男子漢死了多少時兒？服也還未滿，就嫁人，使不得的！」月娘道：「如今年程，論的什麼使的使不的。漢子孝服未滿，浪著嫁人的，才一個兒？淫婦成日和漢子酒裡眠酒裡臥的人，他原守的什麼貞節！」看官聽說：月娘這一句話，一棒打著兩個人——孟玉樓與潘金蓮都是孝服不曾滿再醮人（嫁人）的，聽了此言，未免各人懷著慚愧歸房。（第十八回）

吳月娘這股氣轉移到李瓶兒身上也就算了，罵到最後，連孟玉樓這個和事老也被拖了下水了。總之，別人都是淫婦，只有吳月娘不是——所有的人都該罵，只有她是無辜的。

在潘金蓮看來，事情當然不是這樣。當初李瓶兒想嫁進來時，如果不是吳月娘反對，也許李瓶兒早就娶回來了。一旦李瓶兒娶回來，也不會發生像今天這樣的事了。換句話說，潘金蓮認為：西門慶生氣的對象是吳月娘，她才是無辜的受害者。（否則也不至於不進吳月娘房間，一個人到西廂房睡。）

說來諷刺，幾分鐘前才高興地一起跳繩遊樂的姐妹們，她們之間的情誼原來是如此的脆弱，和諧的假象像華麗的骨牌陣，在西門慶一句「淫婦」的輕推之下，一個接著一個全倒了下來。

潘金蓮本來是想依附在吳月娘之下，一起對抗舊人黨的。但在孫雪娥事件、李桂姐來家事件之後，她慢慢理解到，吳月娘是不可能照顧別人的。她的所有作為無非只是想維護自己的大老婆地位罷了。

本來，大老婆和小妾大家河水不犯井水，相安無事也就算了。但吳月娘偏偏要找潘金蓮麻煩。爭強不服輸的潘金蓮這時開始慢慢透露了她的本色。

隔天晚上西門慶在潘金蓮房間睡覺。潘金蓮利用床笫之間的機會開始挑撥西門慶與吳月娘。

婦人（潘金蓮）道：「……那淫婦等不的，浪著嫁漢子去了。你前日吃了酒來家，一般的三個人在院子裡跳百索兒，只拿我煞氣，只踢我一個兒，倒惹的人和我辨了回子嘴。想起來，奴是好欺負的！」

西門慶問道：「你與誰辨嘴來？」

婦人道：「那日你便進來了，上房的（吳月娘）好不和我合氣，說我在他跟前頂嘴來，罵我不識高低的貨。我想起來為什麼？養蝦蟆得水蟲兒病（好心沒好報），如今倒教人惱我！」

西門慶費唇舌繼續解釋他生氣的理由，說了老半天……

婦人道：「虧你臉嘴還說哩！奴當初怎麼說來？先下米兒先吃飯（先下手為強）。你不聽，只顧來問大姐姐。常言：信人調，丟了瓢。你做差了，你埋怨那個？」

西門慶被婦人幾句話，衝得心頭一點火起，雲山半壁通紅，便道：「你由他，教那不賢良的淫婦說去。到明日休想我理他！」（第十八回）

潘金蓮這話有問題。真要回頭找證據，把當初的錄音找出來聽，潘金蓮說的是：「可知好哩，奴巴不的騰兩間房與他住。你還問聲大姐姐去。我落得河水不洗船。」可見當初明明是潘金蓮慫恿西門慶去問吳月娘的，現在卻把責任全推到吳月娘身上。可見不只西門慶，連潘金蓮也一樣為了情緒顛倒邏輯。可是對於一個充滿憤怒的人來說，邏輯一點也不重要。西門慶忘了前一分鐘他還氣著李瓶兒、蔣竹山，現在這股情緒「遷怒」到吳月娘身上來了。

有了潘金蓮的挑撥，西門慶也和吳月娘開始嘔氣了。他決定不再和吳月娘說話，也不去她房間過夜。反過來，吳月娘也鬧脾氣，不和西門慶說話，隨他愛早出晚歸不聞不問，甚至西門慶到房間拿東西也不理不睬，只支使丫頭應付他。冷戰就這樣在雙方的沉默中吸收能量，不斷擴大，並且惡性循環。

只能說，潘金蓮這次的出擊太成功了。

❖

餘恨未消的西門慶叫唆兩個流氓魯華、張勝，偽造借據三十兩一張，上門誣賴蔣竹山欠錢不還。不但砸店、打人，還鬧到官府。提刑院的夏提刑是西門慶的好友兼酒友。蔣竹山的事一鬧到官府，夏提刑當場喝人痛責蔣竹山三十大板，不但打得皮開肉綻，還差人押著他回到家，要求李瓶兒拿出三十兩銀兩歸還，才肯放人。（為了答謝張勝，事成之後西門慶還把他介紹到周守備家工作。將來我們還會再遇到這個人。）

李瓶兒當初和西門慶在一起時，曾稱讚他說：「誰似冤家這般可奴之意，就是醫奴的藥一般。」蔣竹山是個醫生，李瓶兒嫁給他時大概也想把他當成「醫奴的藥」來吃，沒想到婚後不到兩個月（六月十八日到八月上旬）就大失所望，不但大罵蔣竹山：「把你當塊肉兒，原來是個中看不中吃臘槍頭，死忘八（王八）！」半夜三更還把他趕到前邊舖子裡去睡，不許他進房，並且每日碎碎唸地算帳，查算本錢。

（最後這點有點嚴重。我們說過，錢的走向決定了李瓶兒心的方向。）

這個被嫌棄的男人現在被官府押來，哭哭啼啼地要李瓶兒出這三十兩，這麼公開丟臉，簡直是沒出息到家了，李瓶兒大罵：「沒羞的忘八，你遞什麼銀子在我手裡，問我要銀子？我早知你這忘八是個債樁，就瞎了眼也不嫁你這中看不中吃的忘八。」（真可怕，錢錢錢，忘八忘八忘八……）

儘管有這麼多的嫌惡，可是我覺得對蔣竹山最致命的一擊是：李瓶兒多少猜到這件事是西門慶搞的鬼了。兩個流氓來砸店打人時李瓶兒也在，以蔣竹山這個老實人，他口口聲聲說沒欠錢應該不會騙人才對。流氓找麻煩或許還單純，但連官府也和流氓合成一氣，這就可疑了。以從前西門慶能從官府裡把花子虛弄出來的本事，李瓶兒絕對有理由相信是西門慶從中搞鬼。更重要的是，如果西門慶真有這力氣，他應該已經沒事了才對。

於是李瓶兒繳清了三十兩銀兩後，決心趕走蔣竹山。我們看到這時李瓶兒的意志是堅定無比的。她不但趕走蔣竹山，臨出門時，叫馮媽媽舀了一盆水潑在地上，表示覆水難收。李瓶兒還說：「喜得冤家離眼睛！」

果然李瓶兒一打聽的結果，西門慶已經沒事了。

李瓶兒可懊悔了。忙了半天，原來她根本就是找錯醫生吃錯了藥。

李瓶兒開始巴結玳安，請他吃酒，還給他好處，讓他回來告訴西門慶：

「從那日提刑所出來，就把蔣太醫打發去了。二娘甚是懊悔，一心還要嫁爹，比舊瘦了好些兒，央及小的好歹請爹過去，討爹示下。」

西門慶心裡在乎李瓶兒，可是人還在氣頭上。他說：

「賊賤淫婦，既嫁漢子去罷了，又來纏我怎的？既是如此，我也不得閒去。你對他說，什麼下茶下禮，揀個好日子，擡了那淫婦來罷。」

李瓶兒一心一意想嫁西門慶，根本不在乎婚禮的規格。於是「一頂大轎，一匹緞子紅，四對燈籠，派定玳安、平安、畫童、來興四個跟轎，約後晌時分，方娶婦人過門。」這個派頭寒酸的程度，和當初潘金蓮算是有得拚了。但這是西門慶有意要懲罰她，李瓶兒也只好忍耐了。

麻煩的是，轎子到了大門口，半天也沒有人去迎接。最後是孟玉樓看不下去了，跑去找吳月娘，對她說：

「姐姐，你是家主，如今他已是在門首，你不去迎接迎接兒，惹的他爹不怪？他爹在捲棚內坐著，轎子在門首這一日了，沒個人出去，怎麼好進來的？」

別忘了，吳月娘正為著李瓶兒的事和西門慶冷戰，現在要她去迎接李瓶兒，心裡當然是一千個一萬個不願意。小說裡寫她的反應傳神極了：

這吳月娘欲待出去接他，心中惱，又不下氣；欲待不出去，又怕西門慶性子不是好的。沈吟了半晌，於是輕移蓮步，款蹙湘裙，出來迎接。（第十九回）

這裡寫吳月娘沉吟了半晌，寫出來的擔心固然是西門慶，但沒寫出來的顧慮卻是李瓶兒寄放在她床底的財物。那麼多財物都收了，總不能一直把人家晾在門口吧？再說，被冷落在門口的新娘被外人看見了，對她這個大老婆畢竟也不是什麼體面的事。於是只好心不甘情不願地出來迎接。

總之，李瓶兒就這樣進了門。但接下來更精采的是西門慶的動作。

《金瓶梅》在這裡把西門慶的個性與心態轉折寫得淋漓盡致。他先是喜事照辦，宴會照請，就是不進李瓶兒房裡去。潘金蓮問起，西門慶還說：

「你不知淫婦有些眼裡火，等我奈何他兩日，慢慢的進去。」

這讓我們想起西門慶也曾經用過同樣的手法降伏過潘金蓮，但李瓶兒顯然更加獨立無援。連著三天新郎不進新娘房，她受不了了。在打發兩個丫鬟睡著，又飽哭了一場之後，李瓶兒走到床上，用腳帶吊頸懸梁自盡。這裡有段描述相當精采，我們且看：

兩個丫鬟睡了一覺醒來，見燈光昏暗，起來剔燈，猛見床上婦人吊著，唬慌了手腳。忙走出隔壁叫春梅說：「俺娘上吊哩！」慌的金蓮起來這邊看視，見婦人穿一身大紅衣裳，直掇掇吊在床上。連忙和春梅把腳帶割斷，解救下來。過了半日，吐了一口清涎，方才甦醒。即叫春梅：「後邊快請你爹來。」（第十九回）

穿著大紅衣裳，直掇掇吊在床上的意象固然非常驚人。但是我們在這裡也看到李瓶兒顯然是真心真意求死的。

和潘金蓮當初被冷落、羞辱時的反應做個比較的話，我們會發現二個被歸納為「淫婦」型的女人，其實有很大的不同。儘管她們的媚力不分軒輊，但在不同的環境下，所能發揮的戰力卻完全不同。在安逸優渥時，李瓶兒善於計算應對、送禮巴結，這時潘金蓮不如李瓶兒。但在艱困窮絕時，李瓶兒一派慌亂、焦慮，完全不似潘金蓮機靈權宜、苦撐待變的堅韌，這時李瓶兒就不如潘金蓮了。

（將來我們會發現，在潘金蓮與李瓶兒的對決中，環境因素對性格所造成的影響，決定了她們的戰力，以及勝負輸贏。）

儘管李瓶兒受不了羞辱，一心要死，但西門慶餘怒未消，才不甩她上不上吊。到了隔天中午，李瓶兒好不容易可以進一點粥湯，西門慶仍還嘴硬地說：

「你們休信那淫婦裝死唬人。我手裡放不過他。到晚夕等我到房裡去，親看著他上個吊兒我瞧，不然吃我一頓好馬鞭子。賊淫婦！不知把我當誰哩！」

為了證明他說的不假，到了晚上，西門慶拿著馬鞭子，還有繩子走進李瓶兒房間。不但大罵一陣，拿起馬鞭一陣猛抽，還要李瓶兒把衣服脫下來。

這裡氣氛其實已經很緊張了，可是《金瓶梅》作者卻還要天外飛來一筆：「玉樓、金蓮吩咐春梅把門關了，不許一個人來，都立在角門兒外悄悄聽著。」令人覺得又生動傳神又好笑。

> ……（金蓮、玉樓）站在角門首竊聽消息。他（李瓶兒）這邊門又閉著，止春梅一人在院子裡伺候。金蓮同玉樓兩個打門縫兒往裡張覷，只見房中掌著燈燭，裡邊說話，都聽不見。金蓮道：「俺到不如春梅賊小肉兒，他倒聽的伶俐。」那春梅在窗下潛聽了一回，又走過來。金蓮悄問他房中怎的動靜，春梅便隔門告訴與二人說：「俺爹怎的教他脫衣裳跪著，他不脫。爹惱了，抽了他幾馬鞭子。」
>
> 金蓮道：「打了他，他脫了不曾？」
>
> 春梅道：「他見爹惱了，才慌了，就脫了衣裳，跪在地平上，爹如今問他話哩。」（第二十回）

房間裡，西門慶從李瓶兒嫁蔣竹山，到開生藥舖……一一數落。有憑有據的事李瓶兒也就認了，最誇張的是西門慶連內心深處的恐懼妄想都拿出來當成罪狀，問她：「說你叫他寫狀子，告我收著你許多東西。你如何今日也到我家來了？」問得李瓶兒忙喊冤枉，急著分辯說：「奴那裡有這話，就把奴身上爛化了。」

情勢顯然在西門慶的掌握中，他開始有幾分得意了。這裡很值得注意的是西門慶逐漸在轉變的態度。小說中最難寫的部分是轉變，心態的轉變又是難中之難。我們且看高手如何不露痕跡地展現這種高度寫作技巧。

西門慶道：「就算有，我也不怕。你說你有錢，快轉換漢子，我手裡容你不得！我實對你說罷，前者打太醫那兩個人，是如此這般使的手段。只略施小計，教那廝疾走無門，若稍用機關，也要連你掛了到官，弄倒一個田地。」

婦人道：「奴知道是你使的術兒。還是可憐見奴，若弄到那無人烟之處，就是死罷了。」（第十九回）

上一句話問寫狀子的事，內心畢竟還是憤恨與恐懼。但現在這句話出西門慶就開始顯得浮誇了。溫度顯然又回升到李瓶兒擅長運作的環境條件裡，於是她很識相地順著西門慶的意氣說出了他想聽的標準答案。

看看說的西門慶怒氣消下些來了。又問道：「淫婦你過來，我問你，我比蔣太醫那廝誰強？」（第十九回）

（天啊，還要比？）接下來李瓶兒說的應該不假，但絕對擠得進《金瓶梅》所有對白中「噁心排行榜」的前三名了。

婦人道：「他拿什麼來比你！你是個天，他是塊磚；你在三十三天之上，他在九十九地之下。

休說你這等為人上之人，只你每日吃用稀奇之物，他在世幾百年還沒曾看見哩！他拿什麼來比你！莫要說他，就是花子虛在日，若是比得上你時，奴也不恁般貪你了。你就是醫奴的藥一般，一經你手，教奴沒日沒夜只是想你。」

自這一句話，把西門慶舊情兜起，歡喜無盡，即丟了鞭子，用手把婦人拉將起來，穿上衣裳，摟在懷裡，說道：「我的兒，你說的是。果然這廝他見什麼碟兒天來大！」即叫春梅：「快放桌兒，後邊取酒菜兒來！」（第十九回）

這段故事，從最初「醫奴的藥」開始到這裡「醫奴的藥」畫下一個完美的句點。《金瓶梅》的作者寫西門慶出事的張皇失措、遷怒妻妾、行賄巴結、蠻橫報復、羞辱凌虐，以及浮誇愛現，把他那種逞能好強、又驕縱自滿的小人模樣，寫得栩栩如生。作者生動俐落的筆法值得我們為他拍拍手。

另外值得一提的是在門外偷聽的那些人——她們之間的對話實在太好笑了。我且原文照錄，就當作是這段故事落幕之前的安可曲吧：

二人（孟玉樓與潘金蓮）正說話之間，只聽開的角門响，春梅出來，一直逕往後邊走。不防他娘（潘金蓮）站在黑影處叫他，問道：「小肉兒，那去？」

春梅笑著只顧走。金蓮道：「怪小肉兒，你過來，我問你話。慌走怎的？」

那春梅方才立住了腳，方說：「他哭著對俺爹說了許多話。爹喜歡抱起他來，令他穿上衣裳，教我放了桌兒，如今往後邊取酒去。」

西門慶和李瓶兒又好了？潘金蓮可不開心了，連說出來的話都是酸溜溜的。

金蓮聽了，向玉樓說道：「賊沒廉恥的貨！頭裡（一開始）那等雷聲大雨點小，打哩亂哩，及到其間，也不怎麼的。我猜，也沒的想，管情取了酒來，教他遞（侍候）。賊小肉兒（罵春梅），沒他房裡丫頭？你替他取酒去！到後邊，又叫雪娥那小婦奴才毽聲浪顙，我又聽不上。」

春梅道：「爹使我，管我事！」於是笑嘻嘻去了。

金蓮道：「俺這小肉兒，正經使著他，死了一般懶待動旦。若幹貓兒頭[13]（奔走逢迎）差事，鑽頭覓縫幹辦了要去，去的那快！現他（李瓶兒）房裡兩個丫頭，你替他走，管你腿事！賣蘿蔔的跟著鹽担子走——好個閒（鹹）嘈心（閑操心）的小肉兒！」（第二十回）

「貓兒頭」的事顯然比平常的差事有趣得多了。不久，月娘房裡的大丫頭玉簫也來了，一樣好奇地東問西問。潘金蓮、孟玉樓也大嘴巴地當起廣播電臺來。顯然大家對八卦的喜好是超越主僕、階級的。

正說著，只見春梅拿著酒，小玉（月娘房小丫頭）拿著方盒（裝飯菜的盒子），逕往李瓶兒那邊去。金蓮道：「賊小肉兒，不知怎的，聽見幹恁勾當兒，雲端裡老鼠——天生的耗。」吩咐：「快送了來，教他家丫頭伺候去。你不要管他，我要使你哩！」

13 原指地方上勾結官府，包攬訴訟，打通關節的人。

那春梅笑嘻嘻同小玉進去了。（第二十回）

八卦創造出了一種親密感，讓女人之間的階級消失，連丫頭都敢把老闆的話不當一回事，笑嘻嘻地走開。

只能說八卦實在太厲害了。

5

西門慶和李瓶兒重修舊好，剩下的衝突只剩下他和吳月娘之間的冷戰了。兩個人繼續冷戰下去，大家都來勸解。吳月娘不但聽不進去，反而還端著正室的架子對眾人罵西門慶。吳月娘固然罵的是西門慶，但說穿了，真正的心結還是嫉妒李瓶兒。讀者也許要問，吳月娘有什麼好嫉妒李瓶兒的呢？

別忘了，寄放在吳月娘床底下的那些奇珍異寶現在又統統是李瓶兒的財產了。

在吳大舅勸吳月娘和西門慶和好，吳月娘說了一段再真實不過的內容，她說：

「他有了他富貴的姐姐，把我這窮官兒家丫頭，只當忘故了的算帳。你也不要管他，左右是我，隨他把我怎麼的罷！」

這句話透露了一個我們從沒想過的觀點——原來吳月娘嫉妒李瓶兒，背後更重要的原因是恐懼，恐懼李瓶兒實在太有錢了。

過去，吳月娘靠著左衛千戶女兒的出身和正室的身分，儘管美色、受寵不如其他妻妾，但這些優勢卻支持了她的地位與尊嚴。然而，在有錢的李瓶兒出現之後，吳月娘所有的這些優勢遭受了空前的挑戰。看得出來，吳月娘冷戰的對象雖是西門慶，但目的卻為了給其他妻妾看的——如果西門慶和她冷戰不肯低頭，那她起碼得做出別的妻妾不敢做的事：至少把局面撐著，她的地位與尊嚴才好繼續維持。

吳大舅、孟玉樓之勸儘管效果不彰，起碼還算得上是真心好意。但潘金蓮也聳恿李瓶兒向吳月娘道歉，要吳月娘和西門慶修好，那可又是另一回事了。

最可憐的是李瓶兒了，才一嫁進來，無緣無故就掉到這些她無法瞭解明白的糾紛裡。且先來看西門慶進李瓶兒房間隔天清晨，李瓶兒拜見吳月娘的場面：

潘金蓮嘴快，便叫道：「李大姐，你過來，與大姐姐下個禮兒。實和你說了罷，大姐姐和他爹好些時不說話，都為你來！……你改日安排一席酒兒，央及央及大姐姐，教他兩個老公婆笑開了罷。」

李瓶兒道：「姐姐吩咐，奴知道。」於是向月娘面前插燭也似磕了四個頭。月娘道：「李大姐，他哄你哩。」又道：「五姐，你每不要來攛掇（慫恿）。我已是賭下誓，就是一百年也不和他在一答兒哩。」（第二十回）

過去提到李瓶兒大家都稱她花二娘，這個稱號現在當然不合用了。但是無論如何她是新人，前天才上吊沒死成，現在稱呼她李大姐當然是戲謔。短短幾句對白，其中實在意味深遠。潘金蓮表面上想讓李瓶兒覺得自己在幫她，可是又不想讓吳月娘誤以為自己和李瓶兒一國，因此才會用這種「既調停又譏諷」的雙面刃句法。

吳月娘回應「李大姐，他在哄你哩」，表示潘金蓮搞什麼鬼她心裡全明白。吳月娘不但不中計，還乘機把自己的立場重申了一次。可憐李瓶兒既無力掌握其中的曲折迂迴，也無從反駁，只好猛磕頭。

八月二十日西門慶娶李瓶兒過門，八月二十五日宴請親朋好友吃「會親酒」。事實上，光是看會親酒那天的潘金蓮表現，她不懷好意的心態就一覽無遺。

卻說孟玉樓、潘金蓮、李嬌兒簇擁著月娘都在大廳軟壁後聽覷，聽見唱「喜得功名遂」……直至「永團圓，世世夫妻」。金蓮向月娘說道：「大姐姐，你聽唱的！小老婆今日不該唱這一套，他做了一對魚水團圓，世世夫妻，把姐姐放到那裡？」那月娘雖故好性兒，聽了這兩句，未免有幾分惱在心頭。（第二十回）

既然是李瓶兒和西門慶的喜事，照說唱「永團圓，世世夫妻」也沒什麼不對，可是潘金蓮偏偏要去挑起吳月娘的嫉妒，說什麼這樣唱把大老婆的地位放在哪裡？我們知道吳月娘對西門慶娶那麼多老婆基本上是容忍的，她唯一最在乎的只是大老婆的尊嚴。潘金蓮這樣挑撥，顯然又狠又準。

就像李瓶兒給吳月娘帶來威脅一樣，新的局勢也給潘金蓮帶來了新的不安全感。於是，潘金蓮對西門慶挑撥吳月娘，對吳月娘挑撥李瓶兒，對李瓶兒又說吳月娘的壞話。她的目的其實是顯而易見的。在這場李瓶兒——西門慶——吳月娘的三角關係裡，如果可以的話，潘金蓮希望西門慶討厭吳月娘，吳月娘討厭李瓶兒，李瓶兒討厭吳月娘。最好所有的人都互相討厭。但他們卻聽她的話。而且，最重要的——西門慶只愛潘金蓮。

❖

接下來，西門慶被應伯爵等人拉去麗春院，無意間發現了李桂姐私下接客。生氣地在麗春院打人、砸東西，大鬧一場之後，發誓不再上門，騎著馬回家。

我初讀這段情節時，感覺有些沒頭沒腦的，本以為是多餘的贅筆，等讀到第二十一回西門慶夜裡從麗春院回到家，偷窺到吳月娘在儀門內燒香禮拜，才開始覺得高明。

只見小玉放畢香桌兒。少頃，月娘整衣出來，向天井內滿爐炷香，望空深深禮拜。祝曰：「妾身吳氏，作配西門。奈因夫主留戀烟花，中年無子……是以發心，每夜於星月之下，祝贊三光，要祈佑兒夫，早早回心。棄卻繁華，齊心家事……」（第二十一回）

繞了半天，原來主題又回到西門慶和吳月娘的冷戰來了。作者借著孟玉樓之勸、吳大舅之勸、甚至是潘金蓮之勸，先把「冷戰」的張力哄擡到高點。所謂的「解鈴還需繫鈴人」。冷戰既然來自西門慶的一句「淫婦們閒的聲喚」，唯一的解法無非還是西門慶自己出來認錯道歉。

不高明的小說作者，常常為了一個心態轉折，寫了連篇內心獨白，不但說服力全無，還令讀者大打瞌睡。《金瓶梅》在這些心情轉折處一派乾淨俐落，全不著內心獨白一字一句。作者先來一段麗春院的婊子無情，接下來又一段家裡的老婆有義，完了之後直接跳接西門慶的反應：

這西門慶不聽便罷，聽了月娘這一篇言語，不覺滿心慚感道：「原來一向我錯惱了他……」月娘不防是他大雪裡來到，唬了一跳，就要推開往屋裡走，被西門慶雙關抱住，說道：「我的姐姐！我西門慶死也不曉的，你一片好心，都是為我的。一向錯見了，丟冷了你的心，到今悔之晚矣。」（第二十一回）

從頭到尾清一色白描，絲毫不動聲色地就把故事情節嫁接到西門慶「滿心慚感」的境界。接合處天衣無縫，讀者和西門慶的心情一點隔閡也沒有。

接下來這場「認錯」的精采好戲，作者又使出了他一貫拿手的喜劇節奏。西門慶第一招是道歉，吳月娘不領情，趕他出門。

連忙與月娘深深作了個揖，說道：「我西門慶一時昏昧，不聽你之良言，辜負你之好意。正是有眼不識荊山玉，拿著頑石一樣看。過後方知君子，千萬饒恕我則個（請求、拜託之意）。」月娘道：「我又不是你那心上的人兒，凡是投不著你的機會，有甚良言勸你？……我這屋裡也難安放你，趁早與我出去，我不著丫頭攆你。」（第二十一回）

接下來，西門慶又使出第二招：裝可憐，惹人疼惜。吳月娘還不理會。

西門慶道：「我今日平白惹一肚子氣，大雪裡來家，逕來告訴你。」

月娘道：「惹氣不惹氣，休對我說。我不管你，望著管你的人去說。」（第二十一回）

最後，第三招，西門慶只好下跪了。

西門慶見月娘臉兒不瞧，就折疊腿裝矮子，跪在地下，殺雞扯脖，口裡姐姐長，姐姐短。月娘看不上，說道：「你真個恁涎臉涎皮的！我叫丫頭進來。」一面叫小玉。

那西門慶見小玉進來，連忙立起來，無計支出他去，說道：「外邊下雪了，一張香桌兒還不收進來？」

小玉道：「香桌兒頭裡已收進來了。」

月娘忍不住笑道：「沒羞的貨，丫頭跟前也調個謊兒（說謊）。」

小玉出去，那西門慶又跪下央及。月娘道：「不看世人面上，一百年不理才好。」說畢，方才和他坐在一處，教玉簫捧茶與他吃。西門慶因他今日常家（常峙節）茶會，散後同邀伯爵到李家如何嚷鬧，告訴一遍：「如今賭了誓，再不踏院（妓院）門了。」（第二十一回）

這段我最佩服小玉出去之後，西門慶還下跪。顯然光是不要臉是不夠的。要贏得老婆回心轉意，還得不要臉到一心一德，貫徹始終的地步才行。於是吃完茶之後，西門慶又死皮賴臉地向吳月娘求歡。儘管吳月娘仍然一臉悍然拒絕的表情說：「教你上炕就撈食兒吃，今日只容你在我床上就夠了，要思想別的事，卻不能夠。」但西門慶仍然鍥而不捨……

結果當然可以想見了。

那是吳月娘難得在《金瓶梅》中出現的性愛場面。書上最後說：是夜，兩人雨意雲情，並頭交頸而睡。無疑地，這令人想起張愛玲的名言：「通往女人心的路，是陰道。」不曾，也不需讀過張愛玲的小說，西門慶早在四百年前就已經深得這句話的精髓了。

❖

吳月娘和西門慶終於重修舊好，少不了的是一堆場邊評論員的意見。

金蓮道：「俺們何等勸著，他說一百年二百年，又怎的平白浪（輕狂）著，自家又好了？又沒人勸他！」

玉樓道：「丫頭學說，兩個說了一夜話，說他爹怎的跪著上房的叫媽媽，上房的又怎的聲喚擺話的，磣（羞）死了。像他這等就沒的話說。若是別人，又不知怎的說浪！」（第二十一回）

兩個滿口「酸味」的女人，為了確保沒有人懷疑她們的「妒意」，決定主動發起派對來慶祝吳月娘和西門慶的復合。按照她們的計畫，李瓶兒是事件元兇，由她出一兩。其餘李嬌兒、孟玉樓、孫雪娥和潘金蓮各出五錢，同心協力，共同營造「普天同慶」的氣氛。

果然，李瓶兒最大方，一出手拿塊銀子秤，就是一兩二錢五分。孟玉樓、潘金蓮是發起人，依照規定各出了五錢。最窮酸的是孫雪娥，她說：「我是沒時運的人，漢子再不進我房裡來，我那討銀子？」孫雪娥明白自己出多出少一樣不得寵，索性賴皮，只拿出一根銀簪子（秤了秤是三錢七分），最不甘心的是李嬌兒——別忘了是昨天西門慶大鬧麗春院，才造就了西門慶和吳月娘的復合——這對她當然沒什麼好慶祝的。然而礙於吳月娘，最後李嬌兒還是心不甘情不願地拿出銀子來（說是五錢，秤了秤才只有四錢八分）。

妻妾之間拿出來的銀子的多寡，或多或少也反映出了她們目前的最新戰力——不管是金錢或者受寵程度。

勢力消長的結果，吳月娘仍然還是正統獨尊，此外，以李瓶兒、孟玉樓、潘金蓮為班底的「新人黨」也逐漸鞏固。最落魄的應該算是李嬌兒和孫雪娥的「舊人黨」了，特別是在李桂姐的勢力垮臺之後，她們簡直就變得黯淡無光了。

很快，這場「普天同慶」的交心儀式安排妥當了。大家請了西門慶、吳月娘出來，李嬌兒把盞、孟玉樓執壺，潘金蓮捧菜，李瓶兒跪陪。小妾們給西門慶敬酒，又給吳月娘敬酒，之後起鬨著西門慶給吳月娘敬酒陪不是，又要李瓶兒給吳月娘敬酒，春梅、迎春、玉簫、蘭香負責音樂表演，彈唱起《南石榴花》中的〈佳期重會〉來。

在一片美好和樂的氣氛中，發生了一件不尋常的小事。

西門慶聽了（佳期重會），便問：「誰叫他唱這一套詞來？」
玉簫道：「是五娘（潘金蓮）吩咐唱來。」
西門慶就看著潘金蓮說道：「你這小淫婦，單管胡枝扯葉的！」
金蓮道：「誰教他唱他來？沒的又來纏我（無緣無故怎麼誣賴我）。」

月娘便道：「怎的不請陳姐夫來坐坐？」一面使小廝前邊請去。（第二十一回）

這段沒頭沒尾的對話，很快被接下來月娘要請陳敬濟來坐的話岔開了。我不願放過這段懸疑，特別跑去查了一下這段唱曲的資料。這才發現原來其中大有玄機。先來看看〈佳期重會〉一開始的唱詞好了。它是這樣唱的：

佳期重會，約定在今宵。風吹花梢，紗窗影搖。那時節，方信才郎到，又何須蝶使蜂媒，早成就鳳友鸞交……

從這段唱詞中，讀者不難發現，原來歌詞中「佳期重會，約定在今宵」，暗指的是：吳月娘故意在夜裡燒香祝禱，約會似的，專門等著西門慶到來。

儘管被西門慶指出之後，潘金蓮說：「誰教他唱他來？沒的又來纏我。」我相信以潘金蓮歌妓出身的訓練，這首歌絕對是她點唱的。

表面上該出的銀兩出了，該敬的酒也敬了，該說的好話也說了，但在熱熱鬧鬧的派對中，潘金蓮就是忍不住，非得把胸中不滿的情緒——原來吳月娘算準了西門慶回家的時間，故意裝賢淑，寓意在歌詞中發動攻擊不可。

歌妓出身的潘金蓮算準了只有精於音樂的西門慶懂她的用心，她相信以吳月娘的教養是不可能聽出來其中蹊蹺的。我認為這是潘金蓮最大的樂趣所在了——她想當著眾人，用只有她和西門慶明白的密碼，公然羞辱吳月娘。

讀到這裡，我們不免心頭一驚——還真是被潘金蓮這種蛇蠍性格打敗了。

❖

雖然名義是給孟玉樓慶生，但實際上是吳月娘出錢——在大家請完了吳月娘之後，禮尚往來的，也輪到吳月娘回請大家了。

好笑的是，妻妾們起鬨著要西門慶和吳月娘和解，應伯爵、謝希大也受了麗春院的好處，來向西門慶解釋、道歉，並還慫恿西門慶去院裡和李桂姐和解。西門慶是禁不起死纏爛打的人，於是又走了一趟，算是給應伯爵面子。

西門慶沒有在妓院待太久，回來時有點晚了。儘管晚了，大家還是很開心。吳月娘早安排好了酒肴，讓玉簫執壺，由西門大姐侍候奉酒。大家安席坐下。春梅、迎春彈唱，先用完晚餐，又擺上給孟玉樓慶生的四十盤細巧的小菜碟兒。在吳月娘的提議下，大家開始擲骰猜枚行令。喝完了酒，又起鬨著要把西門慶和孟玉樓送作堆，彷彿西門慶是個生日禮物似的。

如同西門慶與眾妻妾翫賞芙蓉亭一樣，這又是另一張美麗的妻妾大合照——這次李瓶兒總算清楚地在畫面裡顯影了。這張照片在《金瓶梅》的地位或許沒有芙蓉亭那麼重要，但是對我而言，它深刻的程度卻是一點也不遜色的。我喜歡這張快照裡那種流暢的歡樂氣氛。彷彿因為某種和解、團圓的氣氛，大家暫時遺忘其他很多的事情，盡情陶醉在一種璀璨的浪漫裡。或許正因為脆弱、稍縱即逝吧，凝結在這張快照裡的片刻歡愉，讓我們感受到了近乎永恆的美感與嘆息。

儘管如此，仍然有一些看不見的感覺是隱隱約約的。

少頃酒闌，月娘等相送西門慶到玉樓房首方回……（潘金蓮）於是和李瓶兒，西門大姐一路去了。剛走到儀門首，不想李瓶兒被地滑了一交。這金蓮遂怪喬叫起來道：「這個李大姐，只像個瞎子，行動一磨子就倒了。我攙你去，倒把我一隻腳踩在雪裡，把人的鞋兒也踹泥了！」（第二十一回）

這景象被在孟玉樓房間的西門慶看見了。

西門慶在房裡向玉樓道：「你看賊小淫婦兒！他踹在泥裡把人絆了一交，他還說人踹泥了他的鞋……恁一個小淫婦！昨日叫丫頭們平白唱〈佳期重會〉，我就猜是他幹的營生。」

玉樓道：「〈佳期重會〉是怎的說？」

西門慶道：「他說吳家的不是正經相會，是私下相會。恰似燒夜香，有心等著我一般。」

玉樓道：「六姐（潘金蓮）她諸般曲兒到都知道，俺們卻不曉的。」

西門慶道：「你不知，這淫婦單管咬群兒（與周圍的人鬧糾紛）。」（第二十一回）

無疑的，西門慶的觀察是深刻的。潘金蓮假裝酒醉，故意要李瓶兒送她到房間裡去。到了房間，潘金蓮留李瓶兒喝茶。

金蓮又道：「你說你那咱（那時）不得來，虧了誰？誰想今日咱姐妹在一個跳板兒上走，不知替你頂了多少瞎缸（黑鍋），教人背地好不說我！奴只行好心，自有天知道罷了。」

李瓶兒道：「奴知道姐姐費心，恩當重報，不敢有忘！」

潘金蓮道：「得你知道，好了。」（第二十一回）

沒多久前，會親酒時還在吳月娘面前挑撥李瓶兒是小老婆，不該唱什麼「永團圓，世世夫妻」的潘金蓮，現在又和李瓶兒在房間裡掏心掏肺地表白自己如何為她擔待、犧牲了。

儘管夜深了，但一切該進行下去的仍然繼續進行著。

在一片圓滿和諧的氛圍裡，我們似乎仍然聽到隱約的聲音，說不上來那是什麼，但卻真實又令人感到不安。就在這樣的氣氛下，《金瓶梅》最重要的三個角色——潘金蓮、李瓶兒、春梅，全部登場了。

政和五年

・西門慶看上夥計來旺之妻宋蕙蓮，送藍緞布示愛。
・西門慶與宋蕙蓮在山洞幽會，被潘金蓮逮到，以此要脅西門慶，並且控制宋蕙蓮。

政和六年

・新年期間潘金蓮提議要宋蕙蓮燒豬頭，打壓宋蕙蓮。
・元宵燈節，宋蕙蓮發現潘金蓮與陳敬濟調情，利用走百媚時宋蕙蓮故意賣弄風騷挑逗陳敬濟，報復潘金蓮。
・在潘金蓮的教唆下，西門慶決定給來旺羅織罪名，來旺被流放徐州。
・四月十八日李嬌兒生日，宋蕙蓮和孫雪娥兩人起衝突，宋蕙蓮自殺。

第四章

誤入野獸叢林的小白兔——宋蕙蓮

1

宋蕙蓮或許擠不進《金瓶梅》前幾名最重要角色，但發生在她身上的事絕對是《金瓶梅》裡最驚心動魄的故事之一。

宋蕙蓮在《金瓶梅》中，從一出場就和潘金蓮有所牽扯：

那來旺兒，因他媳婦癆病死了，月娘新又與他娶了一房媳婦，乃是賣棺材宋仁的女兒，也名喚金蓮……月娘因他叫金蓮，不好稱呼，遂改名為蕙蓮。（第二十二回）

由於潘金蓮已經存在了，因此，宋金蓮必須被迫改名為「宋蕙蓮」。這個看起來普通的改名動作，隱藏了一個很重要的隱喻，我們在這個章節最後會再談這件事情。

撇開名字不談，宋蕙蓮這個角色，其實也充滿了潘金蓮的影子。我們先來看看她的出身：

當先賣在蔡通判家房裡使喚，後因壞了事出來，嫁與廚役蔣聰為妻。這蔣聰常在西門慶家答應，來旺兒早晚到蔣聰家叫他去，看見這個老婆，兩個吃酒刮言，就把這個老婆刮上了。一日，不想這蔣聰因和一般廚役分財不均，酒醉廝打，動起刀杖來，把蔣聰戳死在地，那人便越牆逃走了。（第二十二回）

所謂的「壞了事出來」，就是和老爺發生了關係，被大老婆趕出來。宋蕙蓮後來嫁給了廚役蔣聰，這個廚役又和人起紛爭，被殺死了。這個出身感覺上很眼熟。如果要和潘金蓮做個對照的話，我們會發現幾乎是相似的。

	潘金蓮	宋蕙蓮
出身	張大戶家彈唱	蔡通判家女傭
工作	和張大戶發生關係，被逼出來。	和蔡通判發生關係，被趕出來。
婚姻	1武大（賣炊餅）。 2工作期間和西門慶發生婚外關係。 3武大郎歿，嫁西門慶。	1蔣聰（廚役）。 2工作期間和來旺發生婚外關係。 3蔣聰歿，嫁來旺。

不只出身相似，甚至連長相、個性也很接近。書上形容宋蕙蓮：

> 這個婦人小金蓮兩歲，今年二十四歲，生的白淨，身子兒不肥不瘦，模樣兒不短不長，比金蓮腳還小些兒。性明敏，善機變，會粧飾，就是嘲漢子的班頭，壞家風的領袖。（第二十二回）

換句話說，來了一個無論是長相、性情，甚至連名字都和潘金蓮酷似的女人。如果她也和西門慶發生了關係，掉進這樣一個看似熱鬧的野獸叢林裡，會發生什麼事情呢？這是這個部分的故事最令人著迷的懸念。

用音樂的概念來想像的話，宋蕙蓮的故事活生生就是潘金蓮的變奏曲。貫穿在《金瓶梅》第二十二回到第二十六回，這短短的五個章回中，兩個女人之間有趣的對照與拉鋸，甚至故事結局帶來的驚異與喟歎，與其說是文學，恐怕更近乎一種音樂性的震撼吧。

❖

宋蕙蓮嫁給西門慶家的夥計，進到西門慶家沒多久，就開始學潘金蓮，也「把𩭞髻墊的高高的，頭髮梳的虛籠籠的，水髩描的長長的。」這番賣弄果然引起了西門慶的注意。西門慶找了個事由把宋蕙蓮的老公來旺支開，讓他去杭州出差半年，替蔡太師製造慶賀生辰錦繡蟒衣，好「安心早晚要調戲他這老婆」。《金瓶梅》的故事讀到這裡，西門慶這副德行對讀者已經不是什麼新鮮事了。倒是其中的一段小插曲值得一提：

西門慶因打簾內看見蕙蓮身上穿著紅紬對襟襖、紫絹裙子，在席上斟酒，問玉簫道：「那個是新娶的來旺兒的媳婦子蕙蓮？怎的紅襖配著紫裙子，怪模怪樣？到明日對你娘說，另與他一條別的顏色裙子配著穿。」

玉簫道：「這紫裙子，還是問我借的。」（第二十二回）

所謂「紅配紫，一泡屎」，紅綢襖搭配紫絹裙固然沒有品味，但僕人的老婆穿什麼衣服實在不關西門慶的事。隔天西門慶叫玉簫送了一匹藍緞布給宋蕙蓮讓她做裙子，送禮物的目的當然是不言可喻。

西門慶送藍緞裙的動作一方面固然是品味，但更迷人的卻是藍緞裙所賦予的想像空間。這樣的空間，我們從小說第十五回，吳月娘帶著李嬌兒、孟玉樓、潘金蓮，來到李瓶兒位於獅子街的住宅過元宵時的盛裝打扮就可看出端倪：

吳月娘穿著大紅粧花通袖襖兒，嬌綠緞裙，貂鼠皮襖。李嬌兒、孟玉樓、潘金蓮都是白綾襖兒，藍緞裙。

李嬌兒是沈香色遍地金比甲，孟玉樓是綠遍地金比甲，潘金蓮是大紅遍地金比甲，頭上珠翠堆盈，鳳釵半卸。（第十五回）

【題外話】

從這次出遊的盛裝打扮，我們可以發現，明朝貴婦人的時尚的趨勢，是偏向顏色鮮艷、彩度誇張、並且色系強烈對比的。這樣的時尚，跟「尺度」的限制有很大的關係。根據《明史．輿服志》的規定，民間婦人是不能穿大紅色衣裳的。她們的禮服只能「紫，不用金綉；袍衫止紫、綠、桃紅及諸淺淡顏色，不許用大紅、鴉青、黃色。」不但色彩有約束，連式樣也同樣受到強烈的階級限制。吳月娘身上的「通袖襖」（衣身的花樣和袖子的花紋一致）本來是明代官太太在禮儀的場合才穿的衣服。以吳月娘目前商人太太的身分，這樣的穿著打扮顯然是一種「刻意的逾越」與「尺度的突破」。

我們不難明白，正是這樣的限制，造就出了當時強烈的色彩美學觀念。勇於向「禁忌」與「尺度」挑戰，向來是時尚內在的原始邏輯。這樣的邏輯到了當代，當身分、階級不再是穿著的限制時，「裸露」程度又成了時尚挑釁的新物件。可見沒有禁忌與限制，就沒有時尚和流行。這件事，四百年來的女人其實是沒有太大差別的。

除了吳月娘之外，其他妻妾身上那些金比甲（下襬長及膝下，類似現在的長背心），以及艷麗的色彩，無一不是在當時容許的尺度邊緣遊走。有趣的是，儘管逾越，就突破的尺度而言，西門慶的妻妾之間，還是很謹慎地遵守著一種彼此心知肚明的階級落差，不敢超越吳月娘。因此只有大老婆吳月娘穿著最「夯」的大紅粧花通袖襖兒、綠緞裙，與貂鼠皮襖。其他小妾則只能穿上較不彰顯的白綾襖、藍緞裙與金比甲。進一步來看，如果一定要在小妾之間做個比較的話，又以潘金蓮的「大紅遍地金比甲，頭上珠翠堆盈，鳳釵半卸」最為誇張——這當然是潘金蓮的生存心態與對自我的認知。因此，這些在古典小說中很容易被我們一眼晃過去的服裝穿著，雖然什麼都沒說，可是卻往往表達出了許多千言萬語都道不盡的情勢。

有了這些認知，再回來閱讀西門慶對宋蕙蓮紫裙子的挑剔，還讓玉簫送了藍緞子給她做裙子，我們立刻有了完全不同的理解。

照說，以西門慶家奴老婆的身分，這樣的穿著搭配沒有什麼不妥。不過在西門慶嫌宋蕙蓮的裙子醜時，玉簫說了一句耐人尋味的話：「這紫裙子，還是問我借的。」

玉簫是吳月娘房裡的大丫頭。在丫鬟這個階級裡，她的地位應該排行前幾名的了。她出手借給宋蕙蓮的裙子，應該算得上「高級」了。沒想到西門慶還要嫌沒品味，要出手送宋蕙蓮藍緞裙。

眼尖的人應該注意到了，藍緞裙是李嬌兒、孟玉樓、潘金蓮去李瓶兒獅子街的住宅歡度元宵時的標準打扮。換句話，這一匹藍緞裙看在玉簫眼裡，是「妻妾」級的女人才穿得上的衣服。因此，玉簫這句「這紫裙子，還是問我借的。」其實是帶著幾分羨慕、嫉妒的，隱藏在那句話背後玉簫沒說出來的話，應該是：「宋蕙蓮也未免升遷得太快了吧！」

西門慶用「妾」（或者說和她發生關係）的美學標準來審視宋蕙蓮的打扮，目前的造型當然不合格。更進一步來說，這也給了西門慶一個送宋蕙蓮禮物的藉口。在他的直覺裡，要把宋蕙蓮這樣的女人弄上床，藍緞布的威力當然是更勝過玫瑰花的——畢竟玫瑰花只是玫瑰花，但藍緞裙卻象徵了品味、美感，甚至是身分、權力。

藍緞裙當然比「玫瑰花」的吸引力大多了。

和勾引潘金蓮或者李瓶兒相較，西門慶哄騙宋蕙蓮上床的手段之粗糙、赤裸，簡直到了無趣、乏味的地步。

一日，月娘往對門喬大戶家吃酒去了。約後晌時分，西門慶從外來家，已有酒了，走到儀門首，這蕙蓮正往外走，兩個撞個滿懷。西門慶便一手摟過脖子來，就親了個嘴，口中喃喃　說道：「我的兒，你若依了我，頭面衣服，隨你揀著用。」那婦人一聲兒沒言語，推開西門慶手，一

直往前走了。（第二十二回）

儘管宋蕙蓮有些猶豫，但從頭到尾她一點也沒有拒絕西門慶的意思。從廚役蔣聰、來旺兒到現在的西門慶，宋蕙蓮遇見的男人也算是步步高升了。顯然婚姻、道德或貞操都不是她猶豫的理由。畢竟以西門慶的財勢，他能給她的彌補遠超過這些。不過基於過去在蔡通判家的經驗，宋蕙蓮真正顧忌的，其實是別的更實際的事情。

在收到西門慶叫玉簫送來的藍緞布之後，宋蕙蓮把她的顧慮說了出來。

（宋蕙蓮）說道：「我（裙子）做出來，娘（吳月娘）見了問怎了？」玉簫道：「爹到明日還對娘說，你放心。爹說來，你若依了這件事，隨你要什麼，爹與你買。今日趕娘不在家，要和你會會兒，你心下如何？」

那婦人聽了，微笑不言，因問：「爹多咱時分來？我好在屋裡伺候。」

宋蕙蓮想在屋子裡接待西門慶？她顯然把事情想得太單純了。

玉簫道：「爹說小廝們看著，不好進你屋裡來的。教你悄悄往山子底下洞兒裡，那裡無人，堪可一會。」

老婆道：「只怕五娘（金蓮）、六娘（李瓶兒）知道了，不好意思的。」

玉簫道：「三娘（孟玉樓）和五娘都在六娘屋裡下棋，你去不妨事。」當下約會已定，玉簫走

來回西門慶說話。兩個都往山子底下成事，玉簫在門首與他觀風。（第二十二回）

這個看似沒有什麼問題的安排，認真想起來其實是問題重重的。西門慶送給宋蕙蓮的藍緞裙子固然充滿了「妻妾」的想像，但是落實到現實生活當中，它卻是完全沒有位置的。從西門慶提議的幽會地點——山子底下的山洞，我們就可以一眼看穿。房室雖然只是外在的空間，但它卻很神奇地在對應著這個關係在我們內心世界佔有的相對位置。因此，明媒正娶的妻子才會稱為正室，小妾側室。不管是正室或側室，這些都是當時社會承認的正式關係。

這個想像放到過去和西門慶發生關係的所有女人，也一樣說得通的。吳月娘或者是小妾們和西門慶在個別的房間裡行房。李瓶兒未進門之前則在花子虛房裡，潘金蓮在王婆茶店，李桂姐在麗春院的房間裡，甚至連春梅——在得到潘金蓮的默認的情況下，好歹也是在潘金蓮的房間裡和西門慶行房的。這些地點，很準確地對應了社會對女人們在這段關係認可的方式。但用這樣的觀點，再來看宋蕙蓮被安排的幽會地點——花園裡假山的山洞，這個虛構的景觀、佈置，甚至連個房間都稱不上。在這個只存在遊樂休憩的花園佈置裡，卻不存在現實世界的山洞，當然反映出了宋蕙蓮和西門慶的關係在真實世界的地位。

宋蕙蓮如果夠聰明的話，西門慶的無賴心態其實是不難拆穿的。畢竟藍緞子太容易了，社會認可的位置反而才是真正的稀有資源。可惜宋蕙蓮太怕這個天上掉下來的禮物跑掉了。以至於她眼裡只看得到藍緞裙的想像，卻忽略了山洞幽會的困窘。

顯然無賴男子不負責的曖昧攻勢能夠得逞，還得靠受騙上當女子的一廂情願才行。

由於山洞就在前面的花園裡，接下來的故事不但不難想像，我們甚至只要用一句話就可以說完，那就是：潘金蓮發現了他們的姦情，以此要脅西門慶，並且控制宋蕙蓮。

似曾相識的情節對不對？簡直是西門慶和李瓶兒偷情的翻版了。於是，在幾乎相同的脈絡下，我們看到：

這婦人每日在那邊，或替他造湯飯，或替他做針指鞋腳，或跟著李瓶兒下棋，常賊乖趨附金蓮。被西門慶撞在一處，無人，教他兩個茍合，圖漢子喜歡。（第二十二回）

宋蕙蓮自然也得到了她應有的小恩小惠。

蕙蓮自從和西門慶私通之後，背地與他衣服、首飾、香茶之類不算，只銀子成兩家帶在身邊，在門首買花翠胭脂，漸漸顯露，打扮的比往日不同。西門慶又對月娘說，他做的好湯水，不教他上大灶，只教他和玉簫兩個，在月娘房裡後邊小灶上，專頓茶水，整理菜蔬，打發月娘房裡吃飯，與月娘做針指……（第二十二回）

換成別人，這個故事走到這裡，或許就進入一個各得其所的平衡點，氣勢要開始轉弱了。可是宋蕙蓮之所以有趣就在於她的野心、機巧、自大與盲目。集這些特質於一身的結果，使得宋蕙蓮像隻闖入野獸叢林的無知小白兔，無視於周遭沉默而殘酷的目光，把弱肉強食的生存競技場，硬是當成了凱蒂貓的遊樂園。這使得故事走到這裡，才開始要變得精采而已。

2

檯面上宋蕙蓮是吳月娘房裡的婢女，可是暗地裡卻又是西門慶的情婦。這種明處為虛，暗處是實的微妙處境，我們從這段文字很容易就可以感受得到：

（西門慶從外頭回來）教小玉、玉簫兩個提著（酒），送到前邊李瓶兒房裡。（妻妾們這時正在李瓶兒房裡擲骰子賭博作樂）蕙蓮正在月娘旁邊侍立斟酒，見玉簫送酒來，蕙蓮俐便，連忙走下來接酒。玉簫便遞了個眼色與他，向他手上捏了一把，這婆娘（蕙蓮）就知其意。……

這蕙蓮在席上站了一回，推說道：「我後邊看茶來，與娘們吃。」月娘吩咐道：「對你姐（玉簫）說，上房揀粧裡有六安茶，頓一壺來俺們吃。」這老婆（蕙蓮）一個獵古調（急轉身）走到後邊，玉簫站在堂屋門首，努了個嘴兒與他。老婆掀開簾子，進月娘房來，只見西門慶坐在椅子上吃酒。走向前，一屁股就坐在他懷裡，兩個就親嘴咂舌做一處……（第二十三回）

這段趁著老闆娘使喚的空檔和老闆在臥房裡的大膽偷情，儘管有玉簫把風掩護，但先有路過的孫雪娥，接著又有小玉的催促，場面令人心驚膽跳的程度，一點也不輸給時下的好萊塢電影。

或許讀者覺得奇怪。動輒用馬鞭鞭打潘金蓮、李瓶兒的西門慶，難道不能動用他一家之主的霸權，乾脆明目張膽地「收用」宋蕙蓮嗎？為什麼反而被逼得必須如此躲躲藏藏，遮遮掩掩呢？

我們要知道，西門慶之所以能夠這麼盛氣凌人，最主要還是來自他背後那一整套看不見的所謂「君臣父子夫婦兄弟朋友」的倫理標準。就像統治者管理國家的正當性來自依「法」統治，西門慶管理家族的正當性也必須來自依「倫理標準」治理，否則他治理家族的正當性是會遭到質疑的。

宋蕙蓮是來旺的老婆，而來旺又是西門慶的家僕，「收用」宋蕙蓮顯然是嚴重的「不倫」。西門慶心裡明白得很，如果還想繼續嘗腥，除了偷偷摸摸以外，實在沒有什麼別的選擇——這也是為什麼西門慶向潘金蓮借地方要和宋蕙蓮「好生耍耍」時，會踢到鐵板的理由。「無視」西門慶的不倫只能算是放任，但是提供地方等於成了「不倫」的共犯。潘金蓮應該盤算過，將來情事一旦暴露，其他妻妾反撲的力道絕非她所能承受。

總之，西門慶最後只好無奈地又退回山洞去。中國北方在農曆元月這個時節，花園藏春塢的山洞裡冷得根本無法過夜，西門慶只好請潘金蓮讓丫頭準備床舖蓋，並且在山洞裡生火取暖（這種事當然也不方便叫別人去做）。這時潘金蓮脫口而出說：

「我不好罵出你來的，賊奴才淫婦，他是養你的娘？你是王祥（二十四孝中臥冰求鯉的王祥），寒冬臘月行孝順，在那石頭床上臥冰哩。」

縱容、算計、不齒、尖酸刻薄的潘金蓮，她說的話讓我們聽了忍不住要噴飯。

在西門慶家族裡，僕人奴婢們對主人以及妻妾們的稱呼是「爹」與「娘」。這樣的稱呼固然讓大家有一家人的感覺，但隱藏其中更重要的意涵卻是它無可逾越的階級劃分。當代社會的老闆和員工的階級關係或許是短暫，並且隨著個人境遇不斷變動的，但舊社會裡，主人和奴僕的關係卻是永久，並且無可逾越的——就像「爹」的稱呼一樣。

就像社會把人分成「皇親——官——民——僕——樂戶（妓戶）」的等級一樣，在西門慶家族裡，依著男尊女卑、輩份高低的排序，人也可以細分成至少如下的五個階層：

1西門慶——2妻、妾——3女兒、女婿——4奴僕、夥計——5婢女、僕婦

位在這張階層表頂端是西門慶。他是整個家族的代表，也是最高領袖。位於第二層、第三層的則是西門慶的妻妾女兒女婿們。他們能夠位居高位的理由當然來自和西門慶的「生殖」關係。至於第四層、第五層的奴僕婢女雖然也喊西門慶「爹」，但是由於缺乏和西門慶真正的「生殖」關係，因此只能排到底層。換句話說，在這個複雜而細膩的倫理系統，除非透過「生殖」關係，任何人幾乎不可能有機會改變在家族中的階層位置的。

在一個像明朝那樣的封建社會，除了妓院的金錢交易之外，「性」往往是和「階層」移動或「權力」重新分配緊緊相連的。這也是為什麼我必須用比「淫穢」更嚴肅的眼光，來看待《金瓶梅》裡面的「性愛」的很重要理由。

就以宋蕙蓮來說好了。在她和西門慶發生「性」關係之後，她原先在僕婦這個最底層的位置上立刻產生了一種名實不符的不安。這樣的不安，一方面來自西門慶送給她藍緞裙的暗示，但更多卻來自宋蕙蓮自己的想像。

一個人如何證明自己擁有的權力呢？最簡單的方法當然是挑釁處在更高權力階層的人。我們先來看看政和六年元宵當天西門慶的家族聚餐時，宋蕙蓮囂張的模樣：

小玉、元宵、小鸞、綉春都在上面斟酒。那來旺兒媳婦宋蕙蓮卻坐在穿廊下一張椅兒上，口裡嗑瓜子兒。等的上邊呼喚要酒，他（宋蕙蓮）便揚聲叫：「來安兒，畫童兒，上邊要熱酒，快攢酒上來！賊囚根子，一個也沒在這裡伺候，都不知往那去了！」

同樣身為奴僕，宋蕙蓮大剌剌地坐在那裡納涼，哪怕上邊沒酒了也事不關己，好像她是主人似的。

只見畫童燙酒上去。西門慶就罵道：「賊奴才，一個也不在這裡伺候，往那去來？賊少打的奴才！」

小廝走來（對宋蕙蓮）說道：「嫂子，誰往那去來？就對著爹說，吆喝教爹罵我。」蕙蓮道：「上頭要酒，誰教你不伺候？關我甚事！不罵你罵誰？」

畫童兒道：「這地上乾乾淨淨的，嫂子嗑下恁一地瓜子皮，爹看見又罵了。」

蕙蓮道：「賊囚根子！……什麼打緊，便當你不掃，丟著，另教個小廝掃。等他（西門慶）問我，只說得一聲。」

畫童兒道：「耶嚛，嫂子，將就些罷了，如何和我合氣（鬧意氣）！」於是取了笤帚來，替他掃瓜子皮兒。（第二十四回）

照說，宋蕙蓮的階層位置是低於畫童的，如果不是和西門慶的性關係，她怎麼能夠威脅畫童？我們再從畫童不敢招惹她的反應，就可以理解：她和西門慶之間的事，在奴僕之間應該是人盡皆知的秘密了。

宋蕙蓮不但挑釁畫童，進一步，奴僕階層裡地位較高的賁四、傅銘（負責經營西門慶店舖的主管），甚至是更高一個階層，西門慶的女婿陳敬濟，她也要招惹。

這婦人嘴兒乖，常在門前站立，買東買西，趕著傅夥計叫傅大郎，陳敬濟叫姑夫，賁四叫老四。因和西門慶勾搭上了，越發在人前花哨起來，常和眾人打牙犯嘴，全無忌憚。或一時叫：「傅大郎，我拜你拜（拜託你），替我門首看著賣粉的。」那傅夥計老成，便驚心兒替他門首看著，過來叫住，請他出來買。（第二十三回）

就像有錢暴發戶非得買奢侈品才能證明、感受到自己的富裕一樣，宋蕙蓮也急著用各種權力的挑釁來證明她新擁有的權力。

弔詭的是，宋蕙蓮和西門慶這層性關係如果不被知道的話，宋蕙蓮就無法擁有特權。可是偷情的秘密一旦被公開，又可能危及關係本身。情勢就在這種若隱若現的曖昧之中，繼續發展下去。說起來，這正是「權力」最迷人的部分——它永遠是在持續變動的遊戲（game）。所有的權力位階，永遠在一次又一次的較量之後才能顯現出來。這使得任何嘗過這種樂趣的人，無時不刻想要回到那個戰場。

於是，在輕易地跨越過了「3女兒、女婿——4奴僕、夥計——5婢女、僕婦」這幾個階層之後，作者讓宋蕙蓮繼續發揮想像力，把自己往上放入和妻妾同樣的階層裡。

> 眾人吃了茶，這蕙蓮在席上，斜靠桌兒站立，看著月娘眾人擲骰兒，故作揚聲說道：「娘，把長么搭在純六，卻不是天地分？還贏了五娘。」又道：「你這六娘，骰子是錦屏風對兒。我看三娘這么三配純五，只是十四點兒，輸了。」
>
> 被玉樓惱了，說道：「你這媳婦子，俺們在這裡擲骰兒，插嘴插舌，有你什麼說處？」把老婆羞的站又站不住，立又立不住，緋紅了面皮，往下去了。（第二十三回）

拋開這些骰子經的內容不談，宋蕙蓮敢如此大膽地插嘴、給意見，恐怕也是在內心世界，早把自己想像成是妻妾們同等級的姐妹或朋友了。可惜不知情的孟玉樓一點也不買帳，一語戳破了宋蕙蓮一廂情願的想像。孟玉樓說的「有你什麼說處」的「處」，指的就是這個階級上的位置。書上形容「把老婆羞的站又站不住，立又立不住，緋紅了面皮，往下去了。」這段文字更是絕妙，彷彿宋蕙蓮站不住的不是場面，而是那個她無法逾越的階層。

那個要求穩定的封建家族結構，和宋蕙蓮期望中不斷挑釁、變動的權力遊戲當然完全不同。不知情的孟玉樓一記悶棍把宋蕙蓮打出妻妾這個階層。知情的奴僕們當然也不可能讓宋蕙蓮回到原來的階層（更不用說她先生來旺了）。宋蕙蓮若稍有警覺，她或許會察覺到在西門慶家族裡，不管在任何階層，她都已經失去了立足之地。

如果活在當代，以宋蕙蓮本身的條件、美色以及想出人頭地的野心，她或許很有機會在時裝界、演藝界闖出一片天地的，可惜她所生存的是一個凝滯不動的世界。在那樣的世界裡，沒有階層歸屬所代表的是脆弱、不受到任何保護的。這是在同樣被西門慶「收用」，春梅和宋蕙蓮最大的不同。春梅穩穩地站在她的階層，並且有潘金蓮做靠山。但宋蕙蓮卻只是沒有家、沒有了主人的小白兔。

可惜這些警訊，都在一次又一次和西門慶的「性關係」中被她刻意忽略了。

3

儘管潘金蓮對宋蕙蓮與西門慶的通姦放任不管，但是她對宋蕙蓮的監控卻是從不曾放鬆的。之所以會如此，當然是來自潘金蓮對宋蕙蓮的不放心，怕她有一天爬到自己頭上去了。

政和六年的新年期間，趁著西門慶、吳月娘不在，潘金蓮、孟玉樓都在李瓶兒房裡下棋的時候，潘金蓮提議要給宋蕙蓮一個燒豬頭的差事。

這個燒豬頭的差事乍看之下普通平常，但再細想一下就發現並不單純。為什麼不單純呢？因為叫宋蕙蓮給大家燒豬頭的要求並不合理。事實上，在和西門慶有一腿之後，宋蕙蓮已經被調到月娘房間，只負責煮茶水、弄菜蔬，打發月娘房裡的伙食。換句話說，宋蕙蓮已經不管大灶上的事了——潘金蓮這個要求並不是宋蕙蓮分內的事。

但正因為不是分內事，潘金蓮這樣的要求正好用來掂掂自己的分量，看看宋蕙蓮是不是聽話。

果然小廝來興兒買來了豬頭、豬腳，去請宋蕙蓮做時，宋蕙蓮直接的反應就是不想燒。後來反倒還是玉簫勸她。

玉簫道：「你且丟下，替他燒燒罷。你曉的五娘嘴頭子，又惹的聲聲氣氣（埋怨）的。」

蕙蓮笑道：「五娘怎麼就知道我會燒豬頭，栽派與我！」（第二十三回）

不像孟玉樓的小心謹慎，宋蕙蓮在這裡表現出來的政治敏銳度可說是相當遲鈍的。

關於「燒豬頭」這道《金瓶梅》裡面的名菜做法，書上寫的是這樣的：

（蕙蓮）於是起到大廚灶裡，舀了一鍋水，把那豬首蹄子剃刷乾淨，只用的一根長柴禾安在灶內，用一大碗油醬，並茴香大料，拌的停當，上下錫古子（形如鼓的有蓋錫鍋）扣定。那消一個時辰，把個豬頭燒的皮脫肉化，香噴噴五味俱全。將大冰盤（淺盤）盛了，連薑蒜碟兒，用方盒拿到前邊李瓶兒房裡。（第二十三回）

我初看這個部分時，只覺得用一根長柴就可燒好豬頭加豬蹄似乎有些誇張。後來再找資料時，發現這份食譜一點也不離譜。原來只用一根長柴做燃料是為了慢火燜燒，接著用「上下錫古子扣定」是為了讓蒸氣保留在錫鍋裡，不外洩。換句話說，這個手法，幾乎就是我們當代使用的壓力鍋悶蒸、或燉食物的效果了。難怪豬頭會煮得皮脫肉化，香軟又Q。

豬頭燒好了，宋蕙蓮像個法國廚師一樣，跑出來向客人問候、獻殷勤。儘管桌面上清一色都是女性，寫來也只是吃吃喝喝，可是感覺上和男性的幫派裡竟沒有什麼太大的差別。妻妾們賞給宋蕙蓮本來就是她做的燒豬頭，一副幫派老大隨手賞賜小費給手下的派頭。

宋蕙蓮磕了三個頭，必恭必敬地拿了豬頭在一旁站著吃的樣子，也像極了幫派裡的小嘍囉。

儘管如此，潘金蓮仍然不放心宋蕙蓮。進一步，她還要竊聽宋蕙蓮與西門慶在山洞裡雲雨之際的對話。果然這一聽立刻發現了問題。

西門慶道：「我兒，不打緊，到明日替你買幾錢的各色鞋面。誰知你比你五娘（潘金蓮）腳兒還小！」

婦人（宋蕙蓮）道：「拿什麼比他！昨日我拿他的鞋略試了試，還套著我的鞋穿……」（第二十三回）

三寸金蓮作為性感象徵或許距離我們的時代非常遙遠。但如果把這些性感象徵換成「乳房」來想像，或許就沒有那麼難以體會。潘金蓮最引以為傲的可說就是她的小腳，如今宋蕙蓮說起自己套著鞋，還可以再穿潘金蓮的鞋那種傲慢與自負，這口氣當然讓潘金蓮吞不下去。

宋蕙蓮不但和潘金蓮比性感，更糟糕的是她還要比出身。

只聽老婆（宋蕙蓮）問西門慶說：「你家第五的秋胡戲（妻，太太），你娶他來家多少時了？是女招（以處女身分嫁人）的，是後婚兒（再嫁）來？」

西門慶道：「也是回頭人兒（再嫁的）。」

婦人說：「嗔道（怪不得）恁久慣牢成（這麼老練圓滑）！原來也是個意中人兒（情人），露水（短暫）夫妻。」（第二十三回）

在《金瓶梅》的時代裡，講究的是父母之命，媒妁之言，因此「意中人兒」並不是一句稱讚話。被這樣形容的婚姻關係，通常對象不是再婚、就是從妓院找來的。宋蕙蓮之所以要和潘金蓮比小腳、比出身，當然是因為對潘金蓮不服氣。吳月娘出身好，孟玉樓、李瓶兒有錢，這些宋蕙蓮都沒得比。唯一能夠較量較量的只剩下潘金蓮了。

書上說：這金蓮不聽便罷，聽了氣得在外兩隻胳膊都軟了，半日移腳不動。潘金蓮故意留下自己的頭簪，反鎖住花園的角門（這是花園通往外邊的門），警告宋蕙蓮：這些話她聽到了。

隔天，宋蕙蓮和西門慶喊了李瓶兒房間的迎春來開門。宋蕙蓮看到是潘金蓮的簪子，就知道事情不妙了。潘金蓮一早梳頭洗臉，宋蕙蓮小心翼翼地拿著鏡子、捧著洗手水在一旁殷勤侍候。

金蓮道：「……你去伏侍你爹，爹也得你恁個人兒伏侍他，才可他的心。俺們都是露水夫妻，

再醮（再嫁）貨兒。只嫂子是正名正頂轎子娶將來的，是他的正頭老婆。」（第二十三回）

宋蕙蓮當然明白潘金蓮話裡的諷刺正是肇因於山洞裡她對西門慶說過的話，連忙跪下來對潘金蓮認錯，並且發毒誓向潘金蓮輸誠效忠。

（宋蕙蓮）說道：「娘是小的一個主兒，娘不高擡貴手，小的一時兒存站不的。當初不因娘寬恩，小的也不肯依隨爹。就是後邊大娘，無過只是個大綱兒（綱紀要求）。小的還是娘擡舉多，莫不敢在娘面前欺心？隨娘查訪，小的但有一字欺心，到明日不逢好死，一個毛孔兒裡生下一個疔瘡。」（第二十三回）

儘管宋蕙蓮一再公開地以「煮豬頭」、「磕頭謝恩」甚至「認錯」、「發毒誓」的方式向潘金蓮輸誠效忠，但由於潘金蓮在山洞裡偷聽到的話，使得她再也不可能相信宋蕙蓮了——畢竟對於潘金蓮來說，在山洞裡那個「看不見」的底層世界說出來的話，是再真實不過的。

在《金瓶梅》的故事裡，永遠存在著一個公開、看得見的表象世界，以及另外一個隱晦、看不見的底層世界。就像潘金蓮更相信從秘密的底層世界得到的訊息一樣，做為《金瓶梅》的讀者，也必須掌握那個秘密的底層世界裡的訊息，才有辦法更深刻地掌握表象世界裡，看似平常的瑣事背後的樂趣。

另一方面，在這個新年期間，潘金蓮和西門大姐的老公陳敬濟之間的情事也正打得火熱。如果讀者不健忘的話，陳敬濟是在西門慶娶李瓶兒之前，因為楊戩被參劾問罪，做為楊戩姻親的陳洪，擔心自己受到株連，才讓兒子陳敬濟帶著妻子逃到清河縣避難的。從那時候起，他就一直留在西門慶家。最初，西門慶讓陳敬濟和賁四一起監管起造花園的工事，由於他還算盡心盡力，因此頗得西門慶的信賴。不過陳敬濟出身官宦之家，是個標準的公子哥兒，「自幼乖滑伶俐，風流博浪牢成」、「詩詞歌賦、雙陸象棋，拆牌道字，無所不通、無所不曉」。

自從和琴童的事件曝光挨打之後，風流成性的潘金蓮已經「戒色」很久了。不難想像，這樣個性的陳敬濟很快和潘金蓮勾搭上了。

我們來看看政和六年這年的元宵燈節晚宴上的場面。

……西門慶席上，見女婿陳敬濟沒酒，吩咐潘金蓮去遞一巡兒。這金蓮連忙下來，滿斟杯酒，笑嘻嘻遞與敬濟，說道：「姐夫，你爹吩咐，好歹飲奴這杯酒兒。」

敬濟一壁接酒，一面把眼兒斜溜婦人，說：「五娘請尊便，等兒子慢慢吃！」婦人將身子把燈影著，左手執酒，剛待的敬濟將手來接，右手向他手背只一捻，這敬濟一面把眼瞧著眾人，一面在下戲把金蓮小腳兒踢了一下。婦人微笑，低聲道：「怪油嘴，你丈人瞧著待怎麼？」（第二十四回）

這個故事有趣的地方在於，潘金蓮和陳敬濟調情，房間裡的人沒看見，卻被躲在窗外偷瞄的宋蕙蓮發現了。

這個無意的發現，開啟了宋蕙蓮前所未有的想像。

出身、性感一點都不輸潘金蓮的宋蕙蓮當然會認為：她所以無法從潘金蓮身上把西門慶從那個「表象世界」搶過來，主要就是因為她和西門慶的戀情只能在那個秘密的「底層世界」裡存活。但這個男人如果換成了陳敬濟，情況就完全不同了。陳敬濟是西門大姐的老公，潘金蓮算來還是陳敬濟的岳母呢。潘金蓮勾引陳敬濟，他們的事一樣也只能存在「底層世界」裡。

如果宋蕙蓮和潘金蓮爭搶的對象是陳敬濟，事情會怎麼樣呢？

在那個不能公開的「底層世界」裡，潘金蓮不再擁有階級、身分的優勢。換句話，只有在那個秘密的世界裡，宋蕙蓮才有機會，回到單純的女人對女人，和潘金蓮展開真正的對決。

我相信這個元宵之前，宋蕙蓮對陳敬濟應該是沒有什麼特別的意思的，畢竟她和西門慶正打得火熱。但是這個無意的發現，讓宋蕙蓮決定跟潘金蓮別別苗頭。

在元宵晚宴之後的這場「走百媚」[14]可說是宋蕙蓮與潘金蓮之間真正最關鍵的決裂點。我們看到，在這段看似歡樂的文字敘述裡，《金瓶梅》作者再度把他那「表象世界」與「底層世界」共存的寫作技巧發揮得淋漓盡致。

我們一起來看看。

14 走百媚一說走百病，是古代婦女元宵節的活動之一，據說可以祈免災難疾病。

（出門前天冷，大家都進房間去拿衣服）
獨剩下金蓮一個人，看著敬濟放花兒（煙火）。見無人，走向敬濟身上捏了一把，笑道：「姐夫原來只穿恁單薄衣裳，不害冷麼？」……
（陳敬濟）於是和金蓮嘲戲說：「你老人家見我身上單薄，肯賞我一件衣裳兒穿穿也怎的？」
金蓮道：「賊短命，得其慣便了，頭裡頭（剛剛）躧我的腳兒，我不言語，如今大胆，又來問我要衣服穿！我又不是你影射的（意中人），何故把與你衣服穿？」
敬濟道：「你老人家不與就罷了，如何扎筏子來諕我（找藉口嚇我）？」
婦人道：「賊短命，你是城樓上雀兒，好耐驚耐怕的蟲蟻兒！（嘲笑陳敬濟膽小）」正說著，見玉樓和蕙蓮出來……（第二十四回）
顯然春心蕩漾的潘金蓮欲罷不能，一有機會就要與陳敬濟調情，不但如此，還把調情的話愈說愈白。我們繼續看下去。
當下三個婦人（潘金蓮、孟玉樓、李瓶兒），帶領著一簇男女。來安、畫童兩個小廝，打著一對紗吊燈跟隨。女婿陳敬濟踹著馬臺，放烟火花炮，與眾婦人瞧。
宋蕙蓮道：「姑夫，你好歹略等等兒。娘們攜帶我走走，我到屋裡搭搭頭就來。」
敬濟道：「俺們如今就行。」
蕙蓮道：「你不等，我就惱你一生！」於是走到屋裡，換了一套綠閃紅緞子對衿衫兒、白挑線裙子。又用一方紅銷金汗巾子搭著頭，額角上貼著飛金並面花兒，金燈籠墜耳，出來跟著眾人走百

媚兒。月色之下，恍若仙娥，都是白綾襖兒，遍地金比甲。頭上珠翠堆滿，粉面朱唇。（第二十四回）

現在輪到宋蕙蓮出招了。我們看見她衝進房間了，自信滿滿地搬出了所有的行頭，開始打扮。這段敘述，讓我們有種錯覺，彷彿宋蕙蓮穿的不是艷麗的衣服，而是出征用的盔甲似的。如果不作任何提示的話，這場勾心鬥角的走百媚活動，表面上看起來無非就只是一場再普通不過的「元宵即景」而已，可是明眼人仔細再讀下去，會發現原來其中是充滿刀光劍影的。

敬濟與來興兒，左右一邊一個，隨路放慢吐蓮、金絲菊、一丈蘭、賽月明（各式各樣的煙火）。出的大街市上，但見香塵不斷，遊人如蟻，花炮轟雷，燈光雜彩，簫鼓聲喧，十分熱鬧。遊人見一對紗燈引道，一簇男女過來，皆披紅垂綠，以為出於公侯之家，莫敢仰視，都躲路而行。那宋蕙蓮一回叫：「姑夫，你放個桶子花我瞧。」一回又道：「姑夫，你放個元宵炮丈我聽。」一回又落了花翠，拾花翠；一回又掉了鞋，扶著人且兜鞋；左來右去，只和敬濟嘲戲。（第二十四回）

宋蕙蓮這般千嬌百媚，風流識趣的男人如陳敬濟者當然無法不心動。光是讀到這裡，我們已經可以頒發最出風頭獎給宋蕙蓮了，可是她顯然不滿足於此。我們看到她還不停地落花翠、掉鞋、扶著人兜鞋。

我們說過，小腳在過去是「情慾」的象徵，宋蕙蓮這些掉鞋、扶著人兜鞋的行為挑逗的程度，一點也不輸給時下女人故意穿著低胸衣服，當眾彎腰、擠奶露乳溝的風騷。只能說宋蕙蓮實在是使出了渾身解數。

玉樓看不上，說了兩句：「如何只見你掉了鞋？」

玉簫道：「他怕地下泥，套著五娘鞋穿著哩！」

玉樓道：「你叫他過來我瞧，真個穿著五娘的鞋兒？」

金蓮道：「他昨日問我討了一雙鞋，誰知成精的狗肉，套著穿！」

蕙蓮摳起裙子來，與玉樓看。看見他穿著兩雙紅鞋在腳上，用紗綠線帶兒紮著褲腿，一聲兒也不言語。（第二十四回）

宋蕙蓮這些機心，與其說想要陳敬濟，倒不如說只是對潘金蓮的勝利和報復罷了。特別是在這段走百媚的尾聲中，當玉簫幫腔回答孟玉樓的問題說：「她怕地下泥，套著五娘鞋穿著哩！」時，我們終於很驚訝地發現，宋蕙蓮是多麼工於心計地在自己的鞋外面再套上潘金蓮的鞋。藉由這樣的手段，她不只象徵性地把潘金蓮的尊嚴當鞋子往泥裡踩，同時她也借著掉鞋、兜鞋的惹火動作，不斷地引來注目，好向全世界宣告潘金蓮的腳太大了。

這樣的宣示其實已經接近某種叫囂或者是嗆聲了。勉強要換成當代語彙的話，應該像是：

「和我比性感、比胸部大、比魅力、比迷人？潘金蓮，去死吧！」

正由於這些爭奪、叫囂都只發生在那個不能公開的底層世界裡，所以在宋蕙蓮把褲管撩起來之後，孟玉樓才會一聲兒也不言語。想起來，孟玉樓的不言語實在是耐人尋味的。她或許太明白這樣的挑釁所代表的意義，也或許是不願見到底層世界裡的戰火延燒到表象世界裡來，於是選擇了沉默。

在走百媚的這個晚上，宋蕙蓮在陳敬濟的面前痛宰了潘金蓮，算是扯平了「豬頭」和「竊聽」事件的恩怨。但也在同樣的晚上，確立了潘金蓮對宋蕙蓮趕盡殺絕的態度。內心得意洋洋的宋蕙蓮或許以為在那個秘密的底層世界裡所做的事情，潘金蓮是不可能有機會在表象世界裡對她報復的。

但宋蕙蓮實在太低估了人性邪惡的程度，以及痛宰潘金蓮所必須付出的代價了。

4

依照莫泊桑的小說理論，如果故事一開始出現過槍，那麼，這把槍到最後就必須發射。無疑地，這個小說理論，對應到宋蕙蓮的故事裡，她的老公來旺就是那把槍。時間很快過去，來旺完成了去杭州幫蔡太師採買禮物的任務，這把槍現在又出現了。

和一般傳統的故事不太一樣的部分是孫雪娥這個新的變數。我們發現，原來在孫雪娥被西門慶升等為妾之前，她和來旺是有一腿的。因此來旺一回來，立刻就送她綾汗巾，裝花膝褲，杭州粉和胭脂。雪娥收了禮物，少不了也要回報來旺兒一手情報說：

自從你去了四個月，你媳婦怎的和西門慶勾搭，玉簫怎的做牽頭，金蓮屋裡怎的做窩窠。先在山子底下，落後在屋裡，成日明睡到夜，夜睡到明……（第二十五回）

孫雪娥的情報絕對包含了虛構、想像的成分（像是在潘金蓮屋裡坐窩窠這一段）——會有這些虛構的想像、誇大當然來自孫雪娥對潘金蓮的恨意。

這些充滿了煽動情緒的「情報」對於來旺的殺傷力當然不小。可憐的家僕來旺找宋蕙蓮對質，她抵死否認，找老闆西門慶對質他又不敢。在發洩無門的情況下他只好喝悶酒，發酒瘋，叫嚷著要讓西門慶和潘金蓮白刀子進，紅刀子出來……

這些不能公開說出來的話，孫雪娥告訴來旺，來旺的酒話又被競爭死對頭來興聽到。來興跑去告訴潘金蓮，潘金蓮再告訴西門慶。每個人都在話裡頭加油添醋，加入一點自己的立場，夾帶一點敵人的罪行，虛構一點仇恨，放大一點恐懼。於是潘金蓮傳到西門慶耳裡的話變成了：

你背地圖他（來旺）老婆（宋蕙蓮），他便背地要你家小娘子（孫雪娥）。你的皮靴兒沒番正（左右不分可以亂套）。那廝殺你便該當，與我何干？連我一例（一起）也要殺！趁早不為之計，夜頭早晚，人無後眼，只怕暗遭他毒手。（第二十五回）

好笑的是，西門慶當下的立即反應是：「誰和那廝（來旺）有首尾（瓜葛、姦情）？」事情繞了一圈，最後終於又掉回了孫雪娥頭上。西門慶大發脾氣，把孫雪娥又打了一頓，沒收了她所有的首飾、衣服，只讓她上灶工作，不許見人。

孫雪娥的行為看起來就像是朝著天空吐了一口痰，最後自己反倒被這口痰唾了一臉那麼好笑。八卦或謠言的殺傷力很多時候就像那口痰，一旦吐出去之後，沒有人知道它到底花落何處？或者最後會不會被風吹散弄得大家雨露均霑。可以想像在挨揍之後，孫雪娥少不了又要搬出那句經典名言自我解嘲說：

「反正俺們是沒時運的人兒。」

以孫雪娥的腦袋，她大概一輩子也想不透，她會這麼倒楣，最缺乏的與其說是時運，還不如說就是腦袋本身。《金瓶梅》的作者總是讓孫雪娥的悲慘讀來不但不可憐，反而有一種可笑。我想，他應該是討厭笨女人的吧！

❖

西門慶並沒有急著把來旺也叫來毒打一頓，最主要的考慮恐怕還是因為他和宋蕙蓮的關係。有了這一層顧慮之後，西門慶接下來應該盤算更重要的問題反而是如何處理「西門慶——宋蕙蓮——來旺」之間的三角關係。這個三角關係的處理，很自然地，立刻躍升為潘金蓮與宋蕙蓮最新角力的焦點。

我們先來看宋蕙蓮的說法：

……他（來旺）有這個欺心（要殺西門慶）的事，我也不饒他。爹你依我，不要教他在家裡，與他幾兩銀子本錢，教他信信脫脫，遠離他鄉，做買賣去。他出去了，早晚爹和我說句話兒也方便些。

這個三角架構的基本思維說穿了就是「共存」。如果來旺不在這段時間，西門慶和宋蕙蓮可以過著快樂的生活，只要西門慶再派他去出差，沒有道理這種生活不能繼續下去。

這個想法頗合乎西門慶互利共生的商人本色。於是西門慶滿心同意，動起腦筋來，乾脆給來旺一千兩銀子，讓他去杭州出差，買紬絹絲線回來做買賣。這樣來旺高興、宋蕙蓮開心，他也可以為所欲為。大家都得到好處。

這個「共存共贏」的想法，落到潘金蓮手上，則全然是不同的思維：

……不爭（假如）你貪他這老婆，你留他在家裡也不好，你就打發他出去做買賣也不好。你留他在家裡，早晚沒這些眼防範他。你打發他外邊去，他使（虧）了你本錢，頭一件你先說不得他。你若要他這奴才老婆，不如先把奴才打發他離門離戶。常言道：剪草不除根，萌芽依舊生；剪草若除根，萌芽再不生。就是你也不担心，老婆他也死心塌地。

從潘金蓮的分析中，我們發現這個三角關係，和當初「武大——潘金蓮——西門慶」的關係幾乎是一模一樣的，唯一的差別只是「武大——潘金蓮」換成了「來旺——宋蕙蓮」而已。當年武大曾提出的賽局遊戲，西門慶和潘金蓮曾經一起攜手玩過。西門慶對於潘金蓮的分析應該還記憶猶新。老實說，當年要是有更好的策略，他們也不用冒著危險，聯手毒害武大郎了。書上說：一席話兒，說得西門慶如醉方醒。

宋蕙蓮主張的「共存互利」是商人的終極理想，潘金蓮主張的「毀滅競爭」則是人性現實。兩種說法對西門慶應該都非常有吸引力吧。只是潘金蓮的說法喚醒西門慶心中強大的恐懼，於是現實考量再一次打敗了理想。

相較於鴆殺武大郎，要把來旺打發得離門離戶實在容易得多了。於是西門慶的策略來了一個大轉彎，原來的來旺派命又被收回了。

這個除去來旺的陰謀是這樣的：

西門慶改派來旺當店長，說是要在門前開酒店，還把六包一共三百兩銀子拿給他，讓他去找夥計。等一切佈置完成後，西門慶利用來旺喝醉酒時，讓人跟他通報宋蕙蓮又被西門慶勾引到花園後邊偷情去了。魯莽的來旺一聽立刻怒氣沖沖地衝向花園。不料西門慶早佈置了人馬在那裡，把來旺絆了一跤，將他抓住，還把一把刀子栽贓給他。

西門慶給來旺羅織的罪名是「持刀要殺害西門慶」。當初喝醉了酒宣稱要拿刀殺西門慶的是來旺，來興是證人，現在拿了刀子要殺西門慶的也是來旺，在場所有人都可以作證。來旺一點脫罪的機會都沒有。

為了讓羅織的罪名更加合情合理，西門慶還讓人去取出來旺的六包銀兩，發現只剩下一包銀兩，其餘五包都被掉包成錫鉛錠子了。老婆死了，西門慶出錢幫他娶老婆，還給他資本做生意，他不但不思圖報，反而掉換銀兩，還拿刀要殺害老闆。這下來旺可成了十惡不赦的罪人了。

義正辭嚴的一場抓賊大戲，說穿了只是為了除去來旺的幌子罷了。現場知道內情的人應該不在少數，但膽敢說破的只有宋蕙蓮。她跪在西門慶面前說：

「爹，此是你幹的營生！他好好進來尋我，怎把他當賊拿了？你的六包銀子，我收著，原封兒不動，平白怎的抵換了？恁活埋人，也要天理。他為什麼？你只因他什麼？打與他一頓。如今拉著送他那裡去？」

吳月娘也同情來旺，勸西門慶說：

「奴才無禮，家中處分他便了。又要拉出去，驚官動府做什麼？」結果反而惹來一頓臭罵。

總之，這些都無法改變西門慶的意志，他是吃了秤砣鐵了心，非得把來旺送到官府去了。

在這場熱鬧裡，我們一次也沒看到潘金蓮的身影，但結果卻完全貫徹了她的意志。這才只是元宵節的走百媚事件之後，她第一次對宋蕙蓮的出手而已。可憐宋蕙蓮這時只懂得哭鬧抱怨。她如果也和我們一樣，看出這個故事已經跳脫出了苦情的層次，開始透露出驚悚、甚至帶著血腥的氣味時，她其實應該覺得膽戰心驚才對。

❖

清河縣的提刑所的地位有點像現在警局、調查局、法院的綜合體。提刑所裡面的夏提刑、賀千戶都是西門慶平時送往迎來的好朋友。所謂禮多人不怪，西門慶先差玳安送上白米一百石。其餘千言萬語盡在不言中。書上說：「二人受了禮物，然後坐廳。」這兩位深諳事體的大人一坐廳，來旺當然沒有好下場。夏提刑讓人給來旺上夾棍，又打了二十大棍，打得皮開肉綻，鮮血淋漓，才收押進監。

西門慶一手行賄要求，一手安撫宋蕙蓮。嚴禁小廝通風報信，連哄帶騙地讓宋蕙蓮相信來旺在獄中安好，一下也沒有挨打。

為了把來旺救出來，宋蕙蓮開始淡掃蛾眉，薄施脂粉，又來討好西門慶，勾引西門慶和她上床，並且發動枕頭邊輕聲細語的攻勢。這次宋蕙蓮提議說：

「你好歹看奴之面，奈何他兩日，放他出來。隨你教他做買賣不教他做買賣也罷……再不你若嫌不自便，替他尋上個老婆，他也罷了。我常遠不是他的人了。」

床第之間氣氛正好，這個提議也正中西門慶下懷。畢竟西門慶在乎的只是得到宋蕙蓮，至於來旺是死是活他其實沒有那麼在意的。西門慶甚至答應宋蕙蓮，將來娶她進門當第七房妾，並且買對街喬家的房屋，把她安置在那裡。不但如此，還安撫宋蕙蓮說：

「不消憂慮，只怕憂慮壞了你。我明日寫帖子對夏大人說，就放他出來。」

本來故事走到這裡差不多可以收場了。可是不懂得低調是什麼的宋蕙蓮得意地拿著西門慶的承諾到處去炫耀。

這話傳到孟玉樓耳裡，孟玉樓又來告訴潘金蓮。說西門慶怎麼要把來旺放出來、替他再娶，怎麼要買對門喬家房子讓宋蕙蓮住，怎麼要娶她當第七房妾。潘金蓮一聽當然抓狂，氣得當場放狠話說：

「真個由他，我就不信了！今日與你說的話，我若教賊奴才淫婦，與西門慶放了第七個老婆，我不喇嘴（說話不留餘地）說，就把潘字倒過來！」

潘金蓮去找西門慶理論，她的說法是這樣的：

「你真把來旺放出來，我看宋蕙蓮你也別想要了。你想想，來旺放出來之後，你打算把宋蕙蓮當什麼？當小老婆，人家老公明明還在。當奴才老婆，像你這種寵法又太離譜。就算你再給來旺娶個老婆好了。就衝著你玩了人家老婆，以後來旺見到你，彼此豈有心平氣和的道理？更何況，宋蕙蓮見到來旺，她是站起來好，還是不站起來好呢？誰先誰後？這種難堪的事一旦傳出去，別說親戚鄰居笑話，就是家裡的大大小小，也不把你放在眼裡。你既然非做這種下流的事不可，不如把來旺解決掉算了。將來就算你摟著他的老婆睡覺，至少心裡也放心。」

「階層的倫理」既然構成家族穩固最重要的因素，西門慶這個一家之主要帶頭去衝撞，直接傷害的當然是他做為家族領導者的威信。換句話，潘金蓮威脅西門慶：只要他膽敢這樣做，這個家也沒有人把他看在眼裡了。

潘金蓮用宋蕙蓮做誘餌，讓西門慶明白，如果他要這個女人——除掉來旺才是一勞永逸的辦法。試圖讓來旺與宋蕙蓮和西門慶並存，只會危及西門慶的地位和尊嚴。由於事情牽涉廣泛，西門慶當然顧不得來旺了。

這是元宵節之後，潘金蓮的第二次出手。潘金蓮用很簡單的一番話，輕鬆地就撂倒了宋蕙蓮所有辛苦的佈局。

於是，我們看到，一封本來應該是「輕判放人」的關說帖，在潘金蓮的分析之後，轉眼間變成了「嚴刑重辦」的催促書。來旺的命運就在潘金蓮的一席話之間完全逆轉。在發生了什麼事都不知道的情況下，可憐的來旺已經被打得全身稀爛，釘了枷，上了封皮，啟程發送遞解徐州了。

❖

來旺的事，書上說：「宋蕙蓮在屋裡瞞的鐵桶相似，並不知一字。」等到有人向宋蕙蓮通風報信時，宋蕙蓮關閉房間，放聲大哭了一回。哭完之後，還拿了一條長手巾拴在臥房門樞上，上吊鬧自殺，被人解救了下來。

宋蕙蓮上吊的舉止，引來許多人的同情。吳月娘問她有什麼心事說出來沒關係，吳月娘會幫她解決。宋蕙蓮當然有心事。無奈這個心事根本無法對同情她的吳月娘講，只好「大放聲排手拍掌」哭了起來。

西門慶也親自去看她。宋蕙蓮破口大罵西門慶：

「你原來就是個弄人的劊子手，把人活埋慣了，害死人還看出殯的！……你也要合憑個天理！你就信著人幹下這等絕戶計，把圈套兒做的成成的，你還瞞著我。你就打發，兩個人都打發了，如何留下我做什麼？」

西門慶挨罵不但不生氣，反而還笑著說：

「孩兒，不關你事。那廝壞了事，所以打發他。你安心，我自有處。」

或許因為西門慶多少真心喜歡著宋蕙蓮，因此這時的西門慶所展現的作風，實在是《金瓶梅》中少見的溫柔。他不但親自去買酥燒、酒，讓來安送到宋蕙蓮屋裡去，還三番兩次派人去房間陪她睡覺、說話、解悶。

西門慶派了玉簫去勸她：「宋大姐，你是個聰明的，趁恁妙齡之時，一朵花初開，主子愛你，也是緣法相投。你如今將上不足，比下有餘，守著主子，強如守著奴才。他已是去了……常言道：做一日和尚撞一日鐘，往後貞節（計較起來）輪不到你身上了。」

西門慶的意圖，說穿了，就是要宋蕙蓮答應嫁給他當第七妾。偏偏這就是潘金蓮（應該還包括了所有的妻妾吧！）最不樂意見到的。

潘金蓮對西門慶說：「賊淫婦，他一心只想他漢子，千也說一夜夫妻百夜恩，萬也說相隨百步，也有個徘徊意，這等貞節的婦人，卻拿什麼拴的住他心？」

沒想到西門慶笑著對潘金蓮說：

「你休聽他摭說（掩飾），他若早有貞節之心，當初只守著廚子蔣聰不嫁來旺兒了。」

西門慶的觀察顯然是正確的。宋蕙蓮如果真的是個在乎貞節的人，當初來旺不在時，她就不會跟西門慶偷情了。不過話又說回來，蔣聰是因酒醉和人起爭執被殺死，情形和來旺被西門慶設計流放完全不同。宋蕙蓮不肯嫁給西門慶，雖然未必為了貞節，但她為來旺抱不平，覺得自己害了來旺的罪惡感絕對是存在的。

換句話說，聰明的潘金蓮早看出來，西門慶只要找到方法讓宋蕙蓮的罪惡感有臺階可下，宋蕙蓮很可能就會變成西門慶的第七個妾。（更不用說對街的喬家房子變成了新興熱鬧區域，花園這邊恐怕要像艋舺、萬華一樣變成沒落的舊市區了。）

西門慶很清楚，現在他需要的也許只是耐心等待。

對潘金蓮來說，她可以說動西門慶陷害來旺，讓來旺離家離戶，卻無法說動他，讓他棄絕宋蕙蓮。西門慶把宋蕙蓮捧在手心，火熱的程度，一點也不下於當年的李桂姐，或是李瓶兒。一分一秒過去的時間對潘金蓮非常不利。她明白，顯然要根除宋蕙蓮，從西門慶身上這條路是走不通的。

聰明的潘金蓮把腦筋動到孫雪娥身上去了。

找上孫雪娥的理由一點也不複雜：她們一個是來旺偷情的對象，一個是來旺的老婆——兩個女人的立場本來就是矛盾的。更何況，孫雪娥才為了宋蕙蓮和西門慶的事情，遭池魚之殃，搞得和來旺的私情曝光，挨了西門慶一頓揍。

潘金蓮向孫雪娥挑撥，說是宋蕙蓮在西門慶面前告發她和來旺的姦情，她才受到西門慶懲罰，來旺也因此獲罪。孫雪娥當然不以為然，反嗆宋蕙蓮，說根本是她從在蔡通判那裡就開始不安於室，如何一路換老闆，甚至背著老公和西門慶偷情，才會導致來旺落得如此下場。這番話又被潘金蓮搬到宋蕙蓮面前繼續煽風點火，說孫雪娥罵她過去在蔡通判那裡如何如何……在不斷放大矛盾、擴大衝突的情況下，兩邊的恨意都挑撥得鼓鼓的。

果然，宋蕙蓮和孫雪娥兩人的衝突在李嬌兒生日，四月十八日當天爆發開來。

舊人黨算起來是西門慶家重要的次級團體，李嬌兒是舊人黨的領袖，在這種不得寵的低潮時刻，當然不希望請客吃飯的時候場面稀落冷淡。偏偏這時宋蕙蓮心情不好在房裡睡覺不出席。李嬌兒三番兩次派了丫頭來叫不動，只好讓孫雪娥親自進房裡來請。畢竟以她目前「第七房妾候選人」的身分，在派系的平衡中，多少是有一點分量的。

（雪娥）說道：「嫂子做了王美人[15]（王昭君）了，怎的這般難請？」那蕙蓮也不理他，只顧面朝裡睡。這雪娥又道：「嫂子，你思想你家旺官兒（來旺）哩。早思想好來！不得你（要不是你）他也不得死，還在西門慶家裡。」

孫雪娥這兩段話有點先禮後兵的意思。第一段雖然譏諷，但語氣上算是客氣的，畢竟王昭君還是個為國家犧牲奉獻的美人。可是這句話背後沒說出來的意思是：「妳都願意給新人黨煮豬頭了，不出席李嬌兒的生日宴會太說不過去了吧。」話說成這樣了，宋蕙蓮還不給面子，故意轉

15 指王昭君北上和番時徘徊不捨，遲遲不走。

頭過去睡，因此孫雪娥才會進一步撕破臉，拿來旺的事情刺激她。

對於本來內心就有疙瘩的宋蕙蓮來說，這話當然正中要害。本能的心理防衛機制讓她立刻跳起來反擊。新仇加上舊恨的結果，爭吵愈演愈烈，情況到最後完全失控。

（孫雪娥）罵道：「好賊奴才，養漢淫婦！如何大胆罵我？」蕙蓮道：「我是奴才淫婦，你是奴才小婦！我養漢養主子（西門慶），強如你養奴才（來旺）！你倒背地偷我漢子，你還來倒自家掀騰？」這幾句話，說的雪娥急了。宋蕙蓮不防，被他走向前，一個巴掌打在臉上，打的臉上通紅，說道：「你如何打我？」於是一頭撞將去，兩個就揪扭打在一處。（第二十六回）

宋蕙蓮的心態轉折相當複雜。在這場爭吵之前，她以受害者家屬出現，用一種貞潔的形象為來旺受到的待遇抱不平，甚至還為他上吊、鬧自殺，博得不知情的吳月娘、甚至是西門慶的呵護與同情。不管處境再艱辛，贏得大家對她支持正是她生命最重要的尊嚴之所在。然而孫雪娥卻把這樣的尊嚴徹底剝奪了。在一來一往的爭吵對話中，孫雪娥硬是讓圍觀的群眾發現，原來來旺的不幸就是因為宋蕙蓮和西門慶偷情造成的。

若是宋蕙蓮有潘金蓮的厚臉皮（或者學會她如何面對殺死武大郎之後的自處之道），或許她在這場鬥爭之中就不會顯得如此脆弱。可惜宋蕙蓮就是比潘金蓮多出了一點良知和罪惡感。難堪的是，為了反擊孫雪娥的火力，當她瘋狂地罵著：「我是奴才淫婦，你是奴才小婦！我養漢養主子，強如你養奴才！」一時，為了揪出孫雪娥和來旺通姦，宋蕙蓮也等於公開承認了她和西門慶不軌的事實。

偏偏這個事實所引發的罪惡感，是宋蕙蓮的良心所無法承受的。

換句話說，當她公開表白一切時，她在那個看不見的「意義世界」裡企圖得到的救贖就變得再也不可能了。不但在「意義世界」裡失去救贖的可能，她同時也失去了所有和她同階層的奴僕與僕媳的支持與同情——更不用說她還得罪了潘金蓮、孫雪娥，以及她們背後新人黨與舊人黨所有的妻妾了。

《金瓶梅》一步一步把宋蕙蓮逼到角落，接下來它用一種隱晦得不能再隱晦的方式，描寫把她推向深淵的最後這一手。

吳月娘走來罵了兩句：「你每（們）都沒些規矩兒！不管家裡有人沒人，都這等家反宅亂的！等你主子回來，看我對你主子說不說！」當下雪娥就往後邊去了。月娘見蕙蓮頭髮揪亂，便道：「還不快梳了頭，往後邊來哩！」（第二十六回）

表面上看起來，吳月娘罵的「沒些規矩兒」講的是打架的事。但孫雪娥和宋蕙蓮吵架時既然已經把話說得那麼明白了，吳月娘怎麼會有聽不懂的道理呢？「規矩」顯然影射的就是這些偷情亂倫的事。礙著大老婆的身分，吳月娘只好把話講得平淡而含蓄。永遠在資訊的最末端的大老婆如果都知情了，那麼整個事件就算是透明的了。從一開始的同情到現在的斥責，吳月娘的轉變再明顯不過了。吳月娘這樣的轉變，其實也正反映出整個主流世界對於宋蕙蓮的態度轉變與評價。

相對整個世界的黑暗，與西門慶之間的慾火所能提供的光熱顯得如此微弱、短暫。在吵完這場架後，宋蕙蓮不只在看不見的「意義世界」找不到出路，她甚至在「現實世界」裡的任何一個階層，任何一個角落，也都失去可以容身的立足之地了。

蕙蓮一聲兒不答話。打發月娘後邊去了，走到房內，倒插了門，哭泣不止。哭到掌燈時分，眾人亂著，後邊堂客吃酒，可憐這婦人忍氣不過，尋了兩條腳帶，拴在門楹上，自縊身死，亡年二十五歲。（第二十六回）

如同以往，這場精心設計的謀殺案，真正的兇手並不在現場。

它讓我想起三國演義裡面禰衡的故事。這個當著大家面前羞辱曹操的狂士，被曹操不動聲色地推給了劉表，又被劉表推給壞脾氣的黃祖，最後終於死在壞脾氣的黃祖手裡。曹操和劉表都想保留「愛才」的賢名，不想承擔殺死禰衡的惡譽——但最終還是借著黃祖的手殺死了禰衡。

算起來這應是走百媚之後，潘金蓮的第三次出手。我不曉得應該把她比喻成曹操或者是劉表更恰當，但從某個角度來看，智商低下、脾氣暴躁的孫雪娥和黃祖還真是有異曲同工之妙。

至於宋蕙蓮的死因，官方版的說法是：

本婦因本家請堂客吃酒，他管銀器傢伙，因失落一件銀鍾，恐家主查問見責，自縊身死。（第二十六回）

知縣在收受了三十兩銀兩之後完全採信這個說法。宋蕙蓮的父親不甘心女兒冤死，寫了訴狀，告西門慶「強姦宋蕙蓮，我女貞節不從，威逼身死。」這麼沒有證據亂告一通，宋仁當然被官府打得「鮮血順腿淋漓」，沒多久嗚呼哀哉死了。

於是在潘金蓮的謀殺紀錄中，平白又增加了一條冤魂。

5

這個故事的結局，讓我們想起宋蕙蓮一出場時作者就借著名字告訴過我們的事情：

那來旺兒，因他媳婦癆病死了，月娘新又與他娶了一房媳婦，乃是賣棺材宋仁的女兒，也名喚金蓮……月娘因他叫金蓮，不好稱呼，遂改名為蕙蓮。（第二十二回）

隨著故事開展，我們恍然大悟，「金蓮」的意涵其實遠大於名字本身。宋蕙蓮的故事，說穿了，其實就是潘「金蓮」與宋「金蓮」生死決鬥的故事。象徵著性感小腳的「金蓮」是她們決鬥的原因，而存活下來的「潘金蓮」則是這個故事的結果。

《金瓶梅》的作者似乎很愛把故事藏在字裡行間。包括我們之前說過的「花子虛」，還有這裡說的「宋金蓮」，都是很明顯的例子。這個習慣似乎也影響了《紅樓夢》的作者，並且造就了世世代代許多對於這些字謎樂此不疲的讀者。

換句話說，夠老練的讀者也許早已經看出，這個故事在宋金蓮出場的第一段，其實已經全部講完了。

政和六年

・西門慶千方百計巴結蔡太師，蔡太師賞賜西門慶五品官職。
・六月，李瓶兒生下官哥，西門慶家族雙喜臨門。
・七月底，官哥滿月，李桂姐阿諛巴結，搶著認西門慶當乾爹，吳月娘當乾娘。

政和七年

・西門慶看中夥計韓道國之妻王六兒，韓道國樂見老婆賣淫撈錢。
・元月十四日晚上，李瓶兒生日宴會，妓女吳銀兒認李瓶兒當乾娘。西門慶邀請王六兒、韓道國、應伯爵、謝希大、妓女董嬌兒、韓玉釧兒一起看煙火秀。

第五章 這些人，那些人……

西門慶開始勾引宋蕙蓮時，她老公來旺正在杭州出差。當時書上又說，來旺出差的目的是去替蔡太師製造慶錦綉蟒衣當作生日禮物。

西門慶和蔡京的關係最初因為是西門慶女兒嫁給陳洪的兒子陳敬濟，陳洪和八十萬禁軍提督楊戩是姻親，楊戩又是蔡太師派系的重要人馬。這樣的關係，說起來實在有點遙遠。但楊戩被彈劾時，西門慶怕受株連，讓來旺、來保帶著大把銀兩上京行賄奔走——靠著這樣的因緣，和蔡太師兒子蔡攸，以及手底下的管家翟謙接上了線。

西門慶把握住這樣的機緣，極力巴結，因此才有了來旺去杭州出差為蔡京採買禮物的事。這些別出心裁的生日賀禮送進太師府之後，果然把蔡太師弄得心花怒放，當場賞賜了西門慶一個「金吾衛衣左所副千戶、山東等處提刑所理刑」的五品官職。不但如此，連一起去送禮的西門慶舅子吳典恩、家人來保都雞犬升天，分別得到了「清河縣驛丞」以及「山東鄆王府校尉」的官職。

這個「金吾衛衣左所副千戶、山東等處提刑所理刑」的職位名稱有點長，前面是官銜，後面是官職。「金吾衛衣左所副千戶」是明朝的官銜——指喻的應是負責「巡察緝捕、理詔獄」的錦衣衛（但「錦衣衛」從沒有派出京師之外的掌刑機構），「提刑所理刑」則是來自宋朝的「點提刑獄司」，負責監察地方官員職能，以及刑獄、訴訟。換句話，這是一個「宋明拼裝」的官職，其中借古諷今的意味不言可喻。

不管如何，清河縣的知縣是七品官，就算直屬上司東平府知府也才正四品品秩，做為特務機構的五品官，擁有監察地方官員的權力，加上有錢多金，後臺又硬，清河一帶大大小小官員，豈能不多所忌讓？

我們看到，這個得官的消息傳來時，西門慶正和妻妾們在大捲棚內賞玩荷花、避暑飲酒，春梅、迎春、玉簫、蘭香等四個家庭樂伎還高唱著〈人皆畏夏日〉……〈人皆畏夏日〉歌詞的內容描寫的是：榴花、荷花、亂蟬、池蛙、鴛鴦、帘燕……一幅活生生的夏日圖畫。在不斷重複著的詞曲中，我們聽見：「涼亭上，伊共我，相斟相勸泛彩霞。」歌詞中透露出一片歡喜氣氛，勸人趁此良辰享受人生，莫辜負夏日美景。

同一時間，懷孕了的李瓶兒也為西門慶生下了個孩子「官兒」（因西門慶獲官而得名）。頓時之間，整個西門慶家族充滿在雙喜臨門的美好氣氛之中。西門慶這波的人生、事業高潮於焉展開。

無疑的，盛夏所隱喻的，正是整個西門慶家族即將開展的熾熱全盛時期。如果把《金瓶梅》看成是一趟成、住、壞、空的旅程，宋蕙蓮的故事可算是「成」這個階段的最後一道關卡了。在這之後，西門慶封官、得子，家族以及人生走上最飛黃騰達的境界。

（依佛教的解釋：「成」指的是眾生業力驅使，逐漸生成新的世界。「住」則是世界安穩存在的時期。）

在這樣氣氛下，圍繞在西門慶家族周邊許許多多趨炎附勢的嘴臉自然是少不了的。在這之後的文字裡，儘管以潘金蓮為敘述觀點中心的妻妾戰爭仍然持續著，但是作者卻用了更多的篇幅去描寫這些圍繞在周邊團團轉的人。乍看之下，會覺得原來的主線變得似乎有些模糊。但正是這些從周邊延伸出來的視野，讓我們更能看清楚核心真正的情勢。

畢竟這是西門慶家族的熾盛之世，所有的人都無可避免地在這一波接著又一波的熱浪裡載浮載沉。

我們一起來讀。

1李桂姐與吳銀兒

《金瓶梅》裡有句傳神的話說：「時來誰不來，時不來誰來？」西門慶得官又生子，門前「送禮慶賀，人來人去，一日不斷頭。」正是這個盛況最好的寫照。到了他就職那日，場面更加熱鬧了。

我們且先觀賞一下當天的實況轉播：

> 到了上任日期，在衙門中擺大酒席桌面，出票拘集三院（妓院）樂工承應吹打彈唱……（西門慶）每日騎著大白馬，頭戴烏紗，身穿五彩洒線揉頭獅子補子員領，四指大寬萌金茄楠香帶，粉底皂靴，排軍喝道，張打著大黑扇，前呼後擁，何止十數人跟隨，在街上搖擺[16]。（第三十一回）

「出票」這個名詞必須先說明一下。明代把樂工、妓女、歌舞妓歸入「樂戶」的戶籍。官府在正式的喜慶的場合，可以用傳票召喚樂工來做義務性的演奏，以勞役來代替納稅。

這一陣熱鬧既然驚動了妓院的樂工，嗅覺敏銳的妓女，自然沒有不爭先恐後來逢迎巴結的道理。

> 且說李桂姐到家，見西門慶做了提刑官，與虔婆鋪謀定計。
>
> 次日，買了四色禮，做了一雙女鞋，教保兒挑著盒担，絕早坐轎子先來，要拜月娘做乾娘。進來先向月娘笑嘻嘻拜了四雙八拜，然後才與他姑娘和西門慶磕頭。把月娘哄的滿心歡喜，說道：

「前日受了你媽的重禮，今日又教你費心，買這許多禮來。」

桂姐笑道：「媽說，爹如今做了官，比不得那咱（時）常往裡邊走，我情願只做乾女兒罷，圖親戚往來，宅裡好走動。」（第三十二回）

初讀這段時，我對於李桂姐把自己自動從「姘頭」降級為「乾女兒」實在無法理解。做為西門慶的姘頭，李桂姐能享受的庇蔭顯然遠大於「乾女兒」，為何西門慶才上任沒多久，李桂姐就如此急著繳械投降？

我去查了一下資料，發現一件很有意思的事。原來明朝政府明文規定：在職官員不得嫖妓。難怪我們在之前西門慶就職典禮的場面，清一色只看到吹打彈唱的男樂工。

這個規定讓我頓時豁然開朗。礙於規定，西門慶不能到妓院走動了。在這樣的情況下，空有「梳籠」的名號，無異於在妓院守活寡——賺不到西門慶這個大金主的錢事小，糟糕的是，頂著西門慶「愛妾」的名號，就算李桂姐有心賺錢，誰又敢去招惹她呢？

（別忘了，西門慶曾因李桂姐背著他接客，在麗春院翻過桌、砸過東西呢！）

與其這樣，還不如公開地把自己的身分改成乾女兒算了。這個新的身分好處在於：

一、「乾女兒」的關係仍然不失庇蔭。

二、變成了「乾爹、乾女兒」的關係，也可以減輕妻妾們對她的敵意。

三、新的關係正好可以擺脫了過去被西門慶「梳籠」的身分，等於得到了一張重新公開營

16 河洛語形容人狂妄囂張的說法是hiao bai。一說傲徘。跟這個搖擺應該是同源才對。

業的許可證。

李桂姐這次出手，更陰柔狠準的地方，還在於算準了吳月娘的心態。照說，不久前還在向上天祈禱，抱怨老公「留戀煙花，中年無子」，希望他早日回心的吳月娘，對於李桂姐心中應該是有芥蒂的。

然而吳月娘自然也有她情非得已的考量：

李桂姐是二房李嬌兒的姪女，不認這個乾女兒，擺明了要和李嬌兒劃清界限，這可犯不著。再來，李桂姐既然願意當「乾女兒」，就表示她放棄了「梳籠」這個身分。本著「姘頭自首，既往不咎」的精神，吳月娘如果不認這個乾女兒，不免顯得小氣。最後，在李瓶兒生了「貴子」之後，外頭的人跑來認吳月娘當「乾娘」，等於是尊崇她，突顯她在西門慶家族中女主人的地位。這當然是吳月娘內心最在乎的。基於這些考量，吳月娘根本不可能拒絕李桂姐。一切都在李桂姐和鴇母的算計之中。

從共用男人的「婊」姐妹關係變成了「乾」母女當然很荒謬，然而在這幅看起來富貴堂皇的浮世繪中，所有的譏諷、扭曲是那麼地順理成章又無所脫逃。這大概是這一整片熾熱的氣氛中，最教人不寒而慄的事了。

我在前一段曾用**「爭先恐後」**來形容李桂姐逢迎巴結的模樣，雖然剛剛沒有看到李桂姐和誰「爭先恐後」了，但是這樣的形容一點也不誇張——隨後來的吳銀兒卻透露出了這個訊息。

在李瓶兒登場時我們曾經提到過，西門慶會撞見李瓶兒，是因為被花子虛邀去妓院裡為吳銀兒過生日，西門慶先在花子虛家中等他回來。吳銀兒是當時麗春園裡的王牌名妓，包養她的人就是花子虛。李桂姐則是最近崛起的新人，雖是新人，但因年輕貌美又有手腕，因此氣勢頗有凌駕之勢。

（吳月娘）因問：「吳銀姐和那兩個怎的還不來？」

桂姐道：「吳銀兒，我昨日會下他，不知怎的還不見來。前日爹吩咐教我叫了鄭愛香兒和韓金釧兒，我來時他轎子都在門首，怕不也待來（恐怕不一會兒就到了）。」言未了，只見銀兒和愛香兒，又與一個穿大紅紗衫年小的粉頭，提著衣裳包兒進來，先望月娘磕了頭。

吳銀兒看見李桂姐脫了衣裳，坐在炕上，說道：「桂姐，你好人兒！不等俺每（們）等兒，就先來了。」

桂姐道：「我等你來，媽見我的轎子在門首，說道：『只怕銀姐先去了，你快去罷。』誰知你每（們）來的遲。」（第三十二回）

這段對話乍看之下只是姐妹之間誰不等誰的小小抱怨。但稍知內情的人一聽就知道李桂姐回答的全是謊話。為了搶得先機拜吳月娘為乾娘，她顯然是刻意甩掉吳銀兒等人，一個人提早來的。

不但如此，接下來李桂姐的表現更是驚人。這段小人得志的模樣，活靈活現的模樣絕對是《金瓶梅》中錯過可惜的場面：

不一時，小玉放桌兒，擺了八碟茶食，兩碟點心，打發四個唱的吃了。那李桂姐賣弄他是月娘的乾女兒，坐在月娘炕上，和玉簫兩個剝果仁兒、裝果盒。吳銀兒三個在下邊杌兒（沒有靠背的方形或圓形坐具）上，一條邊坐的。

那桂姐一徑抖搜精神，一回叫：「玉簫姐，累你，有茶倒一甌子來我吃。」一回又叫：「小玉姐，你有水盛些來，我洗這手。」那小玉真個拿錫盆舀了水，與他洗手。吳銀兒眾人都看的睜睜的，不敢言語。（第三十二回）

明朝宴席多用方桌。當時的人對席次的規矩是非常講究的。一般而言，面對大門的位置是上首。這是尊位。背對大門的位置是卑位，謂之下首。因此，主客坐在上首尊位，主人屈居下首卑位，陪客則是分坐兩旁。

在這個房間裡，我們看到吳月娘坐在上首，坐法和一般招待賓客正好相反。這表示吳月娘的身分、等級，都遠高於這些歌妓。李桂姐以歌妓的身分刻意和吳月娘一起坐在上首，並且還指使吳月娘的婢女。李桂姐這樣把自己真當成了吳月娘的女兒，對同行的妓女而言，當然是極盡誇張的賣弄。難怪吳銀兒等人會看得睜大眼睛，一句話都說不出來。更誇張的是：

桂姐又道：「銀姐，你三個拿樂器來唱個曲兒與娘聽。我先唱過了。」月娘和李嬌兒對面坐著。吳銀兒見他這般說，只得取過樂器來。當下鄭愛香兒彈箏，吳銀兒琵琶，韓玉釧兒在旁隨唱，唱了一套〈八聲甘州——花遮翠樓〉。（第三十二回）

任何人都看得出來李桂姐說「先唱過了」又是一個超級大謊話。說這個謊話的目的何在呢？難道唱歌娛樂大家會少一塊肉嗎？這其中有著一種很微妙的心態，對於像我們這樣，存活在偶像歌手崇拜、KTV充斥、政治人物時動輒拿著麥克風大唱〈愛拚才會贏〉這樣的時代人，恐怕是不太容易理解的。

事實上，明代把樂工、妓女、歌舞妓歸入「樂戶」的戶籍。在一般人的眼中，樂戶是一個甚至比「奴僕婢女」還要低賤的階級。因此，只有這個階級的人才會在公開的場合唱歌給別人聽。換句話說，唱歌給別人聽，某個程度就暗示自己比對方卑賤，討好對方的處境。

在西門慶的妻妾中，李嬌兒、潘金蓮、孟玉樓絕對都有自彈自唱的專業水準。可是綜觀整本《金瓶梅》，除了私下彈唱自娛之外，我們幾乎不曾看見什麼時候她們心血來潮，自願在眾人面前即興高歌一曲的。

舉例來說，第二十七回西門慶和李瓶兒、孟玉樓、潘金蓮在花園同樂時，西門慶叫玉樓彈月琴，金蓮彈琵琶，要她們合唱一套曲子給他聽，潘金蓮就不肯了。她說：「俺每（們）唱，你兩人到會受用快活，我不！也教李大姐拿了椿樂器兒。」潘金蓮唱歌給西門慶聽沒問題，她計較的是李瓶兒憑什麼可以不唱？西門慶說：「他不會彈什麼。」潘金蓮說：「他不會，教他在旁邊代板。」好了，李瓶兒不會彈樂器，但至少也要拿著拍板，跟著打拍子，表示她也是演出者之一，這才扯平身分地位的問題，大家一起同樂。

說穿了，唱與不唱不是問題，身分地位高低才是真正重點。

有了這樣的認識，我們再回來看李桂姐的謊言。很容易就明白這個謊言的目的，無非就是要吳銀兒她們唱歌給她聽，過過身分地位高人一等的癮。

李桂姐在麗春院是新人，算來吳銀兒還是她的前輩。對於吳銀兒而言，李桂姐要認吳月娘做乾女兒，要指使玉簫、小玉，這都不關她的事。可是李桂姐利用這層關係逼吳銀兒唱歌給她聽，這就有點欺人太甚了。難怪西門慶請客吃飯，李桂姐躲在後頭房間不肯出來陪酒唱曲，吳銀兒氣得對應伯爵抱怨說：

「你（桂姐）就拜認與爹娘做乾女兒，對我說了便怎的？莫不攙了你什麼分兒？瞞著人幹事。嗔道（難怪）他頭裡坐在大娘炕上，就賣弄顯出他是娘的乾女兒，剝果仁兒，定果盒，拿東拿西，把俺每往下躧（踩踏）。」

應伯爵當然說什麼也要把李桂姐逼出來。事實上，像李桂姐這樣的角色，也只有應伯爵這種比她更機巧，更厚臉皮的人才有辦法整治她。

西門慶吩咐玳安，放錦杌兒（沒有靠背的方形或圓形坐具）在上席，教他（桂姐）與喬大戶上酒。喬大戶倒忙欠身道：「倒不消勞動，還有列位尊親。」

西門慶道：「先從你喬大爹起。」

這桂姐於是輕搖羅袖，高捧金樽，遞喬大戶酒。

伯爵在旁說道：「喬上尊，你請坐，交他侍立（叫她站著侍候）。麗春院粉頭供唱遞酒是他的職分，休要慣了他。」

喬大戶道：「二老，此位姐兒乃是大官府令翠（梳籠的妓女），在下怎敢起動，使我坐起不安。」（第三十二回）

這個場面裡，有幾句話意味深遠。首先是喬大戶說的：「姐兒乃是大官府令翠，在下怎敢起動？」這話雖然說得客氣，但我相信李桂姐聽起來一定心驚膽跳的。李桂姐被西門慶梳籠，喬大戶連讓她倒酒都不敢，更別說將來有人敢請她陪睡覺。妓女做到這個分上，豈不關門大吉了。

伯爵道：「你老人家放心，他如今不做婊子了，見大人做了官，情願認做乾女兒了。」

那桂姐便臉紅了，說道：「汗邪了你，誰恁胡言！」……

伯爵接過來道：「還是哥做了官好，自古不怕官，只怕管。這回子連乾女兒也有了。到明日灑上些水，扭出汁兒來。」

被西門慶罵道：「你這賊狗才，單管這閒事胡說。」（第三十二回）

應伯爵的話充滿尖酸刻薄的譏諷。

他所謂「不怕官，只怕管」，指的是西門慶當了提刑所理刑，對於所轄妓院有管轄權，所以李桂姐才會來逢迎巴結當乾女兒。更精采的是下一句「灑上些水，扭出汁兒來。」這是一句非常隱晦的雙關語。汁兒諧音「姪兒」，因此翻譯起來是這樣的：「到明日大哥在李桂姐身上多灑些『水』，搞不好就扭出個『姪兒』來了。」這當然是嘲笑西門慶少不了還是要和乾女兒上床，搞不好將來也生出個「姪兒」來了。

這是為什麼西門慶會笑罵應伯爵賊狗才，還說他胡說的理由。

應伯爵是個圓滑世故聰明又愛促狹的傢伙。他算不上好人，也絕對缺乏正義感。但他憑藉機智說出來的許多快人快語，往往一針見血地戳破虛偽，直指荒謬的核心，很值得讀者為他拍拍手。

在修理李桂姐之餘，應伯爵還給吳銀兒出了一個「高瞻遠矚」的點子。應伯爵說：「我教與你個法兒，他認大娘做乾女，你到明日也買些禮來，卻認與六娘做乾女兒就是了。」

這話說得沒錯。比寵愛，在這個時刻，有誰比得過剛為西門慶生下兒子的李瓶兒呢？應伯爵接下來這句話更令人絕倒。他說：

「你和他都還是過世你花爹一條路上的人，各進其道就是了。我說的是不是？你也不消惱他。」

乾娘吳月娘和乾女兒李桂姐共用一個男人「西門慶」。李瓶兒和吳銀兒不是也一樣共用過「花子虛」嗎，論資格，有誰比妳更適合認李瓶兒當乾娘呢？至於「各進其道」其中的「道」字該如何說文解字，讀者大可自行發揮想像空間。

多虧應伯爵想得出來這種點子，我們讀到這裡，還真是有一種被他打敗了的感覺！

更令人跌破眼鏡的是，這個天馬行空的鬼點子，隔年元月，吳銀兒還真的照做了。

且說那日院中吳銀兒先送了四盒禮來，又是兩方銷金汗巾，一雙女鞋，送與李瓶兒上壽[17]（慶生），就拜乾女兒。月娘收了禮物，打發轎子回去。李桂姐只到次日才來，見吳銀兒在這裡，便悄悄問月娘：「他多咱（何時）來的？」

月娘如此這般告他說：「昨日送了禮來，拜認你六娘做乾女兒了。」李桂姐聽了，一聲兒沒言語。一日只和吳銀兒使性子，兩個不說話。（第四十二回）

李瓶兒生日宴會是政和七年元月十四日晚上——《金瓶梅》裡描寫的第三個元宵燈節期間。而李桂姐認吳月娘當乾娘是政和六年七月底的事，當時利用的就是「官兒」滿月的時機，一方面有節慶氣氛，另一方面慶賀的主題是「孩子滿月」，宴客的物件全是女眷，李桂姐才能有名正言順的理由上門演唱、慶賀。

由於受到「男女授受不親」的觀念影響，明朝宴客的規矩是很嚴格的。通常在正式的場合，女性賓客由女主人招待，男性賓客由男主人招待，男女是不同席的。因此，像李瓶兒生日宴會上這種清一色女賓的情況，西門慶就必須迴避了。事實上，也只有在這種女眷的宴席上，李桂姐才能以歌妓的身分出席。否則，以明朝官員不得嫖妓的禁令，李桂姐這樣的妓女身分是很難有理由進西門慶家的。這也是為什麼，吳銀兒雖然有心要認李瓶兒當乾娘，結果又拖到隔年元宵李瓶兒的生日宴客，才有了名正言順的機會。

這次元宵李瓶兒的「上壽」宴會上，應邀來表演的歌妓一共有四個人。分別是：韓玉釧兒、董嬌兒、李桂姐以及吳銀兒。和韓玉釧兒、董嬌兒打工賺錢心情不一樣的是，李桂姐和吳銀兒認了西門慶當乾爹之後，來唱歌、賀喜就只是免費服務，收不到錢了。更何況，放著元宵這種旺季的生意不做，跑來西門慶家「免費孝順父母」，以李桂姐、吳銀兒這種王牌名妓，當然是再

17 明人風氣，生日前一天晚上為壽星設酒祝賀，謂之「上壽」。

虧本不過了。因此，我們李桂姐在西門慶家連唱了兩日之後，宴會一結束，急急忙忙就要告辭。

但吳月娘顧慮到在外頭喝酒的西門慶回到家之後還想聽曲不放人，硬是要留李桂姐。李桂姐只好擡出家裡的鴇母當藉口：

「爹去吃酒，到多咱（何時）才來？俺們怎等的他！娘先教我和吳銀姐去罷。他兩個（韓玉釧、董嬌兒）今日才來，俺們來了兩日，媽在家還不知怎麼盼望。」

大家想想，兩個乾女兒來了兩天，連跟乾爹說聲再見都不肯就急著要走？難怪吳月娘聽了不悅。怎麼了，沒領錢的急著要走，領錢的就得留下來？這樣的乾女兒還有什麼意思呢。口口聲聲媽在家裡不知怎麼盼望？聽起來更是氣人。家裡的鴇母是「媽」，這裡的乾娘不是「媽」？怎麼才來了兩天，就急成這樣？誰不知道說穿了還是「錢」在作祟。難怪吳月娘不悅地冒出：

「可可的就是（就算是）你媽盼望，這一夜兒等不的？」

沒多久，西門慶喝酒回來了。他才不管這麼多，讓四個人又唱了一會兒。

唱畢，西門慶與了韓玉釧、董嬌兒兩個唱錢，拜辭出門。

（西門慶說：）「留李桂姐、吳銀兒兩個，這裡歇吧。」（第四十四回）

西門慶放走韓玉釧和董嬌兒，主要是考慮到她們兩人是妓女，留宿顯然不宜。但李桂姐和吳銀兒有乾女兒的身分，情況不同。這當然和李桂姐想的正好相反。書上雖然沒形容李桂姐和吳銀兒的表情。可是我相信光是看到西門慶給韓玉釧、董嬌兒錢，這兩個心裡應該大受刺激了吧，更何況還被留下來過夜。想來兩人臉上的表情一定萬紫千紅。

我們不確切知道西門慶留宿這二個乾女兒是什麼打算。是故意刁難？熱情招待？還是另有打算？總之，到了晚上睡覺，情勢就變得有點曖昧了。

且說西門慶走到前邊李瓶兒房裡，只見李瓶兒和吳銀兒炕上做一處坐的，心中就要脫衣去睡。

李瓶兒道：「銀姐在這裡，沒地方兒安插你，且過一家兒罷。」

西門慶道：「怎的沒地方兒？你娘兒兩個在兩邊，等我在當中睡就是。」

李瓶兒便瞅他一眼兒道：「你就說下道兒（下流）去了。」

西門慶道：「我如今在那裡睡？」

李瓶兒道：「你過六姐（潘金蓮）那邊去睡一夜罷。」

西門慶坐了一回，起身說道：「也罷，也罷！省的我打攪你娘兒們，我過那邊屋裡睡去罷。」

（第四十四回）

應伯爵「到明日灑上些水，扭出汁兒來」的雙關語想來絕非空穴來風。西門慶跑到李瓶兒房間去，想要三P的意圖很明顯。吳銀兒本來就是妓女。無論想玩幾P應該是沒有問題的。重點在於李瓶兒。如果李瓶兒還是嫁給西門慶之前那個蕩婦李瓶兒的話，那麼西門慶的企圖應該是可以得逞的，那我們搞不好會得到一章比〈潘金蓮醉鬧葡萄架〉更經典的情色文學。可惜李瓶兒現在已經變成了一個道地的母親。**要消滅一個女人的性慾，再也沒有比把她變成母親，**

並且讓她照顧小孩更強而有力的辦法了。西門慶這個朦朧的慾望很明顯地在「母親」李瓶兒的面前踢到了鐵板。

對我來說，「西門慶坐了一回」這樣的句子，實在是充滿想像力的。那時候，他到底都在想些什麼呢？

唉，看來想和李瓶兒、吳銀兒一起玩三P是沒指望了。如果她們不行的話，李桂姐應該也不錯。對了，李桂姐今夜睡在哪裡呢……啊，她應該是睡在李嬌兒房間裡。李嬌兒妓院出身，要做什麼應該都沒有問題才對。可是如果上了年輕貌美的李桂姐，還要附贈年老失修的李嬌兒的話……那個肥婆。嗯。我看算了。算了。

（這是最後連續兩個也罷，也罷真正的含意吧。）

也罷，也罷。於是，西門慶決定讓自己變成天上掉下來的禮物，移駕到潘金蓮的房間去過夜了。

在西門慶離開之後，李瓶兒和吳銀兒之間的women,s talk是這樣的：

吳銀兒笑道：「娘有了哥兒，和爹自在覺兒也不得睡一個兒。爹幾日來這屋裡走一遭兒？」

李瓶兒道：「他也不論，遇著一遭也不可知，兩遭也不可知。常進屋裡，為這孩子，來看不打緊，教（別）人把肚子也氣破了……誰和他有什麼大閒事？寧可他不管我這裡還好。第二日叫人眉兒眼兒（看人眼色），只說俺們把攔漢子（霸佔男人）。像剛才到這屋裡，我就攛掇他出去。」……

吳銀兒道：「娘，也罷，你看爹的面上，你守著哥兒慢慢過，到那裡是那裡。」（第四十四回）

教人把肚子也氣破了指的是在她生下官兒之後，包括潘金蓮在內許多人在明處暗處的找碴、嫉妒。這段母女的對話，可算是整片浮華熱浪中，少見的真情流露了。但這段對話也讓我們驀然驚覺，雖然李瓶兒表面看來非常風光，可是私底下她的處境卻也是處處為難的。這又是《金瓶梅》從一片熱鬧浮華中，忽然掀開來的一個陰暗的角落。讓我們看到，原來歡宴、煙火、歌聲、慶賀……都只是浮面的表象。在這層表象底下埋伏著的嫉妒、仇恨與傷害種種，是不可能因為這些浮淺的喧囂而有任何動搖的。

◈

又過了一個晚上後，妓院耐不住，又派了李桂姐家保兒，吳銀兒家蠟梅叫了轎子來接人。

那李桂姐聽見保兒來，慌的走到門外，和保兒兩個悄悄說了半日話。竟到上房告辭要回家去。

（第四十五回）

作者描寫李桂姐的神色耐人尋味。這種筆法寫來雖然隱隱約約，但卻有一種撩人的氣氛，我們雖然不知道到底發生了什麼事，不過光是從保兒、李桂姐慌張的神色，十之八九也猜得出來，應該是有個重要的客戶在家裡等她，等得不耐煩了吧！

（否則，少了西門慶這個金主，她還能怎麼辦？）

李桂姐走了，吳月娘問吳銀兒：「你家蠟梅接你來了。李家桂兒家去了，你莫不也要家去了罷？」

吳銀兒說：「娘既留我，我又家去，顯的不識敬重了。」

於是吳銀兒又多留了一天。和李桂姐相形之下，吳銀兒明顯地少了那麼一點囂張、傲氣。這固然是因為吳銀兒新來乍到，不像李桂姐和西門慶有著深厚的床笫關係，但更重要的是，李桂姐才十多歲，年輕貌美，這些條件是吳銀兒無論如何比不上的。李桂姐當然很清楚地知道自己未來的前途（或者應說錢途）不在西門慶家，而在妓院裡。「認乾娘」這件事，說得更明白一點，只是處理和西門慶分手的過程。畢竟西門慶已經是過去式了，而她的前程還在未來。

和李桂姐相比，吳銀兒乍看下似乎多了一點「真情流露」。但別忘了，所有的這些「真情流露」，全是李瓶兒一面倒地向吳銀兒傾訴的。吳銀兒除了說些無關緊要的安慰話，並且多留一天外，我們看不出她到底有多少真情真意。吳銀兒之所以會這麼低姿態，只是妓女們因個別條件不同，採行的生存策略罷了。

但李瓶兒並不這樣想。或許她真的找不到任何可以傾訴內心話的對象了，才會寂寞到必須對一個認識沒幾天的陌生女人掏心掏肺。

斤斤計較的李桂姐一定沒盤算到，吳銀兒的乾娘顯然是富裕許多的。吳銀兒送給李瓶兒的禮物是「四盒禮，兩方銷金汗巾，一雙女鞋」。但吳銀兒要走時，李瓶兒回贈給她的禮物卻是「一套上色織金緞子衣服、兩方銷金汗巾兒，一兩銀子。」（整個戲班連唱二天戲也才得五兩的賞錢）。另外，李瓶兒又應吳銀兒的央求，送了她「重三十八兩的松江闊機尖素白綾[18]」。

這應該是在這波趨炎附勢的熱潮中，主客觀條件一路落後的吳銀兒，唯一比李桂姐多出來的斬獲。畢竟這是個靠著騙出男人的「真情真意」為生的行業。這樣的技巧拿來用在女人身上，似乎也完全合用。

2 性愛達人王六兒

王六兒是西門慶的夥計韓道國的老婆，也是繼宋蕙蓮之後，西門慶的下一位「性伴侶」。我們先來看看王六兒的老公韓道國好了。書上說他：

乃是破落戶（家道中衰）韓光頭的兒子……見在縣東街牛皮小巷居住。其人性本虛飄，言過其實，巧於詞色，善於言談。許人錢，如捉影捕風，騙人財，如探囊取物。自從西門慶家做了買賣，手裡財帛從容，新作了幾件虼蚤皮（華麗而輕浮的衣服），在街上掇著肩膊兒就搖擺起來。（第三十三回）

所謂的自從西門慶家做了買賣，指的就是絨線舖的買賣。在李瓶兒嫁入門之後，過去在獅子街住的舊房子一直空置著，這時正好派上用場。新招的夥計——韓道國是應伯爵介紹來的。至於韓道國的老婆王六兒，除了是「宰牲口王屠」的妹妹外，我們還知道她：

生的長挑身材，瓜子面皮，紫膛色，約二十八九年紀。身邊有個女孩兒，嫡親三口兒度日。他

18 三十八兩是整匹布的重量。指的是用闊機織造，尖山形斜綾地的白色素綾。松江生產的綾布，比蘇杭生產的等級還要高。

（韓道國）兄弟韓二，名二搗鬼，是個耍錢的搗子（光棍），在外另住。舊與這婦人有姦。趕韓道國不在家，鋪中上宿（店鋪裡值夜班），他便時常走來與婦人吃酒。到晚夕刮涎就不去了（厚臉皮不走了）。不想街坊有幾個浮浪子弟，見婦人搽脂抹粉，打扮的喬模喬樣，常在門首站立睃人，人略鬥他鬥兒，又臭又硬，就張致罵人。

（王六兒和韓二的姦情，後來被這群浮浪子弟告到官府去。這段精采的插曲，談應伯爵時我們會再提到。）

從這兩段描述我們注意到，首先，這對夫妻一出場，我們就已經知道他們不是什麼正經角色。再來，韓道國和王六兒是有自己住處的。

以明朝「男女授受不親」的規矩，西門慶和王六兒照說是八竿子也打不到一塊兒的。西門慶之所以「姘」上王六兒，純粹是因為蔡太師的管家翟謙妻下無子，央托西門慶在清河幫他找小妾傳宗接代。馮媽媽幫著西門慶三找四找，竟找上了韓道國的女兒韓愛姐，這才牽上線。

在前一天，當馮媽媽告訴西門慶找到了對象，問他幾時去相看時，西門慶還一副意興闌珊的樣子說：

「既是他（韓道國）應允了，我明日就過去看看罷。他（翟謙）那裡要的急，就對他（王六兒）說，休要他預備什麼，我只吃鍾清茶就起身。」

可是隔天，當西門慶到了韓道國家，當王六兒引著女兒韓愛姐出來拜見西門慶時，情況變成了「這西門慶且不看他女兒，不轉睛只看婦人」。可見西門慶和王六兒會有這段「天雷勾動地火」的外遇純屬意外。

《金瓶梅》讀到這裡，讀者對於西門慶色迷迷地盯著女人看這件事，大概早就見怪不怪了。不過，和當年西門慶被潘金蓮的叉竿打到，看到潘金蓮時的驚艷，書上形容的王六兒姿色實在是平凡得有點令人懷疑。

見他上穿著紫綾襖兒玄色緞金比甲，玉色裙子下邊顯著趫趫兩隻腳兒。生得長挑身材，紫膛色瓜子臉，描的水鬢長長的。（第三十七回）

根據這樣的形容，如果要在西門慶曾經染指過的眾美女中選拔出「最糟服裝造型」的話，王六兒這身打扮絕對進得了前三名。以明朝當時崇尚「小巧玲瓏」的美學標準而言，擁有像王六兒、孟玉樓這樣的「長䠷身材」，絕對算不上優點，更不用說「紫膛色的黑臉」了。唯一有點性暗示的是「顯著趫趫兩隻腳兒，還有描得長長的水鬢」。以嘴賤出名的潘金蓮，就曾批評過王六兒的姿色是：「大摔瓜長淫婦」、「大紫膛色黑淫婦」（第六十一回）。潘金蓮發飆罵人的話固然不能拿來當標準，可是王六兒長得又高又黑畢竟是客觀的事實。因此，當馮媽媽替西門慶拉皮條時，王六兒竟問馮媽媽：「他宅裡神道（神仙）相似的幾房娘子，他肯要俺這醜貨兒？」可見王六兒的姿色，不只當時一般人有意見，就連她自己也懷疑的。

然而，這樣的姿色，竟能讓西門慶「心搖目蕩，不能定止，口中不說，心中暗道：『原來韓道國有這一個婦人在家，怪不的前日那些人（指那些浮浪子弟）鬼混他。』」這就很令人覺得奇怪了，眾人以為不美的，竟被西門慶驚為天人。到底是眾人眼睛瞎了，還是西門慶眼睛瞎了？

要回答這個問題，必須先從當時的審美標準說起。須知，明代是個把女人肉體包得密不透風的保守年代，「精神」美學仍主導著整個中國的時尚概念，講究的是溫柔、婉約、細緻、柔弱、神韻……長得又高又黑的王六兒在那樣的標準之下當然算不上美女。但如果讓當代的影視製作人、導演、服裝設計師從《金瓶梅》裡面的眾美女票選出最漂亮的名模或明星的話，我相信，以王六兒的長眺身材以及深色的健康肌膚，脫穎而出的機會應該是比在明朝高很多的。換句話說，所謂的審美標準，隨著時代其實是一直在改變的。

到了今天，這種高眺、性感的女人到底算不算美女，已經沒有什麼好爭議的了。我想，就算在古代，男人碰見像「王六兒」這樣的性感女人，多少也會像西門慶一樣，被「電」得有一點「心搖目蕩，不能定止」吧。然而我們主流的古典文化卻一直壓抑這種美學標準，以至於讀者在讀著王六兒時，感受到的完全是一派「大摔瓜長淫婦」、「大紫膛色黑淫婦」又拙又醜的潘金蓮式觀點。

類似對肉體視而不見，甚至是壓抑的美學觀點在中國其他古典小說，詩詞歌賦中可說是普遍而一致的。文人雅士一面倒地歌頌纖弱、細緻的美女，卻很少有什麼歌頌「高眺」、「性感」美女的詩篇。

藉由西門慶的選擇，我想，蘭陵笑笑生想表達的應該是：「誰說像王六兒這樣的女人，不能算是美女呢？」

就像西門慶見到「王六兒」時被電得「心搖目蕩，不能定止」一樣，這個對於四百年前來說，既「前衛」又「叛逆」的審美標準，也讓我們讀來有種「觸電」似的驚艷。

有了潘金蓮、李瓶兒、宋蕙蓮那麼驚心動魄的偷情經驗之後，西門慶這次和王六兒勾搭，變得精準無比。接下來的情節無聊到簡直不能算是情節：西門慶讓馮媽媽去找王六兒拉皮條，王六兒答應，於是西門慶再度光顧，事情就成了。

在《金瓶梅》中，王六兒被安排成為一個近乎「性愛達人」的角色。她和西門慶在一起的場面，除了性愛以外，還是性愛，鹹濕的程度，百分之百是hard core等級。王六兒年輕、健康、高䠷，樂於享受性愛，並且勇於做各種嘗試。從淫器、口交、肛交、SM（性虐待，用香燒身體）、春藥……一概生冷不忌。不但如此，王六兒在床笫之間格外溫柔體貼，屈意順從的功力可說獨步《金瓶梅》眾美女。她在翻雲覆雨時，會諂媚地討好西門慶說：

「達達，我只怕你蹲的腿酸，拿過枕頭來，你墊著坐，等我淫婦自家動罷。」或者，「只怕你不自在，你把淫婦腿吊著合，你看好不好？」（第三十八回）

甚至在西門慶發神經要玩SM，拿香燒王六兒，她也會無怨無悔地說：

「我的親達，你要燒淫婦，隨你心裡揀著那塊只顧燒，淫婦不敢攔你。左右淫婦的身子屬了你，顧的那些兒了。」（第六十一回）

西門慶在王六兒身上的性愛經驗幾乎是前所未有的，難怪西門慶會被她搞得意亂情迷，直呼：

「王六兒，我的兒，你達不知心裡怎的，只好這一樁兒，不想今日遇你，正可我之意。我和你明日生死難開。」（第三十八回）

仔細比較一下，這次西門慶勾搭王六兒的過程很接近當年的「潘金蓮」模式，只是王婆換成了馮媽媽，潘金蓮換成了王六兒而已。這時的西門慶已經熟練偷腥過程的SOP（standard operation procedure，標準作業流程），不再是那個在茶坊前踅來踅去，羞於對王婆開口的「菜鳥」了。

不但如此，追究一下成本費用的話，我們會發現，這次西門慶把王六兒弄上床，只用了五兩銀子。（馮媽媽一兩，給王六兒買一個婢女四兩。）五兩固然不算小錢，但比起當年西門慶給王婆一出手就是十兩的小費，或者梳籠李桂姐的五十兩外加上每月的二十兩包養費用，甚至是勾搭潘金蓮、宋蕙蓮動輒鬧人命或興冤獄的做法，五兩的花費顯然是便宜又實惠的。

這筆帳目讓我們發現，原來外遇是會讓男人有所成長的，透過經驗與教訓，他們會一次比一次更熟練，考慮更周詳，冒的風險更小，付出的代價更低。

蘇格蘭經濟學家亞當．史密斯（Adam Smith）在《國富論》的第一章，開宗明義就講分工論。他認為「分工」是提高生產力最重要的方法（生產力增加，商品的成本當然也就降低了）。史密斯舉的例子是：一根別針的製造，需要有一個男人把鐵絲弄長，另一個人把它取直，第三個人把它切斷，第四個人磨尖，第五個人需將鐵絲頂端磨光滑。如果把這項工作分成十八道工序來幹，一天可製作四萬八千根別針，但是如果是一個人來做這項工作的話，一天別說做二十根了，恐怕一根也做不出來。

同樣的，如果把女人的功能，諸如：交誼、靈魂伴侶、性生活、交際應酬的外交身分、生育照顧小孩、家庭生活管理、飲食烹飪……都集中在同一個女人身上，這樣的女人需要的代價也必然十分昂貴。但這些功能，如果能分別由不同的女人來承擔的話，所必須付出的總體成本一定低很多。不但如此，常識也告訴我們，「多功能一機」的商品個別功能表現往往不如「單功能」商品，也更容易故障。對照在女人身上似乎也不違背。

（或許有人覺得：女人是不應該和商品相提並論的。但在西門慶存活的時代裡，女人的地位和可買賣的商品間差別並沒有太大。）

藉著更便宜又有效率的仲介者（從王婆的十兩到馮婆的一兩），以及更精密的「分工」思惟（多功能的潘金蓮到單功能的王六兒），西門慶不斷地在用更低的成本，從女人身上獲取更強大功能，他不但比史密斯還要早兩百年就有了「分工」的思想，連找女人這件事都能如此淋漓盡致地發揮，這種天生的商人腦袋與細胞，也算教人歎為觀止了。

我們曾說過，讀者可以把宋金蓮（蕙蓮）當成「潘金蓮變奏曲」的來欣賞。

潘金蓮在娘家排行老六，是個道地的「潘六兒」。因此，從字面上來解讀，「王六兒」很顯然的也是「潘六兒」的變奏曲。有趣的是，順著這個理路想下來，我們會發現，不管是1潘金蓮，2宋蕙蓮，3王六兒，在她們和西門慶發生關係時，都夾雜著現任老公，也就是說，「西門慶——潘金蓮——武大」這個三角關係的原型，構成了這些故事的共同核心命題。

簡單做個比較的話，我們會發現：

在第一組「西門慶——潘金蓮——武大」三角習題中，最終是西門慶和潘金蓮聯手謀殺掉了武大，得到了新的平衡：

西門慶——潘金蓮——武大

而在第二組「西門慶——宋蕙蓮——來旺」三角變奏中，角力的結果則是宋蕙蓮上吊自殺，來旺流放。於是故事從紛亂中，又得到了一個破碎的新平衡：

西門慶——宋蕙蓮——來旺

用這種聆聽「潘金蓮變奏曲」的角度來欣賞宋蕙蓮、或者是王六兒的故事時，我們會發現《金瓶梅》在解答這些習題時，每次的答案總和過去不太一樣。以致到了「西門慶——王六兒——韓道國」這個故事時，我們讀得戰戰兢兢的，擔心不知這次又會是誰死掉了？

前兩次的三角習題，情節的高潮都落在那個不知情老公回來之後，發現了真相。不過到了這次第三組的三角習題，在韓道國完成了送女兒去京城嫁給翟管家的任務，回來之後，作者卻給了我們一個意想不到的驚喜：

老婆如此這般，把西門慶勾搭之事，告訴一遍，「自從你去了，（西門慶）來行走了三四遭，才使四兩銀子買了這個丫頭。但來一遭，帶一二兩銀子來……大官人見不方便，許了要替我每大街上買一所房子，叫咱搬到那裡住去。」

韓道國道：「嗔道他頭裡（難怪西門慶剛剛）不受這銀子（翟管家送韓道國的五十兩銀兩），教我拿回來休要花了，原來就是這些話了。」（第三十八回）

聽了王六兒的話，韓道國似乎很高興，一點也不懷疑西門慶為什麼要對王六兒那麼好？但王六兒的意思隱隱約約的，我們不知道王六兒和西門慶的事韓道國到底知道多少。

婦人道：「這不是有了五十兩銀子，他到明日，一定與咱多添幾兩銀子，看所好房兒。也是我輸了身一場，且落（撈）他些好供給穿戴。」

韓道國道：「等我明日往鋪子裡去了，他若來時，你只推我不知道，休要怠慢了他，凡事奉承他些兒。如今好容易撰錢，怎麼趕的這個道路！」

老婆笑道：「賊強人，倒路死的！你到會吃自在飯兒，你還不知老娘怎樣受苦哩！」兩個又笑了一回，打發他吃了晚飯，夫妻收拾歇下。到天明，韓道國宅裡討了鑰匙，開鋪子去了，與了老馮一兩銀子謝他。（第三十八回）

這個驚喜最大之處在於：原來韓道國是心裡有數的。不但如此，他還把老婆和西門慶的關係當成「事業」對待，不但不生氣，反而還主動配合，該消失時就消失，絕不囉嗦。更誇張的是，王六兒竟然還跟韓道國撒嬌：「你還不知老娘怎樣受苦哩！」

（在見識到了西門慶的那些「性愛奇觀」之後，這句話更是讓我們會心一笑。）

王六兒能對韓道國這樣撒嬌，表示兩人之間還算是有點真實感情的，可是這樣的情感，竟然完全讓位給「金錢至上」的邏輯。這是最叫人瞠目結舌的地方了。

回到「西門慶——王六兒——韓道國」這個三角習題，「王六兒——韓道國」這一端，由於夫妻兩人堅強的賺錢決心，顯得相對穩定。所以當西門慶準備打發韓道國和來保一起到揚州支鹽時（第五十回），王六兒甚至明目張膽地告訴西門慶：

「好達達[19]，隨你交他那裡，只顧去，留著王八在家裡做什麼？」

歷史經驗顯示，「好達達」可以提供給女人的禮物，隨著資源的稀有性貴重的依序是「權力」>「名份」>「金錢」。相對過去潘金蓮對於「權力」、或者宋蕙蓮對於「名份」的需索無度，王六兒需要的只是數量有限的「金錢」。從這個角度看來，西門慶要維持和王六兒的關係費的只是吹灰之力，「西門慶——王六兒」這一端的關係相對比「西門慶——潘金蓮」或「西門慶——宋蕙蓮」的關係來得還要穩定許多。

因此，在金錢的介入之下，出乎意料的，這組「西門慶——王六兒——韓道國」的三角習題，最後的平衡竟然還是：

西門慶——王六兒——韓道國

如果要更精確一點表達這個新的平衡的話，應該是：

西門慶$王六兒$韓道國

和過去潘金蓮、宋蕙蓮的三角關係裡，不管愛恨情仇，三角關係裡面每一個的情感都是真實的。然而在王六兒這個看似穩定的三角關係中，和諧其實只是虛假的表層，因為它是靠著底層看不見的「金錢關係」所建構出來。

我在閱讀王六兒的故事時，驚訝地發現《金瓶梅》在乎的主題和馬克思對於資本主義的批判竟有一種可怕的相似。不信的話，只要試著把馬克思關於「異化勞動」說明的句子中「勞動」改成「性愛」，「工人」改成「王六兒」（就如同括弧裡面所寫的一樣），讀者很容易就會發現，原來異化勞動的理論，用在王六兒與西門慶的關係上，是完全說得通的。

我們來看看馬克思說了什麼：

「勞動（性愛）對工人（王六兒）來說是外在的東西，也就是說，不屬於他的本質；因此，他在自己的勞動（性愛）中不是肯定自己，而是否定自己，不是感到幸福，而是感到不幸。不是自由地發揮自己的體力和智力，而是使自己的肉體受折磨、精神遭摧殘。」（為了不妨礙大家的閱讀樂趣，我不想對「異化勞動」論[20]著墨太多，有興趣的讀者可以閱讀相關的註腳。）

明朝中葉以後是資本主義在中國才開始萌芽的階段。然而，金錢所帶來的並非全然的美好。它使人失去真正的情感，失去自我，甚至反過來被金錢、物慾支配的異化現象以及思考，歐洲要等到十九世紀，馬克思才在《一八四四年經濟學哲學手稿》提出來。不過同樣的現象，在二、三百年前就已經出版的《金瓶梅》裡，早就嘲諷過了。

這樣的諷刺，幾乎遍佈整本《金瓶梅》，我們隨手就可以舉出許多例子。

就以馮媽媽的插曲來說好了，這個幫西門慶拉皮條的馮媽媽原來是李瓶兒的奶娘，也是李瓶兒的心腹。但在李瓶兒嫁給西門慶之後，她被派去看守獅子街的舊房子。因此，除了偶爾回來探望李瓶兒、幫忙清洗一些衣物之外，她其實是很清閒的。不過自從牽扯上王六兒這件差事後，西門慶每次光顧，一出手總是一、二兩銀子小費。（須知西門慶家的資深店舖主管傅二叔一個月

19 枕席間女對男的暱稱，源於蒙古語，亦作為父親的別稱，今中國北方仍有人以此稱呼父親。

20 異化本來含義是指人的創造物同創造者脫離，不但擺脫了人的控制，並且反過來支配人、成為與人對立的異己力量。馬克思認為，在資本主義社會中，工人創造了財富，而財富卻為資本家所佔有並使工人受其支配，因此，財富、財富的佔有以及工人勞動本身皆異化成為統治工人的、與工人敵對的異己力量，這就是勞動異化。這種異化勞動的表現是：一、勞動者與他的勞動產品相異化；二、勞動者與勞動活動本身相異化；三、勞動者和自己的類生活即類本質相異化；四、人與人相異化。

薪水也不過二兩而已）。於是我們看到馮媽媽整天在王六兒這裡幫忙，李瓶兒那裡也不去了。

一日，畫童兒撞見婆子，叫了來家。李瓶兒說道：

「媽媽子成日影兒不見，幹的什麼貓兒頭（逢迎奔走）差事？叫了一遍，只是不在，通不來這裡走走兒，忙的恁樣兒的！丟下好些衣裳帶孩子被褥，等你來幫著丫頭們拆洗拆洗，再不見來了。」

大家應該看出蘭陵笑笑生不願輕易放過譏諷是什麼了。以下我原文抄錄這段馮媽媽的回應，供大家冷眼笑讀。不知道在馮媽媽這段貪婪、愚蠢又破綻百出的小人物式謊言裡，大家讀到作者那種無處不在的悲憤與歎息了嗎？

婆子（馮媽媽）道：「我的奶奶，你到說得且是好，寫字的拿逃軍，我如今一身故事兒哩（寫書的人捉逃兵，人沒抓到故事倒有一堆。）……你惱我，可知心裡急急的要來，再轉不到這裡來，我也不知成日幹的什麼事兒哩。後邊大娘（吳月娘）從那時與了銀子，教我門外頭替他捎個拜佛的蒲甸（蒲草編的坐墊）兒來，我只要忘了。昨日甫能（好不容易）想起來，賣蒲甸的賊蠻奴才又去了，我怎的回他？……」（第三十七回）

貪婪的人性、異化的情感、滿嘴的謊言……唉。人啊人，多麼脆弱的動物。

整本一百回的《金瓶梅》中，光是上元燈節就被描寫了四次，內容跨越了十六個回目，龐大的篇幅讓我們感覺到《金瓶梅》的作者對於燈節的熱鬧有種幾近迷戀的情結。政和七年元宵——吳銀兒認李瓶兒當乾娘的這個燈節，也是西門慶加官求子之後的第一個上元節——是《金瓶梅》中關於燈節的第三次描寫。為了展現西門慶家歡慶的氣氛，書中描寫的篇幅，以及熱鬧的氣氛，更是前所未有。

元月十四日，西門慶宴請清河地區眾官員的女眷，我們說過，明代男女分席的慣例，女眷必須由女主人出面招待，西門慶正好乘機到獅子街房子去溜達。

單表西門慶打發堂客上了茶，就騎馬約下應伯爵、謝希大，往獅子街房裡去了。吩咐四架烟火，拿一架那裡去。晚夕，堂客跟前放兩架。旋叫了個廚子，家下擡了兩食盒下飯菜蔬，兩壇金華酒去，又叫了兩個唱的——董嬌兒、韓玉釧兒。原來西門慶已先使玳安雇轎子，請王六兒同往獅子街房裡去。（第四十二回）

獅子街這棟房子是當年李瓶兒賣掉位於西門慶隔壁的舊房子之後，花了二百五十兩銀子新買的房子，在嫁入西門慶家之後，這棟房子當然也就成了西門慶的財產。這棟位於清河縣鬧區獅子街的房子，正好緊臨燈市中心。《金瓶梅》四次描寫燈節，獅子街的場面幾乎都扮演了很關鍵的角色。

我們暫且停下來，回顧一下前二次的燈節。

第一次政和五年的燈節是西門慶和李瓶兒正打得火熱的時候。那時花子虛才過世，趁著潘金蓮生日（元月初九），李瓶兒大送禮物、籠絡西門慶家的妻妾。吳月娘、李嬌兒、孟玉樓、潘金蓮這些妻妾們全趁著李瓶兒生日（元月十五），連袂到獅子街李瓶兒新買的房子來看燈，並且為李瓶兒賀壽。

第二次政和六年的燈節是西門慶和宋蕙蓮勾搭時。當時潘金蓮、孟玉樓、李瓶兒、宋蕙蓮、陳敬濟帶著一群奴僕、家人，還有一群男女意氣風發地一起逛燈市、走百媚，來到獅子街。當時宋蕙蓮心機十足利用自己的性感小腳挑逗陳敬濟，挾怨報復潘金蓮，惹出後來許多事端。

報章雜誌常常喜歡拿出「忘年會」時舞臺上的合照，依合照中主管出現與否、或者是所站的位置，來判斷他在老闆心中受到重視，或可能竄紅的速度。此外，媒體也喜歡依年終獎金的多少、宴會規模及熱鬧的程度，來判斷公司領導人對公司的認同與企圖心。用這個觀點來看前二次上元燈節獅子街的場面，我們注意到，在第一次燈節裡，除了孫雪娥之外，幾乎是全員到齊的。但是在第二次燈節的畫面中，吳月娘、舊人黨的李嬌兒、孫雪娥已經完全被排除在外了。換句話說，如果把《金瓶梅》中對於獅子街燈節的場面描寫，當成每一年公司「忘年會」的合照來看的話，我們會發現，在《金瓶梅》四次關於獅子街燈節的描寫，也很微妙地反映出了整個《金瓶梅》的核心人物，以及更深層的內在情感。

這些關於燈節熱熱鬧鬧的描寫，初讀時或許只覺得稀鬆平常，但在物換星移的種種轉變之後，我們開始讀出一種世事無常的心情，就如同崔護在〈題都城南莊〉這首詩裡所寫的：

去年今日此門中，人面桃花相映紅，人面不知何處去，桃花依舊笑春風。

一年又一年過去了，同樣的燈市、煙火是「桃花依舊笑春風」的熱鬧，但是人事變化、心境的轉移，卻是「人面不知何處去」的感歎。

無疑地，在這次燈節裡，最「夯」的角色莫過王六兒了。照說，西門慶得官生子，財富興旺，描寫獅子街燈節的規模應該更熱鬧才是。可是很反常地，這次的描寫西門慶的妻妾們也全從畫面裡面消失了。在這獅子街房子召開的派對中，除了應伯爵、謝希大、韓道國外，還有應召來彈唱的妓女董嬌兒、韓玉釧兒以及王六兒。

這樣的名單，別說我們覺得奇怪，連受邀的王六兒自己都覺得詫異。

玳安見婦人道：「爹說請韓大嬸，那裡晚夕看放烟火。」

婦人笑道：「我羞剌剌，怎麼好去的，你韓大叔知道不嗔？」

玳安道：「爹對韓大叔說了，教你老人家快收拾哩。因叫了兩個唱的，沒人陪他。」那婦人聽了，還不動身。一回，只見韓道國來家。玳安道：「這不是韓大叔來了。韓大嬸在這裡，不信我說哩。」

婦人向他漢子說：「真個教我去？」

韓道國道：「老爹再三說，兩個唱的沒人陪他，請你過去，晚夕就看放烟火。你還不收拾哩！剛才教我把舖子（獅子街的房子，現在改成絨線舖店面）也收了，就晚夕一搭兒裡坐坐……」

婦人道：「不知多咱（多久）才散，你到那裡坐回就來罷，家裡沒人，你又不該上宿。」

（四十二回）

不明就裡的人一定覺得西門慶這個派對的脈絡完全亂無章法。照說，應伯爵、謝希大是吃飯喝酒的老班底，找他們來沒有什麼問題。至於韓道國就有點奇怪了。如果一定要說西門慶想和公司的夥計一起喝酒賞燈，應該連傅夥計、賁四這些資深夥計也一起邀請啊？更奇怪的是韓道國的老婆王六兒也被邀請了。這就更不合邏輯了。

西門慶邀請王六兒的理由是：「因叫了兩個唱的，沒人陪他。」這裡的「他」一說是指西門慶，但我覺得不合理。要陪西門慶聽唱曲，應伯爵加上謝希大就足足有餘，何必再添上王六兒？因此這個陪「他」的「他」，指的應是陪這些人——明代有禁令，官員不得嫖妓，因此如果王六兒在場，至少可以做個幌子，表示有女眷在，董嬌兒、韓玉釧兒是以歌手的身分出席，並非男性嫖妓。

總之，西門慶這個醉翁之意不在酒，也不在妓女——而是為了讓王六兒一個人陪他喝酒、聽音樂、賞燈外加上床，但受限於種種考慮，只好找來這麼一堆人當藉口。

我們注意到王六兒一開始是不相信，自卑地說自己：「我羞剌剌，怎麼好去的」，在韓道國說明理由之後，變成有點驚喜地問：「真個叫我去？」彷彿不敢相信自己竟如此受擡舉似的。最後在韓道國再三說明下，她終於也明白到底怎麼一回事，才上道地告訴韓道國：「不知多咱才散，你到那裡坐回就來罷，家裡沒人，你又不該上宿。」

好笑的是，王六兒是西門慶新姘上的情婦，這些西門慶、王六兒、韓道國（還包括了玳安）心裡有數的事情，派對裡其他人是完全不知情的。

我們來看看兩個妓女到了獅子樓的房子裡的反應。

只見兩個唱的門首下了轎子，擡轎的提著衣裳包兒，笑進來。伯爵在（樓上）窗裡看見，說道：「兩個小淫婦兒，這咱才來。」吩咐玳安：「且別教他往後邊去，先叫他樓上來見我。」

希大道：「今日叫的是那兩個？」

玳安道：「是董嬌兒、韓玉釧兒。」忙下樓說道：「應二爹叫你說話。」兩個那裡肯來，一直往後走了。（第四十二回）

獅子街的房子是一棟三進的房子（「日」字形），臨街第一進是二層的樓房。這時候，陪著西門慶在二樓吃飯喝酒的應伯爵看兩個妓女走進來，大聲呼喚要兩個妓女上樓，但兩個妓女並不理會應伯爵，走到房子第二進的客廳裡去。

兩個妓女不就是來唱歌陪酒的嗎？為什麼不理會應伯爵的呼喚上樓，反而一直往裡面走呢？別忘了這是過年期間。以西門慶的官員身分，在如此公開的場合，加上上元的燈節氣氛，顯然兩個妓女一開始一定以為：她們是被請來為「大家」唱歌助興（至少是有女眷，合法的場合），而不是來陪男人喝酒的。沒想到遇見了這個愛捉弄人的超級大幫閒應伯爵——在還沒搞清楚怎麼一回事之前，還是少理他為妙。

兩個妓女走進第二進房子的客廳之後，情況顯然有點出乎她們的意料之外。她們遇見了坐在那裡等著的王六兒。

（怎麼會有這個女的？她看起來像僕人，可是為什麼又坐在那裡像個客人？）

（董嬌兒、韓玉釧兒）見了一丈青（來昭妻，和來昭負責看守房子。），拜了，引他入房中，看見王六兒頭上戴著時樣（時尚）扭心髮髻兒，身上穿紫潞紬襖兒，玄色皮襖兒，白挑線絹裙子，下邊露兩隻金蓮，拖的水鬢長長的，紫膛色，不十分搽鉛粉，學個中人（薛嫂這類的仲介）打扮，耳邊帶著丁香兒。進門只望著他拜了一拜，都在炕邊頭坐了……兩個唱的，上上下下把眼只看他身上。看一回，兩個笑一回，更不知是什麼人。落後，玳安進來，兩個悄悄問他道：「房中那一位是誰？」

玳安沒的回答，只說是：「俺爹大姨人家（太太的姐妹），接來看燈的。」兩個聽的，從新到房中說道：「俺每頭裡（我們剛剛）不知是大姨，沒曾見的禮，休怪。」於是插燭磕了兩個頭。慌的王六兒連忙還下半禮。落後，擺上湯飯來，陪著同吃。兩個拿樂器，又唱與王六兒聽。（第四十二回）

也許讀者要問：王六兒既然來了，為什麼一個人坐在第二進屋子的客廳裡，不去和西門慶他們一起喝酒呢？

現在看起來這固然有點奇怪，但只要想起當時「男女授受不親」的氛圍，就不難理解，王六兒的老公韓道國還沒到。她做為一個「良家婦女」，當然不能自己一個人公開地和一桌子的男人喝酒。

兩個完全在狀況外的妓女見到王六兒，當然比我們更摸不著頭緒。首先，沒有什麼大型宴會，也沒有什麼女眷。再來，兩個妓女搞不清楚王六兒是誰，又不好意思隨便亂問，只能「上上下下把眼只看他身上」。

可以想見的是，在兩個妓女的眼中，王六兒的穿著打扮顯然不入時也不出色，因此，完全沒想到她會是今天的「最佳女主角」。也正因為這樣「看一回，兩人笑一回」的輕蔑，在從玳安處得知她是西門慶的親戚之後（謊言），態度立刻又一百八十度轉變，急忙道歉，還主動拿樂器，唱歌給王六兒聽。

最可笑的是，她們三個人真的就這樣有模有樣地開起音樂會來了。

在認識西門慶之前，王六兒大概從來沒有什麼聽歌的閒情逸致和修養吧？兩個妓女甚至想破頭了大概也還搞不清楚為什麼要唱歌給這個女人聽？

想像一下這個荒謬的畫面——唱的人不知道到底唱給誰聽，聽的人也不知道自己為什麼要坐在這裡聽歌。唱出來的歌曲就這麼無由地在空氣中飄來飄去。

當然，最機伶的還是應伯爵了。

> 伯爵打了雙陸，下樓來小解淨手，聽見後邊唱，點手兒叫玳安，問道：「你告我說，兩個唱的在後邊唱與誰聽？」
>
> 玳安只是笑，不做聲，說道：「你老人家曹州[21]兵備——管事寬。唱不唱，管他怎的？」
>
> 伯爵道：「好賊小油嘴，你不說，愁我不知道？」
>
> 玳安笑道：「你老人家知道罷了，又問怎的？」說畢，一直往後走了。（第四十二回）

21 曹州兵備道，位於山東西部、西靠河南，南臨江南。因此管的地方特別多。

這場派對，在樓上喝酒賞燈的喝酒賞燈，樓下聽曲的聽曲。直到王六兒的老公韓道國到場了，兩邊人馬才終於湊在一起開始在臨街的二樓吃飯彈唱。

儘管一頓飯吃下來「名不正言不順」的感覺揮之不去，但西門慶如此把大家湊在一起的苦心應該也算絕無僅有了。韓道國是王六兒出席的幌子，王六兒是妓女出席的幌子。應伯爵、謝希大全成了西門慶和王六兒偷情的幌子。

總之，吃完了元宵飯之後，韓道國推說有事，很識相地告辭回家了。

西門慶命來昭打開樓下房間，掛上簾子，讓兩個歌妓和王六兒坐在樓下，自己則和男士們到樓上坐定位置。（果然老公一走，男女有別的分寸還是得拿捏的。）接下來由來昭和玳安負責把烟火架到門前街心去，開始燃放煙火，掀起這個晚上的高潮。

一丈五高花樁，四圍下山棚熱鬧。最高處一隻仙鶴，口裡啣著一封丹書，乃是一枝起火，一道寒光，直鑽透斗牛邊。然後，正當中一個西瓜砲迸開……

（第四十二回這場煙火秀很值得讀者去翻原典來讀。篇幅的緣故不再引了。）

煙火之後，識趣的應伯爵最先不告而別了。

應伯爵見西門慶有酒了，剛看罷烟火下樓來，因見王六兒在這裡，推小淨手，拉著謝希大、祝實念，也不辭西門慶就走了。

玳安便道：「二爹那裡去？」

伯爵向他耳邊說道：「傻孩子，我頭裡說的那本帳，我若不起身，別人也只顧坐著，顯的就不趣了。等你爹問，你只說俺每都跑了。」（第四十二回）

緊接著這群男人之後，是樂工，然後是兩個唱歌的妓女拜辭出門。西門慶吩咐僕人收拾妥當，熄滅了燈燭，往後邊第三層房裡去了。

至此，燈節的故事結束了嗎？

才開始呢，最後這精采的一段。作者透過來昭、一丈青這個小孩子的眼睛，所看到的事情，揭開了西門慶真正的目的：

不防他（小鐵棍兒，來昭的兒子）走在後邊院子裡頑耍，只聽正面房子裡笑聲，只說唱的還沒去哩，見房門關著，就在門縫裡張看，見房裡掌著燈燭。原來西門慶和王六兒兩個，在床沿子上行房。西門慶已有酒的人，把老婆倒按在床沿上，褪去小衣，那話上使著托子（銀托子，淫具）幹後庭花（肛交）。一進一退往來捔打，何止數百回，捔打的連聲响亮，其喘息之聲，往來之勢，猶賽折床一般，無處不聽見……（第四十二回）

相對於孩童眼神裡的天真稚潔，門縫裡那一幕幕不可告人的畫面，無疑是真實又令人心痛的嘲諷。整個美好的燈節盛會，到最後變成了這樣的收場。那種感覺很難形容，在西門慶一進一退的往來捔打之間，我們心裡彷彿有著更深沉的許多什麼，說不上來。

和前二次燈節盛況相較，疏離的感覺在這次的燈節幾乎是無處不在的。在一年不到的時間裡，宋蕙蓮上吊自殺了，李桂姐因朝廷禁令變得不方便再來，風情萬種的李瓶兒更是搖身一變，成了一個認真慈祥、無心性愛的好母親。連最嬌媚機伶的潘金蓮，此刻，也都變成了一個殘酷又善妒的婆娘。那些在不同的燈節裡，西門慶曾經真心愛過的女人，真心喜歡過的風情，那些令人貪戀的一切美好……隨著時間，似乎都不斷地在失去。生命自有它殘酷而莊嚴的定律，即使成功顯耀、權勢富貴如西門慶般的勝利者，也無可脫逃。

於是我們在小鐵棍兒從那個門縫所偷窺到的小小世界，看到了一種疏離——疏離了西門慶自己的權勢富貴、自己的成功顯耀，也疏離了整個燈節世界的燦爛輝煌。在那個不可告人的小房間裡，西門慶與王六兒的性愛似乎給了西門慶一種遺世而獨立的錯覺——或許那才是《金瓶梅》更深層的內在真正的吶喊吧。

一次又一次往來攋打的性愛，一次又一次令人無法喘息的激情，都讓我們感覺到一種說不出來的孤寂，排山倒海而來……

把《金瓶梅》裡四次獅子街的燈節，依序當成隱喻性的春夏秋冬四季來解讀的話，那麼這個燈節所預見的事情就格外意義深遠。儘管西門慶的運勢正值熾熱盛夏的高峰，然而發生在獅子街燈節的這些事，卻讓我們宛如看到了秋天的第一片落葉，從大樹的枝幹上無聲無息地掉落、翻飛下來。

3 不閒的幫閒——應伯爵

根據字典的解釋，「幫閒」指的是受官僚或富豪豢養，陪他們玩樂、為他們幫腔的人。顧名思義，「幫閒」幫的是閒，不是忙。有人也許要問：為什麼「閒」還需要幫助呢？沒有閒過的人可能很難想像，閒的人實在太無聊了，因此需要有人陪著插科打諢、逢迎起鬨。西門慶的頭號大幫閒——應伯爵，就給了一個說法，說明「幫閒」的本色。

西門慶道：「你這狗才，剛才把俺們都嘲了，如今也要你說個自己的本色。」伯爵連說：「有有有，一財主撒屁，幫閒道：『不臭。』財主慌的道：『屁不臭，不好了，快請醫人！』幫閒道：『待我聞聞滋味看。』假意兒把鼻一嗅，口一咂，道：『回味略有些臭，還不妨。』」說的眾人都笑了。常峙節（另一幫閒）道：「你自（自己）得罪哥哥（西門慶），怎的把我的本色也說出來？」眾人又笑了一場。（第五十四回）

應伯爵這個說法大概把幫閒必備「不要臉」、「機伶權變」、「善於掌握老闆心理」的特色完全道盡。有趣的是，他自己立身處世，完全依照這個標準。

舉例來說：在西門慶娶李瓶兒時，應伯爵就口口聲聲直讚：「我這嫂子，端的寰中少有，蓋世無雙。」、「今日得見嫂子一面，明日死也得好處。」李瓶兒的確長得漂亮，這話乍聽之下合情合理。但如果考慮到應伯爵過去和西門慶、花子虛都是一起吃吃喝喝的兄弟交情，稍有良知或氣節的朋友，早就表態和西門慶絕交了。這樣一想，就明白應伯爵這些話語中「不要臉」、「機伶權變」的成分。

再舉例來說：西門慶生兒子，應伯爵來恭賀他時說：「相貌端正，天生的就是個戴紗帽胚胞兒。」這話乍聽也覺得稀鬆平常，和別人稱讚小孩長得健康、聰明或者標緻沒什麼兩樣。但如果提醒大家西門慶兒子就叫「官哥」，再想想應伯爵的讚美時，我們的理解可能就稍有不同了。「官哥」固然是紀念西門慶正好得官，但未嘗不也包含著父母親對兒子最深的期望。這個期望別的賀客沒有說中，應伯爵卻一語中的，精準的程度不得不讓人佩服。可見拍馬屁只是肉麻、不要臉是不夠的。更高級的逢迎還要像應伯爵一樣，能夠「善於掌握老闆的心理」才行。

此外，一個稱職的幫閒在品味與見識上更是必須能和老闆並駕齊驅（更好是超越老闆）。以應伯爵來說，他不但精通戲曲，熟悉種種玩樂的門路，甚至在西門慶封了從五品的官之後，洋洋得意地買了一條二品官的犀角腰帶準備穿戴，這種政治逾越的事，他也能評論：

「不是面獎，就是東京衛主老爺，玉帶金帶空有，也沒這條犀角帶。這是水犀角，不是旱犀角。旱犀角不值錢。水犀角號作通天犀。你不信，取一碗水，把犀角放在水內，分水為兩處，此為無價之寶。」（第三十一回）

東京衛主老爺指的是西門慶所屬「金吾衛」的大老闆。應伯爵能說出這一番話，除了必須瞭解西門慶內在僭越的心理，還得對明朝的服制明白通透，更需要犀角的知識以及市場流通的情報。換句話說，這些權貴世界的知識、品味也是「幫閒」們必須具備的基本能力。

一定有人要問：去哪裡找來這些幫閒啊？這些人如果真有這些本領，為什麼還要來當幫閒呢？

先來看看西門慶的兩個頭號大幫閒，應伯爵與謝希大的出身背景好了。

姓應名伯爵，表字光侯，原是開紬緞鋪應員外的第二個兒子，落了本錢，跌落下來，專在本司三院幫嫖貼食，因此人都起他一個渾名叫做應花子（乞丐）。又會一腿好氣毬，雙陸棋子，件件皆通。

第二個姓謝名希大，字子純，乃清河衛千戶官兒應襲子孫，自幼父母雙亡，遊手好閒，把前程丟了，亦是幫閒勤兒（浪蕩子），會一手好琵琶。（第一回）

綜合這兩人的背景，可以歸納出：

首先，他們都出身富貴，因為出身環境優渥，使得他們對於流行音樂、時尚以及遊樂的門道一點也不陌生。再來，他們若非遭遇變故失去庇蔭，就是做生意失敗家道中落。在沒有其他收入可能的情況下，如果還想繼續維持那種公子哥兒的生活方式，幫閒是他們唯一（也是最舒服，最有可能從中翻身）的出路。

明朝中葉之後，資本主義在中國東南沿海、長江中下游、運河兩岸城市開始發展起來。不像「農業」時代，擁有土地就擁有了安身立命的條件。在高度競爭的商業社會裡，擁有上一代的資本未必就是成功的必然保證。應伯爵和謝希大的上一代顯然是比西門慶還要顯貴的。商業競爭失敗的結果，使得他們必須依附在西門慶這樣的「新貴」之下幫閒湊趣。

當然，封閉時代也逼得這些人想繼續過好生活只能當「幫閒」。否則，以應伯爵的本事如果活在當代，大可改行去經營廣告公司、公關公司，甚至成為電視上的名嘴或者名主持人的。可惜在明朝那樣的環境裡，並沒有提供他太多別的選擇。正是這樣封閉的社會加上資本主義的競爭環境，為「幫閒」提供了源源不絕的供應來源。

幫閒的同義詞還包括了門客、食客、清客、嫖客、狎客等。不過以應伯爵和西門慶的交情，我覺得用「狎」客來形容，再傳神不過了。

字義上，「狎」是親近，不拘禮節的意思。但隨著時代演變，這個字慢慢發展出了輕侮、褻玩的意味。也就是說，我們對於「狎」印象中的輕慢、淫蕩這個部分，其實是植基在「由於親近，因此不需拘束禮節」這個基礎之上的。

廣義的「狎」文化不只發生在幫閒間，事實上，它們也充斥在我們的日常生活裡。好比說婚禮上有老同學上臺爆料新郎、新娘過往糗事，博得賓客哈哈大笑。若在別的場合說這些事情，當事人也許早就翻臉了，但由於婚禮的歡愉氣氛，加上與高中同學之間親近而深厚的關係，這樣「令人難堪」的爆料反而變成了一種「狎」的樂趣。也就是說，「狎」本身不見得是壞事，只要人對場合對，我們也一樣覺得有趣。

愈讓你難堪，愈表示交情之親密的「狎」樂趣，到了有妓女的酒席之間，就變成了言語的機鋒，競相揭穿別人隱私的競賽。

典型的場面在《金瓶梅》裡比比皆是。好比說，酒席間謝希大（西門慶的二號幫閒）講了一個妓女的笑話，他說：

有一個泥水匠，在院中墁地。老媽兒怠慢了他，他暗暗把陰溝內堵上塊磚。落後天下雨，積的滿院子都是水。老媽慌了，尋的他來，多與他酒飯，還秤了一錢銀子，央他打水平。那泥水匠吃了酒飯，悄悄去陰溝內把那塊磚拿出，那水登時出的罄盡。老媽便問作頭：「此是那裡的病？」

泥水匠回道：「這病與你老人家的病一樣，有錢便流（留），無錢不流（留）。」（第十二回）

這是嘲笑妓院勢利眼，凡事只看錢。李桂姐見到有人嘲笑她家老媽，不甘示弱也回敬了幫閒一個笑話。

有一孫真人，擺著筵席請人，卻教座下老虎去請。那老虎把客人都路上一個個吃了。真人等至天晚，不見一客到。不一時老虎來，真人便問：「你請的客人都那裡去了？」老虎口吐人言：「告師父得知，我從來不曉得請人，只會白嚼人（白吃人）。」（第十二回）

白嚼有白吃白喝，還有空口說大話的意思（應伯爵就是「白嚼」的諧音）。這些幫閒名為兄弟，說穿了其實是「白吃白喝」。這是妓女們最看不起幫閒們的地方。總之，不管是喝酒讓別人出醜，或者是爆料、揭底讓人出糗，這些都是「狎」文化中「親暱而不拘禮」永遠的樂趣。這樣的樂趣，讓人有一種不斷地往別人尊嚴底線進逼突破的慾望。發揮到更誇張的極致，就是應伯爵在花園中和妓女嬉鬧的這種嘴臉。

伯爵一面叫擺上添換（新的酒菜）來，轉眼卻不見了韓金釧兒（妓女，玉釧兒的姐姐）。伯爵四下看時，只見他走到山子那邊薔薇架兒底下，正打沙窩兒溺尿。伯爵看見了，連忙折了一枝花枝兒，輕輕走去，蹲在他後面，伸手去挑弄他的花心。

韓金釧兒吃了一驚，尿也不曾溺完就立起身來，連褲腰都濕了。不防常峙節從背後又影來，猛力把伯爵一推，撲的向前倒了一交，險些兒不曾濺了一臉子的尿。

伯爵爬起來，笑罵著趕了打，西門慶立在那邊松陰下看了，笑的要不的。連韓金釧兒也笑的打跌道：「應花子（伯爵），可見天理近哩！」（第五十四回）

這段文字隔著距離讀，難免有種「骯髒」、「不舒服」的感覺，可是如果是喝醉了酒身在現場，恐怕多半的人會像西門慶一樣「笑的要不的」。這正如許多男生高中時代，都有在牆角比賽誰尿得比較高那種經驗。

「狎」的樂趣與其說不正經，不如說人內在一部分是厭惡正經、嚴肅的本能。因此這樣的文化深植在我們的文明裡。包括美國結婚前的「告別單身派對」，原住民部落「豐年祭」的狂歡，南美洲的嘉年華會，這些重要的節慶儀式中，都有反理性、反嚴肅的「狎」文化特色。推而廣之，當代「秀場」主持人對來賓的挑剌、譏諷，電視遊戲節目對於明星的處罰，八卦報紙對於名人的爆料……無一不是這種狎文化的遺緒。

總之，「狎」文化就是要打破理性世界嚴肅的所有規矩，讓人暫時拋棄階層，在原始感官本能這個層面水乳交融。這種文化所能創造出來的「親暱感」，有時候是很嚇人的。

例如說李桂姐認了西門慶當乾爹後，又在藏春塢山洞裡和西門慶苟合（應該是為了答謝西門慶幫她搞定了被牽連的官事），被應伯爵撞個正著的這個場面，我們且來看看：

這伯爵慢慢躡足潛蹤，掀開簾兒，見兩扇洞門兒虛掩，在外面只顧聽覷……被伯爵猛然大叫一聲，推開門進來，看見西門慶把桂姐扛著腿子正幹得好。說道：「快取水來，潑潑兩個摟心的，摟到一答裡了！」

李桂姐道：「怪攮刀子（挨刀子的），猛的進來，諕了我一跳！」

伯爵道：「快些兒了事？好容易！……且過來，等我抽個頭兒著。」

西門慶便道：「怪狗才，快出去罷了，休鬼混！我只怕小廝來看見。」

那應伯爵道：「小淫婦兒，你央及我央及兒。不然我就吆喝起來，連後邊嫂子每（們）都嚷的知道。你既認做乾女兒了，好意教你躲住兩日兒，你又偷漢子。教你了不成！」

桂姐道：「去罷，應怪花子！」

伯爵道：「我去罷？我且親個嘴著。」於是按著桂姐親了一個嘴，才走出來。（第五十二回）

應伯爵闖進來，西門慶一點也不介意。不介意也就算了，還讓應伯爵抽頭，跟桂姐親了個嘴。這種「分享」的精神，也真的足以讓一般人自嘆弗如了。

從稱呼上來看，西門慶和幫閒們以兄弟相稱。但事實上，這一群兄弟在一起吃喝玩樂，都是西門慶出錢的。所謂的「兄弟」說穿了其實是「主從」。當初十個人要結拜，西門慶推年紀較長的應伯爵當大哥，機伶的應伯爵就說了：「爺，可不折殺小人罷了！如今年時，只好敘（排次序）些財勢，那裡好敘齒（依年紀排次序）。」（第一回）可見應伯爵完全看穿，「兄弟」只是表象，真相其實是「主從」關係。

為什麼明明是「主從」，硬要說成「兄弟」呢？

這大概是「幫閒」這個階層最有趣的事了。想想，在妓院、酒肆之間，大家硬要維持著嚴苛的「主從」關係，開口西門爹，閉口西門老闆的，如何一起狎樂呢？我們甚至可以說，不去掉階級，就沒有「狎」樂文化可言。

整天與官僚、商賈算計、周旋的西門慶，情感上當然需要男性情誼的朋友。可惜封建制度嚴格的階級劃分，讓他根本沒有可以一起玩樂的朋友。所以需要花錢創造出這麼一群根本就是「主從」關係的「兄弟」，陪著他到處吃喝玩樂。從這個角度來說，幫閒「兄弟」本質上是帶著戲劇風格的，為了收入，陪著權貴「扮家家酒」似的當著兄弟好友。

（和被梳籠的妓女一樣，陪著老闆，「扮家家酒」似的談著戀愛……）

常讀到學者專家寫這些「幫閒」，少不了要批評他們「無情無義」，這樣的批評實在不瞭解所謂「幫閒」的本質。由於他們所謂「兄弟」情誼帶著戲劇風格，戲散了之後，當然完全就不是那麼一回事。期望他們有情有義，就好比要求妓女要「從一而終」那麼地緣木求魚。

幫閒和老闆的親暱關係固然不完全真實，但是憑藉這層關係，幫閒們能夠著力的事情還真不少。好比應伯爵就時常自我吹噓說：

「我只消一言，替你每（們）巧一巧兒，（好處）就在裡頭了。」（第四十五回）

（應伯爵說的「巧一巧」聽起來十分耳熟。閩南話幫別人關說或處理事情，也說「喬」事情。我懷疑閩南話說的把事情「喬一喬」，和應伯爵說的「巧一巧」根本就是同一回事。）

說起應伯爵「巧」事情，那還真是《金瓶梅》的經典。王六兒當初和韓道國的弟弟韓二通姦，被一群分不到羹的地痞衝進來把兩人扭送保甲法辦時，出面「巧」事情的人就是應伯爵。須知道，在明朝「叔嫂通姦」是可判死刑的。因此韓道國雖然戴了綠帽，但念及骨肉親情，也只能想辦法營救。那時，韓道國才當了西門慶的夥計不久，還不敢直接找上西門慶。想來想去，只好去求應伯爵。

應伯爵很幫忙，親自帶著韓道國去見西門慶，請西門慶務必幫忙韓道國解決這事。西門慶一聽立刻叫人去吩咐地方保甲放了王六兒，同時讓保甲改報帖，不讓他們送縣府了，讓人隔天直接將韓二提送到提刑所來。

提刑院名義上雖是公家單位，但說穿了，和西門慶自家經營的也沒什麼兩樣。四個地痞車淡（扯淡）、管世寬（管事寬）、游守（遊手）、郝賢（好閒）本來要告別人，一點也沒想竟落到西門慶手裡，竟成了被告。四人被指控越牆闖入民家，意圖姦淫、盜搶，當場被處拶刑、外加二十大棍侍候，打得四個人皮開肉綻，鮮血迸流，號哭動天，呻吟滿地。打完了，事情還沒結束，幾個人統統被收押入監，等候進一步的發落。

四個浮浪子弟的家人嚇得找人去向夏提刑關說。夏龍溪不但不敢收錢，還對來人說：「這王氏的丈夫是你西門老爹門下的夥計。他在中間扭著要送問，同僚上，我又不好處得，你須還尋人情和他說去。」（第三十四回）

【題外話】

讀者也許覺得納悶，夏提刑不是正千戶嗎？為什麼反而對西門慶這個副千戶多所忌憚？

西門慶有次和應伯爵閒聊時，就提過一段和夏龍溪有關的事，很能看出西門慶和他這個長官之間的關係。我們來看看：

西門慶告訴（應伯爵）：「劉太監的兄弟劉百戶，因在河下管蘆葦場，撰（賺）了幾兩銀子，新買了一所莊子在五里店，拿皇木蓋房，近日被我衙門裡辦事官緝聽著，首了。依著夏龍溪，饒受他一百兩銀子，還要動本參送，申行省院。劉太監慌了，親自拿著一百兩銀子到我這裡，再三央及，只要事了。不瞞你說，咱家做著些薄生意，料也過了日子，那裡稀罕他這樣錢！況劉太監平日與我相交，時常受他些禮，今日因這些事情，就又薄了面皮（失了人情）……」（第三十四回）

西門慶這話是抱怨夏提刑不分青紅皂白地收錢，收了又不給人家方便，搞得有點太不近人情了。應伯爵直接的反應就是：

「哥，你是稀罕這個錢的？夏大人他出身行伍，起根立地上沒有，他不撾些兒，拿甚過日？」

應伯爵的話說得透澈，西門慶不稀罕這個錢，但夏提刑軍人出身不富裕，也不像西門慶有別的收入，錢非拿不可。這話一語道破了夏提刑的弱點。

事實上，做為夏提刑的副官，西門慶對於他撈錢的行為不但盡量睜一隻眼、閉一隻眼，許多中央來巡查的官員接待，需要用錢之處，他往往也扛起責任，盡量擔待。不但如此，遇到可以用錢打點的地方，西門慶一點也不吝嗇。在第三十八回，夏提刑看見西門慶騎了一隻漂亮的「高頭點子青馬」，就和西門慶大談馬經。（清河一帶不產馬，好馬必須從塞外進口，貴重的程度和當代一部Porsche跑車沒有什麼兩樣。）談到最後，西門慶發現原來夏龍溪的馬出了問題，二話不說就答應夏龍溪送他一匹馬。西門慶出手之大方可見一斑。

看得出來，儘管表面上夏龍溪是西門慶的長官，但在看不見的背後，西門慶卻是夏龍溪背後的金主，加上西門慶又有蔡京的勢力撐腰，其實誰是真正的大老闆，夏龍溪心裡有數的。

理由。

（又是另一個公開的表象世界，以及秘密的底層世界。）

王六兒和韓二的案子，西門慶雖然沒和夏龍溪打過招呼，但憑直覺他怎會不知道這是西門慶要「巧」的案子？這也是為什麼，當地痞的家屬去向夏龍溪關說時，夏龍溪很知分寸地避開的理由。

於是，事情的關鍵又回到了西門慶身上。地痞的家屬又去找吳月娘的老婆吳大舅。吳大舅根本不敢出手，誰都知道西門慶根本不缺錢。一個不缺錢的人，拿什麼去跟他說呢？四個地痞的家屬都慌了。想來想去，只剩下應伯爵了。於是家人湊了四十兩銀子，還是找上了「巧」事專家應伯爵。接下來，最不可思議的事情發生了，那就是：

應伯爵竟然收下了錢！

讀到這裡，我們簡直快跌破眼鏡了。我們的不解就如同應伯爵老婆質疑他的一樣：「你既替韓夥計出力，擺布這起人，如何又攬下這銀子，反替他說方便，不惹韓夥計怪？」兩造打官司，如果A贏B就輸，B贏A就輸，你現在兩邊收錢，兩頭說人情，最後到底該誰輸誰贏？

沒想到應伯爵一副胸有成竹的模樣，竟說：「我可知（當然知道）不好說的。我別自有處（辦法）。」

應伯爵到底有什麼辦法？我們且追隨這四十兩銀子流向，跟著一起來看看。

步驟一：四十兩－二十兩＝二十兩

應伯爵從四十兩銀子中拿出二十兩，交給書童，請他辦事。淨得二十兩。

伯爵拉他（書童）到僻靜處，和他說：「……那夥人家屬如此這般，聽見要送問，都害怕了。昨日晚夕，到我家哭哭啼啼，再三跪著央及我，教對你爹說。我想我已是替韓夥計說在先，怎又好管他的，惹的韓夥計不怪？沒奈何，教他四家處了這十五兩銀子，看你取巧對你爹說，看怎麼將就饒他放了罷。」（第三十四回）

應伯爵出價十五兩，書童還價二十兩，雙方立刻成交。書童原名「小張松」，他是西門慶升官時，清河李知縣送來的賀禮。「小張松」長得漂亮又會唱曲，在男風頗盛的明末，這個禮物的意涵不言可喻。果然後來「書童」被留在西門慶身邊，成了西門慶最親暱的男寵。

人情關說當然是要透過最得寵、又最親暱的大紅人。打發「書童」需要的花費不多，扣除二十兩銀子，應伯爵還淨得二十兩的盈餘。

步驟二：二十兩－一兩五錢＝十八兩五錢

書童也不是省油的燈，他知道要完成這個任務光是靠他一個人不行，必須聯合另一個超級大紅人李瓶兒才行，於是從二十兩銀子中拿出一兩五錢，買了「一罈金華酒、兩隻燒鴨、兩隻雞，一錢銀子鮮魚，一肘蹄子，二錢頂皮酥果餡餅兒，一錢銀子的搽穰捲兒」，請人整理好，送到李瓶兒房間去。一進一出的結果，書童淨得十八兩五錢。

良久，書童兒進來，見瓶兒在描金炕床上，引著玳瑁貓兒和哥兒耍子。（李瓶兒）因說道：「賊囚！你送了這些東西來與誰吃？」那書童只是笑。

李瓶兒道：「你不言語，笑是怎的說？」

書童道：「小的不孝順娘，再孝順誰！」

李瓶兒道：「賊囚！你平白好好的，怎麼孝順我？你不說明白，我也不吃。」

那書童把酒打開，菜蔬都擺在小桌上，教迎春取了把銀素篩了來，傾酒在鍾內，雙手遞上去，跪下說道：「娘吃過，等小的對娘說。」

李瓶兒道：「你有什事，說了我才吃。不說，你就跪一百年，我也是不吃。」又道：「你起來說。」（第三十四回）

送錢賄賂李瓶兒這個貴婦是沒用的。書童看準了李瓶兒人單勢薄，需要的是支援與效忠，因此準備了豐盛酒菜「孝敬」李瓶兒，獻上的就是李瓶兒最需要的「表態輸誠」。表態輸誠對李瓶兒來說當然受用，但是書童打的到底是什麼主意？她得先知道才行。

於是書童把應伯爵拜託的事說了一遍。書童的計畫是這樣的：

「等爹問，休說是小的說，只假做花大舅那頭使人來說。小的寫下個帖兒在前邊書房內，只說是娘遞與小的，教與爹看。娘再加一美言。況昨日衙門裡爹已是打過他（車淡等人），爹胡亂做個處斷，放了他罷，也是老大的陰騭（陰德）。」（第三十四回）

奴才沒有向老闆關說的權力，因此要假借主子的親友當作人頭。而這個人頭最好又很少往來，才不至於不小心穿幫。想來想去，當然沒有比死去的花子虛的哥哥，花大舅合適的人選了。

對李瓶兒來說，只要西門慶問時她動動嘴說：「嗅，有這麼一回事。」即可，其他所有事都由「書童」一手包辦，她何樂不為。

安排佈置妥當之後，書童趁著西門慶從外頭回來，把說帖呈給西門慶。書上在這裡沒有多寫西門慶看了說帖之後有什麼反應，只吩咐書童放在書篋內，讓官府答應之人明天告稟。但接下來描寫的卻令人玩味：

書童一面接了放在書篋內，又走在旁邊侍立。西門慶見他吃了酒，臉上透出紅白來，紅馥馥唇兒，露著一口糯米牙兒，如何不愛。於是淫心輒起，摟在懷裡，兩個親嘴咂舌頭……西門慶用手撩起他衣服，褪了花褲兒，摸弄他屁股。因囑咐他：「少要吃酒，只怕糟了臉。」書童道：「爹吩咐，小的知道。」（第三十四回）

作者特別提醒大家，別忘了西門慶和書童的狎暱之情。這是關說成功最重要的要件——老闆的寵幸。否則，說帖才拿出來立刻就被西門慶丟回去了。

果然，稍後西門慶在李瓶兒房裡問起這件事時，李瓶兒也跟著依樣畫葫蘆，確定了書童的說法。西門慶聽完李瓶兒的說法之後，說了一句很堪回味的話，他說：「前日吳大舅（吳月娘的哥哥）來說，我沒依。若不是（妳說情），我定要送問這起光棍……」

花大舅是李瓶兒前夫的哥哥。而吳大舅是現任老婆吳月娘的哥哥。吳大舅當然比花大舅親密很多。關係親密的人說不動，關係不親的人卻說得動。可見重點不在花大舅或是吳大舅，而是在西門慶對誰的寵愛較多。

在兩大紅人聯手之下，西門慶豈有不依之理？

韓二以及車淡等人在隔天被無罪開釋了。應伯爵兩面關說的結果，不但皆大歡喜，四十兩銀子這筆帳算下來，有人得到了銀子，有人得到了輸誠效忠，有人得到了自由，除了沒人在乎的「司法正義」被徹底地蹂躪之外，似乎變成了《金瓶梅》少見的皆大歡喜結局。

當然，儘管荒謬，應伯爵細膩的手腕，精確計算的本事，實在是讓我們大開眼界了。

我們可以發現，原來「幫閒」圖的不只是吃吃喝喝。在吃吃喝喝的背後看不見的可觀收入，才是更令人覬覦的利益之所在。事實上，韓二事件只是應伯爵在《金瓶梅》裡的眾多「巧」事中一小樁罷了。如果要把他「巧」的事情都列出來，還真是不勝枚舉。我們且來看看：

一、淫媒仲介：李桂姐就是應伯爵推薦的。

二、人力仲介：西門慶家包括賁四、韓道國、甘主管以及後來的來爵，都是應伯爵推薦的。

三、買賣仲介：西門慶在獅子街開的絨線鋪，就是應伯爵仲介潮州客人何官兒賣給西門慶的絨線。

四、金融仲介：攬頭李智、黃四承攬朝廷採購香蠟[22]的生意，缺乏本錢，向西門慶借錢，也是應伯爵仲介的。

……………

這些仲介，雖然應伯爵的說法都是因為「朋友交情，義務幫忙」，但只要看看「義務幫

22 指的是松香和蜂蠟，明代印刷以雕版印刷為主，需要使用松香與蜂蠟。

忙」背後的帳本，就會發現，「義務幫忙」真的一點也不義務。

以絨線舖的買賣仲介來說，表面上，西門慶和何官人雙方同意以四百五十兩成交。私底下，應伯爵在何官人那頭卻私下殺到四百二十兩，檯面下拿了三十兩回扣。這三十兩回扣，應伯爵對西門慶的夥計來保謊稱九兩，兩人均分，各得四兩半。

三十兩－四兩半＝二十五點五兩

一筆帳算下來，應伯爵一共獲利二十五兩半。

再舉個例子。應伯爵仲介李三、黃四跟西門慶貸款去承攬朝廷的香蠟採購。西門慶第一次同意借貸一千五百兩時，黃四就給了應伯爵十兩紅包。第二次李三、黃四還了一千兩又借出五百兩時，應伯爵又獅子大開口要了三十兩紅包。兩次仲介下來，應伯爵又獲利了四十兩銀子。

在一個像傅銘這樣的夥計一個月的月薪只有二兩，一個丫頭的身價只有四、五兩銀的時代，應伯爵這樣的仲介收入豐潤的程度遠超過想像。

以西門慶的精明，我相信應伯爵這些回扣應該是他默許的。任何交易興盛的社會都少不了仲介。西門慶這樣的生意人更是需要眾多的親信替他眼觀四面、耳聽八方。於是像應伯爵這樣的「幫閒」就成了他對外伸展的不二人選了。

特別是在當了官之後，西門慶更需要像應伯爵這樣通曉世故的「白手套」，來幫他經手許多見不得陽光的事情。因此，放任應伯爵從中賺些「仲介費」，想來也是無可厚非。這或許是在《金瓶梅》中，應伯爵和西門慶彼此之間，那麼不可或缺更重要的理由吧。金錢更進一步鞏固了他們之間「狎昵」的關係。使得幫閒和老闆之間，除了玩樂的關係外，還構成了一個有金錢流通的生產關係。

架構起這個「幫閒經濟體」之上的「狎」文化，以及「重利務實」的意識形態都使得這樣的群體有種獨特的個性。往好處說，這樣的團體由於親暱而團結，由於團結而獲利，獲利之後的吃喝玩樂更加強了彼此親暱的資本，形成一個正向迴圈。往壞處說，「狎」文化中反理性、反道德的淫樂取向，使得團體傾向重利輕義，自利務實，甚至不惜走向集體犯罪，以換取個人的生存，導致整個團體走向毀滅的德性迴圈。這樣的現象，不只在《金瓶梅》中有之，即使到了當代，從業務單位訓練「幫閒」型的業務員陪客戶吃喝玩樂爭取業務，到**公司派系**、**政府高層**、**黑社會大哥**的結黨營私、貪污腐敗，我們幾乎都看得見像應伯爵這種「幫閒」的身影，以及幫閒在「狎」文化裡特殊的運作。

這些複雜的面向，構成了我們在閱讀「幫閒」時，最有趣也是最耐人尋味的樂趣。

❖

儘管收入不少，應伯爵在丫頭春花為他生了個孩子時，仍然還是要來向西門慶借錢周轉。

伯爵道：「緊自家中沒錢，昨日俺房下那個，平白又桶出個孩兒來……百忙搗不著個人，我自家打燈籠叫了巷口鄧老娘（產婆）來。及至進門，養下來了。」

西門慶問：「養個什麼？」

伯爵道：「養了個小廝。」

西門慶罵道：「傻狗才，生了兒子倒不好，如何反惱？是春花兒那奴才生的？」

伯爵笑道：「是你春姨！」

西門慶道：「那賊狗掇腿的奴才，誰教你要他（春花）來？叫叫老娘（產婆）還抱怨！」（第六十七回）

這裡有必要說明一下。春花是被應伯爵收用的丫頭，也像春梅被西門慶收用一樣，所以西門慶才會調侃他，把丫頭肚子搞大了，花點產婆的錢有什麼好叫的。但應伯爵缺的錢實在不只這些。

伯爵道：「……家中一窩子人口要吃穿，巴劫的魂也沒了……猛可半夜又鑽出這個業障來。那黑天摸地，那裡活變錢去？房下（老婆）見我抱怨，沒奈何，把他一根銀挖兒與了老娘（產婆）去了。明日洗三（第三日），嚷的人家知道了，到滿月拿什麼使（花用，請客）？到那日我也不在家，信信拖拖（乾脆）到那寺院裡且住幾日去罷。」（第六十七回）

讀者一定很好奇，應伯爵不是收入不少嗎？怎麼還會淪落到這個地步？大家別忘了，這些幫閒們收入多，開銷也大。他們如果懂得量入為出，早就不做幫閒了。更何況，來向人家開口借錢嘛，總是要說得可憐些才好。

總之，西門慶聽完之後，大方地出借五十兩，不但如此，還不拿利息，不收借據。

（應伯爵）連忙打恭致謝，說道：「哥的盛情，誰肯！真個不收符兒（借據）？」

西門慶道：「傻孩兒，誰和你一般計較。左右我是你老爺老娘家，不然你但有事就來纏我？……實和你說，過了滿月，把春花兒那奴才叫了來，且答應（侍候）我些時兒，只當利錢不算罷。」

伯爵道：「你春姨這兩日瘦的像你娘那樣哩。」兩個戲了一回。（第六十七回）

對於「狎」文化沒有一點粗淺理解的人，大概很難讀懂這段對話的樂趣。一方面，西門慶夠意思地借錢給應伯爵，可是嘴巴上少不了又要吃他豆腐，說什麼反正我一定是你的老爸，不然你怎麼有事就來煩我？又說如果你真的覺得不好意思，那就等過了滿月後叫春花那丫頭來陪我睡覺，當作利息好了。西門慶說這話當然是開玩笑，但應伯爵不甘示弱，也回嗆西門慶。一句「你春姨這兩日瘦的像你娘那樣哩。」讓應伯爵恢復「幫閒」損人也自損的本色。

應伯爵在《金瓶梅》裡的表現絕對算不上是個君子。但是在明朝那樣一個到處充滿了表層一套，底層又是另一套的世界裡，「真小人」或許是少數比「偽君子」還要令人愉快的一群人。

真要歸類的話，應伯爵大概只能歸入丑角吧。畢竟在那樣一個痛苦又黑暗的年代裡，也只有他在面對種種不堪——不管是別人的或者是自己的，都有辦法露出特有的嬉皮笑臉，一路堅強地冷嘲熱諷到底。

或許這正是應伯爵一直受到讀者喜歡的最重要理由吧。如果不是真正的丑角，誰又能做得到呢？

政和七年

- 西門慶和書童搞同志情，被平安看見，向潘金蓮告狀。
- 元月九日，西門慶為官哥舉行寄名儀式。
- 潘金蓮忌妒李瓶兒，藉著傭人惡作劇、官哥玩掉金鐲等事件大作文章，又彈琵琶大唱怨婦心聲、扮丫頭變裝秀，還毒打丫頭出氣。
- 吳月娘為官哥與喬大戶家偏房生的女嬰訂親。
- 風流丈母娘潘金蓮和俊俏女婿陳敬濟發生「不倫之戀」。
- 六月，西門慶親自帶二十箱禮物赴京城，向蔡太師拜壽認乾爹。
- 八月二日官哥被白獅子貓兒抓傷，八月二十三日不治死亡。

第六章

潘金蓮和李瓶兒的生死對決

熟悉了以潘金蓮為主要敘述觀點的讀者，在《金瓶梅》的情節走到第三十回西門慶生子加官之後，很容易又會開始有眼花撩亂的感覺。很多讀者一定發現了，原先那條以潘金蓮的愛恨情仇為主軸的情節，在這裡似乎不再那麼劇力萬鈞了。耐性稍差的讀者很容易就在這裡迷失了方向，甚至是放棄閱讀。

這是我所謂《金瓶梅》的第二個閱讀迷魂陣。

之所以會有這樣的迷魂陣，實在是因為西門慶的官職、事業變大之後，作者不得不加入更多官商關係的經營、買賣借貸、以及更多的送往迎來的描寫。夾雜在這些人與那些人之間的情節，儘管削弱了以「潘金蓮的愛恨情仇」為視角的情節主軸，但更豐富的周邊關係，卻是為了提高《金瓶梅》的視野以及深度，不得不採行的寫作策略。

（大家可以想像，如果整本書只是電腦遊戲似的潘金蓮鬥垮了A，然後是B、C……會有多麼乏味啊！）

事實上，走到了潘金蓮和李瓶兒決裂的這條主軸情節，絕對算是《金瓶梅》中最重要的高潮之一。可是蘭陵笑笑生卻刻意壓低這些，把所有的鋪陳與高潮全放在一波又一波送往迎來之中，讓肅殺的氣氛在第三十回到六十幾回巨大的篇幅之間片片段段地被沖淡。於是我們看到的都是吃吃喝喝、笑笑鬧鬧的日常生活，隱藏在這其間的殺機反而變得隱隱約約。儘管我們有時感覺到了其中的不安，可是日常生活又給人一種錯覺，彷彿一切只是我們多慮了。

一直要讀到了後來發生的許多事，我們才驀然感覺到，在《金瓶梅》中，那些讓我們賴以安身立命的「日常生活」或許只是一種虛假的概念，在笑鬧底層致命的生死搏鬥，或者是人世無常的變化，才是最恐怖的真實。

從這個角度來看，《金瓶梅》也算是一本有點另類的「驚悚」作品吧。

1

事實上，李瓶兒從嫁入西門慶家開始和潘金蓮就一直是友好的。但李瓶兒替西門慶生下官哥兒，卻成了她們決裂的最重要關鍵。

我們看到，正當大家還陶醉在即將喜獲麟兒的氣氛時，潘金蓮已經大剌剌地開罵了。她先是酸「官哥兒」不知是誰的種，又詛咒這個嬰兒養不活。

最倒楣的是孫雪娥，連聽見李瓶兒臨盆，趕忙著要去看熱鬧也遭池魚之殃。

孫雪娥聽見李瓶兒養孩子，從後邊慌慌張張走來觀看，不防黑影裡被臺基險些不曾絆了一交。金蓮看見，叫玉樓：

「你看獻勤的小婦奴才！你慢慢走，慌怎的？搶命哩！黑影子絆倒了，磕了牙也是錢！養下孩子來，明日賞你這小婦一個紗帽戴！」（第三十回）

孫雪娥在妻妾中不但地位低，同時也最窮、最吝嗇——每次姐妹們一起出錢要打牙祭，她總是逃得最快。潘金蓮從嘲笑她急忙獻殷勤的模樣，譏諷說跌倒撞壞牙齒要花錢，還反諷說等兒子養大了送她一個紗帽戴，所有的話全說得又尖酸又刻薄，而且正中要害。如果全世界也有文學奧林匹克競賽的話，潘金蓮絕對足以入選國家「毒舌」項目的代表隊了。

至於懷疑「官哥兒」到底是誰的種，也不全然毫無根據。官哥出生時是政和六年六月底，照這個時間推算的話，李瓶兒受孕的時間應該在政和五年八月間才對。但李瓶兒是政和五年八月才進門，在那之前跟蔣竹山在一起。不做DNA鑑定的話，孩子到底是誰的還真的很難說。但無論如何，潘金蓮這些潑婦罵街似的謾罵，無非只是心理上的自我防衛機制，一點也無法阻止她最不樂見發生的事繼續發生。於是，當孩子真的生下來時，我們看到潘金蓮簡直崩潰了。

> 潘金蓮聽見生下孩子來了，闔家歡喜，亂成一塊，越發怒氣，逕自去到房裡，自閉門戶，向床上哭去了。（第三十回）

事實上，我們只要面對「官哥兒」是目前西門家下一代「唯一合法繼承人」這件事，就應不難明白潘金蓮的心情。

依照中國的傳統，官哥兒將來長大，正式承認的母親只會有兩個：一個是西門慶的正室吳月娘，另一個則是生母李瓶兒。說得明白一點，這個孩子將來就算有成就，能夠澤被其他的妻妾的程度也是很有限的。因此，潘金蓮才會譏諷地對孫雪娥說：「養下孩子來，明日賞你這小婦一個紗帽戴！」作為不相干的「路人甲」和「路人乙」，潘金蓮和孫雪娥兩人的立場實在是沒什麼差別的，但孫雪娥卻笨到煞有介事地在那裡雀躍，難怪潘金蓮忍不住要脫口譏諷。

過去，潘金蓮之所以能周旋舊人黨、回嗆李桂姐、甚至逼死宋蕙蓮，靠的全是有了李瓶兒這個「淫婦」做她的後盾。在〈第二十七回李瓶兒私語翡翠軒 潘金蓮醉鬧葡萄架〉中，兩人更是在花園中分別以「性愛媚功」取悅西門慶，靠著「淫婦」的姿態，建立起了深刻的「革命情誼」。

然而，在官哥出生之後，這樣的革命情誼卻面臨了嚴重的考驗。

首先，一個懷抱著嬰兒的慈母，顯然不太適合靠著走「淫婦」路線來贏得寵愛了。可以預期的，將來在西門慶家族內，繼續走「淫婦」路線的只會剩下潘金蓮一人了。不但如此，李瓶兒在取得了「準正室」的正當性後，原先家族中針對「淫婦」的道德譴責和敵意，勢必也將全部轉移到潘金蓮身上。李瓶兒雖沒有傷害潘金蓮的意圖，但是她所造成的巨大損害，潘金蓮卻一點也無法脫逃。

如果沒有過去的「革命情誼」，潘金蓮對李瓶兒的幸福或許只是一般平常的嫉妒，然而正因為有過這樣的情誼，潘金蓮的嫉妒還夾雜著一種「被背叛、拋棄」的強烈情緒。這樣的情緒導致的往往是更多非理性的作為，像是黑社會用更極端的手段處置背叛者，或者是「姐妹淘」們更極力詆毀背棄者……都是常見的例子。

很多讀者或許覺得潘金蓮對於李瓶兒生子的反應過於誇張，但只要想想潘金蓮從小被賣到王招宣府中，又因王招宣之死而被轉賣給張大戶，再因張大戶私慾被嫁給武大郎……這些身世，我們不難理解，潘金蓮生命中最大的不安全感完全來自「被背叛、拋棄」情結。偏偏李瓶兒這次的翻身，完全踩中了潘金蓮內心深處這顆地雷，局勢才會有接踵而來的爆發。

嫉妒、自憐、不安、疑懼、驚恐，甚至是強烈的仇恨、報復的情緒，複雜而扭曲地在潘金蓮內心交互激盪著。這些當然是不健康也不正常的心態，但如果不從這些心態為出發點來看待潘金蓮的所作所為，我們根本無法理解她後來幹下那些可怕的事。

❖

隨著西門慶對李瓶兒母子的寵愛增加，潘金蓮的嫉妒就愈發深重。在官哥兒出生之後，我們看到，潘金蓮一而再、再而三地攻擊李瓶兒，幾乎到了歇斯底里的地步。就以第三十一回的「琴童兒藏壺構釁」事件來說，這個事件本來是玉簫為了討好書童，趁著宴席偷拿了一壺酒和水果到廂房找書童，沒想到書童不在。玉簫於是把酒和水果暫時放在廂房，不想被琴童（李瓶兒的小廝）發現了。出於惡作劇的心態，琴童悄悄地把酒壺和水果藏到李瓶兒房間裡，讓迎春收著。宴席之後，玉簫找不到酒壺，竟和小玉（月娘房小丫頭）當著吳月娘面前吵了起來。玉簫賴小玉偷東西，小玉怪玉簫沒收好。鬧到最後，竟惹來西門慶出面關切。忙了半天，在房裡的迎春總算聽到李瓶兒回來說了，趕忙把壺從李瓶兒房間拿出來，這才停止了爭吵。

吳月娘追問壺哪裡來的，迎春只知道是琴童從外面拿進來的，大家繼續追問琴童在哪裡，發現他正好被派到獅子街店鋪輪值……

> 金蓮在旁不覺鼻子裡笑了一聲。西門慶問：「你笑怎的？」金蓮道：「琴童兒是他（李瓶兒）家人，放壺他屋裡，想必要瞞昧這把壺的意思。要叫我，使小廝如今叫將那奴才來，老實打著，問他個下落。不然，頭裡（剛剛）就賴著他那兩個（小玉、玉

簫），正是走殺金剛坐殺佛（忙的忙死，閒的閒死）。」

西門慶聽了，心中大怒，睜眼看著金蓮，說道：「依著你恁說起來，莫不李大姐他愛這把壺？既有（找到）了，丟開手就是了，只管亂什麼？」

那金蓮把臉羞的飛紅了，便道：「誰說姐姐手裡沒錢。」說畢，走過一邊使性兒（鬧脾氣）去了。（第三十一回）

金蓮敢這麼說，顯然也是經過算計的。一把壺丟了，當然有人要負責。小玉和玉簫同為吳月娘的奴才，靠著為吳月娘的奴才脫罪來打壓李瓶兒的奴才顯然萬無一失。潘金蓮想借著修理李瓶兒的僕人（甚至是揪出他這個小偷）來羞辱主人，不過西門慶在愛屋及烏的心理下，連李瓶兒的小廝都偏袒。碰了一鼻子灰的潘金蓮，當然只會更生氣，她丟下那句話「誰說姐姐手裡沒錢」，意思是：我說李瓶兒的小廝，又沒有說是李瓶兒偷的啊。好啊，李瓶兒一得寵，連她底下的奴才都比我重要了啊？潘金蓮當然不甘心。

金蓮和孟玉樓站在一處，罵道：「……自從養了這種子，恰似生了太子一般，見了俺們如同生剎神一般，越發通沒句好話兒說了。行動（動不動）就睜著兩個毬窟窿吆喝人。誰不知姐姐（李瓶兒）有錢，明日慣的他每（們）小廝丫頭養漢做賊……」說著，只見西門慶與陳敬濟說了一回話，就往前面去了。

孟玉樓道：「你還不去，他管情往你屋裡去了。」

金蓮道：「可是他說的，有孩子屋裡熱鬧，俺每（們）沒孩子的屋裡冷清。」（第三十一回）

孟玉樓一說西門慶往她屋子裡去時，潘金蓮明明滿心歡喜，可是又滿口酸話，一副不稀罕的模樣。不過她的期待顯然落空了：

正說著，只見春梅從外走來。玉樓道：「我說他往你屋裡去了，你還不信，這不是春梅叫你來了。」一面叫過春梅來問。

春梅道：「我來問玉簫要汗巾子來。」（唉，不是西門慶到她房間。）

玉樓問道：「你爹在那裡？」

春梅道：「爹往六娘房裡去了。」

這金蓮聽了，心上如攛上把火相似，罵道：「賊強人，到明日永世千年，就跌折腳（發誓：就算殘廢），（他）也別要進我那屋裡。」（第三十一回）

我們看到，精準的幾句對話，簡單的白描，就把西門慶對李瓶兒的偏寵，以及潘金蓮反反覆覆的心情寫得淋漓盡致，令人忍不住想為作者拍拍手。

還有一次（〈第四十三回爭寵愛金蓮惹氣〉），也是西門慶拿著四錠重三十兩的金鐲，喜孜孜地走進李瓶兒房間，還讓官哥拿在手裡玩，在熱鬧的一陣人來人往之後，一錠三十兩的金鐲子丟了。當然又是一陣忙亂。吳月娘指責西門慶不該把金子拿給孩子玩。惟恐天下不亂的潘金蓮立刻說：

「不該拿與孩子耍？只恨拿不到他（李瓶兒）屋裡……這回不見了金子，虧你怎麼有臉兒來對大姐姐（吳月娘）說！叫大姐姐替你查考各房裡丫頭，教各房裡丫頭口裡不笑，毯眼裡也笑！」

西門慶丟了三十兩的金鐲，心情本來就不好了，潘金蓮把矛頭戳向李瓶兒與西門慶，正好惹來西門慶的遷怒，把潘金蓮按倒在床上，提起拳就要打，罵道：

「恨殺我罷了！不看世界面上，把你這小搓刺骨兒，就一頓拳頭打死了！單管嘴尖舌快的，不管你事也來插一腳。」

……

大概連潘金蓮自己也發現了，無論她再怎麼努力，再如何發動攻擊，恐怕也是無濟於事了。潘金蓮不但無法奪回西門慶的寵愛，反而只是讓西門慶更加疏遠她而已。對於權力慾望無止無境的潘金蓮而言，命運中所有的黑暗又再度向她聚攏過來。她像是走進了深不見底的隧道，見不到出口，也看不到光。

潘金蓮告訴自己，她一定得改變策略。否則，她就完了。

七月底，西門慶在家裡前廳宴請親友喝官哥的滿月酒。

潘金蓮打扮得漂漂亮亮的，整衣出房。她聽見李瓶兒房中的孩兒在啼哭，於是走進李瓶兒房中瞧個究竟。

潘金蓮問：「他怎這般哭？」

如意兒說：「娘（李瓶兒）往後邊去了。哥哥尋娘，這等哭。」

潘金蓮笑嘻嘻地向前戲弄那孩兒，說：「你這多少時初生的小人芽兒，就知道你媽媽。等我抱到後邊尋你媽媽去。」

奶媽如意兒說：「五娘休抱哥哥，只怕一時撒了尿在五娘身上。」

金蓮說：「怪臭肉，怕怎的！拿襯兒托著他，不妨事。」於是潘金蓮把官哥抱著，一直往後邊走。

接著，更令人喘不過氣來的描寫是：

（潘金蓮）走到儀門首，一競兒把那孩兒舉的高高的。（第三十二回）

我們不知道為什麼潘金蓮要把孩兒舉得高高的，也不知道她心裡真正的意圖。作者在這裡完全不動聲色，把我們的一顆心也像那孩兒一樣吊得高高的。接下來，才說：

不想（想不到）吳月娘正在上房穿廊下，看著家人媳婦定添換菜碟兒，那潘金蓮笑嘻嘻看孩子說道：「『大媽媽（月娘），你做什麼哩？』你說：『小大官兒來尋俺媽媽來了。』」（第三十二回）

這段看似毫無破綻的敘述裡，最可疑莫過於「不想」這兩個字了。不想的意思是說：沒料到，想不到……換句話，在沒料想到吳月娘出現了的情況之下，潘金蓮只好露出笑臉，笑嘻嘻地看著孩子，並且開始童言童語。

萬一沒有「不想」呢？

如果一切無聲無息，完全沒有人發現的話，到底會發生什麼事？

我們並不確定，當潘金蓮望著高舉在空中的官哥時，是不是感受到了一線光從籠罩著她命運的黑暗裡閃過？但無論如何，這是在潘金蓮和李瓶兒的生死對決裡，作者給我們丟下的第一顆小小的驚悚炸彈。

2

《金瓶梅》接下來並沒有急著讓潘金蓮和李瓶兒的生死對決正式開打，它反而很細膩地描寫了一場奴才之間精采的戰爭。

我們提過，書童曾收了應伯爵錢幫忙欺負王六兒的那些浮浪子弟關說。為此，他特別買酒菜討好李瓶兒，希望李瓶兒從中協助。書童把沒吃完的酒菜，拿出來前邊鋪子裡請家人、夥計吃，偏偏忘了請平安……

同樣那些酒菜，再怎麼說也不差一雙筷子。可想而知沒請平安八成是無心的疏忽。不過事情在平安看來並非如此，眾人都請了，獨獨漏掉自己，這分明是不給面子。事情就是這麼開始的。

雖然這只是微不足道的小事，可是《金瓶梅》的作者卻耐心地把這個小小的心結一步一步鋪陳，讓它和家族中更大的矛盾交織連結起來。

我們看到，書童是繼玳安之後，西門慶身邊竄紅最快的奴才。以平安受寵的程度，不爽歸不爽，想對書童怎樣恐怕也是有心無力。無巧不成書，偏偏西門慶和書童不可告人的秘密，讓平安給撞見了：

那平安方拿了他（客人）的轉帖（看過人簽名的報事帖）入後邊，打聽西門慶在花園書房內，走到裡面，轉過松牆，只見畫童兒在窗外臺基上坐的，見了平安擺手兒。那平安就知西門慶與書童幹那不急的事，悄悄走在窗下聽覷。半日，聽見裡邊氣呼呼，跐的地平一片聲响。西門慶叫道：「我的兒，把身子調正著，休要動。」就半日沒聽見動靜。只見書童出來，與西門慶舀水洗手，看見平安兒、畫童兒在窗子下站立，把臉飛紅了，往後邊拿去了。（第三十四回）

平安走到窗下聽覷，其實什麼都沒有看見，只聽見聲音，末了還是「半日沒聽見動靜」，可見發生了什麼事情全憑想像。這段文字好看的地方還在用平安當作敘述的觀點，使得故事產生了一種又詭譎又神秘的氣氛。

畫童坐在臺基上，一直跟平安搖手，表示不要再過去了，老闆在做不想讓人家知道的事。畫童什麼都沒說，平安立刻明白，可見西門慶和書童那「不急的事」已經是人盡皆知的秘密了。以書童從西門慶房間出來看見平安、畫童臉紅的表現來看，即使在「男風」鼎盛的明代，同性戀應該還是社會上的大禁忌才對。

以平安對書童的不滿，一旦有了書童的把柄當然不可能到此為止。如何讓這個把柄發揮應有的功效呢？平安想來想去，想到了潘金蓮——只要看宋蕙蓮的下場，就知道想修理像書童這樣的寵幸，潘金蓮絕對不做第二人想。

可是怎麼讓潘金蓮也痛恨書童，甚至出手修理他呢？

（或是說怎麼讓自己的高層也痛恨自己痛恨的人呢？）

這個歷史上最複雜的難題之一，作者借著平安慫恿潘金蓮的對白，提供了我們有趣的解題公式。我們且來看：

（潘金蓮省親坐了轎子回來。）

平安兒於是逕拿了燈籠來迎接潘金蓮。迎到半路，只見來安兒跟著（潘金蓮的）轎子從南來了……

（平安）走向前一把手拉住轎扛子，說道：「小的來接娘來了。」金蓮就叫平安兒問道：「是你爹使你來接我？誰使你來？」……

平安道：「……（西門慶）在六娘房裡，吃的好酒兒。若不是姐（春梅）旋叫了小的進去，催逼著拿燈籠來接娘，還早哩！……」（第三十四回）

過去大戶人家的婦女出門坐轎子，為了安全起見，出門通常都有自家小廝跟轎。由於天色已晚，跟轎的小廝來安年紀又小，因此春梅才會不放心地走進李瓶兒房間，要求西門慶再加派平安去接轎。

平安能和潘金蓮說上話的機會難得，時間更有限，因此字字句句都要把握。我們看到他把這件事做得恰到好處，頭幾句對話的重點是：

西門慶現在關心的是李瓶兒，早把妳潘金蓮忘到九霄雲外了。因此，怎麼讓自己的高層也痛恨自己痛恨的人呢？這個解題公式的第一動就是：

挑動老闆A（潘金蓮）和老闆B（李瓶兒）的新仇舊恨。

再往下看後面的對話：

平安道：「小的還有樁事對娘說……今早應二爹來和書童兒說話，想必受了幾兩銀子，大包子拿到舖子裡，就便鑿了二三兩使了。買了許多東西嗄飯，在來興屋裡，教他媳婦子整治了，掇到六娘（李瓶兒）屋裡，又買了兩瓶金華酒，先和六娘吃了。又走到前邊舖子裡，和傅二叔、賁四、姐夫、玳安、來興眾人打夥兒，直吃到爹來家時分才散了。」

金蓮道：「他就不讓你吃些？」

平安道：「他讓小的？好不大胆的蠻奴才！把娘每還不放在心上。不該小的說，還是爹慣了他，爹先不先和他在書房裡幹的齷齪營生。況他在縣裡當過門子，什麼事兒不知道？爹若不早把那蠻奴才打發了，到明日咱這一家子吃他弄的壞了。」

金蓮問道：「在你六娘屋裡吃酒，吃的多大回？」

平安兒道：「吃了好一日兒。小的看見他吃的臉兒通紅才出來。」

金蓮道：「你爹來家，就不說一句兒？」

平安道：「爹也打牙粘住了（因事有牽連，難以開口），說什麼！」

金蓮罵道：「恁賊沒廉恥的昏君強盜！賣了兒子招女婿（不划算的買賣），彼此騰倒（顛倒）著做！」囑咐平安：「等他再和那蠻奴才在那裡幹這齷齪營生，你就來告我說。」

表面上聽起來，平安說的話全是事實，但他指控的事情可完全無法分辨到底是真是假了。話又說回來了，像書童這樣的奴才，買了酒到女主人房裡一起喝——不是搞男女關係，還能有什麼別的想像？

更誇張的是，平安還暗示潘金蓮：西門慶也知道這事，只是因為搞同志的把柄落在書童手上，因此不方便多說。

儘管這個聳動的推論破綻不少（西門慶何許人也？怎麼那麼容易就被一個奴才脅迫？），然而，這樣的話在曾經和奴才琴童偷過情，又與女婿陳敬濟眉來眼去的潘金蓮聽來，再有說服力不過了。因此，怎麼讓自己的高層也痛恨自己痛恨的人呢？

解題公式的第二動是：

再把自己的敵人b（書童）和老闆的敵人B（李瓶兒或同志關係）連結起來。

綜合第一動和第二動，我們可以推論：由於潘金蓮痛恨李瓶兒，而李瓶兒又和書童關係非比尋常，因此，潘金蓮理所當然地也痛恨書童。

說得更簡單明白一點：

在高層A痛恨高層B的前提下，只要在自己敵人b頭上戴上一頂B的帽子，A自然會去打那頂帽子B——連帶的，b也就遭殃了。

這個簡單的公式，說明了人類的組織、群體中為什麼永遠存在著「派系」的理由。任何像a（平安）與b（書童）這樣最底層的小衝突發生，最有效的解決方法往往就是往上層去尋求高層的支持，並且依附在高層A（潘金蓮）與B（李瓶兒或西門慶）的鬥爭之下。同樣的，高層A與高層B的衝突，又會去尋求更高層的A'與B'奧援，依附在更高層的鬥爭之下……直到最後，形成了類似華沙公約組織對抗北大西洋公約組織，或是明代東林黨與宦官這類的大集團，沒完沒了地用彼此的正義，沒完沒了地繼續爭鬥下去。

❖

用賽局理論來分析平安和書童能做的選擇，情況更明顯了：

我們先看看在平安a不尋求派系奧援的前提下，隨著書童b的選擇，可出現的結果如下：

a（平安）不尋求派系奧援　b（書童）不尋求派系奧援　結果：a敗。

a（平安）不尋求派系奧援　b（書童）尋求派系奧援　結果：a敗。

從上面的分析，我們看得出來，a（平安）如果不尋求派系力量A（潘金蓮）的奧援，獲勝的機會可說完全沒有。

如果a尋求派系力量的奧援呢？結果會怎麼樣？

a（平安）尋求派系奧援　b（書童）不尋求派系奧援　結果：a勝。

a（平安）尋求派系奧援　b（書童）尋求派系奧援　結果：勝敗未知。

從這個分析我們看得出來，如果a尋找派系力量A，他的機會分別是「獲勝」或「勝負未知」。因此，對a來說，尋求A的奧援可說是唯一、而且必然的選擇。

有趣的是，一旦a主動選擇了派系力量A，b為了增加存活的機會，也只好也把派系力量B請出來了。

於是本來是a與b的戰爭，經過這一番派系的考慮，很快就搖身一變，變成了A與B的「代理戰爭」。

回到故事裡，情況也完全是一模一樣的。

在平安向潘金蓮告狀之後，自然有跟轎的小廝來安跑去跟書童通風報訊。書童為了自保，當然也請出了背後的高層B。

（對書童來說，他的靠山可以是李瓶兒、也可以是西門慶，但在這裡西門慶顯然是更有力的選擇。）

（西門慶和書童在書房裡面調情）

西門慶問道：「我兒，外邊沒人欺負你？」

那小廝乘機就說：「小的有樁事，不是爹問，小的不敢說。」

西門慶道：「你說不妨。」

書童就把平安一節告說一遍：「前日爹叫小的在屋裡，他和畫童在窗外聽覷，小的出來舀水與爹洗手，親自看見。他又在外邊對著人罵小的蠻奴才，百般欺負小的。」

西門慶聽了，心中大怒，說道：「我若不把奴才腿卸下來也不算！」（第三十五回）

好了，a與b狗皮倒灶的小恩怨，現在終於變成了高層A與高層B的事了。

我們先看看潘金蓮A怎麼出招。

（潘金蓮讓春梅去房間找西門慶，西門慶正和書童幹著好事，被春梅硬拉過來潘金蓮房間。）

西門慶怎禁他（春梅）死拉活拉，拉到金蓮房中。

金蓮問：「他在前頭做什麼？」

春梅道：「他和小廝兩個在書房裡，把門兒插著，揑殺蠅兒子是的，知道幹的什麼蘼兒（秘密的事），恰是守親（新婚夫妻在新房廝守不出門）的一般。我進去，小廝在桌子跟前推寫字，他便躺刺在床上，拉著再不肯來。」

潘金蓮道：「……賊沒廉恥的貨，你想，有個廉恥，大白日和那奴才平白關著門做什麼來？左右是奴才臭屁股門子，鑽了，到晚夕還進屋裡，和俺每沾身睡，好乾淨兒！」

西門慶道：「你信小油嘴兒胡說，我那裡有此勾當！我看著他寫禮帖兒來，我便揺在床上。」

（第三十五回）

我們看得出來，潘金蓮（A）的確是對書童（b）發動了攻擊。但這次攻擊的力道相當有限，被西門慶一個小小裝傻就輕輕撥開了。本來我們以為還會有更凌厲的攻勢，沒想到，令人跌破眼鏡的——潘金蓮竟開口向西門慶要衣服！（好做為去吳月娘的娘家吳大舅娶媳婦宴會的伴手禮物）。更糟糕的是，西門慶衣服找來找去，竟然找到李瓶兒那裡去了。

（西門慶）於是走到李瓶兒那邊樓上……因對李瓶兒說：「要尋一件雲絹衫與金蓮做拜錢（見面禮），如無，拿帖緞子舖討去罷。」

李瓶兒道：「你不要舖子裡取去，我有一件織金雲絹衣服哩！大紅衫兒、藍裙，留下一件也不中用，俺兩個都做了拜錢罷。」

一面向箱中取出來。李瓶兒親自拿與金蓮瞧：「隨姐姐揀，衫兒也得，裙兒也得，咱兩個一事包了做拜錢倒好，省得又取去。」

金蓮道：「你的，我怎好要？」

李瓶兒道：「好姐姐，怎生恁說話！」推了半日，金蓮方才肯了。（第三十五回）

閱讀至此，連我們都覺得懊惱。所謂吃人的嘴軟，拿人的手短，潘金蓮對李瓶兒不是應該漢賊誓不兩立，張牙舞爪才對嗎？怎麼才幾件衣服，所有意志與仇恨全軟化了呢？難道真像俗語所說的：「女性主義者就敗在衣服和愛情這兩件事上。」嗎？

當初，潘金蓮和琴童偷情，被李嬌兒和孫雪娥一狀告到西門慶那裡去時，不但被西門慶罰跪，還被罰脫去衣服，差點慘遭馬鞭之災。可是現在，潘金蓮有了李瓶兒和書童偷情的資訊，竟只換了幾件衣服當禮物？難道潘金蓮的「政治」智商真的這麼低嗎？

潘金蓮之所以會放過李瓶兒，在我看來，可能的考慮有二個：

第一個是平安唯一看到的只是書童在李瓶兒房間喝酒。（和奴才在房間喝酒當然很不適宜啦。）但如果以此就要指控李瓶兒和書童有私，證據力稍嫌不足。

再來是李瓶兒和書童都是西門慶跟前最寵愛的兩個人，同時要對這兩個人發動攻擊，目前恐怕沒有勝算。

儘管如此，只要一有機會，潘金蓮還是會用各種隱喻、暗喻，修理李瓶兒的。好比說吳月娘請大家吃螃蟹喝葡萄酒，潘金蓮就說：

「吃螃蟹得些金華酒吃才好。」又道：「只剛一味螃蟹就著酒吃，得隻燒鴨兒撕了來下酒。」月娘道：「這咱晚那裡買燒鴨子去！」李瓶兒聽了，把臉飛紅了。（第三十五回）

這段話不小心一眼就帶過去了。可是仔細想一下其中大有玄機。金華酒、燒鴨是當初書童拿進房間「孝敬」李瓶兒的，不但如此，「鴨子」在明朝是戴綠帽的意思。這也是為什麼李瓶兒聽了，會「把臉飛紅」最重要的理由了。

這句「把臉飛紅」實在很可疑。是不是李瓶兒真的和書童發生過什麼？否則，為什麼臉會飛紅呢？作者沒有告訴我們答案。這個謎團恐怕要留給讀者自己了。

至於平安恐怕至死也想不透：為什麼這次，潘金蓮就不能堅持捍衛自己派系的利益，哪怕是多花一點點力氣修理書童，至少立立威也好呢？

那個可以逼死宋蕙蓮的潘金蓮跑到哪裡去了？

其實我們只要站在潘金蓮的立場想一次，答案立刻呼之欲出。

（想到了嗎？）

答案很簡單。潘金蓮「沒有必要」除去書童。

西門慶什麼毛病，潘金蓮太清楚了。就像潘金蓮之後有李桂姐，李桂姐之後有李瓶兒，李瓶兒之後還有宋蕙蓮，宋蕙蓮之後更有王六兒……所以不是不能除掉書童，而是除掉了之後呢？是不是還有更多的書童、雞童、鴨童出現。

書童們是永遠除不完的。況且，書童不會生小孩，也不可能分西門慶的財產——換句話，在他們的同志關係根本不可能動搖潘金蓮地位的前提下，潘金蓮根本「沒有必要」除去書童。

想來想去，就換幾件衣服，獲利了結吧。別忘了，潘金蓮眼前真正的死對頭是李瓶兒，不是書童。就算鬥爭也得專注一點才好。

如果可以的話，平安應該看看下面這個關係表。

平安—（疏）—金蓮—（疏）—西門慶—（親）—李瓶兒

西門慶—（親）—書童

這張表，把賽局裡面主要角色的關係親密程度排列出來。我們可以很清楚地發現，不管是平安和潘金蓮，或者是潘金蓮和西門慶的關係，都沒有西門慶和李瓶兒、和書童那麼親密。

在三國演義中，劉表的大公子劉琦因不見容於繼母蔡夫人（寵愛小兒子劉琮），去請教諸葛亮良策。諸葛亮不願獻策，他最重要的理由就是：

「『疏不間親』，亮何能為公子謀？」逼得最後劉琦只好把閣樓的樓梯撤掉，並且以自殺威脅，孔明才肯幫他出點子。

「疏不間親」，這個人性不變的真理與法則是諸葛亮看到，潘金蓮也看到了，平安卻沒有看出來，也是平安在這次的賽局裡，最天真不自知的地方。

於是，平安終於被自己派系的高層背叛了——代價還只是兩件用來送人的衣服。

天下當然沒有白吃的午飯。平安試圖把鬥爭拉到更高的層次，他所必須面對的，自然也就是更高層次的反撲。

果然，過了沒多久，西門慶為一個調職的武官送行，喝了半天酒沒去衙門。下午一進門就吩咐看門的平安如有人來找，就說不在，免得被發現躲在家裡沒上班。偏偏西門慶白吃白喝的狐群狗黨之一白賚光上門來了。儘管平安告知西門慶不在，但為了混一頓飯吃，他還是賴著不走，巧不巧正好就撞見了西門慶從裡面走出來。糾纏了半天的結果，愛面子的西門慶只好喚人拿出「四碟小菜，牽葷連素，一碟煎麵筋、一碟燒肉，陪他吃了飯。」還「篩酒上來，討副銀鑲大鍾來，斟與他。」才打發了白賚光。

白賚光算來是西門慶所「義結」的十兄弟之一，況且，這頓飯對西門慶來說根本只是九牛一毛。然而西門慶卻擴大事態，生氣地要追究平安看門失職。

明眼人一看就知道問題不是平時看門不力，而是他看太多了——而且還跑去潘金蓮那裡告密。正好讓西門慶逮著了機會，實現他對書童說的諾言：「我若不把奴才腿卸下來也不算！」平安的下場出乎他自己的意料，不但被拶指五十下，還被打了二十下屁股，打得皮開肉綻。

想替平安主持正義的人也許會主張：他的過失，顯然和受到的懲罰不成比例。但如果再往事情的深處看的話，我們或許會明白，平安罪有應得。

事實上，是平安自己把衝突與鬥爭的格局提高的。大家必須了解的公式是：當a與b的衝突被提升到A與B的代理戰爭時，不但衝突的規模增大，失敗必須付出的代價變得更高了。

（還沒完）更重要的是：

失敗的代價，幾乎是毫無例外的，都是由下位者吸收承擔的。

平安的故事很值得所有參與組織鬥爭的下位者做為念茲在茲的警惕。不管政治的樁腳、朝廷的低階官吏、黑社會的小嘍囉、商業競爭的小經理人、甚至是公司組織的中層主管……粗字裡提到的公式，不分古今中外，全部都是一體適用的。

❖

細胞中存在著一著叫做Apoptosis（細胞凋亡）的機制。一旦受到環境的刺激啟動了這個機制，細胞就會在基因調控之下，一步一步地走向自然死亡，並且把自己消滅。細胞凋亡的程式死亡概念，常會讓我想起人類的派系以及代理戰爭。

強烈的集體趨勢恐怕是人類做為生物最獨特的特質之一。我們不但有時尚流行、名氣、排行榜這些「人氣」玩意兒，連衝突、鬥爭也都有人氣化、集體化的趨勢。在這樣的趨勢裡，即使是最微不足道的矛盾衝突都會尋求更大的矛盾衝突下，並且依附在其下。反過來，更大的矛盾、衝突也樂於吸納底層這些更小的矛盾、衝突，打著看似義正辭嚴的口號，實則規模更大的「代理戰爭」。

（反正打輸了也是底層的人付出代價嘛，何樂而不為呢？）

於是，從宗教戰爭到政治、文化、教育、經濟……任何小小的衝突只要一開始，不管有多麼微不足道，只要少了一點理性、或者是自我克制，衝突與鬥爭像滾雪球一樣自我繁衍，並且愈來愈大，直到社會像細胞一樣，被自身這個機制完全毀滅為止。

這像極了細胞的自我凋亡機制。

細胞的自我凋亡是為了讓將來的新生有開啟的空間，但人類社會的自我毀滅呢？也會有重生的可能嗎？

這應該是鬥爭這件事最可怕，也是最可悲的地方吧。

3

除了隱晦與低調外，《金瓶梅》另一個迷人的文學個性還在於它豐富的肌理與層次。《金瓶梅》埋藏在多線並行敘述結構裡的這些情節，儘管清清楚楚，但在其間細膩的轉變、進展，在一大片吃吃喝喝與送往迎來的生活細瑣中，還是很容易被讀者忽略的。偏偏這些最容易被忽略了的，也就是《金瓶梅》最不可錯過的精華。

就以潘金蓮和李瓶兒的對決來說好了。作者先描寫了潘金蓮心中的忿忿不平，接著又描寫奴才之間的爭鬥，然後呢？

（接下來當然是鋪陳潘金蓮和李瓶兒的關係。好了，問題來了。如果你是作者，接下來你會鋪陳什麼呢？先提醒，千萬別說：然後，潘金蓮和李瓶兒就開始吵架了。再沒有比那更愚蠢的答案了。）

我們且來看看，在第三十八回這段著名的「潘金蓮雪夜弄琵琶」，作者是怎麼鋪陳潘金蓮和李瓶兒兩人之間的關係轉折的。

雪夜弄琵琶故事本身有點老套，講的是西門慶出外去夏提刑家喝酒，深夜不歸，潘金蓮在家裡等人，等得「翡翠衾寒，芙蓉帳冷」，於是就把角門開著，「在房內銀燈高點，靠定幃屏，彈弄琵琶。等到二、三更，使春梅連瞧數次，不見動靜。」

接下來潘金蓮開始彈唱閨怨歌曲〈二犯江兒水〉（《江兒水》組曲之二）。江兒水的主歌部分每段歌詞不同，但副歌的部分完全是一樣的。先看看副歌好了。

> 想起來，今夜裡心兒內焦，誤了我青春年少，你撇的人，有上稍來沒下稍。

潘金蓮一邊彈唱這些閨怨歌訴說衷曲，一邊「猛聽得房簷上鐵馬兒（掛屋簷下的金屬片）一片聲响，只道西門慶敲的門環兒响，連忙使春梅去瞧。春梅回道：『娘，錯了，是外邊風起，落雪了。』」

這個情調和臺語歌曲〈望春風〉的歌詞：「聽見外面有人來，開門呷看嘜，月娘笑我憨大呆，被風騙不知。」一如出一轍。老套部分我們就不再多提了。精采的是不久，西門慶打馬回家，小廝打著燈籠，不到後邊，逕往前面李瓶兒房裡來，又在李瓶兒房裡開始喝酒了。

書上說潘金蓮：「懷抱著琵琶，桌上燈昏燭暗，待要睡了，又恐怕西門慶一時來；待要不睡，又是那盹睏，又是寒冷，不免除去冠兒，亂挽烏雲，把帳兒放下半邊來，擁衾而坐。」唱了半天歌，又叫春梅出去看。看了半天，春梅回來說：

「娘還認（以為）爹沒來哩，爹來家不耐煩（好久）了，在六娘（李瓶兒）房裡吃酒的不是？」

潘金蓮聽了當然是又哭又罵，閨怨歌聲、琵琶聲更響亮了。

潘金蓮的屋子緊鄰著李瓶兒。西門慶聽見了琵琶聲，問是誰在彈唱，迎春回答：「是五娘在那邊彈琵琶响。」

李瓶兒也忙著立刻說：「原來你五娘還沒睡哩。綉春，你快去請你五娘來吃酒。你說俺娘請哩。」綉春去了，李瓶兒忙吩咐迎春：「安下個坐兒，放個鍾筯（杯子、筷子）在面前。」

小丫頭綉春去請，潘金蓮不來。又派大丫頭迎春去請，還是不來，推說睡了。

西門慶不信，說道：「休要信那小淫婦兒，等我和你兩個拉他去，務要把他拉了來。咱和他下盤棋耍子。」還和李瓶兒手牽手，一起去潘金蓮的屋子裡。

故事敘述到這裡且暫停一下，我們先來看看幾件有趣的事：

首先，西門慶一回家就急著到前邊李瓶兒房裡，可見李瓶兒受到的寵愛之熾。潘金蓮等了半天，等到這個結果，心中的嫉妒與不爽當然不言可喻。

再來，我們看到李瓶兒接二連三派了綉春、迎春去請潘金蓮過來喝酒，還吩咐迎春準備杯子、筷子，看起來雖然誠意十足，但是真要追究起來，光是李瓶兒說的那句：「原來你五娘還沒睡哩。」就是百分之百的謊言。試想，潘金蓮彈了這麼一個晚上的琵琶，偌大的花園裡就只她們兩家，不是潘金蓮還會是誰呢？可見，這個「原來」是說給西門慶聽的。表示自己完全不知情（歌聲琴聲那麼哀怨，怎麼可能不知情呢？）。

李瓶兒連忙要去請潘金蓮過來同樂，一方面顯示出自己的大方，一方面也是忌憚潘金蓮，希望彼此之間至少能夠像過去一樣，維持表面上的和諧。

三個人中，最不知不覺的就屬西門慶了。對他來說，如果過去他翻牆和李瓶兒偷情時，潘金蓮可以當他的啦啦隊，那麼現在就沒有什麼道理三個人不能一起喝酒、下棋同樂（甚至是玩三P）。所以才會一派樂觀地說出那種死黨才會說出來的話：

「休要信那小淫婦兒，等我和你兩個拉他去，務要把他拉了來。咱和他下盤棋耍子。」

「小淫婦兒」這幾個字從西門慶口裡冒出來，是非常傳神的。畢竟潘金蓮和李瓶兒同是「新人黨」裡的兩個當家「淫婦」——這也是西門慶對這兩個女人固有的認知。只是，西門慶一點也不知道：在「官哥兒」出生之後，這件事已經完全不同了。

弄清楚了每個人心思，接下來的場面，就變得精采十足了。

西門慶拉著李瓶兒進入他房中，只見婦人坐在帳中，琵琶放在旁邊。西門慶道：「怪小淫婦兒，怎的兩三轉請著你不去！」

金蓮坐在床上，紋絲兒不動，把臉兒沈著，半日說道：「那沒時運的人兒，丟在這冷屋裡，隨

我自生自活的，又來瞅採我怎的？沒的空費了你這個心，留著別處使。」（第三十八回）

潘金蓮撒嬌，滿口酸話，得寵的李瓶兒只好也跟著陪小心，說好話。

李瓶兒道：「姐姐，可不怎的。我那屋裡擺著棋子了，咱們閒著下一盤兒，賭杯酒吃。」金蓮道：「李大姐，你們自去，我不去。你不知我心裡不耐煩，我如今睡也，比不的你們心寬閒散。我這兩日只有口遊氣兒，黃湯淡水（最簡單的飲食）誰嘗著來？我成日睁（發愣）著臉兒過日子哩！」（第三十八回）

這話更酸了，不過顯然是衝著西門慶說的。

西門慶道：「怪奴才，你好好兒的，怎的不好？你若心內不自在，早對我說，我好請太醫來看你。」

金蓮道：「你不信，叫春梅拿過我的鏡子來，等我瞧。這兩日，瘦的像個人模樣哩！」春梅把鏡子真個遞在婦人手裡，燈下觀看。（第三十八回）

女人們的爭風吃醋西門慶沒興趣，但是這種女人嬌嗔、耍小脾氣的路數他是熟悉的。於是西門慶開始也使出他耍無賴的功力。

西門慶拿過鏡子也照了照，說道：「我怎麼不瘦？」

金蓮道：「拿什麼比你！你每日碗酒塊肉，吃的肥胖胖的，專一只奈何人。」

西門慶不由分說，一屁股挨著他坐在床上，摟過脖子來就親了個嘴，舒手被裡摸，見他還沒脫衣裳，兩隻手齊插在他腰裡去，說道：「我的兒，真個瘦了些。」（第三十八回）

潘金蓮被老公吃了兩下豆腐，高興了，可是還不忘繼續撒嬌。

金蓮道：「怪行貨子，好冷手，冰的人慌！莫不我哄了你不成？我的苦惱，誰人知道，眼淚打肚裡流罷了。」

亂了一回，西門慶還把他強死強活拉到李瓶兒房內，下了一盤棋，吃了一回酒。臨起身，李瓶兒見他這等臉酸，把西門慶攛掇（慫恿）過他這邊歇了。（第三十八回）

儘管最後西門慶還是到潘金蓮房裡過夜。但無論如何，潘金蓮一定心裡有數，這種爭來的「勝利」，離男人寵愛與真正的「勝利」，其實還是非常遙遠的。

❖

小說繼續走下去。第三十九回，西門慶選定了政和七年元月九日（玉皇大帝生日，同時也是潘金蓮生日），為官哥兒在玉皇廟做清醮（請道士舉行求齋誦經的祭祀儀式），感謝神明保佑李瓶兒母子平安，順便也為官哥兒舉行寄名儀式[23]。

儘管故事寫來全是儀式的細節，送往迎來的賓客……但稍稍留神，底層真正暗潮洶湧的，卻還是李瓶兒與潘金蓮之間的關係變化。

不管是獻神的經疏文書上「西門慶底下同室人吳氏，旁邊只有李氏，再沒別人」，或者是西門慶為了醮事誤了潘金蓮政和七年元月九日的生日宴會……李瓶兒和官哥兒比潘金蓮得寵變成了再清楚、明白不過的事了。換成別人或許就此認命，然而潘金蓮是絕對不可能甘心的。在等不到西門慶出席生日宴會的隔天，她甚至還賣力地演出了一場扮丫頭的變裝秀。

> 卻說金蓮晚夕走到鏡臺前，把鬏髻摘了，打了個盤頭楂髻，把臉搽的雪白，抹的嘴唇兒鮮紅，戴著兩個金燈籠墜子，貼著三個面花兒，帶著紫銷金箍兒，尋了一套紅織金襖兒，下著翠藍緞子裙：要粧丫頭，哄月娘眾人耍子。（第四十回）

稍微熟悉潘金蓮個性的人都知道，她絕對不是個「頑皮」，也不是一個樂於「討大家歡心」的女人。她想扮丫頭，當然非常格格不入。然而，只要追究一下金瓶梅裡面出現過的幾場變裝秀，或許潘金蓮的行為就沒有那麼不好理解。

先來看看出現在第三十五回的男扮女裝秀。那次是書童應應伯爵的要求，扮裝女生，在翡翠軒的酒席間唱歌遞酒，博得應伯爵、謝希大等人的喝采。

書童這場變裝秀，巧妙地被安排在平安與書童的鬥爭落下風，被打得皮開肉綻，滿腿血淋之後。作者安排這個時間點讓書童表演變裝，一方面顯示在決戰之後，書童做為西門慶第一男寵的寵愛熾盛，同時也讓大家看到應伯爵與謝希大追捧西門慶新歡的現實嘴臉。

應伯爵就說：「你看他這喉音，就是一管簫。說那院裡小娘兒便怎的，那些唱都聽熟了。怎生如他這等滋潤！哥，不是俺們面獎，似你這般的人兒在你身邊，你不喜歡。」西門慶笑了。

書上形容書童扮成女生在酒席上要給夥計韓道國遞酒時，韓道國的反應是「慌忙立起身來接酒」。照說韓道國夥計的身分是不比書童低的，可是當奴才變成男寵時，連韓道國都要敬畏三分。這場面當然是再真實不過的浮世繪了。

另一場變裝秀，發生在〈第四十回抱孩童瓶兒希寵〉，李瓶兒和潘金蓮把玉皇廟裡寄名求回來的道士服穿在官哥兒身上，把他裝扮成小道士，抱著去西廂房找宿醉還在睡覺的西門慶的場面。但見：

金蓮與李瓶兒一邊一個坐在床上，把孩子放在他面前，怎禁的鬼混，不一時把西門慶弄醒了。睜開眼看見官哥兒在面前，穿著道士衣服，喜歡的眉開眼笑。連忙接過來，抱到懷裡，與他親個嘴兒。（第四十回）

兩場變裝，都惹得西門慶打從心眼裡笑出來。這些在潘金蓮看來宛如甘霖的笑容，一再地強調了「只見新人笑，不見舊人哭」這個不曾改變的殘酷事實。

我曾聽過一位化粧品行銷專家說過：

23 寄名指的是將孩子寄名於出家人或佛祖名下，以求長命富貴。

「稱讚女性，唯一不會出錯的形容詞永遠是——年輕，這兩個字。」

妳看起來很年輕，妳的氣色很年輕，這個髮型看起來很年輕，這個裝扮讓妳年輕了至少十歲，這支手機搭配起來好年輕……

不管是在昂貴的名牌服飾上搭配卡通造形，手機上吊串bling bling的裝飾，或者是整型美容、打肉毒桿菌、玻尿酸……這一切，無非都是一種「變裝秀」的渴望，底層的慾望，說穿了，是和潘金蓮變裝秀的心態沒有什麼兩樣的。

稍微把《金瓶梅》讀透點的人，應不難體會潘金蓮複雜的心情。

於是，我們看到，這場變裝秀的設計是這樣的：大家趁著西門慶出門應酬還沒有回來時，讓陳敬濟去向參加潘金蓮生日隔天宴會（算是補昨天的吧！）的女眷們謊稱「西門慶又叫薛嫂使了十六兩銀子，買了一個二十五歲，會彈唱的姐兒，叫人用轎子送了過來。」然後把裝扮丫頭的潘金蓮從門外拉進來。

果然一聽到這個消息，批評的，抱怨的，好奇的搶著要去看的都有。等潘金蓮自己噗哧一笑，謎底揭曉，眾人又一陣議論紛紛，有人說完全沒看出來，有人說事先就看出來了……

儘管這次的演出非常成功，但看得出門道的人應該明白，無論女士們如何覺得有趣，這都只是正式演出前的暖場。潘金蓮這場變裝秀，真正（也是唯一）在乎的觀眾，當然還是西門慶。

總之，沒多久，西門慶回來了。這場「假如我是新來的年輕妹妹……」的扮裝鬧劇又重新開始了正式的演出。我們且來看看：

（潘金蓮躲在外面房間，讓孟玉樓給拉進大廳來。）

西門慶（坐在大廳裡）燈影下睜眼觀看，卻是潘金蓮打著揸髻裝丫頭，（西門慶）笑的眼沒縫兒。那金蓮就坐在旁邊椅子上。

玉樓道：「好大胆丫頭！新來乍到，就恁少條失教的，大剌剌對著主子坐著。」

月娘笑道：「你趁著你主子來家，與他磕個頭兒罷。」

那金蓮也不動，走到月娘裡間屋裡，一頓把簪子拔了，戴上鬏髻出來。

月娘道：「好個淫婦，討了誰上頭話，就戴上鬏髻（升格為妻妾）了！」眾人又笑了一回。

（第四十回）

這裡面的情緒其實是複雜而充滿層次的。

首先，是西門慶看到了潘金蓮的丫頭裝扮，笑得眼沒縫兒。這表示潘金蓮打扮成「年輕妹妹」已經被西門慶看穿了。

照說，接下來是潘金蓮給西門慶磕頭，西門慶繼續嬉鬧、或眾人發表感言等等……劇情才正要走向高潮。然而，令人跌破眼鏡的，潘金蓮卻不給西門慶磕頭，逕自走到月娘房裡，拔了簪子，戴上鬏髻走出來。

只有明媒正娶的妻妾才有資格戴上鬏髻，換句話，潘金蓮的行為代表的是：現在我是夫人了，「扮丫頭」的戲碼已經結束。

潘金蓮為什麼故意讓劇情在高潮前就冷掉了呢？

大家不要忘記，這場秀潘金蓮唯一在乎的觀眾只有西門慶。可是西門慶昨天才為了李瓶兒母子的清醮耽誤了潘金蓮的生日宴會，這個氣今天潘金蓮當然還不能消。生氣的話在今天的場合氣氛下當然不宜出口，因此，她才不惜「耍冷」，讓西門慶知道：

「老娘可是戴了鬏髻的正牌妾，你昨天生日宴會不來是什麼意思？」

好笑的是，向來反應遲鈍的吳月娘還陶醉在鬧劇裡。因此，她會破天荒地說出了一句還算機伶的玩笑話來，她說：

「好個淫婦，討了誰上頭話，就戴上鬏髻（升格為妻妾）了！」

至於「眾人又笑了一回」其中的笑聲聽起來就非常懸疑了。我們分不清楚眾人的笑聲是因為聽懂了吳月娘的機伶，還是因為看明白了她的遲鈍。在《金瓶梅》裡，連笑聲的意涵都是隱晦的。因為不管是聽笑話，看笑話，甚至只是虛情假意地應付著笑的眾人，他們發出來的笑聲聽起來都是一樣的。

總之，這是元月十日，潘金蓮生日的隔天，西門慶終於有空陪潘金蓮吃一頓「生日晚餐」了。雖然來遲了，但總是聊勝於無。故事繼續進行下去，於是：

潘金蓮遞酒，眾姐妹相陪吃了一回。西門慶因見金蓮粧扮丫頭，燈下艷粧濃抹，不覺淫心漾漾，不住把眼色遞與他。金蓮就知其意，就到前面房裡，去了冠兒，挽著杭州纘，重勻粉面，復點朱唇，早在房中預備下一桌齊整酒菜等候。（第四十回）

不久，西門慶果然悄悄來到了潘金蓮房間。

春梅收拾上酒菜來。婦人重新與他遞酒。西門慶道：「小油嘴兒，頭裡（剛才）已是遞過罷了，又教你費心。」

金蓮笑道：「那個大夥裡酒兒不算，這個是奴家業兒（錢），與你遞鍾酒兒。年年累你破費，你休抱怨。」把西門慶笑的沒眼縫兒。連忙接了他酒，摟在懷裡膝蓋上坐的。（第四十回）

是的，獨占西門慶所有的愛，這才是潘金蓮真正想要的。接下來當然是又一陣吃吃喝喝。在那之後會發生的事，讀者應該都猜想得到了。

潘金蓮一定想過，如果不是出現了「官哥兒」，在爭寵這件事情上，她或許還有機會和李瓶兒奮力一拚。然而任何事只要一沾到「官哥兒」，西門慶對潘金蓮的關愛，毫無商量地，就必須完全被拋閃在一旁。

情勢像條傾斜的地平線，潘金蓮所有努力都是氣喘吁吁地逆風爬坡，而李瓶兒卻毫不費力地搭著順風車一路往下，暢行無阻。

這也是為什麼，似乎潘金蓮只要聽到官哥兒任何好事，立刻就會抓狂。偏偏官哥兒喜事連連。

在做完醮事之後，下一樁喜事是吳月娘又給官哥兒訂了親。親事的對象是清河縣另一有錢人喬大戶家偏房生的女嬰——長姐。之所以會有這門親事，實在是因為吳月娘領著妻妾和喬大戶家女眷聯誼時，看見官哥兒和長姐在臥房玩得很開心，吳月娘的兄嫂吳大妗子才會有此提議。

有趣的是，這門親事吳大妗子初提出來時，喬大戶娘子還嫌西門慶家窮，不夠「門當戶對」。她說：

「列位親家聽著，小家兒人家，怎敢攀的我這大姑娘府上？」

不過，在眾人好說歹說的情況下，終於把這門親事說定了，回到家裡，吳月娘告訴西門慶這門親事，西門慶又覺得吃虧了。他說：

「既做親也罷了，只是有些不搬陪（相稱）些。喬家雖有這個家事（財富），他只是個縣中大戶白衣人（平民）。你我如今見居著這官，又在衙門中管著事，到明日會親酒席間，他戴著小帽（明服制裡平民戴的帽子），與俺這官戶怎生相處？」

西門慶還抱怨，左衛指揮僉事荊都監託人來給官哥兒說親，西門慶還嫌人家女兒是「房裡生的」（小妾，不是正室生的），沒有答應。不料到頭來竟和平民結了親。

既然西門慶都說了「既做親也罷了」，表示之後的話都只是牢騷。沒想到一旁的潘金蓮見有機可乘，立刻不識好歹地也跟著說：

「嫌人家是房裡（小妾）養的，誰家是房外養的（誰又是正室生的）？就是喬家這孩子，也是房裡生的。正是險道神（葬禮時棺前開道的神祇，身長丈餘）撞到壽星老兒（長得矮胖）——你也休說我長，我也休嫌你短。」

西門慶本來已經心情不悅了，潘金蓮這麼一挑撥，當然更不愉快，氣得對潘金蓮說：「人這裡說話，也插嘴插舌的。有你什麼說處！」有你什麼說處，翻成白話就是：有輪得到妳說話的地方嗎？

偏偏這句話直接就命中潘金蓮的痛處，氣得潘金蓮抽身走出來，叫嚷著：

「誰說這裡有我說處？可知我沒說處哩！」

我初次讀到《金瓶梅》時，對於潘金蓮這種一而再、再而三地重複這種「找碴——挨罵——情緒發作」的戲碼，其實是有點不耐的。後來回頭又讀了幾次才發現，儘管是同樣的攻擊模式，潘金蓮的反應卻是一步一步地循序漸進的。

從幾次背著李瓶兒說壞話，到「雪夜弄琵琶」那晚當著李瓶兒面前說酸話，無論如何，兩個女人之間表面的和諧仍然還是維持住的。但這次在大嚷：「可知我沒說處哩！」之後，潘金蓮可顧不了那麼許多了。

潘金蓮回房裡因秋菊開門遲了，進門就打了她兩個耳刮子。潘金蓮告訴春梅說：「我知道他和我兩個毆氣。党太尉吃匾食[24]，他也學人照樣兒欺負我。」

秋菊是個蠢婢，當然不可能學別人欺負潘金蓮。潘金蓮這番話顯然是遷怒。西門慶就在李瓶兒的房裡，而李瓶兒的房裡就在潘金蓮的隔壁。書上說潘金蓮要打秋菊，又恐西門慶聽見。不言語，心中又氣。沒辦法，只好一個人生悶氣。

隔天，西門慶衙門上班去了。潘金蓮讓秋菊罰跪頂石頭，還叫人扯去她的衣服，拿著大板子打。

潘金蓮關起門來要打丫頭，本來也不關別人的事，不過耐人尋味的是潘金蓮邊打邊罵的說辭。潘金蓮罵說：

24 党太尉是宋朝人，因軍功居高位，由於是粗人，所以官場行事完全照別人的樣子模仿。

「賊奴才淫婦，你從幾時就恁大來？別人興（寵）你，我卻不興你。姐姐，你知我見的（你我心知肚明），將就膿著（將就）些兒罷了。平白撐著頭兒，逞什麼強？姐姐，你休要倚著（勢），我到明日洗著兩個眼兒看著你哩！」

可憐的秋菊一定完全無法理解她自己挨罵的內容，更別說為什麼挨打了。什麼是你我心知肚明，大家彼此將就著些罷了？什麼叫做你休要倚著勢？秋菊哪有什麼可以和潘金蓮彼此心知肚明，必須彼此將就的事？秋菊哪有什麼勢可以倚，更別說有什麼強可逞了。

但如果把挨罵的對象想成李瓶兒，一切就真相大白了。

大家心知肚明什麼呢？當然不外乎是指李瓶兒和書童偷情，再不然就是指官哥根本不是西門慶的種。大家彼此心知肚明，妳這個淫婦，又何必逞強仗勢呢？可憐又無辜的秋菊被打得「殺豬也似叫」，一點也不知道自己成了李瓶兒的代打。書上說：

李瓶兒那邊才起來，正看著奶子（奶媽）打發官哥兒睡著了，又諕醒了。明明白白聽見金蓮這邊打丫鬟，罵的言語兒有因，一聲兒不言語，諕的只把官哥兒耳朵握著。一面使綉春：

「去對你五娘說休打秋菊罷。哥兒才吃了些奶睡著了。」（第四十一回）

潘金蓮打秋菊，本來就是要洩恨。一知道李瓶兒也聽見了，打得更起勁了，罵得也更露骨了。潘金蓮罵：

「……我是恁性兒，你越叫，我越打。莫不為你拉斷了（阻斷）路行人？人家打丫頭，也來看著你。好姐姐，對漢子說，把我別變（打發）了罷！」（第四十一回）

一切根本就是衝著李瓶兒來的。

就這樣，在元宵燈節熱鬧的氣氛之中，潘金蓮和李瓶兒之間緊張的情勢層層開展，一步一步化暗為明。擺在李瓶兒面前的路，有兩個選擇：一個是對潘金蓮全面開戰。另一個是繼續隱忍。我們來看看李瓶兒的選擇。

> 李瓶兒這邊分明聽見指罵的是他，把兩隻手氣的冰冷，忍氣吞聲，敢怒而不敢言。早晨茶水也沒吃，摟著官哥兒在炕上就睡著了。
>
> 等到西門慶衙門中回家，入房來看官哥兒，見李瓶兒哭的眼紅紅的，睡在炕上，問道：「你怎的這咱還不梳頭？上房（吳月娘）請你說話。你怎揉的眼恁紅紅的？」
>
> 李瓶兒也不題金蓮指罵之事，只說：「我心中不自在。」（第四十一回）

如果有機會處在李瓶兒的處境，很多讀者或許都會選擇和潘金蓮全面開戰吧。畢竟以李瓶兒過去對付花子虛的無情無義、對付蔣竹山的潑辣，加上生了官哥兒之後西門慶的寵愛之盛，又有書童做為羽翼，有錢又有人緣的李瓶兒在這場戰爭的勝算應該不小。

可是為什麼她偏偏會選擇了隱忍呢？

對付花子虛、蔣竹山那個李瓶兒和現在這個李瓶兒為什麼會有這麼大的轉變呢？這個轉折，構成了金瓶梅裡面最難解的問題之一。

傳統的看法認為，李瓶兒之所以會這樣，最大的顧忌與考量是官哥。

如果只是李瓶兒和潘金蓮一對一的對決，大戰也許早就爆發了。可是畢竟這是一個大家庭，人與人之間是那麼地缺乏距離，為了避免樹立太多敵人，導致戰火波及官哥兒，做為母親的李瓶兒寧可送衣服、陪笑臉，自己受罪、忍耐，也不要全面開戰。這是李瓶兒的生命選擇。

這個邏輯受到批評的地方很多。很多人不解的是：既然官哥是西門慶的兒子，西門慶自然沒有不保護官哥的道理，李瓶兒只要把情況告訴西門慶就可以了，幹嘛還要自怨自艾地為官哥兒隱忍呢？更何況，江山易改，本性難移。以李瓶兒過去的淫蕩、潑辣，她的個性怎麼在這裡忽然有了一百八十度的大轉變呢？這些都是光用「慈母」邏輯說不通的事情。

有可能還有別的邏輯可以解釋李瓶兒的隱忍嗎？

（當然有啊。）

會不會潘金蓮真的說對了？萬一官哥不是西門慶的兒子。

或者，萬一李瓶兒真的和書童有什麼私情的話，李瓶兒是不是非得對潘金蓮有所忌憚呢？

（雖然這樣的推論有點聳動，但這個邏輯似乎更行得通。）

不管如何，可以確定的是，李瓶兒對於目前的幸福是相當眷戀的。或許她這一生所有的努力，就為了換取這樣的幸福。可惜的是，幸福從來不會是沒有代價的。然而，也正因為對幸福的眷戀，使她失去了戰鬥的勇氣。

至於真相如何呢？作者並沒有在小說裡確切交代。這是《金瓶梅》最奧妙的地方之一。它讓真相存在許多的可能裡，但卻不為我們指出這些可能是什麼，也不告訴我們哪一個可能才是真正的答案。

對於習慣故事只能有一種真相的讀者，這樣的閱讀當然是很不習慣的。

然而，換個角度想，如果一種可能就是一個真相、一個世界的話，藉由這些隱晦的空間所創造出來的種種可能，作者讓讀者擁有了一個比傳統閱讀還要大，還要更層次豐富的世界。

這當然是《金瓶梅》最令人驚艷，也最無法言喻的迷人之處。

4

隨著潘金蓮的失寵，以及和李瓶兒之間的衝突漸漸從檯面下慢慢提升到檯面上，潘金蓮和陳敬濟之間的曖昧關係也用一種失控的速度化暗為明。

先來看第四十八回這段〈弄私情戲贈一枝桃〉。這段故事的前情提要是西門慶發達了，帶著全家人到南門外祖墳去祭祖。不過官哥兒被祭儀的鑼鼓嚇到了，於是抱他到捲棚後面的房間去休息。

奶子如意兒看守官哥兒，正在那灑金床炕上鋪著小褥子兒睡，迎春（李瓶兒大丫頭）也在旁和他頑耍。只見潘金蓮獨自從花園驀地走來，手中拈著一枝桃花兒，看見迎春便道：「你原來這一日沒在上邊伺候。」

迎春道：「有春梅、蘭香、玉簫在上邊哩，俺娘叫我下邊來看哥兒，就拿了兩碟下飯點心與如意兒（奶媽）吃。」（第四十八回）

在這段看似稀鬆平常的敘述裡其實是有玄機的。首先，所有人都在祖墳祭祀，為什麼只有潘金蓮一個人獨自從花園驀地走來？用驀地這個形容，指的當然就是出其不意。迎春和如意兒也許料想不到，但讀者一看，很容易就明白，潘金蓮是衝著官哥兒來的。

奶子見金蓮來，就抱起官哥兒來。

金蓮便戲他說道：「小油嘴兒，頭裡見打起鑼鼓來，諕的不則聲，原來這等小胆兒。」於是一面解開藕絲羅襖兒，接過孩兒抱在懷裡，與他兩個嘴對嘴親嘴兒。（第四十八回）

在上次讓官哥兒被潘金蓮抱走挨罵之後，如意兒已經多少有點防衛心了，所以她才會下意識地把官哥兒抱起來。

但潘金蓮的下一個動作卻是「解開自己的厚襖兒」，準備抱小孩。

潘金蓮是迎春和如意的主子，在李瓶兒不在場的情況下，潘金蓮抱小孩的預備動作都做出來了，孩兒能不交出去嗎？這樣想時，這個動作背後隱藏的其實是更多主控和強迫。

潘金蓮抱了孩子之後和他嘴對嘴親。表面上是女人與小孩的親暱，可是誰不知道潘金蓮真正的動機是嫉妒與怨恨。這段文字最驚悚之處還在於表象和內在的落差。潘金蓮愈表現出疼愛官哥兒的嘴臉，這段文字看起來就愈覺得心驚膽跳。

我們繼續讀下去。

忽有陳敬濟掀簾子走入來，看見金蓮逗孩子頑耍，便也逗那孩子。

金蓮道：「小道士兒，你也與姐夫親個嘴兒。」

可霎作怪，那官哥兒便嘻嘻望著他笑。敬濟不由分說，把孩子就摟過來，一連親了幾個嘴。金蓮罵道：「怪短命，誰家親孩子，把人的髩都抓亂了！」

敬濟笑戲道：「你還說，早時（幸虧）我沒錯親了哩。」（第四十八回）

在陳敬濟走進來了之後，劇情急轉直下，由驚悚戲變成了偷情戲。原來潘金蓮暫時還沒打算對官哥兒怎麼樣，作者只是暫時吊一下我們的胃口。

說起來，潘金蓮和陳敬濟眉來眼去不是一天兩天的事情了。之前潘金蓮在翡翠軒和西門慶戶外性愛之後不小心掉了一雙紅鞋子，被小孩撿去，輾轉落到陳敬濟手裡，陳敬濟拿紅鞋和潘金蓮交換了一條貼身的手巾做紀念品。在這之後，又有陳敬濟忘了鑰匙，被潘金蓮拾到，罰他唱了〈山坡羊〉作交換。

（之前說過，明朝只有地位低下的樂戶、妓女才唱曲給別人聽的。〈山坡羊〉又是專唱情色相思的不入流小曲。無疑的，在這樣的交換裡，意淫的味道是相當濃厚的。）

總之，這些眉來眼去的調情在小說裡，斷斷續續地以一種若有似無的方式出現著。儘管如此，過去這些你來我往，多少還停留在「禮尚往來」的架構裡，讓雙方的情愫壓抑在一種「不言可喻」的暗喻氛圍。

可是這次當陳敬濟說出：「你還說，早時我沒錯親了哩。」時，兩個人意淫的露骨程度，已經幾乎進到「明白公開」的階段了。

（想想，如果不是調情，會有任何一個正常男人跟他的丈母娘這樣說嗎？）

我們接著再讀：

金蓮聽了，恐怕奶子瞧科，便戲發訕，將手中拿的扇子倒過柄子來，向他身上打了一下，打的敬濟鯽魚般跳。罵道：「怪短命，誰和你那等調嘴調舌的！」

敬濟道：「不是，你老人家摸量（斟酌、估量）惜些情兒。人身上穿著恁單衣裳，就打恁一下！」

金蓮道：「我平白（無緣無故）惜甚情兒？今後惹著我，只是一味打。」

如意兒見他頑的訕，連忙把官哥兒接過來抱著，金蓮與敬濟兩個還戲謔做一處。金蓮將那一枝桃花兒做了一個圈兒，悄悄套在敬濟帽子上。

走出去，正值孟玉樓和大姐（西門大姐）、桂姐三個從那邊來。大姐看見，便問：「是誰幹的營生？」敬濟取下來去了，一聲兒也沒言語。（第四十八回）

桃花暗喻的當然是愛情。潘金蓮向來是玩弄「暗喻」的高手，雖然顧忌有人在旁邊，嘴裡罵著：「怪短命，誰和你那等調嘴調舌的！」但仍然還是把桃花戴在陳敬濟頭上。嘴巴上說的雖然是一回事，但是言語加上行為之後，表達出來的暗喻又完全是另外一回事了。

這是「暗喻」的奧妙之處。我們發現：

隱藏在敘述裡面的暗喻顯然比敘述的字面意義更強大。

好比陳敬濟說：「幸虧我沒錯親了哩！」在這個敘述背後，真正要傳達的其實正好是相反的暗喻：「多麼希望我親錯了哩。」同樣的，潘金蓮說：「誰和你那等調嘴調舌的！」一副不屑的樣子，可是背後真正的暗喻卻是：「就是我，愛和你這等調嘴調舌。」任何一個狀況裡的人都很容易就懂得字面上的意義為假，而暗喻的意義為真。

此外，暗喻的另一個更實用的功能就是可以用來規避現實。暗喻有點像是密碼。除了當事人外，其他的人愈不容易破解，規避現實稽查的能力就愈強大。對於潘金蓮和陳敬濟而言，桃花指的當然是情愛，可是這組暗喻落到西門大姐眼裡，意義變得就模糊不清了。

（是誰？是為了避邪？惡作劇？還是有什麼別的目的？）

可以想見，當陳敬濟老婆西門大姐問著：「是誰幹的營生？」時，如果陳敬濟擁有的是潘金蓮的告白情書——而不是桃花時，那可就完全是另一回事了。

以過去潘金蓮和琴童偷情的紀錄來看，她和陳敬濟的「不倫之戀」一點也不讓人覺得意外。

精神科醫師發現，有許多精神病患在面臨重大壓力所導致的精神疾病發作，在發作之前往往會有一小段強迫性的行為發生，諸如：「偷竊」、「瘋狂消費」、「酗酒」或「暴飲暴食」等等。用這樣的模式來看待潘金蓮時，我們可以發現，潘金蓮兩次的「偷情」行為，都發生在潘金蓮開始失寵之時。琴童那次是因為西門慶和李桂姐正打得火熱，而這次則是因為李瓶兒母子占據了西門慶所有的關注。

進一步分析，我們會發現，在官哥出生後潘金蓮所有的行為，不管是對李瓶兒的攻擊、彈琵琶的自怨自艾、裝扮丫頭……都可以視為面對「失寵」壓力，所採行的「合理化行為」。然而在「合理化行為」無法有效地解除壓力時，「非理性」行為就開始漸漸取而代之……

把秋菊當成李瓶兒體罰、斥罵，是這波「強迫性」行為的開始，我們看到了潘金蓮的內心世界，「真實」與「想像」之間應有分際在潘金蓮心中已經模糊消失了。從某個角度來看，潘金蓮的「偷情」行為和「打秋菊」這樣的「非理性的」、「病態性的」強迫性反應是沒有太大差別的。過去，由於種種對於「丈母娘—女婿」倫理的考慮，或是對於西門大姐感受的顧忌……潘金蓮和陳敬濟之間的調情一直被壓抑在若有似無的曖昧中，然而在〈第四十八回 弄私情戲贈一枝桃〉之後，潘金蓮對於隔在兩人間那道薄弱的理性之牆再也視若無睹了。這是兩個人的關係，為什麼會急轉直下，迅速而猛烈地燃燒起來，最關鍵的理由。

瘋狂正在悄然成形。

我們看到，在那之後，只要一有機會，陳敬濟就來找潘金蓮。在〈第四十八回 弄私情戲贈一枝桃〉之後是〈第五十一回 打貓兒金蓮品玉 鬥葉子敬濟輸金〉，然後是〈第五十二回 潘金蓮花園調愛婿〉。一次比一次激烈、一次比一次更加乾柴烈火。我們且來看看第五十二回這一次：

月娘與李嬌兒、桂姐三個下棋，玉樓眾人都起身向各處觀花玩草耍子。惟金蓮獨自手搖著白團紗扇兒，往山子後芭蕉深處納涼。因見牆角草地下一朵野紫花兒可愛，便走去要摘。不想敬濟有心，一眼睃見，便悄悄跟來，在背後說道：「五娘，你老人家尋什麼？這草地上滑齏齏的，只怕跌了你，教兒子心疼。」

那金蓮扭回粉頸，斜睨秋波，帶笑帶罵道：「好個賊短命的油嘴，跌了我，可是你就心疼哩？誰要你管！你又跟了我來做什麼，也不怕人看著。」（第五十二回）

潘金蓮問陳敬濟之前託他買的手巾呢？

敬濟笑嘻嘻向袖於中取出，遞與他……又道：「汗巾兒買了來，你把甚來謝我？」於是把臉子挨的他身邊，被金蓮舉手只一推。

不想李瓶兒抱著官哥兒，並奶子如意兒跟著，從松牆那邊走來。見金蓮手拿白團扇一動，不知是推敬濟，只認做撲蝴蝶，忙叫道：「五媽媽，撲的蝴蝶兒，把官哥兒一個耍子。」慌的敬濟趕眼不見，兩三步就鑽進山子（山洞）裡邊去了。（第五十二回）

這段寫得像鬧劇，頗有上一段西門大姐來了，問陳敬濟：「是誰幹的營生？」的詼諧。不過接下來李瓶兒把涼蓆、枕頭鋪在花園，把官哥放在涼蓆的枕頭上，邀潘金蓮抹骨牌，劇情風格又開始轉折了。

讀者也許要問：潘金蓮和李瓶兒兩個人不是已經心結重重了嗎？為什麼還會在一起打牌？這事不難理解。李瓶兒想要和潘金蓮重修舊好。潘金蓮則是因為還躲在山洞沒有出來的陳敬濟，不得不虛與委蛇，暫時看顧著山洞入口，免得被識破。

抹了一回，交迎春往屋裡拿一壺好茶來。不想孟玉樓在臥雲亭上看見，點手兒叫李瓶兒說：「大姐姐叫你說句話兒。」

李瓶兒撇下孩子，教金蓮看著：「我就來。」

那金蓮記掛敬濟在洞兒裡，那裡又去顧那孩子，趕空兒兩三步走入洞門首，教敬濟，說：「沒人，你出來罷。」

敬濟便叫婦人進去瞧蘑菇：「裡面長出這些大頭蘑菇來了。」哄的婦人入到洞裡，就折疊腿跪著，要和婦人雲雨。兩個正接著親嘴。（第五十二回）

同一時間，把李瓶兒叫上去玩「投壺」的吳月娘忽然想起官哥沒人照顧。儘管孟玉樓說有潘金蓮在那裡看著，吳月娘還是不放心（她的直覺是正確的），要孟玉樓帶人下去看看，順便把小孩抱來。

於是孟玉樓帶著小玉去看，這一看，還得了。

那小玉和玉樓走到芭蕉叢下，孩子便躺在席上，蹬手蹬腳的怪哭，並不知金蓮在那裡。只見旁邊一個大黑貓，見人來，一溜烟跑了。

玉樓道：「他五娘那裡去了？耶嘌，耶嘌！把孩子丟在這裡，吃（被）貓諕了他了。」

不是應該潘金蓮看著孩子才對嗎，這下可好了。

那金蓮連忙從雪洞兒裡鑽出來，說道：「我在這裡淨了淨手（上廁所），誰往那去來！那裡有貓諕了他？白眉赤眼（無憑無據）的！」

那玉樓也更不往洞裡看，只顧抱了官哥兒，拍哄著他往臥雲亭兒上去了。小玉拿著枕席跟的去了。金蓮恐怕他學舌，隨屁股也跟了來。

月娘問：「孩子怎的哭？」

玉樓道：「我去時，不知是那裡一個大黑貓蹲在孩子頭跟前。」

月娘說：「乾淨（敢情，莫非）諕著孩兒。」

李瓶兒道：「他五娘看著他哩。」

玉樓道：「六姐往洞兒裡淨手去來。」

金蓮走上來說：「三姐，你怎的恁白眉赤眼（無憑無據）兒的？那裡討個貓來！他想必餓了，要奶吃哭，就賴起人來。」

李瓶兒見迎春拿上茶來，就使他叫奶子來喂哥兒奶。

陳敬濟見無人，從洞兒鑽出來，順著松牆兒轉過捲棚，一直往外去了。……（第五十二回）

《金瓶梅》的故事多線進行，但情節與情節之間又彼此糾結纏繞。上次祭祖時從抱官哥兒玩親親寫到潘金蓮和陳敬濟偷情，這次反過來了，從兩人偷情寫回來官哥兒受驚嚇。繞了一圈回來，焦點又回到「官哥兒」——李瓶兒最甜蜜的負擔，潘金蓮心中最不可承受的痛。這種筆法有點「項莊舞劍，意在沛公」的味道。繞了半天，原來官哥兒才是牽動情勢最重要的關鍵。

第一次出現的這隻黑貓為整個劇情帶來一種濃烈的象徵意味。我初次讀時，有點天真地以為無非只是野貓碰巧出現在那兒罷了。然而《金瓶梅》寫的畢竟不是喜劇，等讀過了整本書，第二次再回來讀這段時，我開始不確定是否真是如此了。

後來又讀第三次、第四次、第五次……奇怪的是，每次讀到這段時，都有不同的理解。唯一不變的是，每次讀到這裡時，心中那股油然而生的毛骨悚然就是無法克制。

偷情的故事並沒有這麼就結束。

且說陳敬濟因與金蓮不曾得手，耐不住滿身慾火。見西門慶吃酒到晚還未來家，依舊閃入捲棚後面，探頭探腦張看。原來金蓮被敬濟鬼混了一場，也十分難熬，正在無人處手托香腮，沈吟思想。不料敬濟三不知（無聲無息）走來，黑影子裡看見了，恨不的一碗水嚥將下去。就大著胆，悄悄走到背後，將金蓮雙手抱住，便親了個嘴，說道：「我前世的娘！起先吃（被）孟三兒（玉樓）那冤兒打開了，幾乎把我急殺了。」

金蓮不提防，吃了一嚇。回頭看見是敬濟，心中又驚又喜，便罵道：「賊短命，閃了我一閃，快放手，有人來撞見怎了！」敬濟那裡肯放，便用手去解他褲帶。金蓮猶半推半就，早被敬濟一扯扯斷了。（第五十三回）

……

往下情節香艷的程度讀者應不難想像。套句俗語，也就是說這兩個人「姘上了」！

5

差不多同一個時刻，西門慶準備了禮物，親自赴京城去向蔡太師拜壽，打算認太師當乾爹。西門慶能見到蔡太師，當然全拜翟管家的引介。

（別忘了，翟管家新娶的小妾正是王六兒的女兒韓愛姐。這是懂得巴結VIP身邊的重要人物的好處——再一次，西門慶又靠著女人，成就了一次他的事業。）

西門慶向蔡太師祝壽的這個場面寫得生動奧妙，我們先來看看。

西門慶朝上拜了四拜，蔡太師也起身，就羢單上回了個禮。——這是初相見了。落後，翟管家走近蔡太師耳邊，暗暗說了幾句話下來，西門慶理會的是那話了，又朝上拜四拜，蔡太師便不答禮。——這四拜是認乾爺，因此受了。

西門慶開言便以父子稱呼道：「孩兒沒恁孝順爺爺，今日華誕，特備的幾件菲儀，聊表千里鵝毛之意。願老爺壽比南山。」

蔡太師道：「這怎的生受！」便請坐下。（第五十五回）

我們在這段敘述裡看到，雖然蔡太師讓西門慶拜了四拜認乾爹，但是可以感覺到他只是行禮如儀，態度冷淡。西門慶故意自稱孩兒，還恭敬地稱蔡太師「爺爺」——比爹更恭敬、謙抑的稱呼，可是蔡太師並沒有熱情回應，只是客氣地說不好意思。

然而，在西門慶把禮物清單拿出來，又把所有的禮物都擡到階下之後，蔡太師的態度開始有了一百八十度的轉變。先看看西門慶的禮物：

大紅蟒袍一套、官綠龍袍一套、漢錦二十匹、蜀錦二十匹、火浣布二十匹、西洋布二十匹，其餘花素尺頭共四十匹、獅蠻玉帶一圍、金鑲奇南香帶一圍、玉杯犀杯各十對、赤金攢花爵杯八隻、明珠十顆，又另外黃金二百兩。（第五十五回）

書上說蔡京立刻要擺酒席宴請西門慶，但西門慶知道蔡京誕辰要拜壽的人很多，因此知趣地說要告辭。照說蔡京壽辰接見人分三批，第一天是皇親內相，第二天是尚書顯要、衙門官員，第三天是太師府內外大小等職。不過蔡京在見識到西門慶禮物之出手大方後，立刻約定當天下午，也就是第一天下午單獨約見他。果然西門慶的「砸錢」策略又準又狠，一下子就砸開了蔡太師的心扉，也砸出了自已將來的發達之路。

在下午單獨的約見裡，我們見識到了經典的政商勾結場面，以及手段和身段都旗鼓相當的兩造。

蔡太師要與西門慶把盞，西門慶力辭不敢，只領的一盞，立飲而盡，隨即坐了桌席。西門慶叫書童取過一隻黃金桃杯，斟上一杯，滿滿走到蔡太師席前，雙膝跪下道：「願爺爺千歲！」蔡太師滿面歡喜道：「孩兒起來。」接過便飲個完。（第五十五回）

儘管在這次接見中，重複的是一樣跪拜、祝壽程序，然而當蔡京滿面歡喜地接過酒，叫西門慶「孩兒起來」時，上道的商人和圓滑的政客心裡都完全明白，又一次的完美「政商掛勾」已經無聲無息地完成了。

一樣的程序，一樣的稱呼，但這時的境界和早上顯然是完全不同的。

識相的西門慶受了蔡太師的招待，在向蔡太師告別道謝時說：

「爺爺貴冗，孩兒就此叩謝。後日不敢再來求見了。」

上道的西門慶當然不會挑蔡京不喜歡的話說。既然成了乾兒子，照理說應該常聯絡才對，怎麼說以後不敢再來求見了呢？

可見這層父子關係，跟一般父慈子孝的親情是完全沒有關係的。說得難聽一點，與其說是拜壽，還不如說成一種類似幫派的「入會」儀式。對於西門慶這樣長袖善舞的商人來說，能擁有蔡太師的旗號、身分，一切也就足夠了——除非將來發生了什麼大事，否則當然不需再來叨擾。

在這裡，我們再度見識到了西門慶對於處理這種「政商關係」的通透與應對進退的智慧。有這麼懂事的孩子，怎會不討爹爹的歡心呢？

在資本主義初萌芽的明朝中葉之前，像西門慶這樣跨政商的惡勢力，幾乎是前所未有的。過去再有本事的官吏，財源無非從老百姓的關說、或貪污得來。這些直接得自老百姓的錢，無論如何巨大，規模是受到限制的。可是在資本主義的邏輯下，一切變得完全不同了。官商兩得意的西門慶除了可以藉著特權，承包官方專賣的業務（如承銷朝廷專賣的鹽，並且靠著關係提早支領、提早上市）、逃漏稅款，承做金融業務，放貸給需要資金的商人（如放貸給黃三、李四，承攬朝廷香蠟生意），並且藉著官方勢力保護自己的生意買賣。

我們看到在蔡京這個後臺靠山的再確認之後，西門慶更是受到了鼓舞，不斷地擴張他的錢脈、人脈。而他經營的業務，更是從生藥舖，擴及了緞子舖、綢絹舖、絨線舖、當舖……這些收入，再加上原來西門慶娶妻得財，做官收賄（苗青安收了一千七百兩，揚州商人王四峰案二千兩……）種種收入，西門慶怎麼可能不富？

總之，西門慶這時的人生可說是走到了巔峰。

然而，就在巔峰的同時，看不見的衰亡腐敗也正在核心深處悄悄滋生，癌細胞似的，不斷地增長、繁殖。

每個人或多或少都有一些秘密。

懷了孕的吳月娘不小心跌了一跤，讓肚子裡的小孩流產了。她沒告訴西門慶懷孕的事，也沒告訴他流產的事。來家裡唸經說佛的尼姑王姑子認識的另一個薛姑子，薛姑子有個「用胎兒的胎盤燒拌著符藥」做成的秘方，可以讓吳月娘很快再度懷孕。畢竟是「姐妹登山，各自努力」嘛，吳月娘給了王姑子一兩銀子，拜託她把薛姑子和秘方都找來。

這些是吳月娘的秘密。

來家裡唸經說法的王姑子慫恿西門慶為官哥起經，誦唸《藥師經》，作功德，免得孩子老是夜驚、啼哭。西門慶欣然同意。王姑子拿了錢，準備回去尼姑庵裡起經。李瓶兒私下拜託她：

「自從有了孩子，身子便有些不好。明日疏意裡邊，帶通一句何如？行的去，我另謝你。」

王姑子道：「這也何難。且待寫疏的時節，一發寫上就是了。」

事實上，在生下官哥之後，李瓶兒下體的惡露（血塊）一直沒停，醫師看了半天也沒有什麼起色。趁著西門慶給官哥兒作功德的同時，拜託王姑子也把自己寫進神明保佑的名單裡。這話不方便啟齒，不能大聲嚷嚷，只好偷偷拜託王姑子。

這是李瓶兒的秘密。

當然，潘金蓮和陳敬濟「私情」仍然繼續加溫著。書上說：

潘金蓮打扮的如花似玉，喬模喬樣（裝模作樣），在丫鬟夥裡，或是猜枚，或是抹牌，說也有，笑也有，狂的通沒些成色。嘻嘻哈哈，也不顧人看見，只想著與陳敬濟勾搭。每日只在花園雪洞內踅來踅去，指望一時湊巧。敬濟也一心想著婦人，不時進來尋撞，撞見無人便調戲，親嘴咂舌做一處，只恨人多眼多，不能盡情歡會。（第五十五回）

這是潘金蓮和陳敬濟的秘密。

至於西門慶，秘密更多了。他不但背著妻妾和王六兒亂搞，更背著妻妾和王六兒，又泡上了妓院的新歡——鄭愛月。

這些是西門慶的秘密。

儘管細心一點的讀者讀到了這麼多隱晦的秘密，但是《金瓶梅》永遠還隱藏著更多隱晦的秘密。就像我們接下來要提到的這個在所有不可告人的秘密之中，最不可告人的秘密一樣。

我們把焦點放在西門慶壽辰過後的隔天，政和七年七月二十九日。

這一整天的白天，小說只用一段文字就寫完了。這一段文字記述了任醫官來看李瓶兒的病，還記述了月娘請了劉婆子來看官哥。劉婆子說：「哥兒驚了，要住了奶。」又留下幾服藥用三錢銀子打發走了。由於還有賀壽的女眷還沒走，因此中午吳月娘請大家吃螃蟹，下午又在花園裡擺出小桌，讓大家喝酒打牌。

到了晚上，潘金蓮因為心情不好，喝得大醉回房。

潘金蓮吃的大醉歸房，因見西門慶夜間在李瓶兒房裡歇了一夜，早晨又請任醫官來看他，惱在心裡。知道他孩子不好，進門不想天假其便—黑影中躧了一腳狗屎，到房中叫春梅點燈來看，一雙大紅緞子鞋，滿幫子都展污了。登時柳眉剔豎，星眼圓睜，叫春梅打著燈把角門關了，拿大棍把那狗沒高低只顧打，打的怪叫起來。（第五十八回）

所謂「天假其便」，指的是老天給潘金蓮方便，或者是老天順從潘金蓮的願望。問題是哪有人「天假其便」踩到狗屎的呢？

然而，如果把「知道他孩子不好，天假其便」連起來看之後，這個邏輯就成立了。原來踩到狗屎並不是潘金蓮的願望，而是踩到狗屎，才有打狗的藉口。潘金蓮知道李瓶兒小孩受到驚嚇，乘著這個機會繼續製造更多噪音，造成小孩更大的傷害。這才是潘金蓮真正的願望。

接下來的故事就有點重複了。李瓶兒請迎春來勸阻。潘金蓮又開始找秋菊的麻煩，責怪秋菊不把狗關到後院去，把秋菊打得「殺豬也似叫」。這一叫，當然把官哥兒驚醒了，於是李瓶兒又請綉春來勸。

和上一次打秋菊時不同的是：到了最後，連趕來參加壽宴，暫住潘金蓮房裡的媽媽也看不過去了，出言勸阻潘金蓮。潘金蓮一甩手，差點把潘姥姥推倒在地上。兩個人吵了起來。

（潘金蓮）便道：「怪老貨！你與我過一邊坐著去！不干你事，來勸什麼？……單管外合裡應。」

潘姥姥道：「賊作死的短壽命，我怎的外合裡應？我來你家討冷飯吃，教你恁頓（這樣地）摔我？」

金蓮道：「你明日夾著那老毬走，怕他家拿長鍋（煮湯的大鍋）煮吃了我（不成）！」

潘姥姥聽見女兒這等擦他，走到裡邊屋裡嗚嗚咽咽哭去了。

我們說過，「強迫性偷情」行為是一種接近病態的「強迫症」行為。當潘金蓮把母親的勸說當成「和李瓶兒裡應外合」，並且說出：「怕他家拿長鍋煮吃了我！」時，顯然潘金蓮的精神狀態已經出現明顯的「被害妄想」了。

「被害妄想」算是「強迫症」的一種，並且比其他的強迫性行為更是嚴重的失調。從醫學的觀點來看，從「偷情強迫症」到「被害妄想症」出現，這些行為所顯示出來最重要的訊息是：潘金蓮的精神狀態恐怕還在持續惡化中。

特別是在和母親吵完架之後，潘金蓮繼續又打秋菊，打得皮開肉綻，還用指甲把秋菊的臉頰掐得稀爛……這些行為都一再指出，潘金蓮的精神狀態已經脫離「正常」的範圍，一步一步走向「瘋狂」邊緣了。

很少有人在讀《金瓶梅》時提到這樣的觀點。也沒有人告訴我們，這樣的潘金蓮，其實是非常危險的……

❖

更沒有人想到的是，潘金蓮的這個不可告人的陰謀裡，最重要的武器竟然是一隻貓。

卻說潘金蓮房中養的一隻白獅子貓兒，渾身純白，只額兒上帶龜背一道黑，名喚雪裡送炭，又名雪獅子。又善會口銜汗巾子，拾扇兒。西門慶不在房中，婦人晚夕常抱他在被窩裡睡，又不撒尿屎在衣服上，呼之即至，揮之即去，婦人常喚他是雪賊。每日不吃牛肝乾魚，只吃生肉，調養的十分肥壯，毛內可藏一雞蛋。甚是愛惜他，終日在房裡用紅絹裹肉，令貓撲而撾食。（第五十九回）

潘金蓮養寵物不稀奇，稀奇的是不但貓的名字叫「雪獅子」，潘金蓮還把牠當掠食性動物訓練。訓練也就算了，要用「紅絹」裹肉，令貓撲而撾食，這就令人費解了。更何況，這麼有趣的事，為什麼一定要關在房裡秘密地做呢？

在很多人沒會意過來之前，潘金蓮的行動已經展開了。

這日也是合當有事，官哥兒心中不自在，連日吃劉婆子藥，略覺好些。李瓶兒與他穿上紅緞衫兒，安頓在外間炕上頑耍，迎春守著，奶子便在旁吃飯。不料這雪獅子正蹲在護炕上，看見官哥兒在炕上，穿著紅衫兒一動動的頑耍，只當平日哄喂他肉食一般，猛然望下一跳，將官哥兒身上皆抓破了。

只聽那官哥兒「呱」的一聲，倒咽了一口氣，就不言語了，手腳俱風搐起來。慌的奶子丟下飯碗，摟抱在懷，只顧唾噦與他收驚。那貓還來趕著他要撾，被迎春打出外邊去了。如意兒實承望孩子搐過一陣好了，誰想只顧常連（長時間持續不斷），一陣不了一陣搐起來。忙使迎春後邊請李瓶兒去……（第五十九回）

這段文字裡，官哥兒身上的「紅緞衫兒」解開了所有的謎團！

我們倒抽了一口氣——謀殺。

原來這是一場經過設計，精心算計的謀殺！

一個接著又一個問題不斷湧現上來。

（潘金蓮為什麼會想到這樣的方法？這個計畫又是怎麼安排的？這是第一次嘗試嗎？還是已經試過好幾次了？還有，那隻山洞口那隻黑貓到底是怎麼回事？真的是一隻野貓嗎？還是牠也受過潘金蓮的訓練？牠是來試探的嗎，還是執行謀殺任務……）

回頭再翻讀一次小說，原先的故事又有了完全不同的意義。我們注意到這已經是「雪獅子」第二次出現了。我們來看看這隻貓頭一次出現的身影：

（潘金蓮正和西門慶在房間床上玩口交。）

不想旁邊蹲著一個白獅子貓兒，看見動彈，不知當做甚物件兒，撲向前，用爪兒來撾。這西門慶在上，又將手中拿的灑金老鴉扇兒，只顧引逗他（貓）耍子。被婦人奪過扇子來，把貓盡力打了一扇靶子，打出帳子外去了。（第五十一回）

這段文字第一次讀過時，只覺得有些趣味，並沒有感覺任何異樣。可是現在再重讀，其中隱藏著的意義就顯示出來了——

沒錯。正因為潘金蓮在那時候就已經深知「白獅子貓兒」的危險性，才會慌張地奪過扇子，急忙要把貓打出帳外。

潘金蓮昵著對西門慶說：「……引逗他（貓）恁上頭上臉的，一時間撾了人臉怎樣的？…」以潘金蓮對貓的訓練，她必然深知，真正危險的應該是西門慶胯間那塊肉，至於被貓撾到臉只能算是附帶的池魚之殃罷了。

（西門慶還真是不知死活呢！）

官哥兒被貓撾到是在八月二日，但「白獅子貓」第一次出現的時間卻在那年的四月十九日。出現在潘金蓮和陳敬濟調情的雪洞外，驚嚇了官哥兒的那隻大黑貓則出現在四月二十二日。換句話說，這意味著：

潘金蓮著手進行謀殺的時間，遠比我們想像的還要早很多。我們不知道潘金蓮到底訓練了多少隻貓，經過了多少次嘗試、失敗與改進，才成功地完成了這次的謀殺任務。

這是《金瓶梅》最叫我們瞠目結舌的地方。隨著故事的開展，它總是一再地讓我們發現，不管是小說還是我們自己的人生，原來我們對於自己身處的世界，能夠理解的竟是那麼地有限。

❖

被貓撾傷的孩子，下場當然是非常悽慘的。作者在描寫孩子的病情時，有種「病歷」的書寫風格，冷靜而殘酷。

月娘慌的兩步做一步，逕撲到房中，見孩子搐的兩隻眼直往上吊，通不見黑眼睛珠兒，口中白沫流出，咿咿猶如小雞叫，手足皆動。（第五十九回）

大家慌張地請劉婆來針灸。然而，在針灸之後更是：

艾火把風氣反於內，變為慢風，內裡抽搐的腸肚兒皆動，屎尿皆出，大便屙出五花顏色，眼目忽睜忽閉，終朝只是昏沉不省。（第五十九回）

【題外話】

如果要在四百年後，為官哥的病情做個醫療上的診斷，我們從內文描述，可以確定這些是腦部受損，進一步發生腦水腫之後的反應。我們很難給出確切的診斷。驚嚇過度所導致的神經性休克neurogenic shock當然是一個可能的推論。不過光是這樣，後遺症應不至於那麼嚴重。我懷疑官哥被貓撲倒在地之後，是否有進一步的碰撞，導致腦震盪或顱內出血，或原先就有先天性的腦部疾病，再受到驚嚇導致的後遺症。當然，這些診斷還需要進一步做電腦斷層攝影才能證實。

在西門慶回來知道真相後，憤怒地走向潘金蓮房間，抓起雪獅子，往走廊的廊柱臺基上用力一摔，當場腦漿迸散，把那隻貓摔死了。

（又是另一種遷怒。）

這樣的發洩當然無濟於事。

除了請劉婆、小兒科太醫來看之外，李瓶兒到處求神問卜打卦（皆有凶無吉）。不但如此，吳月娘還瞞著西門慶，請了劉婆子來家跳神。

隨手翻翻《金瓶梅》，我們可以發現，西門慶和寺廟宗教是關係深厚的。遠的不說，就拿這一年來說，西門慶捐錢發起的儀式就有元月九日在吳道官的玉皇廟為官哥兒舉行清醮寄名儀式、四月二十五日在王姑子的觀音庵為受驚嚇的官哥起經誦唸《藥師經》的儀軌。不但如此，永福寺長老前來勸募修廟經費時，西門慶也慷慨地捐了五百兩銀子。

乍看之下，西門慶對於這些宗教事務似乎相當熱心。然而稍稍細究不難發現，這些所謂宗教情懷，其實是充滿功利色彩的。舉個例子來說，來西門慶家的長老勸募的說辭是：

「……貧僧記的佛經上說得好：如有世間善男子、善女人以金錢喜捨莊嚴佛像者，主得桂子蘭孫，端嚴美貌，日後早登科甲，蔭子封妻之報……」

佛經許應人的是智慧、慈悲，從來沒有什麼「早登科甲，蔭子封妻」這種回報，一聽就知道完全是偏離佛經的一派胡言。捐錢建廟本來不是什麼壞事，但弄得像「期約賄賂」就過火了。想想，頗有修行的永福寺長老都用這樣的方法來募款，其他更等而下之的僧尼就可見一斑了。

當然，長老之所以會這麼說，主要的原因還在於捐贈者喜歡聽。西門慶就曾說過：

「……咱聞那佛祖西天，也止不過要黃金鋪地，陰司十殿，也要些楮鏹（紙錢）營求。咱只消儘這家私（財產）廣為善事，就使強姦了姮娥，和姦了織女，拐了許飛瓊（仙女，曾為西王母鼓簧），盜了西王母的女兒，也不減我潑天的富貴。」（第五十七回）

這樣的邏輯和西門慶準備重禮上京去給蔡京賀壽的心態幾乎是一樣的。

同樣位居高位，同樣操控眾生的生死大權，我們只要仔細想想「神明」和「太師」兩者之間微妙的相似，就不難理解西門慶會把「神明」也比照「蔡京」模式處理的奧妙心態。畢竟兩者同樣是花錢買高層（神明）當靠山，支持他們在地方（人間）的豪奪強取。如果這樣的方法在人間行得通，那麼就沒有道理在「神明」那裡行不通。這也是為什麼西門慶會說：「就使強姦了姮娥，和姦了織女……也不減我潑天的富貴。」的囂張心態。

這種功利意味十足的宗教價值觀，也一模一樣出現在李瓶兒身上。

當官哥兒「吃了劉婆子的藥不見動靜，夜間受到驚諕，一雙眼皮只是往上吊吊的。」時，她直接的反射動作就是拿出一對壓被的銀獅子（重四十一兩半），讓薛姑子王姑子拿去造印《佛頂心陀羅經》，趕在八月十五日拿到寺廟去捐捨。

本應是無緣大慈、同體大悲的神明，在有錢的施主與作為中間人的尼姑共同的操弄下，變成了一種可以買賣的商品，不再有「慈悲」，也不再有「救贖」了，一切只剩下錢錢錢錢錢錢錢……

諷刺的是，官哥不但沒有因為造印經書受到神明庇佑，不久就被潘金蓮的獅子貓驚嚇到陷入昏迷。情況一天比一天惡化。不但如此，薛姑子和王姑子還為了分錢不平吵了起來。

那薛姑子和王姑子兩個，在印經處爭分錢不平，又使性兒，彼此互相揭調。十四日，賁四同薛姑子催討（經書），將經卷挑將來，一千五百卷都完了……十五日（賁四）同陳敬濟早往岳廟裡進香紙，把經看著都散施盡了，走來回李瓶兒話。

喬大戶家，一日一遍使孔嫂兒來看，又舉薦了一個看小兒的鮑太醫來看，說道：「這個變成天吊客忤，治不得了。」……（第五十九回）

「印經」和「治病」本是毫不相關的兩件事，可是當它們被用一種平鋪直敘的風格寫在一起時，深痛的嘲諷油然浮現。蘭陵笑笑生再度用我們熟悉的風格，冷冷地看著人是如何用自己的慾望逾越地擺弄神明，也冷冷地用著神的無言，嘲笑著人的癡愚、貪婪……

從八月二日拖到了八月二十三日，官哥兒終於撐不住，斷氣了。

那李瓶兒撾耳撓腮，一頭撞在地下，哭的昏過去。半日方才甦醒，摟著他大放聲哭叫道：「我的沒救星兒，心疼殺我了！寧可我同你一答兒裡死了罷，我也不久活在世上了。我的抛閃殺人的心肝，撇的我好苦也！」

那奶子如意兒和迎春在旁，哭的言不得，動不得。

西門慶即令小廝收拾前廳西廂房乾淨，放下兩條寬凳，要把孩子連枕席被褥擡出去那裡挺放。那李瓶兒躺在孩兒身上，兩手摟抱著，那裡肯放！口口聲聲直叫：「沒救星的冤家！嬌嬌的兒！生揭了我的心肝去了！撇的我枉費辛苦，乾生受一場，再不得見你了，我的心肝！……」（第五十九回）

特別是當小廝要把官哥兒的屍體出走，李瓶兒哭喊著：「慌擡他出去怎麼的？大媽媽，你伸手摸摸，他身上還熱哩！……我的兒嚛！你教我怎生割捨的你去？坑得我好苦也！……」

那種催淚的情緒更是被鼓漲到了最高點。再鐵石心腸的人碰到了這樣的場面，恐怕也很難不同情李瓶兒。

然而，對於潘金蓮來說，悲慟是一點必要也沒有的。這是她首度有機會重挫李瓶兒，從西門慶對他們母子的寵愛中扳回一城。於是我們看到：

潘金蓮見孩子沒了，每日抖擻精神，百般稱快。指著丫頭罵道：「賊淫婦！我只說你日頭常晌午（永遠如日中天），卻怎的今日也有錯了的時節？你斑鳩跌了蛋——也嘴谷谷（哀鳴）了。春凳折了靠背兒——沒的倚了。王婆子賣了磨—推（推卸）不的了。老鴇子死了粉頭（妓女）——沒指望了。卻怎的也和我一般！」（第六十回）

局勢正在天翻地覆地轉變中。

畢竟這是她和李瓶兒的生死對決。對於幾近瘋狂的潘金蓮來說，似乎只要李瓶兒還存活著，就意味著戰爭還沒有結束。

政和七年

- 四月十七日王姑子、薛姑子為李嬌兒唸經文祝壽，薛姑子贈胎盤符藥給吳月娘。
- 四月十七日西門慶向胡僧求強力春藥，性致勃勃地在王六兒和李瓶兒身上試用。
- 九月九日重陽節後李瓶兒病情加重，九月十六日凌晨過世。
- 潘金蓮發現玉簫（吳月娘的大丫頭）和書童的姦情，要玉簫當眼線作為保密交換條件。
- 十月十二日李瓶兒出殯，西門慶收用官哥的奶媽如意兒。
- 十一月五日，潘金蓮拜託薛姑子也替她配坐胎氣符藥。

第七章
香消玉殞李瓶兒

1

官哥過世在政和七年的八月二十三曰。

事實上，李瓶兒在四月底就開始生病了。當時西門慶請了任醫官來看病。關於李瓶兒的病情，任醫官的說法是這樣的：

夫人這病，原是產後不慎調理，因此得來。目下惡路不淨，面帶黃色，飲食也沒些要緊，走動便覺煩勞。依學生愚見，還該謹慎保重。如今夫人兩手脈息虛而不實，按之散大。這病症都只為火炎肝腑，土虛木旺，虛血妄行。若今番不治，後邊一發了不的。（第五十五回）

從作者對於官哥兒、李瓶兒病情的描寫，看得出來《金瓶梅》一定是精通醫理的，否則平常人實在很難把這些病情記載得這麼貼切入微。這也是我們得花一點時間來看看李瓶兒病歷的原因。作者在這些病情裡，隱藏了很重要的訊息。錯過了這些訊息，對於這個重要段落的體會就會少了很多。

為了不妨礙閱讀的理解，我先試著用當代醫學的觀點來翻譯任醫官講解的病情。

首先，所謂惡露，指的就是產後為子宮內膜剝落以及血液的混合物。正常產婦在產後不出三個禮拜，惡露就應結束了。如果惡露不止，進一步導致貧血，「面色帶黃，走動便覺煩勞」這些現象就會出現。

要探究惡露不止的原因，最可能的情況包括了：

等。（一）子宮收縮不良。（二）胎盤、胎膜等組織殘留在子宮排不出來。（三）子宮內膜發炎和（三）子宮內膜發炎的徵候是一致的。

一般而言，產婦的情況如果是（一）子宮收縮不良或（二）胎盤等組織殘留在子宮排不出來，不積極處理的話，短期內會發生血崩等這類的重大後遺症。李瓶兒從去年六月底分娩至今已經經過十個月了，並沒有發生這樣的嚴重的後遺症，因此是（一）、（二）的機會不高。

病歷中提到李瓶兒的「脈息虛而不實」——通常發燒、或感染會有淺而快的脈搏，這個症狀和（三）子宮內膜發炎的徵候是一致的。

除此之外，自從官哥出生後，李瓶兒面對潘金蓮的猜忌與攻訐，一直長期處在身心俱疲的情況下，因此（四）疲勞也是一個長期並存，不能排除的診斷。

因此，從任醫官的病歷分析起來，子宮內膜發炎加上疲勞，很可能就是四月底這次李瓶兒身體不舒服最主要的病因。

我們看到，李瓶兒吃了任醫官的藥之後，有很長一段時間，病情只是得到控制，但尚未痊癒。事實上，以明代抗生素還沒有出現的醫療條件，想要快速而有效地治療「子宮內膜發炎」並不容易。換句話說，李瓶兒的病情所得到的改善，應該只是對急性發炎暫時壓制而已。

一般而言，這樣慢性發炎想得到痊癒，還得長期調養，靠著病人自身免疫力的提升來消滅病菌才行。不幸的是，李瓶兒在這段期間，並沒有機會好好調養。因此我們看到，到了七月，李瓶兒的症狀又再度惡化了。

七月二十三日西門慶過生日那天，任醫官也來家裡給西門慶拜壽。西門慶對任醫官說：「拙室服了良劑，已覺好些。這兩日不知怎的，又有些不自在。明日還望老先生過來看看。」書上沒寫任醫官隔天來看診的診斷內容，不過看診之後，任醫官還是開了藥讓李瓶兒服用。

儘管那時李瓶兒服了任醫官的藥，但病情毫無改善。八月二日，官哥兒被白獅子貓撾到，陷入昏迷，直到二十三日過世為止，李瓶兒都必須拖著病體照顧性命垂危的孩子，在病情和心情雙重打擊之下，情況更是惡化。

> 李瓶兒一者思念孩兒，二者著了重氣（被潘金蓮氣），把舊病又發起來，照舊下邊經水淋漓不止。西門慶請任醫官來看，討將藥來吃下去，如水澆石一般，越吃越旺。（第六十回）

九月九日重陽節，李瓶兒勉強陪著吳月娘等姐妹們喝了一杯酒，回到房間坐淨桶時「下邊似尿的一般，只顧流將起來，登時流的眼黑了。起來穿裙子，忽然一陣旋暈，向前一頭撞倒在地……還把額角上磕傷了皮。」（第六十一回）

情況愈來愈不樂觀。根據任醫官的觀察，這次：

> 老夫人脈息，比前番甚加沉重，七情傷肝，肺火太旺，以致木旺土虛，血熱妄行，猶如山崩而不能節制。所下的血紫者，猶可以調理；若鮮紅者，乃新血也。學生撮過藥來，若稍止，則可有望；不然，難為矣。（第六十一回）

血呈紫色，這是子宮內膜慢性出血。但一旦鮮紅色出現，表示發炎的範圍擴大，才會有新鮮、大量動脈血流出來。這麼大量的出血，李瓶兒當然會暈厥。

任醫官給了李瓶兒一服「歸脾湯」，但吃了之後，只是「血越流之不止」。西門慶又請了胡太醫、何老人、趙龍崗來看病、開藥，但流血的症狀都沒有什麼改善。李瓶兒的病情惡化得很快，情況一天比一天更糟。

初時，李瓶兒還閘閘著梳頭洗臉，下炕來坐淨桶，次後漸漸飲食減少，形容消瘦，那消幾時，把個花朵般人兒，瘦弱得黃葉相似，也不起炕了，只在床褥上鋪墊草紙。恐怕人嫌穢惡，教丫頭只燒著香。（第六十二回）

回顧起來，從四月底到七月底，正是潘金蓮對於李瓶兒的猜忌與攻訐最激烈的時刻。最初，我們讀到潘金蓮幾番故意打罵秋菊、打狗驚擾李瓶兒母子時，總覺得潘金蓮這樣的作為根本就是無濟於事的發洩。然而，當故事讀到李瓶兒病情二度復發之後，我們不再這麼輕鬆看待這件事了。

一個生病的母親得不到休息已經很可憐了，還得徹夜不眠地照顧受驚嬰兒，長期蠟燭兩頭燒的結果，李瓶兒的病情自然每況愈下。更糟糕的是接下來又發生了「白獅子貓事件」。排山倒海而來的煩惱、焦慮、悲憤、哀慟……都讓李瓶兒的病情急劇惡化。

這樣看來，潘金蓮不但是謀害官哥的兇手，藉由謀害官哥，她同時也間接地把李瓶兒推向了死亡。

換句話說，潘金蓮絕對是謀害李瓶兒的兇手。

只是，兇手只有潘金蓮一個人嗎？

恐怕不止。

❖

潘金蓮是謀害李瓶兒的兇手之一，這無庸置疑。

但如果遽然把潘金蓮當成唯一的兇手，那就太過魯莽了——畢竟四月底時李瓶兒就已經有過第一次的子宮內膜炎的現象。如果沒有第一次感染發炎，也不會有後來的再度復發。沒有第二次的復發，無論潘金蓮如何對李瓶兒展開疲勞攻勢，恐怕也是無濟於事的。所以，我們最應該追究的問題或許是：第一次子宮內膜發炎到底是怎麼一回事？

回頭仔細翻閱《金瓶梅》在四月前後的記載，我們發現了一個很重要的關鍵，那就是：西門慶在永福寺遇到從西域天竺國「密松林齊腰峰寒庭寺」下來的胡僧這件事。先來看看這個胡僧：

生的豹頭凹眼，色若紫肝。戴了雞蠟箍兒，穿一領肉紅直裰。頦下髭鬚亂拃，頭上有一溜光簷，就是個形容古怪真羅漢，未除火性獨眼龍。在禪床上旋定過去了，垂著頭，把脖子縮到腔子裡，鼻孔中流下玉筯來。（第四十九回）

胡僧的長相乍看之下覺得很另類，但如果把他和男性生殖器的模樣聯想一下，加上「密松林齊腰峰」的暗示，男性性慾的隱喻不言可喻。

西門慶招待胡僧到家裡大吃大喝，並且向他求「房中術」的藥。胡僧大方允諾強力春藥，並且交代：「每次只一粒，不可多了，用燒酒送下。」

這服可以「一夜歇十女，其精永不傷」的強力春藥，西門慶服用了之後，先拿去在「性愛達人」王六兒身上試用。由於藥力太強了，完事之後西門慶仍然沒射精，於是回家，西門慶又進李瓶兒的房間，慾求不滿地再向李瓶兒求歡。

西門慶笑著告他（李瓶兒）說吃了胡僧藥一節：「你若不和我睡，我就急死了。」

李瓶兒道：「可怎麼樣的？身上才來了兩日，還沒去，亦發等去了，我和你睡罷。你今日且往他五娘（潘金蓮）屋裡歇一夜兒，也是一般。」

西門慶道：「我今日不知怎的，一心只要和你睡。我如今拉個雞兒央及你央及兒，再不你交丫頭掇些水來洗洗，和我睡睡也罷。」

李瓶兒道：「我倒好笑起來——你今日吃得恁醉醉兒的，來家歪斯（不正經）纏我？一個老婆的月經沾污在男子漢身上臢（髒）剌剌的，也晦氣。（難道）我到明日死了，你也只尋我？」（第五十回）

這裡我們注意到李瓶兒說了「我明日死了，你也只尋我？」實在很不吉祥，像預言什麼似的。不過說來說去，李瓶兒還是拗不過西門慶鼓漲的性慾，只好在月經期間勉強和西門慶交歡。不但如此，過程中還「怕帶出血來，不住取巾帕抹之。」從這個細節看來，後來的「坐淨桶（馬桶）時，常有些血水淋得慌。」根本就是月經期間性愛不潔引發的細菌感染。

對照前後文，我們發現後來任醫官的說辭：「夫人這病，原是產後不慎調理，因此得來。目下惡路不淨……」其實是有問題的。不止的血水根本不是產後惡露，也和產後調理無關——李瓶兒會生病，最主要還肇因於西門慶服用強力春藥後，在月事期間勉強房事的後果。我們無法得知，任醫官是誤診，還是出於保留西門慶顏面的考慮，隱瞞了真正的原因，把責任統統推給了產後調理不慎。

倒是在李瓶兒病危時，請來了一個八十一歲的醫者何老人來看診時，說出了真相，他說：「這位娘子，乃是精沖了血管起，然後著了氣惱。氣與血相搏，則如血崩。不知當初起病之由是也不是？」

何老人又是精又是氣的醫理玄奧又費解，可是仔細想想，所謂「精沖了血管」，指的其實正是生理期間的性愛。難怪西門慶聽了不開心，卻也不敢否認，只是低調地說：「是便是（要是這樣），卻如何治療？」便把話岔開了。

「精沖了血管」（子宮內膜發炎），「著了氣惱，氣與血相搏」（免疫失調），我相信這應該就是最後的答案了。儘管《金瓶梅》的作者深沉地把李瓶兒的死因埋藏在瑣碎的細節以及深奧的醫學術語裡，可是到了最後，他還是忍不住要安排這個何老人出來揭穿真正的謎底。

就像克莉絲汀筆下的《東方特快車謀殺案》兇手一樣，先是西門慶的愛慾與貪慾，刺下了第一刀。接著是潘金蓮的猜忌、攻訐以及無所不在的疲勞攻勢，接二連三地刺下了第二刀、第三刀、第四刀……最後，是官哥的死亡，刺下了最後的一刀……

是那些最愛她、最恨她，以及她最愛、她最恨的人，不管知不知情、故意或無意，是他們用各自的愛恨情仇，一起謀殺了李瓶兒。

【題外話】

政和七年的四月十七日在《金瓶梅》裡是很特別的一天，《金瓶梅》作者一共用了第四十九回以及第五十回，長達兩回的篇幅來描寫四月十七日這一天。

對映與交錯筆法，充斥在這一整天的記述裡。

對西門慶而言，在公開的表象世界裡，這一天是眾人來為李嬌兒上壽的日子，在秘密的底層世界裡，這一天是王六兒的生日。

這一天，西門慶「卑躬屈節」地招待完，並且送走了蔡御史，就在永福寺遇見了來自天竺國的胡僧送給他「提振雄風」的春藥。

家裡有王姑子、薛姑子這些尼姑來家裡誦佛講經，為李嬌兒的生日上壽。相對的，外面就有西門慶服用了春藥之後，與王六兒的床第大戰。

王、薛兩人則是給了吳月娘「整治的頭男衣胞（胎盤）並薛姑子的藥。」西門慶則是得到了胡僧「一夜歇十女，其精永不傷」的強力春藥。有趣的是，吳月娘服下了薛姑子「頭男衣胞」，孕育了新生命的契機，而西門慶服用了胡僧的「強力春藥」之後，接連和王六兒做愛，又和李瓶兒上床……為往後種下的，又是死亡與滅絕的種子。

細細品味起來，作者這一天的安排是很有意思的。所有相對的事物幾乎都相剋相生，同時又並行不悖的，《金瓶梅》讓我們在神聖中看到世俗，在慾望中看到粗鄙，在新生中看到死亡，在興盛中看到衰敗……

位於一百回金瓶梅正中間（第四十九、五十回）的四月十七日，是上半場與下半場承先啟後最重要的分野。我們甚至可以說，西門慶家族往後所有最重要盛衰成敗的轉折，幾乎都可以在這一天裡預見了。

2

作者在李瓶兒最後僅剩的生命裡，描寫了好多次她夢見花子虛的場面。一次是李瓶兒夢見花子虛穿白衣從前門進來，對她疾聲厲罵：

「潑賊淫婦，你如何抵盜我財物與西門慶？如今我告你去也。」

此外，她還夢見花子虛抱著官哥叫他，說他找到了房子，要一同去居住，李瓶兒死命抱住孩兒，卻被花子虛推倒地上……

無疑的，李瓶兒一生最大的愧疚來自她對先夫花子虛的背叛。可憐的花子虛一生並沒有做過什麼對不起李瓶兒的事，可是李瓶兒卻背著他和西門慶偷情，甚至還掏空了他的財產，害他喪命。《金瓶梅》裡用了很多篇幅描寫李瓶兒內心的負擔。她透過各種宗教的方法（求神問卜、求符驅邪……），試圖為自己的罪惡感尋求救贖。甚至到了臨終前，西門慶還找來了五岳觀的潘道士舉行抓鬼驅邪法會，然而李瓶兒的罪過，甚至連潘道士也無力解脫。

潘道士便說：「此位娘子，惜乎為宿世冤愆訴於陰曹，非邪祟也，不可擒之……冤家債主，須得本人，雖陰官亦不能強。」（第六十二回）

最後，潘道士還升起了法座，開祭李瓶兒的本命星壇，做最後的守護。

然而，一切都只是枉然。

但見晴天月明星燦，忽然地黑天昏，起一陣怪風……大風所過三次，忽一陣冷氣來，把李瓶兒二十七盞本命燈盡皆刮滅。潘道士明明在法座上見一個白衣人領著兩個青衣人，從外進來，手裡持著一紙文書，呈在法案下。潘道士觀看，卻是地府勾批，上面有三顆印信，諕的慌忙下法座來，向前喚起西門慶來，如此這般，說道：「官人請起來罷！娘子已是獲罪於天，無所禱也！本命燈已滅，豈可復救乎？只在旦夕之間而已。」那西門慶聽了，低首無語，滿眼落淚……（第六十二回）

對於意氣風發的西門慶，這樣的場面，無疑是當頭棒喝的。

整段陰風慘慘的索命故事，把我們帶回了最嚴肅，但也是最熟悉的人生課題，它提醒我們：哪怕你再功成名就、再有錢有勢，生命當中的許多更高層次的問題，包括了生老病死、包括了良心、正義的救贖……都是無法逃避，也無法豁免的。

於是我們看見了虛弱的李瓶兒告訴西門慶：

「剛才那廝（花子虛）領著兩個人又來，在我跟前閂了一回，說道：『你請法師來遣我，我已告准在陰司，決不容你。』發恨而去，明日便要來拿我也。」

西門慶聽了，兩淚交流，放聲大哭道：「我的姐姐，你把心來放正著，休要理他。我實指望和你相伴幾日，誰知你又拋閃了我去了。寧教我西門慶口眼閉了，倒也沒這等割肚牽腸。」那李瓶兒雙手摟抱著西門慶脖子，嗚嗚咽咽悲哭，半日哭不出聲。（第六十二回）

一股抑鬱的情緒充滿在字裡行間。《金瓶梅》毫無預警地把讀者拉到了一個聖潔而純淨的高度，讓我們從那樣的高度俯看著那些最無能為力的時刻，就像《金瓶梅》在第一回開宗明義時就說過的：

見得人生在世，一件也少不得，到了那結果時，一件也用不著。隨著你舉鼎盪舟的神力，到頭來少不得骨軟筋麻；由著你銅山金谷的奢華，正好時卻又要冰消雪散。假饒你閉月羞花的容貌，一到了垂眉落眼，人皆掩鼻而過之；比如你陸賈隋何（兩人皆是西漢開國元勳，擅言辭）的機鋒，若遇著齒冷唇寒，吾未如之何也已。（第一回）

在那樣的情緒裡，我們看出了，李瓶兒也好、西門慶也好，甚至就是蘭陵笑笑生，或是我們自己本身——不管是好人或是壞人，都必須面對的終極命運與價值。那時，一種「可憐身是眼中人」的悲憫與同情在我們的心裡油然而生。

或許人的極限就是神的開始吧。

雖然說《金瓶梅》是個沒有神的所在。可是從小說背後那個看不見的終極命運與價值的觀點來看，神在作者的內心卻是存在的。

或許，人之所以無法感受到神，是因為自己先否認、甚至背棄了它吧。

3

我個人相當偏愛李瓶兒在臨終之前的篇章。這裡面有許多動人的片段，像嚴冬降臨前的秋末，突然乍現的好天氣。薄薄地灑落的陽光，閃閃描出人身上金色的輪廓，亮麗、美好而短暫。

像是李瓶兒安排綉春、迎春後事時的親暱。

李瓶兒一面叫過迎春、綉春來跪下，囑咐道：「你兩個，也是你從小兒在我手裡答應一場，我今死去，也顧不得你每（們）了。你每衣服都是有的，不消與你了。我每人與你這兩對金裏頭簪兒、兩枝金花兒做一念（紀念）兒。大丫頭迎春，已是他爹收用過的，出不去了，我教與你大娘房裡拘管。這小丫頭綉春，我教你大娘尋家兒人家，你出身（嫁人離開）去罷。省的觀眉說眼（挑剔），在這屋裡教人罵沒主子的奴才。我死了，就見出樣兒來（看得出來）了。你伏侍別人，還像在我手裡那等撒嬌撒痴，好也罷，歹也罷了，誰人容的你？」（第六十二回）

像是李瓶兒提醒吳月娘時的情深義重。

落後待的李嬌兒、玉樓、金蓮眾人都出去了，獨月娘在屋裡守著他，李瓶兒悄悄向月娘哭泣道：「娘（月娘）到明日好生看養著，與他爹做個根蒂（繁衍後代）兒，休要似奴粗心，吃（被）人暗算了。」

月娘道：「姐姐，我知道。」（第六十二回）

李瓶兒對潘金蓮向來隱忍，不願意破壞和氣。她會向吳月娘發出這樣的感歎，實在是因為知道吳月娘又懷孕了，因此這些話非說不可。

短短的對話裡雖沒有說明到底吃了什麼人暗算，到底怎麼暗算，但是真相卻是兩個人都心知肚明。李瓶兒這話說得真摯，吳月娘聽得明白。畢竟官哥在時，除了李瓶兒和西門慶外，曾經「照顧」過他的也只有吳月娘這個大娘了。這是臨死前，李瓶兒唯一能做的回報。

在李瓶兒臨終的篇章裡，《金瓶梅》裡固然有許多美好的片段，然而現實畢竟是殘酷的。充滿在李瓶兒臨終前的這些篇章裡，更多的是那些無所不在的虛情假意。

像是三催四請不來的奶娘馮媽媽。

如意兒道：「馮媽媽貴人，怎的不來看看娘？昨日爹使來安兒叫你去，說你鎖著門，往那裡去來？」

馮婆子道：「說不得我這苦。成日往廟裡修法，早晨出去了，是也直到黑，不是也直到黑來家，偏有那些張和尚、李和尚、王和尚（把我纏住）。」

如意兒道：「你老人家怎的有這些和尚？早時沒（不是）王師父（王姑子）在這裡？」（你不去尼姑庵，怎麼跑去和尚廟修法了？）

那李瓶兒聽了，微笑了一笑兒，說道：「這媽媽子，單管只撒風（瘋瘋癲癲）。」

如意兒道：「馮媽媽，叫著你還不來！娘這幾日，粥兒也不吃，只是心內不耐煩，你剛才來到，就引的娘笑了一笑兒。你老人家伏侍娘兩日，管情娘這病就好了。」

馮媽媽道：「我是你娘退災的博士！」又笑了一回。（第六十二回）

馮媽媽不見人影，說穿了還不是待在王六兒那裡，就怕萬一西門慶上門，錯過了撈油水的機會。她一大堆推託的理由被如意兒戳破，也不臉紅，多虧了李瓶兒心地善良不想追究，馮婆子還厚著臉皮硬拗，說什麼她自己是李瓶兒「退災的博士」……

更多的令人心寒的心情、人物，像是忙著賺錢的王姑子。

王姑子道：「我的奶奶，我通不知你不好，昨日大娘使了大官兒到庵裡，我才曉得。（恐怕也是謊言！）又說印經哩，你不知道，我和薛姑子老淫婦合了一場好氣。與你老人家印了一場經，只替他趕了網兒（平白為人出力，原是幫人把魚趕向魚網之意）。背地裡和印經的打了五兩銀子夾帳（回扣），我通沒見一個錢兒。你老人家作福，這老淫婦到明日墮阿鼻地獄！」（第六十二回）

（唉，李瓶兒還指望死後，王姑子替她誦《血盆經》懺業呢！）

或者，像是被李瓶兒當成知己兼乾女兒，直到李瓶兒過世之後才出現的吳銀兒。

吳銀兒與月娘磕頭，哭道：「六娘沒了，我通一字不知，就沒個人兒和我說聲兒。可憐，傷感人也！」

孟玉樓道：「你是他乾女兒，他不好了這些時，你就不來看他看兒？」

吳銀兒道：「好三娘，我但知道，有個不來看的？說句假就死了。委實不知道。」

月娘道：「你不來看你娘，他倒還掛牽著你，留下件東西兒，與你做一念兒，我替你收著哩。」因令小玉：「你取出來與銀姐看。」

小玉走到裡面，取出包袱，打開是一套緞子衣服、兩根金頭簪兒，一支金花，把吳銀兒哭的淚如雨點相似。（第六十三回）

就這樣，《金瓶梅》冷靜而客觀地書寫著，讓同時存在的真情與虛假交織著這幅臨終前的生動畫面。回天乏術的固然是病情，但更讓人覺得感歎的卻是無所不在的人情冷暖、世態炎涼。

在這些細細瑣瑣的情節裡，最動人的，無非是李瓶兒和西門慶之間纏綿不捨的情意了。

李瓶兒道：「我的哥哥，奴已是得了這個拙病，那裡好什麼！奴指望在你身邊團圓幾年，也是做夫妻一場，誰知到今二十七歲，先把冤家死了，奴又沒造化，這般不得命，拋閃了你去。若得再和你相逢，只除非在鬼門關上罷了。」說著，一把拉著西門慶手，兩眼落淚，哽哽咽咽，再哭不出聲來。

那西門慶又悲慟不勝，哭道：「我的姐姐，你有甚話，只顧說。」

兩個正在屋裡哭，忽見琴童兒進來，說：「答應的（官差）稟爹，明日十五，衙門裡拜牌，畫公座，大發放，爹去不去？班頭好伺候。」

西門慶道：「我明日不得去，拿帖兒回了夏老爹，自己拜了牌罷。」

琴童應諾去了。李瓶兒道：「我的哥哥，你依我還往衙門去，休要誤了公事。我知道幾時死，還早哩！」（第六十二回）

官差要西門慶去上班，西門慶想留著陪李瓶兒，李瓶兒要他去衙門，不要他為了自己誤公事。《金瓶梅》裡少見的真情流露。

西門慶道：「我在家守你兩日兒，其心安忍！你把心來放開，不要只管多慮了。剛才花大舅和我說，教我早與你看下副壽木，沖你沖（沖喜），管情你就好了。」

李瓶兒點頭兒，便道：「也罷，你休要信著人使那憨錢，將就使十來兩銀子，買副熟料材兒，把我埋在先頭大娘（過世的正室陳氏）墳旁，只休把我燒化了，就是夫妻之情。早晚我就搶些漿水（祭奠的食物），也方便些。你偌多人口，往後還要過日子哩！」

西門慶不聽便罷，聽了如刀剜肝胆、劍剉身心相似。哭道：「我的姐姐，你說的是那裡話！我西門慶就窮死了，也不肯虧負了你！」（第六十二回）

在傳統的中國小說邏輯裡，只有正面的好人才可能擁有情操，像淫婦李瓶兒與惡霸西門慶之間的真摯情意是不容許、也不值得被書寫的。但是蘭陵笑笑生卻刻意要把這段難分難捨的情感娓娓道來，好向讀者證明，原來只要是人——不管好人或壞人，一樣都是有深情款款的時刻的。

在作者那樣「離經叛逆」的書寫邏輯下，好人與壞人的界限被打破了。打破了這樣的界限之後，我們才可能在小說裡，重新看見了新的深度與可能，並且理解到：原來人是這麼複雜的動物，最壞的人也可以有情有義，最好的人也可以傷天害理。

（那時是十七世紀，同樣的寫實或自然主義的創作理念，歐美要到了十九世紀之後，才會出現。）

時間繼續走下去，李瓶兒病得更重了。她完全忘了自己的病痛。甚至到了臨終，還沒忘記對西門慶循循善誘說：

「……你家事大，孤身無靠，又沒幫手，凡事斟酌，休要一沖性兒（老是要個性衝動）。大娘等，你也少要虧了他。他身上不方便，早晚替你生下個根絆兒，庶不散了你家事。你又居著個官，今後也少要往那裡去吃酒，早些兒來家，你家事要緊。比不的有奴在，還早晚勸你。奴若死了，誰肯苦口說你？」（第六十二回）

在這些苦口婆心、娓娓道來的勸告裡，我們忘記了她曾經是個謀財害命的淫蕩女人，只看到了她對西門慶不捨的情意與牽掛，那樣的溫婉與美好，讓我們宛如見識到了天使臉龐絕美的笑容……

而救贖果真存在嗎？《金瓶梅》沒有告訴我們，我們也不知道。

那是九月十六日的凌晨，四更天（am.1:00~3:00）左右。

李瓶兒喚迎春、奶子：「你扶我面朝裡略倒倒兒。」因問道：「有多咱時分了？」奶子（如意兒）道：「雞還未叫，有四更天了。」叫迎春替他鋪墊了身底下草紙，搊他朝裡，蓋被停當，睡了。

眾人都熬了一夜沒曾睡，老馮與王姑子都已先睡了。迎春與綉春在面前地坪上搭著鋪，剛睡倒沒半個時辰，正在睡思昏沈之際，夢見李瓶兒下炕來，推了迎春一推，囑咐：「你每（們）看家，我去也。」忽然驚醒，見桌上燈尚未滅。忙向床上視之，還面朝裡，摸了摸，口內已無氣矣。（第六十二回）

丑時時分（am.1:00~3:00），李瓶兒就用著這樣再安靜不過的姿態，離開了。

4

李瓶兒過世，最痛苦的莫過於西門慶了。書上說他在房裡離地跳得有三尺高，大放聲號哭。還趴在她身上，貼著臉哭，嚷著：

「天殺了我西門慶了！姐姐你在我家三年光景，一日好日子沒過，都是我坑陷了你了。」

儘管這話說得實在，但在別人聽來卻一點也不是滋味。

西門慶不但情緒差、脾氣壞，還不吃不喝。吳月娘勸他，他不理，派小廝去請他到後邊（李瓶兒住處在前邊花園裡）洗把臉，被他踢出來。連潘金蓮去勸他吃點東西，也被西門慶睜紅了眼，大罵：

「狗攮（合）的淫婦，管你什麼事！」

西門慶的反應立刻惹來吳月娘的抱怨。她說：

「……你就疼，也還放在心裡，那裡就這般顯出來？人也死了，不管那有惡氣（壞情緒）沒惡氣，就口撾著口（嘴巴靠著嘴巴）那等叫喚，不知什麼張致（模樣）。（說）他可可兒來（整整）三年沒過一日好日子，（難道我們）鎮日教他（李瓶兒）挑水挨（推）磨來？」

吳月娘抱怨的對象固然是西門慶，事實上還是嫉妒李瓶兒的成分居多。李瓶兒是最小的妾，過去無論怎麼得寵，畢竟範圍只局限在家中、私底下，但喪禮是公開場合，西門慶如此表態，叫吳月娘這麼在乎面子的大老婆臉往哪裡擺呢？

妻妾們同樣的反彈的心情原來只是隱隱約約，不過既然吳月娘都表態了，其他的人當然也就老實不客氣了。

像是西門慶特別請了畫匠幫李瓶兒畫人像那次。吳月娘沒好氣地說：

「成精鼓搗（折騰、搗亂），人也不知死到那裡去了，又描起影來了。」

潘金蓮更是立刻幫腔說：「那個是他的兒女？畫下影，傳下神，好替他磕頭禮拜！到明日六個老婆死了，畫六個影才好。」

同樣的，在應伯爵和謝希大來弔問時，西門慶哭「我那有仁義的姐姐」，他們兩人也哭「我那有仁義的嫂子」。孟玉樓聽了就不高興地罵道：

「賊油嘴的囚根子（壞胚子），俺每（們）都是沒仁義的？」

有趣的是，向來意見不合的妻妾們，在嫉妒李瓶兒這件事倒是難得的相當一致。故事寫到這裡，也許讀者會納悶地問：

平時李瓶兒送這個送那個的，難道妻妾們對她就一點「姐妹」情誼也沒有嗎？在回答這個問題之前，我們先來看看，給李瓶兒的屍體更衣的場面。

潘金蓮道：「姐姐，他心愛穿那雙大紅遍地金高底鞋兒，只穿了沒多兩遭兒，倒尋出來與他穿去罷。」

吳月娘道：「不好，倒沒的穿到陰司裡，教他跳火坑。」（第六十二回）

以明代的標準，大紅色高底鞋大概和今日的性感內衣相當了。這句話翻譯起來，真正的意思應該是：「她這個淫婦想遮掩都來不及了，妳還讓她穿紅色高底鞋到陰司去，給閻王看到了，不正好害她嗎？」吳月娘這話固然有為李瓶兒隱惡的善意，但我們還是感受得到：在妻妾們的內心深處，李瓶兒「淫婦」的形象是根深蒂固的。

妻妾們會有這樣的觀念並不難理解：

首先，李瓶兒太淫蕩了。她出身梁中書侍妾，成了鄰家花子虛的太太，背著花子虛和西門慶偷情，又和蔣竹山偷情，甚至害死了花子虛。這種一生「閱人無數」的淫娃蕩婦顯然最容易引起女人的嫉妒。

再來是李瓶兒太有錢了。儘管大家都受過她的好處，但大家都窮，獨獨妳有錢——特別是來自被她騙過的男人的錢，這當然也惹人嫉妒。

最後，也是最致命的理由——李瓶兒太得寵了。這最嚴重，因為它相對剝奪了其他妻妾的寵愛以及生存空間，這更是無可饒恕地惹人嫉妒。

因此，儘管李瓶兒再怎麼謙讓、大方，這些都只是表面。在妻妾那一方資源有限的小小世界裡，「背德者」、「背叛者」，甚至是「掠奪者」才是她們對李瓶兒真正的感受。

妻妾們這樣的心情，當然是沉浸在自己哀傷情緒裡的西門慶無法理解的。

所謂「醉過方知酒濃，愛過方知情深」，西門慶過去也死過前妻陳氏，死過小妾卓丟兒。讀者只要回想起「卓丟兒」出殯那天，正是西門慶第一次撞見潘金蓮的日子。比較今日的哀傷和當時西門慶的心情，就可以明白，「李瓶兒」在西門慶內心占有的地位，是獨特而唯一的。

為什麼西門慶會那麼獨鍾「李瓶兒」呢？玳安曾經這樣分析，他說：

「俺六娘嫁俺爹，瞞不過你老人家，他帶了多少帶頭來！別人不知道，我知道。銀子休說，只金珠玩好、玉帶、絛環（帽子上的飾物）、鬏髻、值錢的寶石，也不知有多少。為甚俺爹心裡疼？不是疼人，是疼錢。」（第六十四回）

玳安說出了一個很重要的重點：李瓶兒有錢。

以西門慶父親留給他的藥材舖的規模，充其量只算得上是小生意人（對門的喬大戶還瞧不起他的財富呢）。西門慶過去娶的妾都來自妓院，他是娶了孟玉樓（前布商寡婦）之後才開始開竅的，原來「娶妻娶德，娶妾娶色」，不只如此，還可以「娶妾娶錢」。用這樣的標準來看，李瓶兒當然是再完美不過了。她比孟玉樓更漂亮、淫蕩，更重要的，她帶來的財富規模也遠比孟玉樓更龐大。

如果不是李瓶兒的第一桶金，西門慶也不可能有本錢操作如此高層次的「政商勾結」，轉型成為真正的大商人。不但如此，李瓶兒還為西門慶生下了第一個孩子。換句話說，做為一個女人能夠給予男人的幫助，不管在權位、財富、甚至在性愛、傳宗接代各方面……李瓶兒一個人做到的，超過了其他所有的妻妾加起來的總和。

這樣的女人，當然是絕無僅有。然而，二十七歲的李瓶兒，卻在西門慶還在快速崛起的打拚階段——根本沒享受過什麼真正的榮華富貴，就這樣驟然逝去，不難想像西門慶這時的心情絕對是無法接受的。

正是這樣的情緒，讓西門慶非得把喪禮辦得風風光光不可。西門慶不但要溫秀才（文書）在白帖子稱呼李瓶兒是「荊婦」[25]。還要在名旌（銘旌，舊時靈柩前的旗幡）上題：「詔封錦衣西門恭人李氏柩」[26]。「荊婦」和「恭人」都是大老婆、命婦才能有的殊榮。這樣的堅持不但於禮不合，對吳月娘這個正牌大老婆更是無法交代。好不容易討價還價了半天，西門慶才心不甘情不願地勉強同意把「恭人」改成普通一般的稱呼：「室人」。

《金瓶梅》從小斂、大斂、頭七、二七、三七、四七、出殯……一路洋洋灑灑寫到七七，這麼大規模的葬禮在古典小說中算來絕無僅有了，舉凡喪禮的細節、儀式的規模、問弔的官員、親戚、朋友……全都鉅細靡遺。

我們看到，儘管一切都以一種哀傷而優雅的氣氛、井然有序地進行著。但在那背後的心情完全另是一回事。我們看見了開罵的開罵、抱怨的抱怨、嬉鬧的嬉鬧、調情的調情，還有爭權奪利的、卡位的、揩油的……

25 古代女人以荊條做頭釵，後用來當成對自己妻子的謙稱。通常只有大老婆才用荊婦、荊室、荊房的稱呼。

26 恭人是明朝對四品官之妻的封號。西門慶官居五品，就算大老婆死了也只能封「宜人」，更何況李瓶兒還只是妾。稱呼恭人是很明顯的僭越。

甚至連西門慶的悲傷也沒有人相信。李瓶兒頭七那天，西門慶叫了一班海鹽子弟在家裡演出「寄真容」一段戲文，招待來祭奠的親友。

西門慶看唱到「今生難會面，因此上寄丹青」一句，忽想起李瓶兒病時模樣，不覺心中感觸起來，止不住眼中淚落，袖中不住取汗巾兒搽拭。

又早被潘金蓮在簾內冷眼看見，指與月娘瞧，說道：「大娘，你看他好個沒來頭的行貨子（莫名其妙的傢伙），如何吃著酒，看見扮戲的哭起來？」

孟玉樓道：「你聰明一場，這些兒就不知道了？樂有悲歡離合，想必看見那一段兒觸著他心，他睹物思人，見鞍思馬，才掉淚來。」

金蓮道：「我不信。打談的掉眼淚——替古人耽憂，這些都是虛。他若唱得我淚出來，我才算他好戲子。」（第六十三回）

一輩子不曾深刻地愛過別人的潘金蓮，用自己的心情衡量西門慶，不但無法理解西門慶，甚至連西門慶對李瓶兒的情也懷疑起來了——這其實是西門慶真正可憐與寂寞的地方。能讓他掉淚的、能叫他相信的已經死去，而那些活著的一切，卻不要他相信、不許他流淚。

西門慶或許永遠不明白：原來喪禮只是為了他一個人辦的。相較於李瓶兒的死亡，或許更教我們感到寒心的是「死亡的喪禮」。除了西門慶外，所有看似活生生的悲傷、哭泣原來都是假的。比李瓶兒死得還要透徹的是人與人之間的真情真意，畢竟死掉的只是李瓶兒。對妻妾來說，她是個超級對手，對其他奴僕來說，她更只是眾多主子中的一個。要求大家表現出和西門慶一樣的悲慟本來就不公平。

更何況，誰都看得出來，以西門慶的習性，他內心那個平白增加出來的真空，短期內勢必是非填滿不可的。可以想像，這些真空的重新卡位，勢必會牽動西門家族裡面另一波的局勢變動。妻妾們當然沒有那個閒情逸致感到悲傷。

❖

李瓶兒的頭七才結束之後沒幾天，潘金蓮就在前邊花園書房抓到了玉簫（月娘房大丫頭）和書童兩人在西門慶的床上偷情。玉簫嚇得跪求潘金蓮不要告訴吳月娘。

玉簫和書童的姦情在故事裡並不重要。重要的是潘金蓮竟然天才地開出了三個條件做為交換。這三個條件的前兩個是：

第一件，你娘（吳月娘）房裡，但凡大小事兒，就來告我說。

第二件，我但問你要什麼，你就捎出來與我。

從這兩個條件看得出來，在解決了李瓶兒之後，潘金蓮顯然把吳月娘當成頭號對手，因此才會乘機安插玉簫在吳月娘房裡當眼線。

沒有選擇餘地的玉簫當然只好統統答應。此外，潘金蓮的第三個條件（應該說是問題）是：「你娘向來沒有身孕，如今他怎生便有了？」

玉簫道：「不瞞五娘說，俺娘如此這般，吃了薛姑子的衣胞符藥，便有了。」

這事對潘金蓮來說是個青天霹靂。好不容易除掉了李瓶兒母子，吳月娘又懷孕了。大老婆一旦生下孩子，情況當然比李瓶兒母子還難對付。

讀者如果以為在這之後的故事，會像潘金蓮想像的——變成潘金蓮ＰＫ吳月娘的最後總決賽，那可就完全低估《金瓶梅》這本書的想像力了。

事實上，情勢變化快得有點令人措手不及。

十月十二日是李瓶兒出殯的日子。出殯之後，西門慶「不忍遽捨，晚夕還來李瓶兒房中，要伴靈宿歇。」白天，還來李瓶兒房間，要丫頭擺下碗筷，對著掛在牆上的全身畫像，掛在床上的半身畫像說：「你請些飯兒。」陪著李瓶兒一起吃飯。

連續這樣幾天下來，對如意兒發生了感情。

這日，西門慶因請了許多官客堂客，墳上暖墓來家，陪人吃得醉了。進來，迎春打發歇下。到夜間要茶吃，叫迎春不應，如意兒便來遞茶。因見被拖下炕來，接過茶盞，用手扶被，西門慶一時興動，摟過脖子就親了個嘴，遞舌頭在他口內。老婆就咂起來，一聲兒不言語。西門慶令脫去衣服上炕，兩個摟在被窩內，不勝歡娛，雲雨一處。（第六十五回）

這裡是《金瓶梅》裡很精采生動的一段。

西門慶喝醉了，就在喪禮期間，在李瓶兒的床上，和官哥兒的奶媽如意兒做愛起來。光想像畫面都覺得非常驚人：兩個人在床上雲雨，床頭掛著李瓶兒的遺像，微笑地看著他們。

性愛當然是西門慶「治療傷痛」的方法之一，但光是把這個行為當成西門慶的色慾發作了其實是不公允的。畢竟如果只是色慾，他大可去找妓女鄭愛月、甚至是王六兒或潘金蓮。做為色慾發洩的對象，她們都遠勝過如意兒許多。更何況，還是在李瓶兒的床上，對著李瓶兒的遺照。西門慶要超越倫理、習俗的禁忌做出這些，光是喝醉與色慾，說服力是不夠的。

所以，為什麼他會挑選了如意兒，而不是別的女人呢？

思考這個問題，其實只要去追究：什麼是如意兒能夠提供，別的女人卻做不到的，答案或許就呼之欲出了。

沒錯。重點就在她做為李瓶兒的分身——給官哥兒餵奶的奶媽身分。

只有在如意身上，才兼具了所有關於官哥兒，以及李瓶兒的所有美好回憶。這樣想時，包括在李瓶兒的床、包括李瓶兒的遺像……一切的一切，立刻出現了不同的意義。我們甚至可以說，西門慶的行為，除了性慾外，更強烈的是一種複雜的移情作用。藉由把如意兒當成李瓶兒的替代，做為創痛的慰藉，以及失去的彌補。

在那次做愛之後，如意兒對西門慶說：

「既是爹擡舉，娘也沒了，小媳婦情願不出爹家門，隨爹收用便了。」

西門慶說：「我兒，你只用心伏侍我，愁養活不過你來！」（第六十五回）

有了西門慶的保證，當然強過吳月娘當初的口頭承諾千倍萬倍。

迎春（大丫頭）知道如意兒被收用後，不但沒有妒意（別忘了西門慶也收用過她），反而歡喜樂意地和如意兒打成一片。畢竟她們兩人目前的身分有如喪家之犬，能團結在一起是最穩當的辦法了。如意兒、迎春兩個被收用的丫頭（外加一個小丫頭綉春，以及死去的老闆李瓶兒）能不能形成什麼氣候，我們暫時還無法得知。但書上說：

老婆（如意兒）自恃得寵，腳跟已牢，無復求告於人，就不同往日，打扮喬模喬樣，在丫鬟夥內，說也有，笑也有。**早被潘金蓮看在眼裡。**（第六十五回）

情勢變得愈發暗潮洶湧。不久，西門慶在李瓶兒過世前新姘上的妓女鄭愛月，也做了「穌油泡螺兒」，還親自啃了「瓜仁兒」包在桃紅綾汗巾兒裡，請弟弟鄭春送了過來了。桃紅是情愛，汗巾兒是貼身之物，瓜仁兒更是鄭愛月一口一口啃出來，這個禮物其中情色的意涵不言可喻。

至於「穌油泡螺兒」（一種用奶油製造的甜食，樣子像螺獅，入口即溶，是蘇州有名的特產，現已失傳。），過去只有李瓶兒會做這種甜食。鄭愛月不知從哪裡打聽來的消息，懂得送這麼貼心的禮物，難怪西門慶吃著穌油泡螺兒時感慨地說：

「此物不免使我傷心。唯有死了的六娘他會揀，他沒了，如今家中誰會弄他！」

知趣的應伯爵在一旁，立刻打蛇隨棍上說：

「死了一個女兒會揀泡螺兒孝順我，如今又鑽出了個女兒會揀了。偏你也會尋，尋的都是妙人兒。」

此話一說，果然弄得西門慶「笑的兩眼沒縫兒」。

看得出來，所有的人都利用西門慶對李瓶兒的思念的情緒，想盡辦法積極地爭寵、卡位。只有潘金蓮占不到好處——西門慶愈是思念李瓶兒，他對潘金蓮就愈發厭惡。隨著局勢風起雲湧，潘金蓮愈來愈明白，原來在爭寵的道路上，人是死不完的。殺掉了官哥、李瓶兒，又有更多的官哥、李瓶兒跑出來，不管她們的名字是吳月娘，如意兒，或是鄭愛月……

說不擔心當然是騙人的。

十一月五日，趁著薛姑子來家裡招攬為李瓶兒唸經懺的業務，潘金蓮私下拿出了一兩銀子，拜託薛姑子，也替她配坐胎氣符藥。

……

更多沒完沒了鬥爭的還在看得見、看不見的地方進行著。

一切都令人搖頭歎息。

我們不是才從死亡裡見識到這一切爭權、砍殺的荒謬與癡愚嗎？大家不都是「可憐身是眼中人」的一部分嗎？為什麼不能暫停下來，彼此坦誠、彼此關懷、彼此珍惜呢？

畢竟地球還是要繼續轉動下去的。

《金瓶梅》並沒有留給我們太多感傷的空間。顯然李瓶兒的喪禮還沒有結束，但後李瓶兒時代的爭奪與卡位，已經迫不及待地展開了。

政和七年

- 七月二十八日西門慶在生日宴會看上名妓鄭愛月，立即送禮示愛。
- 鄭愛月出主意，要西門慶和王三官的母親林太太上床，只為了教訓王三官勾搭上李桂姐。
- 西門慶再次偷偷地找如意兒，引來潘金蓮不悅。春梅與如意兒為洗衣棒槌吵架，潘金蓮利用西門慶上京朝見時，乘機痛毆如意兒。
- 十一月二十四日，西門慶從東京回家，潘金蓮用各種奇技淫巧把西門慶留在自己房裡，並要求掌控如意兒。
- 吳月娘和潘金蓮爆發嚴重衝突，吳月娘仗著有身孕贏得西門慶的關愛，潘金蓮全面潰敗。

第八章

後李瓶兒時代

1鄭愛月PK李桂姐

後李瓶兒時代的局勢變得複雜非常，故事先得從西門慶的新寵鄭愛月說起。

鄭愛月正式出場是在政和七年西門慶七月二十八日的生日宴會上，那時李瓶兒還未過世，西門慶叫了四個歌妓來唱歌助興。包括齊香兒、董嬌兒、洪四兒，大家都準時到達，只有鄭愛月兒還在王皇親那裡表演不能來。西門慶生氣了，叫玳安帶著官府的人去強請。好不容易，鄭愛月才姍姍來遲。

鄭愛月這個出場亮相在《金瓶梅》裡算得上是讓人眼睛為之一亮的，我們且來看看她的風情：

那鄭愛月兒穿著紫紗衫兒，白紗挑線裙子。腰肢嬝娜，猶如楊柳輕盈；花貌娉婷，好似芙蓉艷麗。正是：

萬種風流無處買，千金良夜實難消。

西門慶便向鄭愛月兒道：「我叫你，如何不來？這等可惡！敢量我拿不得你來！」

那鄭愛月兒磕了頭起來，一聲兒也不言語，笑著同眾人一直往後邊去了。（第五十八回）

在清河縣的妓女裡，敢在西門慶面前這麼囂張的，她恐怕是第一個了。她憑什麼這麼大膽？我們接著看。

（在後面房間裡）月娘便問：「這位大姐是誰家的？」
董嬌兒道：「娘不知道，他是鄭愛香兒的妹子鄭愛月兒。才成人，還不上半年光景。」
月娘道：「可倒好個身段兒。」說畢，看茶吃了，一面放桌兒，擺茶與眾人吃。
潘金蓮且揭起他裙子，撮弄他的腳看，說道：「你每這裡邊的樣子，只是恁直尖了，不像俺外邊的樣子趫。俺外邊尖底停勻（平均），你裡邊的後跟子大。」
月娘向大妗子道：「偏他恁好勝，問他怎的！」
一回又取下他頭上金魚撇杖兒來瞧，因問：「你這樣兒是那裡打的？」
鄭愛月兒道：「是俺裡邊銀匠打的。」（第五十八回）

鄭愛月走進來，大家都在看她。月娘說她身段好就算了，連對自己服飾品味相當自負的潘金蓮都好奇地來參觀，要跟她比一比小腳、打聽頭飾。可見，在明代，妓院裡的女人對於穿著打扮與時尚流行的敏銳度都勝過家裡面的女人。

鄭愛月敢以高傲的姿態對待西門慶，除了她對自己的容貌、魅力充滿自信外，更重要的，她算準了以西門慶愈是不容易到手的女人愈要弄到手的個性，一定吃她這一套。

要知道，明代在宣德（宣宗）之後，對於官員上妓院是有禁令的。可是鄭愛月這個出場就是惹得西門慶心癢難耐。於是，七月二十八日才過完生日宴會，八月一日就叫玳安送了三兩銀子、一套紗服給鄭愛月。

鄭家鴇子聽見西門老爹來請他家姐兒，如天上落下來的一般，連忙收下禮物，沒口子向玳安道：「你多頂上（回覆）老爹，就說他姐兒兩個都在家裡伺候老爹，請老爹早些兒下降。」玳安走來家中書房內，回了西門慶話。

西門慶約午後時分，吩咐玳安收拾著涼轎，頭上戴著披巾，身上穿著青緯羅暗補子直身，粉底皂靴，先走在房子看了一回裝修土庫，然後起身，坐上涼轎，放下斑竹簾來……（第五十九回）

西門慶會「先走在房子看了一回裝修土庫」，當然不是為了視察工程，而是心虛、避嫌。他一身接近「老百姓」的低調裝扮、以及把斑竹簾放下來的小心翼翼，更是因為礙於朝廷的禁令，不想惹人注目。不過，我們光想著西門慶穿著那身衣服，坐著小轎子、偷偷摸摸的模樣，就覺得真是把他好色又怕死的模樣寫得栩栩如生。

明朝上妓院和今日的猴急是完全不同的。當時妓院待客的規格之清高雅致，到了今日，恐怕一流飯店、招待所都無法企及。我們就跟著西門慶去開一次葷吧。

先從鄭愛月房間的擺設看起：

進入粉頭（妓女）房中，但見瑤窗綉幕，錦褥華裀，異香襲人，極其清雅，真所謂神仙洞府，人跡不可到者也。（第五十九回）

坐定了之後先吃點心、打牌。

只見丫鬟進來安放桌兒，擺下許多精製菜蔬。先請吃荷花細餅，鄭愛月兒親手揀攢肉絲、捲就，安放小泥金碟兒內，遞與西門慶吃。須臾，吃了餅，收了傢伙去，就鋪茜紅氈條，取出牙牌三十二扇，與西門慶抹牌。（第五十九回）

抹完牌之後是喝酒、聽音樂。

抹了一回，收過去，擺上酒來。但見盤堆異果，酒泛金波，十分齊整。姐妹二人遞了酒，在旁箏排雁柱，款跨絞綃——愛香兒彈箏，愛月兒琵琶，唱了一套〈兜的上心來〉……飲夠多時，鄭愛香兒推更衣出去了，獨有愛月兒陪著西門慶吃酒。（第五十九回）

接下來，西門慶開始拿出他的春藥來，並且開始送禮物討好鄭愛月。

（鄭愛月）還伸手往他袖子裡掏，又掏出個紫縐紗汗巾兒，上拴著一副揀金挑牙兒，拿在手中觀看，甚是可愛。說道：「我見桂姐和吳銀姐都拿著這樣汗巾兒，原來是你與他的。」西門慶道：「是我揚州船上帶來的。不是我與他，誰與他的？你若愛，與了你罷，到明日，再送一副與你姐姐。」（第五十九回）

收了西門慶的禮物，鄭愛月當然滿心歡喜。於是西門慶開始服用春藥，把鄭愛月摟在懷中，然後是喝酒、咂舌（就是接吻嘍）、愛撫……

有趣的是，一反上次在外頭的囂張高傲，鄭愛月居然變得溫柔貼心。不但如此，床笫之間更是嬌聲呻吟不斷，讓西門慶充滿了大男人的尊嚴與榮耀。

稍微動動腦筋，不難理解鄭愛月前後有這麼大的差別。最初在西門慶家是「生意」還沒到手，因此必須用「高傲的美麗」來吸引西門慶，好挑起他對鄭愛月的征服慾。從某個角度來說，這也是妓女做為「戀愛冒險遊戲」的對象，提高自己的身價，很重要的一個方法。至於西門慶來了之後，由於生意到手，我們看到鄭愛月的態度判若二人，新的重點從吸引客戶變成了如何提高顧客的滿意度，好讓他將來願意不斷地上門消費。

要知道，明朝的男人多半在十幾歲就結婚了，在社會容許三妻四妾的情況下，「性」資源並不缺乏。反倒是他們的婚姻在父母之命、媒妁之言的前提之下，大部分人是沒有談過戀愛的。於是，出乎我們意料之外的，那時許多人花錢上妓院，為了談戀愛竟然是多過於為了上床的。

想像一下，如果家裡的老婆都像吳月娘一樣不識字，而妓院裡的女人卻一個一個像李桂姐、鄭愛月兒之流：天生麗質、穿著打扮時髦，聰明伶俐，有風韻又懂音樂、還能彈曲唱詞、甚至吟詩作對……要談戀愛的話，男人會找誰呢？

更何況，過去從來沒有一個地方能像妓院一樣，集合了這麼多有資源的男人——不管是來自政界、商界、軍界、文化界的男人，他們來到妓院，不只和女人玩「戀愛冒險」的遊戲，同時也為了最出色的女人，和別的男人玩「錢、權與才華」的角力遊戲。這些充滿了追逐與競爭的氛圍，更增加了妓院的吸引力。

如果只從表象世界看鄭愛月，我們會誤以為她是自負又傲慢的。但如果從看不見的底層世界觀察的話，我們會發現鄭愛月是非常專業的。特別是西門慶在這次光顧妓院之後，連續遭逢官哥的意外、李瓶兒的死亡，鄭愛月特別在李瓶兒喪禮期間請人送了親手揀的泡螺兒（這本事過去只有李瓶兒會），以及親口嗑的瓜仁兒送來。這兩樣禮物儘管低調，但低調中卻寄寓了無限的風情與想像，鄭愛月心思細膩的程度讓人無法小覷。

❖

有趣的是，不像李桂姐一開始得寵就和潘金蓮嘔氣，鄭愛月從一開始就跳過妻妾這個部分，把所有的戰鬥力都用來對付她設定的主要對手。

我們來看看李瓶兒的喪禮過後，西門慶和鄭愛月頭一次見面的場面。

愛月又問：「爹連日會桂姐沒有？」

西門慶道：「自從孝堂內到如今，誰見他來？」

愛月兒道：「六娘（李瓶兒）五七，他（李桂姐）也送茶去來？」

西門慶道：「他家使李銘送去來。」

愛月道：「我有句話兒，只放在爹心裡。」

西門慶問：「什麼話？」

那愛月又想了想說：「我不說罷。若說了，顯的姐妹每（們）恰似我背地說他一般，不好意思的。」

西門慶一面摟著他脖子說道：「怪小油嘴兒，什麼話？說與我，不顯出（洩漏）你來就是了。」（第六十八回）

鄭愛月會把李桂姐當成她的頭號敵人當然有她的算盤：

在李瓶兒過世之後，家裡老婆想勸阻西門慶上妓院幾乎不可能——鄭愛月早看出來了，對她的生意最大的威脅不是來自西門慶的妻妾，而是李桂姐。基於在商言商的考慮，鄭愛月當然要先對付李桂姐。

愛月便把李桂姐如今又和王三官兒好一節說與西門慶：「怎的有孫寡嘴、祝麻子、小張閑，架兒于寬、聶鉞兒……日逐標著在他家行走。如今丟開齊香兒，又和秦家玉芝兒打熱，兩下裡使錢。使沒了，將皮襖當了三十兩銀子，拿著他娘子兒一副金鐲子放在李桂姐家，算了一個月歇錢（休息、過夜的費用）。」

西門慶聽了，口中罵道：「這小淫婦兒，我恁吩咐休和這小廝纏，他不聽，還對著我賭身發咒，恰好只哄著我。」（第六十八回）

西門慶和李桂姐之間的愛恨情仇算得上罄竹難書了，我們來簡單地回顧一下。

李桂姐是西門慶三年前（政和四年）新梳籠的妓女。過去，在西門慶梳籠李桂姐的時代，李桂姐為了錢，就曾有背著西門慶偷偷接客的紀錄了——為此西門慶還曾生氣地大鬧過麗春院。儘管後來應伯爵出面當和事老，西門慶也接受了李桂姐道歉，但芥蒂多少還是在的。

到了政和六年西門慶當官之後，為了維持和西門慶的關係，又得到接客的自由，李桂姐主動提出脫離西門慶梳籠的要求，改認西門慶當乾爹。

照說，在那之後，李桂姐愛接什麼客人就接什麼客人，不干西門慶的事。可是李桂姐又為了接待王三官的事，惹惱了六黃太尉的姪女——王三官的老婆。

王三官老婆一狀告到六黃太尉那裡去，六黃太尉震怒透過行政體系發公文，讓官府派了人到麗春院，當場把祝麻子、孫寡嘴、小張閑逮捕。這個大動作嚇得王三官、李桂姐紛紛逃散。李桂姐在驚慌之餘，嚇得躲到西門慶家，請西門慶代為出面關說。

事實上，王三官和李桂姐在西門慶當官之前就已經打得火熱，這消息，西門慶當時早就時有耳聞。有趣的是，在成為李桂姐的乾爹之後，西門慶再吃王三官的醋好像就有點說不過去了。於是，做為李桂姐的乾爹兼保護人，西門慶很大方地出面幫忙解決了李桂姐的風波。說起來，西門慶在這些方面還算滿大方的。

本來，故事情節走到這裡也該告個段落了，不想，為了報答「乾爹」的大方，李桂姐又在花園裡的雪洞裡和西門慶雲雨了一番。（實在也不能怪李桂姐，她好像也只有這個方式能報答乾爹的恩情了。）這麼一來，事情變得有點複雜了。在公開的表象世界裡，西門慶是李桂姐的乾爹兼保護者，可是在秘密的底層世界裡，他仍然是李桂姐的恩客外加情人。這也是當西門慶吩咐李桂姐：「休和這小廝（王三官）纏」時，這句話裡深刻含意之所在——它一方面是警告這樣做的後果會再招惹王三官的老婆（以及六黃太尉），可是更重要的，它也是警告李桂姐，這樣做更是招惹我——西門慶本人。

這正是為什麼鄭愛月那麼有把握，這樣的挑撥一定可以惹怒西門慶最重要的理由。

鄭愛月告訴西門慶：「爹也沒要惱。我說與爹個門路兒，管情教王三官打了嘴，替爹出氣。」

鄭愛月這個門路是這樣的：

「王三官娘林太太，今年不上四十歲，生的好不喬樣！描眉畫眼，打扮的狐狸也似。他兒子鎮日在院裡，他專在家，只尋外遇。假託在尼姑庵裡打齋，但去，就在說媒的文嫂兒家落腳。文嫂兒單管與他做牽頭，只說好風月。我說與爹，到明日遇他遇兒也不難。」（第六十八回）

這個點子有點出乎我們意料外：原來鄭愛月要西門慶去把王三官的娘。「你把我的妹，那我就把你的娘」。雖說邏輯聽起來很奇怪，但裡面「一報還一報」的非法正義也不失簡單俐落。只是話又說回來，李桂姐是年輕貌美的正妹，林太太卻是徐娘半老，算起來西門慶還是有點吃虧，於是鄭愛月又補充說：

「王三官娘子兒今才十九歲，是東京六黃太尉姪女兒，上畫般標緻，雙陸、棋子都會。三官常不在家，他如同守寡一般，好不氣生氣死。為他也上了兩三遭吊，救下來了。爹難得先刮剌上了他娘，不愁媳婦兒不是你的。」（第六十八回）

好了，現在再買一送一。「既然你把我的妹，那我把你的娘外加你的老婆」，總該扯平了吧。鄭愛月這個提議對西門慶真正的吸引力與其說是報復，還不如說是提議裡隱含的刺激。包括了：

一、「貴族品牌」的刺激：過去西門慶偷的女人不是出身妓院，就是來自比他更低下的社會階層。和林太太這種「名門」、「有品牌」的上流女人偷情是西門慶從來沒有的經驗。

二、同時與「婆媳」偷情的刺激：和寡婦偷情固然不倫，可是到手之後再偷寡婦的媳婦，不倫的程度更是平方加成，這種雙重的刺激西門慶當然無法拒絕。

不管是「貴族」寡婦或者「婆媳」之間的倫理，某個程度，都代表了社會的「正統」。和漂亮的女人上床固然是西門慶追求的，然而更大的吸引力卻是對這個正統的挑釁。

不管從經營事業、或者是偷情紀錄的角度來看，挑釁「正統」一直是西門慶的樂趣與風格。正是靠著這些非法的官商勾結所建立的地方勢力，創出了西門慶龐大的家族事業。同樣的，也靠著「背德」的手段，西門慶得到了潘金蓮、李瓶兒也好，宋蕙蓮、王六兒、如意兒……依照西門慶的邏輯，如果這些「非法」、「背德」造就了西門慶今日的成功，那麼他就沒有道理不用同樣的方法，繼續成功下去。

【題外話】

照說，王三官的娘應該是王太太才對啊，怎麼會是林太太呢？

事實上，所謂太太是過去舊社會對有官夫人身分的女人的稱呼。因此「太太」這個稱呼是專屬女人的。姓林的官夫人就叫林太太，姓張的官夫人叫張太太。只是，隨著時代演變，有權有勢的富人也對人稱自己的妻子為「太太」，漸漸，大家都尊稱別人夫人為「太太」，「太太」就漸漸成了妻子的代稱。連帶的，連之前的姓氏都一起被丈夫奪去了。所以在我們這個時代稱呼為王太太的林氏，在明朝的稱呼應該是林太太沒錯。

牽頭（拉皮條者）文嫂過去是陳敬濟和西門大姐的媒人，西門慶立刻派了玳安把她找來，請她出面牽線。

（這次西門慶一出手的小費就是五兩銀子。這是在王婆的十兩銀子之後最高小費了。這樣的出手當然也代表了林太太在西門慶心中的分量。）

文嫂在林太太面前把西門慶如何有錢有勢形容得天花亂墜，還保證他一定有辦法讓王三官收心不再上妓院。林太太正在為兒子的事煩惱不已，當下「被文嫂這篇話說得心中迷留摸亂，情竇已開」。

文嫂和林太太說定之後，西門慶依著文嫂的指示，利用晚上街上人行稀少時，悄悄走入林太太家後門的餛飩巷，來到林氏後房段媽媽住處。段媽媽是文嫂介紹的，現在住著王昭宣家的後房，順便看守後門。西門慶先進段媽媽的後房，再走夾道，穿越一層群房，來到林太太家住的五間正房前。

這文嫂輕敲敲門環兒，原來有個聽頭。少頃，見一丫鬟出來，開了雙扉。文嫂導引西門慶到後堂，掀開簾攏，只見裡面燈燭熒煌，正面供養著他祖爺太原節度頒陽郡王王景崇的影身圖：穿著大紅團袖，蟒衣玉帶，虎皮交椅坐著觀看兵書。有若關王之像，只是髯鬚短些。迎門朱紅匾上寫著「節義堂」三字，兩壁隸書一聯：「傳家節操同松竹，報國勳功並斗山。」西門慶正觀看之間，只聽得門簾上鈴兒响，文嫂從裡拿出一盞茶來與西門慶吃。（第六十九回）

這一段情節的畫面張力感十足。雖然西門慶看著林太太正廳的擺設時，我們讀不到他在想著什麼。然而整個充滿了節義、節操暗示的大廳，對照著西門慶正要幹的事，形成了一種強烈的對比與反諷。

在西門慶等待的同時，我們想起了《金瓶梅》第四十二回曾寫過的一個段落。那是政和七年的元宵燈節，孫寡嘴和祝實念兩個幫閒帶著王三官到許不與先生那裡，借了三百兩銀子要上武學唸書（大部分的錢應該是拿去妓院，落到李桂姐的口袋了）。那時我們還不認識林太太與王三官一家，覺得天外飛來的這一段有點莫名其妙。不過這時我們忽然明白了一件很重要的事：

這麼顯赫的王昭宣家族兒子唸書如果都還要去借高利貸，那麼所謂的「貴族」家勢，無非也就只剩下節義傳家這麼個空殼子了。

從這個角度再來思考剛剛存疑的問題，這一切忽然開始有了不同的滋味。

首先，林氏才三十五歲，如果從潘金蓮十五歲時王昭宣死了的時間來推斷的話，她也不過是二十四、五歲就開始守寡。這麼年輕的漂亮寡婦當然有愛情與性的需求。話又說回來了，十多年來，如果沒有相當的資源，只老老實實地當個寡婦，要維持這麼一個偌大的「貴族」門面與開銷，錢從哪裡來，有問題時又依靠什麼人脈？

換句話說，如果要同時滿足性的需求，同時又兼顧「人脈」、「錢脈」，經營一個類似「高級會員俱樂部」的賣淫中心大概是唯一可行的方法了。這也是為什麼，賣淫就賣淫，文嫂還要跟林氏說上一大篇西門慶的事業功績，保證能夠解決王三官的事……等等的背景介紹。畢竟經營「高級俱樂部」，對於入會的會員當然得嚴格篩選才行——不但錢得計較，嫖客的身分，對方能夠提供的資源也都得計較才行。

據鄭愛月表示，她所以會知道是一個也去過林氏那裡的南方生意人告訴她的。從這個資訊我們可以推論，林氏主要接待的應該都是外來客人。畢竟外來客人隱秘、較不易引起本地人的議論與糾紛。只是，除了錢之外，她也需要在地的人脈幫她解決一些用錢不能解決的問題——像她兒子王三官在外面招惹麻煩的問題等等。在這樣的情況下，有錢、有勢，年輕、風流倜儻的西門慶，當然可說是林氏能夠想像的「夢幻會員」了。或許這正是林氏一聽完西門慶的資歷，都還沒見到人，就已經「迷留摸亂，情竇已開」的理由吧。

西門慶被邀請到後堂正廳喝茶，除了讓他見識見識王家列代先祖的豐功偉績外，其實還有一個更重要的目的。

西門慶便道：「請老太太出來拜見。」

（忍不住要打岔，在我們這年頭，如果有人膽敢稱呼偷情的對象「老太太」，恐怕話都還沒說完，對方一巴掌已經掃過來了。不過在明朝「老」是一種敬稱，如老師、老爺，事關資歷、無關年齡，讀者不用大驚小怪。）

文嫂道：「請老爹且吃過茶著，剛才稟過太太知道了。」不想林氏悄悄從房門簾裡望外邊觀看，見西門慶身材凜凜，一表人物，頭戴白緞忠靖冠，貂鼠暖耳，身穿紫羊絨鶴氅，腳下粉底皂靴……林氏一見滿心歡喜……（第六十九回）

讀到這裡，我們恍然大悟，原來更重要的理由是：林太太也得看得順眼才行，否則一杯茶之後，林氏找了個藉口說不舒服或什麼的，還是可以把西門慶趕走的。

坐了一會兒，西門慶通過了最後一關的「面」試。文嫂請西門慶進房內拜見。於是西門慶進到「簾幙垂紅，氈毹鋪地，麝蘭香靄，氣暖如春」的房間裡，林氏全身盛裝。然後是一番客套，繁文縟節。

西門慶一見便躬身施禮，說道：「請太太轉上，學生拜見。」

林氏道：「大人免禮罷。」

西門慶不肯，就側身磕下頭去拜兩拜，夫人亦敘禮相還。（第六十九回）

我們看到西門慶真的「磕下頭去拜兩拜」——關於階級這件事，我們簡直找不到比這個更諷刺的譏諷了。

真不曉得西門慶磕頭時是什麼心態。這個他磕頭的對象，可是等一下他打算要恣意玩弄的女人。這樣低聲下氣地磕頭，會增加西門慶姦淫這個女人的快感嗎？

於是兩個人坐下來，文嫂關上前後門。

既然是「高級會員俱樂部」，當然不能像普通的妓女一樣，事先就談好價碼。於是西門慶和林氏初見面，就在這樣的「高級」氛圍下，優雅地談起「價碼」來了。

林氏道：「……小兒年幼優養，未曾考襲，如今雖入武學肄業，年幼失學。外邊有幾個奸詐不良的人，日逐引誘他在外飄酒，把家事都失了。幾次欲待要往公門訴狀，誠恐拋頭露面，有失先夫名節……望乞大人千萬留情把這干人怎生處斷開了，使小兒改過自新，專習功名，以承先業，實出大人再造之恩，妾身感激不淺，自當重謝。」（第六十九回）

這段「優雅」的對話，翻譯起來意思應該是這樣的：

「我的過夜費可是包括了解決這件事的噢。」

林氏愛子心切，要收西門慶這個本地客人，在乎的除了錢之外，還在乎他的資源。這樣說不難理解，但西門慶以下的回答就有點噁心了。

西門慶道：「老太太怎生這般說……令郎既入武學，正當努力功名，承其祖武，不意聽信遊食所哄，留連花酒，實出（超出）少年所為。太太既吩咐，學生到衙門裡，即時把這干人處分懲治，庶可杜絕將來。」（第六十九回）

翻譯起來也很簡單，就是三個字：沒問題。

好笑的是西門慶不看看自己什麼德行，這樣的臺詞聽起來想不覺得好笑都很困難。然而蘭陵笑笑生就是有辦法讓這故事如此道貌岸然地繼續說下去。

林太太起身向西門慶致謝，西門慶也起身還禮，說什麼：「你我一家，何出此言。」一切都崇廉尚義，尊禮受紀……

老實說，我們簡直找不到比這不動聲色、更胡搞瞎搞的故事了：一個是自己賣春卻還禁兒子去妓院的母親，另一個是到處吃喝姦淫，卻還要處分別人流連妓院的官員——他們所苛責別人不能做的壞事，正是自己變本加厲在進行的。

條件談完了，林太太似乎完全沒有提到錢——換句話，她接待西門慶只是為了圖他的人脈，好讓自己兒子不要再去妓院而已。

（唉，天下父母心。）

談完了交易條件，接下來當然就是喝酒、聽音樂了。妓院有的、林太太這裡當然也要有。西門慶看到文嫂把準備好的酒菜端上來，客氣地說要走了（好測試一下人家是不是真的留他）。林氏熱心地留他，說道：「寒天聊具一杯水酒，表意而已。」西門慶要給林太太敬酒、倒酒，文嫂提醒西門慶：「老爹且不消遞太太酒。這十一月十五日是太太生日，那日送禮來與太太祝壽就是了。」

西門慶當然滿口答應。（他果然沒食言，後來林太太生日西門慶真的送了一套金彩奪目的遍地金時樣衣服給林太太，弄得林太太心花怒放。這當然也是費用的一部分。）

西門慶坐下來了，接下來的一切他再熟悉不過了。廚房陸續又端出來十六碗美味佳餚，旁邊絳燭高燒，下邊金爐添火，兩個人開始噁心地敬酒，猜拳行酒令，妳敬我一杯，我敬妳一杯……

酒為色胆。看看飲至蓮漏已沈、窗月倒影之際，一雙竹葉穿心，兩個芳情已動。文嫂已過一邊，連次呼酒不至。西門慶見左右無人，漸漸促席而坐，言頗涉邪，把手捏腕之際，挨肩擦膀之間。初時戲摟粉項，婦人則笑而不言；次後款啟朱唇，西門慶則舌吐其口，嗚咂有聲，笑語密切。婦人於是自掩房門，解衣鬆佩，微開錦帳，輕展綉衾，鴛枕橫床，鳳香薰被，相挨玉體，抱摟酥胸……（第六十九回）

搞了半天，一切不過是「性」與「權力」的交換罷了。這個晚上，在西門慶無窮無盡的戀愛冒險遊戲裡，又多了一次特別的紀錄——這一次，他嘗到了「名牌」的滋味。

林氏到了手，答應人家的事情當然要辦。接下來的故事無非又是六黃太尉生氣了的翻版。西門慶回到衙門，說服了夏提刑，把慫恿王三官去妓院的幫閒們，什麼小張閑、聶鉞、于寬、白回子、向三等人全都抓了起來，「每人一夾二十棍，打得皮開肉綻，鮮血迸流。」（孫寡嘴、祝實念是自家結拜十兄弟，不抓。）

幾個不知死活的傢伙，挨打之後還跑到王三官家，威脅吆喝，要王三官拿出銀子補償，嚇得王三官躲在房裡不敢出來。於是林氏和文嫂聯手又合演了一齣戲，讓文嫂帶著王三官親自去央求西門慶。於是西門慶再度出動提刑院的人馬，到王三官府，把地痞流氓又再抓了一遍，嚇得這些人當場跪地哀告求饒，發誓再也不敢上門纏擾為止。

幹完了這麼件得意的事，少不了應伯爵又要來拍馬屁了。

（這傢伙，永遠這麼懂事，這麼討人歡心。）

伯爵道：「……今日他告我說，我就知道哥的情。怎的祝麻子、老孫走了？一個緝捕衙門，有個走脫了人的？此是哥打著綿羊駒驢戰（戰慄，有殺雞儆猴之意），使李桂兒家中害怕，知道哥的手段。若都拿到衙門去，彼此絕了情意，都沒趣了。事情許一不許二。如今就是老孫、祝麻子見哥也有幾分慚愧。此是哥明修棧道，暗度陳倉的計策。休怪我說，哥這一著做的絕了。這一個叫做真人不露相，露相不真人。若明逞了臉（翻臉），就不是乖人兒（厲害）了。還是哥智謀大，見的多。」（第六十九回）

西門慶被拍得心花怒放，還拿出王三官的拜帖給應伯爵看，對他炫耀說：

「王三官一口一聲稱我是老伯，拿了五十兩禮帖兒，我不受他的，他到明日還要請我家中知謝我去。」

搞得應伯爵讚不絕口。他說：「哥的所算，神妙不測。」

就如同應伯爵說的一樣，這場戀愛冒險證明了西門慶的智慧。一場遊戲下來。西門慶不但得到了林太太，同時也教訓了王三官與李桂姐。對西門慶而言，他無疑是這場遊戲最大的獲利者。

不過，最大的贏家果然就只有西門慶？書上說：

「西門慶從此不與李桂姐上門走動，家中擺酒也不叫李銘唱曲，就疏淡了。」

別忘了，從一開始這整個局就是鄭愛月提議的。如果說西門慶是這場遊戲的贏家的話，別忘了，在遊戲之外還有另一個真正的贏家——鄭愛月。

是她建議了這個遊戲，也是她，不費吹灰之力，就徹底地擊潰了曾經是所向無敵的李桂姐。

後起的新秀鄭愛月可怕的地方在於：她完全認清妓女這個行業虛擬的「戀愛冒險遊戲」本質。她把西門慶當成遊戲玩家，而自己是遊戲的提供者與獲益者。做為一個妓女，她的任務就是如何花費更少的成本提供最大的樂趣，好讓玩家繼續流連在這個遊戲裡，繼續消費。鄭愛月不但把自己當成「戀愛冒險遊戲」的一部分，更重要的是，她還開放平臺，提供更多有趣的對象，好讓西門慶無窮無盡地繼續冒險下去。

我們看到甚至在西門慶提出願意每個月三十兩包養鄭愛月時，她還讓西門慶碰了個軟釘子說：「爹，你若有我心時，什麼三十兩二十兩，隨著掠幾兩銀子與媽，我自人恁懶待留人，只是伺候爹罷了。」

這話說明白一點就是鄭愛月不願被正式「梳籠」，畢竟一切只是遊戲一場。你愛給錢多少我都不介意，反正就是遊戲一場嘛，你要我在遊戲裡只愛你一個人，我當然也是沒有問題的囉……

即使這樣，西門慶還是搶著把三十兩銀子掏出來了，證明自己真的有這個誠意。鄭愛月沒像李桂姐一樣做出「梳籠」的承諾，但收入卻一點也不比李桂姐少。

從最熱門的「戀愛冒險」電腦遊戲的觀點來看，無疑的，鄭愛月的進化是更徹底的。如果李桂姐所提供的「妓女1.0版」是一對一的單機戀愛冒險的遊戲的話，到了鄭愛月手上，這個程式已經進化成為能夠玩一對多的網路版遊戲了。

更專業，更刺激，也更不倫、更缺德的「妓女2.0版」——這是鄭愛月和李桂姐最大的不同，也是她能徹底地擊垮李桂姐最重要的武器和理由。

2 金蓮PK如意兒

相對於外面妓女爭搶生意的慘烈，家裡面女人之間的勾心鬥角一點也不遑多讓。如果說妓女在乎的是錢，那麼家裡的女人在乎的就是權力了——當然，不管在乎的是錢還是權，重點一樣都是得到「西門慶的寵愛」。

過去，在李瓶兒喪禮時，西門慶的貼身小廝玳安曾經預言過：

「如今六娘（李瓶兒）死了，這前邊又是他（潘金蓮）的世界。」

照說，在後李瓶兒時代，潘金蓮的勢力應該急遽擴大才對，可是我們很容易就發現前邊花園並沒有變成潘金蓮一統江湖的局面。為什麼會這樣呢？

當然是因為冒出來了一個新歡——如意兒。

我們且來看看這個新的情勢：

（西門慶喝了酒）扶著來安兒，打燈籠入角門，從潘金蓮門首（門前）過，見角門關著，悄悄就往李瓶兒房裡來。（第六十七回）

西門慶第二次去找如意兒的意義非同小可——這表示西門慶第一次和她上床並非只是酒後的意亂情迷。

這裡值得注意的是：西門慶得「悄悄」地去，起碼表示西門慶很清楚，潘金蓮對這事是會不高興的，不但如此，西門慶對潘金蓮的「不高興」也是有所忌憚的。

（有了整死宋蕙蓮這樣的紀錄，誰不忌憚潘金蓮？）

不管比姿色、比性技、甚至是比才華、比聰明，如意兒在西門慶上過床的眾女人中，可說一點也不出色。之前我們說過，西門慶對她這麼有興趣，主要還來自於失去李瓶兒之後的「移情」作用。但除此之外，還有一個重要，卻很容易被忽略的理由，那就是：西門慶對李瓶兒的

「承諾」。

李瓶兒臨終前曾拜託過吳月娘，讓如意兒在她生下孩子之後繼續當奶媽。至於迎春、綉春的出路，她也拜託過西門慶說：

「奴已和他大娘說來，到明日我死，把迎春伏侍他大娘；那小丫頭，他二娘已承攬——他房內無人，便叫伏侍二娘罷。」（第六十二回）

當時西門慶對這樣的安排就十分不以為然，他告訴李瓶兒：

「我的姐姐，你沒的說，你死了，誰人敢分散你丫頭！奶子也不打發他出去，都叫他守你的靈。」還說：「我的姐姐，你不要管他，有我西門慶在一日，供養你一日。」（第六十二回）

在中國傳統習俗裡，女人的牌位是依附在丈夫之下，接受後代祭祀、供養的。現在問題來了——官哥已死，西門慶還在人世——李瓶兒不但沒有牌位可依附、該祭祀她的後代也死了。在這樣的情況下，李瓶兒的供養，當然只能靠西門慶、如意兒以及二個丫頭給她祭祀、拜拜。

果真依照李瓶兒的說法，把迎春、如意兒都交給吳月娘，綉春交給李嬌兒，將來李瓶兒誰來祭祀、供養呢？難不成西門慶還得自己去買香、祭祀？就算西門慶願意，將來少不了還有別人要住進這個空房子。到時候，李瓶兒的遺像要掛在哪裡？西門慶又去哪裡祭祀呢？

換句話，西門慶會和容貌不怎麼出色的如意兒上床，除了「好色」以及「移情」的心理作用外，其實還有一層十分重要的策略性考量——那就是，西門慶想保留住跟李瓶兒相關的一切，不管是房子、人馬，或是對於李瓶兒的祭祀。

西門慶和如意兒的關係繼續發展下去，以目前看來，有很多種不同的可能：可以走「宋蕙蓮」、「王六兒」模式，就這麼偷偷摸摸地一直下去，也可以走「春梅」模式（變成「高級奴婢」）、「孫雪娥」模式（做著奴婢工作的「次級妾」），或者就變成了另一個「李瓶兒」，直接頂了她第六妾的位置……

當然，情勢會怎麼發展，就端看情勢的發展，以及其他妻妾的態度了。

對潘金蓮來說：西門慶愛跟李桂姐、鄭愛月上床她可以沒意見——畢竟外面的妓女是為了賺錢，只要不娶進門來，是不會跟家裡面的女人爭權的。然而，如意兒的情況可就完全不同了。西門慶一天到晚往如意兒那裡跑，萬一懷孕生了孩子——西門慶肯定會把如意兒扶成小妾，頂了李瓶兒的位置，不但如此，還把對李瓶兒母子的虧欠全集中在他們母子身上。這麼一來，死去的李瓶兒母子不等於又復活了嗎？潘金蓮過去的努力不全白費了嗎？

潘金蓮當然無法容忍。她得阻止這件事情發生。

潘金蓮最初的策略是去向吳月娘打小報告，希望吳月娘出面教訓如意兒。不過潘金蓮這個「如意」算盤顯然打錯了。

月娘道：「你們只要栽派（教唆）教我說，他要了死了的媳婦子（指宋蕙蓮），你每（們）背地都做好人兒，只把我合在缸底下（瞞著我）。我如今又做傻子哩！你每說只顧和他說，我是不管你這閒帳。」

金蓮見月娘這般說，一聲兒不言語，走回房去了。（第六十七回）

吳月娘的反應不難理解。首先，西門慶無法停止找女人。過去吳月娘也曾為了李桂姐和西門慶鬧過，結果呢？在李桂姐之後還不是一樣又有沒完沒了的宋蕙蓮、王六兒……就算暫時阻止了如意兒，又如何呢？

再說，李瓶兒死後，吳月娘也曾依她生前託附如意兒、迎春、繡春去處的事去找西門慶，不想就挨了西門慶罵，他說：「死了多少時，就分散他房裡丫頭！」

吳月娘依著李瓶兒的請託去處理西門慶尚且發飆，更何況如意兒是西門慶自己幹出來的事——吳月娘心裡太明白了，和李瓶兒有關的事，西門慶自有打算。任何人這時候自作主張去說些什麼，無異只是自討苦吃。更何況，李瓶兒曾提醒吳月娘要防範潘金蓮這個女人。對吳月娘來說，幫著潘金蓮去打壓如意兒，這可一點也犯不著。

再說，就算如意兒真的受寵——最壞不過就是多出一個妾罷了。能多出一股威脅、平衡潘金蓮的勢力，不但無損於吳月娘正室的尊嚴，進一步想，恐怕也不見得是什麼壞事。

吳月娘當然不想管這個閒帳。

在這樣的情況下，潘金蓮的「如意」算盤當然是打不成了。不過，這樣的結果並沒有讓潘金蓮懷憂喪志，相反的，「吳月娘不管這個閒帳」反而讓潘金蓮看到了新的機會。

潘金蓮決定改變策略，使出新的手段。

靠著逢迎拍馬，西門慶從副千戶升了正千戶。因為這個新的調動，必須去東京見朝引奏，辦理上任手續。

事情就在這個西門慶不在家的時候發生了。

說起來事情的起因只是小事一件：春梅洗衣服，派秋菊去向如意兒借棒槌搗衣。不巧，如意兒正用著搗衣棒槌洗著衣服。由於工作是吳月娘交代的，洗的也是西門慶的衣服，因此如意兒回拒了秋菊。

照說，如意兒這樣的處理合情合理，可是借不到搗衣棒的秋菊一回報，春梅立刻怒氣沖沖地去找如意兒算帳。

我們說過，「同階層」的人彼此最容易產生嫉妒情結。同為被西門慶「收用」過的奴婢，如意兒這麼快速竄紅，春梅本來就有幾分吃味，現在不借棒槌，一副自己是主人的模樣，春梅當然不高興。

（奴婢不借棒槌給主人，妳以為妳是誰啊？）

正愁找不到藉口挑釁的潘金蓮不但不勸阻春梅，更是乘機火上加油，告訴春梅：「賊淫婦怎的不與（借）？你自家問他要去，不與，罵那淫婦不妨事。」（第七十二回）

有潘金蓮撐腰，春梅更是肆無忌憚了。

她衝去隔壁，對如意兒破口大罵：「如今這屋裡又鑽出個當家的來了。」

如意兒自然也不是省油的燈，不甘示弱地回嘴說：

「……大娘吩咐，趁韓媽在這裡，替爹漿出這汗衫子和棉紬褲子來。秋菊來要，我說待我把你爹這衣服捶兩下兒著，就架（強加）上許多誑（欺人不實的話），說不與來？」

奴婢吵架，比的當然是後臺老闆。春梅質問如意兒只是個奴婢，憑什麼不借棒槌？春梅自己雖然也是奴婢，但因為代表的是潘金蓮，所以理直氣壯。如意兒一聽春梅這麼說，立刻把吳月娘以及西門慶擡出來，表示這是主人命令我才敢這麼做的。怎麼樣？不服氣嗎？叫你老闆去找吳月娘和西門慶啊。

春梅一聽到兩個大老闆當然只好閉嘴。

不過潘金蓮顯然預見光是春梅一個人火力不足，悄悄跟在後頭。她一見春梅落了下風，立刻跳入戰局，幫腔開罵。潘金蓮噼哩啪啦地說了一大篇，什麼西門慶的老婆都死光了，輪到妳來替他洗衣服？妳以為洗西門慶的衣服，就可以強壓我們，叫我們怕妳……

【題外話】

也許有人會問：不過是一根棒槌，為什麼要這麼小題大作呢？

事實上，《金瓶梅》喜歡用隱喻來表達情節之外的另一層意涵。研究《金瓶梅》的人有個有趣的說法認為：所謂的「棒槌」，其實隱喻的正是男性的生殖器。換句話，如意兒和春梅、潘金蓮的「棒槌」之爭，意指的正是男人陽具的爭奪戰。用這樣的方式理解這件事時，整個場面開始有了完全不同的興味。

如意兒被潘金蓮說得幾乎招架不住，只好連忙又把吳月娘擡出來。

如意兒道：「五娘（潘金蓮）怎的說這話？大娘（吳月娘）不吩咐，俺們好掉攬替爹整理的？」

潘金蓮畢竟只是小妾，繞著吳月娘打轉潘金蓮完全沒有贏的可能。於是她必須另闢戰場，集中火力對付如意兒。於是她轉了個方向。

金蓮道：「賊搓剌骨，雌（偷）漢的淫婦，還強說什麼嘴！半夜替爹遞茶兒扶被兒是誰來？討皮襖兒穿是誰來？你背地裡幹的那繭兒（不為人知的秘密），你說我不知道？就偷出肚子來，我也不怕。」（第七十二回）

潘金蓮這句話的意思是：難道和西門慶睡覺、伺候他……這也是大娘吩咐的嗎？這裡很精采，潘金蓮不想正面和「吳月娘」發生衝突，一句話就把吳月娘岔開了，重新發動攻擊。如意兒本來自信滿滿，覺得自己穩居上風，不想潘金蓮發動這樣的突擊，她被說得亂了方寸，開始胡言亂語。

如意兒道：「正經有孩子還死了哩（這是指李瓶兒母子），俺每（們）到的那些兒？（我拿什麼跟人家比。）」

這金蓮不聽便罷，聽了心頭火起，粉面通紅，走向前一把手把老婆頭髮扯住，只用手摳他腹。虧得韓嫂兒向前勸開了。（第七十二回）

這裡我們看到了潘金蓮使出了撒手鐧——直接訴諸暴力。乍看之下，潘金蓮此舉相當魯莽，可是進一步細想，未必如此。

我們要知道，當潘金蓮把話題從搗衣棒槌轉向如意兒偷漢子時，如意兒的立足點已經站不住了。特別她還激動地把心裡的話：「正經有孩子還死了哩，俺每到的那些兒？」說出來，更是落了下風。

字面上，這句話雖然是指控潘金蓮鬥死了李瓶兒母子，但間接的，等於也承認了自己和西門慶「不正經」，所以才會有「我們怎麼跟她比」的這個「比」。聽到這裡，潘金蓮不打打如意兒，更待何時？

（更何況西門慶不在家，吳月娘也說了她不管如意兒的事。）

因此，在挨了打之後，如意兒態度立刻有一百八十度的轉變。

金蓮罵道：「沒廉恥的淫婦，嘲漢的淫婦！俺每（們）這裡還閒的聲喚，你來雌（偷）漢子，你在這屋裡是什麼人？你就是來旺兒媳婦子（宋蕙蓮）重新又出世來了，我也不怕你！」那如意兒一壁哭著，一壁挽頭髮，說道：「俺每（們）後來，也不知什麼來旺兒媳婦子，只知在爹家做奶子。」

金蓮道：「你做奶子，行你那奶子的事，怎的在屋裡狐假虎威，成起精兒來？老娘成年拿雁（一天到晚降伏人），教你弄鬼兒去了！」（第七十二回）

潘金蓮會提起來宋蕙蓮，其實是有大有玄機的。

在西門慶和如意兒床笫之間，她曾說過：「……奴婢男子漢已沒了，爹不嫌醜陋，早晚只看奴婢一眼兒就夠了。」（第六十七回）從這句話看來，在西門慶的認知中，如意兒應該是沒有老公的才對。可是在後來潘金蓮和孟玉樓的對話中，我們聽到了一個秘密。

潘金蓮道：「那淫婦的漢子說死了。前日漢子抱著孩子，沒在門首打探兒？還瞞著人搗鬼，張眼溜睛的。你看他如今別模改樣的，又是個李瓶兒出世了！」

在這裡，《金瓶梅》又再一次，不動聲色地揭開了表面那個浮華的帷幕，讓我們看見帷幕底下活在底層的人最悲慘的真相。原來如意兒的老公、孩子都還在，並沒有死。（再回去翻閱第三十回，如意兒第一次出場：「忽有薛嫂兒領了個奶子來。原來是小人家媳婦兒，年三十歲，新近丟了孩兒，不上一個月。男子漢當軍，過不的。恐出征去無人養贍，只要六兩銀子賣他。」）

誰會買一個還得照顧自己小孩的奶媽呢？（更何況，照這個態勢，如意兒的老公到底是不是軍人，有沒有工作都還成問題呢。）如意兒必須如此辛苦騙人，說穿了，無非只是為了找到工作混一口飯吃罷了。

這時我們恍然大悟，為什麼當潘金蓮搬出「來旺兒媳婦子（宋蕙蓮）」時，局勢忽然有了那麼大的轉變——宋蕙蓮就是因為有老公，才會鬥輸潘金蓮，甚至落到上吊自殺的地步。

潘金蓮之所以這樣說，無非就是讓如意兒知道：「不安分一點的話，我可是有辦法讓妳捲舖蓋走路的。」

在這樣的情況下，如意兒當然不可能再有什麼囂張的氣燄。

儘管潘金蓮曾經痛毆如意兒，漂亮地打贏了第一仗，但這才只是個開始。潘金蓮很清楚，如意兒是不可能這麼容易就心悅誠服的。在西門慶回來之後，她一定會利用枕邊細語之際，展開她的絕地大反攻。

潘金蓮一點也不能鬆懈。於是，在西門慶回家之後，一種山雨欲來風滿樓的氣氛又開始醞釀起來了。

十一月二十四日，離家將近半個月的西門慶終於回到家了。

所謂小別勝新婚。但如果像西門慶那樣有五個老婆，每個老婆都覺得小別勝新婚，等著老公陪她們過夜的話，事情就比較麻煩了。

我們來考查一下西門慶從東京回來的前幾天，到底都在哪裡睡的。

第一天：睡吳月娘房裡。

第二天：睡潘金蓮房裡。

第三天：睡潘金蓮房裡。

第四天：睡潘金蓮房裡。

……

這份過夜紀錄有點誇張。西門慶有五個老婆，但除去第一天外，接下來連續三天，他都在潘金蓮那裡過夜。西門慶離家將近半個月，回家第一天必須睡大老婆房間，這可以理解。但第二天、第三天、第四天……就有點離譜了。

套句《金瓶梅》裡的說法，潘金蓮的這種行為叫「攔霸漢子」。

潘金蓮為什麼要「攔霸漢子」呢？我不用多說，原因大家一定很清楚。問題是：潘金蓮又不是新歡，她憑什麼能夠把西門慶攔霸住呢？

潘金蓮的本事說穿了只有四個字：「奇技淫巧」。只要看看西門慶回到家之後在潘金蓮房裡過夜，潘金蓮使出的渾身解數就知道了。

這婦人只要拴西門慶之心，又況拋離了半月在家，久曠幽懷，淫情似火，得到身，恨不得鑽入他腹中，將那話品弄了一夜，再不離口。

西門慶要下床溺尿，婦人還不放，說道：「我的親親，你有多少尿，溺在奴口裡，替你嚥了罷，省得冷呵呵的，熱身子下去凍著，倒值了多的。」

西門慶聽了，越發歡喜無已，叫道：「乖乖兒，誰似你這般疼我！」於是真個溺在婦人口內。婦人用口接著，慢慢一口一口都嚥了。西門慶問道：「好吃不好吃？」

金蓮道：「略有些鹹味兒。你有香茶與我些壓壓。」（第七十二回）

潘金蓮先是口交，再來是……真的是很噁心。

大家要知道，《金瓶梅》裡女人的爭寵並不只是卿卿我我的兒女情長或簡單的感情爭奪——更可怕的，它是赤裸裸的殲滅戰爭。勝負的結果所代表的不但是尊嚴，它甚至是相關的一群人的生存。絕對的競爭導致絕對的不擇手段，特別是這樣的爭寵戰爭，只要能投主子所好，為了在戰爭中獲勝，沒有什麼手段是潘金蓮使不出來的。

不只床第之間極盡諂媚之能事，潘金蓮還改進「銀托子」，發明了新的淫具「白綾帶子」，惹來西門慶的好奇與性趣。

（「白綾帶子」基本上是「銀托子」的改進。銀托子大抵是一個置於陰莖根部的圈子，是防止陰莖裡的血液倒流，具有堅挺的作用。但金屬製的銀托子容易導致性交疼痛，因此潘金蓮幫西門慶縫製了「白綾帶子」（應該是袋狀），後面有兩條繫帶，綁到腰部後方。如此一來，不但可以增加舒適度，也可以在布裡面放進春藥。）

從某個角度來說，潘金蓮對付西門慶的方法和妓女鄭愛月是一樣的——她們看準了西門慶好色愛嘗新的心態，不斷提高性愛的刺激層次。靠著這些招數，潘金蓮像個吹笛人一樣，讓西門慶追隨在後頭，小孩似的天天沉迷在那些奇技淫巧裡。

趁著西門慶沉迷在溫柔鄉裡，麻酥不可自拔時，潘金蓮對如意兒發動了攻擊。潘金蓮先開始撒嬌，說什麼西門慶不在家，害她每天寂寞難耐，每天都想他云云，不知道西門慶是不是也一樣想她？

西門慶道：「怪油嘴，這一家雖是有他們，誰不知我在你身上偏多。」

婦人道：「罷麼，你還哄我哩！……想著你和來旺兒媳婦子（宋蕙蓮）蜜調油也似的，把我來就不理了。落後李瓶兒生了孩子，見我如同烏眼雞一般……如今又興起如意兒賊搓刺骨來了。他隨問怎的，只是奶子，見放著他漢子，是個活人妻（她老公還活著）。不爭（如果）你要了他，到明日又教漢子（如意兒老公）好在門首放羊兒刺刺。（又放羊，又拾材的。意指「得了便宜還賣乖」。）你為官為宦，傳出去好聽？你看這賊淫婦，前日你去了，同春梅兩個為一個棒槌，和我大

嚷大鬧，通不讓我一句兒。」（第七十二回）

西門慶安撫潘金蓮：「他隨問怎的，只是個手下人。他那裡有七個頭八個胆敢頂撞你？你高高手兒他過去了，低低手兒他敢過不去。」不但如此，他還要潘金蓮，「你寬恕他，我教他明日與你磕頭陪不是罷。」

本來西門慶這樣說也算是讓步了。可是潘金蓮聽到西門慶還幫如意兒說話，當然不滿足，嬌嗔繼續發作。

潘金蓮說：「我也不要他陪不是，我也不許你到那屋裡睡。」

西門慶還繼續狡辯：「我在那邊睡，非為別的，因越不過李大姐情，在那邊守守靈兒，誰和他（如意兒）有私鹽私醋。」（第七十二回）

兩造的攻防戰繼續進行下去。接下來是荒謬到了極點床戲描寫。這頭西門慶一邊動作著，一邊虛張聲勢地逞他的男性威風，問著：「你怕我不怕？再敢管著。」另一頭，潘金蓮雖然身體迎合西門慶的動作，嘴巴卻寸土不讓地說：「怪奴才，不管著你好上天也！我曉的你也丟不開這淫婦，到明日，問了我方許你那邊去。他若問你要東西，須對我說，只不許你悄悄偷與他。若不依，我打聽出來，看我嚷不嚷！」

在床上翻雲覆雨的兩個人，心中想的卻完全是南轅北轍的事。一個在乎的是自己的男性雄風，另一個在意的卻是她和其他女人的妳死我活。

潘金蓮對西門慶的要求：「問了我方許你那邊去。他若問你要東西，須對我說，只不許你悄悄偷與他。」其實就是承認潘金蓮對如意兒的宗主權，就如同春梅之於西門慶一樣。如果西門慶不管對如意兒做什麼、給她什麼，都得先和潘金蓮打招呼、甚至得到潘金蓮同意的話，如意兒只怕永遠無法逃出潘金蓮的控制了。

只顧忙著「竭力搧硼的連聲响亮」，一心追求快感的西門慶，當然不可能替如意兒考慮太多的。畢竟對西門慶來說，只要能夠跟每一個女人睡覺，並且不惹出多餘的麻煩，她們彼此之間誰對誰錯，誰又控制誰，根本不是他在意的事情。

於是就在西門慶與潘金蓮的淫聲浪語之間，如意兒最重要的權益被犧牲了。

這正是為什麼潘金蓮必須不擇手段攔霸漢子的理由。

換句話說，女人和女人之間的戰爭，就是時間的戰爭——是誰更快搶到男人，擁有男人更久的競爭。這個邏輯放回到當代的三角戀情，一樣是說得通的。

不難想像，如果反過來換成如意兒先攔霸了西門慶，情況又完全不同了。

❖

稍晚，當如意兒終於有機會和西門慶「臉對臉親嘴咂舌做一處」，開始在西門慶枕邊發動對潘金蓮的攻擊時，局勢已經無法扭轉了。西門慶告訴如意兒說：

「他也告我來，你到明日替他陪個禮兒便了。他是恁行貨子（這樣的角色），受不的人個甜棗兒（人家奉承）就喜歡的。嘴頭子雖利害，倒也沒什麼心。」

西門慶的意思再清楚不過了：要如意兒去給潘金蓮道個歉。

一盤棋走到這裡，除了向潘金蓮輸誠外，顯然如意兒別無選擇了。

於是西門慶叫人拿鑰匙開李瓶兒的衣櫥，找出了潘金蓮在床笫之間開口要的貂鼠皮襖，讓如意兒乘機送到潘金蓮的房間來，對潘金蓮示好並且營造道歉的氣氛。

（潘金蓮）問道：「爹使你來？」

如意道：「是爹教我送來與娘穿。」

金蓮道：「也與了你些什麼兒沒有？」

如意道：「爹賞了我兩件紬絹衣裳年下穿。叫我來與娘磕頭。」於是向前磕了四個頭。

婦人（潘金蓮）道：「姐姐每（們）這般卻不好？你主子既愛你，常言：船多不礙港，車多不礙路，那好做惡人？你只不犯著我，我管你怎的？我這裡還多著個影兒哩！」

如意兒道：「俺娘已是沒了，雖是後邊大娘承攬，娘在前邊還是主兒，早晚望娘擡舉。小媳婦敢欺心！那裡是葉落歸根（根本）之處？」

婦人道：「你這衣服少不得還對你大娘說聲。」

如意道：「小的前者也問大娘討來，大娘說：『等爹開時，拿兩件與你。』」（第七十四回）

（潘金蓮要如意兒拿了衣服後對吳月娘說一聲，意思很明白，那就是：這筆帳不能算到潘金蓮頭上。如意兒說是吳月娘同意的，表示衣服和潘金蓮沒有關係。這是潘金蓮的精明。這件事情我們之後還會再提到。）

勝負局勢已定，我們看到潘金蓮改換了一張笑盈盈的臉，一副把如意兒當成自己人的嘴臉，完全是表象世界一套，底層世界又是另一套的作風。

看著潘金蓮的好言好語，我們心中有一種不寒而慄的感覺——如果大家不健忘的話，幾年前西門慶剛開始和李瓶兒偷情時，同樣的手法我們也見潘金蓮在李瓶兒身上用過。那時潘金蓮在面對李桂姐的氣燄時，靠著聯合李瓶兒的勢力不斷茁壯。不管後來兩個人如何氣味相投，如何姐妹情深，等到李瓶兒生了小孩，氣勢眼看就要壓過潘金蓮時，一切又變成了「妳死我活」的「殲滅」戰。

這恐怕也正是那個「好言好語」讓人感到不寒而慄的地方了。不管如意兒如何磕頭裝小，潘金蓮如何體貼大方，這都只是這個權力的情勢使然。一旦大結構發生變化，或者潘金蓮無法再讓對方完全屈服時，「權力」少不了還是要露出它最赤裸裸的本質與面貌的。

和李瓶兒那次相比，固然戰爭的規模小了很多，然而，這次潘金蓮「軟硬兼施」的兩面手法應用顯然比過去更加俐落、也更加熟稔了。我們很難想像，時光是用了什麼樣的手段，讓那個當年聽到毒死武大的計策還覺得心虛的女人，無聲無息地向人性黑暗的深處沉淪……直到她變成一個更蠻橫、世故、更冷靜，更懂得說說笑笑的殘酷惡魔。

可悲的是，連沉淪都是會傳染的。

有了潘金蓮的默許（或許還加上掩護），西門慶總算可以去如意兒那裡，摟著她過夜了。（這當然可以視為潘金蓮給如意兒的一個小恩惠，做為她屈服的回報。）於是我們看到了：

（西門慶和如意兒）摟著睡到五更雞叫時方醒，老婆（如意兒）又替他吮咂。西門慶告他

（如意兒）說：「你五娘怎的替我咂，下夜怕我害冷，連尿也不叫我下來溺，都替我嚥了。」

老婆道：「這不打緊，等我也替爹吃了就是了。」這西門慶真個把胞尿都溺在老婆口內……

（第七十五回）

這個情色的場面給我們的不是興奮，反而是一種沉重得教人喘不過氣來的窒息感——人的墮落還真無處不在啊！

男人的慾望，女人的沉淪。反過來，女人的慾望也是男人的沉淪。它們就這樣彼此牽扯、相互繁衍，直到再也停不下來。

3潘金蓮PK吳月娘

西門慶在潘金蓮房間連續過了好幾個晚上，這樣的事情當然惹來吳月娘的不悅。在爭搶男人這件事情上，情勢漸漸變得白熱化。

十一月二十七日是孟玉樓的生日，這天晚餐西門慶在前面花園裡宴請官員，來為孟玉樓賀壽的女眷則另行吃了晚飯，都聚在吳月娘房間聊天。

忽聽前邊（西門慶的筵席）散了，小廝收下傢伙來。這金蓮忙抽身就往前走，到前邊悄悄立在角門首。

只見西門慶扶著來安兒，打著燈，趔趄著腳兒（喝醉了，腳步不穩）就要往李瓶兒那邊走，

看見金蓮在門首立著，拉了手進入房來。（第七十四回）

這段文字裡，作者把妻妾們搶男人的模樣寫得非常細膩。我們看到潘金蓮最機靈，一看到小廝拿著杯筷進來，反應過來西門慶的宴會結束了，立刻「抽身往前走」，搶著到前邊去攔人——西門慶本來要往李瓶兒（如意兒）那裡去的，一看到潘金蓮等在那兒，只好裝出若無其事的樣子，讓潘金蓮拉著走進房裡去。

反應最遲鈍的是吳月娘。

那來安兒便往上房（吳月娘房）交鍾筯。月娘只說（以為）西門慶進來，把申二姐、李桂姐、郁大姐都打發往李嬌兒房內去了。問來安道：「你爹來沒有？」來安道：「爹在五娘（潘金蓮）房裡，不耐煩（時間很久）了。」月娘聽了，心內就有些惱，因向玉樓道：「你看恁沒來頭的行貨子，我說他（西門慶）今日進來往你（孟玉樓）房裡去，如何三不知又摸到他（潘金蓮）屋裡去了？這兩日又浪（放蕩）風發起來，只在他前邊纏。」玉樓道：「姐姐，隨他纏去！這等說，恰似咱每（們）爭他的一般……他爹心中所欲，你我管的他！」（第七十四回）

吳月娘以為西門慶會到後邊來，還把其他女眷統統都趕走，為壽星孟玉樓製造機會，讓西門慶到她房間過夜。沒想到等了半天發現西門慶早就被潘金蓮攔截走了。

月娘道：「……（難怪）剛才（潘金蓮）聽見前頭散了，就慌的奔命往前走了。」因問小玉：「灶上沒人，與我把儀門拴上。後邊請三位師父來，咱每且聽他宣一回卷著。」又把李桂姐、申二姐、段大姐、郁大姐都請了來。（第七十四回）

在過去沒有電視的時代，尼姑說書講經也算是一種娛樂（差不多相當於今天的宗教電視臺吧）。不過話又說回來，聽佛經說書比起抱著男人卿卿我我，娛樂程度豈止天壤之別，難怪吳月娘要光火。

事實上，吳月娘和潘金蓮之間的關係冰凍三尺，非一日之寒。特別是在李瓶兒過世之後，類似這樣的衝突可說層出不窮。

就以之前我們提過的，西門慶讓如意兒送去給潘金蓮的那件貂鼠皮襖來說好了。這件價值六十兩（相當於十八至二十萬元臺幣）的貂鼠皮襖原來是李瓶兒留下來的遺產，收藏在李瓶兒房間的櫥櫃裡，鑰匙由吳月娘保管著。

事實上，收藏在李瓶兒櫃子裡的，除了那件貂鼠皮襖之外，還有更多價值不菲的衣物、服飾、珠寶。可以想見，這些東西對於家裡女人的誘惑力實在太大了。所以，大家都無所不用其極地想從那裡面把寶藏挖出來，並且歸為己有。潘金蓮趁著床笫雲雨之間跟西門慶要貂鼠皮襖，如意兒趁著西門慶打開櫥櫃拿貂鼠皮襖時跟西門慶要了兩件紬絹衣裳……

可以想見，負責保管櫥櫃鑰匙的吳月娘，並不樂於見到這樣的情況。

月娘道：「你開門做什麼？」

西門慶道：「潘六兒（潘金蓮）他說，明日往應二哥家吃酒沒皮襖，要李大姐那皮襖穿。」

被月娘瞅了一眼，說道：「你自家把不住自家嘴頭了。他（李瓶兒）死了，嗔（生氣）人分散他房裡丫頭，像你這等，就沒的話兒說了。他（潘金蓮）見放皮襖不穿，巴巴兒只要這皮襖穿──早時（幸虧）他（李瓶兒）死了，他不死，你（潘金蓮）只好看一眼兒罷了。」幾句說的西門慶閉口無言。（第七十四回）

李瓶兒過世，吳月娘好心地依照李瓶兒的託付，要收留如意兒和迎春，被西門慶罵說是「分散」她房裡的人。現在西門慶叫人來拿了鑰匙，開櫥櫃的門，把皮襖、衣服都「分散」送人，西門慶自打嘴巴，難怪被吳月娘譏得閉口無言。

當初花子虛出了事被官府抓進監獄時，李瓶兒就曾背著花子虛把許多箱寶，從後院牆壁搬過來，藏到吳月娘床底下。這些寶物，在李瓶兒嫁過來之後，繞了一圈，又回到了李瓶兒的房間。照說，李瓶兒死了，如果依著吳月娘心中最理想的安排，應該是把她所有的東西再搬回吳月娘房間裡才是。但是西門慶不圖此，卻把這些東西留在李瓶兒房裡，鎖在櫥櫃裡。

這樣的安排，用意就很值得推敲了。

如果把現場拉回李瓶兒過世的那個晚上，再回顧一次那天發生的所有細節，我們會很驚訝地注意到：在李瓶兒過世之後，西門慶交代李嬌兒、孟玉樓拿鑰匙開李瓶兒的房間及櫥櫃，找出李瓶兒入殮穿著的衣服時，吳月娘在一片忙亂中做了一個很細微的小動作。

西門慶率領眾小廝，在大廳上收卷書畫，圍上幃屏，把李瓶兒用板門擡出，停於正寢。下鋪錦褥，上覆紙被，安放几筵香案，點起一盞隨身燈來。專委兩個小廝在旁侍奉：一個打磐，一個炷紙，一面使玳安：「快請陰陽徐先生來看時批書。」月娘打點出裝綁（入斂用）衣服來，就把李瓶兒床房門鎖了，只留炕屋裡，交付與丫頭養娘……（第六十二回）

幾乎沒有人特別注意到吳月娘這個小動作。

但可以確定的是，從那時候起，鑰匙就落入吳月娘手裡了。

也許有人要問：吳月娘急著把房門鎖了所為何來呢？當然是因為房門裡面有李瓶兒的財產啊——正當大家還沉浸在一片哀傷的氣氛時，就只有吳月娘想到了這件事。

這也是為什麼西門慶叫人打開李瓶兒櫥櫃，把衣服一件一件往外送，吳月娘不能忍受的理由。如果西門慶是因為不願見到李瓶兒的財產被人分散，讓吳月娘擁有鑰匙，並且保管李瓶兒的財產，即使這些財物不屬於吳月娘——至少這些財物也不屬於別人，吳月娘或許勉強還可以接受。但如果像現在這樣，讓西門慶把那些衣物首飾當成手邊的私房錢——好隨便打發哪個跟他上床的女人A、女人B，吳月娘當然無法忍受。

（空有根鑰匙算什麼呢？）

別忘了，吳月娘和潘金蓮二人都二十七歲，如意兒則是三十二歲。如果漂亮衣服潘金蓮和如意兒需要，那麼沒有道理吳月娘不需要啊。為什麼別人都有皮襖、衣服……擁有鑰匙的吳月娘卻只能眼巴巴地看著櫥櫃裡的東西就這麼不斷地被別的女人掏空？

看得出來，皮襖事件真正帶給吳月娘的刺痛，與其說是「錢」，還不如說是做為空有名分的「大老婆處境」和那把「鑰匙」所象徵的主權之間巧妙的關聯。

（這樣的大老婆，滋味和空有那根鑰匙有什麼差別？）

吳月娘曾經對西門慶敘述過一個夢，她說：

「……我黑夜就夢見你李大姐箱子內尋出一件大紅絨袍兒，與我穿在身上，被潘六姐匹手奪了去，披在他身上。教我就惱了，說道：他（李瓶兒）的皮襖，你要的去穿了罷了，這件袍兒，你又來奪。他使性兒，把袍兒上身扯了一大道大口子，吃我大嚷喝，和他罵嚷著。嚷著就醒了，不想是南柯一夢。」（第七十九回）

很清楚地，從李瓶兒那兒得到的皮襖，正是過去李瓶兒曾經擁有的一切——包括財富、後代（正統）、還有西門慶的寵愛。換句話，這些正是潘金蓮和吳月娘卯足了一切，暗中較量的、西門慶家最稀有的資源。

因此，當我們看見夢中吳月娘為了「大紅絨袍兒」和潘金蓮爭奪嚷罵、甚至扯破衣服時，就算沒聽過佛洛依德的人都不難讀出來，隱藏在吳月娘的潛意識裡，最深刻的期望與恐懼。

隔天，潘金蓮終於穿上那件皮襖，和其他妻妾開開心心地去赴應伯爵新生兒（春花生的）的滿月宴席。

趁著主子們不在，如意兒和迎春把前個晚上西門慶留下來的酒菜拿出來招待潘姥姥以及春梅，如意兒還特地請了郁大姐前來彈唱助興。（明朝宴會場合，吃飯要有音樂表演才算派頭。男人們這樣做、女人也有樣學樣。郁大姐、申二姐雖然沒李桂姐那麼專業，但比較便宜，女眷私下倒常叫她。）

誰也沒想到，在這個看起來應該是很順利的一天，吳月娘和潘金蓮之間的衝突就這麼引爆開來。

事實上，如意兒這頓酒菜的用意非常明顯——既然妳們主子是我的主子，往後大家就是一家人了，之前得罪的事還請多多包涵，今後也請多多關照。

這頓西門慶（在潘金蓮的默許之下）昨天去如意兒房間吃吃喝喝時留下的酒菜以及靠著如意兒的人情找來的彈唱，換成別人，可能享受得不亦樂乎，但對於春梅來說——由於和如意兒同為西門慶收用過的奴婢，這頓盛筵吃起來，就未必全然都是歡喜承受了。

> 吃到中間，也是合當有事，春梅道：「只說申二姐會唱的好〈掛真兒〉，使個人往後邊去叫他來，好歹教他唱個咱們聽。」（第七十五回）

申二姐是過去王六兒介紹給妻妾們的視障說唱藝人，正好來參加孟玉樓的生日宴會（順便表演），還沒離開。春梅會讓人去請申二姐，除了申二姐應該是比郁大姐高明些外，多少和如意兒還是有點微妙地較量——起碼表示，在這個家裡面，我春梅的人情、勢力也是不容小覷的。

於是找了小廝去請申二姐。

> （小廝）一直走到後邊，不想申二姐伴著大妗子、大姐、三個姑子、玉簫都在上房裡坐的，正

吃茶哩。忽見春鴻（小廝）掀簾子進來，叫道：「申二姐，你來，俺大姑娘前邊叫你唱個曲兒與他聽去哩。」

這申二姐道：「你大姑（西門大姐）在這裡，又有個大姑娘出來了？」

春鴻道：「是俺前邊春梅姑娘叫你。」

申二姐道：「你春梅姑娘他稀罕怎的，也來叫我？有郁大姐在那裡也是一般。我這裡唱與大妗奶奶聽哩。」

大妗子道：「也罷，申二姐，你去走走再來。」

那申二姐坐住了不動身。（第七十五回）

申二姐會有這樣的反應一點不奇怪。她本來就是個外人，搞不清楚春梅到底是哪根蔥。更何況一個奴婢可以當著大妗子（吳月娘的兄嫂）、西門大姐這些主人階層面前這麼使喚人（而且還只派個小廝過來），實在是很奇怪。

（突然發覺作者把申二姐設定是個盲人還真是絕妙！）

春鴻碰了一鼻子灰，只好乖乖地走到前邊，一五一十地把申二姐的話回報給春梅知道。春梅本來叫申二姐來，目的就是想逞個威風給如意兒看，讓她見識一下自己多麼吃得開，不想竟弄巧成拙。脾氣火爆的春梅當下發作起來，跑到吳月娘房間一陣破口大罵：

「你是什麼總兵娘子，不敢叫你？……你無非只是個走千家門、萬家戶、賊狗攮的瞎淫婦。你來俺家才走了多少時兒，就敢恁量視（渺視）人家？你會曉的什麼好成樣的套數兒，左右是那幾句東溝籬、西溝灞，油嘴狗舌，不上紙筆的那胡歌野詞，就拏班做勢（裝模作樣）起來！俺家本司三院（妓院）唱的老婆不知見過多少，稀罕你！韓道國那淫婦家與你，俺這裡不與你——你就學與那淫婦，我也不怕你……」（第七十五回）

在座吳大妗子是客人，不好多說什麼，西門大姐知道春梅的厲害，也不想自找麻煩。申二姐被這麼一陣破口大罵下來，發現這些「主子」沒人出面無人挺她，只好哭啼啼地走了。照說春梅只是奴婢，無權趕走主人請來的藝人，但春梅有潘金蓮當靠山，加上她自己和西門慶也有一腿，大家敢怒不敢言。只好無言地看著申二姐離開，不敢多說什麼。

春梅罵完人，走回前邊，還氣狠狠地說：「方才把賊瞎淫婦兩個耳刮子才好，**他還不知道我是誰哩？**」

春梅這句「他還不知道我是誰哩」說得意味深遠。事實上，別說是申二姐，心高氣傲的春梅，很多時候連西門慶都得讓她三分。小說在第三十四回裡，有一段情節是潘金蓮回娘家一天，晚上還沒回來，那時西門慶正在李瓶兒房間喝酒，春梅闖了進去，要西門慶派僕去接潘金蓮。這段插曲很能顯示西門慶和春梅之間的互動。我們來看看：

兩個正飲酒中間，只見春梅掀簾子進來。見西門慶正和李瓶兒腿壓著腿兒吃酒，說道：「你每自在吃的好酒兒！這咱晚就不想使個小廝接接娘去？只有來安兒一個跟著轎子，隔門隔戶，只怕來晚了，你倒放心！」

……（李瓶兒）因讓他：「好甜金華酒，你吃鍾兒。」西門慶道：「你吃，我使小廝接你娘去。」

那春梅一手按著桌兒且兜鞋，因說道：「我才睡起來，心裡惡拉拉，懶待吃。」

西門慶道：「你看不出來，小油嘴吃好少酒兒！」

李瓶兒道：「左右今日你娘不在，你吃上一鍾兒怕怎的？」

春梅道：「六娘，你老人家自飲，我心裡本不待吃，俺娘在家不在家便怎的？就是娘在家，遇著我心不耐煩，他讓我，我也不吃。」

西門慶道：「你不吃，喝口茶兒罷。我使迎春前頭叫個小廝，接你娘去。」

因把手中吃的那盞木樨芝麻薰筍泡茶遞與他。那春梅似有如無，接在手裡，只呷了一口，就放下了。說道：「你不要教迎春叫去。我已叫了平安兒在這裡，他還大些，教他去接。」

西門慶隔窗就叫平安兒。那小廝應道：「小的在這裡伺候。」（第三十四回）

從這一段春梅和西門慶、李瓶兒的互動，我們就看得出來，春梅對西門慶說話的口氣與派頭，反而更像是主子。不但如此，連李瓶兒請她酒，她都敢不領情。有趣的是，西門慶不但不生氣，反而還趕忙請春梅喝茶、打圓場。

這段敘述最精采的是末尾，西門慶要叫迎春去找人時，春梅其實早已安排好平安伺候在一旁，只等著西門慶發號施令了。很多人以為春梅之所以能如此心高氣傲，是因為西門慶收用了她卻沒有升她當小妾的虧欠感，可是這裡讓我們看到春梅的忠心，以及能幹，這恐怕才是她在潘金蓮與西門慶心中立足的真正重點。

不管如何，春梅這樣的氣勢以及西門慶的寵愛，也夠令人大開眼界了。難怪她會忿忿地說：「他還不知道我是誰哩！」

當天晚上，妻妾們回到家，都聚到吳月娘房間裡來。吳月娘發現申二姐不見了，問怎麼一回事，大妗子隱瞞不住，就把白天的事一五一十都告訴吳月娘了。

月娘就有幾分惱，說道：「他不唱便罷了，這丫頭恁慣的沒張倒置（沒有體統）的，平白罵他怎麼的？怪不的俺家主子也沒那正主了，奴才也沒個規矩，成什麼道理？」望著金蓮道：「你也管他管兒，慣的他通沒些摺兒（規矩）。」（第七十五回）

事實上，春梅這樣的氣勢早在她和孫雪娥的衝突時我們就見識過了。吳月娘當然也不可能不曉得。當時吳月娘沒有介入她們之間的紛爭，那是因為事不關己。但是現在春梅在吳月娘的房間，當著她的兄嫂面前發這麼大的脾氣，還把申二姐趕走，這不是擺明了不給吳月娘面子嗎？——別忘了，春梅過去還是她這個房裡出去的丫頭，來這裡發這麼一頓脾氣，算什麼呢？

吳月娘向潘金蓮抱怨，要潘金蓮管管春梅。沒想到潘金蓮竟嘻嘻哈哈地不當一回事。

金蓮在旁笑著說道：「也沒見過這個瞎曳（志得意滿）麼的。風不搖，樹不動（事出有因）。你走千家門萬家戶，在人家無非只是唱，人教你唱個兒，也不失了和氣。誰教他拏班兒做勢的？……」

月娘道：「你到且是會說話兒的。都像這等，好人歹人都吃（被）他罵了去，也休要（不用）管他一管兒了！」

金蓮道：「莫不為瞎淫婦打他（春梅）幾棍兒？」

月娘聽了他這句話，氣的他臉通紅了，說道：「慣著他，明日把六鄰親戚都教他（春梅）罵遍了罷。」於是起身走過西門慶這邊來。（第七十五回）

情勢一下子變得緊張起來了。在累積了這麼多不滿之後，我們看到吳月娘終於在西門慶面前對潘金蓮發動攻擊。

西門慶便問：「怎麼的？」

月娘道：「情知是誰！——你家（西門慶家）使的有好規矩的大姐姐，似這般把申二姐罵的去了。」

西門慶笑道：「誰叫他不唱與他聽來。也不打緊處，到明日使小廝送他一兩銀子，補伏（補償）他也是一般。」（第七十五回）

對西門慶來說，春梅是他「收用」過的自己人，他怎麼可能為了一個外人回頭教訓自己人呢？於是一切最後又回到了西門慶最熟悉的邏輯：只要錢能解決的問題，就用錢解決吧。

書上雖沒有說吳月娘的表情，可是光是看「玉樓、李嬌兒見月娘惱起來，就都先歸房去了。」就不難猜想她的臉色難看的程度。

情況變得有些尷尬。

現在大家都走了，只剩下潘金蓮還在吳月娘房間外的客廳坐著，西門慶在裡面房間悶不吭聲地喝著他的酒，吳月娘則走進裡間內脫衣服摘頭，故意支使玉簫做這個、做那個。

潘金蓮為什麼還賴在那裡不走呢？

事實上，潘金蓮也從薛姑子那裡拿到了「衣胞符藥」，並且算定了「就在今夜」是服藥受孕的良辰吉時，因此，她要等西門慶和她一起回前面房間去過夜，並且行房生小孩。

儘管吳月娘不知道潘金蓮也找了「衣胞符藥」，但憑著直覺她再明白不過了：潘金蓮坐在那裡，目的當然又是為了攔霸西門慶。

時間就這麼一分一秒地過去。

顯然這個時候不說話是最佳的策略，包括西門慶在內，大家都沉默不語。衝突的氣勢正層層地醞釀著。

過了不知多久，終於是潘金蓮先等得不厭煩了。

（潘金蓮）見西門慶不動身，走來掀著簾兒叫他說：「你不往前邊去，我等不得你，我先去也。」

西門慶道：「我兒，你先走一步兒，我吃了這些酒就來。」

那潘金蓮一直往前去了。（第七十五回）

潘金蓮撐不下去有點非戰之罪。畢竟西門慶是在自己的（也是吳月娘的）房間裡喝酒，要把他帶回前面去是需要力道與能量的，而吳月娘卻只需要以逸待勞就可以。（總不能叫潘金蓮整個晚上守在吳月娘房間的客廳吧——就算這樣，吳月娘不讓西門慶睡潘金蓮房間的目的還是達到了。）

難怪最後是潘金蓮先撐不下去了。

書上雖然沒有描述，但是我們完全可以想像吳月娘看著潘金蓮離開時，臉上的表情一定很精采。

月娘道：「我偏不要你去，我還和你說話哩。你兩人合穿著一條褲子也怎的？強汗（強行霸道）世界，巴巴走來我屋裡，硬來叫你。沒廉恥的貨，只你（潘金蓮）是他（西門慶）的老婆，別人不是他的老婆？」（第七十五回）

吳月娘的不滿可說是一層一層累積上來的。從皮襖的事、申二姐的事，她已經一件又忍耐過一件了。更何況自從西門慶從東京回來之後，潘金蓮連著好幾天霸占了西門慶了。吳月娘說什麼也不可能讓她這麼大剌剌地在吳月娘面前活生生把西門慶攔走。

（吳月娘繼續說）：「就吃他（潘金蓮）在前邊把攔住了，從東京來，通影邊兒不進後邊歇一夜兒，教人怎麼不惱？你冷灶著一把兒，熱灶著一把兒才好，通叫他把攔住了！我便罷了，不和你一般見識，別人他肯讓的過？……今日孟三姐在應二嫂那裡，通一日沒吃什麼兒，不知掉了口冷氣，只害心淒噁心。來家，應二嫂遞了兩鍾酒都吐了。你還不往屋裡瞧他瞧去？」

西門慶聽了，說道：「真個？吩咐收了傢伙罷，我不吃酒了。」於是走到玉樓房中。（第七十五回）

吳月娘這段話大部分都在意料之中。唯一的意外是她透露了孟玉樓的事。把西門慶打發到孟玉樓那裡去了。

吳月娘這句話顯然經過深思熟慮，一方面西門慶昨日孟玉樓生日時沒去她房間過夜虧欠在先，現在孟玉樓人又不舒服，西門慶更是沒有不去的理由。

吳月娘這次的出手讓人眼睛一亮——可憐的潘金蓮，只剩下了挨打的份。

西門慶到了孟玉樓房裡，少不了要自己化為醫孟玉樓的藥——就像李瓶兒說過的：「你就是醫奴的藥一般」——送水遞藥、又是陪吃飯、喝酒，又是陪上床做愛的，總算稍稍平撫孟玉樓的哀怨。

同一時間，吳月娘正在自己房間裡，對著吳大妗子、三位師父抱怨春梅及潘金蓮。而身在前邊的潘金蓮眼見西門慶被吳月娘攔住了不能來，心情更是惡劣。

劍拔弩張的氣氛正一層一層地渲染開來。

隔天一大早，潘金蓮叫了轎子，把來參加孟玉樓生日宴會的潘姥姥（潘金蓮的母親）打發回家了。

過去，潘金蓮和李瓶兒吵架時，潘媽媽有息事寧人胳臂往外彎的嫌疑。潘金蓮這麼一大早就把來參加孟玉樓生日宴會的潘媽媽送回家，無疑是嫌動手時潘媽媽在一旁礙事——這動作倒像打架前先捲袖子的預備動作。

果然沒多久，衝突爆發了。

導火線是吳月娘派了玉簫來請潘金蓮到後邊去喝茶，三個說書的姑子要回家了，順便給她們送行。

大家別忘了，自從玉簫和書童的姦情被潘金蓮發現之後，玉簫就成了潘金蓮派駐在吳月娘處的間諜。本來吳月娘找潘金蓮來一起喝茶是好事。偏偏玉簫一到潘金蓮那裡，就十分盡職地把昨天晚上潘金蓮離開之後發生的事，還有吳月娘怎麼對她抱怨都一五一十地彙報了一遍。受孕計畫被阻止已經沒好氣了，沒想到吳月娘還在背後抱怨她，這麼一聽潘金蓮當然更是火上加油。她讓玉簫先回吳月娘上房（女主人房間）去回話，自己則悄悄尾隨玉簫後邊，也來到了上房來。

（已經那麼火大了，還悄悄跟在玉簫後邊，這裡真是把潘金蓮的心機描寫得活靈活現。）

玉簫先來回月娘說：「姥姥起早往家去了，五娘（潘金蓮）便來也。」

月娘便望著大妗子說道：「你看，昨日說了他兩句兒，今日就使性子，也不進來說聲兒，老早打發他娘去了。我猜姐姐又不知心裡安排著要起什麼水頭兒（興風作浪）哩。」（第七十五回）

吳月娘本來只是隨口抱怨兩句，完全沒想到潘金蓮就在簾子外面偷聽。說時遲那時快，潘金蓮立刻衝了進來。

（潘金蓮）猛可開言說道：「可是大娘說的，我打發了他家去，我好把攔漢子？」

月娘道：「是我說來，你如今怎麼（處置）我？本等一個漢子，從東京來了，成日只把攔在你那前頭，通不來後邊傍個影兒。原來只你是他的老婆，別人不是他的老婆？」……

金蓮道：「他不往我那屋裡去，我莫不拿豬毛繩子套了他去不成！那個浪（放浪淫蕩）的慌了也怎的？」

月娘道：「你不浪的慌，他昨日在我屋裡好好兒坐的，你怎的掀著簾子硬入來叫他前邊去，是怎麼說？漢子頂天立地，吃辛受苦，犯了什麼罪來，你拿豬毛繩子套他？」（第七十五回）

吳月娘把所有的老帳全翻出來，哇啦哇啦從攔霸漢子、貂鼠皮襖的事，一路數落到春梅罵走申二姐。

潘金蓮當然也不甘示弱。

金蓮道：「（春梅）是我的丫頭也怎的？你每打不是！（你們打啊！）……皮襖是我問他要來。莫不只為我要皮襖開門來？也拿了幾件衣裳與人（如意兒），那個你怎的就不說了？丫頭便是我慣了他，是我浪了（輕浮浪蕩）圖漢子喜歡。像這等的卻是誰浪？」（第七十五回）

潘金蓮這句話翻譯起來意思是：春梅是我的奴婢沒錯，問題是寵她的可是西門慶。西門慶就是要和她上床，有本事妳們打她啊，我又沒阻止。再說，我開櫥櫃拿了貂鼠皮襖，妳不是也給了如意兒衣服嗎？妳說我為了討好男人慣壞了春梅，把如意兒慣壞了好討好男人的又是誰呢？

我們看到有備而來的潘金蓮咄咄逼人，幾乎是一面倒地完全掌控情勢。

吳月娘說不過潘金蓮，情急之下，忽然決定改弦易轍，來個急轉彎，開始潑婦罵街似的對潘金蓮發動人身攻擊——到了這種生死存亡的時刻，老娘反正也顧不了什麼形象了！

（吳月娘）說道：「這個是我浪了？隨你怎的說。我當初是女兒填房嫁他，不是趁來（乘便、

撿便宜得來）的老婆。那沒廉恥趁漢（偷漢）精便浪；俺每真材實料，不浪。」（第七十五回）

這話很難聽，只要不是處女嫁過來的都是「趁漢精」。這麼一說，李嬌兒、孟玉樓也全遭了池魚之殃。連自己人吳大妗子都覺得不太對勁，趕忙出來勸架，要吳月娘少說兩句，可是吳月娘還要繼續說。

饒勸著，那月娘口裡話紛紛發出來，說道：「你害殺了一個，只多（差）我了。」（第七十五回）

殺害的那個指的李瓶兒。現在吳月娘有身孕了，也開始有「被害妄想」，覺得下一個就輪到她了。

局勢愈來愈不可收拾，孟玉樓不跳出來勸架好像有點說不過去了。

孟玉樓道：「耶嚛（發音：jIr），耶嚛，大娘，你今日怎的這等惱的大發了，連累俺每（們），一棒打著好幾個。也沒見這六姐，你讓大娘一句兒也罷了，只顧拌起嘴來了。」（第七十五回）

（大妗子看吳月娘不理會她，尊嚴也有一點受傷。）

大妗子道：「常言道『要打沒好手，廝罵沒好口。』不爭你姐妹每嚷鬥，俺每親戚在這裡住著也羞。姑娘，你不依我，想是嗔我在這裡，叫轎子來我家去罷！」被李嬌兒一面拉住大妗子。

眼看著局勢完全失控，吳月娘罵個不停，潘金蓮索性豁出去了。

那潘金蓮見月娘罵他這等言語，坐在地下就打滾撒潑。自家打幾個嘴巴，頭上髲髻都撞落一邊，放聲大哭……

接下來，潘金蓮一句、吳月娘一句，誰也不肯讓步。

玉樓見兩個拌的越發不好起來，一面拉金蓮往前邊去，說道：「你恁怪剌剌的，大家都省口些罷了。只顧亂起來，左右是兩句話，教三位師父笑話。你起來，我送你前邊去罷。」那金蓮只顧不肯起來，被玉樓和玉簫一齊扯起來，送他前邊去了。（第七十五回）

我不厭其煩地幾乎抄了整段場面與對白，實在是因為這場衝突太精采、也太重要了。（大家用的詞彙與纏鬥的過程多麼生動啊！）

這場衝突的發生看似意外，但從事前的諸多動作我們看得出來，是潘金蓮「刻意」並且「主動」發動這場戰爭的。

看得出來，潘金蓮一開始只是想打一場「有限戰爭」——在她的盤算裡，只要能在眾人面前壓制吳月娘的氣勢，目的也就算達成了。

衝突一開始，由於掌握了主動權，潘金蓮的攻勢是相當有層次和節奏的。

首先，針對攔霸漢子、以及縱容春梅這些事，潘金蓮把一切都推給西門慶。都是老闆色啊、愛啊，我們能怎麼辦？

（他如果不想到我那裡去，難道叫我拿豬毛繩子就能把他給套了去不成？）

說來說去無非就是一句話：要怪，就去怪西門慶吧！

這說的當然是實話，大家心裡也明白，西門慶是大老闆，沒有人敢怪到他身上。總之，先壓制了吳月娘第一波的攻擊火力之後，潘金蓮開始轉守為攻。接著，潘金蓮抓住吳月娘送李瓶兒的衣服給如意兒這個把柄，攻擊吳月娘一樣縱容如意兒討男人歡心。

事實上，真正縱容如意兒的應該是潘金蓮才對——可是潘金蓮就是有辦法利用她那弔詭的邏輯，把事實串連在一起，得到完全顛倒是非黑白的結論，辯得吳月娘啞口無言。

總之，我們看到，潘金蓮在衝突的上半場可以說是以壓倒性的優勢，遙遙領先吳月娘。不過潘金蓮沒有算到是：狗急跳牆，人逼急了，也是會出奇招的。

吳月娘讓我們理解到，天生潑辣的女人要學得有氣質不容易，但反過來，任何優雅的女人一旦被逼到了，要變得潑辣往往只是一念之間的事。吳月娘這段讓情勢完全逆轉的「人身攻擊」裡，最致命的重點只有二個：

一、我真材實料的大老婆，妳們是不正經的「趁漢精」！

二、我是賢妻良母，妳是殺人兇手。

這兩句話之所以那麼有殺傷力，能把潘金蓮搞得「坐在地下就打滾撒潑。自家打幾個嘴巴，頭上髲髻都撞落一邊，放聲大哭」，說穿了，還是因為：**吳月娘說的事也都是用事實拼湊出來的。**

吳月娘也開始玩起這種不顧形象的「擲糞戰爭」，已經夠出潘金蓮意料了。更出乎她意料的是：一向被潘金蓮視為自己人的孟玉樓竟然沒有出面挺她。

在下不了臺的情況下，潘金蓮決定提升戰爭的層次，喊出了有本事叫西門慶把我休了算了。而吳月娘也不甘示弱，回應潘金蓮：妳在地上打滾耍賴，難道還指望西門慶回家休了我不成？到底是誰怕誰啊！

顯然潘金蓮和吳月娘都自信滿滿，認為西門慶應該會支持自己。

看來，這場戰爭恐怕是要繼續延燒下去了。

西門慶從衙門辦公回來，兩個女人不言不語，都擺臉色給他看。西門慶從丫頭那裡也問不出個所以然，最後終於是孟玉樓告訴了他早上發生的衝突。

> 這西門慶慌了，走到上房，一把手把月娘拉起來，說道：「你甚要緊，自身上不方便，理那小淫婦兒做什麼？平白和他合什麼氣？」（第七十五回）

「慌了」這兩個字形容很好，人一慌時最急著要處理的事未必理性，但最先做的事絕對是下意識裡最重要的事。「身上不方便」指的當然是月娘的身孕。

孩子，特別是在官哥死了之後，毫無疑問的是西門慶目前最需要、也是最在乎的事情——這顯然是潘金蓮在衝突之前沒有算計到的事情。

吳月娘當然看出了自己擁有的優勢，先把潘金蓮抱怨了一番。接著再把自己的生理狀況也巧奪天工地夾帶進來。

月娘道：「我和他合氣，是我偏生好鬥尋趁他來？他來尋趁將我來！你問眾人不是？……一句話兒出來，他就是十句說不下來，嘴一似淮洪一般，我拿什麼骨禿肉兒拌的他過？專會那潑皮賴肉的，氣的我身子軟癱兒熱化，什麼孩子李子，就是太子也成不的！如今倒弄的不死不活，心口內只是發脹，肚子往下鱉墜著疼，頭又疼，兩隻胳膊都麻了。剛才桶子上坐了這一回，又不下來。若下來也乾淨了，省的死了做帶累肚子鬼。到半夜尋一條繩子，等我吊死了，隨你和他過去……」

西門慶不聽便罷，聽的說，越發慌了，一面把月娘摟抱在懷裡，說道：「我的好姐姐，你別要和那小淫婦兒一般見識，他識什麼高低香臭？沒的氣了你，倒值了多的。我往前邊罵這賊小淫婦兒去。」

月娘道：「你還敢罵他？他還要拿豬毛繩子套你哩。」

西門慶道：「你教他說，惱了我，吃我一頓好腳。」因問月娘：「你如今心內怎麼的？吃了些什麼兒沒有？」

月娘道：「誰嘗著些什麼兒？大清早晨才拿起茶，等著他娘來吃，他就走來和我嚷起來。如今心內只發脹，肚子往下鱉墜著疼，腦袋又疼，兩隻胳膊都麻了。你不信，摸我這手，恁半日還沒握過來。」（第七十五回）

作者在這裡寫吳月娘連續說了二次「心內發脹，肚子往下鱉墜著疼，腦袋疼，兩隻胳膊發麻」，那種裝模作樣的嘴臉其實是有點噁心的，可是求子心切的西門慶哪還有心思去管這些。

這還沒完，作者繼續寫吳月娘如何撒嬌，西門慶如何小心侍候，兩人你來我往，貫穿在其中的是一股不動聲色的嘲諷，令人拍案叫絕。

西門慶聽了，只顧跌腳，說道：「可怎樣兒的？快著小廝去請任醫官來看看。」

月娘道：「請什麼任醫官？隨他去！有命活，沒命教他死，才趁了人的心。什麼好的，老婆是牆上土坯，去了一層又一層。我就死了，把他扶了正就是了。恁個聰明的人兒，當不的家？」

西門慶道：「你也耐煩，把那小淫婦兒（潘金蓮）只當臭屎一般丟著他去便罷了。你如今不請任后溪（醫官）來看你看，一時氣裹住了這胎氣，弄的上不上，下不下，怎樣了！」

月娘道：「這等，叫劉婆子來瞧瞧，吃他服藥，再不，頭上剁兩針，由他自好了。」

西門慶道：「你沒的說，那劉婆子老淫婦，他會看甚胎產？叫小廝騎馬快請任醫官來看。」

月娘道：「你敢去請！你就請了來，我也不出去。」

西門慶不依他，走到前邊，即叫琴童：「快騎馬往門外請任老爹，緊等著，一答兒就來。」

（第七十五回）

隔天，任醫官請來了，吳月娘硬是在房間裡不出去外面客廳見醫官。惹得孟玉樓來勸，大妗子也勸來，勸了半天，才開始「動身梳頭，戴上冠兒，玉簫拿鏡子，孟玉樓跳上炕去，替他拏抿子抿後髩，李嬌兒替他勒鈿兒，孫雪娥預備拏衣裳。不一時，打扮的粉粧玉琢。」這樣還不夠，還要等西門慶親自進來催促，吳月娘才算掙足面子，願意出來就診。

故事寫到這裡，顯然已經鬧劇意味十足了，更好笑的是，任醫官仍有模有樣地看病，不但如此，連診斷都有。

任醫官說道：「老夫人原來稟的氣血弱，尺脈來的浮澀。雖是胎氣，有些榮衛失調，易生嗔怒，又動了肝火。如今頭目不清，中膈有些阻滯煩悶，四肢之內，血少而氣多。」（第七十六回）

說了半天，原來生的就是「氣」病。更荒謬的是，連處方都有了。

任醫官道：「……此去就奉過安胎理氣和中養榮蠲痛之劑來。老夫人服過，要戒氣惱，就厚味也少吃。」……

西門慶復說：「學生第三房下有些肚疼，望乞有暖宮丸藥並見賜些。」

任醫官道：「學生謹領，就封過來。」（第七十六回）

（真是讚歎發明「暖宮丸藥」這個名字的人。唉，爭寵吵架的併發症最好真的是有藥可吃——讀到這我們還真被西門慶與任醫官一起打敗了。）

讀著這幕荒謬絕倫的劇情，不用作者說出，我們大概都猜得到這場衝突最後的結果。剩下要處理的，只剩下如何給每個人找到臺階下了。

這個溝通協調的工作，很自然的，落到了ＥＱ最高的孟玉樓的頭上。

玉樓道：「娘，你是個當家人，惡水缸兒，不恁大量些，卻怎樣兒的！常言一個君子待了十個小人。你手放高些，他敢過去了；你若與他一般見識起來，他敢過不去……」（第七十六回）

有趣的是，孟玉樓反過來，對潘金蓮又是另個說法。

玉樓道：「我昨日不說的，一棒打三四個人。就是後婚老婆，也不是趁將（偷）來的，當初也有個三媒六證，難道只恁（這樣）就跟了往你家來！……人人有面，樹樹有皮，俺每（們）臉上就沒些血兒？他今日也覺不好意思的。只是你不去，卻怎樣兒的？……你快些把頭梳了，咱兩個一答兒到後邊去。」（第七十六回）

潘金蓮儘管不甘心，誰叫吳月娘就是懷孕了呢？畢竟形勢比人強。西門慶連續幾天不來潘金蓮房裡走動，意向已經再明顯不過了。潘金蓮再怎麼不願意，也只得被孟玉樓拖拖拉拉，來到吳月娘房裡道歉。為了沖淡道歉場面的嚴肅氣氛，孟玉樓故意扮演潘金蓮的娘，帶著女兒來跟婆婆道歉。

玉樓掀開簾兒先進去，說道：「大娘，我怎的走了去就牽了他來！他不敢不來！」便（對潘金蓮）道：「我兒，還不過來與你娘磕頭！」在旁邊便（對吳月娘）道：「親家，孩兒年幼，不識好歹，沖撞親家。高擡貴手，將就他罷。饒過這一遭兒，到明日再無禮，犯到親家手裡，隨親家打，我老身也不敢說了。」

那潘金蓮與月娘磕了四個頭，跳起來趕著玉樓打道：「汗邪了你這麻淫婦，你又做我娘來了。」

連眾人都笑了，那月娘忍不住也笑了。玉樓道：「賊奴才，你見你主子與了你好臉兒，就抖毛兒打起老娘來了。」（第七十六回）

就在看似歡喜的氣氛中，這個衝突暫時告了一個段落。表面上看起來像是和諧收場，但事實上卻是潘金蓮與吳月娘的第一場爭寵戰爭，戰爭的結果當然是潘金蓮全面潰敗了。

4 故事還沒結束……

回到這個章節一開始李桂姐和鄭愛月的鬥爭，李桂姐落敗了。書上說：

西門慶從此不與李桂姐上門走動，家中擺酒也不叫李銘唱曲，就疏淡了。

但這不是李桂姐故事最後的結局。

沒多久，李銘發現工作不見了，準備了禮物哀求應伯爵替他去西門慶面前求情。應伯爵不但替李銘說話，還讓李銘跪在西門慶面前磕頭，號啕痛哭，二個人一搭一唱，總算讓西門慶饒了他。

後來孟玉樓過生日，李桂姐也買了禮物，來到西門慶家賠罪。

（桂姐向西門慶磕了四個頭。）

西門慶道：「罷了，又買這禮來做什麼？」

月娘道：「剛才桂姐對我說，怕你惱他。不干他事，說起來都是他媽的不是：那日桂姐害頭疼來，只見這王三官領著一行人（進來吃茶）……桂姐也沒出來見他。」

西門慶道：「那一遭兒沒出來見他，這一遭兒又沒出來見他，自家也說不過。論起來，我也難管你……」

那桂姐跪在地下只顧不起來，說道：「爹惱的是。我若和他沾沾身子，就爛化了，一個毛孔兒裡生一個天皰瘡。都是俺媽……好的也招惹，歹的也招惹，平白叫爹惹惱。」

月娘道：「你既來說開就是了，又惱怎的？」

西門慶道：「你起來，我不惱你便了。」

那桂姐故作嬌態，說道：「爹笑一笑兒我才起來。你不笑，我就跪一年也不起來。」

潘金蓮在旁插口道：「桂姐你起來，只顧跪著他，求告他黃米頭兒（微不足道的人或物），叫他張致（裝模作樣）！如今在這裡你便跪著他，明日到你家他卻跪著你，——你那時卻別要理他。」

把西門慶、月娘都笑了，桂姐才起來了。（第七十四回）

解決了李桂姐的問題。王三官這邊，林太太也讓王三官拜了西門慶當乾爹。於是本來一樁你爭我奪三角戀愛，變成了奇怪得不能再奇怪的乾爹、乾兒子與乾女兒——乾爹和乾女兒上床，乾女兒又和乾兒子上床……

（唉，連我們讀者都被他們的關係搞得頭昏腦脹了。）

更精采的是，當西門慶再度去拜訪鄭愛月時，在鄭愛月房間發現了床旁的屏風上掛著一軸「愛月美人圖」，上頭題詩最後兩句是：

「少年情思應須慕，莫使無心托白雲。」

愛月美人圖指的當然是鄭愛月，至於這首律詩，很明顯的，應該是一個追求者的告白。精采的是，這首詩的作者：三泉主人——正是王三官的號。這時我們驀然發現：

王三官在追求李桂姐之前，和鄭愛月應該是有一腿的。

原來鄭愛月之所以會那麼堅決地把李桂姐當成她的頭號敵人，除了「搶生意」的因素之外，更重要的理由是——為了報復李桂姐搶走王三官的情仇。

（當然，同時也是對王三官的報復。）

這些西門慶當然心知肚明，只是，人與人之間的情感搞到這麼複雜的地步，一切都變成了佔有與凌辱的「愛情冒險遊戲」罷了，誰又能夠真正去愛誰呢？

在這樣的情況下，他何妨裝迷糊，繼續玩下去。

西門慶看了，便問：「三泉主人是王三官兒的號？」慌的鄭愛月連忙摭說道：「這還是他舊時寫下的。他如今不號三泉了，號小軒了。他告人說，學爹說：『我號四泉（西門慶號四泉），他怎的號三泉？』他恐怕爹惱，因此改了小號小軒。」一面走向前，取筆過來，把那「三」字就塗抹了。

西門慶滿心歡喜，說道：「我並不知他改號一節。」（第七十七回）

讀到鄭愛月把三泉的「三」字塗掉時，我們不得不佩服鄭愛月的機巧——她完全明白，西門慶與其說在乎她或李桂姐，還不如說他更在乎的只是自己——不管是自己的慾望、顏面或是尊嚴。現在既然王三官認西門慶當乾爹、李桂姐又屈服認錯，勝負既然已經分曉，那麼過去這些誰愛誰、誰又背叛誰的事情就不再重要了。

我們看見鄭愛月這麼一出手，西門慶又高興了，開始吹牛，他說：

「我在他家吃酒，那日王三官請我到後邊拜見。還是他（林太太）主意，教三官認我做義父，教我受他禮，委托我指教他成人。」

這是《金瓶梅》讓人忍不住要歎息的地方。當人與人之間不再存在真心真意時，愛人不徹底，甚至連恨人也是不徹底的。

到了最後，人不見了，靈魂也不見了。只剩下微弱的氣息，無方向、無目的地在一片由貪婪、恐懼、好色、狂妄、自大、嗔怨、癡迷、仇恨、嫉妒……組成的慾望之海中載浮載沉。

政和四年

・西門慶為了穩固官商統治集團，千方百計巴結蔡京，以致毒殺武大仍能靠著蔡京一紙密書全身而退。

政和六年

・送重禮給蔡京拜壽，把王六兒的女兒韓愛姐給蔡京家總管翟謙當小妾。

・西門慶買下湖州何姓客商脫售價的絨絲，開了絨線鋪。

政和七年

・西門慶和喬大戶合夥開緞子鋪。

・西門慶和夏提刑貪贓枉法，靠著蔡京的關係平安無事。

・西門慶花費千兩銀兩接待宋御史，並代辦宴席。

・十一月，夏提刑調職，西門慶從提刑副千戶升成了正千戶，正式成為提刑院的主官。

第九章 西門慶的錢脈、人脈

儘管官哥、李瓶兒相繼過世，但西門慶的官運、事業卻如日中天。政和七年十一月，夏提刑調職，西門慶也從提刑副千戶升成了正千戶，正式成為提刑院的主官。同一時間，西門慶所有的事業經營得鼎沸昌盛，不但如此，西門慶在政治界更是政通人和，接連在家裡替宋御史代辦宴席款待欽差六黃太尉、開宴慶賀侯石泉巡撫升太常卿、替安郎中接待九江蔡少塘知府（蔡京的九公子）、幫地方官員設宴慶賀新升大理寺丞的杭州知趙霆……從事業、官運、甚至人脈經營上，我們看到，西門慶可以說都達到了一個新的顛峰。

事實上，《金瓶梅》一開始時，西門慶只是一個繼承了父親生藥舖，「算不得十分富貴」的小商人而已。但是根據西門慶後來的估算，他累積下來的資產約有十萬兩銀兩之多。（用等值白米價換算，相當於三至四億元新臺幣。）在短短的政和四年到七年之間，西門慶積下來這麼多資產，速度可說是非常驚人的。

事實上，明朝中葉之後，民間經過了長時間的修生養息，農業生產力提高，手工製造業也開始發達起來，加上西班牙人從中南美洲帶來白銀，以呂宋為根據地和中國交易，輸進了許多白銀。這些先天條件，促進了商品經濟的繁榮，也促成了許多商業城市的興起——靠近京杭大運河臨清碼頭的清河縣，正是這樣的一個城市。

在《金瓶梅》裡，蘭陵笑笑生用了不少的篇幅，翔實地記載了西門慶是如何在這樣的環境裡快速崛起。這份記載，一方面保留了明朝商業運作、經濟發展的重要的一手訊息，另一方面，也讓我們對西門慶這個「商人」有更透徹的瞭解，可以說是閱讀《金瓶梅》時不容錯過的部分。

我們暫且放下女人們的吵吵鬧鬧，一起來看看這個過程。

1

根據政和七年時，文嫂對林太太的形容，西門慶的事業版圖是這樣的：

縣門前西門大老爹，如今見在提刑院做掌刑千戶，家中放官吏債，開四五處鋪面：緞子鋪、生藥鋪、紬絹鋪、絨線鋪，外邊江湖又走標船，揚州興販鹽引，東平府上納香蠟，夥計主管約有數十。東京蔡太師是他乾爺，朱太尉是他衛主，翟管家是他親家，巡撫巡按都與他相交，知府知縣是不消說。家中田連阡陌，米爛成倉……（第六十九回）

我們把文嫂這話拿來做個簡單的分析，西門慶這些林林總總的事業，大致上可以分成三大類。

一、批發與零售：

零售的部分是我們熟悉的，包括了西門慶在清河縣的緞子鋪、生藥鋪、綢絹鋪、絨線鋪等店鋪。批發指的就是所謂江湖走標船的部分，西門慶派人到原產地低價批發各種布料、藥材，在當地高價出售。

以西門慶和喬大戶合開的緞子鋪來說，一開始開店的資本額是一千兩，兵分兩路：夥計韓道國往杭州採購，另一路則是僕人來保去湖州採購。都靠水路從南京走運河運回來[27]。韓道國運

27 嘉靖、萬曆時期，蘇、杭以織造綢緞聞名，所需蠶絲，主要來自湖州。松江以生產棉布聞名，所需原料棉花大部分來自北方。

回來十大車貨物，價值一萬兩銀子；來保運回二十大車貨物，價值二萬兩銀子。一趟生意做下來，一千兩的資本額立刻翻身成為了三萬兩，西門慶的生意還真是暴利事業啊！

二、放款借貸、承攬政府部門採購：

由於採購前必須先支付現金，入庫後再向朝廷申請款項，因此承攬業務的商人有龐大的現金需求。就以西門慶貸款給包攬朝廷香蠟生意的李三、黃四來說，西門慶貸款給他們，利息就是「每月五分行利」——每個月百分之五利息，等於是年利率百分之六十。這顯然又是另一項暴利事業。

三、官方特許的公賣業務：

以販鹽的特許為例，收過西門慶招待、得過好處的蔡狀元在欽點了兩淮巡鹽御史之後，就答應西門慶比別人早一個月支領出三萬引（一引是四百斤）的食鹽[28]。販鹽在明朝本來就是獲利數倍的專賣事業，這三萬引鹽，依時價少說值二三萬兩銀子，更何況比別人早一個月支領出食鹽，等於是在別的商人都還無鹽可賣的情況下，就給了西門慶開了一個大發其財的方便之門。

除了文嫂提到的這些收入外，另外還有一些是文嫂不方便（或者是不能）說出來的——像是關說、收賄之類的收入，也為數可觀……這些暴利事業，在短短幾年之間，迅速地為西門慶累積了龐大的財富。

也許有人要問：西門慶經營的事業全需大筆本錢，既然他只是小商人出身，事業經營發展所需的龐大「資本」從何而來？

事實上，只要回頭仔細讀讀西門慶幾次婚姻得到的嫁粧，就不難發現這些資本的來源。先看看孟玉樓的嫁粧：

（孟玉樓）南京拔步床也有兩張。四季衣服，粧兒袍兒，插不下手去，也有四五隻箱子。珠子箍兒，胡珠環子，金寶石頭面，金鐲銀釧不消說，手裡現銀子也有上千兩。好三梭布也有三二百筩。（第七回）

三二百筩三梭布少說也值幾千兩白銀，加上現金、首飾珠寶，難怪西門慶一看到孟玉樓，立刻決定在潘金蓮之前娶她。

孟玉樓的財富讓西門慶食髓知味，再接再厲，在潘金蓮之後，繼續又娶李瓶兒。李瓶兒的財產更是驚人，書裡頭出現的就有：

一、只因政和三年正月上元之夜，梁中書同夫人在翠雲樓上，李逵殺了全家老小。梁中書與夫人各自逃生，這李氏帶了一百顆西洋大珠，二兩重一對鴉青寶石，與養娘（馮媽媽）走上東京投親。（第十回）

27 明代鼓勵富商大戶交糧納款，用於邊防軍事開支。政府發給捐輸的商人「倉鈔」，再依倉鈔派發鹽引——販賣鹽的許可證（沒有鹽引，就不能賣鹽）。但因為鹽政敗壞的結果，商人常常擁有倉鈔，卻支不出食鹽。

二、婦人（李瓶兒）便往房中開箱子，搬出**六十錠大元寶，共計三千兩**，教西門慶收去尋人情，上下使用……婦人道：「多的大官人收去！奴床後還有四口描金箱櫃：**蟒衣玉帶，帽頂縧環**，都是值錢珍寶之物，亦發大官人替我收去，放在大官人那裡，奴用時來取。」（第十四回）

三、婦人因指道：「奴這床後茶葉箱內，還藏三四十斤沈香、二百斤白蠟，兩罐子水銀、八十斤胡椒。你明日都搬出來，替我賣了銀子，湊著你蓋房子使。**（共賣得三百八十兩。）**」（第十六回）

此外，陳敬濟的父親陳洪垮臺時，讓陳敬濟匆匆忙忙帶來了五百兩銀子，以及箱籠家產，連夜奔來投靠西門慶。五百兩的銀子，加上這些金銀箱籠，都更增加了西門慶的資產。

《金瓶梅》第二十回中曾這樣描寫：

（政和五年）西門慶自從娶李瓶兒過門，又兼得了兩三場橫財，家道營盛，外莊內宅，煥然一新。（第二十回）

當時我們忙著看故事，沒有細想所謂「兩三筆橫財」所指為何？如今拿出帳目比對，終於恍然大悟。

連續這幾筆「橫財」成了西門慶跳脫小商人階級進到「資本家」最主要的關鍵。有了這些本錢後，西門慶才可能利用龐大資本的優勢，精準地出手投資，快速獲利。

從政和四年到七年之間，根據西門慶自己後來的估算，扣掉花費掉的錢不算，這些資本一共為他創造出了九萬多兩銀兩的資產。（以二〇〇八年的米價做為銀兩與新臺幣換算基準的話，一兩銀兩折合新臺幣約三、四千元——換句話說，西門慶的資產高達新臺幣三億元左右。）在這麼短的時間累積出這麼龐大的財富，西門慶賺錢的能力也真夠讓人讚歎了。

除了足夠的資本外，西門慶應用這些資本的策略也相當重要。以下有二個小細節，頗能看出西門慶的商業思維：

（一）西門慶不投資房地產

西門慶除了自家居住外，從來不投資房地產。在《金瓶梅》裡，西門慶唯一買過的一塊地（墳地旁趙寡婦的莊園）也是為了遊樂用的。大家只要看夏提刑升官準備遷回京城時，用原價一千五百兩把清河的房舍賣給新來的副千戶便明白：原來在明朝（清河縣）房地產增值的空間是很有限的。在這樣的情況下，西門慶當然寧可把錢拿去作其他更有效益的投資。

（二）西門慶總是維持拮据的現金流

第五十六回應伯爵帶著十兄弟之一的常峙節來跟西門慶借錢時，有一幕很生動的畫面是這樣的：

（應伯爵帶著常峙節來向西門慶開口借錢。）

西門慶道：「我曾許下（答應）他來。因為東京去（給蔡京賀壽），費的銀子多了，本待韓伙計到家（韓道國帶著現金到南邊採購去了），和他理會。如今又恁的（這麼）要緊？」

⋯⋯⋯⋯

西門慶道：「今日先把幾兩碎銀與他拿去，買件衣服，辦些家活，盤攪過來，待尋下房子，我自兌銀與你成交，可好麼？」⋯⋯

不一時，（書童）取了一包銀子出來，遞與西門慶。西門慶對常峙節道：「這一包碎銀子，是那日東京太師府賞封剩下的十二兩，你拿去好雜用。」（第五十六回）

儘管西門慶有錢，可是當常峙節來借錢時，還必須拿出給蔡太師慶壽時賞封下人剩餘的碎銀，給常峙節應急周轉。可見他手上的現金相當拮据。大家不免要問：西門慶不是很有錢嗎？為什麼會連借朋友幾十兩周轉的現金都拿不出來？

事實上，這樣的現象牽涉到西門慶對「資金」應用的態度。西門慶曾經對應伯爵說過的一段最能反映出這個態度。

西門慶道：「兀那東西（錢），是好動不喜靜的，怎肯埋沒在一處？也是天生應人用的，一個人堆積，就有一個人缺少了。因此積下財寶，極有罪的。」（第五十六回）

這是西門慶的商人思維裡很重要的一句經典名言。這句話讓我們鮮明地看出，西門慶的富人形象和傳統那種「守財奴」富人完全不同。他這種善用資本的想法，就某個程度而言，其實是更接近當代商人的資本主義思維的。

如果用當代的財務概念來分析西門慶的事業體的話，我們會發現，這家公司的潛能是相當驚人的。

首先，這個事業體系不但沒有貸款以及必要的利息支出，它還擁有緞子鋪、生藥鋪、綢絹鋪、絨線鋪這些店面的現金收入。更令人羨慕的是，西門慶經營的全是高達百分之六十到百分之三百毛利率的事業。以這樣的條件，我相信任何一個會計師看了這樣的營運模式，除了建議西門慶趕快去貸款擴充經營規模外，實在也沒有更好的意見了。

要是西門慶活在今天，他大可透過銀行貸款、或公開發行股票、或債券的方式從市場募集資金來擴展他的事業規模，然而這些金融操作在明朝是不存在的。因此，西門慶毫無選擇的，只能靠著事業本身的**累積盈餘**來擴張他的事業。

換句話說，盈餘的累積必須夠多、夠快，才能滿足西門慶迅速擴張的野心與慾望。這是為什麼西門慶不投資房地產的理由。因為，和他既有的那些高利潤、快速回收的事業相比，房地產投資顯然報酬率太低、回收也太慢了。

可以想像，為了投注更多資金好創造更高的乘方效應，西門慶刻意維持著很低的現金，好讓大部分的盈餘繼續投入事業，擴大規模。正是這樣的財務操作，我們才會看到有錢的西門慶連借朋友幾十兩周轉的現金都拿不出來。

事實上，也正是西門慶這種追求高利潤報酬的快、狠、準的核心策略，造就了他在這個新情勢中的崛起。

除了這個核心策略外，做為一個商人，我們還看到，西門慶的「商業」直覺與手法，也不可小覷。

《金瓶梅》第三十三回寫道：應伯爵仲介湖州何姓客商由於有急事，必須脫售價值五百兩銀子的絨絲。西門慶乘機把價格壓到四百五十兩買下，並且開了絨線舖，果然發了小財。

這是西門慶嗅覺的敏銳。

第七十七回，花子由來仲介另外一位客人有五百包無錫米急著趁凍河時脫手，好趕回家過年。西門慶說：

「我平白要他做什麼？凍河還沒人要，到開河船來了，越發價錢跌了。」

儘管同樣是急著要以低價脫賣，但凍河時白米還沒人要，表示供給已經超過需求了。一旦開河時，又有新的白米運來，將來米價當然只會看跌。

這是西門慶判斷的精明。

第三十三回，西門慶招收韓道國當夥計，寫立合同，約定三七分錢。

第五十八回，西門慶和喬大戶合夥開緞子舖，招甘出身當夥計，寫定的合同就是：「得利十分為率：西門慶五分，喬大戶三分，其餘韓道國、甘出身與崔本三分均分。」

韓道國、甘出身與崔本都是夥計。西門慶以人性化的方式管理他的企業，利用分紅來激勵員工的向心力與主動性，創造雙贏的局面。

這是西門慶管理的前瞻。

《金瓶梅》最精采的地方在於他創造出了一個敗德、怕死、好色、凌霸、懦弱的無賴西門慶，也創造出了一個敏銳、精明、觀念前瞻的商人西門慶。它同時賦予了上升與沉淪的性格於西門慶身上。這些共存又相互違背的力量，造就了西門慶成為文學史上最複雜、最矛盾同時也是最立體的人物。

但西門慶最精采的還不僅於此。

2

潘金蓮常愛掛在嘴上的一句歇後語是：「南京沈萬三，北京枯彎樹——人的名兒，樹的影兒。」這句話的意思是事情清楚明白地擺在那裡，就像南京沈萬三的名氣，像枯柳樹的影子一樣，想遮蓋都遮蓋不了。

沈萬三何許人也，為什麼這麼有名氣？

事實上，沈萬三是元末明初江南巨富。明太祖奪取天下後定都金陵（南京）。為了彰顯京都氣魄，要將城牆加厚加高。當時沈萬三就表示，願意樂捐一半的錢協助築城。這本是好事一樁，沒想到朱元璋竟說：「匹夫犒天子軍，亂民也，宜誅。」不但如此，還派人把沈萬三抓到京城問罪。這個天上掉下來的橫禍，幸虧馬皇后苦苦勸說之後，朱元璋這才免去沈萬三的殺頭之罪，只沒收了他的家產，將他充軍雲南。

這樣的故事，現在聽起來顯然是不可思議的。但在過去的封建時代，天下被認為是皇帝所有的。老百姓能夠生存，全來自上天以及統治者的恩賜。在這樣的思維底下，以資本累積財富為目的的大型「資本操作」（到了「富可敵國」地步的資本），統治者當然無法容忍。資本主義的萌芽固然給中國創造了新的商機，但政治上的限制卻也同時存在——畢竟商業機制需要的法律、市場、交易的秩序，甚至是人身安全、財產權，都是統治者可以輕易給予，也是輕易可以奪走的。

在這樣的歷史條件下，任何一個商人能賺得的利潤，無非只是從統治集團那裡分來的一杯羹罷了。

這樣的認知，構成了西門慶奉行不渝的「為商之道」。西門慶不但附庸在這個勢力底下，甚至想辦法讓自己成為統治集團的一部分，剝削、壓榨百姓，並且分食其中的利潤。

這構成了西門慶能在商業上取得成功，所有重要的理由之中，最重要的理由。

從西門慶到蔡京

和別人從基層打起的政商人脈經營法方式不同的是，西門慶的政商關係是經過蔡京，由上往下一路佈局開展的。

最初西門慶會和蔡京牽上線，是因為西門大姐和陳洪兒子陳敬濟的婚事。陳洪是東京八十萬禁軍提督楊戩的親家，加上楊戩和蔡京同黨，因此西門慶也成了蔡京黨人。從關係圖來看，他們的關係是這樣的：

西門慶——西門大姐——陳敬濟——陳洪——楊戩——蔡京。

這樣的關係說近不近，說遠不遠，派得上用場的程度大概就如第一回說的：「所以專在縣裡管些公事，與人把攬說事過錢。（替人關說賺錢）」

西門慶當然不能滿足。

西門慶有機會和蔡京進一步拉近關係，說起來有點因禍得福，竟來自楊戩被彈劾那次政治事件。

當時西門慶害怕受到株連，派了來保帶著大筆錢財上京奔走。那次西門慶的家人雖沒見到蔡京，但透過楊戩的關係，還是見到了蔡京的兒子蔡攸。蔡攸收下西門慶的五百兩銀子，把來保介紹給主事的同事禮部尚書李邦彥。來保又奉上五百兩銀子，換來李邦彥大筆一揮，總算把西門慶的名字從處分名單中剔除。

這趟奔走目的雖然是避禍，但西門慶大方的出手讓所有人眼睛為之一亮，不但讓西門慶結交了蔡京家總管翟謙，也為他敲開了直通蔡京家的大門。

政和六年，趁著蔡京生日，西門慶送上了大批金銀財寶以及貴重的生日禮物給蔡京，禮物清單包括了：

三百兩金銀打造的四座高一尺多的「捧壽銀人」、兩把金壽字壺，外加玉桃杯、各式五彩錦繡蟒衣、南京纻緞……

這麼大方的出手難得一見。蔡太師心花怒放，當場決定送給西門慶「金吾衛衣左所副千戶、山東等處提刑所理刑」的五品官職。連送禮來的吳典恩、來保都得到了「驛丞」、「鄆王府校尉」的官職。

蔡太師的回報，無異是給了西門慶一張正式成為「統治集團」的會員證。有了這麼豐厚的回報，西門慶從此更用心經營和蔡京之間的政商關係。他甚至刻意拉攏蔡京家總管翟謙，不但多所饋贈，還找了王六兒的女兒韓愛姐給翟謙當小妾，和他結為「義」親家。

政和七年蔡京的第二次壽辰，西門慶更是大張旗鼓，親自帶了二十箱禮物浩浩蕩蕩上京去給蔡京賀壽。這二十大箱禮物、洋洋灑灑從黃金二百兩、夜明珠十顆到各樣銀器、玉帶、各種珍貴的布料、蟒袍……規模之龐大更是前所未見。連見多識廣的蔡太師見到都眼睛為之一亮，特別還另外挪出時間約見西門慶，單獨請他吃飯、喝酒，並且同意認他當乾兒子。

過去在歐洲，資本主義的崛起促成了中產階級的興起，從而導致了後來的民主以及政治革命。但在中國，這樣的情況並沒有發生。

或許受到幾千年儒家文化裡那個忠臣孝子的封建倫理所形成的箝制，大部分像西門慶這樣的商人一旦開始發財，他們想到的，不是如何向統治者爭取「人權」、「財產權」，反過來，只是被動地附庸在封建制度的權力結構底，試圖得到庇護並且分享權力，和統治階級一起剝削、欺壓百姓。

成為統治集團的好處實在是說不完也道不盡的。

第十回，潘金蓮和西門慶聯合毒死了武大，武松為武大復仇，誤殺了李外傳。案子到了東平府，府尹陳文昭得知了內情，不肯放過西門慶。西門慶靠著蔡太師一紙密書，指示門生陳文昭「免提西門慶、潘氏」，逃過了一劫。

第四十八回，西門慶和夏提刑貪贓枉法，收受了謀財害命的苗青一千兩銀兩，被山東巡按御史曾孝序上書參劾。西門慶和夏提刑連忙送了五百兩銀子以及許多金銀珍寶給蔡太師。蔡京不但讓西門慶平安無事，甚至用他的影響力，讓清廉正氣的曾御史落得「除名，竄於嶺表。」的下場。

此外，西門慶收受鹽商王四峰賄款一千兩關說山東巡按，李桂姐因接待王三官，惹惱了妻子的伯父六黃太尉，行文東平府抓人……

所有這些搞不定的事情，同樣的，西門慶也都透過蔡太師的關係擺平。

只要看看蔡京這一路給西門慶帶來的回報，就不難明白西門慶為什麼寧可做蔡京的附庸。做為投資的對象，蔡京的回報是遠超乎西門慶想像的，難怪西門慶樂得不斷地在蔡京身上加碼。

這些「懂事」的加碼使得蔡京把西門慶當成自家人，不但提供庇護，更重要的是，還提供給他「蔡京家族」這個貪腐集團的人際網絡。

從蔡京到蔡狀元、安進士、宋御史

《金瓶梅》第三十六回，新科狀元蔡蘊奉敕回籍省親，途經清河縣。由於蔡蘊拜蔡京為義父，算來是西門慶的「義兄弟」，於是蔡京便介紹給西門慶認識。西門慶盛情地款待蔡狀元，以及同行的新科進士安忱，不但請他們吃飯喝酒，一起聽戲，招待留宿（還讓書童給喜好男色的安忱侍寢），隔天離開時，分別給了蔡狀元、安進士白金一百兩、三十兩以及種種貴重的禮物做為路費。

最初我讀到這段時，覺得有點沒頭沒腦的，不明白蔡京為什麼要送這幾個才考上進士的「菜鳥」叨擾西門慶，難道真的只為了一頓飯和區區路費嗎？

到了第四十九回，蔡蘊再回來登門拜訪時，他已經是巡鹽御史了。不但如此，這次造訪他還帶來一個很重要的同僚（此人係蔡京長子蔡攸的婦兄），新任的直屬巡按御史——宋御史。

明代的都察院下設有十三道監察御史共一百一十人，被派到各地分區掌管監察，稱為「巡按御史」，代表天子巡狩。儘管這些御史位階只有七品（而且還是由新科「菜鳥」出任），但他們的職權從監察百官、巡視郡縣、糾正刑獄、肅整朝儀等事務，大事奏裁，小事主斷，權限甚廣，地方官員非常忌憚。

只要看看西門慶見到宋御史時卑躬屈節的諂媚模樣，就知道巡按御史的權力有多大了。

（宋御史）向西門慶道：「久聞芳譽，學生初臨此地，尚未盡情，不當取擾。若不是蔡年兄（蔡蘊）邀來進拜，何以幸接尊顏？」

慌的西門慶倒身下拜，說道：「僕乃一介武官，屬於按臨（巡按）之下。今日幸蒙清顧，蓬華生光。」於是鞠躬展拜，禮容甚謙。（第四十九回）

照說西門慶是正五品千戶，品秩比宋御史還要高，可是所謂不怕官只怕管，宋御史掌握寫他年終考績的生殺大權（加上又是蔡京的親戚），西門慶當然得使出渾身解數。於是我們看到西門慶大方出手宴請宋御史：

說不盡餚列珍羞，湯陳桃浪，端的歌舞聲容，食前方丈（案前羅列菜餚至一丈見方，極言享用奢侈）。兩位轎上跟從人，每位五十瓶酒，五百點心，一百斤熟肉，都領下去。家人、吏書、門子人等，另在廂房中管待，不必細說。（第四十九回）

一頓飯下來，花費了千兩銀兩，讓我們再度見識到西門慶「重金押寶」的習性。不但如此，除吃飯之外，還有饋贈：

> 西門慶早令手下，把兩張桌席連金銀器，已都裝在食盒內，共有二十擡，叫下人夫（搬運工）伺候。宋御史的一張大桌席、兩罈酒、兩牽羊、兩對金絲花、兩匹緞紅、一副金臺盤、兩把銀執壺、十個銀酒杯、兩個銀折盂、一雙牙筯。蔡御史的也是一般的。（第四十九回）

宋御史雖然假意推辭，但是最後還是「不得已，方令左右收了揭帖。」這一番大方出手，當然讓宋御史印象深刻，不但當場向西門慶致謝，還表示：「今日初來識荊，既擾盛席，又承厚貺（賜贈），何以克當？余容圖報不忘也。」

宋御史初次見面，又是直屬監察御史，難免得擺些身段，先行告辭。至於沒有直屬關係的蔡御史則是一回生二回熟，被西門慶又熱情地留宿一宿。

當然少不了的，又是聽戲、又是韓金釧、董嬌兒這些妓女的性招待……

董嬌兒陪蔡御史睡了一個晚上，隔天，有幕有趣的畫面是這樣的：

> 次日早晨，蔡御史與了董嬌兒一兩銀子，用紅紙大包封著，到於後邊，拿與西門慶瞧。西門慶笑說道：「文職的營生，他那裡有大錢與你！這個就是上上簽了。」（第四十九回）

董嬌兒拿一兩銀子給西門慶看，當然是嫌錢少。不明白一個可以讓西門慶這麼必恭必敬的人，為什麼使盡渾身力氣，陪睡了一個晚上，竟然還這麼小氣。

事實下，這不是蔡御史小氣，而是明朝官員的薪水真的太低了。

（更何況蔡御史才新上任，就算要貪污，錢也還沒有進帳。）

一般來說，明朝一個省級巡撫級年薪是五百七十六石大米，省以下二級官員每年是一百九十二石大米。到了七品知縣每年薪資大概只有是九十石米左右。明朝米價波動很大，平均起來一石米零點七至一兩之間。用這個標準計算的話，巡撫每年薪水四百零三兩，一個月也不過四十四兩左右（九萬至十二萬元新臺幣），知縣一年六十三兩，一個月更是只有五兩左右薪水（一萬五至二萬元新臺幣）而已。

《金瓶梅》第三十一回，幫西門慶送生日禮物給蔡京的吳典恩意外得到一個驛丞的職位，光是上任，做衣服、見官擺酒就得花費一百兩銀子（都超出一年的薪水了）。吳典恩為此還要向西門慶借錢來擺場面，可見官員的本薪有多麼微薄。

根據吳思在《潛規則》的統計，一個官員如果人情世故要做到周到的話——從打點上司、招待往來的官員、到上京朝覲的冰敬、炭敬——少說也要花費一、二千兩銀子（三百萬到八百萬元新臺幣）。在薪水這麼微薄的情況下，要維持這麼龐大的開銷，不靠著魚肉鄉民，收受地方金主的賄賂，如何能夠打平？

說得明白一點，西門慶固然需要官員的庇護，可是反過來，官員更需要西門慶財力的奧援。在這樣的情況下，政商勾結在明代已經發展成為一種有組織、規模的共犯結構。看得出來，從一開始送新科的蔡狀元來叨擾西門慶時，蔡京其實就已經開始佈局了。

在一個像明朝這樣扭曲的制度裡，光是派任官員是不夠的——更重要的是必須在當地建構出整套效忠於自己，官官相護的「收賄」網絡，藉由這個網絡，一個像蔡京這樣的上位者才能夠安心地往下層層剝削。

如果把西門慶這樣千兩以上的支出當成投資的話，我們看到，西門慶對蔡御史的重金招待，得到的回報是很明顯的：

首先，蔡御史同意支鹽三萬引（九百萬斤）給西門慶，並且還提早一個月支出。再來，西門慶和夏提刑貪贓枉法，收受了謀財害命的苗青一千兩賄銀，被前御史曾孝序一本參劾到朝廷去，西門慶固然靠著蔡京的關係在中央把奏摺擋了下來，但事情還沒完，接下來，西門慶又透過蔡御史向新上任的宋御史求情，讓他睜一眼閉一眼（反正是前任御史的案子）放過了這件事。

我們可以看到，官員獲取的這些不法的利益，最後，當然還是要由最底層，所有無力抵抗的善良老百姓買單，這是整個封建時代最可悲、也是最可嘆的地方。

從蔡狀元、安進士、宋御史到六黃太尉、蔡知府、侯巡撫、趙知府……

在被西門慶招待之後，宋御史看中了西門慶的財富，開始動起了腦筋，請託西門慶在家裡代辦宴席，招待奉欽差來接取朝廷興建宮苑用奇石的殿前六黃太尉。

《金瓶梅》第六十五回，描寫了這個精采的場面。

> 撫按率領多官人馬，早迎到船上，張打黃旗「欽差」二字，捧著敕書在頭裡（前面）走。地方統制、守禦、都監、團練，各衛掌印武官，皆戎服甲冑，各領所部人馬，圍隨，儀杖擺數里之遠。黃太尉穿大紅五彩雙掛綉蟒，坐八擡八簇銀頂暖轎，張打茶褐傘。後邊名下執事人役跟隨無數，皆駿騎咆哮，如萬花之燦錦，隨鼓吹而行……人馬過東平府，進清河縣，縣官黑壓壓跪於道旁迎接，左右喝叱起去。隨路傳報，直到西門慶門首。教坊鼓樂，聲震雲霄，兩邊執事人役皆青衣排伏，雁翅而列。

　　西門慶青衣冠冕，望塵拱伺。良久，人馬過盡，太尉落轎進來，後面撫按率領大小官員，一擁而入。（第六十五回）

　　這個場面寫得非常龐大。整個東平府的官員，從巡撫、巡按御史、布按三司、八府知府、到統制、守禦、都監、團練全都到齊了。獻茶、獻酒、搬演戲文、美食佳餚……好不熱鬧。

　　那時西門慶家其實還在李瓶兒喪事期間，可是因為是宋御史請託，也不得不勉為其難。西門慶就曾對應伯爵抱怨過，他說：

「自從他（李瓶兒）不好起，到而今，我再沒一日兒心閒。剛剛打發喪事出去了，又鑽出這等勾當來，教我手忙腳亂。」

　　應伯爵安慰西門慶說：

「……雖然你這席酒替他（宋御史）陪幾兩銀子，到明日，休說朝廷一位欽差殿前大太尉來咱家坐一坐，只這山東一省官員，並巡撫、巡按、人馬散級，也與咱門戶添許多光輝。」

　　應伯爵說的「陪幾兩銀子」聽起來一派輕鬆，可是其中大有學問。當初宋御史請託西門慶代辦宴席時拿來的分資是一百零六兩（包括兩司官員十二員、府官八員一起合出）。招待六黃太尉這頓飯書上雖沒說花了多少錢，但規格超出當初西門慶招待宋御史那頓飯不知有多少倍。以那次一頓飯要一千兩銀兩的花費來合估計的話，西門慶這頓飯的價碼更是驚人。（夠一個巡撫好幾年的薪水了。）

　　這場形式上的「代辦」，說穿了其實就是「敲詐」。一百零六兩西門慶根本看不在眼裡。好笑的是，西門慶連不收這些錢，直接做面子給宋御史也不行。

西門慶道：「……既是宋公祖（宋御史）與老先生吩咐，敢不領命！但這分資決不敢收。該多少桌席，只顧吩咐，學生無不具畢。」

黃主事道：「四泉（西門慶）此意差矣！松原（宋御史）委託學生來煩瀆，此乃山東一省各官公禮，又非松原之己出，何得見卻？如其不納，學生即回松原，再不敢煩瀆矣！」

西門慶聽了此言，說道：「學生權且領下。」（第六十五回）

明明是向西門慶敲詐，卻要維持表面上的「公平」形式。我們說過，送往迎來對明朝的地方官員向來就是個苦差事。正如《金瓶梅》裡縣中眾官說的：「欽差若來，凡一應秖迎、廩餼、公宴、器用、人夫，無不出於州縣，州縣必取之於民，公私困極，莫此為甚。」

西門慶願意大開這個方便之門，對於地方官員來說，當然是再歡迎不過了。

從此之後，西門慶家成了山東一省蔡京集團新的招待所了。我們看到，宋御史私人設席款待巡撫侯石泉、安郎中接待九江大尹蔡少塘（蔡京的九公子）都在西門慶家舉辦。到最後，省裡面的這些二級官員雷兵備、汪參議設宴慶賀杭州知府趙霆升大理寺丞也來拜託西門慶，一樣有模有樣的客套話請託，只是送來的分資更少，西門慶要買單的不足額更多罷了。

說起來，不管是安郎中、宋御史或者是雷兵備、汪參議，他們品秩並不超過西門慶這個正五品千戶來得高。他們之所以敢如此地向西門慶予取予求，無非也是因為西門慶既然靠著政商關係得來官位以及這許多好處，自然也有供養這個政商網絡的責任。難怪西門慶在官哥還在世時感歎地說：

「兒，你將來長大來，還是掙個文官。不要學你家老子，做個西班（武官）出身，雖有興頭，卻沒十分尊重。」

西門慶當然心裡有數，那些正科出身的文官對他是沒有什麼敬意的。他們看重西門慶的，與其說是他的五品官位，還不如說只是他的錢罷了。

但是政商關係本來如此：商人必須靠著官員的庇護才能坐大，反過來，官員更要靠著商人的資源才能交際應酬、甚至是升官發財。每個人都有各自的責任和義務。於是我們看到西門慶家送往迎來，三天一小宴，五天一大宴……也看到地方上任何人，只要有「巧」不動的事情，都找上西門慶了。不管是貨物逃漏稅、官司求免、甚至年終的升等考核的關說……在在都有西門慶的身影插足其中。西門慶浸潤在這個貪腐網絡裡，他付出的金錢愈多，事業規模就變得愈來愈大。在清河縣這個小小的地方，西門慶的政商關係這時可以說達到了一個極致的頂峰，沒有什麼他不能做的事情，也沒有什麼他「巧」不動的人……

3

鄭振鐸曾經說過：「在《金瓶梅》裡所反映的是一個真實的中國社會，**這個社會到了現在，似還不曾成為過去**。要在文學裡看出中國社會潛伏的黑暗面來，《金瓶梅》是一部最可靠的研究材料。」

嘉靖、萬曆年間的商業經濟固然發達，但是這些社會財富到了最後幾乎一面倒地向官僚、權貴集中。王世貞曾統計當時天下巨富的情況，在他所舉出的天下巨富二十二家中，高官權貴就占了十七家（包括了蜀王、黔公、太監黃忠、黃錦及成公、魏公、都督陸炳、京師張二錦衣……）。其餘五家無非也是靠著依附在封建勢力之下的特許行業、或高利貸的典當行業。可見當時經濟發達所產生的大部分財富，最後還是落到封建社會權貴與統治者的手上了。（這當然嚴重地摧殘了商業經濟的發展。）

西門慶的政商關係從為了逃過楊戩的株連給蔡京送賄，誤打誤撞得到了一個副千戶的官職開始。透過西門慶的政商經營，《金瓶梅》帶我們走進明朝的山東，栩栩如生地讓我們看到整個蔡京底下的貪腐網絡是如何形成、運作，看到這個政商勾結文化裡頭的複雜、細膩，也讓我們看到身在其中各種官僚的嘴臉以及應對進退的身段。

這樣活生生的經驗，如果不是透過《金瓶梅》這樣的小說，我們要碰觸到歷史底下那層活生生的社會真實，幾乎是不可能的。

很多人以為《金瓶梅》講的是西門慶這個家族的故事，不明白為什麼花了那麼多的篇幅，描寫西門慶的政商關係。事實上，如果從另一個宏觀的角度來看，當西門慶認蔡京當乾爹時，西門慶這整個家族往上連結的，正是蔡京整個的貪腐體系所形成的另一個更大的家族。

作者這樣的連結，把西門慶這個小小家族所發生的故事，意義擴大到了整個社會。當我們用這樣的角度看待《金瓶梅》時，那些男人的鬥爭、女人的爭寵、或男女之間的敗德、情仇……就不再只是家庭裡面芝麻蒜皮的小事了。所有在家庭裡發生的，到了整個社會也都一樣會發生。

更推而廣之，社會會發生的，整個朝廷、國家也一樣都會發生。正是那個同樣的「君臣父子」思想，像個超強黏合劑似的，把整個封建社會從個人到家族、到社會、國家全黏成一個超級的大結構上。在那個結構上，每個人應有的倫理位置上，不得動彈，也無從脫逃。

把《金瓶梅》的故事對照嘉靖、萬曆年間發生的許多國家大事，我們會發現，作者的企圖是遠比故事表象的情節大很多的。

重和元年

- 正月初二，西門慶和賁四嫂（西門慶的夥計賁四的老婆）偷情。
- 正月初六，西門慶吃了胡僧給的春藥、穿著飛魚服，和林太太鏖戰。
- 正月初七，西門慶在家休養、吃延壽丹補身，又命如意兒給他口交。
- 正月初九，潘金蓮生日，初八晚上西門慶陪潘金蓮享魚水之歡。
- 正月十二日，僕人來爵兒的媳婦和西門慶乘酒興親熱。
- 正月十三日，西門慶和王六兒從下午開始邊喝酒邊做愛。回家後進潘金蓮房間，被灌了三丸春藥再戰，終於不勝負荷、精盡血出。
- 正月二十一日，西門慶病逝，吳月娘在同時產下孝哥。
- 李嬌兒攜財逃回妓院，潘金蓮找上陳敬濟，吳月娘吞了李瓶兒的錢財，夥計私吞貨物，應伯爵找到新主人張二官繼續幫閒。

第十章
強弩之末西門慶

時序走入政和七年冬天。

這個冬天，西門慶收到了安郎中送來的四樣應時禮物，這些禮物分別是：一盆紅梅、一盆白梅、一盆茉莉、一盆辛夷（木蘭）。

喜歡《金瓶梅》的讀者應該知道，蘭陵笑笑生喜歡刻意在故事裡留下伏筆或隱喻，作為小說人物的命運開展或結局的預言。不管是「花子虛」之於子虛烏有、「應伯爵」之於應白嚼或「棒槌」之於男性生殖器……這些一語雙關的隱喻不斷地出現在作品裡，使得讀者即使要把《金瓶梅》當成一本「猜謎大全」來讀，也一樣可以讀出許多樂趣來。

在繼續閱讀下去之前，我們不妨把這四盆植物當作謎面，讓大家猜一猜：接下來的劇情會如何進行？再看一次謎面：

紅梅、白梅、茉莉、辛夷。

小小提示：紅梅、白梅都和「梅」有關係，這應該不難聯想。至於茉莉和辛夷比較不好猜，大家可以從諧音上去聯想。好比拜拜用鳳梨是「旺來」、菜頭是「好采頭」、考生吃粽子是「包中」……

好。留著這個問題給大家玩味，我們在這章末尾再來討論解答。

1

時間繼續走下去，政和七年結束，重和元年元旦來了。或許是節慶的嘉年華會氣氛，讓人有種脫離日常生活的想像，本來就愛風流的西門慶，在這整個新年假期間，更是色慾鼓漲。這次，他新的獵艷對象是賁四嫂。

賁四嫂

正月初二晚上，西門慶醉眼朦朧在門口送走了客人，正要回頭時看見了對門賁四家。於是西門慶捏玳安的手，機靈的玳安就懂了。

事實上，西門慶第一次看見賁四嫂還是十一月底孟玉樓過生日那次。

西門慶正在廳上，看見夾道內玳安領著一個五短身子，穿綠緞襖兒、紅裙子，不搽胭粉，兩個密縫眼兒，一似鄭愛香模樣，便問是誰。玳安道：「是賁四嫂。」西門慶就沒言語。（第七十四回）

西門慶心裡在想什麼，不用我再多說。

賁四是西門慶的夥計，被西門慶派出去外地採買不在家。賁四嫂一個人就住西門慶家門口對面。西門慶把玳安找來，要他去問賁四嫂：

「你慢慢和他說，如此這般，爹要來看你看兒，你心下如何？看他怎的說。他若肯了，你問他討個汗巾兒來與我。」

沒多久，玳安就把賁四嫂的汗巾兒拿來了。

十二月上旬，西門慶趁著吳月娘去參加親戚喪事的空檔，偷偷溜到賁四嫂家。

只見賁四娘子兒在門首獨自站立已久，見對門關的門响，西門慶從黑影中走至跟前，這婦人連忙封門一開，西門慶鑽入裡面。（第七十七回）

沒有追求的刺激、沒有挑逗的興奮、沒有等待的焦心、甚至沒有調情與前戲，西門慶一進到屋裡，還來不及喝賁四嫂送上來的茶，就開始動手動腳了。

（西門慶）不由分說，把婦人摟到懷中就親嘴，拉過枕頭來，解衣按在炕沿子上，扛起腿來就聳……（第七十七回）

事後，西門慶給了一包五六兩的碎銀子，以及兩對金頭簪兒，當場銀貨兩訖。

婦人拜謝了，悄悄打發（西門慶）出來。那邊玳安在舖子裡，專心只聽這邊門環兒响，便開大門放西門慶進來。（第七十七回）

直到新年之前，西門慶又去了賁四家一兩次。直到了元月初二的這個晚上，西門慶送走客人，人都已經在門口，離賁四嫂只有一街之隔了。

這時去賁四家打聽消息的玳安回來了，悄悄地告訴西門慶：「她屋裡沒人。」所謂「妻不如妾，妾不如偷」，西門慶一聽見玳安說她家裡沒人，立刻展開行動。

這西門慶就撞入他房內。老婆早已在門裡迎接進去，兩個也無閒話，走到裡間，脫衣解帶就幹起來……

婦人瞪目，口中只叫親爺。那西門慶問他：「你小名叫什麼？說與我。」

老婆道：「奴娘家姓葉，排行五姐。」

西門慶口中喃喃吶吶，就叫葉五兒不絕。（第七十八回）

和前幾次相較，西門慶這次更快就結束了，事後，他給了二三兩銀子給賁四嫂當盤纏，說是：「我待與你一套衣服，恐貴四知道不好意思，不如與你些銀子兒，你自家治買罷。」賁四嫂開門讓西門慶出來，玳安早在舖子裡掩門等候，西門慶過了街，一溜煙閃進門裡，便往後邊去了。

看得出來，西門慶偷情的效率顯然有愈來愈高的趨勢。不過他的效率愈高，故事說起來也就愈無趣。支使人家老公去外地出差，找中間人拉皮條、登門入室，付錢買單……從潘金蓮、李瓶兒到宋蕙蓮、乃至於王六兒、賁四嫂全是同樣的模式。除了風險更小、更便宜，代價更低外，一切都沒有什麼兩樣。

西門慶和賁四嫂的偷情，不知道大家有沒有發現一個不太一樣的小地方？

過去，西門慶拉皮條找的都是這個婆那個嫂的女人，這次卻直接派玳安直接去說。為什麼？精明一點的讀者一定已經想出來了。

玳安必然和賁四嫂有一腿！

沒錯。果真如此！書上說：

這玳安剛打發西門慶進去了……就在老婆（賁四嫂）屋裡吃到有二更時分，平安在舖子裡歇了，他就和老婆在屋裡睡了一宿。（第七十八回）

西門慶會這麼精明地找玳安拉皮條，表示他也知道玳安和賁四嫂的關係才對。不過顯然他並不介意。顯然西門慶和玳安之間不只是主僕關係，更進一步說，他們還應該是「婊」兄弟關係才對。

想起來還真的很……嗯，不衛生。

林太太

春節期間，西門慶想起了林太太。畢竟人家兒子王三官初一就來拜年了，不回拜一下不好意思。當然，回拜完之後說不定順便還可以……

聯絡了半天，林太太要西門慶初六才來。為什麼拖到那麼晚呢？沒辦法，她也得等王三官出門拜年家裡沒人時才能讓西門慶來。

好不容易挨到了初六，西門慶瞞著妻妾們，登堂拜年。

這次拜年，和前次見面，有些不太一樣的地方。我們來看看：

首先，這次拜年的服裝，林太太穿的是大紅通袖袍兒，珠翠盈頭（這是命婦官夫人的穿著打扮）。這次西門慶一進來沒多久，就讓玳安脫了外套，露出裡面「白綾襖子，天青飛魚氅衣」。

我們如果留意一下這兩個人身上的服飾，會發現其中是有值得玩味之處的。

上次西門慶初見林太太穿的是：白緞忠靖冠，紫羊絨鶴氅衣，粉底皂鞋。這是明代一品文官的穿法——西門慶一個五品武官穿這樣當然是僭越，不過那個時代的武官都喜歡這樣的風格，西門慶穿鶴氅衣並不足為奇。

只是，西門慶這樣的僭越，遇到了林太太廳堂上先祖「太原節度頒陽郡王」的「王勢」時，自己一身的官威完全被人家的王勢鎮壓了。我們看到心有不甘的西門慶這次特別穿了飛魚服來，要在林太太面前揚眉吐氣的意思很明顯。

明朝文官圖騰是鳥類，武官是走獸，飛魚並不在標準的官制圖騰裡。但飛魚這個系列的圖騰（包括了「蟒」、「飛魚」和「斗牛」這三種圖案）又比鳥類、走獸的圖騰更尊榮。為什麼呢？

答案很簡單：因為它們和龍服的紋路相似。

有趣的是，「類龍圖騰」系列尊卑的次序是以它們和龍的相似程度來決定的。蟒的四爪最接近五爪的龍，因此等級最高。之後是飛魚——龍頭魚尾，有翅膀次接近，最後是斗牛——牛角龍形，因為只有身體像龍，因此等級最低。

既然和龍有關，當然只有皇帝能夠頒賜。通常是立有大功的宦官、宰輔才能蒙恩得到這種特賞的賜服。擁有一件這樣的衣服，當然榮耀更勝過其他文官、武官制服。

事實上，飛魚䋒衣是何宦官為了巴結西門慶送的禮物，希望他能好好照顧他的姪兒，新上任的清河縣副理刑何千戶。西門慶平時很少穿這件衣服，但今天特別穿來見林太太，較量的心態不言可喻。

西門慶不但衣服要較量，連床事西門慶都是有備而來。書上說：「西門慶帶了淫器包兒來，安心要鏖戰這婆娘，早把胡僧藥用酒吃在腹中。」

《金瓶梅》接下來用「鏖戰」來形容這一場床戰，格外別開生面，在這裡我且抄一段給大家分享：

但見：迷魂陣擺，攝魄旗開。迷魂陣上，閃出一員洒金剛，色魔王能爭貫戰；攝魂旗下擁一個粉骷髏，花狐狸百媚千嬌。這陣上撲鼕鼕，鼓震春雷；那陣上鬧挨挨，麝蘭靉靆。這陣上復溶溶，被翻紅浪精神健；那陣上刷剌剌，帳控銀鈎情意乖。這一個急展展，二十四解任徘徊；那一個忽剌剌，一十八滾難掙扎。鬥良久，汗浸浸釵橫鬢亂；戰多時，喘吁吁枕側衾歪，頃刻間腫眉/眼，霎時下肉綻皮開。（第七十八回）

這段文字讀者稍不注意很容易一笑置之就跳了過去。事實上，作者用戰爭來形容性愛的場面是有深意的。我們看到這場戰爭是有層次的，雙方先擺開陣勢，然後是你來我往，漸漸的，我們看到「這一個」節節獲勝，「那一個」一十八滾難掙扎、釵橫鬢亂……直到最後這一個完全降服那一個為止。

西門慶不但把床事當成戰事，完事之後還「當下就在這婆娘心口與陰戶燒了兩炷香。」在女人身上「燒香」是明代流行近似「性虐待」的一種變態做法。這和熱戀的人把對方名字刺青在身上有異曲同工之妙。從男性的角度來說，在對方身上留下烙印，表示征服、占有。從女性的角度來說，願意忍痛讓對方這樣做，也是一種忠誠與情感的表示。

我們可以很清楚地感受到，西門慶這次來找林太太上床做愛，最重要的主題與目的就是「征服」。

也許有很多讀者想不透，林太太只是一個寡婦，有什麼好征服的？

事實上，寡婦只是林太太目前的狀態。她背後的貴族出身與地位正是西門慶這個商人出身的老百姓最自卑的部分。我們看到，固然現在西門慶也是五品官了，可是他自己心裡有數——那只是買來的官，根本算不得真材實料。

我們看著西門慶如何故意穿了那件飛魚服來到林太太面前炫耀，又如何把床事當戰事與林太太鏖戰，又如何在她身上燒香……透過對一個寡婦在床笫之間的逞能與凌虐，幻想著自己「戰勝」、「占領」、「降服」林太太以及她所代表的那個貴族階級，來彌補自己內心的自卑。

人之所以需要性愛，可能是為了繁衍後代，也可能單純只是追求快樂。可是西門慶之所以更需要性愛，卻是為了教人跌破眼鏡的不同理由——

滿足權貴的渴望，克服出身的自卑。

或許太成功的人生已經使得西門慶不願意再面對任何人生的缺陷了。於是他開始靠著能力賺來的錢證明自己，並且用錢來交換權勢、性愛，彌補遺憾、挫折。在我看來，那些荒淫無度的奇技淫巧最危險的地方——不在於那些教人同聲歎息的敗倫背德、也不在於背後的妻妾戰爭，它們最可怕的地方在於它提供了一個逃避的空間——就像瘋狂無度的嗑藥一樣，讓西門慶可以繼續拒絕承認自己的卑微，甚至拒絕面對那些人生裡無可逃避的缺憾。

這也是我在西門慶這些愈來愈瘋狂的性愛裡讀出來最可悲的地方。不知道為什麼，這些性愛的場面，愈是淫蕩，我讀起來就愈感受到西門慶的「無助」——或許正因為人是如此地有限，無可避免的缺憾也無所不在，不願意如實面對的西門慶能做的，真的也只剩下更瘋狂、更無助的性愛了。

在燒完香之後，西門慶「許下明日家中擺酒，使人請他同三官兒娘子去看燈耍子。」西門慶邀請王三官娘子來家裡看燈當然不懷好意，大家心裡都明白。只是，西門慶的想像裡，整個世界是以他為中心的。如果可以的話，所有的人、事，不管他們願不願意、合不合理、背不背德，全都得順服在西門慶的意志底下。或許這些不可能的顛倒夢想，才是他真正想要的吧。

如意兒

初六晚上，西門慶對吳月娘第一次提到腰腿疼。吳月娘叫他去看醫生，西門慶說不礙事。正月初七，西門慶又對應伯爵提了一次不舒服的事，他說：

「這兩日不知酒多了也怎的，只害腰疼，懶待動旦。」

連最機靈的應伯爵也沒怎麼在意這件事，他說：「哥，你還是酒之過，濕痰流注在這下部，也還該忌忌。」大家都知道，西門慶真正該忌的是「色」，只是，應伯爵當然不會笨到大過年時給他掃興。

中午，吳月娘帶著眾妻妾到雲理守家參加宴會去了。（雲理守是西門慶結拜十兄弟的酒肉朋友之一，承襲了哥哥衛指揮使的官職，在清河左衛當指揮同知、簽事，和西門慶、吳大舅都是同事，吳月娘因此常和他往來。這次赴宴，吳月娘發現雲理守夫人也懷孕了，於是約定將來若生一男一女，就結親做親家。這件事我們將來還會再提到。）

西門慶人不舒服，關門謝客，在家休息。他吩咐平安說：

「隨問什麼人，只說我不在。有帖兒，接了就是了。」

西門慶想起任醫官給過他延壽丹，於是他到李瓶兒這邊來，要如意兒擠一些奶汁出來，據說這藥配人奶吃特別有效。吃了藥，西門慶又叫迎春她們拿酒菜上來。迎春很知趣，送酒上來之後自動離開了，留下如意兒和西門慶兩個人在房間裡單獨喝酒。

本來西門慶是想來吃藥補身的，沒想到淫興又來了。「色戒」一破，身體自然也沒什麼好補的了。

西門慶邊喝酒邊要如意兒給他口交——多麼「老爺」派頭啊！不但如此，他還要如意兒脫去衣服，拿出在林氏那裡燒剩下的三個「燒酒浸的馬香兒」，一個放在胸口，一個在小腹，另一個在會陰，用安息香開始點著。西門慶和如意兒一邊進行房事，一邊還問如意兒話。

西門慶便叫道：「章四兒（如意兒姓章排行老四）淫婦，你是誰的老婆？」

婦人道：「我是爹的老婆。」

西門慶教與他：「你說是熊旺的老婆，今日屬了我的親達達了。」
那婦人回應道：「淫婦原是熊旺的老婆，今日屬了我的親達達了。」（第七十八回）

在這些對話裡，我們看到了西門慶的不安全感和驚人的占有慾。

如意兒有老公的事西門慶也聽潘金蓮提過了，他當然不可能不知道。可是西門慶硬是要把如意兒叫成章四兒，好像她還沒出嫁一般，還要問她是誰的老婆。說了一遍不算，還要她重複一遍：她是西門慶的老婆，不是熊旺的老婆。

最可悲的是，不管如意兒怎麼說，她還是熊旺的老婆，不是西門慶的老婆。這裡顯現出來的，或許正是西門慶最深的恐懼與不安全感——哪怕你再有錢，再有勢，活在這個世界上，誰能真正屬於誰，誰又能真正擁有誰呢？

曾經有個李瓶兒，他相信她是愛他的——可是老天輕易就能奪走了她。愛他的女人尚且如此，更不用說其他那些女人了。那些在他面前淫笑的、撒嬌的、呻吟的、蹙眉的、嗔怒的……她們愛他嗎？她們真能屬於他嗎？

還有禮尚往來的達官貴人、吃喝玩樂的狐群狗黨，卑躬屈膝的奴僕……他們愛的是他嗎？還是他的錢呢？

如果他們只愛他的錢，他這個人又算什麼呢？

西門慶又問道：「我會合不會？」
婦人道：「達達會合毬。」（第七十八回）

會合毯又如何呢？

可是那至少是活生生的他才能做的事——他的錢不能夠，他的權勢也不能夠，只有他自己，一個活生生的西門慶，才讓女人得到高潮。

似乎只有在那個性愛幻想的國度裡，西門慶才能真真實實地感受到自己是存在的。一次又一次地征服女人，是不安全感、是自卑、是恐懼，也是一切從他身上流逝、失去的所有遺憾。每一次的高潮都讓西門慶相信——她們是崇拜他、愛他、需要他的。而他正是這個世界的中心，整個世界都需要他，都圍著他團團轉……

我們注意到在此同時，作者已經不著痕跡，悄悄地在鋪陳西門慶的身體狀況了，可是他一點也不在意。

西門慶情濃樂極，精邈如湧泉。正是：

不知已透春消息，但覺形骸骨節鎔。（第七十八回）

事後，西門慶開門找了一件李瓶兒的玄色緞子粧花比甲兒（過膝無袖的長背心）賞給如意兒。她們是愛他的。西門慶心裡想——女人們沒有任何理由不像西門慶愛自己那般地愛他。

潘金蓮

正月初九是潘金蓮生日，初八晚夕上壽吃酒慶祝。大家都知道潘金蓮喜歡什麼禮物，因此，到了晚上，西門慶少不了又要把自己當成生日禮物，讓潘金蓮拆開，陪她過夜……

❖

一定會有讀者不明白我為什麼用了這麼多篇幅記載西門慶的性事。事實上，《金瓶梅》從第七十七回開始，西門慶的色慾陷入了一個無法自拔的瘋狂境界。第七十七回上半是〈西門慶踏雪訪愛月〉，下半是〈賁四嫂帶水戰情郎〉，第七十八回上半是〈林太太鴛幃再戰〉，下半是〈如意兒莖露獨嘗〉……

整本《金瓶梅》固然有不少性愛場面，但在過去，性愛多半是為了鋪陳後續的情節而存在的配角。然而在第七十七回之後，這樣的態勢被改變了，西門慶沒完沒了的性愛成了故事的主角，熱熱鬧鬧的過年、以及人來人往反而只是熱場的龍套。

2

正月十二日，西門慶家請眾官娘子吃飯兼看元宵燈籠。書上說荊統制娘子，雲理守娘子……一群女眷先來了，只有何千戶娘子、王三官母親和娘子還沒到。西門慶叫人又去請，到了中午，林太太來了。但王三官娘子沒有來。

（西門慶）問：「怎的三官娘子不來？」

林氏道：「小兒不在，家中沒人。」（第七十八回）

林太太的回答很耐人尋味。她所說王三官娘子沒來的理由一點說服力也沒有。家中留個小廝看守也就是了。真的不行，也可以請文嫂幫忙啊。可見林太太心裡有數，知道西門慶為什麼要請王三官娘子。

這個母親固然為了生計使然（加上自己風流的本性）和西門慶有一腿，但把三官娘子也賠進來，邊際效益實在不高。更何況，王三官娘子是六黃太尉的姪女。過去王三官流連李桂姐那裡，王三官娘子就曾一狀告到舅舅那裡，惹得六黃太尉動怒抓人。王三官娘子有這樣的舅舅，西門慶還是不要扯進來得好。

見到王三官娘子可能是這一天宴請女賓，西門慶最大的樂趣與想像了，沒想到宴會還沒開始希望就已經落空。幸好，姍姍來遲的何千戶娘子藍氏給了西門慶意外的驚艷。

西門慶悄悄在西廂房放下簾來偷瞧，見這藍氏年約不上二十歲，生的長挑身材，打扮的如粉粧玉琢，頭上珠翠堆滿，鳳翹雙插，身穿大紅通袖五彩粧花四獸麒麟袍兒，繫著金鑲碧玉帶，下襯著花錦藍裙，兩邊禁步叮咚，麝蘭撲鼻……

這西門慶不見則已，一見魂飛天外，魄喪九霄，未曾體交，精魄先失。少頃，月娘等迎接，進入後堂相見；敘禮已畢，請西門慶拜見。西門慶得了這一聲，連忙整衣冠行禮，恍若瓊林玉樹臨凡，神女巫山降下，躬身施禮，心搖目蕩，不能禁止。（第七十八回）

明朝習慣，男女不同席。因此西門慶只好和吳大舅、應伯爵、謝希大、常峙節，以及樂師在花園捲棚裡彈唱飲酒，不停地走到大廳外往裡觀覷。

藍氏能把西門慶迷得團團轉，除了年輕漂亮之外，還有幾個重要的理由：

一個是她身上的「珠翠、鳳翹，大紅通袖五彩粧花四獸麒麟袍兒，金鑲碧玉帶」的貴族象徵。另一個更重要想像則是：藍氏是何千戶的老婆，何千戶是何太監的姪子——正如李瓶兒是花子虛的老婆，花子虛是花太監的姪兒。一切都似曾相識。

有趣的是，儘管西門慶慾眼望穿，但女人們在廳堂裡聽戲，礙於禮教，他這時候只能在捲棚裡和男人喝酒。

我初次讀到這裡時，最大的疑問是：既然西門慶的色慾已經寫到這個地步——如同引擎已經開到最高速一樣，作者將來如何再把西門慶的色慾再拉高，讓小說的張力繼續往上飆？

繼續往下讀，無疑的，我得到的答案是令人拜服的。

正耍在熱鬧處，忽玳安來報：「王太太與何老爹娘子起身了。」

西門慶就下席來，黑影裡走到二門裡首，偷看他上轎。

月娘眾人送出來，前邊開井內看放烟火。藍氏已換上了大紅遍地金貂鼠皮襖，林太太是白綾襖兒，貂鼠披風，帶著金釧玉珮。家人打燈籠，簇擁上轎而去。

這西門慶正是餓眼將穿，饞涎空嚥，恨不的就要成雙。（第七十八回）

好個「餓眼將穿，饞涎空咽，恨不的就要成雙。」

原來比色慾還要強烈的情緒是「被壓抑」的色慾。那些得到的、得不到的女人，觸摸得到、觸摸不到的肉體……不斷地刺激著慾望，癌細胞似的分裂、增生，把西門慶無止無境的色慾推向另一個更瘋狂、更無節制的高潮。

來爵媳婦

沒有王三官娘子，沒有何千戶娘子，替代品也是好的。小說接下來寫：

（西門慶）見藍氏去了，悄悄從夾道進來。當時沒巧不成語，姻緣會湊，可霎作怪，來爵兒媳婦見堂客散了，正從後邊歸來，開房門，不想頂頭撞見西門慶，沒處藏躲。

原來西門慶見媳婦子生的喬樣，安心已久，雖然不及來旺妻宋氏（宋蕙蓮）風流，也頗充得過第二。於是乘著酒興兒，雙關抱進他房中親嘴。這老婆當初在王皇親家，因是養主子（和老闆有姦情），被家人不忿（不滿）攘鬧，打發出來，今日又撞著這個道路，如何不從了？一面就遞舌頭在西門慶口中。兩個解衣褪褲……（第七十八回）

來爵是去年臘月初八時，應伯爵介紹來的僕人。西門慶將他取名「來爵」，意思是「來爵」應該是應伯「爵」介紹「來」的人的意思。然而，「來爵」的諧音「來絕」，這很不吉祥，似乎也隱隱約約暗示著：此人一來，路也就走到絕處（盡頭）了。

當然，沉浸在那些肉慾歡愉、美食佳餚、送往迎來、財源滾滾……這股熱浪之中的西門慶是不會想到這些的。西門慶有種錯覺，覺得這些美好的一切，似乎會為他永遠停留。

正月十三日，西門慶人不舒服，沒去衙門上班，一個人來到前邊花園的書房。他叫玉簫偷偷送了一對金鑲頭簪兒、四個烏銀戒指給來爵老婆，還要她去向如意兒要人奶來配藥服用下去。

我們看到這次西門慶可能真的人不舒服了，才會沒有親自去找如意兒和來爵老婆，大概是怕一看到她們，色慾又不能自我克制，因此只讓玉簫跑腿。

（《金瓶梅》的寫作技巧是大膽而高明的。我們注意到，在這段故事裡，主旋律一直是交叉的雙線進行。一方面，作者鋪陳西門慶的情慾不斷地被挑逗、升高；另一方面，作者卻悄悄地描寫西門慶逐漸虛弱的身體。這兩條情節形成一種身體和慾望之間高度的落差，無聲無息地增加著張力……）

西門慶依靠在書房床上（可坐可臥那種羅漢床），讓王經給他打腿——不過壞也就壞在他找了王經。

王經是王六兒的弟弟。王六兒請王經帶來的禮物——裡面是用自己的頭髮與五色絨纏出來的一個同心結，以及一個鴛鴦紫遍地金順袋（順袋是扎在腰帶上的小口袋，用來裝零錢或零星物件）——很顯然的，這些又是鴛鴦、又是同心結的小東西，是要提醒西門慶不要忘記她。

西門慶看了這些之後，不免又想起性愛達人王六兒，以及那些他們已經好久沒有做了的事……

於是，西門慶又出門了。

他告訴吳月娘要去獅子街的舖子裡走走，順便看燈。他到絨線舖，和吳二舅、賁四在樓上吃午飯，喝了一回酒。吃至飯後時分，西門慶離開店舖，騎馬逕到王六兒家來。

王六兒跟西門慶抱怨他都不來找她。西門慶說最近家中忙著擺酒請客，比較忙。王六兒抱怨西門慶連家裡擺酒請客都不邀請她，西門慶說不要緊，正月十六還有一席酒，到時再請她。王六兒抱怨春梅罵了申二姐，趕走她。西門慶也告訴她說：

「你不知這小油嘴（春梅），他好不兜達的性兒，著緊把我（就算我）也擦刮的眼直直的。也沒見，他叫你唱，你就唱個兒與他聽罷了，誰教你不唱，又說他來。」

王六兒繼續碎碎唸，西門慶不答理她，王六兒只好落了個自討無趣。（顯然西門慶有了更近，更方便，更便宜的賁四嫂之後，王六兒有點貶值了。）

於是王六兒只好叫王經把酒拿上來，和西門慶開始飲酒。

和前面幾位林太太、如意兒、來爵嫂這種「休閒組」，或鄭愛月、潘金蓮、賁四嫂這種「專業組」比起來，王六兒算得上是性愛「競賽組」的高手了。西門慶不敢掉以輕心，全副武裝嚴陣以待——什麼白綾帶子、銀托子，還有胡僧的春藥、粉紅膏子藥……全部出籠了。

西門慶挺著已經不怎麼舒服的身體，和王六兒從下午開始邊喝酒邊做愛，累了小睡，醒了又重新開始。

（原來西門慶心中只想著何千戶娘子藍氏，慾情如火。）

兩人正面來，從後面來，西門慶還用裹腳帶把王六兒的二腿拴在床兩邊護炕兒柱兒上，吊得高高的，一來一往，一衝一撞……用盡各種姿勢。

（明代的架子床有護欄、床柱，在性愛上提供很多支點，可以充分利用去完成許多高難度的動作。這是舊式家具乍看之下，無法體會的優點之一。）

（西門慶）因口呼道：「淫婦，你想我不想？」

婦人道：「我怎麼不想達達？只要你松柏兒冬夏長青更好。休要日遠日疏，頑耍厭了，把奴來不理。奴就想死罷了，敢和誰說？有誰知道？就是俺那王八來家，我也不和他說。想他恁在外邊做買賣，有錢他不會養老婆的？他肯掛念我？」

西門慶道：「我的兒，你若一心在我身上，等他來家，我爽利（乾脆）替他另娶一個，你只長遠等著我便了。」

婦人道：「好達達，等他來家，好歹替他娶了一個罷，或把我放在外頭，或是招我到家去，隨你心裡……」

西門慶道：「我知道。」（第七十九回）

西門慶的性愛到了最後很公式，他一定問對方想不想他、愛不愛他，他是不是天下最帥、最厲害的男人，女人一定邊叫床，邊說我多愛你，我多想念你，你最厲害，你最帥。說完之後，再開始跟西門慶提出要求或要東西。西門慶通常會答應，然後女人更加感激涕零，更用力服侍，西門慶更滿意、更用力……一切就在這樣的氣氛下達到高潮。

當然，最後少不了的是結束之後的禮物。

（西門慶）向袖中掏出一紙帖兒遞與婦人：「問甘夥計舖子裡取一套衣服你穿，隨你要甚花樣。」（第七十九回）

和西門慶剛剛答應的事相比，這套衣服其實只能算是小意思。王六兒和韓道國夫妻現在住的房子其實已經是西門慶買的了。如果按照王六兒剛剛要求中的規劃：西門慶給韓道國再娶一個老婆，把王六兒放在外頭，那麼就必須多出來娶一個老婆（或小老婆）再加上一棟房子的花費。接下來，如果西門慶真的「招王六兒到家去」——那當然更貴了。

照這個態勢下去，王六兒真的很有可能變成西門慶家的另一個六娘。真有那麼一天的話，王六兒當然也不是省油的燈——潘金蓮的妻妾戰爭顯然又有一場硬戰要打了。

不過情節如果真這樣發展下去，《金瓶梅》恐怕要落入演了幾百集還結束不了的那種長壽連續劇的噩夢了。還好情節不是這樣。

也不知道該說是幸還是不幸，故事從西門慶離開王六兒家開始急轉直下。

王經打著燈籠，玳安、琴童籠著馬，那時也有三更天氣，陰雲密佈，月色朦朧，街市上人烟寂寂，閭巷內犬吠盈盈。

打馬剛走到西首那石橋兒跟前，忽然一陣旋風，只見個黑影子從橋底下鑽出來，向西門慶一撲。那馬見了，只一驚跳，西門慶在馬上打了個冷戰，醉中把馬加了一鞭，那馬搖了搖鬃，玳安、琴童兩個用力拉著嚼環，收煞不住，雲飛般望家奔將來，直跑到家門首方止。王經打著燈籠，後邊跟不上。

西門慶下馬腿軟了，被左右扶進，逕往前邊潘金蓮房中來。（第七十九回）

這段簡直是神來之筆，把不安以及噩運的氣氛渲染得鼓漲飽滿。

潘金蓮

如果西門慶不被送到潘金蓮那裡去，事情應該會變得完全不一樣。但一切只能說西門慶命該如此，身體虛弱的西門慶，被送到了色慾饑渴的潘金蓮房裡。

西門慶一只手搭伏著他（潘金蓮）肩膀上，摟在懷裡，口中喃喃吶吶說道：「小淫婦兒，你達達今日醉了，收拾鋪，我睡也。」那婦人扶他上炕，打發他歇下。那西門慶丟倒頭在枕上，鼾睡如雷，再搖也搖不醒。（第七十九回）

從上次正月初八潘金蓮和西門慶同床，到現在十三日，算來也有五天了。好不容易盼到西門慶來了，潘金蓮怎麼可能讓西門慶這樣呼呼大睡，如此輕易就放過他？於是潘金蓮開始去挑弄西門慶。弄了半天，一點生理反應也沒有。

（潘金蓮）因問西門慶：「和尚藥在那裡放著哩？」推了半日，推醒了。西門慶酩子裡（朦朧中）罵道：「怪小淫婦，只顧問怎的？你又教達達擺布你。你達今日懶待動彈，藥在我袖中金穿心盒兒內，你拿來吃了。有本事品弄的他起來，是你造化。」（第七十九回）

潘金蓮找出了胡僧藥，自己吃了一丸之後還剩三丸。當初胡僧交代過，一次只能吃一丸。可是慾火焚身的潘金蓮哪管得了那麼多，把三丸全用酒送到西門慶口裡去。酩酊大醉的酒意掩蓋了西門慶身體虛弱的事實。讀者都知道西門慶完蛋了，可是潘金蓮不知道，繼續色慾熏心地繼續扮演她催魂索命的角色。

佛教有段故事說美女誘惑佛，佛不為所動，因為他看到的是一堆屍體與枯骨。接下來這場銷魂的顛鸞倒鳳、翻雲覆雨的床事幾乎也透著一模一樣的味道，可惜西門慶看不到自己的屍體與枯骨。

床事的細節我就不抄了，有興趣（或性趣）的讀者自己找書讀。總之，故事發展到了最後：

婦人一連丟了兩次，西門慶只是不洩……令婦人把根下帶子（白綾帶子）去了，還發脹不已。令婦人用口吮之……（第七十九回）

情況不對，可是潘金蓮繼續硬幹。終於可怕的事情發生了。

……又勒勾約一頓飯時，那管口之精猛然一般冒將出來，猶水銀之瀉筒中相似。忙用口接嚥不及，只顧流將出來。初時還是精液，往後盡是血水出來，再無個收救。西門慶已昏迷去，四肢不收。婦人也慌了，急取紅棗與他吃下去。精盡繼之以血，血盡出其冷氣而已，良久方止。（第七十九回）

真是可怕的畫面。

3

隔天清晨，西門慶起來梳頭，一陣暈眩往前摔，幸好被春梅扶住才沒跌倒。吃了早餐，勉強又想在花園走走，春梅才扶著他走到花園門口，眼睛就已經開始發黑，全身搖搖晃晃。

西門慶病倒了。吳月娘開始追緝兇手。昨天西門慶睡在潘金蓮房裡，她首當其衝，吳月娘當然要先追問潘金蓮昨天和西門慶做了什麼事。

金蓮聽了，恨不的生出幾個口來，說一千個沒有：「姐姐，你沒的說。他那咱晚來了，醉的行禮兒也沒顧的，還問我要燒酒吃，叫我拏茶當酒與他吃，只說沒了酒，好好打發他睡了……倒只怕別處外邊有了事來，俺每（們）不知道。若說家裡，可是沒絲毫事兒。」（第七十九回）

吳月娘接著問玳安、琴童，昨天西門慶到哪裡喝酒去了。玳安說去店鋪裡和吳二舅、賁四喝酒。吳月娘不信，叫人把吳二舅找來。

吳二舅一來連忙撇清，說西門慶和他只喝了一會兒酒，就去別的地方了。吳月娘生氣地要打玳安、琴童，玳安沒辦法，只好把王六兒招出來。

一聽王六兒被招出來，潘金蓮立刻提醒吳月娘前天西門慶也是搞到三更半夜才回來，慫恿吳月娘繼續追查下去。玳安為了避免自己牽線的賁四嫂被咬出來，只好又把林太太也犧牲了（至少這件事和他沒關係）。

我看過一則四格連環漫畫。前二格分別是二個高大的小孩在棒球打擊區被三振出局。第三格是另一個弱小的小孩也被三振出局，比賽結束了。第四格畫面是所有的小孩——包括前二個被三振出局的——都怪罪第三個小孩害他們輸了比賽。西門慶家目前的情況和這則四格漫畫差不多。如果西門慶的一病不起算是共同謀殺的話，光是過年後，我在前文就至少列出了六、七個共犯（還不包括過年前的什麼鄭愛月、李桂姐……），吳月娘卻只抓到了王六兒和林太太，把所有的責任都推到她們身上。

（吳月娘）說道：「嗔道教我拿帖兒請他（林太太），我還說人生面不熟，他不肯來，怎知和他有連手（暗中勾結）。我說恁大年紀，描眉畫髩，搽的那臉倒像膩抹兒（油漆工具，用來填嵌木器的缺陷和平整表面）抹的一般，乾淨是個老浪貨！」（第七十九回）

這段絹兒的過程很可笑。我們看到西門慶已經病成這樣了，作者還有心情寫笑話——這樣的氛圍和寫李瓶兒生病時的悲情顯然完全不同。不難讀得出來，同樣是作者筆下創造的人物，蘭陵笑笑生對西門慶一點同情也沒有。

❖

來看看西門慶的病情。

一般人對於西門慶之死有個印象，覺得他是縱慾過度導致的。這個說法有深究的必要。依照任醫官的診斷，他說：

「老先生此貴恙乃虛火上炎，腎水下竭，不能既濟，此乃脫陽之症，須是補其陰虛，方才好得。」（第七十九回）

中醫所謂「脫陽」指的是：男子因性交陽氣嚴重耗失，造成虛脫傾向。這聽起來還是有點玄，換成西醫的說法應該是：性興奮超過限度，交感神經失去控制，引發心跳和呼吸驟然抑制，導致腦缺氧和腦貧血，最後喪失意識而死。「脫陽」——差不多就是一般人對西門慶死因的普遍印象。

不過光是這樣的理由，並不足以解釋西門慶之後出現的許多症狀，我們來看：

西門慶只望一兩日好些出來，誰知過了一夜，到次日內邊虛陽腫脹，不便遞發出紅瘰（音裸，皮膚發生紅色核塊）來，連腎囊（陰囊）都腫的明滴溜如茄子大。但溺尿，尿管中猶如刀子剌的一般，溺一遭，疼一遭……（第七十九回）

照說，脫陽是不會出現這些下部症狀的。

下一個提出診斷的是另一個醫生何春泉，他認為西門慶得的是「癃閉便毒」。所謂「癃閉」指的是小便不通利，「便毒」則是性病的意思。翻譯起來，這個診斷的意思是：「一種導致泌尿道感染、阻塞的性病。」這個診斷儘管比「脫陽」高明了些，不過在我看來，還是有問題的。

在過去，「癃閉」指的是淋病。淋病固然會造成尿道炎，以及這些小便疼痛、不通暢的問題，但「紅瘰（紅色皮膚腫塊）」卻是不至於出現的。更何況，隔天深夜，「那不便處腎囊脹破了，流了一灘鮮血。龜頭上又生出疳瘡來，留黃水不止。」又是疳瘡、又是紅瘰的，這樣的表現不像淋病，反而更接近「楊梅瘡」。

（「楊梅瘡」的西醫病名家喻戶曉——梅毒syphilis。）

我們先來看中醫對「楊梅瘡」的說法：

> 楊梅瘡，因為瘡的外形像楊梅而得名。本病因為在某時期有皮疹，因此又有梅瘡、疳瘡、廣瘡、便毒、橫玄和楊梅結毒的稱號……或先發下疳，或先患魚口，然後始生此瘡，先從下部見之，漸至遍身，大而且硬，濕而後爛，筋骨多疼，小便澀淋，此證最重。

這個描述，基本上，和西門慶身上出現的症狀是一致的。

也許有人要問，這麼明顯的疾病，為什麼整個清河地區的醫生沒人能說得出正確的診斷呢？這個問題牽涉到梅毒的流行病學。

根據學者的研究，梅毒這個疾病最早出現於美洲，是一四九二年哥倫布登陸美洲之後，水手們把梅毒帶回歐洲。水手轉戰各地港口的妓女，很快傳開來。到了西元一四九九年，梅毒已經橫掃整個歐洲。

至於中國，最早的梅毒紀錄則記載在一五四五年。

> 弘治末年（明孝宗，一四八八—一五〇五），民間患惡瘡，自廣東人始。吳人不識，呼為廣瘡，又以其形，謂之楊梅瘡。（俞辨《續醫說》）

換句話，十六世紀是中國人首次遭遇梅毒，對梅毒完全一知半解的黑暗時代。依據吳晗先生所考據《金瓶梅》的成書時間（一五八二—一六〇二年），就正好處在這段時間裡。我們從小說裡群醫對「梅毒」束手無策的情節，完全可以感受到彷徨無助的氛圍，嚴重程度一點也不下於今日的愛滋病。

事實上，梅毒從十六世紀初傳入中國，要到了十七世紀，在陳司成出版的《黴瘡秘錄》（一六三六年）中，才有比較系統的專論。儘管如此，那還只是對於這個疾病的發病過程的描述，徹底根治方法還要再等三百年後，盤尼西林被發現之後才會出現。

以龜頭冒出的下疳來看，西門慶得到的應是第一期梅毒。一般情況下梅毒進展很慢。通常菌體在第一期梅毒會受到人體免疫功能的壓抑，病灶自然癒合，但菌體仍然潛伏在人體，逐漸進展到更慢性的第二期、甚至是之後潛伏性或慢性的第三期梅毒。

事實上，就算患了梅毒，西門慶只要作息正常，得到充分調養，這樣的毛病是不至於猝死的。壞就壞在西門慶不知道自己得到的是梅毒，因此在元月初六病發後，西門慶仍然還房事不斷。勞累過度的結果，導致了身體免疫功能降低，梅毒螺旋菌有大量繁殖，等到人病倒時已經是元月十四日了。

西門慶病倒也就罷了，來的醫生還診斷不出真正的問題。不但沒診斷，藥還亂開一通，加上這段時間潘金蓮還和他繼續床事，引發了進一步泌尿道合併感染，造成了後來的敗血性休克、多重器官衰竭……

難怪西門慶最後連命都保不住。

有了診斷之後，我們再來追究一件事，那就是：

到底是誰把梅毒傳染給西門慶？

梅毒螺旋菌在進入人體之後，通常會有三、四週左右的潛伏期。以西門慶正月初六開始提到人不舒服的時間來計算的話，他感染梅毒的時間正確應該是在十二月上旬到中旬之間。

回頭翻《金瓶梅》，找出十二月上旬到中旬左右和西門慶發生關係的女人。我們會發現，在那段時間和西門慶上過床的女人——扣掉潘金蓮與孫雪娥不算（因為書上從頭到尾沒有出現過任何關於她們梅毒症狀的描寫），只剩下兩個女人了，那就是：夥計賁四的老婆賁四嫂，以及妓女鄭愛月。

書上說這個賁四嫂「原是奶子出身，與貴四私通，被拐出來。占為妻子。什麼不知道。」從這個角度看，賁四嫂擁有多重性伴侶，當然是可能的候選人之一。但賁四嫂和西門慶的貼身奴才玳安一直有私通的關係，如果她有梅毒的話，玳安應該也會得到梅毒才對。然而在往後的故事裡，我們並沒有看到這樣的記載，因此我們可以排除賁四嫂傳染給西門慶的可能。

排除掉賁四嫂之後，可能傳染梅毒給西門慶的女人只剩下妓女鄭愛月了。

（仔細一點的讀者也許會問，政和七年八月初、十一月初，西門慶都找過鄭愛月，那時候為什麼沒有感染？直到十二月這次才感染？根據文獻的統計，與早期梅毒感染者一次接觸，被感染的機會大約是三分之一。那時候，可能是鄭愛月身上已經有了梅毒，但西門慶還沒有被感染。

另一個可能是八月初、十一月初時，鄭愛月也還沒感染梅毒。她身上的梅毒也是在十一、二月間被客人感染的。）

清河（臨清）是個位於運河旁，充滿了南來北往生意人的商業城市。商業經濟昌盛的結果，梅毒螺旋菌也跟著流通。鄭愛月以清河地區王牌名妓的身分，正好首當其衝。因次，我們說是她把梅毒傳染給西門慶，用流行病學的觀點來看，應該是合理的推論才對。

可惜當時沒有這些關於梅毒的醫療常識，吳月娘才會只憑著西門慶的行蹤，就把責任推到王六兒、林太太身上（儘管她們也應負起一部分的責任），真正捅了西門慶最致命的一刀的鄭愛月反而逍遙法外。更諷刺的是，西門慶病重時鄭愛月來探病，吳月娘還款待酒饌，感謝地賞了她五錢銀子。

西門慶之死，固然是《金瓶梅》裡最重要的轉折關鍵，但這樣的故事，卻也見證了明朝中葉之後，梅毒在中國內地早期的流行與發展。儘管作者沒有記載在往後的《金瓶梅》裡，但做為讀者的我們卻一點也不難想像，在鄭愛月與西門慶之後，梅毒應該很快會在清河地區流行起來才對。

4

西門慶臨終前看見了花子虛和武大站在他的面前，向他要債。這樣的事情西門慶當然不肯告訴別人，可是心裡又覺得害怕，只教人廝守著他。

過去，西門慶和潘金蓮聯手用藥毒死了武大。現在，西門慶又被潘金蓮用藥物送上了鬼門關。讀者只要想想這兩者的關聯，不難明白作者其中的深意。

我們讀《金瓶梅》時看見作者對於傳統的禮教以及性禁忌多所挑釁，甚至不以為然，一副叛逆十足的模樣，可是到了最後的底線——關於正義與救贖這些更絕對的道德標準，作者還是相當堅持的。否則實在犯不著讓每個大主角臨死之前都來這麼一段自省。

接下來的場面很精采。

（西門慶）見月娘不在跟前，一手拉著潘金蓮，心中捨他不的，滿眼落淚，說道：「我的冤家，我死後你姐妹們好好守著我的靈，休要失散了。」

那金蓮亦悲不自勝，說道：「我的哥哥，只怕人不肯容我。」

西門慶道：「等他來，等我和他說。」（第七十九回）

西門慶捨不得潘金蓮，有幾個層次。第一個層次當然是世俗的、肉慾的層面。眼看就要跟這些性愛、嬉鬧告別了，潘金蓮是這個性感、肉慾的象徵，他捨不得。第二個更深刻的層次則在於：潘金蓮是少數能夠和他共享這些罪孽深重的秘密的人——這些秘密，不管如何，有人一起承擔總是比沒有好一點的。

不過，諷刺的是，手拉著手的潘金蓮和西門慶，兩個人擔心的事其實完全不同的。西門慶滿眼落淚，擔心的是來自看不見的世界裡天理良心的譴責；潘金蓮悲不自勝，擔心的卻是西門慶死後來自現世的報復。

總之，西門慶聽懂了。他把吳月娘找來。

不一時，吳月娘進來，見他二人哭的眼紅紅的，便道：「我的哥哥，你有甚話，對奴說幾句兒，也是我和你做夫妻一場。」

西門慶聽了，不覺哽咽，哭不出聲來，說道：「我覺自家好生不濟（沒用），有兩句遺言和你說。我死後，你若生下一男半女，你姐妹好好待著，一處居住，休要失散了，惹人家笑話。」指著金蓮說：「六兒（潘金蓮）從前的事，你耽待他罷。」說畢，那月娘不覺桃花臉上滾下珍珠來，放聲大哭，悲慟不止。（第七十九回）

西門慶所謂「從前的事」有點曖昧——可以是之前兩個人的爭吵，可以是她害死李瓶兒母子，可以是她害死宋蕙蓮，也可以是她害死武大……可以是很多不同的意思。我們看到吳月娘沒說什麼，只是落淚，放聲大哭。

比起西門慶有聲的曖昧，吳月娘無言的眼淚顯然更複雜。

這些眼淚的第一個層次當然是驚訝，吳月娘聽西門慶講這些話，第一次感受到西門慶真的快死了，心裡覺得難過。第二個層次則是覺得和西門慶在一起一輩子，臨死前西門慶還在擔心潘金蓮，而不是她，顯然最後她在西門慶心目中的分量還是輸給潘金蓮了。最後一個層次最複雜，淚水從吳月娘的桃花臉上滾落下來，她放聲大哭，悲慟不止。我猜，那樣的哭聲其實是一種委婉的拒絕，但又無法明說。吳月娘心裡很明白，要擔待潘金蓮，她做不到。

交代完這些之後，西門慶又把陳敬濟找來。時間不多，他還有遺言還沒有交代完。西門慶對陳敬濟交代的遺言，基本上是關於他的遺產的處理。這些遺言的重點是：

一、把緞子舖（五萬銀子本錢）、絨線舖（本錢六千五百兩）、紬絨舖（五千兩）裡的貨物都賣了，店舖收起來，對門店舖以及獅子街的店舖房子也都賣了。只留當舖（二萬兩）以及生藥舖（五千兩）繼續做生意。

二、外面欠的債務都收回來，不要再放貸了。

這些林林總總加起來，一共是九萬多兩銀子。再加上沒有估計在內的房地產以及其他珍寶、器物，西門慶起碼應有十幾萬兩的身價。

西門慶在彌留階段還能一口氣把他的資產負債表背出來，除了顯示出他的生意人本色之外，也說明了這時候他的腦筋還很清楚。這個遺囑看似簡單，但仔細想想，其實是經過深思熟慮的。

首先，西門慶考慮到他死了以後不再有官職撐腰，因此所有在外面的債務一旦有信用問題就麻煩了，因此要吳月娘趕快把放出去的債務全收回來。

再來，紡織品的生意必須靠著夥計遠到南方採購，加上競爭激烈以及關稅……不但複雜，還牽涉到員工的忠誠度、市場的敏銳度、與官府的關係等諸多變數。因此也要她都收起來。

（將來我們會見識到，西門慶這時交代的遺言是多麼充滿先見之明啊！）

問題是：這些事業都不做了，西門慶家那麼大一口子人生計如何維持呢？這些西門慶當然也深思熟慮過了。他把生藥舖與當舖留下。這樣的安排是有理由的。首先：資本足夠。再來，這兩項業務較為單純，不牽涉太多複雜的採購問題，以及對於市場的判斷。西門慶甚至還指定了陳敬濟與傅夥計這兩個他信得過的人（一個是女婿，一個是較老實的資深夥計，排除了賁四、韓道國這兩個不正經的人），繼續經營下去。

總之，從商業的角度來看，西門慶是前瞻、懂人性，又心思細膩的人。可是從女人的角度來說，他又是缺乏責任、原則與紀律的。蘭陵笑笑生創造出西門慶這麼矛盾、複雜，卻又如此真實豐富的角色，也算讓我們大開眼界了。

西門慶的病情一天比一天沉重。

過了兩日，月娘疾心只指望西門慶還好，誰知天數造定，三十三歲而去。到於正月二十一日五更時分，相火燒身，變出風來，聲若牛吼一般，喘息了半夜，挨到巳牌時分，嗚呼哀哉，斷氣身亡。（第七十九回）

西門慶死了，吳月娘才發現棺材沒有預備。急急忙忙開了箱子，拿出四錠元寶要吳二舅和賁四去買棺材。兩個人才走開，吳月娘就開始肚子痛，撲進房間裡才躺下來，就一陣暈眩昏了過去。慌得李嬌兒、孟玉樓連忙趕來問視。

李嬌兒一看吳月娘要臨盆了，趕忙叫孟玉樓找小廝去請產婆。

於是，幫西門慶穿衣服的穿衣服，找產婆的找產婆。一陣忙亂中，李嬌兒看見箱子打開，暗暗取了五錠元寶，偷偷拿了往屋裡走。李嬌兒從屋子裡回來時，正好碰見孟玉樓回來。她騙孟玉樓說：「找不到草紙，我去屋裡拿來了。」……

我們看到這個場面固然凌亂，但作者寫來卻是神閒氣定、層次分明。

不一時，蔡老娘（產婆）到了，登時生下一個孩兒來。這屋裡裝柳（裝綁。給死人穿衣服。）西門慶停當，口內才沒氣兒，合家大小放聲號哭起來。蔡老娘收裹孩兒，剪去臍帶，煎定心湯與月娘吃了，扶月娘暖炕上坐的。

月娘與了蔡老娘三兩銀子，蔡老娘嫌少，說道：「養那位哥兒賞我了多少，還與我多少便了。休說這位哥兒是大娘生養的。」

月娘道：「比不得當時，有當家的老爹在此，如今沒了老爹，將就收了罷。待洗三來，再與你一兩就是了。」

那蔡老娘道：「還賞我一套衣服兒罷。」拜謝去了。（第七十九回）

當初李瓶兒生官哥時，西門慶賞了蔡老娘五兩銀子。蔡老娘嫌三兩銀子少，覺得吳月娘是大老婆，應該賞得更多才對。我們可以想像這時如果西門慶還在，會是何等值得慶祝的大事啊。可是西門慶死了，吳月娘心裡的感受完全不同。

讀到這裡，還真讓人讚歎這段神來之筆。蘭陵笑笑生用「三兩銀子」就一針見血地把吳月娘的心情和情勢的氛圍發揮得淋漓盡致。

接下來小說寫著：

月娘甦醒過來，看見箱子大開著，便罵玉簫：「賊臭肉，我便昏了，你也昏了？箱子大開著，恁亂烘烘人走，就不說鎖鎖兒。」

玉簫道：「我只說娘鎖了箱子，就不曾看見。」於是取鎖來鎖。

玉樓見月娘多心，就不肯在他屋裡，走出對著金蓮說：「原來大姐姐恁樣的，死了漢子頭一

日，就防範起人來了。」殊不知李嬌兒已偷了五錠元寶在屋裡去了。（第七十九回）

顯然悲傷的氣氛都還來不及鋪陳，新的矛盾已經迫不及待要開展了。

5

接下來，是少不了的裝槨、法事、親友弔問、頭七、二七……

相對於李瓶兒過世時，喪禮從第六十二回到第六十五回洋洋灑灑橫跨四個章回篇幅的氣勢，第八十回裡西門慶的喪禮是有點窘迫寒酸的。關於西門慶的出殯，我們很難想像，這麼重要的角色的喪禮竟只用一段文字就敘述完了。

初九日念了三七經，月娘出了暗房（坐月子的房間），四七就沒曾念經。十二日，陳敬濟破了土回來。二十日早發引，也有許多冥器紙劄，送殯之人終不似李瓶兒那時稠密。臨棺材出門，也請了報恩寺朗僧官起棺，坐在轎上，捧的高高的，念了幾句偈文。念畢，陳敬濟摔破紙盆，棺材起身，合家大小孝眷放聲號哭。吳月娘坐魂轎，後面眾堂客上轎，都圍隨棺材走，逕出南門外五里原祖塋安厝。陳敬濟備了一匹尺頭，請雲指揮點了神主，陰陽徐先生下了葬。眾孝眷掩土畢。山頭祭桌可憐通不上幾家，只是吳大舅、喬大戶、何千戶、沈姨夫、韓姨夫與眾夥計五六處而已。吳道官還留下十二眾道童回靈，安於上房明間正寢。陰陽灑掃已畢，打發眾親戚出門，吳月娘等不免伴夫靈守孝。一日暖了墓回來，答應班上排軍節級各都告辭回衙門去了。（第八十回）

去年李瓶兒死時，西門慶財勢權勢正炙手可熱，逢迎拍捧之人自然爭先恐後，如今西門慶撒手而去，留下這個冷灶，大家全變得愛理不睬，說起還真是世態炎涼。不過這才只開始而已。

照說，以西門慶臨終前的財務規劃，西門慶的寡婦們廝守在一起，並且過著自給自足的生活應該是沒有問題的。不過西門慶屍骨未寒，「元寶事件」立刻就打破了這個「守望團結，永懷領袖」的美好想像。長期妻妾爭寵戰爭下來，早把妻妾之間的互信完全消耗殆盡。顯然每個人都在為這個突如其來的變局預作打算，各有各的心思。

我們就來看看吧。

李嬌兒

先看看李嬌兒的心思：

且說那日院中李家虔婆，聽見西門慶死了，鋪謀定計，備了一張祭桌，使了李桂卿、李桂姐坐轎子來，上紙弔問……李家桂卿、桂姐悄悄對李嬌兒說：「俺媽說，人已是死了，你我院中人守不的這樣的貞潔。自古千里長棚，沒個不散的筵席。教你手裡有東西，悄悄使李銘捎了家去防後……」那李嬌兒聽記在心。（第八十回）

李家妓院派了李銘來西門慶家，明為幫忙，實為暗中把李嬌兒的東西偷偷搬運出西門慶家。過去李嬌兒和吳二舅（吳月娘的二哥）偷情、現在又打得火熱，李嬌兒把東西往外拿，夥計看到了，也不敢阻止。

等到西門慶出殯後，李嬌兒能搬回妓院的東西也搬得差不多了。李桂卿、李桂姐又來催促她，跟她說：「你那裡（妓院）便圖出身（方便嫁人），你在這裡，守到老死也不怎麼。」接下來是一段足以驚動千古的勵志名言，她們說：「你我院中人家，**棄舊迎新為本、趨炎附勢為強**，不可錯過了時光。」

李嬌兒聽進了心裡。正好沒多久，她和吳二舅子私通的事情被孫雪娥發現，加上春梅也發現李嬌兒讓李銘把一些細瑣偷拿回妓院，李嬌兒明白，這個地方，她應該是混不下去了。李嬌兒於是就找了藉口，吵鬧叫嚷別人誣賴她、欺負她，又作勢要自殺，搞得吳月娘煩不勝煩，只好找來李虔婆，又付了幾十兩銀子，還許諾她帶走房中的衣服、首飾、箱籠、床帳、傢伙，終於讓她離開了。

潘金蓮

再來看看潘金蓮的心思：

原來陳敬濟自從西門慶死後，無一日不和潘金蓮兩個嘲戲，或在靈前溜眼，帳子後調笑。於是趕人散一亂，眾堂客都往後邊去了，小廝每（們）都收家活（傢伙），這金蓮趕眼錯捏了敬濟一把，說道：「我兒，你娘今日成就了你罷。趁大姐在後邊，咱就往你房裡去罷。」敬濟聽了，得不的一聲，先往屋裡開門去了。婦人黑影裡抽身鑽入他房內，更不答話，解開褲子，仰臥在炕上，雙鳧飛肩，教陳敬濟奸耍。（第八十回）

潘金蓮是個天生的權力動物。她會主動找上陳敬濟固然是空閨難耐，但另一方面，西門慶把財產帳目都交給陳敬濟——吳月娘又不管帳，潘金蓮看準了權勢必然往陳敬濟身上轉移，預先做的準備。

西門慶固然遺言交代要吳月娘擔待潘金蓮從前的事，但潘金蓮不相信吳月娘會擔待她——潘金蓮的直覺顯然是正確的。

要在西門慶家生存，她寧可信任自己的性魅力。

吳月娘

大家瞞著吳月娘許多事。很公平的，吳月娘也有她自己一肚子的恩怨情仇瞞著大家。

到二月初三日，西門慶二七，玉皇廟吳道官十六眾道士在家念經做法事……到晚夕，念經送亡。月娘吩咐把李瓶兒靈床連影擡出去，一把火燒了。將箱籠都搬到上房內堆放。奶子如意兒並迎春收在後邊答應，把綉春與了李嬌兒房內使喚。將李瓶兒那邊房門，一把鎖鎖了。（第八十回）

吳月娘就把李瓶兒的畫像連床都擡出去燒了，可見這個她心裡最在乎的積怨埋藏了多久啊！現在統統一把火燒掉，所有李瓶兒的奴婢、奶媽也統統分散，吳月娘總算快意暢然。不但如此，更重要的——最早李瓶兒把箱寶藏在吳月娘床底下，繞了一圈，現在終於又回到吳月娘床底下。

是啊，死了花子虛、死了官哥、死了李瓶兒，又死了西門慶之後，這些財產，現在總算完全屬於她了。

面對這個大變動，妻妾們人各有志。所謂人必自侮而後人侮之。妻妾尚且如此對待這個西門慶家，外人就更不用說了。

韓道國

被西門慶打發，拿了四千兩到江南去採買布料的韓道國、來保這時坐著船從揚州回來了。

一日到臨江閘上，這韓道國正在船頭站立，忽見街坊嚴四郎從上流坐船而來，往臨江接官去。看見韓道國，舉手說：「韓西橋，你家老爹從正月間沒了。」說畢，船行得快，就過去了。（第八十一回）

韓道國是聰明人。那時山東河南一帶正好乾旱，棉花缺貨，他瞞著來保西門慶過世的消息，先把船上的棉花賣了一千兩。他對來保說：「老爹見怪，都在我身上。」還要告訴來保：「你和胡秀（另一夥計）在船上等著納稅，我打旱路，同小郎王漢打著一千兩銀子，先去報老爹知道。」

韓道國回家和王六兒商量說：「咱留下些，把一半與他如何？」

韓道國已經夠狠了，沒想到王六兒更狠。她說：「呸，你這傻奴才料，這遭再休要傻了。如今他已是死了，這裡無人，咱和他有甚瓜葛？不爭（與其）你送與他一半，叫他招認道兒（被他囉嗦嗦）問你下落，倒不如一狠二狠，把他這一千兩，咱雇了頭口，拐了上東京，投奔咱孩兒（嫁翟管家的韓愛姐）那裡，愁咱親家太師爺府中安放不了你我？」

韓道國有點猶豫，嘀咕著：「爭奈我受大官人好處，怎好變心的？沒天理了。」

王六兒說（又是一句千古名言）：「自古有天理倒沒飯吃哩！」劈哩啪啦講了一堆她去弔唁，吳月娘怎麼不理她，跟她嘔氣的事。（吳月娘只認得王六兒和林太太是兇手，當然嘔氣。）一席話，果然說得韓道國下定了決心。

來保

韓道國帶著所有家當到東京投奔女兒，吳月娘聽見了風吹草動，派陳敬濟來找來保。來保聽見了，心想：「這天殺，原來連我也瞞了。嗔道（難怪）路上定要賣這一千兩銀子，乾淨（原來）要起毛心。正是人面咫尺，心隔千里。」

韓道國盜取公款，這已經很糟糕了，更誇張的是他們家的「首席僕人」來保聽到這個消息的反應：

乾脆再賣掉八百兩的貨物！

來保不但私吞這筆貨物，他還回到吳月娘面前，把一千八百兩的虧空都推到韓道國頭上去——反正韓道國是不可能再回來和他對帳了。

月娘道：「翟親家也虧咱家替他保親，莫不看些分上兒？」

來保道：「他家女兒（韓愛姐）見在他家（翟管家）得時（得時運），他敢（當然）只護他娘老子，莫不（難道）護咱不成？此話只好在家對我說罷了，外人知道，傳出去倒不好了。只當丟這幾兩銀子罷，更休提了。」（第八十一回）

過去西門慶在時，來保是不敢逾越的，現在他終於有機會開始表現。原來真要比賤的話，他一點也不輸給別人的。

剩下沒有被盜賣的貨物全被來保便宜出倉了。有一天來保喝醉酒，他甚至跑進吳月娘房中，問她：

「你老人家青春年少，沒了爹，你自家守著這點孩子兒，不害孤另麼？」

書上說吳月娘聽了，一聲沒言語。一個僕人在老闆死後對老闆娘說出這樣的話，他的居心大概可想而知了。

不久，翟管家被韓道國慫恿，寫信來要買西門慶家的家庭樂伎（玉簫、春梅、蘭香、迎春）。吳月娘拿不定主意，找了來保商量。來保繼續發揮他耍賤的本事，告訴月娘：

「你娘子人家，不知事，不與他去，就惹下禍了。這個都是過世老頭兒惹的，恰似賣富一般，但擺酒請人，就叫家樂出去，有個不傳出去的？何況韓夥計女兒又在府中答應老太太，有個不說的？」

過去西門慶在世時，來保都是以「爹」、「娘」稱呼西門慶和吳月娘，如今西門慶才過世沒多久，稱呼慢慢從「你老人家」，已經變成「你娘子人家」還有「過世老頭兒」了。這些變化儘管不留意時只是小事，但仔細想想，還真教人覺得驚心動魄。

依著來保的建議：「……你不與他，他裁派府縣差人坐名兒（指名）來要，不怕你不雙手兒奉與他，還是遲了。難說四個都與他，不如今日胡亂打發兩個與他，還做面皮。」

所謂的「打狗還看主人面」，吳月娘考慮到蘭香是孟玉樓的婢女、春梅是潘金蓮的婢女，於是叫來保送了玉簫、迎春去東京給翟管家。

（虧她還答應過李瓶兒要照顧她的丫頭！）

來保在路上姦耍了玉簫、迎春，見了韓道國還向他要人情（阻止吳月娘追究韓道國）。翟管家拿出二錠元寶賞來保，來保回家之後拿出一錠來（另外一錠當然是私吞了），告訴吳月娘說：「若不是我去，還不得他這錠元寶拏家來。」還說韓道國在那裡多麼被尊敬、如何享受富貴，言下之意當然是要吳月娘明白，幸好當初聽他的話，沒有去追究錢的事，否則就沒有現在這個親家了……

這一番話，聽得吳月娘「甚是知感他不盡。打發他酒饌吃了，與他銀子又不受，拏了一匹緞子與他妻惠祥做衣服穿，不在話下。」

過去西門慶依賴最多的是來保。由於為西門慶工作的緣故，來保掌握了買賣的通路和技巧。如今來保有了盜賣貨物賺來的錢，自己便偷偷摸摸地在外頭開設雜貨舖兒賺外快。有人告訴吳月娘這個消息，來保的老婆惠祥便在廚房裡罵大罵小，說別人故意造謠，還找人吵架、鬧上吊，加上來保沒事又來吳月娘房裡說話調戲……吳月娘「氣得沒入腳處，只得教他兩口子搬離了家門。」

所謂教他兩口子搬離了家門就是給僕人「自由」的意思。從此，來保更是大剌剌地和惠祥的兄弟開起布店來了。

來保的故事讀著讀著，教人真是想不嘆氣也難。唉……

結拜兄弟們……

西門慶過世了，平時吃吃喝喝的結拜兄弟再怎麼說也該有所表示吧。應伯爵把謝希大、花子由、祝實念、孫天化、常峙節、白賚光七人找來。

伯爵先開口說：「大官人沒了，今一七光景。你我相交一場，當時也曾吃過他的，也曾用過他的，也曾使過他的，也曾借過他的。今日他死了，莫非推不知道？……如今這等計較，你我各出一錢銀子，七人共湊上七錢，辦一桌祭禮，買一幅軸子，再求水先生作一篇祭文，擡了去大官人靈前祭奠祭奠，少不的還討了他七分銀子一條孝絹來，這個好不好？」

眾人都道：「哥說的是。」（第八十回）

應伯爵這句**「今日他死了，莫非推不知道」**真是把大家出錢時，心中的心不甘情不願說得淋漓盡致。平時他們在西門慶那裡吃吃喝喝，豈止十兩、百兩。如今兄弟們每個人出了一錢銀子，買了一些祭物。這就是全部的情意了。

西門慶死了，應伯爵的反應最快。

話說李嬌兒到家，應伯爵打聽得知，報與張二官知，就拏著五兩銀子來請他歇了一夜。原來張二官小西門慶一歲，屬兔的，三十二歲了。李嬌兒三十四歲，虔婆瞞了六歲，只說二十八歲，教伯爵瞞著。使了三百兩銀子，娶到家中，做了二房娘子。（第八十回）

應伯爵給張二官拉皮條，目的當然不僅僅是為了賺區區的仲介費。

當初李三、黃四介紹了一筆朝廷蓋宮苑（艮岳）需要的古器採購生意（高達一萬兩），西門慶花了十兩金子，透過宋御史拿到批文。現在西門慶死了，應伯爵、李三、黃四向徐內相借了五千兩銀子，又找張二官出了五千兩，接下了這筆採購案，準備大撈一筆油水。

此外，我們看到張二官還打點了千兩金銀，透過鄭皇親的人情，去向朱太尉要來提刑所西門慶遺留下來的這個缺。

對我們來說，這一切都似曾相識。

張二官開始買花園、張二官蓋房子。應伯爵每天都在張二官那裡，包圍著他，無所不用其極地拍馬逢迎、繼續發揮他絕世的幫閒本事。

（應伯爵）把西門慶家中大小之事，盡告訴與他。說：「他家中還有第五個娘子潘金蓮，排行六姐，生的上畫兒般標緻，詩詞歌賦，諸子百家，拆牌道字，雙陸象棋，無不通曉。又寫的一筆好字，彈的一手好琵琶。今年不上三十歲，比唱的還喬。」說的那張二官心中火動，巴不的就要了他。（第八十回）

不只應伯爵有飯吃，其他的兄弟也都得各自尋覓新的出路。於是，

祝實念、孫寡嘴依舊領著王三官兒，還來李家行走，與桂姐打熱，不在話下。（第八十回）

顯然過去那個曾經叫做西門慶的，現在變成張二官了。那些西門慶曾擁有的，都將慢慢換了主人，變成了張二官擁有的、王三官擁有的……一切都沒有什麼兩樣，只是主人換了不同的名字。

一再重複的結構讓我們驚心動魄地發現，西門慶最引以為傲的，不管是阿諛諂媚、屈體服侍，或者是情書、嬌嗔、床上的高潮……一切的一切，原來從來都不屬於他——他們只是屬於那個擁有錢的傢伙。至於那個傢伙是東門慶、西門慶、南門慶或是北門慶，他們是誰、會不會合毖，在乎的是什麼、喜歡的是什麼……其實是一點也不重要的。

很快，甚至沒有人記得西門慶曾經說過什麼、做過什麼。

西門慶之死，最可怕的不是西門慶這個傢伙死了，而是他從來沒有活過。

只剩下無生命的錢與權存活了下來。這是《金瓶梅》最讓人感到毛骨悚然的部分。

回到我們最開始的那個謎題。

紅梅、白梅、茉莉、辛夷，分別隱喻了什麼？

大家想到答案了嗎？好，我們來看看題解。

這次仍然用清代的《金瓶梅》專家張竹坡的看法，他認為：

一、辛夷是「新姨」的諧音，暗指在潘金蓮、李瓶兒之後，《金瓶梅》將有新的當家女主角

（姨）出現。

二、茉莉是「莫利、末利」的諧音，意指某個未知的厄運即將到來。

三、紅梅、白梅：則明白地指出這個最後女主角是龐春梅。

張竹坡認為：「此回安忱送梅花來，春梅將吐氣，諸人將散……」換句話，這四盆植物所暗示的應該是：厄運降臨西門慶家，主角們即將一一離散，而《金瓶梅》新登場唱主戲的女主角也將變成了春梅。

對照這一回的情節，我們發現這個預言正在一一應驗。厄運降臨了，西門慶過世了，諸人將散的氣氛正要開始。過去金瓶梅裡的大主角，包括李瓶兒、西門慶……紛紛離去。檯面上還撐著的大主角，只剩下潘金蓮了。

當然，最是無情是無常。

沒有什麼能夠阻止這場離散的大戲繼續進行下去。

重和元年

・潘金蓮和陳敬濟在佛堂偷情，被春梅撞見，不得不和陳敬濟也發生關係。

・秋菊發現潘金蓮和陳敬濟的姦情，七月第一次告發，八月十五第二次告發，直到第五次終於成功地讓吳月娘發現。

・十一月底，吳月娘為砍掉潘金蓮得力的助手，賣掉春梅，周守備將春梅買了回去當小妾。

宣和元年

・吳月娘趕走陳敬濟，潘金蓮被送到王婆家待價而沽，結果被一心復仇的武松買走，潘金蓮慘死武松刀下。

第十一章
末路狂花潘金蓮

1

潘金蓮的情節繼續發展下去，最令人注目的焦點，毫無意外的，是她和陳敬濟的不倫之戀。兩個人幽會的地點選在潘金蓮房屋的二樓。

在西門慶家，要找個既避人耳目、又環境宜人的幽會地點其實並不容易。根據我的觀察，合乎這樣條件的幽會地點只有兩處：一個是藏春塢的雪洞，另一個地方就是這裡。兩個地點不但遠離後邊吳月娘及其他家人，地點同時也相對隱蔽。雪洞是公共場所，人人可以自由出入，但要到潘金蓮住宅二樓得經過一樓。多一層關卡，自然多了一層安全的保障。真要比較起來的話，潘金蓮的住宅二樓顯然是最佳的幽會地點。

潘金蓮住宅二樓共有三間房間。中間是佛堂，兩邊分別堆放生藥、香料。除了來取貨的人以及潘金蓮的丫頭以外，平時人跡罕至。平時潘金蓮在佛堂燒香，陳敬濟拿著鑰匙要來樓上取貨做生意，兩個人遇上了，便在菩薩面前幽會。

（唉，什麼地方不好幽會！）

潘金蓮和陳敬濟選這個地點偷情，固然瞞得過外人，但自己的丫頭卻瞞不過。有天兩人正在幽會，春梅上樓拿茶葉，不小心撞見了。機伶的春梅連忙向後轉，沿樓梯往下走，假裝什麼都沒有看到。

慌的敬濟兜小衣不迭。婦人穿上裙子，忙叫春梅：「我的好姐姐，你上來，我和你說話。」那春梅於是走上樓來。

金蓮道：「我的好姐姐，你的姐夫不是別人，我今教你知道了罷，俺兩個情孚意合，拆散不開，你千萬休對人說，只放在你心裡。」

春梅便說：「好娘，說那裡話。奴伏侍娘這幾年，豈不知娘心腹，肯對人說？」（第八十二回）

春梅本來是潘金蓮的心腹，照說她這麼表白也夠了，可是潘金蓮就是疑心病重，不能這樣了事。

婦人道：「你若肯遮蓋俺們，趁你姐夫在這裡，你也過來和你姐夫睡一睡，我方信你。你若不肯，只是不可憐見俺每了！」

那春梅把臉羞得一紅一白，只得依他……（第八十二回）

《水滸傳》第十一回，林沖要上梁山加入綠林好漢時，王倫就要他去殺人，把人頭提回來，以證明落草為寇的決心——是所謂的「投名狀」。潘金蓮要春梅和陳敬濟睡一睡，一樣是「投名狀」的邏輯。《金瓶梅》裡寫的雖然是女性版的「投名狀」，但驚心動魄的程度一點也不輸給《水滸傳》的男性版。

解決了春梅之後，別忘了，潘金蓮還有另外一個丫頭——秋菊。過去，潘金蓮為了擾亂李瓶兒母女故意打奴婢，挨打的是秋菊；潘金蓮心情不好出氣打人，受害者也是她。不只這樣，在潘金蓮房裡，被鞋底板刮、被罰頂著石頭在大太陽下跪碎瓦片……統統都是秋菊。

對潘金蓮懷恨在心的秋菊平時只愁找不到方法報復潘金蓮，現在她發現了潘金蓮和陳敬濟的姦情，當然要去告發他們。

這個不起眼的秋菊展現了她偏執、堅持、硬拗的個性──在《金瓶梅》裡，她一共向吳月娘告發了老闆的姦情五次。儘管每次都付出慘痛的代價，秋菊卻不在乎。

（1）第一次

秋菊頭一次告發是七月。

為了瞞過秋菊，春梅先用酒把她灌醉，打發她睡著了，才讓陳敬濟偷偷摸摸過來潘金蓮這裡，不料天明時分秋菊迷迷糊糊出來屋外上廁所時看見了。秋菊把事情告訴小玉（月娘房裡的丫頭），請小玉轉告吳月娘，不過小玉和春梅是老交情，不但沒有轉告，反而回頭偷偷向春梅打小報告。這次上告的結果是秋菊挨了潘金蓮三十棍，被打得「殺豬也似叫」。

（2）第二次

八月十五中秋，潘金蓮和陳敬濟賞月飲酒，兩人貪睡睡過頭，又被秋菊看見了。秋菊不屈不撓，第二次又跑去吳月娘那裡告發。

這次吳月娘在主人房裡梳頭，小玉站在門口伺候。秋菊沒搞清楚上一次是小玉害的，劈哩啪啦又跟小玉講了一次陳敬濟怎樣怎樣、潘金蓮怎樣怎樣，要小玉轉告吳月娘，不想還是被小玉罵了一頓。

小玉罵：「張眼露睛奴才，又來葬送主子。俺奶奶梳頭哩，還不快走哩。」

月娘便問：「他說什麼？」

小玉不能隱諱，只說：「五娘（潘金蓮）使秋菊來請奶奶說話。」更不說出別的事。（第八十三回）

接下來的故事變得喜感十足。

潘金蓮找吳月娘當然是小玉不得已編出來的理由，但吳月娘聽說潘金蓮找她說話，不疑有他，便往前面花園走來。

最先發現吳月娘來了的人是春梅。她一見到吳月娘走過來，連忙衝進房間裡通報。潘金蓮和陳敬濟沒有想到吳月娘來了，嚇得連忙起床。潘金蓮把陳敬濟藏在床上，用棉被遮蓋得密不通風，還教春梅放小桌兒在床上，拿過珠花來穿珠花。

不一時，月娘到房中坐下，說：「六姐，你這咱還不見出門，只道你做甚，原來在屋裡穿珠花哩！」一面拿在手中觀看，誇道：「且是穿的好，正面芝蔴花，兩邊……且是好看，到明日，你也替我穿條箍兒戴。」婦人見月娘說好話兒，那心頭小鹿才不跳了。（第八十三回）

吳月娘坐下來聊了一會兒，沒看出什麼來，只好半信半疑地回去了。

虛驚一場的潘金蓮追究起來，又是秋菊惹的禍。可憐的秋菊，下場當然不難想像了。

為了避免不必要的困擾，吳月娘要西門大姐和陳敬濟搬到原來李嬌兒住的廂房（最裡面一層，斜對著吳月娘主人房），好就近監視。不但如此，一到晚上吳月娘吩咐各處門戶都上鎖，不准大家往外邊去，還規定陳敬濟拿衣物、藥材，必須和玳安一起出入。

吳月娘這樣的規定，當然使得陳敬濟和潘金蓮很難再見面。書上形容潘金蓮是：「脂粉懶勻，茶飯頓減，帶圍寬褪，懨懨瘦損，每日只是思睡，扶頭不起。」這樣過了一個多月，春梅看不下去了，決定趁著尼姑來家裡宣經時，偷偷跑去聯絡陳敬濟，要陳敬濟利用藥舖值夜時，溜來幽會。

（3）第三次

晚上陳敬濟果然來了。春梅關上角門，桌子擺上酒餚，開始喝酒。酒過三巡，潘金蓮找出西門慶的淫器包，倒出所有的淫器來。不但如此，還拿出當初西門慶從李瓶兒那裡得來的《春意二十四解本》，二女一男，依著圖譜，忘我地玩了起來。

不巧又被起來上廁所的秋菊發現了。

不死心的秋菊又展開了她的第三次上告。

這秋菊早晨又走來後邊，報與月娘知道，被月娘喝了一聲，罵道：

「賊葬弄主子的奴才！前日平空走來，輕事重報，說他主子窩藏陳姐夫在房裡，明睡到夜，夜睡到明，叫了我去。他主子正在床上放炕桌兒穿珠花兒，那有陳姐夫來？落後陳姐夫打前邊來，恁一個弄主子的奴才！……傳出去，知道的是你這奴才葬送主子。不知道的，只說西門慶平日要的人強多了（靠強占得來），人死了多少時兒，老婆們一個個都弄的七顛八倒。恰似我的這孩子，也有些甚根兒不正（來源不明）一般。」

於是要打秋菊。諕得秋菊往前邊疾走如飛，再不敢來後邊說了。婦人聽見月娘喝出秋菊，不信其事，心中越發放大胆了。（第八十三回）

吳月娘真的不相信秋菊說的事情嗎？事實恐怕並非如此。一個奴婢，再怎麼不喜歡自己的老闆，無中生有總不至於吧，況且以秋菊的智商，肯定是不可能編織出這許多謊言的。

吳月娘會裝出不相信的樣子，應該是有她的理由吧。

大家想，人家纏綿了一夜，秋菊這時候才來通報，證據早就消失無蹤了。這時把事情鬧大，無非只是打草驚蛇罷了。在沒有一槍斃命證據的情況下，不「作勢」打跑秋菊，吳月娘還能有什麼別的辦法嗎？

對吳月娘來說，潘金蓮和陳敬濟有沒有偷情顯然是毫無疑問的。重點是：怎麼樣才能讓潘金蓮一槍斃命呢？

2

接下來吳月娘出門去了一趟泰山，到岱岳廟給王母娘娘上香還願——說是當初西門慶生病時許下的心願，花了半個月。

（選這個時機離家，動機實在費人疑猜。）

這一路，發生了不少事，包括：吳月娘上香時碰到對她性騷擾的知州妻弟殷天錫（抵死不從，還連叫帶罵把人嚇跑）、回家途中還在岱岳東峰的雪澗洞遇到了普靜禪師，預約十五年後收孝哥徒弟，吳月娘隨口答應了人家……

這些我不想浪費太多筆墨。和家裡同時間發生的事比起來，吳月娘的這些事其實都不怎麼精采，因為：

潘金蓮懷孕了！

過去，為了生孩子，千方百計向薛姑子求了符藥衣胞，沒想到西門慶活著時沒成功，西門慶死後竟然糊里糊塗懷上了——潘金蓮還真是有苦難言。

肇事者陳敬濟求助胡太醫。胡太醫給了陳敬濟一帖「紅花」藥，讓他帶回去煎成湯給潘金蓮喝。喝了藥不久，孩子墮了下來。潘金蓮謊稱是月事來了，包在草紙裡讓秋菊拿了丟到糞坑裡去。

潘金蓮這樣做實在是很欠考慮的——過去那個時代是沒化糞池的，糞坑裡糞便最後還是要靠人工處理。稍微動點腦筋就知道，一個六月大的胎兒怎麼可能不被掏糞的工人發現呢？

潘金蓮這個謀殺經驗豐富的女人，這次是亂了方寸，還是怎麼了？

果然沒多久，工人在糞坑裡撈到了一個浮腫的死胎兒。所謂好事不出門，壞事傳千里，大家很快就知道，那是潘金蓮和陳敬濟的胎兒。

（4）第四次

潘金蓮的糗事鼓舞了秋菊。吳月娘從泰山才回來第二天，秋菊一早立刻展開了她的第四次的告狀。

（秋菊）走到上房（吳月娘房）門首，又被小玉噦罵在臉上，大耳刮子打在他臉上，罵道：「賊說舌的奴才，趁早與我走！俺奶奶遠路來家，身子不快活，還未起來。氣了他，倒值了多的。」罵得秋菊忍氣吞聲，喏喏而退。（第八十五回）

（5）第五次

儘管第四次告狀又被小玉阻擋了，但秋菊並不死心。

隔幾天，陳敬濟來拿衣服，和潘金蓮又在樓上「辦起事」來。秋菊再接再厲，第五次又上月娘那裡去告狀。

秋菊走到後邊，叫了月娘來看，說道：「奴婢兩番三次告大娘說，不信。娘不在，兩個在家明睡到夜，夜睡到明，偷出私孩子來。與春梅兩個都打成一家。今日兩人又在樓上幹歹事，不是奴婢說謊，娘快些瞧去。」

月娘急忙走到前邊，兩個正幹的好，還未下樓。

春梅在房中，忽然看見，連忙上樓去說：「不好了，大娘來了。」

兩人慌了手腳，沒處躲避。

敬濟只得拿衣服下樓往外走，被月娘撞見，喝罵了幾句，說：「小孩兒家沒記性，有要沒緊進來撞什麼？」

敬濟道：「鋪子內人等著，沒人尋衣裳。」

月娘道：「我那等吩咐你，都小廝進來取，如何又進來？寡婦房裡，做什麼？沒廉恥！」幾句

罵得敬濟往外金命水命，走投無命。（第八十五回）

這一次秋菊終於成功地讓吳月娘發現潘金蓮和陳敬濟的姦情。這是西門慶死後第一個最重要的劇情轉折——在這個轉折之後，西門慶的遺囑：「我死後，你姐妹們好好守著我的靈，休要失散了。」的願望顯然是確定破局了。

儘管潘金蓮極力否認跟陳敬濟有什麼，但她的否認聽起來一點說服力也沒有。吳月娘開始數落潘金蓮。

（吳月娘）說道：「六姐，今後再休這般沒廉恥。你我如今是寡婦，比不得有漢子，香噴噴在家裡。瓶兒罐兒有耳朵，有要沒緊，和這小廝纏什麼？教奴才們背地排說的磣死了……他（秋菊）在我跟前說了幾遍，我不信。今日親眼看見，說不的了。我今日說過，要你自家立志，替漢子爭氣。像我進香去，被強人逼勒，若是不正氣的，也來不到家了。」（第八十五回）

吳月娘這段話的意思是：寡婦偷漢子，沒廉恥。奴才在背後都說你們，不丟臉嗎？你們為什麼不能多跟我學學？

學什麼呢？當然是學吳月娘一樣在乎名節啊。

問題是，有了名節又如何呢？說得明白一點，從小被賣到王招宣家、張大戶家、被迫嫁給武大郎……潘金蓮早就沒有什麼名節可以在乎了。對潘金蓮來說，漢子活著時為了討他歡心贏得權力這她可以理解，可是現在漢子死了，替他守寡爭氣又為了什麼呢？

可以想見，這樣的道德勸告是不可能有任何效果的。

吳月娘和陳敬濟、潘金蓮就這樣繼續冷戰下去。

沒有人知道吳月娘在想什麼。

我們看見西門大姐和陳敬濟吵架、看見陳敬濟依然如故地透過薛嫂，替他送情書給潘金蓮。可是吳月娘仍然不動聲色。

沉默持續著。

沒多久，吳月娘終於出招了：她決定賣掉春梅！

（薛嫂）到月娘房中，月娘開口說：「那咱（當時）原是你手裡十六兩銀子買的，你如今拿十六兩銀子來就是了。」吩咐小玉：「你看著，到前邊收拾了，教他罄身兒出去，休要帶出衣裳去了。」（第八十五回）

吳月娘這樣的出招固然令人覺得意外，但其中的道理不難理解。畢竟家裡發生了這麼大的事，不做出一點懲處，是會被當成懦弱、姑息的。顧忌著陳敬濟是女婿，牽涉到西門大姐，不宜先動他，單獨趕走潘金蓮，又擔心反彈太大……想來想去，把春梅賣掉，砍掉潘金蓮得力的助手，是最具嚇阻力，副作用又最少的懲罰了。

那薛嫂兒到前邊，向婦人如此這般：「他大娘教我領春梅姐來了。對我說，他與你老人家通同作弊，偷養漢子。不管長短，只問我要原價。」

婦人聽說領賣春梅，就睜了眼，半日說不出話來，不覺滿眼落淚，叫道：「薛嫂兒，你看我娘

兒兩個沒漢子的，好苦也！今日他死了多少時兒，就打發我身邊人……」（第八十五回）

吳月娘有潘金蓮、春梅與陳敬濟通姦的證據，又手握春梅的賣身契，她做出這樣的決定，潘金蓮除了掉眼淚外，實在也無可奈何。不過春梅在西門慶家資歷不淺，吳月娘打發春梅出門時連一件體面的衣服、首飾也不讓她帶走，這就有點傷感情了。

薛嫂道：「春梅姐說，爹在日曾收用過他。」

婦人道：「……死鬼（西門慶）把他（春梅）當心肝肺腸兒一般看待，說一句聽十句，要一奉十，正經成房立紀老婆且打靠後。他要打那個小廝十棍兒，他爹不敢打五棍兒。」

薛嫂道：「可又來，大娘差了！爹收用的恁個出色姐兒，打發他，箱籠兒也不與，又不許帶一件衣服兒，只教罄身兒出去，鄰舍也不好看的。」（第八十五回）

說起來很殘酷，也很感傷。

不過強悍的春梅卻一點眼淚也沒有。她甚至還安慰潘金蓮：「娘，你哭怎麼的？奴去了，你耐心兒過，休要思慮壞了你。你思慮出病來，沒人知你疼熱。等奴出去，不與衣裳也罷。自古好男不吃分時飯，好女不穿嫁時衣。」

最後小玉看不過去了。她從箱子偷偷挑了兩套上色羅緞衣服鞋腳，以及自己頭上的兩根簪子，加上潘金蓮又送了自己的幾件釵梳、簪墜、戒指，總算才讓春梅不至於太難堪出門。小說的敘述就這樣在這些禮物中計較了半天，寫潘金蓮的不捨，寫春梅的堅強，更寫吳月娘的無情。

春梅當下拜辭婦人（潘金蓮）、小玉，灑淚而別。

臨出門，婦人還要他辭別月娘眾人，只見小玉搖手兒。這春梅跟定薛嫂，頭也不回，揚長決裂出大門去了。（第八十五回）

小玉搖手，表示吳月娘根本不想再見到春梅。小玉這個姿勢令人印象深刻。不久之後春梅和吳月娘將還會再見面，那時吳月娘可對春梅有所求了。不過這時吳月娘根本沒想到這些，春梅被趕出門的場面如此淒清，吳月娘事情也算是做得恩斷義絕了。

◈

除潘金蓮和小玉外，給春梅送別的還有陳敬濟。

他聽到春梅被帶到薛嫂那裡去，立刻跑去找她。陳敬濟給薛嫂塞了一兩銀子，又答應薛嫂把她在當舖典當的扣花枕頂還她，終於見到春梅。薛嫂買了酒菜，陪著喝了一會兒酒，很知趣地走開了，留下陳敬濟和春梅在房間裡。

離別前夕，陳敬濟和春梅當然又幹了那事——這是陳敬濟的男性版送別。

故事後續的發展有點柳暗花明又一村的味道。隔了沒幾天，周守備看中了春梅，把春梅買了回去當小妾。

那時是重和元年十一月底，離西門慶過世還不滿一年。春梅的命運就這樣，不知不覺中被徹底地改變了。

3

春梅被賣走之後，陳敬濟開始消極抵抗吳月娘的所有作為。他罵西門大姐出氣，說是：

「我在你家做女婿，不道的雌飯吃（還不至於白吃飯），吃傷了（吃多了討人厭）！你家收了我許多金銀箱籠，你是我老婆，不顧贍我，反說雌你家飯吃，我白吃你家飯來？」（第八十六回）

十一月二十七日孟玉樓過生日，生日壽宴當然沒陳敬濟的分。孟玉樓好心叫人拿了酒菜點心到前面鋪子裡給陳敬濟、傅夥計吃。陳敬濟喝醉了酒，又對著傅夥計發酒瘋，他說：

「……俺丈母聽信小人言語，罵我一篇是非。就算我合了人，人沒合了我？好不好我把這一屋子裡老婆都刮剌了，到官也只是後丈母通姦，論個不應罪名。如今我先把你家女兒休了，然後一紙狀子告到官。再不東京萬壽門進一本，你家見收著我家許多金銀箱籠，都是楊戩應沒官贓物。好不好把你這幾間業房子都抄沒了，老婆便當官辦賣……會事（懂事）的，把俺女婿收籠（收買籠絡）著，照舊看待，還是大家便益（方便）。」（第八十六回）

陳敬濟還威脅傅夥計說是萬一鬧翻了，將來告官，連傅夥計也要參一狀，嚇得傅夥計隔天一早就去跟吳月娘辭職。吳月娘自然是安撫傅夥計，要他留下安心做買賣。還對傅夥計說：

「有甚金銀財寶？也只是大姐幾件粧奩，隨身箱籠。」

吳月娘和陳敬濟兩造臺詞聽下來，我們有點迷糊了。箱籠裡面裝的到底是什麼？真的有楊戩應沒官的贓物嗎？到底是陳敬濟，還是吳月娘說謊？

回去翻《金瓶梅》第十七回的記載，我們發現，除了五百兩銀子外，陳敬濟還帶了許多箱籠細軟——書上雖沒說裡面裝什麼，但箱籠的確被吳月娘收到主人房裡去了。

除此之外，當初陳敬濟的父親陳洪曾寫了一封信給西門慶。關於箱籠這一段，信上是這樣寫的：

……生（我）一聞消息，舉家驚惶，無處可投，先打發小兒、令愛，隨身箱籠家活，暫借親家府上寄寓。生即上京，投在姐夫張世廉處，打聽示下。待事物寧帖之日，回家恩有重報，不敢有忘。誠恐縣中有甚聲色，生令小兒外具銀五百兩，相煩親家費心處料……（第十七回）

從這封信，我們看到：

第一：陳洪當初是匆匆忙忙離家，跑到東京去打聽消息的。在這樣的情況下，他似乎不可能隨身攜帶太多貴重的東西在身上。

第二：書信上寫得很清楚，五百兩是給西門慶打點用的，箱籠的東西統統是暫時寄放，將來要拿回來的。換句話說，五百兩銀子除了照顧陳敬濟外，還包括了打點官員、寄放箱籠的費用。

這封信一看，箱籠裡到底怎麼回事，不用說大概也猜得出個八、九分了。試想，如果不是比五百兩更貴重許多的東西，何必還需要五百兩的保管費呢？

推斷起來，說謊的應該是吳月娘才對。

敏感一點的讀者難免要問：吳月娘難道不怕陳敬濟翻臉去告官嗎？

陳敬濟當然可能去告官。但告官對陳敬濟一點好處也沒有。大家要知道，陳家在那次政治事件之後已經完全失勢了。現在陳敬濟工作、衣食全仰仗西門慶家的生意，整垮西門慶家，等於也把他自己未來的前途賠上了，何必呢？

更何況，真要弄到這種你死我活的地步，吳月娘一樣可以去舉發陳敬濟和潘金蓮的姦情——依照明朝律法，女婿和丈母娘通姦，兩個人都要判絞刑的。

（第七十六回，西門慶就講了衙門裡一個女婿和後丈母娘通姦的案子，統統被西門慶判了絞刑。作者在陳敬濟和潘金蓮被揭發的十個章回前就埋伏了這個故事，還真是用心良苦。）

局勢宛如兩個拿著槍互抵對方太陽穴的兩個人——吳月娘算準了陳敬濟根本沒那個膽量先開槍。

回到故事裡傅夥計辭職的場面。很明顯的，陳敬濟和吳月娘都想控制店長傅夥計——誰擁有了傅夥計的效忠，誰就控制了西門慶家最重要的現金來源。

我們看到書上說：「吳月娘把傅夥計安撫住了。」這表示，在這次的對抗中，吳月娘是大獲全勝的。

❖

一般人對於吳月娘都有種賢淑、善良，喜好佛法、恪遵道德的粗淺印象。不過在西門慶過世，經過這一連串的事件之後，我們開始對吳月娘有了完全不同的看法。

金瓶梅的超級粉絲張竹坡就認為吳月娘是《金瓶梅》裡最壞的女人。他羅列出吳月娘的罪證，洋洋灑灑：

夫凡寫月娘之偏寵金蓮（潘金蓮初嫁時專意巴結吳月娘），利（貪圖）瓶兒牆頭之財，夜香之權詐，掃雪之趨承（半夜故意掃雪燒香祈禱讓西門慶看到），處處引誘敬濟，全不防閒金蓮，置花園中金、瓶、梅於度外，一若別室之人，隨處奸險，引娼（李桂姐）為女，而冷落大姐（西門大姐是前妻生的），賣富貴而攀親（與喬大戶結親家），吃符藥而求子，瓶兒一死，即掠其財，金蓮合氣挾制其夫（靠著肚子裡的孩子和潘金蓮鬧意氣），總總罪惡，不可勝數……

「偏寵金蓮」、「引娼為女」（李桂姐），講的是吳月娘的識人不明。「利瓶兒牆頭之財」、「瓶兒一死即掠其財」講的是她的愛錢、貪財。「夜香之權詐，掃雪之趨承」、「吃符藥而求子」……講的是她的狡猾、心機。「冷落大姐」、「賣富貴而攀親」（官哥和喬大戶家女兒結親的事）是她的勢利，「全不防閒金蓮，置花園中金、瓶、梅於度外，一若別室之人，隨處奸險」……是她的放任，與「金蓮合氣，挾制其夫」是她的小氣，「宣卷念經」則是她的愚蠢、裝模作樣……在張竹坡的心目中，吳月娘還真是壞透了。這還沒完：

貯許多金粉於園庭，列無數孀居於後院，一旦遠行燒香，且自己又為未亡之人，乃遠奔走於數百里之外。以禮論之，即有夫之婦，往鄰左之尼菴僧舍，亦非婦人所宜，乃岳廟燒香。噫！月娘之罪，至此極矣。

張竹坡指控吳月娘去岳廟燒香「罪極矣」，主要來自二個部分。

首先，婦人出門燒香、掃墓，是明代女人可以公開展示自己的少數場合之一。這樣的舉動，如果是未出嫁的少女還有話說，可是吳月娘以一新寡的寡婦，單獨跑到數百里之外公開展示自己，於理說不過去。

（也難怪會受到性騷擾。）

再來，在秋菊接二連三告狀之後，還故意放任潘金蓮和陳敬濟的姦情發展、曝光——吳月娘「欲擒故縱」的心思恐怕遠比一般人的想像還要複雜許多的。

本來，如果吳月娘不是這麼有心機、這麼小氣，以西門慶身後的資源，妻妾們或許還能勉強維持相安無事的局面，但吳月娘種種氣度狹隘的做法，使得周遭的人產生一種兔死狐悲的警惕，紛紛為自己打算——連帶的，加速了西門慶家的傾頹、崩散——這應該是張竹坡為什麼會把吳月娘當成《金瓶梅》裡的第一惡人、罪人最重要的理由吧。

❖

經過傅夥計事件的較量之後，陳敬濟心裡再明白不過了：在他和潘金蓮的事情曝光之後，西門慶家不再有人願意相信他了。

不過，接下來陳敬濟的做法有點出乎意料。

一日，也是合當有事，印子鋪（當鋪）擠著一屋裡人贖討東西。只見奶子如意兒抱著孝哥兒，送了一壺茶來與傅夥計吃，放在桌上。

孝哥兒在奶子懷裡，哇哇的只管哭。這陳敬濟對著那些人，作耍當真說道：「我的哥哥，乖乖兒，你休哭了。」向眾人說：「這孩子倒像我養的（我的兒子），依我說話，教他休哭，他就不哭了。」

那些人就獃了。（第八十六回）

陳敬濟的行為動機淺顯易見：既然我沒有道德情操，那我也抹黑妳——大家彼此潑糞，總可以了吧？

以吳月娘的個性，聽到了這樣的事，應該會極力公開駁斥，甚至對陳敬濟曉以大義，讓他難堪才對。但結果卻不是這樣。

這月娘不聽便罷，聽了此言，正在鏡臺邊梳著頭，半日說不出話來，往前一撞，就昏倒在地，不省人事……慌了小玉，叫將家中大小，扶起月娘來炕上坐的。孫雪娥跳上炕，撅救了半日。舀薑湯灌下去，半日甦醒過來。月娘氣堵心胸，只是哽咽，哭不出聲來。（第八十六回）

吳月娘反應之大，完全出乎我們意料之外。

一般人讀到這段，直覺反應是反正吳月娘在乎的是名節，陳敬濟這樣說中傷她的名節，所以才會這麼生氣。

這樣的說法固然在邏輯上說得過去，不過細究起來，還是有問題的。

首先，往前撞到不省人事昏倒在地上是很嚴重的事，如果只是陳敬濟的無稽之談，有必要這麼情緒發作，把自己撞成這樣嗎？吳月娘的情緒到底是什麼？是生氣嗎？還是委屈？如果是這樣，為什麼只是哽咽，哭不出聲來？

如果陳敬濟說的不是事實，難道委屈無法言說的嗎？

更何況，陳敬濟說吳月娘奪了他家箱籠裡的珍寶，明明有的事吳月娘都能反駁說成沒有，也不過相隔幾天，陳敬濟說孝哥是「倒像他養的孩子」，為什麼連反駁的力氣，甚至最簡單的聲明或者是否認都沒有呢？

4

張竹坡在寫吳月娘的罪狀時，羅列出來許多罪狀。其中最令人觸目驚心的一條是：處處引誘敬濟。

吳月娘什麼時候引誘過陳敬濟呢？我們來看看。

《金瓶梅》第十八回，陳敬濟剛到西門慶家不久，西門慶讓他監督前邊花園施工時，書上記載了這麼一件小事。

月娘於是吩咐廚下，安排了一桌酒肴點心，午間請陳敬濟進來吃一頓飯。這陳敬濟撇了工程教賁四看管，逕到後邊參見月娘，作揖畢，旁邊坐下。小玉拿茶來吃了，安放桌兒，拿蔬菜按酒上來。月娘道：「姐夫每日管工辛苦，要請姐夫進來坐坐，白不得個閒。今日你爹不在家，無事，治了一杯水酒，權與姐夫酬勞。」敬濟道：「兒子蒙爹娘擡舉，有甚勞苦，這等費心！」月娘陪著他吃了一回酒。月娘使小玉：「請大姑娘來這裡坐。」……（第十八回）

明朝的禮教限制嚴格，通常男女是不同桌的。儘管丈母娘和女婿是親人，然而在西門慶和西門大姐不在場的情況下，見面說話還是要避諱的。

要知道，那時候吳月娘才為了在前廳天井跳繩，被為了李瓶兒的事怒氣沖沖走進門的西門慶罵「淫婦們閑的聲喚」，兩個人正鬧得不愉快。吳月娘刻意挑了老公不在的時間找陳敬濟單獨喝酒，還故意在喝完酒之後才讓人去把西門大姐請來，這樣的行徑實在非常違背常理。

不但如此，吃完了飯，吳月娘還約了西門大姐、陳敬濟一起去隔壁打牌。

月娘便道：「既是姐夫會看牌，何不進去咱同看一看？」

敬濟道：「娘和大姐看罷，兒子卻不當。」

月娘道：「姐夫至親間，怕怎的？」一面進入房中，只見孟玉樓正在床上鋪茜紅氈看牌，見敬濟進來，抽身就要走。月娘道：「姐夫又不是別人，見個禮兒罷。」向敬濟道：「這是你三娘哩。」那敬濟慌忙躬身作揖，玉樓還了萬福。當下玉樓、大姐三人同抹，敬濟在旁邊觀看。（第十八回）

我們注意到，孟玉樓一見到陳敬濟走進來，直截的反應就是抽身要走——這可說是當時禮教下最正常、一般的反應。可是吳月娘硬把陳敬濟介紹給她，弄得孟玉樓也只好恭敬不如從命。沒多久，潘金蓮也來了。牌局繼續打下去，氣氛愈來愈熱鬧。

有人也許會認為：吳月娘喜歡熱鬧，這沒有什麼大不了的。可是繼續看下去，我們發現沒多久玳安抱著西門慶的毡包進來，說是西門慶回來了。這時吳月娘的反應是：「連忙攛掇小玉送姐夫打角門出去了。」

事情明擺著，如果不是心裡有鬼，吳月娘怎麼會怕西門慶知道呢？

這樣的心情，連僕人夥計們也都看在眼裡，心知肚明。第四十三回寫月娘送了一桌剩菜、半罈酒給陳敬濟、傅夥計、賁四、玳安、來保等眾夥計、僕人吃。酒足飯飽，大家開始行酒令，眾人你一言我一語，就湊出了這樣的酒令：

> 堪笑元宵草物，人生歡樂有數。趁此月色燈光，咱且休要辜負。才約嬌兒不在，又學（聽從）大娘吩咐。雖然剩酒殘燈，也是春風一度。（第四十三回）

書上說眾人唸畢，呵呵笑了。這裡的呵呵笑實在非常曖昧。首先，元宵是陳敬濟房裡收用的丫頭。說她是草物：暗示了滋味實在不怎麼樣。嬌兒指的當然是李嬌兒。大娘則是吳月娘。如果約嬌兒不在，為什麼又要聽大娘的吩咐？吩咐什麼呢？又是剩酒殘燈，又是春風一度的……大家只要稍微想想，就不難理解這裡隱喻的到底是什麼。

這些蛛絲馬跡都指向一個事實，那就是：吳月娘應該是曾想過要引誘陳敬濟的。不但如此，事情明顯的程度到了連夥計、僕人們都心裡有數。

儘管陳敬濟和吳月娘兩個人有許多可疑的曖昧情愫，但不像陳敬濟與潘金蓮的關係，小說裡從來沒有白紙黑字地表示過兩個人發生過什麼事。

話又說回來，以《金瓶梅》的寫作風格，不明講的事情也不代表就沒有發生過。如果把吳、陳、潘的情事依照事件時間順序列出來，或許有機會在那個看不見的底層世界裡，重建出吳月娘和陳敬濟之間的關係可能的面貌。

政和五年

五月，陳敬濟來投奔西門慶。西門慶因政治事件開始冷落李瓶兒。

七月，吳月娘和西門慶因「淫婦」事件冷戰。

吳月娘請在花園監工的陳敬濟喝酒、和妻妾一起打牌，對陳敬濟發出曖昧的訊息。

八月，潘金蓮和陳敬濟發展不倫之戀，兩人在花園裡撲蝴蝶、親嘴。戀情愈來愈熱熾。

李瓶兒嫁入西門慶家，受到西門慶寵愛。

政和六年

元月，潘金蓮、孟玉樓等人和陳敬濟一起去看元宵燈，邀吳月娘、西門大姐一起去，被拒絕。

三月，吳月娘和眾妻妾在花園裡盪秋千。吳月娘要陳敬濟給李瓶兒、潘金蓮推秋千。

吳月娘受孕懷胎。

六月，李瓶兒分娩，官哥出生。潘金蓮和李瓶兒關係開始惡化。
八月，吳月娘流產。懷孕的過程西門慶不但不知道，胎兒流產，吳月娘也沒有告訴西門慶。
吳月娘開始請薛姑子幫她找胎盤藥。

政和七年

四月，吳月娘吃薛姑子的藥，和西門慶受孕，懷了孝哥。
潘金蓮也和陳敬濟在花園捲棚後面，發生了第一次的性關係。
八月，官哥過世。
十月，李瓶兒過世。此後吳月娘和潘金蓮關係嚴重惡化。
十一月，吳月娘與潘金蓮之間最嚴重的口角衝突爆發。吳月娘仗著肚子裡的孩子，在西門慶面前徹底壓制潘金蓮。

重和元年（隔年）

元月，西門慶過世，吳月娘分娩，孝哥出生。

這張時間表透露出許多有意思的事情。

首先，陳敬濟剛到西門慶家時（政和五年五月至七月間），正是吳月娘最春風得意的時刻。這時剛嫁進來的潘金蓮也對她必恭必敬，西門慶和李瓶兒鬧得不愉快、所有李瓶兒的箱籠和珍寶也藏在吳月娘床底下，加上和西門慶鬧情緒，這個時候的吳月娘會有心思去勾引陳敬濟，並不太難理解。

我相信，如果可以的話，吳月娘應該也樂於做個大姐大——同時擁有權勢、財富、男人，以及姐妹們的效忠。

然而在打牌事件之後，我們注意到了，潘金蓮似乎更吸引陳敬濟。到了八月，潘金蓮和陳敬濟的關係急速加溫，兩個人已經進展到親嘴的地步了——顯然潘金蓮和陳敬濟的關係有後來居上的趨勢。

書上沒有明寫吳月娘知不知道潘金蓮和陳敬濟的事，也沒有寫吳月娘的反應是什麼。但無論如何，絕對可以想像，吳月娘如果知道、或耳聞潘金蓮和陳敬濟的緋聞的話，心中感覺一定是不悅的。

正和六年正月元宵期間，孟玉樓、潘金蓮、李瓶兒等人提議要和陳敬濟一起逛街賞燈，邀請吳月娘同行，我們注意到吳月娘拒絕了。至於吳月娘拒絕的理由，根據去邀請的孟玉樓的回報是：

「大娘（吳月娘）因身上不方便，大姐（西門大姐）不自在，故不去了。教娘們走走，早些來家。」（第二十四回）

吳月娘所謂不方便、不自在的理由並沒有交代，聽起來很明顯就是藉口。不但如此，包括了李嬌兒、孫雪娥，所有舊人黨的成員見苗頭不對，也跟著說不去了。整個元宵賞燈的活動，變成了「新人黨」的聯歡晚會。雖然小說裡面的文字沒有明白寫出來，但把前後文連起來讀，吳月娘和西門大姐很明顯是有情緒的。

所以，她們是不是也聽到了一些關於潘金蓮和陳敬濟的流言？所以彼此的關係變得緊張了起來？

這個緊張關係，到了三月，當妻妾們在花園裡盪秋千時，出現了很重要的轉折：我們發現，吳月娘竟然主動讓陳敬濟給妻妾們推鞦韆。

給妻妾們推秋千少不了要在女人身體、臀部上下其手，這樣的事就算在我們的時代，女婿在丈母娘身上上下其手都覺得奇怪了，更何況是講究男女授受不親的明朝。何況內文描寫盪鞦韆的氣氛，更是一語雙關得令人臉紅心跳：

紅粉面對紅粉面，玉酥肩對玉酥肩。兩雙玉腕挽復挽，四隻金蓮顛倒顛。

（像不像床笫之間的性愛描寫？）

須注意，這又是一個西門慶、西門大姐都不在的場合。和打牌時一樣，吳月娘明明知道這樣做不恰當，卻又要陳敬濟這麼做，以吳月娘這麼重視「名節」的人，這樣做的動機絕不單純。

令人費解的是：明明元宵時還不屑和陳敬濟以及妻妾們一起出遊的，事隔兩個月，吳月娘又願意大方地在潘金蓮面前和大家一起和陳敬濟大玩充滿「性」暗示重重的遊戲，吳月娘到底在想什麼？又是什麼事情讓她有這麼大的轉變？

書上並沒有給我們太多的線索。

不過，同年八月吳月娘流產時胎兒已經五個月大了——往前推算的話，受孕的時間差不多就是三月這個時候。

有了這些背景，我們再想想陳敬濟說的那句話：「這個孩子倒像我養的。」我們開始有了不同的另類想法：

有沒有可能，陳敬濟和吳月娘曾經上過床？

（所以當陳敬濟說出那樣的話時，吳月娘才會有那麼劇烈的反應！）

別忘了，在三月時，吳月娘的對手李瓶兒已經懷胎七個月了。在久久無法從西門慶那裡受孕的情況下，吳月娘有沒有可能主動勾引陳敬濟上床，好懷胎受孕，假裝也生了西門慶的孩子，好和李瓶兒別一別苗頭呢？

果真如此的話，八月吳月娘流產的那個孩子有沒有可能是陳敬濟的？

雖然這只是個大膽的猜測，但這個猜測如果是真的，那麼吳月娘願意讓陳敬濟和所有的妻妾大玩「盪秋千」就說得通了。感覺上，似乎又是一個女性投名狀的翻版──吳月娘為陳敬濟做「背德」的事，以交換陳敬濟為她做「背德」的事。

在這樣的推論下，包括了盪秋千時吳月娘的改變，以及後來陳敬濟對潘金蓮的大膽妄為，為什麼吳月娘這次懷孕如此低調，甚至在八月份流產之後也不告訴西門慶……都有了一些比較合理的情緒依據。

當然，這樣的推論也很有可能只是我們自作多情，過度解讀。但做為一個讀者，我們何妨從一個故事只有一個可能的思考邏輯跳脫出來。

你可以把吳月娘八月流產的那個孩子當成就是西門慶的孩子，當然也可以像我剛剛的推論，把它當成陳敬濟的骨肉──只要你的推論不違背《金瓶梅》的文本邏輯，在我看來，實在沒有什麼不可以的。

從另一個角度來想，這可能也是閱讀像《金瓶梅》這樣一本四百多年前的舊書最精采、也是最吸引人的地方了。儘管蘭陵笑笑生只寫了一種金瓶梅，但作者在字裡行間保留了很大的想像空間，讓讀者自己可以有許多不同的推論和解讀。

當我們用這樣的觀點閱讀《金瓶梅》時，你會發現，原來讀者也可以主動詮釋、主動創造閱讀樂趣的。當讀者賦予故事一個新的詮釋時，小說就有了一個新的觀點。從某個角度來說，文本是死的，但世世代代的讀者以及他們對於《金瓶梅》的詮釋卻是活的。藉著這樣的詮釋，讀者和作者共同為《金瓶梅》不斷地創造出新的文本與生命。

或許這正是這本古典小說能夠存活這麼幾百年最重要的秘密。

接續剛剛的推論，下一個有趣的問題將會是：

在西門慶過世之後出生的孝哥呢，他是不是西門慶的孩子呢？

依照金瓶梅第五十三回的內容，這個問題的標準答案應該是：是的。孝哥是西門慶的孩子。

我們先來看看這段內文。

西門慶進了房，月娘就教小玉整設餚饌，燙酒上來，兩人促膝而坐。西門慶道：「我昨夜有了杯酒，你便不肯留我，又假推什麼身子不好，這咱搗鬼！」

（其實是算了排卵時間，等著今夜受孕。）

月娘道：「這不是搗鬼，果然有些不好。難道夫妻之間恁地疑心？」

西門慶吃了十數杯酒，又吃了些鮮魚鴨臘，便不吃了，月娘交收過了。小玉薰的被窩香噴噴的，兩個洗澡已畢，脫衣上床。枕上紬繆，被中繾綣，言不可盡。這也是吳月娘該有喜事，恰遇月經轉，兩下似水如魚，便得了子了。（第五十三回）

這樣的答案儘管白紙黑字，但也有人不贊成。為什麼呢？

因為金瓶梅目前流傳的版本已經不是作者最初的原版了。由於缺漏、失傳的緣故，我們目前讀到的版本（崇禎本），從第五十三回到第五十七回，並非蘭陵笑笑生的原稿，而是後來的文人、出版商補寫上去的。

這也就是說，文本固然提供了我們標準答案，但這個標準答案是否就是蘭陵笑笑生最初的原意，那可就不得而知了。

（很有可能在蘭陵笑笑生的原稿中，這個部分也是開放的——就像吳月娘第一個流產的胎兒一樣。但如補寫的人程度不夠，誤解蘭陵笑笑生的意思，錯過了這個最隱晦的部分，直接把孝哥當成了西門慶的兒子，也不是沒有可能的。）

撇開這個部分不談，暫且把文本的答案當成標準答案（孝哥是西門慶的兒子）的話，吳月娘這兩次懷孕，一共有兩種可能：

（一）兩次懷孕，都是西門慶的孩子。

這樣的可能是最傳統，也是最無趣的解讀。對於吳月娘聽到陳敬濟說孝哥倒像是他養的孩子之後的撞牆的反應也最難理解。

（二）第一次懷孕是陳敬濟的孩子，但第二次則是西門慶的孩子。

政和七年四月，吳月娘決定轉而求助薛姑子，向她要符藥衣胞來助孕，靠著這些藥物，吳月娘懷了西門慶的孩子。

有了這兩個推論，我們重新再想想陳敬濟說過的那句話：「這個孩子倒像我養的。」吳月娘聽到之後的反應，以及陳敬濟對傅夥計抱怨的：「俺丈母聽信小人言語，罵我一篇是非。就算我合了人，人沒合了我？好不好我把這一屋子裡老婆都刮剌了，到官也只是後丈母通姦……」這些話語，顯然比原來初聽到時，多出了許多意味深遠的感覺來了。

5

接下來，孫雪娥給吳月娘的建議是：

「如今一不做，二不休，大姐已是嫁出女，如同賣出田一般，咱顧不的他這許多……只顧教那小廝在家裡做什麼？明日哄撰進後邊，下老實打與他一頓，即時趕離門，教他家去。然後叫將王媽媽來，把那淫婦（潘金蓮）教他領了去變賣嫁人，如同狗屎臭尿掠將出去，一天事都沒了。平空留著他在家裡做什麼，到明日，沒的把咱們也扯下水去了。」（第八十六回）

孫雪娥最後一句話最嚴重——沒的把咱們也扯下水去了。這話幾乎一語道中吳月娘的心事了。扯下水也就算了，更可怕的是：沒的連手上這份財產也被他奪了，那才冤枉呢。

從吳月娘的角度來看，如果少了孝哥，在明朝那個以男性為主的社會裡，這個家要存活下去還真的是非陳敬濟不可——自然，西門慶所有的財產將來只怕也要落到陳敬濟手上了。但現在吳月娘有了孝哥，事情完全不同了。陳敬濟如果願意像西門慶還在時乖乖地做個女婿，或許看著西門大姐的面子，吳月娘未嘗不能把他留下來。但現在陳敬濟開始扯出「這個孩子倒像我養的。」這些事關財產繼承權的事情來，為免夜長夢多，趕人恐怕是唯一的辦法了。

到次日飯時已後，月娘埋伏了丫鬟媳婦七八個人，各拏短棍棒槌，使小廝來安兒請進陳敬濟來後邊，只推說話。把儀門關了，教他當面跪下，問他：「你知罪麼？」那陳敬濟也不跪，轉把臉兒高揚，佯佯不睬。月娘大怒，於是率領雪娥並來興兒媳婦、來昭妻一丈青、中秋兒、小玉、綉春眾婦人，七手八腳按在地下，拏棒搥短棍打了一頓。西門大姐走過一邊，也不來救。打的這小夥兒急了，把褲子脫了，露出直豎一條棍來，諕的眾婦人看見，都丟下棍棒亂跑了。（第八十六回）

還真是無賴招數。

月娘又是那惱，又是那笑，口裡罵道：「好個沒根基的王八羔子！」敬濟口中不言，心中暗道：「若不是我這個法兒，怎得脫身？」於是扒起來，一手兜著褲子，往前走了。月娘隨令小廝跟隨，教他算帳，交與傅夥計。敬濟自知也立腳不定，一面收拾衣服鋪蓋，也不作辭，使性兒一直出離西門慶家，逕往他母舅張團練家他舊房子自住去了。（第八十六回）

趕走陳敬濟之後，吳月娘又找來了原來給西門慶和潘金蓮牽線的王婆，把潘金蓮領了出去，準備發賣。

一天之內，吳月娘就把這些事全做完了。

潘金蓮被打發出門時，吳月娘給了她兩個箱子、一個有抽屜的桌子、四套衣服、幾件釵梳簪環、一床被褥、還有幾雙鞋子。除了這些外，孟玉樓還悄悄送她一對金碗簪子、一套翠藍緞襖、紅裙子。小玉給了她兩根金頭簪兒。這就是潘金蓮全部的財產了。

看著潘金蓮寒酸的這份財產清單，我倒有幾分同情起潘金蓮來了。

潘金蓮這輩子固然處處與人爭鬥，甚至做出許多傷天害理的事。然而，追究起來，潘金蓮會這麼好勝爭強，或許只是來自她的自卑。

《金瓶梅》在第七十八回寫了一段小插曲，最能看出潘金蓮這樣的心態。故事的情節是潘姥姥坐轎子來參加潘金蓮的生日壽宴，沒有錢給轎夫，小玉來找潘金蓮要六分錢，潘金蓮硬是不給。

金蓮道：「我那得銀子？來人家來，怎不帶轎子錢兒？走！」一面走到後邊，見了他娘，只顧不與他轎子錢，只說沒有。

月娘道：「你與姥姥一錢銀子，寫帳就是了。」

金蓮道：「我是不惹他（西門慶），他的銀子都有數兒，只教我買東西，沒教我打發轎子錢。」坐了一回，大眼看小眼，外邊擡轎的催著要去。玉樓見不是事，向袖中拿出一錢銀子來，打發擡轎的去了。（第七十八回）

明朝六分錢也才相當新臺幣二百元左右，潘金蓮區區二百元的轎子錢都不肯替媽媽出，連吳月娘都看不下去，要潘金蓮報公帳，可是她還不肯報公帳。幸虧最後孟玉樓墊了錢解決這事。潘金蓮不出錢就算了，事後還要罵潘姥姥。

潘姥姥歸到前邊他女兒房內來，被金蓮盡力數落了一頓，說道：「你沒轎子錢，誰教你來？恁出醜刮劃的，教人家小看！……今後你看，有轎子錢便來他家來，沒轎子錢別要來。料他家也沒少你這個窮親戚……」幾句說的潘姥姥嗚嗚咽咽哭起來。（第七十八回）

不明就裡的人一定會以為潘金蓮小氣、不孝順。事實上，這樣的看法有失公允。春梅後來跟潘姥姥說了一段話，有助於我們更進一步了解潘金蓮。

春梅道：「姥姥，罷，你老人家只知其一，不知其二。俺娘是爭強不伏弱的性兒。比不的六娘（李瓶兒），銀錢自有，他本等手裡沒有。你只說他不與你，別人不知道，我知道。想俺爹雖是有的銀子放在屋裡，俺娘正眼兒也不看他的。若遇著買花兒東西，明公正義問他要，不恁瞞瞞藏藏的，教人小看了他。（往後）怎麼張著嘴兒說人？他沒本錢，姥姥怪他，就虧了他了。莫不（不是）我護他，也是個公道。」（第七十八回）

春梅的話，讓我們理解到一件事：原來跟了西門慶這麼多年，除了穿的、用的外，潘金蓮手頭上是沒有餘錢的。

儘管潘金蓮活活地鬥死了李瓶兒，可是，死去的李瓶兒有些觀念是活著的潘金蓮沒有學到的。事實上，如果潘金蓮當初也處心積慮從西門慶那裡挖些錢，像李瓶兒那樣累積個幾千兩（甚至幾萬兩銀子），吳月娘哪有辦法把潘金蓮賣掉呢？就算要賣，光是看著潘金蓮的財產和美色，爭先恐後想要娶她的人應該也不在少數吧？

可惜一種扭曲的「心理防衛機制」讓潘金蓮根本不想累積金錢，就像春梅說的：「俺爹雖是有的銀子放在屋裡，俺娘正眼兒也不看他的。」——裝出不需要、也不在乎錢的模樣恐怕是唯一不讓別人瞧不起自己窮唯一的辦法了。這也正是為什麼當潘姥姥沒錢給轎夫，公開地讓大家看到潘金蓮家沒錢時，潘金蓮會那麼不高興的理由。對潘金蓮來說，潘姥姥所代表的，正是她這一生自卑的源頭。

我們甚至可以說，潘金蓮的一生爭強好勝，甚至不擇手段，都跟她的出身以及內心深處這個「不想讓別人小看了她」的自卑情結有關。為了突顯潘金蓮的不在乎錢，她一生和別人爭的都是在情感上、意氣上的「贏」。或許正因為這樣，和故事裡其他沉淪追逐金錢、物質慾望的角色比較之下，潘金蓮追求愛慾、情慾，卻不在乎金錢、物慾的性格，顯得那麼的獨特而迷人。

潘金蓮的壞，與其說是源於她的自甘墮落，還不如說是源於她對命運的不甘心。也許在那個封建社會裡，她不該用最極端的手段去追求做為一個女人應有的權利——不管是對自由、愛情、甚至是性的渴望。但不用這樣的手段，她就只能默默地承受那樣的不公平。

隨著故事漸漸走到盡頭，某種在《水滸傳》裡的那種復仇的正義與快感不見了。取而代之的是一個悲劇的氛圍——或者說得更精確一點，更接近悲劇英雄的蒼涼氛圍。無疑的，蘭陵笑笑生對於潘金蓮的同情是遠高出施耐庵許多的。儘管《水滸傳》裡的潘金蓮到了《金瓶梅》裡仍然還是壞女人，但蘭陵笑笑生還是給了潘金蓮更多的血肉，以及更多她一步一步變成「壞女人」的理由。

於是，潘金蓮就這樣用著最極端的方法，抵抗自己的貧窮、出身，理直氣壯地追求她想要的，並且一步一步走向她最後一刻的命運。

6

潘金蓮被送到王婆家待價而沽，有興趣的買家不少。最有興趣的當然是陳敬濟。根據陳敬濟對潘金蓮的說法，他的計畫是這樣的：

「我如今要把他家女兒（西門大姐）休了，問他要我家先前寄放金銀箱籠。他若不與我，我東京萬壽門一本一狀進下來，那時他（吳月娘）雙手奉與我還是遲了。我暗地裡假名托姓，一頂轎子娶到你家去，咱兩個永遠團圓，做上個夫妻，有何不可。」（第八十六回）

陳敬濟打算把西門大姐休了，如此一來，他和潘金蓮沒有丈母娘女婿關係，兩個人結婚也就不觸犯明朝的法律了——這個說法起碼證明陳敬濟是好好想過這件事的。

不過現在問題來了，儘管當初吳月娘跟王婆說的是：「如今隨你聘嫁，多少兒交得來，我替他爹念個經兒，也是一場勾當。」但是王婆見有機可乘，獅子大開口，要價一百兩，另外還要額外的十兩仲介費。

陳敬濟開價五、六十兩。王婆不肯讓價，表示：湖州布商何官人出了七十兩，張二官（人家現在可是頂了西門慶的缺，當了提刑院副主管）出了八十兩要買潘金蓮她都不肯了，哪有讓陳敬濟討價還價的道理？說完還扠手走出街上，大聲吆喝：

「誰女婿要娶丈母，還來老娘屋裡放屁！」

說得陳敬濟連忙答應一百兩。並且表示明日立刻動身去東京找父親陳洪拿錢，希望王婆等他。儘管王婆聽了半信半疑，但無論如何，一百兩是個破紀錄的歷史天價。於是潘金蓮催促陳敬濟：「上緊取去。只恐來遲了，別人娶了奴去，就不是你的人了。」

說起來，如果吳月娘不是把潘金蓮交給王婆這個貪得無厭的女人，王婆不是開出一個這麼高的價錢，或許陳敬濟早就把潘金蓮娶回家了。但命運就是如此捉弄人。這是潘金蓮步上這條悲劇的不歸路的第一步。

接下來，第二個有能力把潘金蓮從苦難中救出來的買家出現了。這個買家正是當初買了春梅回家當小妾的人——周守備。

原來周守備娶了春梅之後，寵愛有加，不但給春梅房間、婢女，還立了春梅做第二房妾。周守備的大老婆一目失明，常年吃齋唸佛不管閒事，春梅掌管著家裡各處鑰匙，名義上是二老婆，但實際上卻大權在握。

春梅聽見了潘金蓮被吳月娘打發出來，便慫恿周守備把潘金蓮買來。她在周守備面前稱讚潘金蓮多漂亮、音樂造詣高，多聰明伶俐，還表示：

「他（潘金蓮）若來，奴情願做第三也罷！」

春梅把潘金蓮形容得這麼美好，又這麼有情有義甘居老三，周守備當然沒有不順水推舟，大享齊人之福的道理。

周守備派出了親隨李安、張勝（張勝就是當初西門慶教唆去打蔣竹山的流氓，西門慶介紹他來周守備這裡當差做為回報，看起來目前混得還不錯。）去找王婆談價錢。

王婆開口一百兩，兩個人從八十兩談呀談的，談到了八十五兩，王婆還是不肯讓價，堅持非得一百兩不行。

（廢話，你們不願意出一百兩，有人願意。）

兩個人沒辦法，只好拿了銀子回來覆命。

這樣的答案春梅當然不滿意，於是又哭哭啼啼向周守備撒嬌：

「好歹再添幾兩銀子娶了來，和奴做伴兒，死也甘心。」

老實說，以周守備的財力實在不差這十五兩銀子。然而底下做事的人卻不這樣想，他們覺得非得買得夠便宜才足以彰顯自己辦事的能力。於是李安、張勝兩個人就這樣在王婆、周守備兩處來來去去，不斷地討價還價，最後談到了九十兩銀子，還是無法成交。周守備不耐煩了，他說：「明日兌與他一百兩，拿轎子擡了來罷。」

本來事情談到這裡也該銀貨兩訖了，沒想到大管家周忠跑出來插了一句話說：

「爺就與了一百兩，王婆還要五兩媒人錢。且丟他兩日。他若張致，拏到府中拶與他一頓拶子，他才怕。」

眼看事情就要圓滿落幕了，卻又這樣拖延了兩天，只能說是造化弄人。這是潘金蓮在這條悲劇的不歸路踏出的第二步。

第三個出現的買家有點出乎意料，這個人是——武松。

武松自從誤殺了人，被判刑流派孟州充軍之後，便失去消息。他經歷了一些事，碰到貴人相挺，然後是太子登基天下大赦。於是武松又回到了清河縣，仍然在縣府擔任都頭。他聽說潘金蓮等著發賣嫁人，立刻帶著銀子上門來了。表示願意拿出一百零五兩娶潘金蓮回家，順便照顧武大留下來的迎兒。

過去，武松之所以會被流放，就是因為要替武大報仇，把李外傳認成西門慶，才會錯殺了人。這次武松回來，沒頭沒腦的忽然說要娶潘金蓮，事情當然非常蹊蹺。照說王婆也是參與謀害武大的兇手之一，對於武松應該不至於這麼沒有戒心才對。可是壞就壞在王婆太貪財了。

那婦人（潘金蓮）在簾內，聽見武松言語，要娶他看管迎兒，又見武松在外出落得長大，身材胖了，比昔時又會說話兒，舊心不改。心下暗道：「我這段姻緣，還落在他手裡。」就等不得王婆叫他，自己出來，向武松道了萬福，說道：「既是叔叔還要奴家去看管迎兒，招女婿成家，可知好哩。」（第八十七回）

我們看到潘金蓮的反應更愚蠢，一看到身強力壯的武松，完全失去了最基本的判斷力。或許就某個程度而言，武松算得上是潘金蓮的初戀吧，潘金蓮才會一見到武松，立刻恢復了從前她主動勾引武松時那種天真和一廂情願。

事實上，潘金蓮只要多出那麼一點點疑慮，接下來的悲劇或許就可以避免了。可是潘金蓮卻喜孜孜為自己迫不及待地踏出了這條悲劇不歸路的最後一步。

婦人道：「既要娶奴家，叔叔上緊些。」

武松便道：「明日就來兌銀子，晚夕請嫂嫂過去。」（第八十七回）

於是，一樁喜事就這麼談定了。隔天，武松真的拿了銀子來了（連仲介費一共一百零五兩）。王婆收了銀子之後，對吳月娘謊稱只賣了二十兩銀子，暗槓了八十五兩銀子。吳月娘收銀子時問王婆買家是誰，王婆說是武松時，書上形容吳月娘的反應是「暗中跌腳」。這個反應有驚訝、歎息的意思，顯然吳月娘已經預見了悲劇即將發生。她告訴孟玉樓說：「往後死在他小叔子手裡罷了。那漢子殺人不斬眼，豈肯干休。」

儘管吳月娘看出了潘金蓮必死無疑，但跌腳歸跌腳，她一點也沒有出手阻止的打算。

下午時，（王婆）教王潮（兒子）先把婦人箱籠桌兒送去。這武松在家，又早收拾停當，打下酒肉，安排下菜蔬。晚上，婆子領婦人過門，換了孝，帶著新髮髻，身穿紅衣服，搭著蓋頭。進門來，見明間內明亮亮點著燈燭，重立武大靈牌，供養在上面，先有些疑忌，由不的髮似人揪，肉如鉤搭……（第八十七回）

接下來，《金瓶梅》從《水滸傳》借來的時光已經慢慢用完，《金瓶梅》裡西門慶和潘金蓮的故事繞了一圈，又走回在《水滸傳》當初停下來的點。感覺宛若過去暫時靜止的時間忽然又恢復了。那些該發生的事像從睡眠中被喚醒似的，繼續進行下去。

（武松）一面回過臉來，看著婦人罵道：「你這淫婦聽著，我的哥哥怎生謀害了，從實說來，我便饒你。」

那婦人道：「……你哥哥自害心疼病死了，干我甚事？」

說由未了，武松把刀子忔楂的插在桌子上，用左手揪住婦人雲髻，右手匹胸提住，把桌子一腳

踢翻，碟兒盞兒都打得粉碎。那婦人能有多大氣脈，被這漢子隔桌子輕輕提將過來，拖出外間靈桌子前。（第八十七回）

然後是審問，脫逃，暴力，殺戮，血腥，死亡。

武松「騙殺」潘金蓮的這個情節，在《水滸傳》裡面是沒有的。武松在《水滸傳》殺害西門慶和潘金蓮，正是他們最不可一世之時。這樣的一對狗男女死有餘辜，可是現在被武松殺害的這個潘金蓮，只是一個失去了丈夫、沒有財產、也沒有自由的可憐女子。

號稱英雄好漢的武松，最後，還是利用了潘金蓮對他的好感，靠著她相信的愛情與慾望，欺騙了潘金蓮最後一次的情感。多數男人欺騙潘金蓮的情感，要的是她的肉體，滿足自己的男性慾望。武松欺騙潘金蓮，要的卻是她的生命，滿足的是復仇的渴望。

在這樣的情況下，看著這個一生被占有、被調戲、被欺負、甚至被瞧不起的女人被殺得血淋淋的場面，在《水滸傳》裡快意暢然的正義伸張，到了《金瓶梅》裡，就不再是那麼簡單而容易的事了。

再複習一次這個不忍卒睹的場面，算是對潘金蓮最後的告別吧。

那婦人（潘金蓮）見勢頭不好，才待大叫。被武松向爐內搕了一把香灰，塞在他口，就叫不出來了。然後劈腦揪翻在地，那婦人掙扎，把䯼髻簪環都滾落了。

武松恐怕他掙扎，先用油靴只顧踢他肋肢，後用兩隻腳踏他兩隻肐膊……一面用手去攤開他胸脯，說時遲，那時快，把刀子去婦人白馥馥心窩內只一剜，剜了個血窟窿，那鮮血就冒出來。那婦人就星眸半閃，兩隻腳只顧登踏。武松口噙著刀子，雙手去斡開他胸脯，撲扢的一聲，把心肝五臟生扯下來，血瀝瀝供養在靈前。後方一刀割下頭來，血流滿地……

武松殺了婦人，那婆子便大叫：「殺人了！」

武松聽見他叫，向前一刀，也割下頭來。拖過屍首。一邊將婦人心肝五臟用刀插在後樓房簷下。（第八十七回）

正是因為這場血淋淋的虐殺描寫得如此逼真，我們讀著，感覺上有種被現場的鮮血噴濺得滿身都是的震撼。可是比那樣的震撼更驚心動魄的卻是這整個讓人啞口無言的悲劇。

真的有人可以心腸全無地從這樣的復仇裡感到正義的快感？

真的有人可以讀到這樣的場面而不感受到鑽心刺骨的痛？

如果說悲劇給了我們洗滌靈魂的眼淚的話，《金瓶梅》給了我們更多。除了淚水之外，它還給了我們鮮血。

◈

經歷過了這些，那些從《水滸傳》借來的一切就統統還清了。

《金瓶梅》的故事繼續往最後的終點進行著。不再有武大、不再有西門慶、也不再有潘金蓮了。過去的一切，都用一種快得不能再快的速度在消失、褪色，如夢如幻，如露亦如電。直到我們再也分不清楚，這些恩恩怨怨到底在《金瓶梅》、《水滸傳》，或者是在哪一場夢裡發生過。

宣和元年

・清明節，吳月娘給西門慶的新墳祭掃，遇到春梅。
・李知縣的兒子李拱璧看上孟玉樓，四月初八來提親、訂婚，四月十五日正式完婚。
・孫雪娥和來旺私奔，被官府抓獲。孫雪娥被吳月娘以八兩銀子賣給春梅。
・陳敬濟偏袒新歡馮金寶，出手打元配西門大姐，西門大姐上吊自殺，吳月娘告到官府，陳敬濟淪為乞丐。

宣和二年

・吳巡簡忘恩誣賴吳月娘和玳安有姦情，幸賴春梅顧念舊情出面說項營救。

宣和三年

・三月中旬，春梅派人找到陳敬濟。
・六月，春梅安排陳敬濟與葛翠屏成家，並資助他做生意。

宣和四─七年

・陳敬濟在臨清碼頭開設酒店。
・陳敬濟和韓愛姐邂逅，一夜情後書信往返、傾心相戀。
・張勝持刀殺死陳敬濟，韓愛姐出家為尼。

靖康元年─建炎元年

・四十七歲的周守備戰死。春梅與僕人的次子周義偷情，二十九歲病死。
・普靜和尚為孝哥剃度，玳安繼承西門慶的家業。

第十二章
如今俱是異鄉人

匆忙趕到東京去的陳敬濟本來是要向父親拿錢替潘金蓮贖身的，不料陳敬濟到東京時發現父親陳洪已經病逝三天了。心繫潘金蓮的陳敬濟匆忙運了幾箱輕便細軟箱籠，在父親的靈柩之前先行，一點兒也沒想到一回清河，拿著一百兩銀子以及十兩謝金，走到王婆家門前，一切已經變得面目全非了。

人生有許多的遺憾就算是捶首頓足也不能改變什麼的。像是聽完拿著一百兩銀子去王婆家空手而回的張勝、李安告知潘金蓮慘劇之後，哭了兩、三天的春梅。像是發現潘金蓮已經身首異處的陳敬濟……不管他們怎麼哭、怎麼反應，事情發生也就發生了。於是春梅只能出了錢，瞞著周守備，讓人把潘金蓮收埋在永福寺（周家供養的香火院）。陳敬濟也只能去墳前給潘金蓮燒香，斷了和她長相廝守的念頭……

《金瓶梅》寫到這裡接近尾聲了。就像人老覺得時間愈過愈快一樣，作者說故事的速度也變快了。過去繁華富貴時，故事是一天一天寫的，這時故事是一個月、一個月，甚至是更長的時間一年一年記載的。這些人死了，那些人散了，更多世事就這樣無情地變化著。

在這樣的時間格局裡，滄桑的感覺一點一滴地浮現。我們像是被作者的筆帶到了地老天荒的盡頭了，但盡頭處卻還有更遙遠的風景。

1

不知不覺，西門慶逝世已經過了一年。宣和元年清明節，吳月娘準備祭禮，帶著孟玉樓、吳大舅、大妗子和小玉、如意以及孝哥到城外給西門慶的新墳祭掃。

月娘插（香）在香爐內，深深拜下去，說道：「我的哥哥，你活時為人，死後為神。今日三月清明佳節，你的孝妻吳氏三姐、孟三姐和你周歲孩童孝哥兒，敬來與你墳前燒一陌錢紙。你保佑他長命百歲，替你做墳前拜掃之人。我的哥哥，我和你做夫妻一場，想起你那模樣兒並說的話來，是好傷感人也。」拜畢，掩面痛哭。玉樓向前插上香，也深深拜下，同月娘大哭了一場……（第八十九回）

清明是個郊遊的好日子，吳月娘先讓玳安帶著食盒和食物，到杏花村酒樓下，挑個高處風景好的地點，給大家先準備午餐。自己則帶著其他人，隨著眾多上墳遊玩的王子士女，走走看看。他們來到了一座「山門高聳，梵宇清幽」的寺廟前。

吳月娘便問：「這座寺叫做什麼寺？」

吳大舅便說：「此是周秀老爺（周守備）香火院，名喚永福禪林。前日姐夫在日，曾捨幾拾兩銀子在這寺中，重修佛殿，方是這般新鮮。」（第八十九回）

於是一行人走進永福寺時燒香、參觀。寺廟內的長老聽到通幸，熱情地出來接待吳月娘一行人，並且奉茶、陪著聊天。

沒多久，來了一個令吳月娘覺得意外的人。

那和尚在旁陪（吳月娘等人）坐，才舉筯兒讓眾人吃時，忽見兩個青衣漢子，走的氣喘吁吁，暴雷也一般報與長老，說道：「長老還不快出來迎接，府中小奶奶來祭祀來了！」慌的長老披袈裟，戴僧帽不迭，吩咐小沙彌：「連忙收了家活，請列位菩薩且在小房避避，打發小夫人燒了紙祭畢去了，再款坐一坐不遲。」吳大舅告辭，和尚死活留住，又不肯放……（第八十九回）

雖然我們這時還不知道來人是誰，可是從和尚們鄭重、慌張的模樣，就可以知道這個「小奶奶」的派頭不小。

吳月娘在僧房內，只知有宅內小夫人來到，長老出山門迎接，又不見進來。問小和尚，小和尚說：「這寺後有小奶奶的一個姐姐，新近葬下，今日清明節，特來祭掃燒紙。」

孟玉樓便道：「怕不就是春梅來了也不見的。」

月娘道：「他那得個姐來死了，葬在此處？」又問小和尚：「這府裡小夫人姓什麼？」小和尚道：「姓龐。前日與了長老四五兩經錢，教替他姐姐念經，薦拔生天。」（第八十九回）

姓龐。周守備的小奶奶。是了。龐春梅。

等春梅擺了香、燒過了紙錢，又在潘金蓮墳前哭了一回之後，終於坐著轎子進到僧房外廳來。書上描寫吳月娘等人從僧房內廳的簾子裡往外張看。

定睛仔細看時，卻是春梅。但比昔時出落得長大身材，面如滿月，打扮的粉粧玉琢，頭上戴著

冠兒，珠翠堆滿，鳳釵半卸，上穿大紅粧花襖，下著翠藍縷金寬襴裙子，戴著玎璫禁步[29]，比昔不同許多。（第八十九回）

當初吳月娘連一件衣服首飾也不給就把她趕走。這下可好，人家現在嫁給周守備當「小奶奶」可風光了。吳月娘一行人被關在內廳裡，連個落跑的機會都沒有，到底是見面，還是不見面好呢？

僧房外廳裡，長老陪著春梅喝茶。他告訴春梅另外還有幾位遊玩娘子也來寺裡參觀，現在人就在裡面休息。春梅初當少奶奶，這種公共關係當然要費心，一聽裡面還有人，立刻熱情地讓長老把她們請出來相見。

吳月娘本來不肯，可是一行人就在內廳，一方面除經過外廳外別無出口，另一方面又推阻不過長老的好意邀請，只好出來和春梅相見。

這段重逢的對白，字字精采，我們一起來讀：

春梅一見，便道：「原來是二位娘與大妗子。」於是先讓大妗子轉上，花枝招颭磕下頭去。慌的大妗子還禮不迭，說道：「姐姐，今非昔比，折殺老身。」

春梅道：「好大妗子，如何說這話？奴不是那樣人。尊卑上下，自然之理。」拜了大妗子，然後向月娘、孟玉樓插燭也似磕頭。

29 這是古代女子掛在裙邊的一種由珠玉穿成的配飾，如行動跨步稍大，就會發出玎璫玉聲，用來制約女子步履，使之端莊如儀。

月娘、玉樓亦欲還禮，春梅那裡肯？扶起，磕下四個頭，說：「不知是娘們在這裡，早知也請出來相見。」（第八十九回）

我們注意到，春梅稱呼吳月娘和孟玉樓「娘」——這是很重要的定調。我們曾說過，奴僕稱呼「爹」「娘」一方面是尊卑，但更重要的卻是強調這個關係的終身性。現在春梅固然發達了，可是她還稱呼月娘為「娘」，表示她沒有忘記過去她是吳月娘家的奴婢。先讓大妗子轉身而上的理由是因為以長幼論序，大妗子最長，所以從她先來。大妗子是個老實人，忍不住說：「姐姐，今非昔比，折殺老身。」一語道破真相。

這麼一陣客氣之後，輪到吳月娘表態了。過去是她把人家趕走的，現在總得說些什麼吧。

月娘道：「姐姐，你自從出了家門在府中，一向奴多缺禮，沒曾看你，你休怪。」春梅道：「好奶奶，奴那裡出身，豈敢說怪。」因見奶子如意兒抱著孝哥兒，說道：「哥哥也長的恁大了。」月娘說：「你和小玉過來，與姐姐磕過頭兒。」那如意兒和小玉二人，笑嘻嘻過來，亦與春梅都平磕了頭。……春梅向頭上拔下一對金頭銀簪兒來，插在孝哥兒帽上。月娘說：「多謝姐姐簪兒，還不與姐姐唱個喏兒。」如意兒抱著孝哥兒，真個與春梅唱個喏，把月娘歡喜的要不得。（第八十九回）

吳月娘說妳走了以後一直沒去看妳不好意思。這當然只是客氣話，一副好像春梅是風風光光地嫁出去而不是被趕出去似的。不過我們注意到吳月娘在這段對白裡，已經開始自稱「奴」了。「奴」是妹對「兄姐」的謙稱，表示妳雖然稱我「娘」，但是現在妳這麼風光，「娘」我已經不敢當了，因此吳月娘才自稱「奴」。

這也算是一種關係，各自表述吧。

吳月娘叫如意兒和小玉把孝哥兒抱過來，要孝哥與「姐姐」磕頭。

這個新的關係稱謂有點問題，一定有人會要問：如果孝哥稱呼吳月娘為「媽」，吳月娘又稱呼春梅為「姐姐」，照說孝哥應稱呼春梅為「阿姨」才對啊，怎麼會是「姐姐」呢？

事實上，這就是中國人在稱呼這件事奧妙的地方了。稱呼表面上看起來似乎只是很簡單的事情，可是它卻是用來定位人際關係網絡中的親疏尊卑最直接的方法。

怎麼在稱呼中把人和人的關係位置定位出來呢？

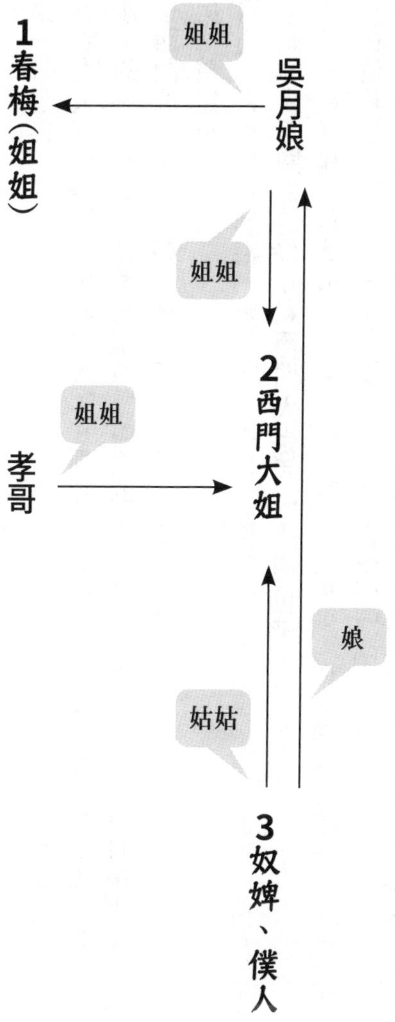

先看第一重定位：

我們看到女人在結婚到了夫家之後，在稱呼上是降一輩，變成兒女的同輩，用兒女的稱謂來稱呼其他親人的。換句話，被吳月娘稱呼姐姐的，一共有兩種人。一種吳月娘先天上的姐姐，另外一種則是西門慶的子女，如：稱西門大姐為「姐姐」。

再看第二重定位：

我們看到官哥也稱呼春梅「姐姐」。因此，綜合這二層定位，可以確定，吳月娘現在稱呼春梅姐姐是把她的人際關係定位在**和西門大姐同一級的位階上了**。

換句話說，在這裡，藉著稱呼，吳月娘把春梅的定位，從奴婢提升了一級，但又不至於高過自己。顯然在稱呼這件事情上，吳月娘是一點都不馬虎的。

這段情節中，我最愛「那如意兒和小玉二人笑嘻嘻過來。」的畫面。當初春梅要走時什麼都沒有，看不下去的小玉就拔下了頭上兩根簪子給她。現在春梅不同昔日了，小玉當然開心。在這一片尷尬機心的應對進退裡，這個清脆明朗的「笑嘻嘻」教人格外覺得真情流露。

應酬的話說完了，吳月娘問春梅怎麼會來這裡，春梅說是來祭祀「俺娘他老人家」。吳月娘不知是裝糊塗還是真的不明白，狀況外地說：「我記得你娘沒了好幾年，不知葬在這裡。」孟玉樓提醒吳月娘，這個娘指的是潘金蓮。結果「吳月娘聽了，就不言語了。」

書上這句「聽了，就不言語了。」實在別有深意。過去吳月娘和潘金蓮也算是死對頭了。她可以和春梅一笑泯恩仇，但是和潘金蓮就是不行。

為什麼不行呢？這實在很令人費解。

是潘金蓮害死了李瓶兒母子嗎？可是吳月娘也討厭李瓶兒的不是嗎？否則怎麼會西門慶一死

就急著把她的床帳傢伙燒掉？

還是因為她們吵過架？可是那次大吵吳月娘吵贏了不是嗎？無論如何，勝利者是不應該有那麼大仇恨的，不是嗎？

還是，因為潘金蓮老是偷情？可是話又說回來，吳月娘的丫頭小玉、玉簫也都偷人啊，也沒見到吳月娘和她們有什麼恩怨啊。

或者，因為潘金蓮偷的是陳敬濟？這件事吳月娘至今還耿耿於懷？

儘管吳月娘沒有動靜，但孟玉樓聽到潘金蓮的墳墓就在附近，決定起身，去給潘金蓮燒個香，畢竟過去姐妹情誼一場。

> 玉樓把銀子遞與長老，使小沙彌領到後邊白楊樹下金蓮墳上，見三尺墳堆，一堆黃土，數柳青蒿。上了根香，把紙錢點著，拜了一拜，說道：
>
> 「六姐，不知你埋在這裡。今日孟三姐誤到寺中，與你燒陌錢紙，你好處生天，苦處用錢（該受苦的事就花錢解決）。」一面放聲大哭。（第八十九回）

放聲大哭的孟玉樓想的是什麼呢？是替潘金蓮不捨嗎？還是替自己的處境感到悲傷呢？

自從西門慶過世之後，我們似乎很少想起孟玉樓的處境了。

事實上，潘金蓮生前一直和孟玉樓維持著很好的關係。除了春梅之外，孟玉樓可說是最了解潘金蓮心事的人了。

儘管孟玉樓和潘金蓮個性不同，但兩人在差不多時間嫁入西門慶家。由於過去都嫁過人，也都聰敏伶俐，因此兩個很容易在相同的立場看事情。潘金蓮和陳敬濟偷情的事孟玉樓早知道了，可是她一直採取包容的態度，並不揭穿。甚至在吳月娘趕走潘金蓮時，孟玉樓還偷偷送潘金蓮簪子、衣服和裙子，並且送她到大門口坐轎子，從這些細節看起來，孟玉樓對於潘金蓮其實是同情多於責備的。

反觀吳月娘，孟玉樓對她的心態卻不是如此。當初西門慶過世，吳月娘昏倒，醒來時發現箱子是打開的（李嬌兒偷走了五錠元寶），立刻破口大罵玉簫，要她把箱子收好。當時書上就寫：

玉樓見月娘多心，就不肯在他屋裡，走出對著金蓮說：「原來大姐姐恁樣（這樣）的，死了漢子頭一日，就防範起人來了。」（第七十九回）

換句話說，孟玉樓從西門慶過世第一天開始，就注意到了吳月娘沒有什麼容人度量這件事。過去，西門慶過世前曾拜託過吳月娘多擔待潘金蓮的。如果吳月娘不是對潘金蓮做得這麼恩斷義絕，這個慘絕人寰的慘劇也不至於發生。更何況，西門慶七七未滿就把李瓶兒的畫像、遺物燒掉，還有趕走春梅、陳敬濟……

這些，沒有一件不教孟玉樓感到寒心。

看著吳月娘現在客客氣氣地稱呼春梅姐姐，感歎當然是很深的。春梅和潘金蓮犯的過錯不就同樣一件事嗎？如果吳月娘不願來潘金蓮的墳前燒香，那麼她為什麼又可以和春梅坐在僧房裡，嘻嘻哈哈地一笑泯恩仇呢？

還不是看見人家春梅現在有錢、有勢了。

掃了西門慶的墓，又祭拜了潘金蓮的墓。李嬌兒跑了、春梅、陳敬濟都離開了……留在西門慶家的現在只剩下孫雪娥和孟玉樓了。如果說，吳月娘留在西門慶家是為了守著孝哥。那麼，孟玉樓留在這裡是為了什麼呢？

是為了西門慶嗎？如果是這樣的話，最起碼孟玉樓得愛過西門慶吧。

可是，孟玉樓愛過西門慶嗎？

僧房裡，春梅和吳月娘還繼續熱熱絡絡地談著。儘管周守備府上的差役已經在催促春梅回家看雜耍百戲了，可是春梅繼續聊著。

（春梅）勸道：「咱娘兒們會少離多，彼此都見長著，休要斷了這門親路。奴也沒親沒故，到明日娘的好日子（生日），奴往家裡走走去。」

月娘道：「我的姐姐，說一聲兒就夠了，怎敢起動你？容一日，奴去看姐姐去。」（第八十九回）

春梅想拋開過去，重新開始的意思是很明顯了。可是吳月娘只是半信半疑地應付著，不確定春梅說的到底是場面話，還是真的？

還記得我們曾說過關於西門慶家重大變化、諸人離散，以及春梅就要成為《金瓶梅》新的女主角的預言嗎？

情節走到這裡，這些預言完全實現了。

春梅這個一直存在，卻不顯眼的女人，這次終於開始在舞臺上唱起了屬於她的主戲。如果《金瓶梅》裡大部分主角的命運都像花朵，在寒冷的冬日裡飄零離散的話，那麼，「春梅」帶給我們的聯想──就和冬日裡綻放的梅花一樣，在寒涼中給我們帶來僅有的一點點美麗與溫暖。

2

吳月娘和孟玉樓一行人離開了永福寺，來到杏花村酒樓下邊。玳安找了一處風景優美的高地，席地擺下了酒餚，早在那裡等她們了。

一群人就在那裡坐下來，開始野餐。

居高臨下，她們看見有人在杏花村大酒樓下掄槍舞棍，做街頭表演。圍觀中的一個叫李拱璧的人，是李知縣的兒子。他看著表演，忽然擡頭望見一簇婦女在高處野餐喝酒。其中有一個長䠷身材的婦人，讓他看得愣住了。

那個長䠷身材的女人正是孟玉樓。

這一天，孟玉樓經歷了很多事，哭過、也想過。這時的她正吃著飯、喝著酒，遠遠地看見底下的人群中，一個身穿輕羅軟滑衣裳，頭戴金頂纏棕小帽，腳踏乾黃鞋的年輕男人一直在看著她。

她對他的印象還不錯，但不曉得他是誰，也不曉得那個男人在打聽她。他們甚至沒說過一句話，就只是共同擁有了那一刻，以及那一個交會的眼神。

同一時間，在家看家的孫雪娥在大門口也遇見了一個賣首飾花翠的男人，那個男人是過去因為宋蕙蓮事件被放逐的來旺。

來旺經歷了很多事。被西門慶陷害解遞徐州之後，他跟了個準備上京當官的老闆，走到半路老闆父親死了回家丁憂，來旺只好回到清河，留在顧銀鋪學手藝。

過去宋蕙蓮、西門慶還在時，孫雪娥和來旺兩個人已經就有一腿了，現在宋蕙蓮死了、西門慶也死了，事過境遷，過去那些阻礙他們兩個在一起的因素都不復存在了。

來旺開始和孫雪娥幽會。每次辦完事，孫雪娥就讓來旺帶走一些細軟、金銀器皿。來旺就這樣來來去去，直到能拿的都拿得差不多了，兩個人決定帶著隨身衣物以及剩餘的釵環首飾私奔。

他們的金銀財寶被寄住的屈姥姥家兒子屈鑵偷了準備變賣，不料被官府抓獲了。一追查之下，來旺、孫雪娥全被牽扯了出來。

官府追出來的贓物洋洋灑灑，這份清單包括了：

屈鑵：金頭面四件、銀首飾三件、金環一雙、銀鍾二個，碎銀五兩，衣服二件、手帕一個，匣一個。

來旺：銀三十兩、金碗簪一對、金仙子一件、戒指四個。

雪娥：金挑心一件、銀鐲一付、金鈕五付、銀簪四對，碎銀一包。

這些贓物雖然分屬不同人名下，但來源應該都是西門慶家。過去孫雪娥一直叫窮，說自己沒時運什麼的，妻妾出錢輪流請吃飯喝酒她也不參加，沒想到私底下累積了這麼多資產。

原來孫雪娥並不窮，她只是吝嗇。這是孫雪娥落網之後，帶給我們訝異的新發現——原來這個一直被欺負的小妾是靠著「累積更多的財物好追求更自由、美好未來」這樣的想像，支撐她在西門慶家一路低聲下氣地走過來的。

審判結果：屈鏜、來旺被判流放五年。孫雪娥與屈姥姥則在拶刑後被官府斥回。由於孫雪娥原來是吳月娘家的奴婢，縣府要求吳月娘具狀領回。但吳月娘不想領孫雪娥回去了，直接讓縣府公開拍賣。

孫雪娥被用八兩銀子拍賣了出去。買她回去的是春梅。過去兩個人在西門慶家的廚房對罵時孫雪娥是妾，春梅是奴。造化弄人，現在她們的處境顛倒了。

孫雪娥見到春梅時刻意低聲下氣地向春梅磕了四個頭，春梅卻一點也不留情面。她一見面就給孫雪娥下馬威。

春梅下令：「與我把這賤人撮去了鬏髻，剝了上蓋衣裳，打入廚下，與我燒火做飯。」

一笑泯恩仇的佳話並沒有在孫雪娥身上發生。孫雪娥知道，除非有更大的奇蹟發生，否則這一生應該是完蛋了。

不久，被孟玉樓迷住了的李拱璧（李衙內，知縣之子）也請了媒人陶媽媽來說親。根據媒人的介紹，李衙內是知縣李老爹唯一的兒子，三十一歲，目前在國子監唸書，大老婆已經死了兩年，房內只有一個當初陪嫁，面貌不出眾的丫頭。沒有兒女。

陶媽媽道：「……他家中田連阡陌，騾馬成群，人丁無數，走馬牌樓，都是撫按明文，聖旨在上，好不赫耀驚人。如今娶娘子到家做了正房，過後他得了官，娘子便是五花官誥，坐七香車，為命婦夫人，有何不好？」（第九十一回）

書上說：這孟玉樓被陶媽媽一席話，說得千肯萬肯。孟玉樓之所以千肯萬肯，除了在吳月娘這裡待得沒意思外，更重要的理由是：孟玉樓已經三十七歲了（媒人還騙了李衙內，說是三十四歲呢。），時光不等人。李衙內固然官位、財勢沒西門慶顯赫，可是一來年輕，加上二來孟玉樓是以大老婆的身分嫁過去，這樣的機會千載難逢，難怪孟玉樓千肯萬肯。

婚事進行得很順利。農曆三月清明時，李衙內第一次見到孟玉樓。四月初八，提親、訂婚。到了四月十五日，孟玉樓就和李衙內正式完婚了。吳月娘不但讓孟玉樓把所有私人東西都帶走，還大方地把潘金蓮房中那張螺鈿床當成陪嫁（當初西門慶把孟玉樓陪嫁過來的拔步床當成西門大姐的陪嫁送走了），和其他女人離開時帶走的財產相較，吳月娘這樣的出手，也算是少見的大方了。

事實上，在西門慶過世後，除了吳月娘外，其他妻妾守寡一點意義也沒有了。說起要離開，不管在財力或姿色上，孟玉樓的條件都不輸給其他妻妾。只是在離散的過程之中，如果沒有適當的條件、時機，細膩的體察與溝通，誤會與傷害還是在所難免。由於孟玉樓的人格特質裡獨特的洞悉與聰慧，使得她有別於李嬌兒、潘金蓮、孫雪娥的躁進，能夠沉穩地等待水到渠成的時機，並且設身處地替吳月娘著想。書上有一段街頭巷論說到：

他大娘子（吳月娘）守寡正大，有兒子，房中攬不過這許多人來，都叫各人前進，甚有張主。（第九十一回）

這樣的好評固然對吳月娘雖沒什麼實惠，可是孟玉樓太明白了，吳月娘最在乎的，無非也就是這些了。正是孟玉樓這種周到，使得吳月娘顧了面子，自己也得了裡子，兩個人才能有這麼平和圓滿的分別。因此，截至目前為止，所有從西門慶家離開的人當中，孟玉樓算得上是走得最從容、最風光、也最圓滿的了。

孟玉樓出嫁那天，吳月娘還親自把她送到了大門。

月娘說道：「孟三姐，你好狠也。你去了，撇的奴孤伶伶獨自一個，和誰做伴兒？」兩個攜手哭了一回，然後家中大小都送出大門。（第九十一回）

吳月娘向來愛說場面話、客氣話，這次吳月娘對孟玉樓這樣說，也算得上是真情流露了。如果可以的話，我相信吳月娘一定很希望能夠像西門慶遺言交代的那樣：「你們姐妹好好待著，一處居住，休要失散了，惹人家笑話。」大家繼續過著一種相互關愛、扶持的生活吧。

可是太多事情都超乎吳月娘能控制的範圍了。

結婚第三日，李衙內宴請孟玉樓這邊眾親戚女眷。書上寫了一段吳月娘赴宴作客回家之後觸景傷情的場面：

月娘回家，因見席上花攢錦簇，歸到家中，進入後邊，院落靜悄悄，無個人接應。想起當初有西門慶在日，姐妹們那樣鬧熱，往人家赴席來家，都來相見說話，一條板櫈坐不了，如今並無一個兒了。一面撲著西門慶靈床兒，不覺一陣傷心，放聲大哭。哭了一回，被丫鬟小玉勸止……（第九十一回）

想想，西門慶過世也不過才是一年多之前的事。誰能有那麼大的氣度，把這些人事變化當成理所當然？又有誰能有那麼高的智慧，笑看這些世事無常呢？跑了李嬌兒、死了潘金蓮、賣了孫雪娥、又嫁了孟玉樓，當初熱熱鬧鬧的一群人，現在真的剩下她一個人了。

3

被趕出門的陳敬濟在聽到了孫雪娥和來旺被抓到官府的事之後，乘機找人向吳月娘放話，威脅要到巡撫那裡告發她，說他們家收著許多他父親寄放的箱籠以及當初楊戩應該沒官的贓物。

吳月娘本來就怕事，加上孫雪娥的東西又落在官府裡，為了避免不必要的風波，吳月娘連忙雇轎子把西門大姐、丫頭元宵（陳敬濟收用過的），連同床奩箱櫥陪嫁之物都叫人送到陳敬濟家。

妻妾和財產讓陳敬濟開始有了一種「獨立自主」的陶醉感。過去，他一直寄人籬下，現在他覺得自己是個成人了。

陳敬濟向母親不斷吵嚷，也要學西門慶開布舖做買賣。

（陳母）吃他逆毆不過，只得兌出三百兩銀子與他，叫陳定（陳家總管）在家門首打開兩間房子，開布舖，做買賣。陳敬濟便逐日結交朋友陸三郎、楊大郎，狐朋狗黨，在舖中彈琵琶，抹骨牌、打雙陸、吃半夜酒，看看把本錢弄（虧）下去了。（第九十二回）

家裡總管陳定看不下去了，告訴陳母（張氏）陳敬濟的惡行惡狀，陳敬濟反而一口咬定陳定染布時從中拿回扣，把他打發出來，另找了楊大郎當店長。這個楊大郎不是什麼正經角色，書上說他「許人話如捉影捕風，騙人財似探囊取物」。沒多久本錢快虧光了，陳敬濟去跟母親吵吵鬧鬧，又弄出了二百兩銀子來。

楊大郎帶著陳敬濟在臨清碼頭找貨，也帶著陳敬濟流連娼樓酒店。生性風流的陳敬濟很快就認識了個叫「馮金寶」的妓女。過去西門慶也上妓院喝酒嫖妓，陳敬濟當然也要學西門慶。兩個人最大的差別是西門慶花的是做生意賺來的盈餘，陳敬濟卻是批貨採購的本錢。他也不過才有五百兩的本錢，就花了一百兩銀子買了馮金寶回家。書上形容陳敬濟這次的豐收說：

（馮金寶）一路上用轎擡著，楊大郎和敬濟都騎馬押著貨物車走。一路揚鞭走馬，那樣歡喜……

接連西門慶、父親以及潘金蓮的死亡……一連串災難所代表的，是陳敬濟這個公子哥兒所賴以自豪的一切全部崩潰瓦解了。這樣無常的際遇不管落在任何人身上，應該都是無法承受的重。奇怪的是，我們在陳敬濟身上感受到的，反而是一種淺薄的得意洋洋。

巨變之後，陳敬濟的一切作為——不管是開店買賣、結交幫閒朋友、流連煙花妓院、酒色財氣……完全是西門慶的翻版。或許在陳敬濟的想法裡，只要擁有了西門慶那樣的財富……他人生所遭遇的挫折，一切的一切都可以迎刃而解。

問題是，不管先天上、後天上，甚至是天時、地利、人和，陳敬濟和西門慶的差別實在都太大了。

可惜少年得志的陳敬濟是無法理解這些的。

陳敬濟的母親本來已經病重，看到陳敬濟這些荒唐作為，氣得病情更是惡化，沒多久斷氣過世了。

母親過世之後，陳敬濟更是變本加厲。

這敬濟墳上覆墓回來，把他娘正房三間中間供養靈位，那兩間收拾與馮金寶住，大姐倒住著耳房。又替馮金寶買了丫頭重喜兒伏侍。門前楊大郎開著舖子，家裡大酒大肉買與唱的吃。每日只和唱的睡，把大姐丟著不去瞅睬。（第九十二回）

陳敬濟如果能滿足於這種生活，靠著家裡留下來的遺產，或許可以繼續過著這種放浪的生活，衣食無虞。問題是他太不安於室了。

有一天，陳敬濟打聽到孟玉樓的公公李知縣晉升通判，帶著李衙內以及孟玉樓往浙江嚴州赴任，他的心思又動了起來。

過去還在西門慶家時，陳敬濟曾經在花園裡撿到孟玉樓的簪子。更早之前，陳敬濟也曾經撿到過潘金蓮的鞋子，靠著這隻鞋子，陳敬濟和潘金蓮換了一條汗巾，然後有了更進一步關係進展……或許這樣的經驗，使得陳敬濟捨不得把簪子還給孟玉樓，一直保留到了現在。

我們來看看陳敬濟異想天開的計畫：

……就要把這根簪子做個證兒，趕上嚴州去，只說玉樓先與他（陳敬濟）有了姦，與了他這根簪子，不合（不該）又帶來許多東西嫁了李衙內，都是昔日楊戩寄放金銀箱籠應沒官之物。「那李通判一個文官，多大湯水？聽見這個利害口聲，不怕不教他兒子雙手把老婆奉與我。我那時娶將來家，與馮金寶做一對兒，落得好受用。」（第九十二回）

儘管這個想法的邏輯和威脅吳月娘的方法如出一轍，但陳敬濟想用同樣的方法來對付孟玉樓是大有問題的。

首先，孟玉樓沒有收過他的箱籠，也沒有任何真實的把柄落在他手上。陳敬濟唯一能威脅孟玉樓的只有簪子這樣薄弱的證據。

再說，過去陳敬濟威脅吳月娘去巡撫、巡按處告官，吳月娘家裡沒有男人，不想惹麻煩，現在陳敬濟要去告官，孟玉樓自己的丈人就是官（嚴州通判）。在這樣的前提下，陳敬濟想威脅孟玉樓，並且讓李衙內乖乖地雙手奉上孟玉樓，根本就是癡人說夢。

我們真的很難理解，到底是什麼樣的慾望驅使，讓看似聰明伶俐的陳敬濟完全失去對現實的判斷。

只能說陳敬濟真的太想變成西門慶了吧。如果擁有西門慶那麼多的財富不是那麼容易的事，擁有西門慶的妻妾或許可以讓這個幻想看起來更接近真實。

陳敬濟收拾母親的遺產，只留下了一百兩銀子給西門大姐和馮金寶看家，自己帶著剩餘的九百兩銀子，和楊大郎前往湖州採買絲綿紬絹。採買了半船貨物之後，陳敬濟要楊大郎在清江浦碼頭看守貨物等他三到五日，自己則帶著僕人和禮物，假冒孟玉樓二哥孟銳的名義，到嚴州拜訪孟玉樓。

李衙內和孟玉樓聽說孟二哥來了，當然樂於熱情地接待。

孟玉樓見到來者是陳敬濟，雖覺得事情有些蹊蹺，但由於來者是客，也不揭穿他。一番寒暄之後，李衙內由於另有客人先行離開，由孟玉樓擺酒招待陳敬濟。

陳敬濟把被驅逐之後，向吳月娘討箱籠的事告訴孟玉樓。孟玉樓則回報陳敬濟清明節在永福寺遇見春梅，以及給潘金蓮燒香的事。訴完離別往事之後，陳敬濟開始展開對孟玉樓的勾引。

敬濟道：「不瞞你老人家說，我與六姐相交，誰人不知！生生吃他（吳月娘）信奴才（秋菊）言語，把他（潘金蓮）打發出去，才吃（被）武松殺了。他（潘金蓮）若在家，那武松有七個頭八個胆，敢往你家來殺他？我這仇恨，結的有海來深。六姐死在陰司裡，也不饒他。」

玉樓道：「姐夫也罷。丟開手的事。自古冤仇只可解，不可結。」（第九十二回）

陳敬濟用的策略是「同仇敵愾」法：利用兩人對潘金蓮的同情，形成一種對吳月娘的「同仇敵愾」，再伺機把「同仇敵愾」的情感轉化成男女之間的情慾。

孟玉樓對於陳敬濟的「同仇敵愾」顯然並不認同。孟玉樓在乎的是眼前的生活，她勸陳敬濟要放開過去的仇恨，才可能追求未來的幸福。

這樣的話當然有其深刻之處。但此時的陳敬濟陶醉在一廂情願的自我想像裡，完全無法體會孟玉樓話中的深意。於是幾杯黃湯下肚之後，陳敬濟進一步更一廂情願地挑逗孟玉樓。

（陳敬濟）道：「我兄弟思想姐姐，如渴思漿，如熱思涼。想當初在丈人家，怎的在一處下棋抹牌，同坐雙雙，似背蓋（夫妻）一般，誰承望今日各自分散，你東我西。」

玉樓笑道：「姐夫好說。自古清者清而渾者渾，久而自見。」（第九十二回）

所謂渾者渾，指的應該是陳敬濟和潘金蓮吧，但孟玉樓是屬於清者清這一掛的。孟玉樓的話儘管含蓄，但拒絕陳敬濟之意已經明白得不能再明白了。不曉得陳敬濟是沒聽懂，還是不死心，繼續拗下去。

這敬濟笑嘻嘻向袖中取出一包雙人兒的香茶，遞與婦人，說：「姐姐，你若有情，可憐見兄弟，吃我這個香茶兒。」說著，就連忙跪下。

那婦人登時一點紅從耳畔起，把臉飛紅了，一手把香茶包兒掠在地下，說道：「好不識人敬重！奴好意遞酒與你吃，倒戲弄我起來。」就撇了酒席，往房裡去了。（第九十二回）

孟玉樓會翻臉，完全在我們的意料之中。

敬濟見他不理，一面拾起香茶來，就發話道：「我好意來看你，你到變了卦兒。你敢說你嫁了通判兒子好漢子，不採我了。你當初在西門慶家做第三個小老婆，沒曾和我兩個有首尾？」（第九十二回）

這話聽了教人生氣，恨不得飛奔過去賞陳敬濟兩巴掌。哪有人可以無賴、無恥成這副德行?!但陳敬濟還沒完。

（陳敬濟）因向袖中取出舊時那根金頭銀簪子，拏在手內，說：「這個是誰人的？你既不和我有姦，這根簪兒怎落在我手裡？上面還刻著玉樓名字。你和大老婆串同了，把我家寄放的八箱子金銀細軟玉帶寶石東西，都是當朝楊戩寄放應沒官之物，都帶來嫁了漢子。我教你不要慌，到八字八鍍兒（進衙門）上和你答話！」（第九十二回）

孟玉樓這時鬱卒的心情大概不難想像。

不過話又說回來，孟玉樓新嫁李衙內，在這個家還沒站穩腳跟，現在和陳敬濟鬧起來，不但話說不清，傳到丈夫耳裡，只是徒增不必要的麻煩。於是她忍住一肚子氣，變出一副盈盈笑臉來。

（孟玉樓）走將出來，一把手拉敬濟，說道：「好姐夫，奴鬥你耍子，如何就惱起來？」因觀看左右無人，悄悄說：「你既有心，奴亦有意。」（第九十二回）

孟玉樓和陳敬濟約定，讓陳敬濟晚上在府衙後牆外接應孟玉樓收拾的金銀細軟，之後孟玉樓再假扮傳信的差役，逃出李府到碼頭和陳敬濟碰面，一起遠走高飛。

孟玉樓擁有幸福美滿的婚姻生活，老公李衙內不管在財富、權勢上又都贏過陳敬濟許多。陳敬濟憑什麼、又靠著什麼去說服自己，孟玉樓肯放棄這些，跟著他一起過這種不合法、不合倫理、缺乏財富又沉淪的生活？

孟玉樓的這個計畫一聽就知道是哄騙陳敬濟用的，可是陳敬濟竟然不疑有他，愚蠢和無知的程度真是讓人搖頭歎息。

果然，在陳敬濟離開之後，孟玉樓立刻向李衙內反映，並且夫妻聯手設局。

半夜，陳敬濟和僕人陳安依約來到府衙後牆外，並且發出咳嗽暗號，只見高牆內繩子吊下來一包銀子。當陳敬濟和僕人陳安接過包袱，正解開繩子，忽然聽見一聲梆子響，哐的一聲，暗處閃出許多人來，大叫：「有賊了！」

等陳敬濟會意過來時，他和僕人已經被團團圍住了。

我本來以為這會是一個孟玉樓如何智擒陳敬濟、陳敬濟最後如何得到報應的故事，不過這個故事最後卻出了一點出人意料的小插曲。

陳敬濟被抓在嚴州官府，固然人證、物證俱全，但嚴州徐知府在審問陳敬濟時，聽陳敬濟的口氣，覺得隱約似乎另有隱情。他決定暫時把陳敬濟收押回牢裡，並且讓衙門裡的差人晚上假扮犯人和陳敬濟同牢，進行偵察。

充滿幻想的陳敬濟對假扮的牢友說的當然是他和孟玉樓有姦情那一套。

陳敬濟的這些謊言最精采的部分在於——除了少數關鍵的部分外，他說的大部分內容大都是真的。諷刺的是，偏偏徐知府是個清官——「清官」很容易懷疑別人，並且相信自己查到的「事實」。

到次日升堂，官吏兩旁侍立，這徐知府把陳敬濟、陳安提上來，摘了口詞，取了張無事的供狀，喝令釋放。李通判在旁邊不知，還再三說：「老先生，這廝賊情既的，不可放他。」反被徐知府對佐貳官儘力數說了李通判一頓，說：「我居本府正官，與朝廷幹事，不該與你家官報私仇，誣陷平人作賊。你家兒子娶了他丈人西門慶妾孟氏，帶了許多東西，應沒官贓物金銀箱籠來。他是西門慶女婿，逕來索討前物，你如何假捏賊情，拏他入罪，教我替你家出力？做官養兒養女也要長大。若是如此，公道何堪？」當廳把李通判數說的滿面羞慚，垂首喪氣而不敢言。陳敬濟與陳安便釋放出去了。（第九十二回）

這段小插曲有趣之處，在於作者放棄了《水滸傳》故事常有的善惡分明、淋漓盡致的文氣，弄出了一個「反高潮」的插曲來。這樣的「反高潮」結尾，透露了幾件有趣的事：

孟玉樓設局騙陳敬濟，說得好聽點是智取，說得難聽一點，就是栽贓。作者在這裡提出了一個有趣的問題：

「以暴制暴」（或者應說不擇手段來對付不擇手段）有其正當性嗎？

如果孟玉樓不是設了這個局，而是直截了當拒絕陳敬濟的威脅，結果會怎樣？陳敬濟真的敢去告官嗎？就算他真的去告官，知府會像現在這樣，相信陳敬濟的說法嗎？

依照這個假設往下推論，我們可能會得到兩種結果：

一、孟玉樓碰到的是清官（像徐知府這樣）：那麼陳敬濟的陰謀會被拆穿，李通判相信媳婦的清白，陳敬濟受到應有的處罰。

二、孟玉樓碰到是個庸官：這個昏官可能會相信陳敬濟的說法，李通判不相信媳婦，結果孟玉樓反倒要吃虧。

換句話說，當孟玉樓碰到像陳敬濟這樣的無賴時，到底設局還是不設局騙陳敬濟好，實在是沒有一定的標準答案，端看遇到的知府是什麼樣的程度而定。我們如果一定要替孟玉樓找出最佳的選擇策略，她的選擇應該是：

清官——不設局。

庸官——設局。

問題是，孟玉樓初到嚴州，根本不知道徐知府的底細。因此，只能憑著對「司法」的信心來選擇她的策略。我們看得出來，孟玉樓選擇了「設局」騙陳敬濟。這也就是說，孟玉樓相信的是：

她遇到「庸官」的機率應該比「清官」高。

好了，我們看到了。這是孟玉樓這個選擇背後最可悲的地方。在明朝那樣的封建社會裡，像徐知府這樣願意用心查案的官吏應該是少之又少的，大家才會像孟玉樓一樣，寧可相信自己碰到的是庸官。

一定得理解這個部分，我們才能夠再度感受到蘭陵笑笑生一貫的譏諷：孟玉樓並沒有做錯什麼，她只是太聰明又太倒楣了，竟然在明朝遇見了清官。

徐知府沒有收紅包，還願意用心查案，這樣的人肯定是清官沒有問題。

更譏諷的是，這個算得上是清官的人，他在認知到自己的「通判」（知府中的二級首長）「官報私仇，誣陷平人作賊」，結果竟然只是放走陳敬濟，還罵了李通判一頓，整個案子就不了了之。這表示，即使是這樣的「清官」，到最後還是免不了偏袒部屬、包庇自己人——可見絕對的「公理正義」這件事，在明朝即使是碰到了清官，也是不存在的。

無疑的，隱藏在這段看似反高潮結尾裡的譏諷，更隱誨、更教人覺得椎心。

回到故事裡，這個情節最後的結局是：顏面盡失的李通判回家叫人把兒子李衙內痛打三十大板，當下打得皮開肉綻、鮮血迸流，還把兒子用鐵索墩鎖在後堂，要囚禁死他。不但如此，怒火攻心的李通判還要把孟玉樓打發出門，叫她另行嫁人。後來總算在通判夫人苦苦哀求之下，才網開一面，讓李衙內和孟玉樓一起回老家河北棗強縣唸書去了。

被官府釋放的陳敬濟以為總算逃過了一劫，一點也沒想到他真正的劫數其實才開始而已。

他的劫數之一是：陳敬濟回到碼頭，發現負責看守貨船的楊大郎連人帶貨全消失不見了。陳敬濟帶出來的九百兩銀子全部付諸流水，只能靠著典當身上的衣服，好不容易換了些盤纏，勉強返鄉。

劫數之二是：陳敬濟回到家，兩個處不好的女人——西門大姐和馮金寶通通都來告狀了。一肚子窩囊氣的陳敬濟本來就偏袒馮金寶，聽完之後老實不客氣地給西門大姐一頓拳打腳踢，打得鼻孔出血，昏倒在地，半日才甦醒過來。陳敬濟不理會哭哭啼啼的西門大姐，逕自到馮金寶房間過夜。到了次日早晨聽見丫頭尖叫時，西門大姐已經上吊自殺在房間裡面了。

劫數之三是：西門大姐死了的消息傳來，吳月娘找來家人、小廝、丫鬟、媳婦七八個人來陳敬濟家，把陳敬濟和馮金寶打了個半死。吳月娘不但搬走房間裡的床帳粧奩，還一狀告到縣府衙門裡去。她指控陳敬濟：

……（陳敬濟）在家將氏女西門氏時常熬打，一向含忍。不料伊又娶臨清娼婦馮金寶來家，奪氏女正房居住，聽信唆調，將女百般痛辱熬打。又採去頭髮，渾身踢傷。受忍不過，比及將死，于本年八月廿三日三更時分，方才將女上吊縊死……（第九十二回）

吳月娘這樣的控訴當然是「以怨報怨」，不過知縣派人驗屍，驗屍的結果是：「身上俱有青傷，脖項間亦有繩痕。」一切的證據都指向是陳敬濟「謀殺」了西門大姐，嚇得陳敬濟連忙變賣僅剩的家產，把所得一百兩銀子拿去賄賂知縣，總算最後才免了一死。

陳敬濟從衙門裡被放出來，埋葬完西門大姐之後，家裡所剩無幾。先是馮金寶離開了，兩個丫鬟也賣掉了一個，只剩下元宵，後來元宵也病死了。經過這個事件，陳敬濟再也不敢去騷擾吳月娘了。他整日坐吃山空，很快賣掉房子，租了一間小房子。又過了沒多久，繳不出房租，陳敬濟終於被趕到冷鋪[30]裡去了。

陳敬濟想要成為西門慶的夢，走到這裡可說全部幻滅了。真要比較的話，陳敬濟和西門慶看似相似，其實是完全不同的。兩個人最大的差別，在我看來，在於：

西門慶愛錢勝過女人。陳敬濟卻愛女人勝過錢。

愛錢的西門慶為了賺錢必須在事業上精明、世故、巴結、布局，在事業上步步為營，但不夠愛錢的陳敬濟卻為了女人浪費、放任情緒，甚至在事業上荒廢、鬆懈，直到不可收拾。兩個人不同的出發點決定了他們的態度，不同的態度最終當然也決定了他們經營事業的成就。

那是宣和二年的臘月。陳敬濟在寒冬裡被冷鋪值班的士兵分派出門打梆子的差事，這裡有段相當抒情的畫面。

……（陳敬濟）不免手提鈴串了幾條街巷。又是風雪，地下又踏著那寒冰，凍得聳肩縮背，戰戰兢兢。臨五更雞叫，只見個病花子躺在牆底下，恐怕死了，總甲吩咐他看守著，尋了把草叫他

30 冷鋪是巡夜兵卒值勤歇腳之處，晚上往往也收容乞丐、流民，讓他們協助搖鈴打梆子。

烤。這敬濟支更，一夜沒曾睡，就捱下睡著了。不想做了一夢，夢見那時在西門慶家怎生受榮華富貴，和潘金蓮勾搭，玩耍戲謔，從睡夢中就哭醒了……（第九十三回）

陳敬濟如果只是做事業不如西門慶，偶爾上酒家喝喝酒，泡泡妹妹，或許他的人生還不至於淪落至此。可是陳敬濟異想天開地想過著西門慶那樣的富貴人生，動孟玉樓歪腦筋，還不把西門大姐當人看……

在這裡，命運一直想提醒陳敬濟的似乎是：

世界並不是以你為中心的。上天自有它的意志。

可憐的陳敬濟似乎一點也沒有看出這些冥冥之中的暗示。即使從睡夢中哭醒了，他對自己的人生似乎也只是充滿了感傷，卻缺乏感悟。

《老子》裡說：「天地不仁，以萬物為芻狗。」這話聽起來有點冷酷。但天地對於愚笨、癡頑，對於它的遊戲規則視而不見的人似乎還要更殘酷、更缺乏耐性。

4

陳敬濟白天在街上乞食，晚上存身冷鋪。他父親的老朋友王杏菴看不下去，三番兩次拿錢資助他，並且諄諄教誨。可惜陳敬濟錢一到手，不是和其他乞丐吃掉、就是賭博輸掉了。王杏菴最後只好介紹陳敬濟到臨清附近任道士主持的晏公廟做了道士。

靠近臨清碼頭水閘的晏公廟是個香火鼎盛的道觀。來往的船隻在此停泊等待時，過往的客商政要都會來廟裡求福祈願。任道士生財有道，把香火錢用來在臨清碼頭上開設米舖賺錢，財源滾滾。由於任道士年事已大，平時只負責專迎賓送客，廟裡的大小事務都是由大徒弟金宗明一手張羅。

金宗明有斷袖之癖，他看上陳敬濟「齒白唇紅，面如傅粉，清俊乖覺」，意圖對陳敬濟上下其手。陳敬濟要求金宗明提供放置財務細軟的匣櫃鑰匙，並且掩護自己自由出入寺廟。金宗明得到的回報則是陳敬濟的身體，以及虛假的枕邊細語、山盟海誓。

從公子哥兒到政治落難家屬、到罪犯、乞丐、流民一路沉淪到道士、男同志……陳敬濟的飄浪人生算得上夠悲慘了，但身在其中的陳敬濟似乎沒有什麼強烈的感傷。他帶著從任道士那裡偷出來的銀兩，一身道士的裝扮開始在臨清碼頭的酒樓與妓院之間流連。

沒多久，他在酒樓又遇見馮金寶了。馮金寶原來的鴇母病死，她被賣到鄭五媽家——現在改名叫鄭金寶了。兩個舊時情人相見分外激動，彼此互訴境遇，惺惺相惜。陳敬濟安慰馮金寶說：

「我的姐姐，你休煩惱。我如今又好了。自從打出官司來，家業都沒了，投在這晏公廟做了道士。師父甚是托我，往後我常來看你。」

兩個人併坐對飲。金寶彈起了琵琶，唱著〈普天樂〉：

淚雙垂，垂雙淚。三盃別酒，別酒三盃。
鸞鳳對拆開，拆開鸞鳳對。嶺外斜暉，看看墜；看看墜，嶺外斜暉。
天昏地暗，徘徊不捨，不捨徘徊。（第九十三回）

我沒聽過這首曲子，不過光從歌詞就可以想像聽起來一定哀怨動人。兩人酒一杯一杯地喝下去，接著是解衣上床、恩愛纏綿。書上說：

這陳敬濟一向不曾近婦女，久渴的人，今得遇金寶，儘力盤桓。尤雲殢雨，未肯即休……（第九十三回）

「未肯即休」把那種貪戀與不捨形容得貼切動人。

一個靠著和另一個道士搞同志情換取一點銀兩與自由的道士，靠著這麼一點銀兩與自由，去溫暖另一個更沒有銀兩與自由的妓女。從嫖客妓女到夫妻再到道士和妓女，這段「未肯即休」的性愛盤桓固然色情、癡愚、甚至傷風敗俗，但無常際遇中自有其深刻的嚴肅，教人悲憫、動容。

命運繼續用一種大起大落的方式戲弄陳敬濟。

自從在酒家遇上了馮金寶之後，兩人舊情復燃。陳敬濟常去酒家和她相會，或是捎錢、柴米周濟她。不料卻因此招惹了「坐地虎」劉二。

劉二是周守備親隨張勝的小舅子，仗勢著周守備勒令他管理地方治安、緝捕盜賊、巡查河道的名義，專門在碼頭一帶放高利貸給娼妓營生。他看見陳敬濟一個人在酒樓把馮金寶包占住，便來找碴，想從中弄點好處。不想陳敬濟搞不清楚狀況，沒頭沒腦地竟和劉二大打出手，果然被打得七葷八素，連同馮金寶一起被拘捕到官府去了。

周守備升堂審案，發現陳敬濟身為道士，不守清規，宿娼飲酒，騷擾地方，行止有虧。於是令人責打二十棍，並且追還度牒（道士證書）。

廳堂中衙役們聽了宣判，把陳敬濟翻倒，攤開衣服，用繩索綁起來。春梅去年八月間生下了小衙內已經半歲，這時正被親隨張勝抱著在衙門一旁觀看。就在衙役準備好棍棒要開打時，被張勝抱在懷裡的小衙內忽然撲向陳敬濟，要陳敬濟抱他。

張勝怕周守備生氣，連忙把小孩哭哭啼啼地抱往後面去。

春梅聽見小孩哭，便問張勝。張勝表示：

「老爺廳上發放事，打那晏公廟陳道士，他就撲著要他抱。小的走下來，他就哭了。」

春梅聽見姓陳，好奇地走到屏風後面探頭往廳堂裡看。那時陳敬濟正在挨打。她看那人，不管是聲音、模樣都像陳敬濟，於是把張勝找來打聽——果然挨打的人就是陳敬濟。

春梅立刻請人讓周守備停止動刑，並且請他下來。春梅說：

「你打的那道士，是我姑表兄弟，看奴面上，饒了他吧。」

周守備當然樂於賣自己的夫人人情。他回到廳堂上，當場釋放馮金寶、陳敬濟。還叫張勝偷偷把陳敬濟找回來，打算讓他和春梅見面。

（又是一個「公理正義」不敵「人情」的活例。）

眼看陳敬濟就要和春梅重相逢，這時候春梅忽然沉吟想了一想。

春梅說：「你且叫那人去著，等我慢慢再叫他。」

故事情節暫且說到這裡。在這段故事裡藏了幾個有趣的懸疑，我們先來看看。

首先，書上說半歲小衙內是去年（宣和元年）八月出生的。推算起來，這個孩子受孕的日期應在宣和元年十一月中到十一月底之間。事實上，春梅正是那時候被吳月娘趕出西門慶家的。如果大家不健忘的話，那時陳敬濟去看了她一次，兩個人曾經有過一度春風。

再來，小衙內一看到陳敬濟就立刻親熱地要撲上去。這個舉止雖然不能證明什麼，但是，小衙內如果每天都撲向罪犯，那麼張勝應該不可能抱著他，還讓他待在那裡。因此，小衙內撲向陳敬濟應該是「特殊」的狀況。蘭陵笑笑生雖不明說小衙內可能就是陳敬濟的親骨肉，但在這裡作者至少是「強烈」暗示這件事的。

討論完了這些，最後只剩下一個懸疑了：

既然如此，春梅為什麼不見陳敬濟，她到底在考慮什麼呢？

在謎底揭曉前，我們接著往下看。

春梅一回到房間之後，開始「捫心撾被，聲疼叫喚起來」，弄得大家緊張得不得了。這時周守備的大老婆已經過世，春梅被晉升成了正式的大老婆了。對春梅寵愛有加的周守備見到春梅這樣，可不高興了，怪罪張勝、李安，罵他們不先弄清楚陳敬濟是春梅的兄弟就抓人。

張勝、李安驚惶不已，跑來春梅房裡哭哭啼啼，哀求春梅饒過他們，在周守備面前放他們一條生路。

兩人平時當貼身護衛兼給春梅帶小孩，算來也是親信。於是春梅大方地告訴周守備：「我自心中不好，干他們甚事？那廝他不守本分，在外邊做道士，且奈他些時，等我慢慢招認他。」周守備聽了才停止繼續找張勝、李安麻煩。

儘管如此，春梅還是繼續呻吟、咳聲歎氣。

周守備無計可施，只好讓張勝去請了醫官來看病。看了半天一點效果也沒有。春梅不但不吃藥，還發脾氣、讓丫鬟罰跪。孫二娘（周守備的二妾）也讓丫鬟給春梅熬粥，春梅只吃了一口，破口大罵，讓人在丫鬟臉上打了四個巴掌。

孫二娘便道：「奶奶，你不吃粥，卻吃些什麼兒？卻不餓著你？」

春梅道：「你教我吃，我心內攔著，吃不下去。」良久，叫過小丫鬟蘭花兒來，吩咐道：「我心內想些雞尖湯兒吃。你去廚房內，對那淫婦奴才（孫雪娥），教他洗手做碗好雞尖湯兒與我吃……。」（第九十四回）

鷄尖湯的做法是這樣的：用雛雞翅膀尖切碎，用快刀切成絲，加上辣椒、蔥花、芫荽、酸筍、醬油，搗成清湯。不過這碗「鷄尖湯」還有一個更重要的弦外之音，那就是：「鷄姦湯」。為什麼要繞了半天，然後才叫孫雪娥做「鷄姦湯」呢？

要知道，孫雪娥所在的大灶是給所有的人煮菜做飯的地方，這是最累、也最低下的位置。平時春梅和周守備主人房如果要吃點心，除非很特別，否則都是由主人房的丫鬟直接處理的。這也是為什麼春梅要整孫雪娥，還得這麼大費周章的理由。

至於「雞姦湯」，更明白地擺明了：老娘就是要找妳麻煩、羞辱妳！

春梅既然要整人，孫雪娥煮來的鷄尖湯當然不可能合春梅的胃口。三番兩次被潑到地上之後，孫雪娥也不高興了，說了句：

「姐姐，幾時這般大了，就抖摟起人來！」

這話傳到春梅那裡去，不得了了。

這春梅不聽便罷，聽了此言，登時柳眉剔豎，星眼圓睜，咬碎銀牙，通紅了粉面，大叫：「與我採將那淫婦奴才來！」

須臾，使了奶娘丫鬟三四個，登時把雪娥拉到房中。春梅氣狠狠的一手扯住他頭髮，把頭上冠子跺了，罵道：「……我買將你來伏侍我，你不憤氣，教你做口子湯，不是精淡，就是苦鹹。你倒還對著丫頭說我幾時恁般大起來，摟搜索落我，要你何用？」

一面請將守備來，採雪娥出去，當天井跪著。前邊叫將張勝、李安，旋剝褪去衣裳，打三十大棍。兩邊家人點起明晃晃燈籠，張勝、李安各執大棍伺候。那雪娥只是不肯脫衣裳。

守備恐怕氣了他，在跟前不敢言語。孫二娘在旁邊再三勸道：「隨大奶奶吩咐打他多少，免褪他小衣罷……」

春梅不肯，定要去他衣服打，說道：「那個攔我，我把孩子先摔殺了，然後我也一條繩子吊死就是了。留著他便是了。」於是也不打了，一頭撞倒在地，就直挺挺的昏迷不省人事。（第九十四回）

（真是夠狠了。不是她死，就是我死。）

守備諕的連忙扶起，說道：「隨你打罷，沒的氣著你。」當下可憐把這孫雪娥拖翻在地，褪去衣服，打了三十大棍，打的皮開肉綻。一面使小牢子半夜叫將薛嫂兒來，即時罄身領出去辦賣。（第九十四回）

當初春梅被吳月娘賣了十六兩，春梅更狠，賣孫雪娥只要價八兩（是自己當初的一半），而且還指定要把孫雪娥賣到娼門去，這才算是了卻心頭之恨。

讀到這裡，讀者也許要問：春梅心中的不舒服，和孫雪娥有什麼關係呢？

當然有關係啊！

春梅告訴過周守備，她和陳敬濟是表兄妹。

春梅不見陳敬濟的原因終於揭曉了。大家想，陳敬濟如果來到周守備府上和春梅相見，孫雪娥當然會向周守備透露他們過去姦情。於是，情勢變成了只要孫雪娥在周守備府上，春梅就不可能將陳敬濟接過來，春梅當然要想盡辦法趕走孫雪娥！

打發了孫雪娥之後，春梅派人去晏公廟尋找陳敬濟。來人回報說任道士死了，陳敬濟離開晏公廟，沒有人知道陳敬濟的去向。

這樣的結果春梅當然不滿意，她要張勝和李安想辦法，繼續再去找陳敬濟。

❖

離散的故事也在西門慶家發生著。

先是來安走了、來興的媳婦惠秀死了，然後又是家人來昭過世（來昭的老婆一丈青帶著兒子鐵棍兒嫁人去），李瓶兒原來的奴婢綉春也跟王姑子出家去了。

這些快得來不及反應的事情，都讓吳月娘對許多事情的態度漸漸改變。

宣和二年八月十五日，玳安趁著吳月娘做生日在聽姑子宣經時，和小玉在主人房裡翻雲覆雨，被吳月娘發現了。沒想到一向在乎道德尺度的吳月娘只說了一句：「賊臭肉，不在後邊看茶去，且在這裡做什麼哩！」便讓他們兩個人離開了。

照說，這些都是過去吳月娘不能容忍的事，現在她不再堅持了。吳月娘決定給他們完婚，除了出錢給他們做衣服、棉被，還給小玉編了鬏髻，還送她首飾、戒指。

我們注意到，吳月娘讓小玉戴上鬏髻，已經暗示著不再把玳安、小玉當僕人、奴婢，漸漸有把他們當成兒子、媳婦的味道出現了。過去西門慶在時，吳月娘一點也不喜歡機伶狡猾，老是幫著西門慶說謊的玳安。可是在家道中落，人事紛紛離散，玳安是少數家裡剩著的男人——吳月娘似乎也沒有什麼選擇的餘地了。

吳月娘給玳安辦婚事，年紀比玳安稍大的平安覺得自己受了冷落，賭氣地偷走當舖裡人家拿來典當的金頭面[31]（金首飾），決定遠走高飛。

（這個過去也吃過書童醋的平安又來了。）

不過平安走了沒多遠，飛了也沒多高，就因為在私窠子裡出手太招搖被人檢舉，讓巡簡吳典恩逮到官府去了。

吳典恩問道：「你因什麼偷出來？」

平安道：「小的今年二十二歲，大娘許了替小的娶媳婦兒，不替小的娶。家中使的玳安兒小廝，才二十歲，倒把房裡丫頭配與他，完了房。小的因此不憤（不滿），才偷出假當舖這頭面（首飾）走了。」（第九十五回）

這個說法固然是實話，可是對吳巡簡來說，贓物是西門慶家的贓物——到時候得歸還的，犯人又是身無分文的僕人——打死了也沒有油水可撈，整個案子實在是一個食之無味、棄之可惜的雞肋。

為了弄點油水，他心生一計。

吳典恩道：「想必是這玳安兒小廝與吳氏有奸，才先把丫頭與他配了。你只實說，我便饒了你。」

平安兒道：「小的不知道。」

吳典恩道：「你不實說，與我拶起來。」（第九十五回）

根本還沒開始用刑，平安就依照吳典恩的劇本，完全招供了。

玳安和吳月娘有姦嗎？這顯然又是另一件羅生門公案。但先不管吳月娘和玳安有姦沒姦，有了平安的供詞，由於事情牽涉到吳月娘，其中的油水顯然就完全不同了。

我們要知道，吳典恩就是當年和來保一起進京替西門慶送生日禮物給蔡京時，意外被封了驛丞的人。他當年上任沒錢擺排場，還是西門慶借了他一百兩銀子的。吳驛丞現在升了巡簡，不知恩圖報也就算了，反而乘機向吳月娘敲詐，真是完全符合了他的名字的諧音——無點恩。

31 婦女裝飾時插、戴、掛所用的各件首飾。廣義上，也可當成金首飾。

【題外話】

「巡簡」本來應作「巡檢」，從九品，受府州縣節制，負責緝捕盜賊、盤詰奸偽。崇禎本的《金瓶梅》為了避諱皇帝朱由檢的名諱，全改成了「巡簡」。這是這個版本被認為是崇禎年間印行的重要證據之一。

正煩惱怎麼送錢打點給吳巡簡時，穿梭在家家戶戶之間賣首飾、奴婢的薛嫂來了。她帶來春梅被周守備扶正變成了大奶奶的消息。薛嫂告訴吳月娘，春梅現在不但得寵，手下使喚著兩個奶媽、四個丫頭，日前還把孫雪娥打了一頓，賣了出來。由於周守備負責管理地方河道、軍馬錢糧、提拏強盜賊情，吳巡簡正是周守備的手下。薛嫂建議吳月娘何不寫封說帖，讓薛嫂帶去給春梅，請春梅代為向周守備關說。薛嫂說：「等我對他說聲，教老爺差人吩咐巡簡司，莫說一副頭面，就十副頭面也討去了。」

吳月娘聽了大喜。立刻請薛嫂居中穿線，拜託春梅出面關說。最後總算靠著春梅的關係，解決了這個天上掉下來的麻煩。

事後，吳月娘使玳安送禮四盤菜餚，宰了一隻豬，一罈酒，一匹紵絲尺頭給春梅。春梅和周守備收了食物，退了紵絲尺頭，還答應孝哥生日時（其實也就是西門慶的忌日），要回家走走。

宣和三年元月二十三日，西門慶逝世三週年。春梅準備了祭禮，坐著四人轎子來到西門家祭拜西門慶。

祭拜完畢，春梅想到前邊花園走走。

月娘道：「我的姐姐，還是那咱的山子花園哩！自從你爹下世，沒人收拾他，如今丟搭的破零零的，石頭也倒了，樹木也死了，俺等閒也不去了。」

春梅道：「不妨，奴就往俺娘那邊看看去。」（第九十六回）

月娘違拗不過春梅，只好請小玉去拿前邊花園的鑰匙。

春梅先到李瓶兒那裡去。看見樓上散落著一些折桌壞凳破椅子，下邊屋子空鎖著，地下草長得荒荒涼涼的。看完李瓶兒那裡，到潘金蓮這邊來，樓上還堆著些生藥香料，下邊只有兩座櫥櫃，床也不見了。春梅問床的下落，他們告訴她：當初孟玉樓陪嫁來的拔步床被送給西門大姐當陪嫁了，因此孟玉樓這次出嫁時，就把那張床送給了孟玉樓當了陪嫁。

春梅聽言，點了點頭兒，見那星眼中由不的酸酸的，口內不言，心下暗道：「想著俺娘那咱，爭強不伏弱的問爹要買了這張床。我實承望要回了這張床去，也做他老人家一念兒（紀念），不想又與了去了。」由不的心下慘切。又問月娘：「俺六娘（李瓶兒）那張螺甸床怎的不見？」

月娘道：「一言難盡。自從你爹下世，日逐只有出去的，沒有進來的。常言：家無營活計，不怕斗量金。也是家中沒盤纏，擡出去交人賣了。」

春梅問：「賣了多少銀子？」

月娘道：「只責了三十五兩銀子。」

春梅道：「可惜了！那張床，當初我聽見爹說，值六十兩多銀子，只責這些兒！早知道你老人家打發，我倒與你老人家三、四十兩銀子要了也罷。」（第九十六回）

聽了春梅的感歎，吳月娘說了句意味深遠的話。

月娘道：「好姐姐，人那有早知道的？」

多麼深刻的話啊！人哪有早知道的？誰知道西門慶會死？誰知道吳月娘家會這麼快家道中落？誰知道春梅也有這麼風光的一天？

吳月娘擺出了酒席，請來了彈唱勸酒的韓玉釧兒、鄭嬌兒。

（韓玉釧兒是韓金釧兒的妹妹、鄭嬌兒是鄭愛月的姪女，新陳代謝的速度還真是教人覺得驚心動魄！）

兩個妓女一個彈箏，一個彈琵琶，唱著：

冤家為你幾時休？捱過春來又到秋，誰人知道我心頭。天，害得我伶仃瘦，聽的音書兩淚流。
從前已往訴緣由，誰想你無情把我丟。（第九十六回）

春梅和月娘乾杯，又和大妗子、小玉乾杯。

醉眼迷濛中，春梅想起了過世的西門慶、想起了潘金蓮、想起了李瓶兒，還想起了還在外頭飄零的陳敬濟……

沒有什麼樣的青春年少頂得住歲月摧折，沒有什麼樣的富貴繁華耐得過境遇無常，更沒有什麼樣的愛恨情仇禁得起時過境遷。

是啊。人哪有早知道的呢？

❖

那時候，飄浪的陳敬濟正和過去在冷舖裡認識的乞丐飛天鬼侯林兒等人在水月寺建築工地做工。那日天氣很好，陳敬濟剛擡完了土，靠在山門牆下曬太陽，抓身上的虱子。

一個穿戴華麗，手提鮮花籃，騎著黃馬的人從他面前走了過去。

這個人一看到陳敬濟，立刻從馬上跳下來，站到陳敬濟面前，對他深深一鞠躬。他說：「陳舅，小人那裡沒尋你老人家，原來在這裡。」

陳敬濟嚇了一跳，連忙還了一個禮。問他是誰？

這人恭恭敬敬地說：「小人是守備周爺府中親隨張勝。自從舅舅府中官事出來，奶奶不好直到如今。」

宣和三年三月中旬，他們找到了陳敬濟。

5

春梅讓陳敬濟告訴周守備他是春梅的姑表兄弟。（應該是姨兄弟才對吧！）周守備完全相信陳敬濟的說法。周守備吩咐家人打掃西書院給陳敬濟居住，不但每日供餐，還拿出衣服給他更換。

從此，春梅和陳敬濟又在一起了。趁著周守備在外面忙著公事，春梅就去陳敬濟房中和他吃飯、喝酒，下棋、調戲。有時就算守備在家，春梅白天也會到書院那裡去和陳敬濟坐了半天，才進到後邊來。兩個人在周守備府中勾搭，外邊無人知曉，守備家裡的人，就算覺得奇怪也不敢聲張。

一切都稱心如意，過去在西門慶家的美好時光似乎又恢復了。

春梅和陳敬濟互訴離別之後的往事。

陳敬濟告訴春梅分別後如何上東京向父母要錢好娶回潘金蓮、如何來遲、又如何做生意被騙、如何做了道士……種種往事，說到傷心處，兩個人都哭了。

春梅告訴陳敬濟如何在官府見到了他，如何為了他趕走了孫雪娥，後來又如何在永福寺遇見吳月娘，後來又如何幫吳月娘解決了吳巡檢的麻煩，之後吳月娘買了禮物來答謝，春梅又去她家給西門慶上香……兩家互相往來的事。說到春梅過生日答應邀請吳月娘的事時，陳敬濟有意見了。

敬濟聽了，把眼瞅了春梅一眼，說：「姐姐，你好沒志氣！想著這賊淫婦，那咱把咱姐兒們生生的拆開了，又把六姐命喪了，永世千年，門裡門外不相逢才好，反替他去說人情兒？……有我早在這裡，我斷不教你替他說人情。他是你我讐人（仇人），又和他上門往來做什麼？……」

幾句話，說得春梅閉口無言。這春梅道：「過往勾當，也罷了。還是我心好，不念舊讐。」……

敬濟道：「今後不消理那淫婦了，又請他怎的？」

春梅道：「不請他又不好意思的。丟個帖與他。來不來隨他就是了。他若來時，你在那邊書院內，休出來見他。往後咱不招惹他就是了。」（第九十七回）

有讀者認為春梅有情有義，陳敬濟度量窄。我並不同意。事實上，我們只要想想春梅對付孫雪娥的手段，就知道龐春梅絕非「心好，不念舊仇」的女人。否則，吳月娘和孫雪娥同樣是西門慶家的妻妾，吳月娘的作為對春梅的傷害應遠大過孫雪娥才對啊，為什麼春梅反而不能原諒孫雪娥呢？

這恐怕是春梅的「階級意識」在作祟。

我們看到，整本《金瓶梅》裡，春梅發脾氣的對象似乎僅限於和她同階級（如孫雪娥）或出身不如她的人（如妓院樂師李銘、申二姐）。做為「奴婢」的春梅，面對於主人種種不合理安排（諸如西門慶占有她、吳月娘賤賣她），不但不曾有激烈的反抗，事過境遷重相逢時，竟還不計前嫌地主動下跪，還喊吳月娘為「娘」。這樣的行為說得好聽點是念舊，但說得難聽點，就是根深蒂固的「奴婢心態」。

（再看看春梅對潘金蓮的懷念與崇拜，也充滿了同樣的奴婢心態。）

反觀陳敬濟，他出身「主子」階級，要不是吳月娘從中作梗，或許西門慶所有的一切——不管是財產或女人，現在早就是他的了。從「主子」淪落到寄人籬下，陳敬濟當然不可能原諒吳月娘。

這是陳敬濟和龐春梅的不同。出身不同，意識形態就不同，事情無關乎情義，也無關乎度量。

過了不久，吳月娘果然應邀來參加春梅的生日宴會。陳敬濟雖然躲在書房不出來，但還是被機伶的玳安發現了。

我本來以為這個又是一個「周守備識破陳龐姦情」的新布局，不過《金瓶梅》的作者似乎無心於此。書上只說吳月娘知道了這件事，但是沒有揭穿。只說：「自從春梅這邊被敬濟把攔，兩家都不相往還。」

總之，這個情節就這樣有點不了了之地結束了。

❖

對於陳敬濟將來的出路，周守備想得很周到。

周守備把陳敬濟的名字登記在朝廷敕旨征剿梁山泊的軍籍裡，以便打勝仗時陳敬濟也可以得封賞。不但如此，周守備臨行前還要春梅讓媒人給陳敬濟尋一門親事，讓他早日成家立業。

周守備離家之後，春梅找了薛嫂來，認真地開始幫他物色對象。

薛嫂先介紹了一個朱小姐，十五歲，被春梅嫌太小，不適合。

接著，又介紹了應伯爵的第二個女兒，二十二歲。應伯爵這時已經死了，春梅嫌應伯爵家陪嫁太少。退回了婚帖。

最後薛嫂介紹了開緞鋪的葛員外家大女兒，葛翠屏，二十歲。「生的上畫兒般模樣兒，五短身材，瓜子面皮，溫柔典雅，聰明伶俐。」春梅覺得不錯，於是擇定吉日，納采行禮，之後讓陳敬濟娶了過門。

春梅還讓薛嫂去找個丫頭，準備買給葛翠屏使喚。作者透過薛嫂介紹這個丫頭，也讓我們看到了其他人的境況。薛嫂說：

「（這個丫頭）是商人黃四家兒子房裡使的丫頭，今年才十三歲。黃四因用下官錢糧，和李三還有咱家出去的保官兒（來保），都為錢糧（辦理朝廷的採購虧空）捉拏在監裡追贓，監了一年多，家產盡絕，房兒也賣了。李三先死，拏兒子李活監著。咱家保官兒那兒子僧寶兒，如今流落在外，與人跟馬哩。」（第九十七回）

黃四、李三是當初跟西門慶借錢包攬朝廷採購賴帳不還的人。來保這個首席僕人在西門慶死後的表現更是忘恩負義。顯然這幾個人的下場是作者故意在書裡面安排的現世報。

葛翠屏娶過門來了，和春梅、陳敬濟三個人相處得很好。書上說：

「每日春梅吃飯必請他兩口兒同在房中一處吃，彼此以姑妗稱之，同起同坐。」

在這裡，《金瓶梅》又再度發揮了它表象世界是一套，內心世界又是一套的慣常風格。讓我們看見：我們在現實看到的這個表象世界是如何地不可靠。可是話又說回來了，那個隱晦的底層世界就更真實嗎？

春梅愛陳敬濟更甚於周守備嗎？或者，陳敬濟愛春梅更甚於葛翠屏呢？

如果春梅真愛陳敬濟的話，她會不會嫉妒葛翠屏比她擁有更多的陳敬濟呢？

從小說的字裡行間看來，似乎一點也看不出春梅有任何妒忌的心情。當一個女人真心愛上一個男人，難道她想的不是全心全意地占有他？還是從一開始，春梅就和潘金蓮共有西門慶、共有陳敬濟，習慣了這些的春梅，對於「愛」的觀念變成了只想「使用」，而不想「占用」呢？

還是，春梅並不愛陳敬濟？

但如果不愛的話，幹嘛要如此大費周章，把他弄來家裡呢？

會不會，春梅之所以和陳敬濟偷情的心情——和她想買回潘金蓮那張床一樣，只是想在這些劇烈又無常的變動中，試圖抓住一些什麼呢？

這些推論，不管對不對，有沒有，或者是成分多少，真相我們大概永遠都無法得知了。我們比較有把握的是：春梅暫時應該不會讓葛翠屏知道她和陳敬濟的事才對。畢竟春梅這時還是周守備的正室。況且，葛翠屏是個沒經歷過什麼人事滄桑的大小姐，很多事，她不知道應該會比較快樂吧？

於是他們就這樣過著幸福快樂的三人行生活。

白天春梅不時出來書院中，和陳敬濟閒話，暗地交情。到了晚上，陳敬濟則回到西廂房和葛翠屏恩恩愛愛……

午夜夢迴時，陳敬濟或許會想起，他在水月寺做苦工時，曾經有個叫葉頭陀的行腳僧算過他的命，說他將來還有一步發跡，以及「後來還有三妻之會，但恐美中不美」。這個關於「發跡」的預言顯然已經漸漸實現了，至於之後的三妻之會陳敬濟目前也已經遇到春梅以及葛翠屏……

如果算命的說得沒錯的話，他應該還會再遇到一個女人。

這一個女人是誰呢？

美中不美又是指什麼呢？

周守備討伐宋江，招安了草寇，被朝廷晉升為「濟南兵馬制置」，名字被登錄在軍籍上的陳敬濟則被晉升為參謀，月給二石白米，冠帶榮身。

二石白米在明嘉靖、萬曆年間約值一、二兩銀子（六至八千元新臺幣），雖不算高薪，但不用上班就可以在家裡坐領薪水，在那個物價低廉的時代，不能說不算肥缺。但周守備希望陳敬濟自立自強，更加出人頭地，因此，他要春梅拿些本錢，資助陳敬濟做些生意、買賣。

對於周守備的好意，陳敬濟當然是一百個、一千個歡喜樂意。他在路上遇見舊識陸二哥。陸二哥告訴陳敬濟，當初騙他錢的楊大郎把貨物賣了錢，現在正在臨清碼頭開設「謝家酒樓」。他建議陳敬濟：

「小弟有一計策，哥也不消做別的買賣，只寫一張狀子把他告到那裡（提刑院），追出你貨物銀子來，就奪了這座酒店，再添上些本錢，等我在碼頭上和謝三哥掌櫃發賣。哥哥你三五日下去走一遭，查算帳目，管情見一月你穩拍拍的有百十兩銀子利息，強如做別的生意。」（第九十八回）

陳敬濟一想到楊大郎騙走他的錢，讓他吃了那麼多苦頭，早就火冒三丈了，更何況現在有了周守備做靠山，當然沒有不和他算帳的道理。於是陳敬濟寫了狀子，告發楊大郎詐財潛逃，並且拿著周守備的拜帖，一狀告到提刑院去。提刑院的何千戶見到周守備的拜帖，當然樂得賣人情，立刻差人把楊大郎抓來，一陣夾打、監禁之後，處分他必須賠償陳敬濟的損失。一場訴訟下來，搞得楊大郎傾家蕩產，連同「謝家酒樓」的股份，全賠償了陳敬濟。

陳敬濟找春梅又增資五百兩銀子，請了陸二哥、謝胖子當夥計。重新裝修之後，酒店再度全新開張。陳敬濟這次的生意做得不錯，每日光是現金進帳就有三五十兩銀子。書上說：

> 敬濟三五日騎頭口，伴當小姜兒跟隨，往河下算帳一遭。若來，陸秉義和謝胖子兩個夥計，在樓上收拾一間乾淨閣兒，鋪陳床帳，安放桌椅，糊的雪洞般齊整，擺設酒席，交四個好出色粉頭相陪。（第九十八回）

一切又回復到了最初他從東京回來，帶著銀兩到臨清碼頭採購時的意氣風發。陳敬濟心裡想著：或許這次他真的有機會可以變成西門慶了。

6

就這樣，陳敬濟個人小小的命運在臨清碼頭浮沉著。在這個浮沉之外，是歷史局勢的動盪，是無情的命運對所有人的捉弄。

宣和七年三月，臨清碼頭的駁船上出現了三個人的身影——二女一男。二個女人中，一個是中年婦女，長䠷身材，紫膛膚色；另外一個則是二十多歲的女人，生得白淨標緻，搽脂抹粉。陳敬濟看見工人正把他們的箱籠、行李、桌凳都搬到酒樓樓下的空屋裡來，不悅地跑去追問謝胖子，為什麼不問他一聲，就讓人搬進來？

就在陳敬濟正要發飆時，較年輕的女人過來對陳敬濟深深揖了個萬福，跟他說了一聲抱歉，書上形容陳敬濟這時的反應是：

這敬濟見小婦人會說話兒，只顧上上下下把眼看他。那婦人一雙星眼斜盼敬濟，兩情四目，不能定情。（第九十八回）

這就是陳敬濟和韓愛姐的邂逅了。

年紀較大的女人很快認出陳敬濟來了。

那長挑身材中年婦人也定睛看著敬濟，說道：「官人，你莫非是西門老爺家陳姑夫麼？」

這敬濟吃了一驚，便道：「你怎的認得我？」

那婦人道：「不瞞姑夫說，奴時舊夥計韓道國渾家，這個就是我女孩兒愛姐。」（第九十八回）

原來是去東京投奔蔡太師家翟總管的韓道國、王六兒夫婦，以及他們的女兒韓愛姐。不一會兒，陳敬濟看到韓道國也走過來了。

韓道國走來作揖，已是摻白鬚鬢。因說起：「韓中蔡太師、童太尉、李右相、朱太尉、高太尉、李太監六人，都被太學國子生陳東上本參劾，後被科道交章彈奏倒了。聖旨下來，拏送三法司問罪，發烟瘴地面，永遠充軍。太師兒子禮部尚書蔡攸處斬，家產抄沒入官。我等三口兒各自逃生，投到清河縣尋我兄弟第二（韓二）的。不想第二的把房兒賣了，流落不知去向。三口兒雇船，從河道中來，不料撞遇姑夫在此，三生有幸。」因問：「姑夫今還在西門老爹家裡？」（第

九十八回）

蔡攸被砍頭了、蔡京垮臺了，西門慶死了，陳敬濟也離開了，東京的政局變化比想像的還要驚人。儘管大家熱絡地寒暄著，陳敬濟心裡想的卻都是韓愛姐。本來陳敬濟是來罵人的，沒想到這麼一見鍾情的結果，不但讓王六兒一家在酒店住下來，還熱心地請店裡的小夥計陳三兒和小姜兒幫忙搬行李。

和傳統古典小說裡的愛情都還沒牽到手就已經山盟海誓、生死相許這類純純的愛相形之下，陳敬濟和韓愛姐的愛情是很特別，也很充滿現代感的——這兩人是先上床，才開始慢慢談戀愛的。

故事得從邂逅之後第三天繼續說下去。

那天，韓道國回酒樓對帳，韓道國派人來請陳敬濟去房間和王六兒、韓愛姐一起喝茶、敘舊。這本來是一個禮貌性的邀請，做為對陳敬濟讓他們在酒店留宿的感謝。不過現場的氣氛好像不僅僅只是這樣。

> 敬濟到閣子內坐下，王六兒和韓道國都來陪坐。少頃茶罷，彼此敘些舊時的閒話。敬濟不住把眼只睃那韓愛姐，愛姐一雙涎瞪瞪秋波只看敬濟，彼此都有意了。（第九十八回）

不久，韓道國、王六兒很知趣地離開了。是韓愛姐先開始勾引陳敬濟的。

> （韓愛姐）見無人處，就走向前，挨在他（陳敬濟）身邊坐下，作嬌作癡，說道：「官人，

你將頭上金簪子借我看一看。」敬濟正欲拔時，早被愛姐一手按住敬濟頭髻，一手拔下簪子來。便笑吟吟起身說：「我和你去樓上說句話兒。」一頭說，一頭走。敬濟得不的這一聲，連忙跟上樓來……

敬濟跟他上樓，便道：「姐姐有甚話說？」

愛姐道：「奴與你是宿世姻緣，今朝相遇，願偕枕蓆之歡，共效于飛之樂。」（第九十八回）

本來，陳敬濟還有點瞻前顧後，怕被人發現，但韓愛姐卻一派肆無忌憚、渾然天成。

敬濟道：「難得姐姐見憐，只怕此間有人知覺。」

韓愛姐做出許多妖嬈來，摟敬濟在懷，將尖尖玉手扯下他褲子來。兩個情興如火，按納不住……（第九十八回）

事後，韓愛姐跟陳敬濟要了五兩銀子，說是要借給父親韓道國。陳敬濟二話不說，立刻給了五兩銀子。不但如此，他和韓愛姐過了一夜，回家還叫僕人小姜兒不可以說出來韓道國家的事。好了，這就是這個愛情故事「定情」的部分了。一點也不浪漫，對不對？這樣的情節更像是妓女勾引嫖客。

事實上，王六兒和韓愛姐從東京一路逃難南下，就是靠著當暗娼賺錢謀生的沒錯。韓道國和王六兒這對夫妻過去是如何混飯吃的大家都心知肚明。世故通曉的讀者更是一眼就明白：如果不是事先演練過，韓道國、王六兒怎麼會那麼知趣地曉得要走人，韓愛姐怎麼會向陳敬濟開口「借」錢「借」得那麼流利……

這個開頭有點俗濫的愛情故事，在陳敬濟和韓愛姐的一夜情之後，開始有了一些意外的轉變。

首先，是陳敬濟喜歡上了韓愛姐。至於喜歡的理由，作者告訴我們：

> 愛姐在東京蔡太師府中，與翟管家做妾，曾伏侍過老太太，也學會些彈唱，又能識字會寫，種種可人。敬濟歡喜不勝，就同六姐（潘金蓮）一般，正可在心上。（第九十八回）

所謂沒得到的最好，失去的最美。陳敬濟會愛上韓愛姐，光是她像潘金蓮這一點理由就已經充分十足。

有趣的是，韓愛姐也喜歡上陳敬濟了。韓愛姐的愛意表現在她不想再接新客人了。店裡的夥計拉皮條，給韓家介紹了個湖州來的絲棉商何官人。

> 愛姐一心想著敬濟，推心中不快，三回五次不肯下樓來（接客），急的韓道國要不的。那何官人又見王六兒長挑身材，紫膛色瓜子面皮，描的大大水鬢，涎瞪瞪一雙星眼，眼光如醉，抹得鮮紅嘴唇，料此婦人一定好風情，就留下一兩銀子，在屋裡吃酒，和王六兒歇了一夜。韓道國便躲避在外間歇了。他女兒見做娘的留下客，只在樓上不下樓來。
>
> 自此以後，那何官人被王六兒搬弄得快活，兩個打得一似火炭般熱，沒三兩日不與他過夜。（第九十八回）

接下來，陳敬濟回家了，十多天沒來酒店，韓愛姐一日不見如隔三秋。她買了一副豬蹄、兩隻燒鴨、兩尾鮮魚，一盒酥餅，信物一件，讓人送去給陳敬濟。除此之外，更重要的，韓愛姐還附了情書一封。這封情書，用現代的標準來看，有點肉麻。不過如果用當時的眼光來看，也算得上真情流露了。

先抄一段大家看看。

……自別尊顏，思慕之心未嘗少怠。向蒙期約，妾倚門凝望，不見降臨。昨遣八老（小廝）探問起居，不遇而回。聞知貴恙欠安，令妾空懷悵望，坐臥悶懨，不能頓生兩翼而傍君之左右也。君在家，自有嬌妻美愛，又豈肯動念於妾？猶吐去之果核也。（第九十八回）

先說我怎麼思念你，然後又關心病情，接下來又自怨自艾地猜測著：「你一定把我當成了吃水果時的果核，不吐不快。」很酸，也很直接，對不對？不過，韓愛姐筆鋒一轉，立刻又回到正題：

茲具腥味、茶盒數事，少伸問安誠意，幸希笑納。情照不宣。外具錦綉鴛鴦香囊一個，青絲一縷，少表寸心。（第九十八回）

通篇情書從思念、哀怨到籠絡、祝福，文氣固然有點歇斯底里，但我們要知道，兩個人雖然已經上過床了，但那純屬妓女和嫖客的一夜情。這樣的信算是女方對男方的第一次「告白」。由於還不知道男方的心意，「告白」信寫來就難免有點隱隱約約，外加歇斯底里。這點我們多少要理解和體諒的。

至於韓愛姐的信物是香囊一個，裡面裝著一縷頭髮。我們曾說過，頭髮象徵的是頭——性命的代表，因此，這樣的信物隱含著「生死相許」的意味。

收到人家這樣的情意，陳敬濟當然是要回應的。

首先，陳敬濟拿了五兩銀子，請來人帶回。這是對「一副豬蹄、兩隻燒鴨、兩尾鮮魚，一盒酥餅」的回應。五兩銀子（相當一萬五到二萬元新臺幣）買這些東西當然綽綽有餘。給這麼多的銀子，一方面是禮貌，一方面代表的當然也是情意的輕重。（否則，給個一兩，應該就很夠意思了。）

再來，陳敬濟也寫了一封回信。這封回信是這樣的：

……所云期望，正欲趨會，偶因賤軀不快，有失卿之盼望。又蒙遣人垂顧，兼惠可口佳餚，錦囊佳製，不勝感激。只在二三日間，容當面布。外具白金五兩，綾帕一方，少申遠芹之敬，伏乞心鑒……（第九十八回）

這封寫來中規中矩的回信，老實說，有點看不出陳敬濟的心意。只說過幾天要來找韓愛姐。至於信物的部分，陳敬濟回贈的是手帕一條。手帕是隨身攜帶在身上的貼身用品，當作信物很貼切。

不過最精采的回應卻隱藏在陳敬濟寫在手帕上的詩句裡。

吳綾帕兒織迴紋，洒翰揮毫墨跡新。
寄與多情韓五姐，永諧鸞鳳百年情。（第九十八回）

所謂的「寄與多情韓五姐，永諧鸞鳳百年情。」說得明白一點，等於就是清楚地表示：「我愛妳，我想跟妳白頭偕老。」

難怪王六兒母女看了之後「千歡萬喜，等候敬濟，不在話下。」

《金瓶梅》讀到這裡，我們應該都已經很習慣蘭陵笑笑生低調又隱晦的風格了。不尋常的是，在《金瓶梅》第九十八回、九十九回，這首詩竟然重複地出現了兩次。會被作者一再這麼強調、而且還擺在如此接近結尾的重要位置，顯然表示這是非常重要的一首詩。這首承載著比字面更重要隱喻的詩，下次出現時我們會再來探討。

截至目前為止，韓愛姐給陳敬濟寫了一封情書。陳敬濟則是回了一封情書，還有一首詩。陳敬濟暫時以二比一保持領先。由於有這麼一點小小的不平衡，因此幾天後，五月二十六日兩個人再見面時，韓愛姐回報了陳敬濟另一首情詩，韓愛姐這首情詩是這樣寫的：

倦倚繡床愁懶動，閒垂錦帳鬢鬟低，
玉郎一去無消息，一日相思十二時。（第九十九回）

過去一天只有十二個時辰，因此一日相思十二時已經是不眠不休地在相思了。這首詩的水準顯然比上一封情書好得多。可見在告白得到了正面的回應之後，情書的功力是會大增的。

這篇甜蜜的詩篇讓陳敬濟一頓酒吃得特別開心。

良久，吃得酒濃時，清興如火，免不得再把舊情一敘。交歡之際，無限恩情。穿衣起來，洗手更酌，又飲數盃。醉眼朦朧，餘興未盡……今日一旦見了情人，未肯一次即休。正是生死冤家，五百年前撞在一處，敬濟魂靈都被他引亂。少頃，情竇復起，又幹一度。自覺身體困倦，打熬不過，午飯也沒吃，倒在床上就睡著了……（第九十九回）

這段寫的是慾，但慾望裡面又帶著黏膩濃厚的情慾，使得這段性愛的場面有別於西門慶機械式的奇技淫巧和縱慾無度，多出了一份浪漫的情懷來。

這段愛情故事有趣的是，兩個人是先從上床、到送禮物、互相告白，然後開始寫情書的。這和我們所理解的寫情書、告白、送禮物一直到上床的戀愛標準程序正好相反。我們看到，陳敬濟和韓愛姐兩個人真正的愛情是無關性愛的。兩個人的戀情，反而是透過文字的書寫與閱讀，感知到彼此最誠懇、也是最單純的情意，進而相知相惜。

《金瓶梅》第九十八回結尾時有一首詩，把這個意境烘托到了最高點：

碧紗牕下啟箋封，一紙雲鴻香氣濃，
知你揮毫經玉手，相思都付不言中。（第九十八回）

7

陳敬濟和韓愛姐的愛情故事繼續發展下去，張勝的小舅子坐地虎劉二又來了。過去陳敬濟當道士在臨清碼頭和馮金寶拍拖時，曾經遇過這個專找酒客敲詐的地痞，還被抓到官府裡去過。不過這次吸引他來到陳敬濟店裡的卻是和王六兒拍拖的有錢湖州商人何官人。

酒店既然是春梅出的錢，算起來就是周守備的地盤。劉二大刺刺跑來鬧場，根本就是太歲頭上動土。這樣的事情其實只要告訴春梅，讓周守備跟張勝打聲招呼，事情也就解決了。壞就壞在陳敬濟心裡有鬼，怕事情一說，牽扯出他和韓愛姐的事來。於是陳敬濟動了惡念，想直接除掉張勝，這樣劉二就無勢可倚了。

陳敬濟的盤算是這樣的：

「等我慢慢尋張勝那廝幾件破綻，亦發教我姐姐對老爺說了，斷送了他性命。叵耐這廝，幾次在我身上欺心，敢說我是他尋得來，知我根本（底細）出身，量視（小看）我禁不得他。」（第九十九回）

陳敬濟派人去打聽張勝的隱私，看看能不能抓到他什麼小辮子。這一打聽的結果非同小可，陳敬濟發現張勝目前正包養著被春梅賣到酒家的孫雪娥。不但如此，張勝這個小舅子又在妓院裡放高利貸，還打著周守備的名號為非作歹，並且敲詐來往的客商。

有了這些情報，陳敬濟心想：張勝，這下可逮到你了。

陳敬濟打算利用和春梅偷情時，告訴春梅這些張勝的惡行劣跡。不料兩人正偷偷摸摸在西書房雲雨時，被在附近進行例常巡視的張勝發現了。張勝一聽見書房內有女人的笑語之聲，連忙走到窗下來偷聽。

（張勝）聽得敬濟告訴春梅說：「叵耐張勝那廝，好生欺壓於我，說我當初虧他尋得來，幾次在下人前敗壞我。昨日見我在河下酒店，一逕使小舅子坐地虎劉二來我的酒店，把酒客都打散了。專一倚逞他在姐夫麾下，在那裡開巢窩，放私債，又把雪娥隱占在外姦宿，只瞞了姐姐一人眼目。我幾次含忍，不敢告姐姐說。趁姐夫來家，若不早說知，往後我定然不敢往河下做買賣去了。」

春梅聽了說道：「這廝恁般無禮。雪娥那賤人，我賣了，他如何又留住在外？」

敬濟道：「他非是欺壓我，就是欺壓姐姐一般。」

春梅道：「等他爺來家，叫他定結果了這廝。」（第九十九回）

張勝一聽知道事情不妙，情急之下決定先下手為強。他走到前面班房內，取了一把鋼刀，在磨刀石上磨了兩磨，然後走進書院中來。

這時春梅正好因為小衙內生病被丫鬟叫走。張勝走進房間裡，只看見陳敬濟睡在被窩裡。

（陳敬濟）見他進來，叫道：「啊呀！你來做什麼？」

張勝怒道：「我來殺你！你如何對淫婦說，倒要害我？我尋得你來不是了，反恩將仇報！……休走，吃我一刀子，明年今日，是你死忌。」

那敬濟光赤條身子，沒處躲，只摟著被，吃他拉被過一邊，向他身就扎了一刀子來。扎著軟肋，鮮血就邈出來。這張勝見他掙扎，復又一刀去，攮著胸膛上，動彈不得了……（第九十九回）

殺死了陳敬濟，張勝拿著刀子，繼續去追殺春梅。還沒找到春梅他就和李安撞了個正著。李安看張勝形跡可疑，問他幹什麼？張勝說不出來，只顧走，李安攔他，張勝回身一刀就向李安戳來，被李安一個飛腿，把刀子踢落一邊。兩個人揪扯在一起，沒兩三下，李安一個旋踢，把張勝踢倒在地上，解下腰帶，把張勝綁住了。等春梅聽見叫嚷，慌忙走進書院裡，發現了陳敬濟的屍體時，一切已經太遲了。

這場兇殺案接下來又奪去了三條人命。

出外打仗的周守備回到家之後聞訊大怒，二話不說，直接讓軍牢打張勝一百大棍，當場把張勝打死了。這是第一條人命。

周守備餘怒未消，還派人去河下抓來劉二，一樣也是一百大棍，當場打死。這是第二條人命。

最後一條人命是孫雪娥。她聽到張勝的死訊之後，害怕自己也被抓去官府拷打，嚇得在房裡上吊自殺了。

在陳敬濟下葬在永福寺的第三天，來了三個女人。

這愛姐下了轎子，到墳前點著紙錢，道了萬福，叫聲：「親郎，我的哥哥！奴實指望和你同諧到老，誰想今日死了！」放聲大哭，哭的昏暈倒了，頭撞於地下，就死過去了。慌了韓道國和王六兒，向前扶救，叫姐姐叫不應，越發慌了。

不想那日正是葬的三日，春梅與渾家葛翠屏坐著兩乘轎子，伴當跟隨，擡三牲祭物來與他暖墓燒紙。看見一個年小的婦人，穿著縞素，頭戴孝髻，哭倒在地，一個男子漢和一個中年婦人摟抱他，扶起來又倒了，不省人事，吃了一驚。因問那男子漢是那裡的。

這韓道國夫婦向前施禮，把從前已往話告訴了一遍：「這個是我的女孩兒韓愛姐。」（第九十九回）

過去陳敬濟在水月寺打工時，曾有個算命的說他有「三妻之會」的命運。傳說中「三妻之會」中的三個女人，現在終於相會了。

儘管當時算命曾有但書：但恐美中不美。不過，儘管「美中不足」，我相信很多男人衝著「三妻之會」心中恐怕還是艷羨死了的陳敬濟。不過現在命運的答案揭曉了，原來「美中不美」指的是：當這三個妻子會面時，陳敬濟已經死了。

這樣的美中不足，哪怕有「三妻之會」這樣的好事，恐怕任何男人都會避之惟恐不及了吧。

總之，不久之後，昏迷的韓愛姐醒了。她把自己和陳敬濟的愛情故事說了一遍，為了證明她說的不假，她還拿出陳敬濟送她的手帕來。這個時候，那首我們之前提過的詩又出現了第二遍。

（為了強化大家的印象，我也學作者，把這首詩再抄一遍。）

吳綾帕兒織迴紋，洒翰揮毫墨跡新。
寄與多情韓五姐，永諧鸞鳳百年情。

韓愛姐表示，除了她有陳敬濟送的手帕，陳敬濟也收著她的裝了頭髮的香囊。葛翠屏想想，在陳敬濟底層的袍子裡，是有這麼一件東西。

確認了關係之後，韓愛姐告訴春梅和葛翠屏，她不想和母親王六兒回去了。她認定自己這輩子反正是陳敬濟的妻室了。她決定到周守備府上，和葛翠屏一起為陳敬濟守寡。

春梅怕她年紀輕輕就守寡耽誤青春，可是韓愛姐堅持。

王六兒也不肯放女兒走，可是韓愛姐一點也不退讓。她告訴母親說：「你就留下我，到家也尋了無常（自殺）！」韓道國和王六兒看到女兒這麼堅定，不敢相逼，只好放聲大哭一場，放女兒走了。

隨著這個感傷的愛情故事漸漸落幕，我們只剩下最後一個問題了。

為什麼手帕上的詩句出現了兩次？

《金瓶梅》的讀者應該不難理解，如果不是其中隱藏深意，作者是不可能讓這樣一首情詩，連續在第九十八回、九十九回出現兩次的。

這首詩當然隱藏著一個作者關心的謎底。

至於謎底，歷代讀者的猜測不少。不過我最喜歡的一種說法是：

這是作者刻意向讀者說再見的告別手勢。

事實上，我們只要把詩裡的「紋」當成「文」，就不難理解這個告別手勢。

如果不是紙筆上的「文」章的話，手帕上的廻紋實在不可能「灑翰揮毫墨跡新」的。因此，這個作者「吳綾帕兒織迴紋」所隱喻的很可能正是《金瓶梅》這本小說的創作。（《金瓶梅》重疊交錯的多線筆法，倒頗有廻紋編織的風格。）這本小說現在漸漸走到盡頭了，看著作者一路寫就的文章，那種「灑翰揮毫墨跡新」的意境我們不難理解。

從文學結構的觀點來看，陳敬濟和韓愛姐這個故事出現在第九十八回這個地方——不但和別的故事沒有關聯，從整體結構來看，也是相當多餘的。但如果把這個故事當成作者對讀者的告別，那又完全是另一回事了。

我們看到，陳敬濟和韓愛姐之間的純潔愛情卻是透過後來彼此的「書寫」與「閱讀」關係完成的。這樣的關係延伸開來，隱喻的正是作者和讀者之間的關係。儘管兩個人的愛情是從性愛開始，但透過書寫與閱讀的相知相惜之後，這樣的感情昇華到了一種更深刻、更知心的心靈層次——這樣的過程和讀者閱讀《金瓶梅》的心路歷程是很相近的（很多人開始閱讀《金瓶梅》恐怕也是從「情色」的動機開始的吧）！我們從最沉淪、最情慾的部分開始經歷這個故事，慢慢地，這些最黑暗、污穢、不堪的一切，漸漸昇華成一種人性試煉，以及更深沉的歎息，讓我們看到生命之中最純真、最可貴的一切。

如果把讀者想像成蘭陵笑笑生心中「多情韓五姐」的話，那麼「寄與多情韓五姐，永諧鸞鳳百年情。」裡的百年情，就可以是一百回的《金瓶梅》小說，更可以是數百年來所有懂得《金瓶梅》讀者的相知相惜。

或許這正是作者對於讀者最深的期待與渴望了。真心喜歡《金瓶梅》的讀者的處境，和韓愛姐的處境多少是有點相似的。不了解的人對於《金瓶梅》的粉絲或多或少會戴著「有色」的眼鏡來看待，但真正懂得《金瓶梅》的讀者，卻有一種不擔心這樣的偏見和目光的堅定。

這樣想時，全身的雞皮疙瘩都起來了——原來四百年來，所有著迷《金瓶梅》的讀者，全是收到了蘭陵笑笑生真情告白的戀人。透過了《金瓶梅》的書寫與閱讀，我們也跟作者有了一陣跨時空的熱戀纏綿、一次超越阻隔的心靈交會，一場驚知己於千古之外的相知相惜。

如果說，陳敬濟和韓愛姐這場小小的愛情，算得上是通篇沉淪、荒謬、情色的《金瓶梅》裡最真摯的告白與歎息的話，無疑的，蘭陵笑笑生想獻給每一位讀者的，也是同樣的摯情摯意。

8

說完了再見，剩下的就只是不捨的情緒了。

韓道國和王六兒離開了女兒，湖州何官人帶著他們離開臨清，雇了船，一起往湖州去了。

韓愛姐和葛翠屏兩個人持貞守節，過著平常無奇的寡婦生活。倒是失去了陳敬濟的春梅，又開始老毛病不改地勾搭男人。她又勾搭上了僕人周忠的次子——十九歲的周義。朝朝暮暮，只瞞著在外面忙著打仗的周統制。

天翻地覆地變動著的不只是無常的人事，同時也是動盪的世局。

金國滅了遼國，指派大元帥粘沒領軍十萬，從山西太原井徑道起兵，直取東京。兵部星夜急調山東、山西、河南、河北、關東、陝西六路人馬，各依要地，防守截殺。周秀領軍與金兵大戰高陽關，不幸戰死，年四十七歲，朝廷追封都督，並且讓六歲的金哥兒襲替祖職。

（周秀一生為國盡忠，到死時都不知道春梅和陳敬濟的事，他臨死前，如果回想過自己的人生，或許會覺得自己應該是幸福而無憾的吧。）

至於失去周秀之後的龐春梅，或許再找不到別的慰藉了吧，只能繼續過著她淫慾的人生。

春梅在內頤養之餘，淫情愈盛，常留周義在香閣中，鎮日不出。朝來暮往，淫慾無度，生出骨蒸癆病症。逐日吃藥，減了飲食，消了精神，體瘦如柴，而貪淫不已。一日，過了他生辰，到六月伏暑天氣，早晨晏起，不料他摟著周義在床上，一泄之後，鼻口皆出涼氣。淫津流下一窪口，就嗚呼哀哉，死在周義身上，亡年二十九歲。（第一百回）

至於那個跟她在一起「淫慾無度」的周義，在春梅出事之後嚇得抵盜一些金銀細軟，匆忙逃走，被抓了回來，被重責四十大棍當場打死了。

動亂繼續擴大著。

大金人馬搶了東京汴梁，太上皇帝與靖康皇帝都被擄上北地去了。中原無主，四下荒亂，兵戈匝地，人民逃竄。黎庶有塗炭之哭，百姓有倒懸之苦。大勢番兵已殺到山東地界，民間夫逃妻散，鬼哭神號，父子不相顧……（第一百回）

大家都在逃難。葛翠屏被娘家接走了。無依無靠的韓愛姐只好收拾簡單行李，一身慘淡的衣衫，隻身前往湖州去尋找父母親。她在徐州遇見了自己的叔叔韓二，於是和韓二結伴前往湖州尋找韓道國和王六兒。

兩個人走到湖州找到王六兒和韓道國時，何官人已經死了。

於是王六兒和韓道國帶著韓愛姐以及何官人的六歲女兒，一起種著幾頃水稻田過活。

又過了一年，韓道國也死了。曾和韓二偷情的王六兒現在就將就配成一對，在亂世裡一起活下來了。

說來諷刺，一家子彼此沒血緣的人，就這樣硬生生被戰亂湊在一起了。可是話又說回來，在這麼個兵荒馬亂的時代，血緣不血緣又如何呢？道德不道德又如何呢？整個世界都要傾垮了、毀滅了，人對別人的要求少了，彼此之間反而多了那麼一點情意。

還能計較什麼呢？下鍋開伙，就是一口灶了。聚在一起吃飯，就是一家人了。

韓家的故事還沒完。

湖州有許多富家弟子，看到韓愛姐聰明標緻，都來求親。韓二再三要韓愛姐嫁人（嚴格來說，她還沒出嫁過），可是韓愛姐心意已決。或許是為了證明她對陳敬濟的忠貞，也或許是為了維護她心目中唯一擁有的完美，韓愛姐決定訴諸非常手段，割髮毀目，出家為尼，發誓不再許配別人。

這是作者在整本數不清的淫婦角色之中，最後留給我們的一個最特別、最充滿了靈魂的女人。

動亂繼續蔓延。

卻說大金人馬搶過東昌府來，看看到清河縣地方，只見官吏逃亡，城門晝閉，人民逃竄，父子流亡。但見烟荒四野，日蔽黃沙，封豕長蛇，互相吞噬，龍爭虎鬥，各自爭強。皂幟紅旗布滿郊野，男啼女哭萬戶驚惶。番軍虜將一似蟻聚蜂屯，短劍長鎗好似森林密竹。一處處死屍朽骨，橫三豎四；一攢攢折刀斷劍，七斷八截，個個攜男抱女，家家閉戶關門……（第一百回）

《金瓶梅》最後一個故事，毫無例外的，保留給了西門慶家。

這時吳大舅也死了，吳月娘帶著吳二舅、玳安還有小玉，領著十五歲的孝哥，也急急忙忙前往濟南雲理守家逃難。

在西門慶去世後，西門慶結拜十兄弟之一的雲理守貪圖西門慶的財產，讓自己兩個月大女兒和孝哥結成兒女親家。吳月娘這次投奔雲理守，一方面是逃難，另一方面也是為了要讓孝哥和雲理守的女兒完婚。

吳月娘在逃難途中碰見了十五年前在雪澗洞遇見的普靜和尚。普靜和尚提醒吳月娘當時曾答應十五年後讓孝哥出家追隨他，現在十五年已經到了。

十五年前吳月娘只是隨口答應，沒想到普靜和尚這時竟然出現。這個和尚不但記得這件事，而且還把它當真。吳二舅告訴普靜和尚說：

「師父出家人，如何不近道？此等荒亂年程，亂攛逃生，他有此孩兒，久後還要接代香火，他肯捨與你出家去？」

普靜師父沒多說什麼。正天色已晚，他邀請吳月娘一行人到附近永福寺過夜。

夜裡，吳月娘作了一個夢。她夢見他們一行人，帶著一百顆胡珠（很眼熟吧？李瓶兒的西洋珠）、一柄寶石絛環（帽子、腰帶上的飾物）當禮物，到了雲理守家，把禮物送給雲理守。雲理守收了禮物，不提小孩成婚的事，卻讓王婆來勸說吳月娘嫁給他。

次日晚夕，置酒後堂，請月娘吃酒。月娘只知他與孝哥兒完親，連忙來到席前敘坐。雲理守乃道：「嫂嫂不知，下官在此雖是山城，管著許多人馬，有的是財帛衣服，金銀寶物，缺少一個主家娘子。下官一向思想娘子，如渴思漿，如熱思涼，不想今日娘子到我這裡與令郎完親，天賜姻緣，一雙兩好，成其夫婦，在此快活一世，有何不可？」

月娘聽了，心中大怒，罵道：「雲理守，誰知你人皮包著狗骨！我過世丈夫不曾把你輕待，如何一旦出此犬馬之言？」

雲理守笑嘻嘻，向前把月娘摟住，求告說：「娘子，你自家中，如何走來我這裡做甚？自古上門買賣好做，不知怎的，一見你，魂靈都被你攝在身上。沒奈何，好歹完成了罷。」一面拏過酒來，和月娘吃。

月娘道：「你前邊叫我兄弟來，等我與他說句話。」

雲理守笑道：「你兄弟和玳安兒小廝，已被我殺了。」即令左右：「取那件物事與娘子看。」不一時，燈光下血瀝瀝提了吳二舅、玳安兩顆頭來。諕的月娘面如土色，一面哭倒在地……（第一百回）

雲理守繼續向吳月娘求歡，吳月娘要求雲理守先辦小孩的親事再說。

（吳月娘腦袋有問題，這種人還跟他結什麼兒女親家？）

雲理守辦了婚事，又拉吳月娘和他雲雨，吳月娘推拒不肯，雲理守大怒，向床頭提劍，揮刀砍死了孝哥，血濺數步……

吳月娘突然驚醒，發現原來是南柯一夢。

但這場南柯一夢，又不全然是夢。原來半夜小玉從門縫裡偷聽和尚唸經，也看見了他為許多冤靈宿魂，薦拔超生。

（和尚）於是誦念了百十遍解冤經咒。少頃，陰風淒淒，冷氣颼颼，有數十輩焦頭爛額、蓬頭泥面者，或斷手折臂者，或有刳腹剜心者，或有無頭跛足者，或有弔頸枷鎖者，都來悟領禪師經呪，列於兩旁。禪師便道：「你等眾生，冤冤相報，不肯解脫，何日是了？汝當諦聽吾言，隨方托化去罷。」……（第一百回）

比對這些怪異的情境，吳月娘和小玉開始漸漸相信：或許，她們看到都是現世以外的世界。

普靜和尚告訴一大早就來到禪堂禮佛燒香的吳月娘說：

「當初你去世夫主西門慶造惡非善，此子轉身托化你家，本要蕩散財本，傾覆其產業，臨死還當身首異處。今我度脫了他去，做了徒弟，常言：一子出家，九祖升天。你那夫主冤愆解釋，亦得超生去了。」

普靜和尚帶著吳月娘走到房間裡，用禪杖向睡眠中的孝哥點了一下。孝哥翻過身來，變成了西門慶的模樣，項帶沉枷，腰繫鐵索。又點了一下，變回了孝哥。吳月娘發現孝哥是西門慶托生，放聲大哭了一場。

良久，孝哥兒醒了，月娘問他：「如今你跟了師父出家？」在佛前與他剃頭，摩頂受記。可憐月娘，扯住慟哭了一場，乾生受養了他一場，到十五歲，指望承家嗣業，不想被這老師幻化去了。吳二舅、小玉、玳安亦悲不勝。（第一百回）

用寫實小說的觀點來看這段情節的話，問題是很多的。似乎沒有人在乎十五歲的孝哥聽到這樣的說法之後，自己怎麼想？《金瓶梅》甚至連孝哥本人到底同意還是不同意都沒說，就讓這個活了十五年，在《金瓶梅》裡連一句對白都沒有的少年剃度出了家。

接下來是依依不捨的分別與哭泣聲。普靜和尚帶著孝哥，當下幻化成一陣清風不見了。書上說：「三降塵寰人不識，倏然飛過岱東峰。」

這裡可以說是整本書唯一出現了「神」的時刻。

從孝哥的法名「明悟」，不難讀得出來，蘭陵笑笑生想說的是：如果世人都能「早知道」事情的因果循環，或許這個世界會變得更美好。

但真的是這樣嗎？

「神」真的存在嗎？如果有的話，祂們存在哪裡呢？

如果「神」真的存在，人也能擁有「神」的目光和視野嗎？

如果每個人都擁有了「神」或「佛」的視野，這個世界會變得更好嗎？

《金瓶梅》把問題的答案留給讀者在自己的人生裡繼續摸索。

說完這最後一個故事，《金瓶梅》就要邁入尾聲了。金朝番兵不久退去，天下分為南北兩朝，天下又開始恢復秩序。這個述說著關於「成、住、壞、空」的大敘述，現在走到了空的盡頭，又開始了另外一個新的循環。

書上最後交代了玳安變成了西門安，承受了西門慶的家業，人稱西門小員外。吳月娘也善終到老，活了七十歲。

這是這本小說最後的結尾。

但是我更喜歡的結尾卻落在小玉半夜窺見普靜和尚給亡魂唸經超生的那一段。

……少頃，又一大漢進來，身長七尺，形容魁偉，全裝貫甲，胸前關著一矢箭，自稱統制周秀：「因與番將對敵，折於陣上，今蒙師薦拔，今往東京托生於沈鏡為次子，名為沈守善去也。」言未已，又一人素體榮身，口稱是清河縣富戶西門慶，「不幸溺血而死，今蒙師薦拔，今往東京城內，托生富戶沈通為次子沈越去也。」小玉認的是他爹，諕的不敢言語。已而又有一人，提著頭，渾身皆血，自言是陳敬濟：「因被張勝所殺，蒙師經功薦拔，今往東京城內，與王家為子去也。」已而又見一婦人，也提著頭，胸前皆血，自言：「奴是武大妻、西門慶之妾潘氏是也。不幸被仇人武松所殺，蒙師薦拔，今往東京城內黎家為女，托生去也。」……（第一百回）

接下來是武大、是李瓶兒、花子虛、宋蕙蓮、春梅、張勝、孫雪娥、西門大姐，最後是周義。

……已而又見一小男子，自言周義，「亦被打死，蒙師薦拔，今往東京城外高家為男，名高留住兒，托生去也。」言畢，各恍然不見。（第一百回）

周義並不是《金瓶梅》中重要的角色，但他也出現在這一場謝幕的大戲裡，不但如此，周義還是所有托生的人裡面，少數有名字的人之一。

高留住兒。藉著這四個字，作者留下了最後的告別印記：稿留住兒。是的。高留住兒。這應該是蘭陵笑笑生藉著周義，最後的謝幕了。

作者預見了他寫這樣既淫穢又譏諷當道的小說，最後的下場很可能就像周義一樣——被亂棍打死，但他義無反顧。只要「稿留住」了，他也就得到轉世、超生了。

這是我心目中，《金瓶梅》最完美的謝幕了。儘管到了今天，我們連蘭陵笑笑生是誰都還無法確認，可是四百年後，這份最動人的稿子終於留存了下來，讓我們讀到。

或許《金瓶梅》故事從來就不曾結束過吧。就像我們在最後告別的場面讀到的，這裡有人死了，那裡有人出生了。我們既是讀者、觀眾，同時也是自己故事裡的演員……

那些轉世的主角，留下來的稿兒，還有許多曾在我們心中發生的感動，就這樣，不停地又開啟了《金瓶梅》之外，更多關於成住壞空的人生大戲。

國家圖書館出版品預行編目資料

沒有神的所在：侯文詠帶你閱讀金瓶梅 / 侯文詠著. --二版.--臺北市：皇冠文化. 2024.03
面；公分（皇冠叢書；第5146種）（侯文詠作品集；14）

ISBN 978-957-33-4126-0 (平裝)

1.CST: 金瓶梅 2.CST: 研究考訂

857.48 113002074

皇冠叢書第5146種
侯文詠作品 14

沒有神的所在

侯文詠帶你閱讀金瓶梅

【十五週年經典版】

作　　者—侯文詠
發 行 人—平　雲
出版發行—皇冠文化出版有限公司
台北市敦化北路120巷50號
電話◎02-27168888
郵撥帳號◎15261516號
皇冠出版社(香港)有限公司
香港銅鑼灣道180號百樂商業中心
19字樓1903室
電話◎2529-1778　傳真◎2527-0904
總 編 輯—許婷婷
責任編輯—黃雅群
行銷企劃—薛晴方
內頁設計—李偉涵
著作完成日期—2009年05月
二版一刷日期—2024年03月

法律顧問—王惠光律師

讀者服務傳真專線◎02-27150507
電腦編號◎010113
ISBN◎978-957-33-4126-0
Printed in Taiwan
本書特價◎新台幣599元/港幣200元